小说

兰州硝烟

高雁 著

团结出版社

图书在版编目（CIP）数据

蔺州硝烟 / 高雁著. －－北京：团结出版社，
2019.11（2022.1重印）

ISBN 978-7-5126-7434-9

Ⅰ.①蔺… Ⅱ.①高… Ⅲ.①长篇小说－中国－当代
Ⅳ.①I247.5

中国版本图书馆 CIP 数据核字（2019）第 225765 号

出　　版：团结出版社
　　　　　（北京市东城区东皇城根南街 84 号　邮编：100006）
电　　话：(010) 65228880　65244790（传真）
网　　址：www. tjpress. com
E－mail：65244790@163.com
经　　销：全国新华书店
出版策划：蓓蕾文化
印　　刷：成都新千年印制有限公司
成品尺寸：170mm×240mm，16 开
印　　张：22
字　　数：350 千字
版　　次：2019 年 11 月第 1 版
印　　次：2022 年 1 月第 2 次印刷
书　　号：978-7-5126-7434-9
定　　价：49.80 元

　　大娄山脉山高路险，沟壑纵横。古蔺，就处于大娄山脉与四川盆地交会处。1950年，在中国人民解放军向大西南进军的强大声势下，古蔺地方武装迫于压力不得不投诚，古蔺顺利实现第一次解放。古蔺特殊的地形为逃窜土匪提供了藏身之所，不久，遭受打压的周边地方残匪纷纷涌入，一时间，境内匪众竟达十万人之多。与此同时，国民党蒋介石在台湾不断指挥潜伏特务进入古蔺，利用各种手段蛊惑煽动民众。古蔺地方武装意志动摇，与外来乱匪勾结串通，烧杀抢劫，袭击政府，无恶不作。

　　不久，由于藏区匪患严重，中国人民解放军第十八军派任驻防古蔺的县长曹仕炎奉命带领解放大军进藏，由十六军派任的县长杜永田接任。土匪趁换防之机壮大武装，乘虚而入，猖狂之极。由于兵力不足，古蔺县委、县政府及解放军奉命撤出古蔺到叙永办公。此举为西南局和西南军区认真研究敌情后作出的战略部署，即"撤离古蔺，诱敌深入，一网打尽"。在川南行署、川南军分区有计划有步骤的指挥下，经过艰苦战斗，终于实现古蔺第二次解放。

　　古蔺匪患之重实属罕见，剿匪斗争惨烈悲壮。剿匪故事在匪战幸存者、民众中讲述着，重现着。本书将这些流传于民间的故事搜集整理，结合史料，力图打捞一段尘封已久的历史，再现那些深藏于时间深处的英雄人物，同时向剿匪战斗中牺牲的人们致以永恒的敬意。

目录

县长出逃

大娄山脉绵延千里，到了这里重峦叠嶂、沟壑纵横。椒坪河、小水河先后与落鸿河汇合形成一个狭长的山间平坝，古蔺县城就坐落在这个平坝上。

这是个清幽洁净的小城，玉带似的落鸿河自西向东绕城而过。几座石桥，连接着青石板铺就的街道。顺着青石板路爬坡，不出一袋烟的工夫，就来到了古色古香的县府大院门口。

县府大院算得上是县城的风水宝地，它就建在明末奢王府九凤楼遗址上面，至今还保留有明清时期衙门的原貌。其建筑为逐级上升、中轴对称的三进三合头川南民居风格，从八字形三开六合大门进去，是一个较大的院坝，往里的建筑以中间的梯步台阶串联。院落宽大，长廊交错，绿树参天，浓荫匝地。

伪县长张树良正在办公室阅读机要文件，阳光从木格窗户里洒进来，文件上便有了明明暗暗的光影。

"共军十军二十八师解放遵义之后，已经进入四川。"

"共军十六军四十七师一四〇团二营先后占领古蔺县赤水河、摩尼。"

"共军十六军四十六师进抵赤水河东岸与西路军主力形成夹击古蔺之势。"

"共军正大踏步朝古蔺开进。"

看到这里，这些文字像突然被惊动的蜂群，劈头盖脸乱蜇着张树良。他一把将文件撕得粉碎，镜片后的眼睛似要迸出眼眶，稀疏的眉毛根根倒立，一层细密的汗珠顷刻浮现在他低窄的额头上。

乔二爷穿着灰色长衫，戴顶褐色狗皮帽，挑着麻糖担子经过县府大院门口，他一边敲着小铁锤，一边拖长了声调喊着："麻糖，麻糖，一个铜板一块哦——"

阳光给他的麻糖担子涂上一层金辉，一个光脚板的小男孩闻声而出，不买，也不走，流着口水，立在担子前。

"虎娃，你家婆呢?"乔二爷问道。

"家婆病了，爬不起来了。"虎娃吸吸快流到嘴边的鼻涕说。乔二爷爱怜地揉了揉虎娃的脑袋，给了他一块麻糖，又继续扯着嗓子叫卖起来。

叫卖声让张树良的无名火噌地一下冒了出来，他三步并做两步，从县府大院奔出，怒气冲冲地来到这一老一小面前。

乔二爷看着面前这个穿制服的瘦高长官，一时愣住了。

"长官，你买麻糖不?"

"买买买，买个锤子！一天到晚叫得人心焦，赶快给我滚！"

"是是是，长官，我这就走。"乔二爷挑起担子，扯了一把虎娃，慌慌张张往高小巷走去。

看着他们匆匆离去的身影，张树良才勉强平息了怒气。他怅然地拖着两条瘦长腿，一步步挪进县府大院。初冬的风已经有些凛冽了，几片枯黄的树叶随风飘落，那只怎么也撵不走的黑猫在房梁上凄厉地叫了一声。

近日来，张树良总觉得右眼皮跳得厉害。民谚说"左眼跳财，右眼跳岩"。他可以不信这是凶兆，不过又如何解释早晨那突然破碎的玻璃杯?

十一月以来，四川省国民政府任罗国熙为保安司令，同时组建部队派驻合江。罗国熙为阻止中国人民解放军入川，加紧备战。

因解放军挺进贵州和川东南，罗国熙与郭汝瑰在泸州召开紧急会议，决定在古叙宋山区重点设防，部分据点由新三十四师防守。叙永王逸涛也受命率领一个中队，在赤水河东岸布防，阻止解放军入川。

王逸涛的到来，以及肖震南的清乡大队，曾使张树良一度如虎添翼，然而这一切无异于以卵击石。从刚收到的文件来看，他们已经好景不长了。

灿烂的阳光让张树良感到莫名的害怕，他几步走进树荫里。陆墩子也走进树荫里，他背着打成豆腐块的背包，一手提着装有脸盆的网兜，一手拿马鞭，看着张树良，欲言又止。

陆墩子是张树良的勤务兵，人又矮又胖，绰号"墩子"。别看他貌似笨拙大大咧咧，却心细如发，深得张树良信赖。可是这天他一开口，也是来告辞的。

张树良感觉后背阵阵发凉，这段时间，下属以各种借口先后离开，但他万万没有想到墩子也要走。

"好好好，你走，赶紧走吧！"张树良有些冒火。

陆墩子并不急着走开，想说什么却难以启齿。良久，他才小声说："还有，秘书赵年和后勤部黄鲁也走了，他们鸡叫二遍时走的。"

"这两个狗日的，我就知道他们早晚要拆我的台。走走走，都走吧！"张树良颓然地坐在石凳上。

"他们走的时候，还偷偷带走了一部电台和一些枪支。"陆墩子又说。

"别说了，快走快走！"张树良挥挥手，像驱赶着一只苍蝇。

陆墩子走了，张树良倾耳细听。大院的房间里，似乎电话铃声和发报声都少了许多，不知还有多少人密谋着出走、叛变。这一切意味着要不了多久，县府大院就要易主了。他呸地吐了口唾沫，似要吐出心中污浊之气。响声惊动了树上的鸟，一坨鸟粪恰好砸在他的头上。

重回办公室，张树良把属下吴山叫来商量对策，说是商量，不过是无望的两个人消磨时间罢了。

消磨到天已黑透，人也累了。吴山粗短的眉毛耷拉下来，一双泡泡眼无精打采，张树良也疲惫地打了个哈欠。

打发走吴山，张树良刚刚合上沉甸甸的眼皮，一声不太尖锐的枪响就传了过来。

"吴山，有情况！"他大喊。

等他摸出枕头下的枪，惊恐地站起来时，吴山也赶到了。他竖起耳朵仔细听了听，迅速判断了一下形势，感觉应该不是激战，仿佛有人在鸣枪震慑什么。他的想法与张树良不谋而合，两人这才长吁了一口气。

这时，门外也传来咚咚的敲门声。

通信兵马晓龙扶了扶滑落到鼻尖的黑框眼镜，迫不及待地说道："张县长，刚才的枪声，是骆国湘和肖震南、王逸涛他们在火拼，肖震南、王逸涛已被控制起来，准备送出古蔺。"

说两派火拼也不完全对，肖震南、王逸涛他们显然被动得多，以骆国湘为首的地方武装势力占尽天时地利，轻易就牵制了他们。

那一天，小城里的头面人物几乎全都出动了。在乔二爷被张树良驱赶的一刻，陈家花园也在商议着一个重大的决定。

隐蔽于蹄形巷里的陈家花园，离县府大院仅半里之遥。花园古朴厚重的大门半开着，过往行人可以窥见青砖铺就的院落，青翠茂盛的油籽树，还有那三层木质阁楼的飞檐一角。初冬的午后，陈家花园显得分外宁静，直到几个中年人鱼贯而入。

为首的男子叫杨云程，他中等身材，刀条脸，小眼睛，颏下有一块明显的疤痕，一身蓝色卡其布衣服套在他瘦瘦的身材上，显得吊儿郎当的。他甩开膀子，大步流星跨上台阶，走进院子。袁良、王廓尘、胡元兴等几人赶紧小跑几步跟上。

一个白净斯文的中年人正垂手恭候着他们。

此人是刚从马蹄滩迁到古蔺不久的苗族生意人陶钦克，他平日穿着考究，谈吐和气，满口的生意经，一身武功却深藏不露。除了空中踩纸不破，豆腐过人不裂，他还能将一根近两米长的苗棍舞得虎虎生风。因为人生得白净，人称"白老虎"。如今他虽年过五十，但仍然有以一当十的本领，可谓威名犹存。

"杨大队长，各位兄弟，你们真是准时。来，今天天气好，我们先在院子里坐坐，等等骆三爷。"他用鸡毛掸子扫了扫长板凳上的灰尘，脸上布满了笑意，一边招呼杨云程等人坐下，一边让老伴项正芬烧茶。

项正芬用一个乌黑发亮的沙罐，盛上从陈家沟挑回的井水，放到青冈炭火盆上。待水烧开，她从熏得发黑的茶叶竹篾兜里，抓起一把建新锅背茶撒下去。不一会儿，茶叶随沸腾的井水急速翻滚，满室茶香扑鼻。她从火盆里端起沙罐，倒出一大杯茶水，冲到茶罐里，如此反复几次，直到茶叶全部下沉，茶水温热适中。她这才端起茶罐拿起粗瓷茶杯朝着院落里闲聊的人们走去。

就在项正芬为众人倒茶的工夫，院落里又进来两个人。

"黑子，见常兄，你们也来了。"陶钦克虽然不喜欢二弟陶黑子，因多日不见他，仍是十分高兴。

说来让人难以置信，两人一母所生，陶钦克细皮嫩肉，白白净净，斯斯文文。陶黑子却五大三粗，面黑如漆，性格鲁莽，爱打好斗，自小就是马蹄滩的一大恶少。这些年来，陶钦克不知为二弟收拾过多少残局。等到陶黑子成年，陶钦克以为可以松一口气了，哪知二弟却不顾父母反对，做了羊嘶岩土匪杨少成的上门女婿。成家后陶黑子便把全部精力用在网罗匪众身上，手下聚集的人马越来越多，来自川黔两地和赤水河两岸的土匪已有三百来人，陶黑子也逐渐成为马蹄滩一带有名的悍匪。

"大哥招呼我来，咋个不来？"陶黑子粗声粗气地说完，挨着陈见常坐在油籽树下的石凳上。

小巧玲珑的庭院里，种植着兰草、腊梅、芭蕉等，左边是一个椭圆形的鱼池，右边有一个秋千架。在这舒爽的院落里喝茶聊天，无疑是件惬意的事情，然而众人都显得心事重重似的。项正芬默默坐在一旁纳鞋底，沉默中只听见她抽动麻索纳鞋底的沙沙声。

等了又等，杨云程有点不耐烦了，他皱紧了脸，揉着一双小眼睛咕哝道："骆三爷咋还不来，都几点了？"

"谁说我不来，我这不已经来了？"一个低沉厚实的声音蓦然响起。

众人回头一看，那个熟悉的带点秃相却精干结实的身形已经立在他们面前，仍是那身洗得发白的灰布长衫，一双旧布鞋。在他方正的脸颊上，最引人注目的是那鹰一般的双眼。此刻，他鹰眼之上的两道浓眉上下抖动着，带着明显的不悦。

原来不知什么时候，骆国湘已经悄悄走进院子，手里还提着一条鱼。

陶黑子一见骆国湘，立即拘谨起来。把一只手插进裤兜，又赶紧抽出来，拍拍身上的尘土，又拈了拈衣角，像个忸怩的新媳妇，那眼睛一刻也不敢正视骆国湘。

陶钦克自然知道个中原委，一丝不易觉察的笑纹浮现在脸上。

随着势力渐长，陶黑子也越来越放肆，甚至对父母也渐露凶相，这尤其让陶钦克痛心疾首。有一次陶钦克忍不住在骆国湘面前发牢骚，骆国湘浓眉一抬，右掌用力往下一劈："这等孽子，看我咋个收拾他！"没多久，骆国湘提着马鞭将陶黑子教训了一顿，陶黑子果然收敛了不少。

"三爷来得正好，别生气，没人敢催你老人家，都怪我太性急了。"杨云程紧皱的刀条脸立即舒展开来，赔笑说道。

王廓尘忙不迭地迎上去，接过他手里提着的鱼。

"原来三爷是给大家找打牙祭的东西去了，我们进屋说，进屋说。"陶钦克赶紧打着圆场。

骆国湘这才笑了起来。

"你们不知道，刚才路过牛角塘，看见几个老乡在钓鱼，一个老乡非要我等等，说这竿一定有料，看看，我可没有白等。"

对于陈家花园，骆国湘再熟悉不过了。他在此居住过好几年，直到在罗汉包新建了宅邸，才把陈家花园转给陶钦克。其时，陶钦克刚从马蹄滩羊嘶岩迁到古蔺，经商小有成就的他，既喜欢这座宅院，也顺便给骆国湘一个人情。房屋虽然易主，但因为此地出入方便，骆国湘仍喜欢来此召集会议。

"好，我们今天就沾三爷的光了！三爷，这边请。"陶钦克和儿子陶建宁，带领众人进了堂屋，把骆国湘让到上座，又让项正芬用白色景德镇茶杯为他斟上热茶来。

进了屋，陶黑子依然紧挨着陈见常坐在一起。这个陈见常，可不是普通人物。能让陶黑子折服的人，自然有些来路。

陶黑子除了凶悍，还特别迷信，喜欢去找叙永的王瞎子算八字。一来二去，认识了同样迷信的陈见常。陈见常是石鹅人，生得浓眉大眼，一表人才。他的发家颇为传奇，原来他也是读书人，生性不安分的他，在叙永读高中期间，因为带头闹学潮被开除。后来被川南黔北的军阀周西成看中而从军，渐渐升迁，地位显赫。由于个性强悍，陈见常与人结下梁子，渐渐疏远军中差事，闲居家里已有好长时间了。不过他在匪帮中的名头依然响亮，老百姓便常借着他的名号，吓唬那些凶神恶煞的贵州、云南土匪。

两人因为同样迷信而交好，但陈见常是看不起陶黑子的。他知道陶黑子这莽夫空有一身打打杀杀的功夫，脑子却极为简单，一根肠子通到底。而他自视甚高，认为自己喝过几年墨水，称得上文武双全的人物。

眼下，在古蔺地界上这些头面人物面前，他彬彬有礼，咬文嚼字，处世极为圆滑，和那些官场上摸爬滚打、百炼成钢的人物并无二致。但比起他们来，他又多了一点霸气，穿上军服更能震慑人心。

他和众人自如地谈笑风生，偷眼瞧着陶黑子扭扭捏捏的样子，在心里冷笑着："这家伙就这点出息！"

"记住，把鱼烧成糖醋味道。"陶钦克叮嘱了项正芬一句，打断了众人的闲谈，随手将大门合上，屋内空气渐渐凝重起来。

所有的目光都聚集在骆国湘身上。

解放军就要开进古蔺城了，国民政府危在旦夕，地方武装何去何从，众人想请他拿主意。骆国湘却不慌不忙地吹了吹白瓷茶杯里的茶水，轻轻地呷了一口。他深知自己在古蔺民众心中的地位并非来自权势，而是他赤手空拳能打天下，坐镇一方能安邦护民，才使得威名远播。不仅古蔺，连云贵周边，也得忌惮他这个地方守护神几分。

此刻，他知道不必急着在众人面前表态，他喝干了茶水，又敲了敲烟杆，这才环视众人，漫不经心地开口了："弟兄们，解放军很厉害啊，泸州、叙永就快解放了，我们古蔺还要多久？是继续追随张树良，还是另做打算，我想听听各位的高见。"

"张树良快完蛋了，他手下的人走的走，逃的逃，谁还要追随他？"袁良第一个发言。他狠狠地吸了一口烟，憋了好久才慢慢从鼻子里吐出来，不一会儿，就把他那张葫芦脸埋在烟雾里了。

"龟儿张树良早该滚出古蔺，弟兄们，我看可以行动了。"杨云程很是激动。

王廓尘一脸自信："张树良不过是个傀儡，我看可以取代他。"

"王兄，我看你那张脸就有县长的福相。赶走张树良，我们推举你任县长。"胡元兴不疾不徐地说。

"哪里哪里，弟兄们都比我强，要做县长也轮不到我，我只是愿意为此次行动肝脑涂地，在所不辞罢了。"

骆国湘轻轻咳嗽了一下，室内立即鸦雀无声。他的问话，不过是试探众人对时局的敏感程度罢了。他作为古蔺的武装实权人物，岂能不知张树良的动向。

事实上，在两天前，张树良就曾到过他的宅邸，与他有过一番密谈。张树良告诉他，解放军已渡过长江，蒋氏父子已溃逃到台湾。说话间张树良已经流露出退逃之意，他问骆国湘有何打算。骆国湘安慰了他一阵，明明白白告诉张树良，自己将留在古蔺。在那时，他就清楚地知道该如何选择，眼下不过是还不能将自己的想法和盘托出罢了。

"你们打探过县府大院的情况没，弄得动不？这个事情鲁莽不得。"

"赵年和黄鲁已经投靠我们来了，据他们交代，县府内的人走得差不多了，武器装备也被偷走了许多。"

"听说陆墩子也离开了，他前几天就跟我说过，这段时间人人都在寻找新的靠山，他也干不长了。"

"吴山呢，那个家伙不来投靠我们？"杨云程一下想起了和他醉过酒的人来了。

"张树良对吴山有救命之恩，他咋会在关键时刻抽吊桥？"王廓尘补充道。

"吴山来不来都无所谓，那是个软柿子。三爷，我们不能错失机会啊。"

"对头，把张树良弄出去，我们再做打算。"胡元兴干脆站起来表态。

见众人开始领悟自己的意思，骆国湘这才说道："大家都这么想，看来还是可行的，现在我们来讨论一下具体的行动计划。"

商议很快有了结果，杨云程负责布防流沙岩、太平街一带；许少章负责布防杨柳、枣子坪一带；胡元兴负责布防马厂头；饶志均负责布防宝灵村。

"蒲相臣、何子玉、张炳承你们三个跟我走，我们把肖震南、王逸涛控制起来送出古蔺，张树良就待不下去了，你们觉得咋样?"骆国湘对行动计划补充道。

"这样布防很不错，然而总觉得少点啥子，可惜肖斌云不在，否则以他的聪明才智，更加有把握。"王廊尘小心谨慎地说。

"肖斌云……他倒是人中之龙，有勇有谋。不着急，关键时候再通知他。"骆国湘沉吟道。

骆国湘对晚辈要求极严，如此浓墨重彩地夸赞年轻人，确实罕见。因而他的话让杨云程心里很不是滋味，但他想起曾和肖斌云下过的一次次赌注，赌吃汤圆、赌肉搏、赌纸牌、赌追女孩子，无一不让肖斌云占了上风，此刻他也只好沉默。

议定大事，众人起身告辞时，已是日暮时分。

院子里，一个年轻女子正在荡秋千，一头浓密的长发被风舞至上空，像一面黑色的旗帜。裹着艳丽衣裙的身躯，如展翅的凤凰，就要飞到云霄之上，杨云程不禁看呆了。

陶钦克连忙微笑道:"这是小女陶佳，天性好动。唉!哪有一点女孩子的斯文样。"

陶钦克一脸宠溺地看着荡秋千的女儿，惹得杨云程也不停地回头张望，蓦然发现自己掉队了，这才一路小跑着出了陈家花园。

天气说变就变。傍晚，大团大团的乌云从东南方向涌了过来，顷刻便下起了大雨。

骆国湘靠在太师椅上打了个盹，凌晨两点就醒过来了。鸡叫二遍时，他擦了擦腰上的盒子枪，轻轻掩上大门，来到板板桥上，打了个响指。蒲相臣、何子玉和张炳承应声而出。

"你俩去通知肖震南和王逸涛，让他们马上过来开会。记住，会议地点在老地方，鸭儿粑巷子马四娘家。"骆国湘对蒲相臣和何子玉说。

肖震南和王逸涛很快到了，这时天还未大亮。

他们一进屋，还未适应房间的黑暗，就被骆国湘和张炳承一个锁喉，猛击胯下，房门也从外面锁上了。

四只乌黑发亮的枪对准了肖震南和王逸涛。

"解放军就要开进古蔺了，你们俩不要在这里碍手碍脚的，赶紧离开。"张炳承压低声音说道。

"识相点，否则有你们好看。"蒲相臣一拍桌子。

王逸涛猛地跳起来，去夺蒲相臣的枪，被何子玉按倒在地。肖震南的眼里射出凶光："你们做白日梦，休想要我们走。"

"不要敬酒不吃吃罚酒，老子的枪子可是不认人的。"张炳承就要拔出枪，被骆国湘按住了。

他打开窗户，朝着流沙岩方向吹口哨，声音三长两短。

杨云程中队驻守在流沙岩，打前哨的人躲在鸭儿粑巷子口，听到哨音，飞奔到流沙岩报告。杨云程从埋伏的灌木林中抬起身来，招呼手下的人说："注意，开始行动了。"

黄鲁朝天放了几枪。枪声在黎明的寂静中格外刺耳。杨柳的许少章、马厂头的胡元兴、宝灵村的饶志均等纷纷朝天鸣枪响应，激烈的枪声，让肖震南和王逸涛面如土色。

"行，骆三爷，算你有种。"王逸涛对肖震南使着眼色，两人举起了双手。

骆国湘便与蒲相臣、何子玉、张炳承一起，把两人一直送到叙永与古蔺交界的灯盏坪处。

张树良梦中听到的枪响便是从流沙岩等地发出的。听了马晓龙的密报，他开始和吴山一起清理房间，将值钱的古董和枪支弹药、电台等装在一个大箱子里。虽然骆国湘等人并未直接针对他，他也该为自己寻找退路了。

晚上，马晓龙又送来密报，肖震南和王逸涛已经被送出古蔺了。

"除了这些，街上还有什么动静？"

"门口老是有一些来历不明的人，有担柴的，卖米的，打油的，看着像老百姓，但肯定不是，我估计县府大院已被他们包围了。"

"我们的人还剩多少？"

"走得差不多了，您可以到房间里去看看。"

"不用了。"张树良黯然地闭上眼睛。

县府大院原本像一个鼓胀胀的气球，现在经骆国湘这根钢针猛地一刺，连同他这个县长，突然瘪了下来，再也弹不起、跳不动了。他怎么也没料到，自己竟被这些往日和他称兄道弟的人算计了。

此刻，摆在他面前的只有两种选择：一是束手待毙，成为骆国湘等人的俘虏。二是组织可以逃走的人员，潜逃出古蔺，再见机行事。

电文一封封地飞来，这些纸片将决定着他的人生走向，他不厌其烦地看着，直到马晓龙送来罗国熙的电文。开启的一刻，他心里充斥着痛苦和希望交织的复杂情感。电文上赫然写着："立即撤离古蔺，到乱鸡窝据点，听候安排。"

　　张树良站起身，掏出一支烟，划火柴的手微微颤抖，划了几次终于点燃。他长长地吐出烟雾，闭上眼，似乎在等待命运的宣判，又像在祈祷什么。直到传来一声咳嗽，他才想起马晓龙还站在房间里待命，他掐灭烟蒂，吩咐马晓龙："传话下去，马上撤出古蔺。"

　　不及天黑，张树良便将大箱子捆在马背上，几十个人慌慌张张地撤出县府大院。到了鹅公坝，张树良突然看见正在路边捡煤炭花儿的虎娃，他勒住缰绳，翻身下马，一把将虎娃捉住："你这个小扫把星，都是你害的老子，从此你就给我每晚倒夜壶去！"说着一把将他拖上马。虎娃一见又是那个凶神恶煞的瘦高长官，吓得哇地一下哭出来。"我不跟你走，我要家婆，家婆你快来救我！"虎娃一路不停地哭，在德耀关休息时，张树良听得不耐烦了："再哭，杀了你这小兔崽子！"吴山害怕张树良真会杀了虎娃，便一把揽过虎娃劝道："县长，这种小娃儿，留着还真有点用。你想想，以后我们需要情报时，可以训练他去帮助我们，这种小屁孩谁会防范他？"张树良听着有道理，也就不说话了。从此虎娃跟着吴山，有了安全感，加上路途劳累，他很快在马背上睡着了。梦中，他还念着家婆教的童谣。

　　折耳根，
　　满坡生，
　　花红杆，
　　绿茵茵。
　　我走家婆家门口过，
　　家婆问我是哪个，
　　我是家婆的亲外孙。

　　虎娃开始适应了颠沛流离的生活，成了吴山的小跟班儿。吴山看着猴一样机灵的虎娃，附在他耳边说："你要是能把张县长房间里的文件偷偷拿一份出来，我给你五颗火炮糖。"虎娃飞一般地跑了，偷回文件的他，得到了糖果，开心极了，很快又接到吴山为他布置的下一个任务。

　　好不容易到了乱鸡窝，孔阵云将一行人安顿下来。张树良顾不上休息，赶紧向罗国熙发了电文，说他已到达乱鸡窝，等候组织的指示。很快，吴山为他拿来了罗国熙回的电文："我已退出泸县，欲往纳溪，请向纳溪方向靠近。"

　　临行前，接到指示的国民党残部也都向乱鸡窝靠拢，加上张树良这几十个人，已汇集成百多人的队伍。罗国熙派副官陈作邦前来接应，这个满脸络腮胡的男子，开始和吴山一起，每天整顿、训练着这支队伍。

没多久，陈作邦带领这队散兵游勇往前开拔，刚翻过一个长满青冈树的山岭，漫天大雪便纷纷扬扬地下起来，就在雪花纷扬中，副官陈作邦神不知鬼不觉地换成了李光贤。

古蔺城里，也在迎接一场大雪。窗外，大片的雪花安静地飘洒着。清晨，凝重的灰色云团，缓缓朝着东边的山峦移动，仿佛因为寒冷，云团迫不及待地想要投入他们坚实的胸膛。不久，下了一夜的雪终于停了。

肖斌云走到窗边吸烟，被骆国湘誉为"人中之龙"的他，个子并不高，然而那剑眉斜飞、星目疏朗让人过目不忘。他一旦开口说话，即便音量很小，也会发出那种金属般铿锵作响的声音。他武功过人，枪法更是一绝，和骆国湘、杨云程并称"落鸿三杰"。从前，他们同在保商队共事，经常外出打猎，可是自从肖斌云加入地下党，他和骆国湘便疏远了不少。

这段时间，骆国湘等人忙着召集会议，赶走王逸涛和肖震南，吓跑了张树良。肖斌云表面不动声色，其实县府大院的一举一动，全在他的视野之内。连陈家花园的秘密会议，他也知道个大概。

如今，张树良跑了，古蔺大局初定，他也终于可以松口气了。昨天召开的地下党组织会议上，他暂时还没有接到新的任务，然而一种直觉告诉他，恐怕不久，全新而艰巨的任务就会压在他的肩头了。趁着这难得的闲暇，他想出去打猎放松一下。打猎时正好路过黄槁坪他的老家。那个窝棚还在，当地人戏称"千根柱头落地"。刮风下大雨的时候，水漫进家中，脚盆都可以漂浮起来。冬天，窝棚四面透风，冷得像冰窖。就是这样的家，他在此住了十几年。

他围着窝棚前前后后走了走，仿佛旧时光阴又回到了眼前……

院子里，堆满柴草杂物，几只鸡崽四处乱窜，一只跑到他的脚背上，啄了他一下。他轰开鸡崽，将一根圆木搭在马叉上，举起斧头用力一劈，圆木劈成两段，马叉也被劈翻了。

"你看你，像条蛮牛一样，到底你那身强盗力气哪里来的？"肖斌云的母亲呵斥道。

"妈，你不是说吃包谷糊糊长大的娃儿力气大吗？我就是只长力气不长个子有啥子办法。你看看柴块够了不？"

"我看差不多了。唉！你去比比菜园边边那棵核桃树，看看长高点没有？"

肖斌云一个箭步跳过院墙，窜到核桃树前，很快回来叫道："唉，我还是没有长高呢，核桃树倒是蹿了一大截了。算了，我还是长力气好些，个子高有啥子好，穿衣服还费布呢！多长点力气还可以帮家里干活路。"

"好，我看你力气真是大，吃过早饭就牵牛去犁田吧。"

到了下田的时候，肖斌云把牛牵出来，系在石桩上，返身进屋东翻西找。

"找啥子，一晃太阳都火辣辣的了，还不快去犁田？"

肖斌云不理睬母亲的话，他倒了一碗苞谷酒，悄悄给牛灌下去。他以为自己做得神不知鬼不觉，却被他的伯伯发现了："臭小子，你装啥子神弄啥子鬼？给牛灌酒，亏你想得出来。"

肖斌云一见是他最亲近的人，便实话实说："伯伯，我一下田就有使不完的劲儿。这老牛却疲唆唆的，我还没累呢，它就先累倒了。你说我咋办，哪有那耐心等它，只有给它灌酒。"

"嗨，你力气当真大，脑瓜子更精灵。我看你是个练武功的料，想不想去岩峰沟胡氏三大教师门下？"

这方圆百里，对于岩峰沟武术世家胡氏，大教师二教师三教师的名头，谁个不知，哪个不晓。尤其是胡氏中的三教师，武功高强，名头最响。相传曾有一个叫李廷彪的山西打手，上门找三教师挑战，结果被打了个狗啃土。老百姓便编了顺口溜传唱："好个李廷彪，号称无敌手，只会狗刨骚。遇到三教师，一锤打得血长飚。"从此，他们改称三教师为"三大教师"。

"想啊，我做梦都想练武功呢，可惜家里没钱，交不起拜师费。"

"你放心好了，这事包在我身上。说不定我们肖家就靠你的武艺来光宗耀祖呢。"

就这样，肖斌云被送到了岩峰沟久负盛名的三大教师门下。

三大教师不在，叔侄俩站在院坝里等。不知何时，三大教师已悄悄地来到他们身后，他从后面用力磕了一下肖斌云的腿关节，一般人经不起这力道，会扑通一声跪下去。肖斌云摇晃了一下，站住了，并迅速转身，一掌推出去。

三大教师笑呵呵地夹住他的手："鬼娃儿，看来真是练武功的料。"

他满心欢喜地打量着面前这位少年，个子不太高却结实有力，剑眉星目，精神抖擞。做武术教头大半辈子，他还是第一次遇到这种好苗子。

"这是三大教师，还不跪下？"一声呵斥，让肖斌云恭恭敬敬地磕了个响头，从此，他成了三大教师的关门弟子。

三大教师训练弟子很有一套，他对基本功要求很严，一点不含糊。错了一个动作，就会反复练习无数次。虽然肖斌云练武的资质已属上乘，人又勤奋，常常没日没夜地苦练，手掌脚掌全是厚厚的老茧。但三大教师还是板着脸，不肯让关门弟子看出他的满意。稍有不慎，他手里的棕叶鞭子就会刷刷地挥舞过来，有时隔得远，他就拿鞭子在长凳上敲打，发出让人心惊肉跳的声音。他对肖斌云说，练武这东西不能坏了手，一旦坏手会害你一辈子。现在你埋怨我没关系，就怕你将来恨我。

在三大教师的悉心教导下，肖斌云武功大为长进，一人能肉搏六七人，一时传为美谈。

自从送肖斌云去练武，他的母亲便在自家院坝里挂上沙袋，供他回家时练习。这个沙袋还在，上面布满了尘埃，肖斌云在沙袋上击了一拳，几个生死搏斗的场面蓦地闪现在他脑海里。最惊险的莫过于前几日受命监视县府大院的动静，曾与几名兵丁交手，他一掌拍在那个小个子兵丁的背上，顿时听见了骨头碎裂的声音，再一掌，那人已经软在脚边……他摸摸毫发无伤的自己，突然改变了主意，想先去岩峰沟看看师傅三大教师。

眼下是冬天，岩峰沟略显萧瑟，加上山高路陡，行人也见不到几个。三大教师见到肖斌云很高兴，忙不迭地泡茶递烟，还拿出平时舍不得吃的水果糖摆在他的面前。

"这段时间，城里闹出弄大的动静，肖徒儿也一定累坏了。"夜深了，茶水续了一道又一道，烟抽了一杆又一杆，两师徒仍毫无倦意，三大教师满眼慈爱地看着肖斌云问道。

"张树良逃走的前一晚，我受命监视县府大院的动静，差点脱不了身，不过幸亏师傅教给我一身过硬功夫，要不我哪能好端端地坐在你面前？"

"未曾学武先习德。只有正义与身形融洽无间、严丝合缝才能产生坚不可摧的力量。"

"是的，徒儿一辈子记住师傅的教诲。唉！解放军就要开进城了，以后我恐怕没多少时间来看你老人家了。"

"解放古蔺关系全城老百姓的身家性命，徒儿操心大事要紧，不用来看我了。"

临睡前，肖斌云趁他们不注意，将几个银元悄悄塞在师傅的叶子烟袋里。

夜已深，肖斌云早已鼾声如雷，三大教师听着他的鼾声却无法入眠。作为岩峰沟第一武术教头，他不仅一眼看出肖斌云习武的资质，更看出他善良正义、知恩图报的秉性。他会练出一身好武功，并因此有大作为。爱才心切的他，还用一杆打猎的火药枪，教会徒弟枪法。

肖斌云经常在百步之外练习打红皮萝卜，打点燃的香烛。因为枪法和骆国湘、杨云程齐名，三人常常相约一起上山打猎。

肖斌云的枪法渐渐得到骆国湘的赏识，他拿出自己珍藏多年的一支短枪赠给肖斌云。有了这杆枪，肖斌云成了骆国湘手下的一个得力助手。他被编到骆华周的手下，协助保商队的工作。

中华人民共和国成立前，彰德是地下党的重要据点，骆邦郁作为彰德的头面人物，很快成为其中的活跃分子。骆家和肖家是世交，两家常有来往，肖斌云和兄长般的骆邦郁素来亲近。从骆邦郁的言谈中，肖斌云对地下党充满好感。他感觉地下党组织纪律严明，公平正义，跟保商队的氛围大不相同。

在骆邦郁和胡廷彬的介绍下，肖斌云加入了地下党。从此，他充分利用骆国湘得力助手的身份，多次出色地完成组织布置的任务，深得组织信赖。

其实，肖斌云在保商队第一次扬名，让众人刮目相看的并不是枪法，而是一次成功的暗杀，这个本事也是三大教师亲传。

三大教师将一把直尺藏在袖管里，让肖斌云扮演敌人。一切准备就绪，他示意肖斌云走过去，就在他们擦肩而过的瞬间，他的一只手腕突然转动，以迅雷不及掩耳之势将那把模仿匕首的直尺抵在肖斌云的肋下，另一只手的手腕，迅速拍在直尺的另一端。这时，三大教师的眼神一反常态，射出道道寒光："如果这真是一把匕首，我只需用力一拍，刀刃就会拍进你的肝脏，再顺势搅动半圈，你就一命呜呼了。"

肖斌云听得目瞪口呆，这种暗杀前后不过几秒钟，太神奇了，从此他便开始琢磨上了这个绝技。在保商队与土匪的一次对峙中，他依靠暗杀轻松地干掉了对方，从此愈加受到骆国湘的器重。

天一亮，肖斌云抓起昨夜晾在院子里的外衣披上，走了半里路感到衣兜沉甸甸的，伸手一掏两枚煮鸡蛋尚有余温；再一掏，是那几个银元。肖斌云望着师傅家的方向，眼睛湿润了。

"都怪我睡得太死，师娘何时起来烧火煮鸡蛋，放回银元的，我都不知道。"愧疚的神色，在他脸上拂之不去。

冬日的斜阳洒在白雪覆盖的高家山上，松树上的积雪太厚，有些树枝难以承受，发出嘎嘎的折断声，一团雪正好掉落在肖斌云的身上。他耸耸肩抖掉雪沫，顺势打出两枪。清脆的枪声划破寂静的山林，雪地里的两只野鸡一死一伤，肖斌云大步踏雪，捡回这一枪的战利品。

就在他提着野鸡准备打道回府时，突然一声枪响，子弹竟擦过他的左腿。幸亏他反应敏捷，否则差点废掉一条腿。不过，在快速躲闪的时候，他踩翻一块大石头，正好侧翻压在他的右腿上。

一个身穿黑色棉衣的年轻人惊慌失措地跑过来，推开石头，焦急地扶住了他："你没事吧，实在对不起，我以为这里没人，是我太大意了。"

"没事，应该是一点皮外伤。"说不痛是不可能的，只是怕吓着年轻人，肖斌云故作轻松地说道。

"你叫啥子名字？家住哪里？我这就送你回去。"

"不用了，这点伤算啥子？我叫肖斌云，彰德人。"

"你就是肖大哥？没想到在这里遇上你。我是陶建宁，常听父亲陶钦克说起你，我对大哥很是敬佩呢。"年轻人惊喜地叫起来。

"你父亲是陶钦克，白老虎？我们认识，几次骆三爷请吃饭，他都在场。你父亲武功高强，为人很忠厚。哎哟，这还真痛，已经淤青了。"肖斌云忍不住叫出声来。

他再次忍痛抬头仔细打量年轻人，这才发现他看起来如此眼熟的原因，原来陶钦克父子真像一个模子里捣出来似的，一样的白净斯文，一样的和善有礼。只是，陶钦克多了些英武之气，而陶建宁则文弱许多。

"咋个，你爹是有名的白老虎，你却不像练武之人，不打算继承你爹的衣钵？"

"我从小身体就弱，我爹门下又有那么多习武的好苗子，我就落得清静，不去凑那个热闹了。唉！我光顾说话了，快走快走，你的伤势不轻呢。"

陶建宁赶紧扶着肖斌云往山下走去。两人跌跌撞撞，费了好大的劲才到了上桥。这里街道不宽，梧桐树和桑树的枝叶在空中相连，茅草房和瓦屋错杂分布，他们要找的那间小小的陈记中药铺，就在烟馆和饭馆的中间，小小的门脸，几乎就要被梧桐树遮蔽。

这药铺是古蔺城里显赫一时的大户人家、陈家花园的后人开的。陈氏祖上原本行医，发迹后不再经营中药铺，只将医术家传后人。奈何家道中落，陈家花园易主后，陈氏后人又开始了行医生涯。

"陈师傅你轻点儿。"陶建宁叮嘱道。他见只穿一条火窑裤趴在硬板床上的肖斌云疼得龇牙咧嘴，却始终忍住不叫出声来，还故作轻松，不由得心里一热。

陈师傅不吱声，将玻璃坛子里那黄色的药酒倒出些许在手心，快速摩擦发热双掌，再次贴在肖斌云青紫的大腿上，轻擦片刻随即加大力度快速

揉搓起来："忍着点儿，这是我家祖传的跌打药酒，药材都来自黄荆老林，灵得很。唉，你倒是真熬得住痛，谁把你弄成这样的？"

"还不是我自己马大哈。"肖斌云一点不提陶建宁的过失。

"以前，老爸要教我治疗跌打损伤、敷草药、包扎伤口这些手艺，我总嫌麻烦，不想学，现在我还真觉得有必要学学这一套了。"陶建宁不禁发出感慨。

几天后，陶建宁去探望肖斌云。见阳光甚好，肖斌云也闲着无事，便约了他到王幺娘家的馆子里小酌。

王幺娘手脚麻利人勤快，不仅做的饭菜味道极为可口，店里也收拾得干净整齐。五六张小方桌和几条矮凳擦得油光锃亮，大茶缸里总是盛着温热的老粗茶，干干净净的茶碗倒扣在大瓷盘里。白天，店里的大甑子前白雾腾腾，店小二熟练地端着一碗碗冒儿头，在各小方桌间穿梭来往，肩上的白毛巾蝴蝶似的在人们头上飞来飞去。

就在两人开怀畅饮时，门外传来一个苍老的声音："县长跑了！"

乔二爷边喊边大摇大摆地走到馆子门口，他将麻糖担子轻轻放下，坐在树荫下歇息。肖斌云并不觉得意外，张树良刚逃走，地下党组织就召开了紧急会议，通报这件事情，要求党员们依然小心谨慎，不要暴露自己，随时准备接受上级的安排，接受新的任务。

陶建宁听到这个消息则大吃一惊。他问乔二爷："县长跑了，你咋知道的？"

"我咋个不知道？我卖麻糖成天跑街串巷，芝麻绿豆大的事情我都知道。告诉你们，那个没了爹娘的虎娃也不见了，他那个家婆，气得一口气上不来，一蹬脚上西天见了阎王爷，可怜死后连副棺材都没有。唉！可怜的虎娃，现在还不知是死是活呢。"乔二爷捋了捋胸口的白胡子，絮絮叨叨地说道。

"哦。你老倒是个包打听哈。"

"我还知道，有些随张树良逃跑的人，到了箭竹坪又回来了。""我听到一些风声，但不敢相信，难道真有此事？"肖斌云故作惊讶地大声问。

"当然是真的了，有一个上面的大头头传出来的。"乔二爷越说越起劲，"听说解放军要进城了，那些传单我都看了，广播也听了，听他们那口气，可不是吓人的。你想想，解放军那大炮一来，张树良他们有几个脑壳，敢和解放军作这个对？"

"哦，看来不是吹牛，就凭这我也买你几块麻糖。"陶建宁边对乔二爷说，边摸出零钱买了几块麻糖，分给肖斌云，自己也丢一块进嘴里。他津津有味地品咂着，话也越来越多了。

"他们跑回来干啥子？难道去投靠骆国湘？"

"有这个可能，你想想，解放军虽然快开进古蔺了，可国民党哪会甘心失败，他们一定会行动起来垂死挣扎。那些逃跑的人一定会想方设法投靠新的组织，和解放军对抗。"

"照你这样说，古蔺往后的日子更难过了。"肖斌云忍不住逗他。

"我每天卖完麻糖回石羊坪的家时，会路过一个山洞，这两天发现里面竟然住了一些人，吓我一大跳。"

"你咋发现的？没事就往洞里钻？"

"我尿急，到山洞去撒尿，结果发现里面有人。"

"这年月，以后可得小心点。"

"乔二爷，你们大可不必害怕，国民党跑了，古蔺将是共产党的天下，解放军是人民的军队，那可都是好人呢！"肖斌云一边吃饭一边不忘做着宣传。

张树良的出逃，便是如此这般让人们议论纷纷，他们既兴奋又茫然，不知道接下来古蔺将面临怎样的局面。近段时间，虽然地下党做了大量的宣传工作，但听说解放军要进城，老百姓仍然惶恐不安。

杨云程等人倒是没有闲着，张树良前脚一走，他们就在商议代理县长的事情了。禹王宫里聚集着几十个人，选举过程由杨云程张罗，经过一番激烈讨论，由骆国湘宣布结果："大家都知道，张树良跑了，解放军又没有开进城，重庆方面也失去了联系，古蔺大小是个县城，不可一日无主。根据大家刚才商议的结果，我现在宣布：由王廓尘出任古蔺代理县长。"

掌声有点稀稀落落，骆国湘知道有人不服，他加重了语气说道："千口吃饭，一人当家。大家心里还有个小九九小算盘的，都请给我骆某人一个面子，这事就这么定了！"掌声这才热烈起来。

王廓尘站起来，战战兢兢又满脸得意地接受了他们的推举，出任古蔺代理县长。

众人都知道，代理县长并没有多少分量，陈见常和陶黑子对代理县长尤其不屑一顾。选举结束后第二天，正好是王瞎子的七十大寿，两人都拒绝参加王廓尘组织的会议，到水潦向王瞎子祝寿去了。

在陈见常经商期间，无意中救过王瞎子一命，两人常有来往。王瞎子为其指点，带着他和陶黑子，亲自到石鹅指点修建街道和兴办学校的地点方位，暗示陈见常此举若是成功，定会发迹。

其时，陈见常在铁厂和贵州清池一带经营丝绸和鸦片，积累了一定的资金，于是发动族人兴街办学，得到族人的大力支持。石鹅的学校和街房，便这样修建起来了，新建学校命名为"陈氏私立育英学校"。陈见常也因为兴街办学的义举名声远播，当选了县参议员，并由陈文典和吴家福介绍加入地下党，从此对罗西成军中的差事越发懈怠，常留家中了。

实现了王瞎子的发迹预言，陈见常对王瞎子更是言听计从。到了水潦，老远就看见了王瞎子那写着"麻衣神算"的布幡，进了王瞎子的家，两人又累又渴。陈见常顾不上喝水，赶紧请王瞎子算命。王瞎子摇头晃脑地沉吟一番，把陈见常十个手指头拨弄来拨弄去，含着清水往东南西北四个方位喷了几口，又过了一炷香的时间仍是不开口说话。陶黑子早等得不耐烦了，口干舌燥的他只好站起来，自己去倒茶喝。就在他捧着茶杯回来时，王瞎子才缓缓开口说道："见常啊，你不要只看到眼前的好日子，对后十年的运程也要有所把握。你的好运快到头了，只怕后十年将是恶报不断。"王瞎子脸露忧戚。

"师傅，那要咋样才能消灾免祸，好运不断呢？"陈见常眼露惊恐，靠近王瞎子问道。

"你那个干儿子彭俊甫，是不是名声很好，受百姓拥护？"

"是的，他接替我当了皇华乡乡长后，的确受到老百姓的拥护。"

"这就危险了，彭俊甫这人与你的八字相克，以后他还会发达，你就只有走下坡路了。"

"赶紧把彭俊甫干掉！"陶黑子插嘴道。

"我日你仙人，不要插嘴！"陈见常横眉一挑，情急之下，满嘴脏话就冒了出来。

陶黑子给噎住了，他将双拳捏得咯咯响，最终还是懊恼地转过身去，不再搭腔。

"那倒不用取人家性命，我要你记住，只要走和他相反的道路就可免祸消灾，福报不断。"

王瞎子的指点，让陈见常暗下决心，要走与彭俊甫相反的路。当时任重庆国民党参议员的大村人赵禹香找到陈见常时，他便加入了赵禹香的组织。

就在陶黑子和陈见常去赴王瞎子的寿宴之时，陶钦克也在筹备三天后的家宴，庆祝王廓尘当选县长。

陶钦克让陶黑子到古蔺赴宴，陶黑子本不想去，却又不好推脱。这天是赵禹香第一次在陈见常的带领下，来到陶黑子家商议结盟，三人一拍即合。陶黑子一加入组织，赵禹香就给了他两把卡宾枪和一百发子弹，还有一部电台。

两人对赵禹香说起新任的王县长，满脸不屑。赵禹香明显察觉陈见常不服气，劝解道："见常兄不必怄气，明摆着这个县长干不长。你跟着我们好好干，别说县长，再大几倍的官帽子，都有可能落在你头上，你叹啥子气？"

见陈见常露出笑容，而陶黑子依然磨磨蹭蹭不想去，赵禹香又劝说道："我看这趟你还非去不可了，而且你还得把见常兄也带去，他比你城府深，你们俩去县城探探口风回来，组织将安排下一步的行动。"

"你呢？"

"我这就回重庆了，下个月我还会来，到时重庆方面派来的副官李光贤也会与你们见面，给下一步的行动作指示。你们要注意吸纳周边的力量，壮大我们的队伍。事成之后会给你们封官行赏，好好干吧。"

这番话让两人激动不已，他们把赵禹香送到大道上，在赵禹香多次"送君千里终须一别"的劝告下，才返身赶往县城。

霸主投诚

陶钦克一见陶黑子那身灰不溜秋、吊儿郎当的打扮，不禁皱起眉头："咋个又穿成这样子？"

陶黑子嘻嘻笑着："大哥，生就的骨头长就的肉，我咋个邋遢是我的事情。再说了，别看我这皮囊不好，心却是好的呢。"

陶钦克气不打一处来，压低声音吼道："你还心好，二老又在我面前告你的状了。我说黑子你呀，啥时才懂事，看你一天到晚嬉皮笑脸的样子就让人着急。"

"哎哟，今天大哥请客，大鱼大肉，好酒侍候，我凭啥子不高兴，要哭丧着脸来？不瞒大哥，我早饭都没吃，腾空肚皮准备大吃一顿呢。"

"吃吃吃，你开口闭口都是吃，饿狼似的。一会儿在宴席上你可斯文点，别给我丢人啊。"陶钦克木着脸到后院去了。

因刚被兄长训过，还有骆国湘在，陶黑子显得很拘谨，只顾埋头吃饭。陈见常却很活跃，他说话多，同时也很机警地听众人谈话，捕捉对他有用的信息，不时露出会意的笑容。

"骆三爷，张树良到底咋样了？"酒过三巡，陈见常问。

"走了。不管他，我们新的代理县长王廓尘不是已经上任了吗？"骆国湘举起酒杯示意王廓尘。

王廓尘连忙躬身与他碰了一下杯。

"但是，解放军就要进城，我们是投诚还是对抗，要拿出一个主意来。"骆国湘接着说道。

"怕个球？那些共军，哪是我们古蔺这帮人的对手。只要他们敢来，我就能杀他个片甲不留。"说到打打杀杀的事情，陶黑子莫名兴奋，又有赵禹香一番部署在先，自觉底气十足，瞬间忘了眼前坐的是骆国湘。

陶钦克不安地咳嗽了一声，用眼神暗示自家兄弟。

"要得，成功之后我们推骆三爷做古蔺霸主。"杨云程也表示赞同。

"你几爷子尽开黄腔，解放军的势力可不是你们想象的那样。知道不，这段时间地下党的力量在不断壮大，叙永、合江、泸州都先后解放了。靠你我几个的实力，简直搬石头砸自己的脚嘛！"骆国湘看着众人一脸冷峻地说道。

"三爷，你这话算是提醒我了。我发现这段时间肖斌云行踪很神秘，和他来往密切的人都不是我们这个组织的，我们是不是要提防下他？"

"这就是我们这段时间召集会议，每次都不招呼他的原因。生逢乱世，肖斌云的身手和枪法，他的计谋和能力，肯定会招来不同组织的拉拢和关注。一句话，我们要依靠他，也要提防他，明白吗？"

陶黑子站起来敬酒，骆国湘不与他碰杯，他把手扣在酒杯上，也不看众人的脸色，只低眉敛首地说道："我看解放军的势力不容小看，我们还是尽快拿主意才好。"

陈见常脸上掠过一丝阴冷神色，用余光打量着身边的人。

陶钦克点点头："骆三爷说得对，这个形势的确有点恼火，我觉得最好投诚。"

杨云程还想说话，可他看骆国湘垂下了眼睑，通常，这就是老头子下定决心的样子，可他又不甘心就此罢休，只好沉默。

陶黑子和陈见常见状也不说话了。

为了破解僵局，陶钦克和大家说笑几句，赶紧叫出两个如花似玉的女儿陶佳和陶旦，要她们换上苗族服装，为大家唱歌跳舞祝酒。

骆国湘皱着眉头摆手道："我说，老陶，唱歌跳舞那套，年轻人喜欢，我这老头子可不喜欢。不如你给大家来段苗棍吧，那才提神呢。"

众人拍手叫好。杨云程见到面前的两个丽人，哪还有心思看什么苗棍，他赶紧制止道："别别别，三爷。"他朝着骆国湘拱拱手，又对着众人作了一揖道："我说各位，今天我们是在商议大事呢，别舞枪弄棒打打杀杀的好不？你看人家的两个姑娘都出来了，我们还是看歌舞吧。"

陶钦克其实很久没舞苗棍，都有些生疏了，不想在众人面前露怯，当即借坡下驴答应下来："哎哟，三爷，各位，我这才记起，苗棍前些日子被项老三借走了还没还回来呢，改日再请大家看老夫出丑好吗？女儿们，还

不快去换衣服。"

俗话说，山旮旯里飞出金凤凰。

陶佳快十八岁了，皮肤微黑，身段丰腴，那垂至腰际的黑发用翠绿的丝帕松松一束，散落的发丝便若有若无地飘荡在脸颊，伴着银铃般的笑声，真是荡人心魄。

陶旦略为高挑，还不到十六岁，已经出落得亭亭玉立、楚楚动人。那蜜杏色的脸上，眼窝略微凹陷，双眼皮如刀刻一般清晰，随着浓密睫毛一起张合，让那黑如点漆的眸子越发迷人。她的唇角有一点男儿气，平静的时候也悠悠地散发着张力，在启齿微笑或开口说话时，那唇角变幻着不同的姿态，更是风情万种。

不一会儿，两个穿着盛装的苗族丽人出现在众人眼前：体态丰腴，肤色微黑的是陶佳；蜂腰长腿，窈窕迷人的是陶旦。陶钦克长期走南闯北，有几年专做布匹、丝绸生意，这培养了他独特的着装品味。年老之后，自己对穿着不再讲究，对两个女儿的装扮，却用情极深。虽然他对苗族服饰同样有着极深的感情，但他通常只让女儿们在苗家庆典里才穿传统服饰。在这种助兴的场合，他可要让大家开开眼，看看他从贵州、云南等地为女儿们买回的华服。

陶佳身着一袭玉兰色长裙，像改良后的宽松旗袍，又似别致的苗装。裙摆曳地，自上而下，是一色的金黄丝线绣织的花卉，腰间是一条宽宽的黄色织锦腰带。长长的袖摆飘飘欲飞，与她丰腴的身材浑然一体。

陶旦比姐姐高出半个头，一袭嫩黄的裙装裹在她高挑的身段上，裙子的领窝处是一只金线绣织的凤凰，光彩夺目。那上好的丝绸紧紧裹着她的娇躯，让她纤细的腰肢和秀挺的胸部展露无遗。

杨云程一眼认出那日荡秋千的陶佳，可是当他从陶佳的身上转移视线，落到陶旦身上时，眼睛就再也没有离开过陶旦。

苗家人常说："芦笙不响，五谷不长。"没有芦笙，一天到晚死气沉沉，日子过得冷冰冰。有了芦笙，白天坡上吹，夜晚坪里赛，这日子就有了韵味。像陶钦克这样的殷实人家，对芦笙自然也是讲究的。此刻，陶钦克转身进屋，很快就提着一把上好的芦笙走了出来。这是一把木纹清晰、做工精致的芦笙。芦笙用杉木做笙斗、白竹做笙管、薄铜皮做共鸣管，不仅美观，而且音质上乘，一直被陶钦克当作宝贝珍藏，平时舍不得拿出来吹奏。

陶钦克吹起了芦笙，陶建宁敲起了鼓，两个丽人相视一笑，一个回旋，一个转身，便开始舞动起来。当苗家敬酒歌在大厅响起后，两人轻启珠喉，边舞边唱，直把在场的人看得眼花缭乱，陶醉不已。

虽然有歌舞助兴，可是因为聚会人员意见分歧巨大，宴席终究不欢而散。杨云程魂不守舍，心事重重，出门时，差点被陶家的门槛绊倒。

晚上，他彻夜难眠，干脆去自己开的赌场玩了个通宵。

鸭儿粑巷子，马四娘家。

由于投诚一事还未达成共识，骆国湘到底放心不下，这天下午他再次召集众人到马四娘家喝茶。

从一条窄窄的巷子进去，一路走到尽头，出现一个青瓦白墙的独门小院，这便是马四娘的家了。比起陈家花园，这里更为幽静，又因马老三长期在骆国湘家当差的缘故，这里便成了骆国湘开会的另一个据点。

为了保证会谈的效果，骆国湘煞费苦心。他担心性格冲动的杨云程、袁良率先开口，主导了众人的情绪，一些没有主见的家伙会被牵着鼻子走，主张投诚的人再来表态，容易陷入僵局。因此，他让陶钦克紧挨着他坐，示意他先发言。他深知，陶钦克这类身家不薄的人士，为避免财产毁于战火，大多是投诚的支持者。

被骆国湘点名发言，陶钦克有些意外。他将端到嘴边的茶杯放下，与骆国湘交换了一个会心的眼神，这才说道："大家知道，解放军已于上个月末先后占领了赤水河沿岸部分地区和摩尼，国军一个营和这两个地方的民众自卫队都被吃掉了，叙永后山堡国民党两个新兵连也陷入困境。这个月初，中将副司令肖以宽都被俘了，叙永已经解放。解放军要攻下古蔺县城，那还不容易么，我还是坚持上次的意见——投诚。"

此话一出，众人面面相觑。面对意味深长的各种眼光，陶钦克不由得心虚了，他转向骆国湘："三爷，你说呢?"

骆国湘环顾一下众人："各位，你们都是古蔺地界上说得起话的人，我只是多吃了几年白饭而已，也没啥高见。实际上，你们都知道上个月底，解放军两股兵力已经对古蔺形成夹击之势，古蔺解放迫在眉睫，大家再不拿主意恐怕就来不及了。现在老陶也表态了，云程你也说说自己的看法吧。"

杨云程前一晚在赌场熬得昏天黑地，此刻脑子中还是那些满桌翻腾的骰子，整个人看上去有点心不在焉。他强打精神听明白了骆国湘话里的意思，不便反抗，又心有不甘，便斜了陶钦克一眼，赌气似的将一杯茶喝了个底朝天，才苦笑道："还是老陶忧国忧民啊，其实，货多不值钱，人多命如草。古蔺弄多人，损失一点算不了啥子……"

袁良用赞许的眼光看着杨云程，不住地点头："我也觉得过于心慈手软，会误了大事。"

陶钦克怒道："要是损失的是你们的亲朋呢？要知道，人在做事，老天在看啊！"

骆国湘冷冷地看了杨云程一眼，拍了拍陶钦克的肩膀："老陶说得对，云程，你的歪理就是多。你真要那么想，死后到了阴间要被阎王爷扇耳光。"

杨云程一时有些尴尬，他往空杯子里添了点茶水，赶紧讪笑着说："三爷待我恩重如山呢。那次保商队遇险，要不是你老当机立断，舍身救我，只怕我坟头都长绿树了。我开玩笑的，一时糊涂，一时糊涂，我真要那么想，不等阎王爷扇我耳光，三爷你先扇我耳光就是了。"

王廊尘为了给杨云程解围，又将话题转移到投诚上来。"不知道各位还记得不，张树良刚来古蔺那阵子，通报了军统在古蔺建立游击根据地的可行性。"

他的话果然重新吸引了众人的注意力，陶黑子抢过话说道："当然记得，我们古蔺可以说得上山高皇帝远，地盘虽不大，但高山多，溶洞多，古蔺又是连接赤水、合江、叙永边境的地方，容易躲藏，也容易逃跑。"陶黑子显然对古蔺地形很熟悉，说起来头头是道。

杨云程接着说："当时西南特区区长徐远举还说，如果重庆有危险，连特区人员及家人都可以到古蔺来躲避。所以我认为，古蔺暂时没啥危险，没必要理他共产党解放军的……"

骆国湘脸一沉，挥手打断了杨云程的话："我真搞不懂，你狗日的说的是人话还是鬼话？现在古蔺已是孤岛，四面楚歌，你还不明白？"

陶钦克赶紧站起来给众人递烟，用缓和的语气说："仅靠古蔺县城的这点武装力量的确无法抵抗解放军，如果解放军真的打过来，古蔺势必生灵涂炭，到时我们的身家性命也将难保啊！"

众人陷入沉默，杨云程像玩魔术似的，将两只烟接在一起抽；王廊尘不吭声，面无表情；袁良的眼睛紧紧盯着天花板，好像那里藏着什么秘密；陶黑子则埋头磕着瓜子。

直到马四娘为众人打来一斤散酒，又端来两碟花生米，一盘卤鸡爪，才打破僵局。

骆国湘再次开口时，加重了语气："必须投诚，一是不要自不量力，拿鸡蛋碰石头。二也是为了古蔺老百姓的安全，十爷子必须一条心，投诚！"

陶钦克面露喜色，赶紧说："我赞成骆三爷的意见，投诚。"

陶黑子环顾左右，也闷声闷气地说："我也同意。"

杨云程虽然身为民众自卫队中队长，但毕竟是骆国湘手下，骆国湘又有恩于他，见大势所趋，只好附和道："既然形势如此严峻，我也同意骆三爷的提议，投诚。"

投诚一事就这样瓜熟蒂落、水到渠成，几只酒杯哐当地碰到一起。

一进入初冬，落鸿河岸如烟的垂柳便开始落叶了。此刻，柳树上只剩下光秃秃的枝条，路上的柳叶随风卷起，路面一片斑驳。

骆国湘踏着落叶回到家时已是黄昏，马老三赶紧为他倒上一杯热茶，骆国湘摆摆手："不用了，刚刚在你四妹家喝过。"他笼着手坐在火盆边烤火，烤着烤着，吩咐马老三："把油灯捻亮一点。"马老三拿起剪刀，剪去半截灯芯，火光一下旺起来，将骆国湘敦实的身影印在墙壁上，显得孤单又有些凄凉。他坐了一阵又吩咐道："有没有瓜子，拿一点来剥剥。"等瓜子到了手边，骆国湘又不想吃了。

他将双手插进怀里陷入沉思：想当初，他也不过是一个普通的农家子弟罢了。若不是年幼时一次意外的土炮走火事件误伤了土匪，土匪扬言要取他性命，他被家人送进县城消灾躲祸，只怕他也和很多族中子弟一样，老婆孩子热被窝，平平淡淡终其一生了。记得刚进城时，他一边在鸭儿粑巷子马深明的佃房帮工，一边在此体察世事人情。资云五、周丙兴两个弟兄，便是在此认识的。他们教会他打枪，还把他引荐给了当时的叙、蔺、宋三县清乡司令李熏庭。

李熏庭一眼就看中了这个结实精干的年轻人，便命他和资云五、周丙兴一起去云南购买枪弹回来操练民团。在押送枪弹回古蔺的路上，两次化险为夷，都多亏了骆国湘的随机应变，急中生智。

侥幸捡回一条命的资云五和周丙兴，一回来就迫不及待地向李熏庭报告。李熏庭心想，自己果然没有看错人，不久就调骆国湘去叙永当了清乡司令部的护卫班长。在镇南桥打了一仗，居然把匪首林吉湘率领的三百多个土匪打退了。李熏庭大喜过望，又升骆国湘为排长。骆国湘不负众望，又在钓鱼台打垮了李鸿勋的队伍，李熏庭再次将他升为连长。

这一路升迁已经够红火了，然而更大的机遇还在后面。钓鱼台之战不久，国民革命军新二师的部分叛军占据叙永县城，设卡收税，胡作非为。李熏庭奉命清剿，他带队从震东出发，从火把桥方向对新二师叛军发起进攻，一时没有攻下。骆国湘带队走黄泥坳、东门湾子插进叙永县城，转头配合李熏庭两面夹击，遂将叛军击溃，往头塘方向逃跑。

清剿叛军的细节被家乡人反复提及，牛越吹越大，简直把骆国湘捧成了神明。其实，骆国湘心里很清楚，若不是老天有眼，在东门湾子时，那颗斜飞的子弹只要偏差一丁点儿，自己就没命了。说什么英雄，不过是老天眷顾。因此，无论吹捧的话再多，骆国湘始终不失质朴本色。

接着，便是李熏庭被暗杀了，这是件轰动四乡八野的大事。钓鱼台一仗打跑了李鸿勋的队伍，李鸿勋岂会善罢甘休。他在叙永芭蕉拐精心设局，请君入瓮，李熏庭一杯酒刚下肚就被人暗杀。他挣扎着在地上翻滚了几个回合，鲜血顺着石板流了几米远。当天晚上，狂风大作，电闪雷鸣，人们都说是李熏庭冤魂未散，前来讨债呢。

骆国湘处理完李熏庭的后事，率古蔺籍士兵回乡，清乡军就此瓦解。世事无常，当年他依附的马家佃房已经衰落。马家的三子一女，两个抽大烟败尽家产，一个女儿出嫁后因不能生育又被休回娘家，只有马老三独撑门户，佃房的光景已是一天不如一天。骆国湘将马老三收入自己的队伍，和一时难以遣散的属下一起生活，因开支太大，便在家里卖粮暂时发军饷。后经资云五、周丙兴推举，以这支部队作基础，扩充兵员组成保商队，由骆国湘任大队长。保商队驻扎县城墨宝寺，县府每年发给一千大洋，不足部分收保商费解决。

保商队成立不久，新军叛军一千多人在叙永江门附近的寞鹰岩落草为寇，抢劫行商，古蔺保商队前去攻打。骆国湘率队一鼓作气，把叛军打垮了。从此他威名大振，成为德高望重的地方保护神。马老三也离开保商队，做了骆国湘的管家，半年后把属于自己名下的马家仅存的一处院落给了自己的妹妹马四娘。

又过了几年，骆国湘已成为威震四方的地方武装头面人物，既是古蔺保商大队长，又是叙、蔺、宋、纳、合五县联防指挥部副指挥官。

由于多年在保商队，他也善于经商，家族生意日益庞大。开设有绸缎铺、碾米房、榨油房、中药房、军械厂、锅厂、铧厂、碗厂、铁厂等，合称"一铺三房五厂"。其中，最有威慑力的还数军械厂，该厂除了能修理废枪，还能制造"二马车"等枪弹，让云贵周边的悍匪惹都不敢惹。

可是，解放军眼下要进城，是舍弃还是死抗？必须拿主意了。

他的脑子里如飓风扫荡万马奔腾，有时是一群人出来山呼万岁；有时是一幅幅生灵涂炭的情景；有时是享受不尽的荣华富贵；有时是众叛亲离的形单影只。

正义与邪恶，现在都像被魔法召唤，齐聚一起互相碰撞。虽然众人一致通过投诚决议，可只要他说个不字，一切还可重来。他一下看到了那些桀骜不驯的眼神。

他站起来，掀掀锅盖，揭揭水缸，又去探探米桶……

坐立不安中，时间一点点流逝，然而投诚之事已经刻不容缓。他决定和马老三玩玩押宝的游戏，待马老三别过脸去，他将一粒瓜子放在左手心里，叫马老三转过身来猜，猜中了就投诚。

马老三摇头晃脑沉吟一番，又走过来仔细看了看他紧握的双手，最后果断地说："左手。"

骆国湘摊开手，那里果然安放着一颗圆润饱满的瓜子。

看来，投诚是天意了。他深深地叹了口气，对马老三说："马上去找地下党组织的人，商议投诚一事，赶快！"

"可是……"马老三满腹疑虑地问，"谁是地下党？我到哪里去找？"

"你找肖斌云打听一下，他路子野，朋友多。"

第二天，马老三找到了肖斌云，肖斌云在心里暗笑道："你还真是找对人了。"他不露声色地给马老三介绍了万家巷子开米店的老潘，老潘带着他在城里七弯八拐，来到河边的一个独门小院。一个穿短袄的男人正站在门口看孩子们滚铁环，见老潘到来，两个人交换一下眼神，低声说："到里屋坐坐。"

在这个男人的指点下，马老三终于敲开了骆邦郁家的大门。听明白了来意，骆邦郁立即报告了中心县委负责人何显宗和陈昭中。

两人一直关注骆国湘的动向，他们深知骆国湘在当地的分量，古蔺要和平解放，不伤及百姓，首先便要取得他的支持。这天傍晚，当骆邦郁推开他们驻地的大门，说骆国湘有投诚之意时，两人相视一笑。可是，总不能让他就这么来了，何显宗害怕陈昭中一口答应下来，便抢先说道："谢谢你了，请你先回去通报骆大队长，请他明天晚上过来。"

二人经过一番商量，统一了意见，对可能出现的意外做了一些防备，又悄悄布下了暗哨，这才让人通报骆国湘。

走进办公室，面对中心县委负责人，那属于胜利者明快的笑容，宽和的气度，让平时呼风唤雨的骆国湘，此刻竟也感觉拘谨起来。

何显宗见状，主动上前与骆国湘握手："骆大队长，早就该来拜会你老人家了。"

陈昭中赶紧为骆国湘递上一支烟，见骆国湘接了，又擦了火柴要为他点火。骆国湘摆摆手，将香烟伸到火盆里，点燃之后猛吸一口，这才放松下来，进入正题："我们支持解放军，古蔺地方武装势力决定向解放军投诚啦。"

"骆大队长真是爽快,我对你们的投诚表示欢迎和感谢。相信解放军不会亏待你们,还有你们的队伍,也将得到善待。"

"唉,要说手下的弟兄们,也是十爷子九条心,但投诚之事我骆国湘一直力排众议,要给古蔺老百姓一个交代。"

"好,感谢你,古蔺人民也会感谢你的。"

他们约定好正式会谈的时间,便各自回去筹备了。陈昭中打电话请示上级组织,首长叮嘱道:"我这就从部队中抽调两名年轻精干的排长,带上册子、钱和慰问品前来做投诚的接洽工作。哦,我看就让汪海和谭杰过来吧。请你们务必提高警惕,谨慎行事,一有情况,及时报告组织,祝你们成功。"

陶建宁在高家山误伤肖斌云,两人竟因此成为莫逆之交。

这天肖斌云到陈家花园,就是受陶建宁之邀。最近陶钦克出去进货,带回几瓶泸州担担酒,陶建宁便请肖斌云过来共饮。

肖斌云刚落座,还来不及和陶建宁寒暄,就听到窗外一个脆生生的声音叫道:"陶建宁,快来帮我!"

他们循声看去,原来,陈家花园里有一棵皂角树,陶旦要洗头发,爬到树上去打皂角下不来了。陶建宁说:"笨,自己下来!"

"不嘛,快来帮帮我。"

陶建宁只得走过去,让二姐踩着他的肩膀下来。陶旦一张俏脸飞起红晕,看上去益发娇媚动人。肖斌云因为已有家室,并未正眼看陶旦,只是淡淡一笑:"早就听说陶家有两个俏姑娘,这还真不假哈。"

"二姐,这就是爸爸常常提起的肖斌云大哥。"

"我知道,听说肖大哥武功非常高。"陶旦常听家人说起肖斌云,心中暗暗倾慕,眼下见到的这个人,和传说中的他一样又不一样。一样的是他的精干结实,嗓音洪亮,干净利落。不一样的是他整个人好像笼罩着一种光芒,让她不敢正视,却又忍不住偷偷一看再看。这不一样的地方家人可从未告诉过她。

"那倒未必,只是绝不会爬到树上就下不来。"肖斌云爽朗的话语,让陶家姐弟哈哈大笑。

肖斌云看了看陶旦摘下的皂角,嗤了一声说:"这种皂角不好,我彰德老家有一棵皂角树才好呢,那种皂角洗头发,又香又止痒。"

"那你帮我摘一篮子回来,我和姐姐都要用。"陶旦眼巴巴地看着肖斌云，期望他说出想要的答案。

肖斌云躲闪着陶旦炽热的目光，低头想了想答应了。不过他可不想因为区区几个皂角再次见到陶旦，就对陶建宁说："一起去吧，你摘好了好帮你二姐带回来。"

到了约定摘皂角那天，陶旦大清早起来候在院子里。看见陶建宁出门，缠着要跟他一起去。陶建宁拗不过她，只好带着她同行。

黄桷坪那棵皂角树很高，陈家花园那棵真是没法比，此时，皂角叶子已经落光，只剩一串串黑乎乎的果实挂在树梢上。

肖斌云却不急着上树，他捡起一颗石子，对准最密的枝丫飞过去，一下打落了一大串皂角，陶旦跑过去要捡，被肖斌云拦住了："落在地上的，哪有树上摘的好。"

"你能爬上去？"陶旦看着那么高的树，惊讶地张大了嘴巴。

肖斌云不说话，使出儿时的看家本事。他从小就爱爬树，没事就苦苦地练习，比起其他孩子来，他除了能爬高，还有一绝，就是能像松鼠似的，从这棵树爬到那棵树。此刻，他就是从与皂角树相连的黄桷树上爬过去的。

摘够了皂角，他一个筋斗从树梢上飞身，卖弄似的在空中抱膝旋身，好像一只雄鹰俯冲大地一般，轻轻落到了陶建宁面前。陶建宁连忙接住他手中的皂角，陶旦在一旁看得目瞪口呆。

回到家里，陶旦发现陶佳正在摆弄她的双影照。陶旦看了，吵着也要去照一张。她把门一摔，直接去了万家相馆。

取照片那天，陶旦成了万家相馆的第一个顾客。她催着师傅把照片拿给她，心里想着要和陶佳比美呢。

师傅在一大堆照片里翻捡着，这时，陶旦的眼睛被一个熟悉的身影牵引住了。那个身影像一团火，顷刻照亮了她的脸庞，心里也随之热辣起来。

照片上的他，一身土黄色衣服，极短的平头，目光炯炯有神。陶旦几乎忘了自己大清早上门是要取自己的照片。她呆呆地看着肖斌云的照片，突然萌生一个大胆的念头。她被这念头吓了一跳，可是那念头如此强烈，她怎样也抑制不住。她想，要是她空手而归，一定会夜夜难眠，就像摘皂角回来那个晚上一样，只能抱膝坐在床上痴痴地想，直到月光从院子的一角溜进来，又悄无声息地从屋檐溜走，直到月光彻底隐没，朝霞升起。

"嘿哟，你这死猫，又想来偷吃东西了。"陶旦突然一跺脚，对着翻捡照片的师傅身后大喊一声。

师傅一回头，陶旦赶紧拿起那张照片，藏在衣服口袋里。

师傅回头没有看见猫,以为被吓跑了,也没多问。他很快找到陶旦的双影照递给她,转身忙去了。

陶旦揣着照片,像揣着一个天大的秘密,她的心一直咚咚跳着,好像随时有人会追上来索要照片。到了家她反锁上房门,把两张照片并排在桌子上。男左女右,左边的是他:土黄衣服,平头,目光炯炯。右边的是她:两个人儿,被一条斜线分割,一个发辫盘于头顶,巧笑倩兮,明媚可人;一个黑发垂肩,天真顽皮,稚气十足。

排在一起的照片,让她浮想联翩。想象着和他一起举案齐眉,夫唱妇随,生儿育女……想着想着不觉心跳如雷,脸蛋绯红。

从此,陶旦把肖斌云的照片夹在一面圆形镜子的背面,每天早上起床时,除了看看镜面里的自己,还要转过来看看照片上的人:她有时将他的照片慢慢推远,像老花眼的母亲看东西那样看;有时,又将他凑近到自己脸颊上看;有时将他放到一缕晨光里去看:"阿哥,你真是太精神了。"陶旦总是眯着眼轻轻感叹。

陶建宁首先发现二姐不对劲儿了,她好像总在期盼什么,每天都精心打扮。肖斌云来了,她就特别高兴。陶佳也看出来了,她偷偷拿出母亲家传的玉镯,套在陶旦的手腕上。

"干啥?这是妈的。"陶旦连忙褪下来。

"别脱别脱,这是妈为你准备的嫁妆呢。"

陶旦便过来撕她的嘴,两个人疯闹成一团。怀春女儿的一切,自然逃不过项正芬的眼睛,她私下告诫陶建宁,今后少带肖斌云上门。这天的饭桌上,项正芬正色对儿女们道:"我们苗家人常说'石头不是枕头,老虎不是黄牛,芭蕉不是绸缎,汉人不是朋友'。作为苗家人,我们做事要有分寸,不要以为自己长得好看,家底不薄,就东想西想,不安分起来。这种事情我见得多了,你们还是老老实实过日子吧。"陶建宁和陶佳都知道母亲此番话是说谁,他们笑着朝对方挤挤眼睛,一起看向陶旦。陶旦只是红着脸低着头,默默扒着碗里的饭粒。

这一天,肖斌云约陶建宁去铁索桥打猎。

铁索桥虽然是古蔺去麻城的交通要道,但这里荒无人烟,岩羊、獐子、野猪、野兔很多,偶尔还有豹子出现,更不说野鸡、锦鸡这些寻常野物了。

两人的收获很大,很快打了两只野鸡、一头岩羊。带着猎物来到城里,天色大变，不断涌来的云团，让天空变成一口无边无际的铅锅，灰暗得让人窒息。

"不好，要下大雨。"两人策马狂奔，可刚到蹄形巷，豆大的雨点已经劈哩啪啦地下起来。陶建宁只得将母亲的告诫放在一旁，招呼肖斌云到家里躲雨。

两人将岩羊打整干净后交给项正芬，发现雨停了，便到后院去习武。

苗家有句俗话："养儿不读书，犁耙功夫便是字；养儿不学武，一辈子受欺侮。"陶钦克的祖父也是一名武师，和岩峰沟的胡氏教师同出一师门。拳术、棍术、刀术、擒拿、格斗、气功等样样精通，陶钦克的一身武功就来自家传。经过多年的勤学苦练，陶钦克在二十岁时也开始教授苗家子弟习武。那时，陶家就聚集了陶老幺、项老三、马成光等一批精悍的年轻人。除了习武，因苗家历来有狩猎的传统，陶钦克还教他们枪法。

三十岁那年，陶钦克受邀到贵州毕节参加武林大会。他第一次到毕节，看着琳琅满目的商铺，突然厌倦了打打杀杀的习武生活，开始做起了布匹生意。后来又卖过盐巴、开过酒坊。经过这些年的积累，虽不富得流油，也称得上殷实富足人家。

对于儿女们，陶钦克并未花费多大心血教他们武功。陶建宁小时多病，身体本就羸弱，不是习武的好料。由于习武容易受伤，陶钦克只是打算把医治跌打损伤的中草药秘方和包扎技术传给陶建宁，让他将来也有个安身立命之本，只是陶建宁对此一直不热心。至于两个如花似玉的女儿，陶钦克才舍不得让她们吃那份苦呢，他宁愿请马蹄滩博学的李秀才给女儿们上课。不过，陶家依然保持着习武的家风，陶钦克告诫儿女们："从前用刀用枪用武功可以保护自己，现在武功虽然抵挡不住枪林弹雨，但却可以强身健体，武艺就是不能丢。"

搬到陈家花园，陶钦克首先在后院挂起了沙袋，布置了梅花桩。得意弟子项老三因为闯了祸，一家人搬到箭竹坪挖煤去了。他每次进城，总要来陈家花园，找师傅练练功夫。陶钦克除了自己练武，让陶建宁也练练。陶建宁虽不习武，但在父亲尚武家风的影响下，依然略通武艺。

此刻，两人来到后院，陶建宁率先发招，边打边叫："看招！'挖苞米'（猴子掰苞谷）！'果拉淄多'（古藤缠树）！"

陶建宁将动作舞得漂亮，实则根基不稳。肖斌云一下看出破绽，一个秋风扫落叶般的连环盘踢，将他制伏。

"得了吧，建宁，按说我俩的武功同出一个门派，但你的拳风过于保守，缺少攻击性，你又孱弱，真是花拳绣腿。"

"呵呵，我们在祖师爷那代才是一个门派的，经历两代人，拳风自然有变化。苗拳主张以防为主，自古有'三十六攻，七十二防'之说，还有'两防一攻三变五合'之技巧，这就是你说的保守吧。"

就在两人又打又辩好不热闹时，一双清澈的眼睛正透过楼上的窗户，一眨不眨地盯着他们。

这时，一阵扑鼻的羊肉香气传到后院，两人赶紧往堂屋中去。

陶旦也精心打扮好了来到堂屋里，她穿着桃红色短棉袄，百褶葱绿色长裙，显得清秀大方。一头如瀑青丝挽成一个简单的菊花髻，使那脖颈更加修长。胸前的银饰百家锁，随她的走动发出哐当的轻响，清秀中又增添了几分活泼。项正芬发现女儿并没有听进去她的告诫，此刻不由得嗔骂道："砍脑壳的鬼姑娘，这大晚上的，连百家锁都找来戴上了，你真是不嫌麻烦啊！"陶旦害怕母亲继续唠叨下去，赶紧嚷道："哎哟，饿死了，饿死了。"说着抢先坐到饭桌上。

陶钦克坐上首，陶建宁和肖斌云坐下首，陶旦母女三人分坐两旁。吃着鲜嫩美味的岩羊肉，一家子其乐融融。

陶旦显得非常拘谨，她端着一个小碗，专挑那些边角料来吃，陶钦克给她夹了一根羊腿，硬让她给塞回去了。项正芬又瞄了女儿一眼，发现她这天真是奇怪，她刚才喊着饿得慌，现在却没有胃口。只见她轻轻地咀嚼，仿佛声音太大会听不清他们谈话似的。偶尔她还会停下筷子，轻抿一口茶，偷偷看一眼肖斌云。肖斌云出去跑了一趟，体力消耗，心情又好，不由得胃口大开。他吃了不少羊肉，还灌了一肚子高粱酒，鞠躬再三道谢后，才心满意足地回去了。

就在他鼾声如雷时，殊不知陶旦为他辗转反侧。半夜，她披衣而起，回味着白天的情景，不由得就着儿时唱过的山歌调子，轻轻哼唱起来。

太阳下尔在树荫看余晒红脸蛋，
下雨时尔打伞看余东躲西藏，
树林中尔走后看余前面拨草打露，
饭桌上尔端大碗看余难以下咽。

正式投诚这天，骆国湘带来了杨云程、王廓尘、陶钦克等十来个人，陈昭中张罗着茶水，何显宗则将带来的香烟送给他们。

王廓尘点燃香烟抽了几口，闷声闷气地说："还是山烟劲大，过瘾。"他摸出随身带的铜烟杆，装上一卷叶子烟抽起来："我是庄稼人出身，抽惯了叶子烟，这家伙味道冲，对不住大家了。"

"山烟味道是冲了点，但香烟毒性更大，据说把一支烟的毒提炼出来，就可以毒死一只兔子。"杨云程开始想维护王廓尘，转眼看着正在大口吸纸烟的何显宗，又觉得有些失言，连忙改口说："当然，少抽点也可以，适当兴奋一下。"

一时间，办事处烟雾缭绕。前来负责接洽的排长汪海连连咳嗽了好一阵，才宣布会谈正式开始。他的声音沉稳有力："投诚之事，是为了长治久安，安抚百姓，感谢在座各位的深明大义之举。我代表共产党保证投诚之后队伍和官兵的供养，并从现在起就成立党、政、军联合办事处。我任主任，谭杰、何显宗、骆国湘等任副主任。大家如果同意，请鼓掌通过。"办事处响起了热烈的掌声，人虽不多，掌声却经久不息。

袁良用漠然的眼光看着汪海："请问汪首长，你在共产党内是啥职务？"

"我是一个普通共产党员。"汪海沉着地回答。

"你说，古蔺地下党有多少人？"汪海的话音刚落，牛二急忙粗声发问。

"不知道，这是党的秘密，本人无权回答你提出的问题。"汪海压抑着心中的愤怒，心想既为和平而来，当和成而返，万不可因冲动坏了大局。他当即平静地质问道："都是有组织的人，这样的提问未免不太适宜吧？请大家注意自己说话的语气和身份，如果你们连面临的是康庄大道还是穷途末路都分不清楚，就最好别来谈判了。"这番话顿时让牛二面红耳赤。

这真是人不可貌相，海水不可斗量。别看汪海一副文弱书生相，可他那侃侃而谈的气势摄人心魄。他说的每句话都那么有力，一下子就能击中要害，让人无法反驳，骆国湘不禁向他投去了敬畏的一瞥。

"那么，请问，古蔺地下党如何与北京联系的？"杨云程站起来问道，说话时他脸上那条发亮的刀疤不知不觉地跳动了一下。

汪海胸有成竹地说："古蔺地下党员通过赤水、合江、重庆受党中央、毛主席指挥。"

"汪首长，请你谈谈古蔺地下党的武装有多少，如何建立的？"又是袁良，不过换了一个比较缓和的声音提问。

"我们党领导的是人民战争，党和人民血肉相连。哪里有人民，哪里就有人民的军队。至于古蔺地下党有多少武装，请原谅，我无可奉告。我党建党即建军，今天我与你谈判是一个党员，背上枪就是一个战士。"他一张俊脸拉了下来，逼视着袁良，嘴角不由挂上了嘲讽的笑意，直看得袁良像泄气的皮球，颓然坐下。

"请问，古蔺有好多解放军?"杨云程还是不服，又试探地提问。

汪海察觉古蔺武装势力仍有不服之意，干脆亮出底牌："有多少我先不说，这样说吧，如果与你们作战，可能一仗、两仗都是你们凭借天时地利得胜，但最后失败的终归是你们。这一点，我想你们是早有定论的吧，否则也不会到这里来谈判了。"

骆国湘脸色有些挂不住了，他明显感觉到这帮手下不如商议投诚时那般和气，他们各怀鬼胎，明里投诚，暗里探听解放军的虚实。不能再让他们放肆下去了，那样会把他推到一个尴尬的境地，他连连晃着脑袋，有些生气地说道："你们废话真多，不是早就商议定了的嘛，到了这里还叽叽歪歪的。"他顿了一顿，问道："请问汪首长，起义投诚后，如何保证我方组织的生命财产安全?"

"你们自愿缴械后，我方严格遵守'三大纪律八项注意'的规定，黄金白银分文不取。我政府本着负责到底的精神，按谈判协定办理。愿回家的，可以送回原籍，与家人团聚，在中国共产党的领导下，过幸福生活。"汪海明确、肯定地回答。

会谈继续深入，杨云程站起来说："我认为，新政府应该补发我们以前亏欠的款项……"一直沉默着的谭杰当即驳回。

骆国湘则提出了以下几条："保证生命财产安全；保证不虐待、不歧视投诚人员；愿意参军、愿意工作的人由新政府安排；愿意回家的人由新政府出资送回原籍。"

汪海和谭杰对视一眼，点头表示同意。王廓尘又支支吾吾地问道："是不是给那些愿意回家的人，发一些零花钱呢?"

汪海接过话头说道："每人发零花钱，可以考虑。回家路费不用一次发给，凭人民政府证明，沿途地方政府可以逐程接待、转送。"

见骆国湘一行人表情放松，没有什么疑虑了，汪海也严肃地提出要求："武器、物资一律集中保存，听候政府点收，不准私藏、倒卖，要严守军纪。"

这些要求，骆国湘等人也接受了，接下来便是清缴物资。此次投诚，共有六百多人，长短枪五百多支，迫击炮四门，电台一部，战马二十多匹，轻重机枪、卡宾枪、弹药、通信器材、医药及医疗器械若干。

汪海以政府名义，送参与谈判会议的人员每人一匹马、银元二十块以及曹仕炎签名的日记本各一册，作为此次投诚的纪念。

忙完一切事宜，汪海便宣布散会，只留下骆国湘。

汪海、谭杰、何显宗开始和骆国湘商议下一步的行动："骆大队长，现在你也算是我们的人了，下一步的行动需要你老人家的配合。下月五号，由古蔺地方武装到摩尼迎接十八军派任的县长曹仕炎等人，你看派谁带队去合适？"

"杨云程吧，他对摩尼一带比较熟悉，反应又很机敏，就让他负责带队迎接曹县长。"

投诚后第二天，陈昭中刚走进中心办事处，见一个上身精光，只穿短裤，冷得发抖的小伙子冲到他的面前，后面还跟着虎视眈眈的一群人。只片刻工夫，坝子里、桌凳上站的站，坐的坐，乱哄哄挤满了人。这些人中有的仪表堂堂，肩章闪闪；有的斜衣歪帽，双目逼人；有的手握马刀，跃跃欲试。

小伙子喊道："报告陈长官，不怕你笑话，小的没有姓只有名，一锤一钻做石匠，走村串户讨生活，人人叫我大叉。刚才去市场给我老娘买几个鸡蛋补补身子，被解放军抢去菜金，脱去衣服，请长官还我一个公道……"他还没说完，一个早就站在门口的高个子战士，又好气又好笑地说道："我们脱你的衣服有什么用？"

一语未落，后面的人纷纷乱吼："把老子们的枪缴了，这下衣服都保不住了，只怕老子们缴了枪连脑壳连婆娘儿女都保不住了。"

眼见那群人气势汹汹，背着马刀围拢过来。解放军警卫处也荷枪实弹，一种剑拔弩张的气息瞬间袭来。

陈昭中做了个阻止的手势，他说："且慢，听我说。"他镇定地注视着这一切，心想：这伙人背后一定有人谋划，对投诚口服心不服，才故意挑衅闹事，破坏刚刚建立的和平秩序。如果这一打，正中奸计，定会打出事来。

这样一想，他从容地脱下身上的军大衣，给光着膀子的大叉穿上："各位，请听我说，投诚的事情虽然昨天已成定局，但各位若有什么意见，可派一个代表与我谈判。今天菜市抢衣服事件，我一定仔细查清，若真是我们的人犯错，一定严惩，并通过骆三爷向你们赔礼道歉。"

这伙人见陈昭中说话和气，又说得有情有理，他们无非也是受袁良指使，发泄对投诚的不满罢了。再看大叉，脸色已经缓和，不再闹嚷，其他人正好借坡下驴，悻悻然地回去了。

听了陈昭中的汇报，谭杰沉吟一下说："看来，古蔺地方武装表面上已经投诚，实际上却暗流涌动啊。我看，去接曹县长一事还需小心，不如就

由你带领杨云程中队去摩尼好了。"

陈昭中通知了杨云程去摩尼的相关事宜，杨云程接到命令，立即召集中队全体成员，整装待发。

"每个人回去整理好行装，穿厚一点，晚上早点睡觉，明早不等天大亮就出发。"

交代完部下，杨云程却不急着回家休息，他想这一去又是几天，该去会会老相好聂小风了。他先是叫上王廊尘，去烟灯巷喝得大醉。接近凌晨时，才一个人赶到万家巷聂小风的家。

就在他黑暗中从聂家的楼梯走下来时，不小心将腿扭伤。酒醒之后才发现腿已红肿，走路一瘸一拐。

他问骆国湘可否推迟一天再去。骆国湘说："这个事情不可怠慢，有陈昭中带队，你雇滑竿也要马上出发。"杨云程叫苦不迭，只得坐上滑竿跟在队伍后面。

天还没有大亮，一行人瞪着迷糊的眼上路了。冷森森的气浪仍旧笼罩着空旷的四野，从东方喷射过来的曙光，正一点点驱赶着渐渐变成浅灰色的寒气。

到达兴隆场，四处一片白茫茫，分不清哪里是高山，哪里是道路，只见着一团团模糊的淡影往前移动，头发，眉毛，衣服，都被雾气弄湿了。或许是昨夜宿醉，又遇上湿冷的天气，杨云程一到兴隆场就开始拉肚子，半天的时间，已经几次下滑竿，到树林里去拉稀。

好不容易等到雾气散尽，杨云程见队伍行进太慢，便想一定是自己坐滑竿的缘故，他赶紧打发走抬滑竿的人，自己一瘸一拐地跟着队伍走。

杨云程因为有腿伤，前一晚又熬夜，如今又拉肚子，要他跟上急行军的队伍，犹如赶老牛犁铁板地那般费力。不到半个钟头，他就浑身冒虚汗，累得上气不接下气，然而他却不想在众人面前露怯，咬牙拼命往前赶，装得没事似的。

"杨队长，昨晚喝花酒去了，哪个娘们把你的腿弄成这样了？"矮敦敦的牛二说道。

"放你的狗屁，老子自己摔的。再说，好汉也经不住三泡稀嘛。"杨云程对着牛二当胸一拳。

"还真打？你现在瘸脚瘸爪的，你可打不过我。我说你可算是走狗屎运了，曹县长就要进城，你可以邀功请赏，谋个好差事了。"

陈昭中招呼道："哎，你俩别光顾着说话，抓紧赶路，曹县长还在摩尼等着呢。"

杨云程压低声音，避免陈昭中听见："没得法，三爷吩咐下来的。说实话，解放军到底咋样，我也没个底，他们要给我好差事我还不定要，走一步看一步吧。"

"那是，以你杨队长的能力，何不自立为王，我们坚决拥护你。"牛二趁陈昭中走远，赶紧说道。

"少说废话，先接到曹县长再说。"杨云程转身招呼掉队的几个人，加快脚步赶起路来。

踏上川滇公路，已是接近中午时分。雾气渐渐稀薄，许多山岭从雾中露出头来，好像茫茫大海中的岛屿。一阵风吹来，把雾霭撕裂，雾气散成一团团，一缕缕，相互追逐，时合时分，把川滇路变成一条雾气中的巨蟒，蜿蜒穿行于崇山峻岭之间。看着这条在战争烽火中诞生，关系国家生死危亡的艰险公路，他们大为振作。

"你们知道吧，当年为了修这条公路，来了那么多古蔺人。"陈昭中伸出了三个手指。

"三千？"牛二猜道。

"三万！"陈昭中答道。牛二瞪大了眼睛。

"我知道，我爹也参加了这条公路的修建，足足在这里待了八个月才将四十五里路段修好。"肖石头急忙说道。

"那你今天可得好好走走，才对得起你爹。"杨云程说。

"唉！走不动了，要是能坐坐顺风车，才叫对得起我爹呢。"肖石头有气无力地说。

"要坐顺风车没那么容易哟，最近有鼓楼山、江门一带的土匪骚扰，他们动不动就炸路炸桥，拦截车辆，妄图与解放军作对。川滇公路上过往的车辆因此很少，要么就是二三十辆货车一齐上路，还要有武装人员护送。"

"也是，这么久了，我就没看见一辆车开过。"牛二都有些泄气了。

不久他们分道而行，杨云程带领自卫分队到麻城等候曹仕炎一行。陈昭中继续带领几个人前往摩尼接洽。这也是组织的意思，害怕杨云程的自卫中队不怀好意。

此时正好一辆大卡车轰隆隆地驶来，陈昭中对着卡车使劲挥手。卡车竟然停下了，好心的司机把他们搭到了摩尼。

提起摩尼这个川滇黔的边陲重镇，几乎无人不知无人不晓。这里是古盐驿道，是通往毕节、大方、威信等地的必经之地。后来，川滇公路与摩尼街擦肩而过，交通的便利，使得这个地方更加繁荣兴旺。

明初状元杨慎曾著有《摩尼寒夜拥炉有怀冯定水》一诗：

竹炉特赠远行人，处处温柔乡里身，
寒夕赖君生暖热，炭星红喷雪楼春。

诗里除了温情，还有迎面而来的一股寒意。这也难怪，这里毕竟是海拔一千多米的山区场镇，天气的确极为寒冷。

陈昭中一行刚从卡车上下来，便被一阵阵刀子般的寒风裹挟，一团团雪雾肆无忌惮地扑打在身上，让人站立不稳。路边凋零的树木，瑟缩着低下了头，无可奈何地听凭寒风扫荡，发出呜呜咽咽的呻吟。

街道由石板铺设而成，约七八公尺宽。街边的房屋大都是一楼一底的木结构青瓦楼房，楼下多为商铺。这天正逢赶场，只见老百姓有的提着鸡蛋，有的赶着猪羊，有的背着粮食到街上叫卖。卖出去东西的老百姓，手里提着油盐、猪肉，准备回家好好打个牙祭。

摩尼区公所驻地在一个观音寺里，这是一个两进四合院的木瓦结构建筑。除正殿还有菩萨，其他房间里都没有供佛了，有的成了办公室，有的则作为寝室。

他们兴冲冲地跑上又陡又窄的石阶，来到区公所的院子里。这里房屋很陈旧，却收拾得干净整齐，院坝的长竹竿上晾晒着一些军装。

挂着区长室的屋子正中摆了一张长桌，桌上一部电话，几个竹壳暖水瓶和一排粗瓷茶杯。桌后是一架纸屏风，墙壁上挂着马刀和子弹袋。

一个魁梧的解放军战士坐在掉了漆的办公桌前，正在聚精会神地看书。他将军帽压得很低，帽子上的红色五角星因而非常醒目。这压低的帽沿下，是一张棱角分明的脸，两道浓黑的剑眉，高高的颧骨，炯炯有神的眼睛。

想来这就是乔贞贵了，陈昭中赶紧从印着"为人民服务"的灰色帆布包里，拿出县委开的介绍信，交给了他。

乔贞贵站起来，与陈昭中握手。山东来的他，比陈昭中高出大半个头。看过介绍信，乔贞贵满意地点点头，将他们带到曹仕炎及夏一勤的住地。

为了慰劳辛苦奔波的陈昭中一行，不一会儿，两个战士抬来一口行军锅，将一锅香喷喷的大米饭摆放在院子中央。紧接着，一盆盆猪肉、烧豆腐、白菜也端放到了他们面前，饥肠辘辘的他们不客气地大吃起来。

出发当晚雨越下越大，走了不久到达麻城，杨云程的自卫中队在雨中列队迎接，队员们早已浑身湿透。曹仕炎揉了揉酸涩的眼睛，警惕地将杨云程审视了一番。看上去，他满面倦容，一瘸一拐，却掩饰不住精明能干。吃饭时曹仕炎还在打量杨云程，对这个机灵的来客比较满意。饭后双方寒暄了一阵，也不多作停留，立即前往古蔺。

为了确保曹仕炎等人的安全，杨云程不等陈昭中示意，便将所率部下与地下党员混编分组。第一组由地下党员许维兵前面带领，杨云程带领的那组走在最后，除了照顾组员，他还要不时帮帮背着药品和油印机的牛二。解放军携带的十多箱子弹，则由几匹枣红马驮着，跟在他们身后。

这又让曹仕炎对杨云程刮目相看。他悄悄拍了拍乔贞贵的肩膀说："这人胆大心细，很不错哦。"

"是啊，从前来迎接的人来看，也足以看出古蔺地方武装势力投诚的诚意。"乔贞贵的脸上也露出了满意的笑容。一行人通过六小时的夜行军终于到达古蔺。

第三章

首次解放

这次轮到骆国湘设家宴了。

骆国湘深知曹仕炎和夏一勤的分量，他请来古蔺城里最好的厨子大显身手。什么萝卜烧牛筋、红烧肘子、干豇豆炖腊蹄花、蒜苗炒腊肉、粉蒸肉、盐菜烧白、家常豆腐、凉拌三丝……一盘盘一碟碟源源不断地端到桌上来。

曹仕炎好奇地打量着屋内的陈设，只见雪白的堂屋四壁，略显空荡。正中的大圆桌，显然是临时摆设用于宴席的，原先的八仙桌和两把扶手椅此刻被搬到靠墙的左侧，和一张长条几挨在一起。屋内所有的家具都是樟木做成，显得厚实宽大，那桌椅的腿脚，也显得特别粗，贴在地上，就像生了根似的。罗汉包上比城里略冷些，此刻，房间内早已生起了两盆旺旺的冈炭火。

三杯酒下肚，骆国湘首先向曹仕炎介绍王廓尘，说他是古蔺特殊时期的代理县长。现在，真县长到了，他这个代理县长也该退位了。

就在曹仕炎向王廓尘举杯之际，袁良把筷子横着放在碗上，正对着曹仕炎。他与隔着几个人的杨云程碰杯时，一边挤着他的葫芦脸说闲话，一边将筷子抬起来又放在碗上，杨云程立即明白了：袁良这是按民间风俗，把曹仕炎当成鬼神来祭祀呢。他对着袁良会心一笑，也将筷子横着放在碗上，筷子的一头对准夏一勤。

这时，曹仕炎举杯，他低低地碰了一下骆国湘的杯子："骆大队长，您是阅世很深的人，堪称洞明世事，以后还靠您老人家多多配合新政府的工作。"

骆国湘说:"曹县长过奖了,我骆国湘半生出生入死,几次从鬼门关经过,这条命算是捡来的,解放军若是需要,老夫当万死不辞。"

他环视了一下房间的四壁,目光在席间每个人身上稍作停留,接着说:"我这半生,拿着命儿去赌,与匪帮恶霸斗智斗勇,换来一些浮财,但我认为功名利禄乃身外之物,生不带来死不带去。嘴巴再大,吃不完一条牛;活得再长,喝不干落鸿河里的水。这就是我热心修桥筑路的原因。大家扳着指头数数,古蔺有名的几座大石桥,城里的麻渊桥、胜利桥,乡下的大同桥、白马桥,哪一座不是我骆国湘带头修建的?眼下,我还要说,我骆国湘的一切,所谓的一铺三房五厂,也继续取之于民,用之于民。"

众人不禁发出一阵喝彩。

曹仕炎在喝彩声中站起来,郑重宣布道:"现在,我宣布上级组织的决定,正式任命骆大队长为古蔺县剿抚委员会副主任。"

热烈的掌声中,马老三又送来四个冷盘和两大壶酒,气氛更热烈了。骆国湘指着杨云程对曹仕炎介绍道:"这位是我手下的得力干将,神枪手,民众自卫队中队长杨云程。"

曹仕炎正要举杯,杨云程却抢先斟满一碗酒举过头顶。曹仕炎呵呵一笑:"哦,原来杨队长不喜欢用酒杯喝酒,此乃英雄气概,我也只好奉陪了。"他豪爽地斟满一碗酒,脖子一仰与杨云程干了,返身又斟满一碗,看着杨云程。

杨云程脖子一缩,连连拱手道:"曹县长,我甘拜下风,甘拜下风!"

骆国湘赶紧站起来为杨云程解围,斟满酒与曹仕炎和夏一勤干了。众人也来凑热闹,一时间,觥筹交错,好不热闹。

由于张树良及其属下已逃走,伪县政府除了两个看门的,里面已经空无一人。第二天,曹仕炎即率队住进县政府,开始着手解放古蔺的准备工作。

夏一勤首先召开紧急会议,要求古蔺地下武装两三天内迅速集中开赴城内。周锐奉命连夜向各伪乡公所发出通知,严令其缴械,派党的地下武装接收。同时,古蔺西区党组织也在紧锣密鼓地筹备着解放事宜。

劳累了一天,炊事班喊开饭了。曹仕炎见又是红薯饭老南瓜汤,不禁皱起眉头。夏一勤知道他一定是怀念起北方的饺子了,便对炊事班长说:"弄点饺子来打打牙祭嘛。"

炊事班长为难地搓着手:"首长,古蔺城里没有面粉。"

夏一勤沉吟半晌,问道:"大米面可以弄吗?"

"可以倒是可以的，不过要费些时间，你们先吃点红薯饭垫个底，我弄好了就送过来。"

大米面做的饺子终于端上来了，曹仕炎等人将他们心心念念的饺子一扫而光。冬季时间，白天短黑夜长，吃过大米面饺子，天色完全暗下来了。

夏一勤点燃煤油灯，开始清理上缴的物资。"骆国湘，德造罗汉手枪一支；胡元鑫，步枪十一支；王廓尘，三八式驳壳枪三支……"

古蔺公安局政工组长胡珩在一旁认真记录着，登记整理完毕，夏一勤拿着清单向曹仕炎汇报。

进入办公室，只见曹仕炎身上披着黄色棉军服，面前放着一大叠文件。他一手拿着红蓝铅笔，一手拿着话筒，聚精会神地听着话筒里传来的细小声音，时而笑容满面，时而皱紧眉头加大说话的音量："好啊，对，要积极筹备解放的准备工作。""要让群众尽快了解党的方针政策。""要让商铺尽快恢复营业，百姓民生很重要。""你们那里收缴了几条枪？嗯，别着急，慢慢来。"

等他通完电话，夏一勤才递过清单，他看了一下，沉吟道："不要小看了缴枪这回事，地方武装有多少诚意投诚，可以体现在这方面。枪支缴了多少，质量如何，都要多留个心眼了解一下。胡珩同志是本地人，不妨多派他做些动员工作。"

忙碌了一天，曹仕炎合上红色的战斗笔记本，回到自己的寝室，拿起杉木脸盆，打来一盆凉水。他将脸埋进冰冷的水里，浸泡了一会儿，再抬起头来，用毛巾慢慢擦拭干净，以此放松着一天到晚紧绷的神经。

夜已深了，但他还不能休息，他反剪双手踱着步，古旧的楼板在他脚下发出咯吱咯吱的声音。待清醒了头脑，他还要考虑很多事宜。他继续翻看着卷宗，不时抬起头来，望向窗外黑黝黝的火星山，陷入沉思……

此刻，与他半里之遥的陈家花园内，一对父子也在夜色中争执着。

由于骆国湘率先上缴了枪支，起了一定的带头作用，陶钦克自然也要响应。

陶建宁听说要上缴枪支，着急得不行："爸爸，其他枪你可以缴上去，我的那杆就不要缴了嘛。"

"你那杆枪，是家里最好的枪，不缴对不起政府。"陶钦克坚持要上缴。

"你忘了那杆枪救过我的命了吗？爸爸，这可不是一杆普通的枪！"陶建宁也很倔强，满脸通红地争辩道。

"好吧！我给你留着，但我可告诉你，建宁，这枪只能用于正义，不可拿去做伤天害理的事情。"

陶钦克心存歉疚，上缴了几条好猎枪，又让陶黑子捐出十担谷子，两头肥猪。

胡珩找杨云程和袁良谈话后，两人也在夜色中商议着："我们来个泡蘑菇战术，拖着解放军。任凭你有千条妙计，我自有隐蔽武器一条就行了。"杨云程说道。

袁良说："还是老哥高明，就这么办。"

"其实，三爷都缴了，按说我们也该缴，但我觉得人还真该多给自己留条后路。而且，解放军其实也不缺装备，不过是怕我们私藏祸心罢了。"

"啥子祸心？我看是希望，是出路呢。"袁良喃喃道。

两人翻来拣去，找了几条破枪缴了上去。

这天，筹划解放事宜的会议结束后，乔贞贵和何显宗信步走到胜利桥上。乔贞贵笔直的身板，不怒自威的神态，走路虎虎生风的样子，让街上的人们不由得频频张望。

他在一地摊上买了一双草鞋，对方却拿鸦片给他找补。走到"聂墩墩麻辣鸡"摊子前，几只刚卤好的麻辣鸡正好出锅，热气腾腾，香气扑鼻，乔贞贵不由得猛吸了几下鼻子。

何显宗介绍道："这是古蔺特产麻辣鸡，将山地散养一岁本地鸡，宰杀洗干净后，用数十味中药材精心熬制的老卤水卤制。肉质细嫩化渣，皮脆脱骨，麻辣得当，不仅当地人喜欢，在川黔也小有名气呢。"

乔贞贵兴致勃勃地买了半只，拿起一根鸡翅啃起来，一边啃一边含含糊糊地叫好："俺前几天才吃过古蔺的豆豉粑，香得不得了，没想到还有比豆豉粑更好吃的，巴适，巴适啊！"乔贞贵也学会了几句四川话，把何显宗逗笑了。

何显宗劝他蘸点麻辣鸡佐料，味道会更好。乔贞贵不喜欢吃辣，第一次吃豆豉粑就把他辣得不住地喝凉水。看着眼前油汪汪、红彤彤的佐料，鼓足勇气在佐料上面蘸了一点，结果辣得满脸通红。

"你要舍得把鸡肉伸进碗底去蘸，味道更好！"

乔贞贵又试了一次，当真感觉不那么辣了。麻的味道凸显，麻辣中又别有一番醇厚的滋味，然而到找补的时候，发现又是鸦片。

他们走到陶记杂货店，看到老百姓用鸦片买东西，心里的阴影更重了。陶记杂货店开在县城最热闹的水北门附近，这里每天人来人往，不仅是做买卖的好地方，也是各种消息的发散地。这个店子平常大多由陶建宁经营，他继承了父亲的经商天赋，将杂货店打理得井井有条。不知从何时开始，陶建宁开始发愁了，人人都喜欢拿鸦片来做交易。尤其那些小孩子一个个

拿了拇指头大小的一块鸦片要买糖果，说不卖吧，孩子眼巴巴的眼神让你无法拒绝，尤其是街对面那个叫羊角辫的小丫头，甜甜地发个嗲，任谁都无法拒绝。还有淘气可爱的小豆子，看见糖果那副馋样儿，谁见了都心动，然而心一软都卖吧，鸦片越积越多。

看着发愁的陶建宁，乔贞贵和何显宗无心再逛街了。他们一回到县政府，就向曹仕炎汇报了古蔺鸦片交易的情况。

曹仕炎知道此事非同小可，立即召集会议。要求首先撤除各地伪乡政府，组织各乡工作队，立即着手政府银行的建设，以此遏制鸦片交易。

陶建宁得知消息，立即主动上缴鸦片，曹仕炎在全县进行了通报表扬。

投诚之后的古蔺地方武装势力，也积极地投入庆祝解放的准备工作中。骆国湘再次将此任务安排给杨云程，让他配合何显宗做好筹备工作。

何显宗很快通知地下党员进城，并对恢复商店正常营业、营造喜庆气氛等作出具体要求。接着又开始组建解放军之友社、秧歌队等准备欢迎解放军。

杨云程则率领部下，用了几天时间，连夜赶制彩旗，挨家挨户做宣传动员工作，又忙着接待相继进城的地下党代表们，忙得脚板打着后脑勺。

十二月九日这天，是古蔺人民欢天喜地的日子。湛蓝的天空下，轿子顶山巅被一团团白雾笼罩着，恍若人间仙境一般。几天的忙碌，县府大院窗明几净，焕然一新，人们脸上喜气洋洋。

彩旗早已发到沿街各户，那些前几天怕国民党逃兵抢东西而紧闭的商店、民宅门户都打开了。县城几处显眼的位置，一早就张贴好了"欢迎人民解放军""庆祝古蔺解放"等红色标语。

一大早，杨云程就率领由原国民革命军七十二军新兵营、古蔺县警备队、自卫队，投诚过来的武装人员沿街巡查，整顿秩序。只见杨云程骑一匹青色骏马，经过人多的街道时，他任马儿缓慢地经过，一脸傲然地端坐马上环顾。到了人少的路段，他猛地把缰绳一提，嗖地一鞭，那青马便飞快地奔跑起来。他将身体稍微前倾，任他的黄色呢制服在铜马鞍上扑扑地响动着。

人们翘首以盼的时刻就快来临了，这是即将载入史册，永远被铭记的时刻。

从县城上桥起至下桥，随处可见老百姓手握五颜六色的三角旗，站在路边等候观看。还有许多年轻人，抬着毛主席、朱总司令的巨幅画像，举着红色标语牌，喊着"古蔺解放了""国民党被打跑了""天亮了"等口号，潮水般涌向街头。

不久，从上桥方向响起了一阵锣鼓和鞭炮声，人们不约而同地向西张望。

"解放军进城了！"不知谁喊了一声，立即得到响应："解放军进城了！""古蔺解放了！"激动的喊声此起彼伏，人们不断挥舞着手中的旗帜，阳光下的每一张脸，闪着兴奋的亮光。

很快就看到部队了，他们穿着崭新的黄色军装，短檐帽上五角星格外耀眼。排头的部队手持步枪，抬着六〇炮和八二炮，显得威风凛凛。整个部队在杨云程的引领下，在军号声和歌声、欢呼声中，成四路纵队从上桥进城了。

整个县城都沸腾了，人们一边挥舞旗帜，一边欢呼"共产党万岁""毛主席万岁"，欢呼声和鞭炮声融成一片，千万杆小彩旗在空中飞舞。解放军从人群中经过时，也整齐地高喊："庆祝古蔺解放！"人流紧紧簇拥着向前行进的解放军战士，高唱着《解放区的天》等歌曲，一路扭着秧歌打着腰鼓，一时间，古蔺成为欢乐的海洋。

解放军进城后，部队按照上级的安排，分别到蚂蟥田等地宿营。人多铺少，战士们或挤在一间铺上，或靠墙而坐，或抱着枪打盹，或干脆睡在稻草上。

在他们进入梦乡的时刻，殊不知，古蔺人民庆祝解放的热情仍在延续。

就在这夜，在大街上，川剧、古蔺花灯等纷纷登场。人们载歌载舞，尽情欢乐。一直到夜深，庆祝的人群才陆续散去。

新的一天开始了。

古蔺城依山傍水，气候宜人，这让南下的解放军战士们颇感舒适。长期艰难行军、饱受战地生活之苦的他们，在小城宁静的怀抱里，身心得到了极好的休憩。

古蔺和平解放了，秩序井然、人民安居乐业，一派太平盛世景象。宣传队不顾疲劳在街上写标语、作宣传，解放军还将没收来的盐巴、糖果等分给穷人，老百姓也纷纷端茶递水慰劳他们。由于新加入了一些战士，军装不够，谭杰还在本城大布商吉应鸿的金玉心商店里买来大批布匹，找老百姓为新战士赶制服装。解放军战士白天在街上书写标语，宣传演讲，晚上又在政府礼堂演文明戏，邀请群众观看。

待沸腾的情绪稍稍平静下来，曹仕炎、夏一勤、周锐、汪海、谭杰及何显宗、陈昭中、骆国湘等人集中在县政府开会。

会上，何显宗代表地下党古蔺中心县委首先介绍了古蔺的基本情况。

让众人了解古蔺在西南的具体地理位置，与云南、贵州交界处的县市的具体距离，又重点介绍了彰德、复陶、王呐喊及大村苏家坝等地地下党活动情况。曹仕炎对古蔺地下党组织工作，给予了充分的肯定和赞扬。

他说："接上级组织通知，同志们就迅速赶到，我非常高兴。不仅有这么多同志，而且又有武器，连炊事人员都带来了，这很好。要管好古蔺这上万人的县城，我没有孙悟空那样的本领。眼下，全国的反动势力还没有完全清除，国民党残部虎视眈眈，随时准备卷土重来，驻守古蔺的部队也将随时待命。摆在我们面前的任务是艰巨而光荣的，也是困难多多的，还需要同志们大力支持。尤其是长期在古蔺工作的同志，以后就要给你们压担子了。"

待曹仕炎说完，汪海巡视一下全场说："同志们，古蔺解放来之不易，尤其是我们没费一兵一卒，未用一枪一炮就解放了古蔺。这与广大地下党工作者艰苦的努力以及骆国湘大队长等地方开明人士的积极响应是分不开的，我们要珍惜这来之不易的胜利。"

谭杰则强调："我们更要清醒地认识到，虽然解放了，国民党反动派绝不会善罢甘休。更何况蒋介石已调集胡宗南部等四十余万人，在成都地区组织抵抗。我们要明白他们妄想盘踞川西，伺机反攻的企图。所以，古蔺不能偏安一隅。在整个西南地区没有全部解放之前，我们务必保持清醒的头脑。"

古蔺虽然解放了，但解放军大多是外地人，对当地不是很熟悉，能不能在古蔺待得久，起到保家卫国的作用，让骆国湘颇为忧心。因此他在会上发言时，对何显宗介绍过的古蔺情况作了补充，强调古蔺地区山洞众多，针对国民党残部及各种反政府武装容易藏匿其间的情况一一作了分析，并提出了许多有益建议。

"骆大队长，我可没看错人。您不仅是威武将军，还是我们新政府的诸葛亮呢，大家说是不是？"

众人纷纷点头称是。

"接下来，将开展何少舟兵团残部的缴械投诚工作，这事还是交给骆大队长去办才好。"

张树良逃跑后，何少舟率领的国民党一个团和七十二军的一个营，盘踞在碓车坝和锅厂坝一带。在骆国湘的斡旋下，两天后正式投诚。

山河千古在，城郭一时非。

谁都知道国家的大局已定，负隅顽抗是不识时务的。然而，在某些人心里，那个占山为王的美梦并未破灭。

解放军进城后，潜逃出古蔺的张树良和王逸涛撤退到两河，王逸涛吸收了张树良全部武装和军事骨干，成立了川南游击总司令部。

张树良信任王逸涛，出逃古蔺前就得到王逸涛的支持。败局注定后，他和王逸涛更像一条绳上的蚂蚱。王逸涛是叙永黄坭土地坪人，早年投身革命，加入中国共产党，参加过南昌起义。当年红军过叙永，彭德怀在黄坭五龙山会见王逸涛，正式成立中国工农红军川南游击纵队，那时王逸涛任司令员。

后来，王逸涛的叛变之心，终于在别人的诱惑下发酵成行动。趁兄弟王元德和杨登高先后离开了游击队，他悄悄派人将政委的马牵走了，说要给政委驮行李。出了警戒区，他与王元德和杨登高会合，一起到黄坭附近的乡下躲藏了起来，见机行事。

如今，他把自己的全部身家押在川南游击总司令部身上，妄图通过与张树良的勾结，实施反共复辟的梦想。成立司令部之初，他就在打杨云程的主意了。只是他忙于杂务，一时抽不出身来会杨云程。

事实上，投诚之初的杨云程，还处于对新政府的观望之中。某一刻，甚至涌动着效忠新政府的热情。

一月之内，他在县府大院迎来送往，赶走国民党县长张树良，迎来新县长曹仕炎。他亲眼看到会议室里，蒋介石身穿军装的画像被取下，毛泽东的画像被张贴在墙。看到青天白日满地红的国民党党旗颓然降下，新中国五星红旗傲然升起。

的确，之前他不主张投诚，最终妥协还不是看骆国湘的面子，在上缴枪支的时候也留了一手。但自从把曹仕炎迎进城后，他充分感受到了这支队伍强大的实力。

每天早晨，这支整齐威严的队伍，喊着响亮的口号出操，为了不影响老百姓休息，汪海命令战士们跑步时放慢放轻脚步。他的身形虽然不如谭杰雄伟，但是举手投足之间，那威严气势远远超过比他高一头的谭杰。经他一声令下，在宁静的街道上，刷刷的脚步声竟像春蚕吞食桑叶般轻盈悦耳。

闲暇时，杨云程陪同汪海上街，左看右看，不禁打趣起汪海的长睫毛来，说哪有男人长这样的长睫毛的，说完又有些后怕，担心汪海生气。汪海却淡淡一笑："我这睫毛真是害死人，何止你一个人说，我耳朵都听起老茧了。"

其实，汪海虽是长睫毛，配上一对浓淡相宜的长眉之后，竟然毫无柔

弱的女流之感，反而天然地透出亲和力，与他挺拔的身躯和略微低沉的温和嗓音结合一起，竟然深得一些多情女子的喜欢。他的女相还有别的用场，遇到连队演出《兄妹开荒》《小放牛》等文艺节目时，因连队女同志少，基本上由他扮演女角，同样大受欢迎。

小豆子和羊角辫正在街上跳皮筋，一到冬天，小豆子脸上的两溜鼻涕更长了，双手长满冻疮。他一边跳皮筋一边腾出红肿的手把鼻涕横着一抹，那脸上立刻就跟糊了一层糨糊似的。胆大的小豆子看见解放军来了，扔下皮筋，好奇地跑过去，牵着汪海的衣角问："解放军叔叔，你的帽子上为什么有一颗红色星星？"

汪海冲小豆子一笑，蹲下身来回答道："这颗红色的五角星，是红旗的一部分，象征勇敢和正义。"说完，他取下军帽往小豆子头上一戴，小豆子立刻神气地向他敬了一个礼。

"叔叔，我长大了也要当解放军。"

"好呢。好好学习，锻炼身体吧。将来当了解放军记得告诉汪海叔叔哦。"

"汪海叔叔，你知道虎娃去哪里了吗？"小豆子牢牢地记住了汪海的名字，用崇敬的眼神看着汪海。

"虎娃？谁是虎娃？我们不认识。"

"他和我一般大，没有穿鞋，爹娘都死了。前几天还和我们一起跳皮筋、哈煤炭花儿，后来就不见了，他的家婆也气死了。"

"哦，我们以后有了他的消息会告诉你的，你真是个好孩子。"

除了汪海，还有谭杰等几位首长也很和蔼可亲，礼贤下士，让长期在保商队打打杀杀气氛中生活的杨云程颇有好感，对新政权有所信任。

这天，汪海找杨云程谈话，了解他对新政府的看法，鼓励他好好干，这让杨云程心情大为爽快。

他吹着口哨走出县府大门时，被一个长相妖娆的小妇人拦住了。杨云程定睛一看：哟，这不是自己的老相好聂小风吗，怎么找上门了？只见她的鹅蛋脸上略施粉黛，修长的眉毛不浓不淡，斜斜地插入乌黑的云鬓。一袭翠绿的旗袍裹紧丰满圆熟的身子，浑身上下自然而然地流露出一股风尘味道。

他恨了她一眼，小声地骂了一句："娼妇。"

聂小风有些着急，涨红着脸，高耸的胸脯一起一伏："我知道自己的身份不该来这里，只是事情实在很急，斗胆来找队长。"

杨云程问道："大白天的往县府跑，到底发生啥子事了，有那么急？"

聂小风说道:"昨天我女儿去了乐用,但我刚才听说乐用着火了。我想问问队长知道这事不,也不知我女儿到底咋样了?"她边说边抹起了眼泪。

杨云程愣了一下,这事他还真不知道。他立刻想到乐用的舅舅刘秉清一家,反正也要去乐用一趟,顺便给聂小风一个人情,立即答应下来:"我这就去一趟,回来给你消息,焐热被窝在家等着我。"

到了乐用场,大火已经熄灭,空气中仍有一股焦糊味道。

很快杨云程便知道大火是国民党残部为了报复地下党引起的。打听到聂小风的女儿没事,便托人捎口信,让她放心。幸运的是,舅舅一家也安然无恙,大火未曾殃及他们,杨云程大大松了口气。他将青马拴在舅舅家的核桃树下,扯下竹竿上的棉布面巾走向院中的水井。

看见外甥,刘秉清无精打采的细眼睛里闪烁着欣喜和感叹的光芒,微驼的腰杆也一下挺直了。

洗完脸,杨云程从马鞍上取下一个纸袋放在方桌上,端起表弟刘焕均倒的老粗茶一通牛饮后叹道:"你这茶叶太糟糕了,还不如喝白开水呢。"

"老舅要有那闲钱买茶叶,还用你小子教?"刘秉清苦笑。

杨云程将茶杯往刘焕均面前一推,趁老表添水的工夫,伸手从面前的纸袋里掏出一包茶叶:"拿去。谁要你买?这是云南的普洱,保商队押运货物时搞来的。"

刘秉清捧起茶叶凑到鼻子下使劲闻了又闻:"是好东西,我们哪里配喝,真是太糟蹋,太糟蹋了。"

"一点茶叶,至于吗?你尽管喝就是了,我下次再给你送一些过来。"

"表哥,你真有本事,能搞来这些好东西,我看你接下来,是不是该再娶一房媳妇了。"刘焕均也高兴地捧起茶叶闭上眼闻了闻,"好茶!得多少银元一斤?"

"我也不知道,这种东西谁要花钱去买?"杨云程乐呵呵地说道。

刘秉清心里高兴嘴巴却不饶人,他瞪了儿子一眼:"没出息,你以为人家像你,有两个钱就要瞎折腾,想着娶几个媳妇?"

"再娶一个媳妇?王四那个母夜叉不把我阉了才怪,能背着她在外头打打野食就不错了。"三人大笑起来。

谈到这场大火,刘秉清父子不住地叹气。

"国民党残部并没有全部撤出古蔺,山洞里住的那些鬼鬼祟祟的人,我看就是他们的人。"刘秉清说。

"有一天,我还看见他们在一个旧庙里开会,还喊着'反攻大陆,恢复民国'的口号。"刘焕均接嘴说道。

"唉！不说这些了。"刘秉清用烟杆敲了敲杨云程的脑袋，"我们也是好久不见了，你这小子！我还以为你不来看老舅了呢！"

"咋会呢？舅舅，小时候，的确是我太淘气，太好赌，惹得你老生气。"

"嘿！你还记得小时候的事不？每逢过年过节，乐用唱花灯，我就带你们哥俩通宵看'唐二'和'幺妹'。"

"对头，我那时最喜欢的就是幺妹子，还有猜灯谜，我一猜就中。"

说起乐用花灯，刘秉清滔滔不绝，如数家珍，脸上洋溢着自豪的神情："这乐用花灯啊，相传源于唐宋，距今已有一千余年的历史。在技艺方面，可算得上吃百家饭，穿百家衣呢。要不乐用花灯咋会让人如此喜欢？"

"这个我还真不知道，不过听舅舅这样一说，我还真想再看一场乐用花灯了。"

"来，听老舅给你唱几句，让你过过瘾。"刘秉清起身唱起了《幺妹爱唐二》。

天上下雨地上涝，
幺妹儿心中好凄凉，
夜半三更难入睡，
不知唐哥在哪方。

幺妹儿人好心又好，
打起电筒都难找，
星星跟着月亮走，
白天辛苦夜沾光。

这时，刘秉清的老伴端了一盆米粑粑上来。热气腾腾的米粑粑，让刘秉清又想起了杨云程小时候的事情："小时候，你帮我卖米粑粑，却只知道贪玩好耍，打牌置骰，一整天米粑粑没有卖出去几个，倒是惹了一大堆的祸。送你去上学，你却天天逃学不好好念书。"

"记得记得。舅舅，我还记得我输光了回来，你一生气就拿吹火筒打我，让我滚。我也真是胆大，把你给我的一身衣服全部扒下，穿一条火窑裤就去了古蔺。"

"哈哈，幸亏我那样逼你，否则说不定你现在还在乐用卖米粑粑呢。"

三人大笑起来。

"老表哥，你将来帮衬帮衬我，反正我闲着也是闲着。"刘焕均对杨云程充满了羡慕。

刘秉清则凝视着侄子："我都听说了，你亲自去摩尼把解放军迎进城。舅舅真为你高兴，舅舅我可是多年的地下党了。进城那天，本来组织上要我进城去参加检阅的，因为我有腿伤才没有去。"

"是啊是啊，解放军进城后，街上清清静静的，谁还敢乱来啊。"

"老表哥，那我能去你的部队吗？"

"当然可以。你现在要跟我走都可以。"

"我等一阵过来，家里在为爷爷包坟，等忙完这事儿就过来。"

刘秉清为侄子新添了一杯茶，犹豫了片刻还是开口问道："你家王四好吗？"

杨云程皱紧了眉头，王四的凶悍在城里无人不知，无人不晓，自己在外忙了一天，回家就图个耳根清净，对她是百般迁就。可她婚后多年未育，已成为他的一块心病。在保商队出生入死的日子，他时刻都渴望有个一男半女，然而总是事与愿违。舅舅的问话真是戳到他的痛处，此刻他只得点点头："唉！大夫都看了不知多少个了，草草药吃了几大箩筐，可就是不见好……"

三人沉默了下来。

杨云程干咳了一声，起身告别舅舅一家，无奈舅舅热情挽留，他再看天色已晚，来时心情爽朗，如今却被一块心病压着，很不是滋味。他也不急着回古蔺了，就在舅舅家住了一晚。

次日醒来，已是日上三竿。他在脑子里想了几个人后，决定去石鹅找陈见常散散心。

陈见常也是给面子，好吃好喝地招待了他一天。杨云程告辞时，陈见常正好要进城办事，便和杨云程一起回到古蔺。杨云程本想去聂小风那里，碍于陈见常，只好一起去了王幺娘家的馆子。

此时店里已快打烊了，客人不多，几个招牌菜品也卖完了，王幺娘独自坐在案板前。

两人走进去，听说没有什么好菜了，不禁大为失望。这时，陈见常看见大茶缸旁放着一个白纱布盖着的笤箕，走过去揭开一看，是几个烙得香喷喷的锅盔。

"这不是有锅盔吗，我们就吃这个得了。"陈见常伸手去抓。

"这是我家兄弟要我给他烙的，说他明天一早要带着上山打猎，你们只能吃两个哦。"

“还有啥子吃的？”

“确实没有好吃的了，要不给你们下碗面条咋样？这里还有高小巷王家的水面，我烙锅盔的时候还剩些肉末、盐菜、葱花，我炒一下做臊子，包你们吃得安逸。”王幺娘和气地说。

两人啃完一个锅盔，面条刚好端上桌，味道果然鲜香无比，面条柔韧有嚼劲，面汤辣而不燥，醇厚绵软。他们又要了一壶苞谷酒，你一杯我一杯地喝起来。几杯酒下肚，陈见常拿杨云程洗刷起来：“我说云程，你别喝多了晚上回家犯乡保的错误。”

“啥子？”杨云程不解。

“我认识一个乡保，晚上喝得烂醉如泥，回家错进猪圈，躺在母猪身边说，婆娘，倒杯水来。母猪哼了一哼，乡保说，不倒就不倒呗，嗲啥子嗲？说完又随手一摸说，哎哟，你这奶子下儿啦，哪来弄多个？”

说完他忍住不笑，倒把王幺娘逗笑了。

杨云程刚把一柱面条送进嘴里，一时控制不住大笑，“噗”的一声，其中一根面条竟从他鼻孔里穿出，几颗盐菜粒一小段葱垂在下巴摇摇晃晃，陈见常这下也绷不住了，笑得东倒西歪差点瘫坐地上……

王幺娘是吉应鸿的远房表妹，因膝下无子，对吉应鸿的二女儿吉香视若己出。吉香自幼备受她的呵护，后来干脆改口叫干娘。这天，吉香也在王幺娘家。陈见常醉后入厕回来，走错了房间，正好与吉香撞个满怀。陈见常揉了揉醉意朦胧的眼，打量着灯下这个美人，只见她修眉秀目，肤如凝脂，身材苗条，受到惊吓之后益发楚楚动人。陈见常忘情地拉住她的手，被吉香挣脱跑开了。

从王幺娘家出来，陈见常不停地向杨云程说起吉香。杨云程表示愿意想想办法。于是，他凭借对解放后新政府布匹管理政策的了解，为吉应鸿的生意支招。吉应鸿很是感激，几天后宴请杨云程，杨云程把陈见常也带了去。

俩人一碰面，陈见常惊讶道：“你咋穿成这样子？想把我比下去，莫不是要抢我的生意？”

杨云程叫道：“少见多怪！难道天王爷来了，我才可以穿绸佩玉，平时就不可以？我今天高兴，想穿啥子就穿啥子，你管得着？”

陈见常哪里知道，杨云程听说吉应鸿的小妾吴莲是个美人，万一能在席间一见，是求之不得的事情，所以刻意打扮了一番。

两人各怀心事进了门。刚过完元宵不久，吉家的大红春联都还完完整整地张贴着，灯笼也还未取下，石阶两侧的矮树丛里，还散落着一些鞭炮的红色纸屑，像散落在树丛里的桃花。吉应鸿的祖父曾中过秀才，父亲一代，虽开始经商，称不上书香门第，但也粗通文墨。杨云程不是第一次来这里，脸上是淡淡的表情。倒是陈见常看着处处窗明几净、古朴雅致的吉家，眼神流露出几许敬意，对吉香也更为爱慕了。

"吉老板，今天好精神啊。"杨云程嬉皮笑脸地招呼道。陈见常循声望去，只见一个穿灰色棉袍五十开外的老者立在屋檐下，正逗弄着笼中的画眉。见到来人，他古铜色的方脸盘上浮现一些笑意，额头上刀刻一般的皱纹也跟着舒展开来。

陈见常在心里已经将吉应鸿视为未来岳父，席间推杯换盏好不殷勤。他在心里盘算着，如果酩酊大醉，正好借机在吉家小住，正好找机会接近心上人吉香呢。

席间，吉应鸿果然让吴莲弹唱助兴，杨云程喜出望外，庆幸自己还真没有白费这番功夫。第一眼看到吴莲，杨云程心里一动，仿佛在哪里见过？他悄悄一拍自己的大腿，这不就是陶旦的翻版吗？两人真是太像了，那含羞低垂的眼睑，秋水般清澈的眼神，行走时的妩媚风流，还有那歌那舞的摄人心魄，实在令人过目难忘。

这天，吴莲身着一件玉色纱衣，领口开得有些大。在她埋首的瞬间，杨云程眼角的余光，正好可以看见她颈脖以下精致的锁骨，以及锁骨下的一抹酥胸，那肌肤细腻柔软，像太阳一样灼烧着杨云程的眼睛。面对满桌佳肴，他却只觉得口干舌燥，食不知味。

吴莲正值青春，天天守着一个老头子，寂寥难耐。面对杨云程火辣辣的眼神，吴莲觉得如坐针毡，羞涩地躲闪着他炙热的目光。

然而，当她也陪了几杯酒后，借助酒兴，她与杨云程四目交接。她眼里这个男子，穿着一身青色麒麟暗纹的袍子，腰里束着一条簇新的腰带。这男子虽是刀条脸小眼睛其貌不扬，但那敏捷洒脱的举止，大方得体的谈吐，还真有几分讨女人喜欢。他身边的陈见常，深深的眼眶，高大的鼻头，已喝得半醉，话不多，一副心事重重的样子。

吉应鸿又一次提杯，杨云程才猛然想起陈见常的事儿，文绉绉地道："吉老板，听说你家二千金吉香年方二八，美貌多才，可有许配人家？"

"哦，小女尚待闺中。"吉应鸿颇为惊讶，接着老老实实地答道。

"哈哈哈！"杨云程笑着说，"你看我这位老兄咋样？我想为他做个大媒呢。他可是毕业于叙永高中，文武双全。你应该听说他在石鹅兴街办学，现在也是新政府的红人。他在王幺娘家见过吉香，对她很是喜欢呢。"

"是啊，吉老板，希望我能一辈子照顾吉香。"陈见常此刻已喝得云里雾里，连忙表态。

"见常一表人才，老夫看着也是欢喜呀，可婚姻大事还得吉香答应才好，这事以后再说吧。"

这次宴席之后，杨云程拿出死缠烂打的本领，对吴莲发起进攻。都说好女怕缠郎，何况吴莲闺中寂寞，经过几天的挑逗试探，情欲的嫩芽终于破土而出，抽枝长叶迎风招展了。

聂小风一直眼巴巴地盼着杨云程到她家相聚，在一个刚下完暴雨的夜晚，女儿已经睡下了，她突然听到几声狗叫，接着是"笃笃笃"的敲门声，心里一阵惊喜。她打开门，一个浑身带着冷气的人影果然闪进屋来，一下将她搂住。只是，这晚他走得特别早，不像以往那般缠绵。

从那以后，杨云程上门的次数越来越少，在街上偶尔撞见，也是淡淡的。聂小风猜杨云程一定有了新相好，以他狗改不了吃屎的德行，不会无缘无故冷落她。

她暗暗跟踪了他几天，终于发现是吴莲勾去了杨云程的魂儿。谜底揭开了，聂小风却不知道怎么办。她想破了脑袋，也想不出让杨云程回心转意的法子。

怎么制伏他？以杨云程彪悍的性格，能制伏他的人满城也找不出几个，何况自己一个失宠的妇道人家。她在脑海里盘算来盘算去，好像只有骆国湘比较合适。可是，自己一个妇道人家，脸皮再厚，也不好意思将这等风流韵事当面告诉他。

想象着，威风凛凛的骆国湘听明白了她的来意，双眉微微一振，眼里闪过一抹厌弃之色："风摆柳！为啥子不找个老实男人好好过日子，一定要跟杨云程搅在一起？这下好了，杨云程变心了，你争风吃醋了，就来找我给你们擦屁股，关我屁事！"

她恨不能钻进地缝里，苦笑道："三爷，你不可怜我孤儿寡母，也要可怜一下吉应鸿吉老板，你能眼睁睁看着他戴绿帽子？这事传出去，也会损害三爷的名声，杨云程毕竟是你的部下。"

"鬼才听你这套！你隔我远点。你这种女人我看着就晦气。"骆国湘垂下眼睑，闷声闷气地说。

要是当面告诉骆国湘，情形一定如此不堪。不行，绝不能这样做。聂小风思前想后，终于想出一个能让骆国湘知道这事，又不至于让她太难堪的办法。对，就去找在骆家做厨娘的好友。

罗汉包下，骆国湘的二楼一底四合院宅邸格外引人注目。这宅邸修建时在泥土里混进石灰，墙体比寻常人家粗阔坚固。进入院门，是青石板铺就的院落。院落左侧有钟乳石堆积的小山、椭圆形的小池塘，一整块青色巨石矗立楼前，像一道屏风，也像一个忠心的守卫，与骆国湘武将起家的身份相得益彰。

小池塘的中间，有一个精致的观荷亭，四角飞檐探出天际，像给这亭子插上了翅膀。此刻虽无荷花，但池塘边几丛修竹青翠挺拔，一株腊梅正在盛放，一样让人赏心悦目。聂小风知道骆国湘通常早饭之后就会出去公干或打猎，所以在午饭时分悄悄走了进来。可惜，这天骆国湘晚起，聂小风穿过假山和池塘，一眼就看到他还在观荷亭里刷牙。

聂小风连忙躲在假山背后，心里怦怦乱跳，好像骆国湘已经看出她的秘密似的。

好不容易待到骆国湘出了门，聂小风才揉揉蹲得麻木的腿，走到厨房。于是，这消息就像长了腿，经由厨娘让马老三知道，骆国湘自然也知道了。

骆国湘本来不想管杨云程的破事，但是想想杨云程这小子也该狠狠教训一下了。古蔺武装势力既已投诚，就该检点自己的行为，即便是清乡保安队时期，也有自家的规矩。

不久，趁王四回娘家，杨云程迫不及待地把吴莲约到家里。两人正颠鸾倒凤之际，突然响起了急促的敲门声。杨云程从吴莲身上爬起来，凑到窗户边一看，见是骆国湘，叫苦不迭。

吴莲已慌慌张张套上衣服，顺便把杨云程的衣服扔给他。杨云程仓皇地说："他们主要是针对我，你别怕，赶紧躲到柴房里。我这就跑出去把他们引开，你就赶紧回家。"

大门已被骆国湘堵死了。杨云程想打开后门出去，谁知连日阴雨，空气潮湿，这门原本就稍显紧实，如今受潮膨胀，门轴开关就变得生涩凝重起来，怎么也打不开了。情急之下，他从后门堆柴草的地方抄起一块大磨刀石，砸松后门，再将门板取下，夺路而逃。

骆国湘带领一伙人，追到高小巷子门口，杨云程只好站住，怯怯地对骆国湘行了一个军礼。骆国湘火冒三丈，对准他的大腿就是一枪，见杨云程受伤，血流如注，骆国湘才令人赶紧医治。

一连三天，骆国湘坐在病床旁，苦口婆心地劝说杨云程。到第三天，杨云程终于痛哭流涕认错，表示不再寻花问柳，要好好做人。

杨云程腿上的枪伤很快好了，"杨抬门"的绰号也不胫而走。

最初，是保商队的人用暗语传播这事："晓得不，杨云程穿灶了。"

"穿灶，穿了谁的灶?"

"吉应鸿吉老板的小婆子，被杨云程穿了。"

"那个狐狸精哦，不被杨云程穿也会被其他人穿的。"

后来，这件事几乎到了路人皆知的地步，曹仕炎不禁好奇，他让何显宗说说对杨云程的看法，何显宗便慢慢地说开了："杨云程是桂花场桃子坝人。他的父亲是一个石匠，家里很穷。稍大些跟着乐用场的舅舅做买卖，因为不听话又被赶了出来，一个人跑到古蔺后，吃了许多苦头。直到遇上骆国湘，处境才一天天好起来。"

曹仕炎追问："后来就受到骆国湘的器重了?"

"是的，他投靠骆国湘后，先是做了他家的下人，帮助打扫卫生，混口饭吃。渐渐地，受到骆国湘的重视，认作干儿子，教他打枪。杨云程不负众望，一两百米开外，能将点燃的香打灭。后来，他的枪法精准到已经可以和骆国湘、肖斌云齐名，就这样，他成为鸦片保商队骨干成员。骆国湘逐渐年老，有些事情就交给他掌管，后来让他担任古蔺清乡保安大队长，接替了地方商帮保护神的位置。在骆国湘的影响下，杨云程还是做了许多好事，如多次掩护彰德地下党员，也能保护一方安宁。"

"嗯，还有那个肖斌云呢，枪法厉害，我好像有一点印象，在地方武装集中接受检阅的时候。"曹仕炎停了停，又问道，"这个人如何?"

"肖斌云不仅枪法准，他还练过武功，力气过人，又有谋略。在地下党工作时期，很多秘密行动都亏得他从中巧妙斡旋，利用骆国湘保商队的身份掩护，游走在地方武装、伪政府之间，顺利地完成任务，是个难得的人才。"

"那我们要把这样的人才重用起来才行。"

两人走着说着，不知不觉到了吉应鸿家门口，只见里面哭声一片，正诧异间，很快得知吴莲和杨云程偷情败露后，含羞自尽了。

当天，杨云程逃出后，见骆国湘等人已追过去，吴莲这才放心地回到家。到了房中，晚饭也不吃，掩面就睡。傍晚时分，吉应鸿从街上听说这事，恼羞成怒。

他将吴莲从床上拖到堂屋里，要她跪下。张氏听说这事，正好出出平日积攒的窝囊气。她双手叉腰，对着吴莲破口大骂，指责她不守妇道，一家老小只是围观，也不便劝说什么。

张氏这样一骂，吉应鸿顿时觉得自己头上是比天还大的绿帽子。他一挥手，给了吴莲一巴掌："你个小娼妇，到我家来，衣来伸手饭来张口，住的是雕梁画栋好房屋，穿的是绫罗绸缎好衣裳，哪一样亏待你了，要做这等丢人现眼的丑事？"

吴莲嘴唇都被打破了，她竟然没哭，冷笑道："打得好，这一巴掌就算是我还了在你家白吃白住的恩情了。你也不想想，你一个糟老头子，做我爹我还嫌老呢，就凭你每天晚上在我身上乱折腾，却折腾不出个名堂来，我就忍受够了！我明天就走，再也不跨进你们吉家半步。"

吉应鸿又上前给了她一巴掌："我就知道你骚，早迟要偷汉子，你当初何不去找个正经人家嫁呢，还不是贪图安逸享受嘛。"

吴莲脸上的手指印已经红肿了，她阴森森地笑着，眼里射出冰冷的寒光："哼，就我骚就我浪，吉家那么多阴私事，我随便抖一个出去，就够全古蔺人嚼上半天舌根的。就说你家那宝贝女儿吉香，还不是被你们的一个客人喝醉后糟蹋过，你以为我不知道？是哪一天发生的事，哪一个人造的孽，你们自己心里清楚。"

张氏被戳到了痛处，恼羞成怒，她拿起一根抵门杠朝吴莲扔去，吴莲侧身躲开，大叫一声："我受够了！"一头撞在石坎上，片刻便香消玉殒。

自然，传到街口的啼哭之声，就是吴莲的娘家人发出的。冲在前头的是吴莲的两个哥哥吴茂和吴重，两人手提钢钎进了门，威胁吉应鸿，要他赔偿。吉应鸿把全部责任推到杨云程的身上，吉家顿时乱成了一锅粥。

乔贞贵又一次走到胜利桥时，感觉后背被人拍了一下，回头一看是何显宗。

"小乔，出来逛逛啊！"

"老何，俺也不是单纯出来散心的。俺发现这段时间，有的同志魂不守舍，有的追求杨云程部下的女子，也有的喜欢上了城里的女孩子。一个河南来的小鬼就喜欢上了骆国湘家水碾房帮忙的小姑娘，有空就往那边跑。"

"净说些乱七八糟的。不过，这也难怪，古蔺山清水秀出美女，这里不是奢香夫人的娘家吗，奢香不仅是美人，也是载入史册的巾帼英雄嘛。"

"是啊，同志们离家在外，大都青春年少，哪个男子不钟情，哪个女子不思春？"

"小乔，你可要把握好分寸。否则，看上哪个古蔺女孩子，再制造一个抬门事件出来就麻烦了。"

"呵呵！不会，不过俺还真想做古蔺女婿呢。"两人呵呵地笑了起来。

告别了何显宗，乔贞贵掩饰不住心里的甜蜜。他怎么可能告诉何显宗，自己还正准备着做古蔺女婿呢。

说起来，还不是因为那匹马。那天，他到鹅公坝散步，突然看到前面

一匹高壮的马跑得飞快，马背上竟然是一个俏丽的女子在扬鞭，这在古蔺城里是不多见的。乔贞贵不禁鼓起掌来。

那天陶佳正在兴头上，见到解放军鼓掌，很是得意。她纵身一跃，人轻轻脱离马鞍，再稳稳落下。乔贞贵便对着马打了个呼哨，这马仿佛听懂了似的，竟然朝他奔来。

两人就这样认识了，心照不宣地常常于鹅公坝碰见。后来，乔贞贵翻身上了陶佳的马。第一次共同骑在马上，挨得那么近，两人都有些不自在，乔贞贵只得找些闲话来说："你不知道，俺刚开始骑马的时候，特别兴奋，特别来劲儿，可以跑一整天都不知累。初学骑马的人又不会使巧力，大腿紧夹马背，跑了一天下来才知道有多痛，第二天走路都得像个螃蟹，只差没有横着走。"

陶佳听得哈哈大笑："我刚学骑马那阵，心也跳得慌，咋个也抑制不住。马儿开始跑动之后，心反而不跳了，啥子也不怕，只顾往前冲……"

风不疾不徐地吹着，阳光也明媚喜人，马儿的双蹄正好踏入一片草地，不知名的小花在绿毯似的草地上摇曳着。两人不由得下马，在绿茵中漫步。

一只鸟儿从他们眼前飞过，发出清脆悠扬的叫声。乔贞贵随口一学，竟然惟妙惟肖。陶佳赞道："太神奇了！可惜我学不会。"

"俺可以教你简单点的，你一定学得会。"乔贞贵边说边折下长长的草叶，编成两根草鞭，"飕飕"地舞动起来。草鞭虽软，在他手里却充满了力道，犹如两把上下翻飞的长剑，震得地上的花草们瑟瑟发抖。乔贞贵练完将草鞭扔给陶佳，让她接着来。

"哎哟，只知道你是来打仗的，原来还是深藏不露的武功高手。佩服佩服！"陶佳对着乔贞贵一揖到底。

"男人没有本领走到哪里都被人欺负，你看俺这一对铁拳，一人就能打倒三四头野猪。还有啊，俺这额头上还有个王字，绝对是不好惹的虎大王。"

一对恋人虽然如胶似漆，可是这段时间忙于整顿代金券的事情，乔贞贵也是好久没有见着陶佳了。他的心中怀揣着一线希望：或许，能在某个巷口遇见她……

冬天快要过去了，陶佳准备上街买些布，给哥哥和父亲做鞋。刚刚走过油榨房，王述迎面走了过来。也许是许久未见，王述一下子找不到话说："你、你、做啥子呢？"

"我去买点青布。"陶佳也有些尴尬。

陶佳和王述青梅竹马，王家穷，子女多不能养活，就把王述送到陶家干点粗活。王述自小就是打架的好手，是马蹄滩的孩子王。陶佳有男孩子气，喜欢骑马，王述就经常陪着她。王述十二岁那年，恰逢曾庶凡的弟弟曾光鲁到马蹄滩，看中了这个小牛犊般的少年，就向陶钦克求情，打算把王述要过来，充实自己的家兵家将。陶钦克本就担心陶佳和王述相好，假意客气一番后，答应了曾光鲁。王述进入曾家后，两人日益疏远。

青梅竹马的两个人，现在竟然有种形同陌路的感觉。随着年龄的增长，那些童年的记忆逐渐淡去。当年两个关系最密切的孩子，今天都在往不同的方向上走。虽然那时王述家穷，姊妹多，但是总有让陶佳迷恋的地方，比如骑马就是王述教会的。然而，眼前的他怎么能跟乔贞贵相比？陶佳在心里庆幸自己的选择，客套了几句转身就走。

看着陶佳丰美的身影渐渐远去，王述怅然若失。陶佳则头也不回地快步走进金玉心商号买布，出了店门一转身和一个人撞在一起。抬头一看，竟然是乔贞贵。

几天不见，乔贞贵似乎适应了古蔺的生活，本来有些黝黑的脸庞，显得白皙了许多，越发帅气了。陶佳的脸一下变得通红，乔贞贵也激动得手足无措。

两人怔了一会儿，几乎同时开口："你?"若不是在街上，真想紧紧拥住对方。

他凝视着她的双眸，那纤长的睫毛微微翘起，顾盼流转的眼波如鱼饵般散发着醉人的芳香，引诱他这条甘愿上钩的鱼儿。一阵微风吹来，几缕秀发垂落在她饱满的额头上，如兰的幽香丝丝缕缕，沁人心脾，他不禁感到一阵眩晕。

"买布做什么?"乔贞贵没话找话说。

"给我爹和我哥做鞋，边角料嘛，打算留着端午节给你做个香包。"陶佳老老实实地低头说道。

"俺是香包也要，人也想要，嫁给俺怎么样?"

陶佳羞得满脸通红，转身就走。

又是一个辗转难眠夜，乔贞贵经过一番思虑，一不做二不休，清早登门正式向陶家提亲。陶钦克觉得这事来得太突然，但他既反对女儿和王述交往，就得速战速决。项正芬又拿出那套"汉人不是朋友"的说辞试图拒绝这门婚事。可是陶钦克说得振振有词："第一，既然我们不愿意陶佳和王述交往，让她嫁给乔贞贵就放心了。第二，乔贞贵虽是汉人，可他是外地人，不碍事，而且人家又根正苗红，仪表堂堂。"说完，陶钦克不等项正芬回答，又补上一句："你那一套'汉人不是朋友'的思想也该改改啦。儿女

们的婚事，还是多听听他们自己的想法吧。"

项正芬说："你个死老头子，你以为我真那么古板？我是看肖斌云已有家室，不好明说，才拿那番话来压陶旦的。"

按照汉族的婚俗，乔贞贵也择好良辰吉日，和陶家交换了生庚，并送来定亲聘书和定情物。这定情物是一个清代的银镯头，是乔家的祖传宝贝，拿在手里沉甸甸的。镯头边缘全部饰以穗状花纹，中间除了花鸟等纹饰，还刻着"龙凤呈祥"字样。陶佳虽说见惯了苗银手镯，可是，这般古朴雅致，带着漫长时光痕迹的镯头，她还是第一次看见，戴在手上就舍不得摘下来。

陶家终于择定黄道吉日，因乔贞贵是汉族，整个婚礼就按照汉族的婚俗举办。乔贞贵家在山东，陶钦克又好面子，新房就暂定在陶家，打算婚礼完结，陶钦克再为新婚夫妇另择居处。

钉了铁掌的马蹄踩击在小城的石板路上，发出清脆的声响，晨光从街上梧桐树的缝隙中透过来，将乔贞贵的身影长长地投在街道上。只见他身穿一身崭新的军装，斜披红绸，左臂佩一朵红色绸花，显得红光满面，神采奕奕。穿上新衣服的小豆子像换了一个人，高兴得一路蹦跳着为乔贞贵牵马，看着人群中的羊角辫，不时抛给她一个得意的笑。乔贞贵后面簇拥着许多人，他们尾随着马匹，老人们不断叮咛着年轻人和孩子："小心，不要踩着解放军的影子了。"有人想要燃放鞭炮，一个大娘赶紧劝阻："隔远点，不要吓着马儿了。"

蹄形巷口，用柏树枝和野花扎起了一个拱形的牌坊，乔贞贵的马匹刚刚穿过牌坊，鞭炮声和锣鼓声骤然响起，受到惊吓的马儿不禁扬起前蹄，喘着粗气。乔贞贵的脸色却未见一丝惊慌，他轻抚着马儿的脑袋，目光缓缓地掠过人群，眼神中满是笃定和欣喜。

陶佳身穿大红长袄，衣襟上绣着并蒂莲花，足蹬尖头大红绣花鞋，头戴凤冠，满头珠翠窸窸窣窣作响。当盛装打扮的她被几个婶娘从里屋扶出，一对璧人站在堂屋里，鞭炮和锣鼓再次响了起来。

所有的嫁妆用方桌一一铺开，除了传统的箱箱柜柜、布匹锦缎、衣服鞋袜、铺笼帐被、文房四宝、金银器皿，还有两份田地房屋的契约。当然，最引人注目的就是那全套苗银首饰，陶钦克足足花了十斤银子，请了能工巧匠，将头帽、手镯、项圈、脚钏等一应制作俱全，连针筒、挂扣、锁牌等生活用品也摆列其中。陶家在两个女儿还未成年，就开始准备嫁妆，如今在亲朋好友中确实挣足了面子。

人们不由发出阵阵赞叹："啧啧，这些布匹都够陶佳穿一辈子了。"

"够穿有啥子稀奇，你看那款式、颜色，是你我买得到、买得起的吗？单说那绸缎，换成粮食，就够我们吃上几年了。"

人们打量着陶佳的嫁妆，满是羡慕神色，言谈中尽是对新婚夫妇的祝福。只有陶旦心里五味杂陈，她知道父母也为自己备下了丰厚的嫁妆，可是，那个接受嫁妆的人在哪里？怪只怪造化弄人，要让她爱上一个有妇之夫。或许，她终其一生连一个朴素的婚礼都享受不到，更别提这般热闹的婚礼了。

司仪高唱三拜天地，二位新人就要进入洞房。洞房门口，摆着一个火盆，洞房门槛上，是从乔贞贵马背上取下的马鞍。乔贞贵扶着陶佳轻轻地跨过火盆，有人喊道："红红火火！"跨过马鞍，有人高喊："一世平安！"小豆子和羊角辫随即献上两杯满斟的米酒。两个孩子得到一大把火炮糖后，便闪到一旁看热闹。

夜已深，人群终于散去。屋内的红烛照着紧紧相拥的一双人影。直到他们的身体越来越轻，轻得如在云端，忘了尘世。渐渐地，他们的身体越来越沉重，仿佛那喜庆的婚床随时可以崩裂。他们驾着情欲的诺亚方舟，扬帆起航，驶出平静的水域，经历激流险滩，惊涛骇浪，然后，风暴平息，在温柔的港湾栖息。

她的身体像蜜汁般的饱满诱人，他只知忘情地啜饮。许久许久，乔贞贵才如梦初醒，抚摸着陶佳手腕上发出幽光的银镯头，吻着她柔软的耳垂柔声问道："嫁给俺，你后悔吗？"

陶佳摇头。乔贞贵却不放过她，轻咬了一下："俺要你说出来。"

"不后悔。"

"真的？作为军人，俺真怕不能给你长久的幸福，俺担心不能陪伴你一生。"

"大憨包，不许说这种不吉利的话！"陶佳用娇艳的红唇堵住了乔贞贵的嘴。

第四章

匪患初起

俗 话说：庄稼佬儿怕过年，过了年犁头耙子要下田。元宵
节一过，很多人家已经开始忙于一年的生计，可是吴茂
和吴重却没有心思干活儿。妹妹吴莲的死，依旧是压在他们心上
的一块大石头，思前想后，两人便叫上地痞许壳子，将吉应鸿的
金玉心商号砸个稀烂。吉应鸿见到满屋狼藉，火冒三丈却发作不
得，忙许诺赠送每人一套上好的衣料。

许壳子将一只脚踏在柜台上，左手叉腰，右手指着吉应鸿的
鼻子骂道："布料算啥子，稀球奇。老子们烟瘾发得很，要的是鸦
片，两天之内给老子们凑十两鸦片上来。"

"这不是要逼死人嘛，我到哪里去凑这十两鸦片，你们就饶了
我吧。"

"饶了你？说得轻松，你害死人家妹子的时候咋个不喊饶了
她？老东西，告诉你，拿不出来，我们背大粪封了你家金玉心商
号，看你还咋个开门做生意？"

好说歹说，打发走了一行人，吉应鸿赶紧去找骆国湘。

骆国湘咬牙切齿地说："这个许壳子，平日偷鸡摸狗，没少被
我教训。现在还想来敲诈，我看他是不想活了。"

"三爷不知道吧，许壳子一家都抽上鸦片了。可怜那两个娃
儿，只怕也会跟着学坏呢。"

"你放心，我自会收拾他们。"

就在吉应鸿起身告别时，一个穿黄绿色棉军服的解放军走进

来，对骆国湘行了一个军礼："骆大队长，首长请你去开会。"骆国湘取下衣架上的黑色呢帽拿在手里，与来人走了。

会议室简朴而庄重，那幅"德足怀远"的字幅挂在洁白的墙上，看上去墨迹未干的样子。对面的墙上贴着三张地图，左边的一溜书柜装满了书籍，显眼处摆放着毛主席语录和一些俄文书，书籍的空隙也被摆上了青瓷笔筒。右边是一溜铁灰色的文件柜，几盆茂盛的万年青点缀在宽大的会议桌两旁。何显宗、周锐等人已经在会议桌前等候。

这是由曹仕炎主持的取缔鸦片交易的会议，骆国湘首先汇报了近期城里鸦片充当货币的现象："古蔺快解放时，国民党政府已经失去民心，老百姓不愿使用代金券交易，开始改用鸦片。古蔺解放后，老百姓不喜欢使用政府推行的新币，依然要使用鸦片交易，原因何在？还不是因为对新政府不信任，民众处于一种观望的态度造成的。据我了解，由于鸦片交易的盛行，抽鸦片的人在增加，乡下种植罂粟的人也越来越多了。照此下去，恐怕老百姓不久就会成为古蔺病夫。"

接下来的发言，与会人员都纷纷对鸦片交易的情况作了补充。

骆国湘说："叙永的鸦片主要来自云南，古蔺的鸦片主要来自贵州。贵州鸦片又分两路进入：一路绕道经灯盏坪落窝小路到叙永东门外，落脚坪上街一带。一路从毕节大方渡过赤水河经马蹄滩进城。就这样，古蔺就成了一个鸦片买卖的窝子。"

谭杰支着额头想了想说："鸦片交易的盛行，我看不仅仅是老百姓对政府的不信任，还极有可能是国民党残部的反攻信号。他们在民众中散发谣言，鼓吹新币无用，妄图破坏新政权的货币环境，这个事情要格外小心。"

曹仕炎说："同志们，当前古蔺虽然和平解放了，但是，大家不要被表面的稳定迷惑。从大量的鸦片交易可以看出，民心并未完全归顺。从现在起，一方面加大对老百姓的宣传工作，让他们放心使用新币。同时严禁鸦片交易，一经发现，一定严惩。另一方面，要花大功夫，下大力气让民心归顺，让老百姓信任政府，信任解放军。同时高度警惕、防范国民党残部的不良动向。总之，无论面对多大的困难，也要处理好这件事情。"

汪海则将曹仕炎的发言具体化："骆大队长是古蔺人，最为了解老百姓的思想动向。眼下是新旧交替、山河易主的特殊时期，这段时间的土改政策又触动了地主阶级的利益。还望您老人家多多做一下老百姓和各界人士的思想工作，您的言行就是老百姓的风向标，您带头做的事，老百姓也会响应。"

"这件事情，我骆国湘自然义不容辞。另外我还建议，对率先使用新币的商家和民众，给予一定的奖励。我就不信，讲究实惠的老百姓会无动于衷，非要拿鸦片去交易。"

散会后，骆国湘把许壳子、吴茂、吴重三人叫去，派管家马老三押着他们到墨宝寺后山挖坑。许壳子一路走一路嘀咕："马三哥，这是做啥，平白无故让我来挖坑？看骆三爷伤风黑脸的，我也不好问。要挖坑可以，我壳子有的是力气，但要人家挖得明白嘛。"

"少说废话，三爷让你挖是看得起你。"马老三也看不起许壳子这些人，到了后山，只是一个劲儿催促他们快挖，并不和他们多说什么。

挖了两尺多深时，三人又累又渴，大晌午了饭也没得吃，肚子饿得咕咕叫。就在许壳子瘫坐在地上喘气时，见骆国湘前往查看，以为快要解除苦役了，不禁强打精神，堆起笑脸问道："三爷，要得了不？"

骆国湘不动声色地对三人说："你们挨个睡下去比比看。"三人如电打雷击般呆在原地，半晌恍然大悟，原来这个坑是挖来埋他们的。他们从惊骇中清醒过来，扑通跪下，许壳子率先膝行到骆国湘面前求饶道："三爷饶命，以后我们啥子都听三爷的。若是再行差踏错，不用你老动手，我们到这个坑把自己埋了。"

"你们还想抢鸦片，是活腻了？抽鸦片早迟都得进坟墓，不如趁早把你们埋了，反正留着也是祸害。"

骆国湘教训完三人抢鸦片的事，又对吴茂和吴重说："吴莲的死，杨云程有错，吉应鸿有错，她自己也有错。是她自己不检点，何况她是自杀，你们两个不要吃柿子专捡软的捏，有本事你们去找杨云程闹去。"

吴茂和吴重哪敢去找杨云程，都垂下头不说话了。

"听着，以后不许再去找吉应鸿的麻烦。要鸦片容易，舍得拿命去换，百八十斤的都有。"

两人只得答应下来，骆国湘命令他们写出悔过书通街张贴，除了对打砸行为公开道歉，还对抢夺鸦片一事表示悔过，这事才算平息了。

接着，骆国湘又率先在自家的一铺三房五厂贴出告示：从今以后，本店的买卖，全部使用新币，其他货币概不接收。在他的影响和号召下，陶记杂货、金玉心商号、王幺娘馆子、陈记中药铺等商铺也先后贴出使用新币的安民告示。如此过了一段时间，鸦片交易的情况才得到遏制。

一波未平，一波又起。待新币的推行正常了，为了弥补物资的不足，解决队伍的给养，需要抓紧征粮，然而此项工作又出了问题。

白天，征粮处长骆炯明亲率宣传战士，到街头写标语，让战士们站在桌椅板凳上向老百姓讲解征粮的意义和政策，还编唱征粮歌："这一次的征粮呀，意义深长。支援前线，建设地方。多有的多出呀，少有少出些。没有的雇农，不出一粒。"

何显宗和陈昭中也站在水北门木桥上演讲。晚上，由骆炯明组织在大操场召开征粮动员大会。

何显宗先作动员，阐明征粮取之于民用之于民的道理。骆炯明就川南行政公署和川南军区的征粮政策作了非常详尽的讲解："按照'田多多出，田少少出'的原则，全县统一规定农业人口人平征粮三十斤。需要申明的是，解放军征粮，不是巧取豪夺，交了公粮，政府按照略低于市场价的价格发给新币。另外，征收公粮主要是征收实物，但也允许用黄金、白银和银元等硬通货和新币抵缴，不过绝对不能以鸦片来冲抵。"

听到骆炯明的讲解，台下议论纷纷。尤其是那些刚刚从旧政府过来的旧乡保、丁，在人群中不断起哄，鼓吹这就是"共产共妻"之类，一些不明真相的老百姓也加入了议论。

散会后，鹅公坝、火星山脚下、送秋亭、麻湾头那星星点点的柏香树皮火把，成了几条闪烁的火龙。在这些火龙中，发出一些不和谐的声音："我们本来就够穷的了，加上去年干旱，粮食的收成也不好，要是都交掉了粮，我们吃个屁。"

"交粮要发钱的嘛，又不是抢粮，刚才首长都说得很清楚了。"

"你没听见吗，发的是新币，用不用得出去都成问题。再说了，大家都缺粮的时候，你拿着钱也买不到粮食，粮食才是命根子呢。"

穿蓝布衣裳的黑脸汉子叫墨胡子，因黑脸上长一抹大胡子，又好打斗而闻名，彰德人平素都忌惮他几分。只听墨胡子气势汹汹地说："我不但不交，我还准备让村子的人都不交。"

"吹牛，你办得到？"胖大娘不相信。

"这还不好办，等征粮干部来征粮时，我让大伙儿都去砍柴，让征粮的人连个鬼影子也看不到。"

"唉！老百姓都是一盘散沙。到时候都怕死，怕坐牢，都各顾各，不听你指挥，看你咋个弄。"

"那也好办，我事先组织会议，统一行动。"

墨胡子联络了几个死党，分头到彰德各地联络抗粮人员。一个星期后，拉拢了二十多人，成立了保粮大队。他们在黄槁坪的一个祠堂里秘密集会，说是维护村庄秩序，保护粮食和农民利益。自然，墨胡子被推举为主席。

"大家齐心合力，见到征粮的共军就去杀！"

"杀死骆炯明，就像杀死一头猪。"

"凡拒绝参与的，不准在本村水井里挑水吃。"

"若是阵亡，集体赔偿谷子三十担；若是受伤，集体负责，找岩峰沟的三大教师医治。"

墨胡子没有等到骆炯明，却等来了乔贞贵。

几个匪徒在黄槁坪山路上的竹林里，佯装挖竹笋，看到来人不是骆炯明，而是乔贞贵，墨胡子小声地对手下的人说："他妈的，来的是陶钦克家的女婿。弟兄们，不要搞死他，到底是半个古蔺人。但也要给他点苦头吃吃，给他点颜色瞧瞧，上！"

乔贞贵一行边赶路边欣赏山村景色，看到路边有人挖竹笋，也没有在意。

走着走着，突然飞来一块石头，差点砸中后面的小战士。乔贞贵刚转个身，一个挖竹笋的黑脸汉子猛然一跃而起，拦腰一把抱住他，乔贞贵猝不及防，摔倒在地。

面对压在自己身上，并用粗大双手卡住他脖子的黑脸汉子，乔贞贵冷静下来，立即抽出右手紧紧抓住他的左手腕，左手顶住他的腹部，迅速挪动自己的身体和双腿，瞅准机会，把压在自己身上的黑脸汉子往右侧使劲一甩，一下把他甩在地上，人也翻转过来，很快压在黑脸汉子身上了。

墨胡子还真不是好惹的，他也在拼命寻找乔贞贵的薄弱点。瞅准时机，他用力一挺脚、一甩臂，又把乔贞贵压在下面。两个人在竹林里滚上滚下，你来我往，扭打得难舍难分。

在他们搏斗时，墨胡子的手下也拿着马刀和梭镖冲过来，包围了征粮工作队人员。

年龄稍长的黄鲁冲在前面，他示意其他人注意隐蔽，自己紧紧盯住冲在最前面的匪徒。待匪徒靠近，他一个扫堂腿将扑向他的匪徒打翻在地，马刀落在一旁。他再飞起一脚踢向匪徒的软肋，对方痛得"哎哟、哎哟"直叫唤，半天爬不起来。紧接着，他又三拳两腿把第二个冲向他的人制伏了。

这下，黄鲁身后的两人胆子也大了，他们二对一，联手对付又一个冲上来的匪徒，两人较量了几个回合就占了上风，把这个匪徒打得趴地不起。

再看乔贞贵，还在扭打中。等到匪徒翻转在乔贞贵身上时，黄鲁咬紧牙关，扣动扳机，随着一声清脆的枪响，黄鲁射出的子弹打中了墨胡子的屁股。墨胡子没想到这一着，一松手，乔贞贵岂会错失良机，他翻转过来，武松打虎般骑在墨胡子身上，铁拳发力，朝着他的头上、胸部猛打。

这时，墨胡子的组织得到密报，一个麻脸小头目带领一帮人，高叫着

"打呀，杀呀——"向他们围拢过来。

看情形寡不敌众，乔贞贵不敢恋战。他扔下死猪般哼哼叫唤的墨胡子，跑到黄鲁等人身边。一摸腰间，枪不见了，原来是与墨胡子搏斗时搞掉的。他命令黄鲁断后掩护，自己先带着小分队突围了。

匪徒们眼见只剩黄鲁一人，马蜂般朝黄鲁扑来。黄鲁又瞄准前面的匪徒，就在他举起手枪的同时，只觉得眼前白光一闪，一个匪徒的马刀已经挥舞到眼前。好险，虽然他躲避及时，右耳还是被削掉了一小块。情急之下，他射出一梭子弹，有两个匪徒被击中，后面的匪徒见状，都吓得停下来，不再追赶，抬着墨胡子慌慌张张地回去了。

乔贞贵一行经过这场短兵相接的惊险搏斗和突围，虽是数九寒天，却个个满头大汗，乔贞贵回到家都还在喘气。陶佳心疼地看着他："咋个了？"

乔贞贵把这次历险给她讲了一遍，陶佳吓得蒙住了眼睛。

"这有什么，瞧你吓得。打仗嘛，总免不了受伤和牺牲。"

乔贞贵前天刚理过发，鬓角整整齐齐，脸庞刮得干干净净，虽受点皮外伤，一副风尘仆仆的样子，看上去却更加大义凛然、意气风发。陶佳越看越爱，忍不住拧拧他的耳朵嗔怒道："不长记性，又说啥子牺牲不牺牲的了。"

这时，她的脸上浮现一道红晕，牵着他的手，轻轻放在她的腹部上："再说这些混账话，不光吓着我，也会吓着他的……"

乔贞贵一时没反应过来，再看陶佳，一张黑牡丹似的俏脸上，透着浅浅的酡红，平日丰美挺拔的身材，如今像春天的藤蔓般柔软，整个人如慵懒的猫依偎在他身旁。乔贞贵下意识地闭上眼睛，不敢抬眼看她，似乎她的眼波一流转，就会将他淹没在一片阔大的水域中。

"说说看，你到底爱俺什么呢，你之前可有爱过别人呢？"

"我从来没有爱过谁，此生此世，一个人也没有爱过。"

看着他大惑不解又黯然神伤的样子，陶佳的嘴翘成豌豆角，朝他挤挤眼睛说："我从来没有爱过人，只爱过一条大黄狗，一条姓乔的大黄狗。"

"讨厌。"满天厚重的阴云一下散去了，太阳射出万道霞光，乔贞贵突突乱跳的心终于恢复平静，陷入一种幸福的眩晕之中。他重重地咬了一下她的耳垂："再叫俺大黄狗，俺就咬死你。"

"咬死我，你儿子就没娘了！"

乔贞贵这次明白了，他一把搂过陶佳在屋里转起圈来："好，俺乔家后继有人了，这真是天大的好消息！"待他平静了一下心情，才又问道："这

事，你告诉爸妈了吗?"

"还没有，今天才去过陈记中药铺确定的，我们得瞒着，到时候给他们一个惊喜。"

"好，那俺从今以后不说那些不吉利的话了。"乔贞贵将双手放在膝盖上，像个规矩的学生。

"说点别的。有一次，我们打仗时刚好经过一个老乡的瓜棚，你不知道，那些冬瓜，有的长得粗粗壮壮，像个水桶；有的长得瘦瘦小小，像根蔫茄子；有的长得光滑圆溜，不胖不瘦，人见人爱，就像你。"

"你才讨厌。"乔贞贵这么快就报一箭之仇，陶佳又好气又好笑，不由啐道。

"这个讨厌，那我再说点别的。黄鲁回来后，我们发现他的右耳被削掉了一小块，就和他开玩笑：'怎么不拾起来，咱们凉拌凉拌，给晚餐加道菜。'"陶佳扑哧一声笑了出来。乔贞贵又接着说："以前就告诉过你，俺的头上有三道老虎纹，匪徒哪里抵挡得住俺的煞气，那还不是见一个杀一个，见一对杀一双。就说这次吧，虽然受了一点皮外伤，但却差点打死一个匪徒，俺的小分队还打伤了好几个匪徒，也算是值得了。"乔贞贵脸上露出了舒心的微笑。

乔贞贵带领的小分队虽然有力打击了墨胡子，再加上三大教师和肖斌云两师徒对当地老百姓的劝说，全县的征粮工作首先从彰德得到突破。然而其他地区的征粮工作，依然困难重重。

自然，墨胡子的事杨云程也很快知道了，他派肖石头和大叉上门劝说，将墨胡子纳入自己的阵营之中。

大村的征粮办公室里，赵年和许维兵跑村串户一上午，收获却不大，两人又累又饿又沮丧，坐在靠窗的桌子前等待开饭。炊事员小张正面对窗口拿着饭勺给两人添饭，突然从窗口飞来一颗冒着烟的手榴弹，打掉了小张手里拿着的饭勺，眼看手榴弹已落到许维兵的脚下，许维兵将冒着烟的手榴弹一脚踢出门外，滚到巷道里。赵年一把将小张按倒在地，许维兵也身子一侧卧倒在地。

说时迟那时快，只听"轰"的一声巨响，手榴弹在室外的巷道里爆炸了。赵年的额角被飞来的石块擦伤，小张左臂骨折。许维兵意识到出事了，他奔到街上大喊："小心，有炸弹!"果然街上也响起了手榴弹的爆炸声。虽然人们躲避及时，还是有一人重伤，四人轻伤。

丫杈、养马嘶、彭河等地也纷纷传来征粮队受到骚扰的报告。听说征粮队要来，老百姓早就逃之夭夭，征粮工作推进极其艰难。看着解放军部队及政府工作人员每天的各种消耗，骆炯明急得团团转。

就在新政府为征粮工作愁眉不展的时候，马蹄滩的地下党员吴东运急冲冲地跑进来，说有极为重要的事情报告。

曹仕炎听说马蹄滩有紧急情况，立即走出来，在外间会议室接待吴东运。

见到曹仕炎，吴东运有些忐忑地站起来，从里间衣兜里摸索出一沓红红绿绿的传单，迫不及待地递给曹仕炎。

曹仕炎将这些传单摊在会议桌上，何显宗他们立即围拢过来。

这些传单是吴东运的羿人朋友王有清在十八罗汉山捡到的。大家一眼就看出，这是国民党玩的老伎俩，散发反动传单。事实上，全国大部分地区虽已解放，但各种敌对势力依然虎视眈眈，这造成到古蔺这个边远地区驻防的兵力不足。时间长了，别有用心的人渐渐看出端倪，利用空飘洒下反攻信号。

神秘的空飘，如同纷纷扬扬的雪片，洒落在一些无名的角落。他们好像长着眼睛，落在既隐蔽又容易被发现的地方。这天，肖斌云外出打猎，在石头缝里发现了一张传单，他立即明白是怎么回事了。他把传单折叠成一只纸飞机，放飞到半空，再一枪击落它。

前几天，张树良的旧部马晓龙潜回古蔺，为肖斌云描述了一幅美好前景：那里有高官厚禄，金钱名利。一人之下，万人之上。呼风唤雨，威风得意。肖斌云一言不发地打发走了马晓龙。

为了不至于引起更大的混乱，稳住民心，夏一勤、何显宗、曹仕炎、周锐立即分头通知相关人员开会，研究如何处置。就在会议即将开始的时候，乐用的黄善甫、二郎的冯小青急匆匆地来到县政府。原来，乐用的古蔺河、二郎的赤水河都捡到了装有反动传单的瓶子。

看来垂死挣扎的国民党又在躁动了。会上，人们一致认为，河里发现的东西不好弄，可以发动沿河乡、区公所干部，看见了就烧掉。同时，密切关注十八罗汉山毗邻地区的开阔地带，由熟悉地形的胡元鑫带领中队前去处理，一旦发现这种类似的传单，一律就地销毁。曹仕炎在会议结束时特意强调，要继续收集情报，关注国民党残部的动态。

连续几天冬雨绵绵，人都快长了霉，天却还没有放晴的意思。

就在胡元鑫带队冒雨前往十八罗汉山的时候，马成光也神秘兮兮地来到陶黑子家。自从陶钦克搬去县城，马成光便投靠了陶黑子。此刻，雨已下了多时，从瓦沟里流下来的雨水声掩盖了马成光推门而入的声音。

陶黑子蜷缩在圈椅上，屋内光线黯淡，冷冷清清，只有他守着旺旺的火盆。马成光在火盆上烘了烘手，将一张绿纸递给陶黑子："二爷，这是昨天下午，我在十八罗汉山打猎时发现的，上面人都没得，哪来这东西，你看看。"陶黑子这个只会舞枪弄棒的家伙，本识不了几个字，面对这密密麻麻的黑蚂蚁，也不完全看得懂。这时，他想起了旧保长彭兴元。

头包白帕，身穿长衫，脚穿青布白底布鞋，提着一根大烟杆的彭兴元在两个旧时随从的陪同下，走进了陶黑子家。

几个人落座，陶黑子立即叫管家拿出刚从贵州归化买来的上好山烟——顶叶子。彭兴元很讲究地装上一斗，放火盆里点上，使劲吸上几口，眯眼享受着。

众人喝着茶，寒暄了几句，见陶黑子不住地捶着腿，管家往火盆中添上几节青冈炭，放下火钳，拿出一条羊毛褥子盖在陶黑子的膝盖上。

"你瞧我这老寒腿，一到这种雨天就痛得受不了。"陶黑子歉意地对他们说。

彭兴元打了个哈哈："陶二爷今天招呼，有啥子吩咐噢，不是叫我们来给你医老寒腿的吧？"

"彭老爷子，我陶黑子哪敢吩咐你老哦！"陶黑子讨好地倒向彭兴元一边，"我是想让老爷子看看这是啥宝贝。"说完，从长衫子对襟里小心翼翼取出马成光送来的那张绿纸。

彭兴元看完后，小心翼翼地将纸折好，交还给陶黑子。

"二爷，这是党国的东西，小心收好。上面写的是关于共党的一些事情，要我们认清形势，不要走错路，党国不会不要我们的。"说完，将烟杆伸进火盆，又吸了一口。

"我看看，这上面到底说了些啥子？"马成光把手伸到陶黑子面前。

"你都看得懂，还用请彭老爷子？"陶黑子把脸扭过去，将那张绿纸宝贝般塞进左衣襟里，脸上只是淡淡一笑，"原来是这样哦！"

好酒好肉款待了彭兴元一行后，天就黑了。

是夜，陶黑子一个人关上门，点起桐油灯，拿出那张国民党散发的传单，仔细地看了好几遍，边看边哼哼唧唧念念有词。

征粮的困扰，让曹仕炎开始抓紧推进土改工作。"铁树开了花，土地回老家""打倒地主老财分田地"等土改宣传标语随处可见。这天的土改会议上，曹仕炎说道："如今解放了，土地改革也要抓紧跟上。咱老百姓想的是田啊！过去，蒋介石专给地主老财撑腰，把老百姓的田占了，老百姓为了糊口，不得不为他们做牛做马。如今，打倒土豪，分田地，不应该成为一句空话。要让老百姓的日子有盼头，就必须分给他们田地，让老百姓推翻'三座大山'站起来，过上幸福的日子！"

谭杰补充道："同志们要注意，土匪不消灭，分田也没人敢要。或者是明分暗不分，迫于地主老财的淫威，老百姓暗地里还得向他们交租。"

"说得对，所以土改还得和剿匪反霸结合在一起才行。不能搞着土改，又把另一个重要的工作忘掉了。"曹仕炎强调道。

曹仕炎和谭杰的一番话，在肖斌云等人听来，如沐春风，大快人心。在杨云程等人心里，却如十八个吊桶打水，七上八下。

杨云程想：自己多年囤下的田地看来是保不住了，自己的数量不算最多，已经如同割肉，那曾庶凡、吉应鸿他们这些大户，又会怎样想，他们会心甘情愿地交出来？至于骆三爷，看他投诚时的表现，多半会死心塌地悉数上交。

他越想越觉得惶恐不安。晚上，他在桐油灯下抚摸着那些命根子般的地契，一阵风吹来，几张地契落在地上，他飞快地弯腰拾起，把地契紧紧搂在怀里："不，不，绝不能交给解放军！"

夕阳西下，将落鸿河倒映成一条弯弯曲曲的红练。河畔上，两匹骏马悠闲地小跑着。陶佳喜欢骑马，若是乔贞贵带着她，一向策马狂奔，可这次，马儿却走得慢吞吞的，这让陶旦失去了耐心，跑出鹅公坝，就快马加鞭飞跑起来。

陶旦不时回头招呼着："快点呀，大姐！"见他们还是不疾不徐，陶旦大惑不解。

经过彰德时，杨云程也正好打猎归来，与陶旦的马骑擦肩而过。杨云程一眼瞥见朝思暮想的心上人，兴奋地向她打着口哨。陶旦只拿寒冰般的目光匆匆看了他一眼，就独自扬鞭往前跑去。杨云程想起聂小风曾向他说过，陶旦喜欢的是肖斌云，惹得他恶狠狠地骂了聂小风一句："多嘴！成天就知道东家长李家短。"想到这他的膝盖陡然一软，眼睛也酸涩了。他猛烈地抽打了马儿一鞭，马儿受痛嘶叫着扬起四蹄风驰电掣般回到家里。

他脱掉衣服，将一桶桶冷水兜头淋下。不知过了多久，他体内那头疯狂的野兽，在寒冷的逼迫下，才慢慢地疲软下来。他这才感到水的冰冷已经渗透到五脏六腑，连脚趾缝都止不住要打寒战。杨云程一头栽在床上，牙床更不听使唤了，上下碰撞得厉害，一个接一个的寒战让他应接不暇。

俗话说吃不着的肉，才是好肉。杨云程第一次见到陶佳，已是让他神魂颠倒，待见到陶旦，更是大为倾倒。可是陶旦从心里看不起他，对他始终很冷漠，这反而加倍激起他的征服欲。他和吉应鸿的小妾吴莲有染，也是因为吴莲长得有几分像陶旦。

可是，无论聂小风说的是真是假，有一点倒是肯定的，就是陶旦不喜欢自己。这天他亲眼看见了陶旦冷冰冰的眼神。他在暴风骤雨般的寒战中，心里的邪念更强烈了："陶旦，你真是心比天高命比纸薄。虽然你看不上我，可你的命运比我可是差多了。我家里有王四，外头有聂小风，还和吴莲相好过，你既然喜欢有家室的肖斌云，你就等着一辈子守活寡发霉吧。"

陶旦的心里也不平静。姐姐结婚了，是和汉人结婚，当初她取笑她。可是一转眼她却找到如意郎君出嫁了。爹娘不是说不可和汉人通婚吗？对姐姐却如此宽待，对自己呢？除了肖斌云是汉人，还因为人家有家室吧。或许，爹娘也看出来了，肖斌云对她只是客气，并没有看上她。可是，她就是喜欢他，跟他成不成家没关系，跟他爱不爱她也没关系。除了他，她此生再也不会爱上别人。想想刚才那个对她打口哨的人，真让她恶心，跟了他还不如一头撞死呢。

一觉醒来，杨云程蓦然发现，不知何时城里的武装增加了，尤其是墨宝寺和许家祠堂里，随时可见荷枪实弹的人影。事实上，曹仕炎早就和地下党商量，如何处理几个自卫中队的事情。他们认为，自卫队不会和解放军一条心。自卫中队就像一只老虎睡在身边，如果了解到解放军兵力如此薄弱，群起对付解放军就麻烦了。因此新政府一边调动地下武装进城充实兵力，一边加快收编自卫队的步伐。

这一天，县委通知在县城西边的广场开大会。收容队的武装布置好后，通知自卫队全部集中，然后下令改编，一下子把自卫队原来的编制取消了，混合编入收容队，编好后马上带走。

杨云程庆幸自己找了借口没参加整编，不过他仍然担心自己的武装被吃掉，赶紧撤到锅厂坝驻扎去了。待安顿下队伍，他振作起精神，想了想，决定去养马嘶见见曾庶凡。

这曾庶凡本是古蔺富甲一方的大地主、土皇帝，龙马乡的云庄即是他的庄园。云庄厅院古朴华丽，处处亭台楼阁，单是那粮仓械库、兵丁奴仆住房等就有四十余间。庄寨外设护庄水壕，围墙四方均有筑碉护卫，墙上配备铁铸大土炮两门，号称"大将军""二将军"，还有小罐子炮一门。1935年，红军一渡赤水后，曾庶凡担心红军抢占他的钱财，集结三百来人妄图阻击红军。在红军大部队通过，监视部队撤走后，曾庶凡指使家丁抓了掉队红军伤病员数名，进行严刑拷打继而杀害。当红军回师东进，准备再渡赤水时，决定拔除云庄这个反动据点，并以两个连的兵力攻打云庄。在红军的猛烈攻击下，打死打伤曾庶凡手下兵丁多人。慌乱中，曾庶凡从高高的城墙上跌落下来，当即不能动弹。家丁王述背着曾庶凡头也不回地一路狂奔，一直到了捎人坳才敢放下曾庶凡。当晚，红军打开云庄，将粮食、衣物等全部分给了老百姓。

至此，云庄受到重创。曾庶凡带着家人驻扎在养马嘶，从此对红军耿耿于怀。他常对魏四、吉应鸿等人说解放军假仁假义，表面上大公无私，私下却掠人钱财。

这种积怨由来已久，根深蒂固，杨云程自然知道。他做出决定后，首先想到的就是曾庶凡。

养马嘶的曾家宅邸，已经少了昔日的富丽堂皇。不过依然有三教九流、江湖浪人投身门下，依靠曾庶凡这个他们眼中的"小孟尝"。管家一身黑衣装束，依旧斜着眼看人。他见杨云程举止豪放，料想是主人的贵客，也不阻拦，杨云程便径直走进去了，曾庶凡躺在榻上笑脸相迎："哎哟，杨老弟，啥子仙风把你吹来了？"

"曾财主，小孟尝，你倒是告诉我，古蔺解放了，你是咋个想的？"

"咋个想，我对解放军能咋样？不过是胳膊拗不过大腿罢了，红军攻打我云庄，你是知道的。你看我从前好手好脚走路生风，现在就他妈个废人，跟死了没埋差不多。"曾庶凡长期抽大烟，身体本就孱弱，经过云庄一战，健康更是每况愈下，他把这笔账都记在红军身上。

杨云程慢悠悠地吸了一口烟，朝空中喷出一个圆圈儿，压低了声音说："解放军要开始搞土改了，你我的田地都将被分出去，让老百姓耕种，我们的好日子到头了。"

"这是真的？"曾庶凡不敢相信自己的耳朵。

"打倒土豪分田地，共产党当初就靠这个获得老百姓的支持，现在他们要开始兑现诺言了。前几天，曹仕炎开会时我也在场，咋的，你怕了吗？"

"怕，当然怕，多年的心血啊。你呢，你的田地也不少。"

"我……我也怕……"

"咋办，云庄被解放军打劫过一次，难道他们还想再来一次？"曾庶凡皱起了眉头，"不行，我老曾绝不会向解放军妥协，想分我的田地，门儿都没有！"

"要想保住家产和田地，也有办法。现在，我感觉时机快到了，就看你愿不愿意配合我了？"

"那还用说，杨老弟，接解放军进城的是你，有想法的也是你，说说看。"

杨云程瞟了一眼旁边的王述，欲言又止。

"都是自己人，不用回避，但说无妨。"一旁的曾光鲁也看出了杨云程的顾虑，呵呵一笑道。

"你不知道吧，我无意中发现解放军的兵力竟然如此薄弱。一些战士被抽调离开古蔺了，补充又不及时，新整编进来的人员也很有限，简直是青黄不接嘛。"杨云程说的是实情，虽然地下武装陆续进城，但解放军的总体兵力仍旧很薄弱。知情人都明白，1950 年初的解放军主力部队大多集中在川西平原，开展成都会战。

曾庶凡边听边点头，对杨云程消息的神通佩服不已。杨云程接着说："这岂不是天赐良机？再说私人恩怨，肖斌云从前跟我同在骆国湘手下称兄道弟，现在解放了，呵，人家从前是地下党，现在是新政府的红人。他还跟我抢姑娘，无论我对陶旦咋个好，人家都不愿多看我一眼，可她却被肖斌云迷得七荤八素。你说窝囊不窝囊？"

这话恰好戳到了王述的痛处，忍不住搭腔了。这王述不管跟谁一起，从来不先开腔，只因他老爹临咽气的时候，千叮咛万嘱咐传给了他一句话："出头的椽子先烂。"他心量小，是个容易记仇的人，谁得罪了他，他报复起来就是变本加厉，因而得了个绰号叫"睃头狗"。意思是平时不开腔不出气，在背后攻击人却很厉害。虽说他和陶佳不过是一段青涩的初恋，可是看着她做了别人的新娘，心里到底不是滋味。尤其，新郎又是解放军，他没来由地涌起一阵厌恶。此刻，他脱口而出道："妈的，老陶家的人一个比一个狗眼看人低！"想想，又恨恨地补上一句，"君子报仇，十年不晚。"

曾庶凡向他投去了意味深长的一瞥，杨云程不知其中原委，不解地看了王述一眼，继续说："再说了，新政府明说倚重我，但迟迟不见实质性的东西，不如……"

曾庶凡岂不明白杨云程的意思，他立即表示支持："只要杨老弟举起这杆旗，我们兄弟一定支持。"曾光鲁也赶紧点点头。

经过十几年的历练，王述已不是激战云庄时那个只会背着东家逃命的青涩少年了，他也紧接着说："我一定为杨队长效犬马之劳。"

"放心，有我在，解放军不敢动你的田地……"杨云程说话都有些含糊了。他突然打了个大酒嗝说："我要……躺……躺会儿……"说完就扑在桌子上睡着了。

曾庶凡没想到还真有报仇的机会，他们兄弟开始四下活动，首先联合了大地主魏四。曾庶凡接着坐滑竿来到吉应鸿家里，吉应鸿一听是这事，即便是事关分他的田地，他还是把头摇得跟拨浪鼓似的："要我支持杨云程，除非你把我劈了。曾财主你是真不知道还是装糊涂？杨云程让我戴了一顶绿帽子，失去一个小老婆，他还想为陈见常说情，要娶我女儿？他简直是我吉应鸿不共戴天的仇人，我咋个可能去支持他？"

吉应鸿越说越激动，干脆站起来挥舞着手臂。然而，曾庶凡就是曾庶凡，没有金刚钻不敢揽瓷器活儿，吉应鸿这一出他早就料到了。只见他不慌不忙地劝解道："对，我们都知道你与杨云程有仇，但事实上，吴莲是自杀，又不是杨云程亲手杀了她。那种水性杨花的女人，去了就去了，留在身边，早晚都是祸水。至于你女儿吉香与陈见常的婚事，毕竟人家也打算明媒正娶，没有强夺。反而是你公然与杨云程作对，势力又不够与之抗衡，弄不好会惹恼他。"

曾庶凡边说边留意吉应鸿的脸色，见他不为所动，又继续劝解道："凡事小不忍则乱大谋，杨云程联络的是全城的商家财主，你若不参与，日后的生意必然难做，此其一。其二呢，你若真迈不过这道坎，可明里支持杨云程，暗里也就敷衍敷衍他不就行了嘛？这样做的好处是啥子呢，若杨云程得了天下，你我跟着沾光。若他倒霉了，我们也不至于像泥菩萨过河那般难以自保，你说是不是？"

然而，任曾庶凡百般劝解，吉应鸿还是不答应。曾庶凡想，今儿还真碰上硬骨头了，不过这一趟是无论如何不能白跑的，自己行动不便，要人背要人驮，可不能空手回去。他眼睛咕噜噜一转当即为吉应鸿指出另一条路子："做生意的人，得有靠山，你是精明人，不是不知道这个道理。你看老陶家就明显地投靠解放军了。你准备投靠谁？老兄，不可糊涂啊。"曾庶凡压低声音继续说，"螳螂捕蝉，黄雀在后，杨云程未必就能坐镇古蔺天下。我们曾家两兄弟，早就有组建家丁队伍的想法，如今我们明里支持杨云程，其实也在壮大自己的队伍，天下是谁的，那还真说不定。"

见吉应鸿神色开始放松，曾庶凡知道此事十之八九会成，他直接让吉应鸿加入他们的阵营："你不支持杨云程，可以。但支持我们曾家总可以吧？我们有福同享，有难同当！"

瘦死的骆驼比马大，吉应鸿想想曾家虽不比当年，但仍然势力不薄，便答应加入曾家的行列。于是，曾家、魏家、吉家发动亲朋好友，参与杨云程组织的聚会。

杨云程向到会的人们说："别以为国民党被打跑了，蒋介石虽然去了台湾，但他的势力依然盘踞在重庆，组织的链条并未中断，国民党一定会打回大陆。共军这小小的兵力算啥子，那天投诚时我追问谭杰解放军的兵力，他就支支吾吾不敢回答。国民党才是仁义之师，大家要认清形势，相信国民党一定胜利，组织起来，齐心协力同共军作斗争。"

"消灭共军！"

"打回大陆！"

会后，魏四拿出几百斤生铁交给冷铁匠，打造了几十把大刀梭镖给手下的人。吉应鸿也交出家中铁器具，供杨云程铸造武器。几个人凑在一起，还制作了"青冈炮"和"火流星"两件"法宝"。青冈炮就是用青冈木头做座子的土炮，装上火药、铁砂增加杀伤力。所谓火流星，原理和手榴弹、地雷差不多。不同的是用土制炸药，掺杂上硫磺和铁沙，威力自然比较大。

这天，杨云程又在锅厂坝总部召集会议，他抱了抱拳说："兄弟伙们，承蒙支持，我们有福同享，有难同当。现在武器是差不多了，可是钱还不够，各位能不能想想办法？"

"曾家经过红军攻打后，元气大伤，财力薄弱，但为了我们共同的目标，我们愿意尽绵薄之力。"曾庶凡竖起了三个手指头。

"金玉心商号也愿意出自己一份力。"吉应鸿借故没有参加，管家做主作出回应。

"魏家也将全力支持。"

杨云程将大家报上的数目清算了一下，不禁皱起了眉头。

"这点钱也算是为难大家了。可是，要做这桩事情，这，这显然不够。"

"既然我们也算是为古蔺老百姓造福，那分摊一些到他们头上，也情有可原。"吉管家建议道。

这正中曾庶凡和魏四等人的下怀，他们连声附和。

"那好，明天就开始派粮、派款、派子弹费。"吉管家担心捐款太多，回去对吉应鸿不好交代，迫不及待地说。

"还要在大小路口设岗立哨。"王述想起了云庄激战，提醒杨云程。

杨云程冷笑一声道："各位，你们真是昏了头了，向老百姓摊派粮款，是眼下能做的事？新政府还杵在我们面前，我这不还在为他们当差？各位不想出钱，拿这个敷衍我也不是这么个敷衍法吧。"

"我看你们都是属野鸡的——顾头不顾屁股。杨大队长说得好，眼下还不是和新政府公开作对的时候，各位还是再筹些款子，挨过这艰难的时期再说。"曾庶凡赶紧表态，率先捐出一些钱款，其他人无奈只得跟着响应。

冬天渐渐远去，春天已经显露出年轻的身影。小豆子和羊角辫已经换上了灯草绒夹衣，跳皮筋时上下翻飞如燕子般轻快了。

"要是虎娃在，我们可以跳四个人的马兰花开二十一了。"

"他躲到哪里去了？哪一天他回来了，我非得让他从我胯下钻过去不可。"小豆子说。

孩子们在春光里无忧无虑地嬉戏时，不知道一场重大的人事更替悄然来临，无辜的他们，以及他们身边的人都将卷入其中。

随着春天的来临，县长曹仕炎接到上级通知，命他率领十八军赶赴泸州，准备进入西藏。代替十八军的是十六军四十八师，其中一四四团驻防古蔺、叙永、古宋三县。

一四四团成立于1949年2月，由参加抗日战争、解放战争，屡立战功的豫皖苏军区独立七团、二十八团合编组建，归属二野十六军四十八师建制。在司令员刘伯承、政委邓小平率领下，参加了渡江战役，挺进大西南，解放了贵州、四川、云南诸省。1949年冬天，在刘邓首长"追上敌人就是胜利"的号召下，他们越湘西、跨贵州、横渡乌江，踏过冰雪覆盖的雪山关，一步步追到四川泸州。如今，一四四团又承担起南三县的建政、剿匪、征粮三大任务。

事关换防，上级的部署刚刚到位，立足未稳。消息一旦传出，必然掀起大波，何况，古蔺地方势力又在摩拳擦掌，屡屡挑衅。叛乱分子完全可能在换防之际乘虚而入，屠杀无辜，遭殃的是老百姓啊。因而，川南军区党委一再嘱咐曹仕炎，务必做好交接和安保工作，确保古蔺老百姓的安宁。

当夜，曹仕炎辗转反侧，通宵无眠，眼睛布满了血丝。关键时刻，他想到了肖斌云。第二天一早，他主持了一个简短的会议。

"同志们，刚接到上级安排，我将带领部下赶赴泸州，准备进入西藏。几天后，十六军四十八师一四四团三营将到达古蔺，组织将安排人接替我的工作。乔贞贵、汪海、谭杰同志留下，确保换防期间的安全。乔贞贵同志在县城设防，同志们要听从他的指挥，以大局为重。汪海和谭杰同志率一个排赶赴营盘山，保证川滇公路的畅通，迎接换防部队的到来。"

如一粒石头扔进水里，水面立即荡起了层层涟漪，人们忍不住交头接耳起来。

"值此换防时期，给古蔺地方势力以可乘之机，心怀叵测的人一定不会手软，投诚的时候，我就看出几分端倪来了。大家想想，他们一旦作乱，古蔺老百姓得多遭殃啊！"汪海神色凝重。他把目光转向肖斌云，郑重地说，"我们撤到营盘山以后，驻守本地的同志们，凡事要多问问肖斌云同志。他有多年的地下党工作经验，有勇有谋。我这里也要恳请肖斌云同志，高度重视换防期间城里的不良动向，及时组织力量应对。"

乔贞贵和肖斌云交换了一个会意的眼神。

"按组织上的安排，投诚之后的古蔺地方军事力量，也将随十八军进军西藏。具体工作，由新兵营的营长胡克纯同志负责。"曹仕炎接着安排道。

陶佳听说乔贞贵留了下来，高兴得不知说什么好。她说："你不想你的山东老家吗？任务执行完了，你难道不想快些回去？古蔺可是山旮旯，小地方呢。"

"蒙阴也好不到哪儿去。俺也没觉得古蔺不好，你瞧这里物产丰富，风景宜人。依俺看，若能留下来搞搞建设，还能有一番作为。"

"你是真不想回去，还是舍不得我？"陶佳撒娇道。

"家中有二老，怎会不想？爱屋及乌，俺是因为爱你，觉得古蔺也不错呢。"

"那等你执行完任务了，我们也不急着走，在古蔺待上几年，再一起回蒙阴陪伴二老可好？"

"那敢情好。"

此次会议，让陶佳高兴，杨云程和袁良更是欣喜若狂。只有被点名接受整编的胡克纯，心里七上八下，忐忑不安。散会后，胡克纯将牛二和大叉拉到水北门的桥洞里。

"随十八军去西藏，我在会场倒是答应了，你们咋个看？"胡克纯试探着问。

"那有啥子办法，喊去就去。投诚之后我们名义上就是新政府的人，公然闹翻好像还不是时候吧。"大叉答道。

"我才不去西藏，那种地方能有古蔺好？"一直追随杨云程的牛二嚷道。

"可是，组织已经决定了。他们一直强调换防工作很重要，很重要，好像我们要是不走，将来老百姓遭殃就是我们的责任。"胡克纯为难地说。

"唉！卖糖的，说糖甜；卖盐的，喊盐咸。谁做哪件事，就会说哪件事很重要。不去就不去，哪来那么多鸡毛废话？"牛二的眼珠子直愣愣地盯着胡克纯嚷道。

"如果我们全部不接受改编，恐怕会引起怀疑，反而会乱了大事。不如一把斧子两面砍，一个鸡蛋两面光。牛二就不参加改编，你把你的队伍带走，我部下的精干力量也交给你。我和大叉明天先跟着大部队走，你负责到灯盏坪接应，以三堆青烟为信号。我们到了那里，就借拉肚子为由，到树林中与你会合。"

"那好，我现在就去通知队伍，明天见机行事。"商议之后，三人立即分头行动了。

第二天，一四四团三营虽还未到来，但因为任务紧迫，仅仅在古蔺待了五十四天的曹仕炎的部队还是出发了。

曹仕炎骑着一匹青色骏马走在前面，夏一勤随后，他们身后是荷枪实弹的十八军一百多人的部队，一起往西藏开拔。由于杨云程的自卫中队已经转移到锅厂坝，只有胡克纯带领新兵营跟随其中。

到了灯盏坪，牛二依照约定在树林中燃起了三个火堆，一缕缕青烟袅袅地升到天空。胡克纯对大叉使了个眼神，两人借故拉肚子跑到树林中，见到了牛二，三人又马不停蹄赶到锅厂坝与杨云程会合。

杨云程再次召开会议，宣布解放军已经撤走，换防的部队还未到来，正是大展身手的时候。吉管家再次提出向老百姓摊派钱粮一事，这次得到人们的一致赞同。

不出几日，古蔺城里乡下大小道路都开始设岗立哨。过往行人和商家统统缴纳子弹费，实在没钱的就用粮食抵扣。不仅如此，足不出户的老百姓，也被摊派粮食和各种名目的派款，一时间民怨迭起。

杨云程的行动，让陶黑子嗅到一股血腥气息，伴着追捕猎物的兴奋刺激。他将捡到的空飘再次拿出来嗅了嗅，笑得眼睛眯成了一条线。

换防期间他到古蔺，没有去大哥陶钦克家，直接去找杨云程。陶黑子开门见山，说明了来意，杨云程求之不得。陶黑子趁机报告了旧保长彭兴元的动向，说彭兴元近段时间频繁活动在马蹄滩一带，拉拢了不少国民党残部，陶黑子隐约觉察出他们背后有强大的组织，便向杨云程建议拉拢他们。

杨云程主张武力："哪天我去马蹄滩，给他们一个下马威，他们不服不行。"

"对待彭兴元，那用不着。你只需给他点好处，一切都好说，何必动枪弄斧。"

"你了解这个人？"

"那还用说。"

陶黑子感觉自己好像有使不完的劲，在撮合杨云程和彭兴元两股势力的同时，他也加紧屯兵，以备不时之需。

张树良的旧部吴山，在总部的授意下，带领几十个下属，日夜兼程从贵州赶到马蹄滩。他们找到旧保长彭兴元了解了一下情况，又赶到古蔺找杨云程。

其时，杨云程在外奔波了一天，又累又乏。自从开始向老百姓征收粮食和各种费用，各种风波像水里的气球一样，越是往下按越是冒出水面来。

就说这天吧，他的手下在乐用场路口，按照新规定征收过路费。这些人并不善于察言观色见机行事，拦住一对穿着朴素的父子征收费用。那两人不仅不交，态度还很强硬。相持到最后大打出手，没想到这两人不仅有些拳脚功夫，还颇有些来历。他们夺走了杨云程手下的枪，还打伤了两人，扬长而去。

这事像一根导火索，紧接着，各路口都出现了拒交征款的情况，打架斗殴的事时有发生。杨云程既要保证运行经费，又担心事态闹得过大难以收拾，只得多方协调，又召集会议让手下注意方式，尽量避免冲突。他知道有些人会趁浑水摸鱼，中饱私囊。想寻衅滋事的，也巴不得如此。

就在杨云程焦头烂额这个节骨眼上，刘焕均来了。刘焕均放下手里提着的大包小袋土特产，大大咧咧地往杨云程面前一坐。

"老表，准备咋个安置我？"

"我这儿正缺人手，这几天向老百姓征粮派款，闹得雷天风火的。我每天也忙得不可开交，你来了正好有大用场，我这就安排你到我的部下担任分队长。"

"征粮派款这个事，乐用也在搞，老百姓的日子的确不好过。我此番来投靠你，也是有预感，老百姓的日子会越来越不好过了。我倒正想问问你，有没有其他办法可想，一定得找老百姓下手？"

"我也是没得办法。当初，曾庶凡兄弟极力主张另起炉灶，可是到了要出钱的时候，他们包括本城的几大财主都缩手缩脚的。现在摊子已经铺开了，手下弟兄们要吃饭要生存，你说我咋办？"

"那就先干着，我们再想其他办法。"

刚送走刘焕均，他想洗漱后小憩一会儿，却看见一个人大摇大摆地走进家门。定睛一看，泡泡眼，厚嘴唇，正是被他欺负过的张树良的旧部吴山。原来，最初的忙碌过后，王逸涛和张树良两人就拉拢杨云程的事情上一拍即合，张树良立即派吴山来找杨云程。吴山出门后不久，张树良也得到一封密电，告知他该去往何处。张树良便将一切托付给李光贤，告别了王逸涛，从此极少露面了。

吴山面容稚气，个子矮小，性格懦弱，在张树良手下，常常是一副挨打相。自然，杨云程也不会给他好脸色看。在一次张树良的饭局上，吴山因不善饮酒，用白开水代替。被眼尖的杨云程识破，在众人举杯时，他指着吴山的酒杯问："这是啥子？酒还是水？"吴山自知小把戏被识穿，嗫嚅着放下酒杯，换成了高粱酒。吴山喝得大醉，饭局没结束，就从椅子上滚到桌子下。张树良旧部撤出古蔺前，杨云程还威胁吴山，从那里取走了吴山珍藏的一杆枪。

奇怪的是，这个吴山还真不记仇，杨云程在心里纳闷着。再看吴山，他一身笔挺的中山装，神色也不见颓唐状，眼中还闪烁着一种隐隐若现的光彩。

"杨队长，日子好过得很哈。"

"哪有你好过。"杨云程一时摸不出对方的来意，只得打着哈哈。

"你也知道，我是无事不登三宝殿。老实说，我是来帮助你，与你合作的。你心里想什么我都知道。"

"说说看。"

"解放军撤走了，换防的部队还未到来，这是一个千载难逢的机会。此番党国让我带来几十个人，支持复辟，你若与我们合作，不仅提供枪支弹药等武器装备，还可派款，最重要的，事成之后还可以给你封官。你杨队长，一人之下，万人之上，前途不可限量啊。"说完，吴山打开公文包，掏出一个足有一尺长的大信封，"喏，党国给你的密信。"

杨云程正进退维谷，为经费的事情闹得焦头烂额，他接过信封到内室看过后，重新坐回吴山的面前。吴山笑笑说："杨队长受惊了吧？"

"哪里哪里，我是法场上的麻雀——胆子早就吓大了。"

"从前，张树良县长就和杨队长交情颇深，王逸涛司令也对杨队长赏识有加。如今他们联合成立的司令部有党国撑腰，你还犹豫啥子？"

"张树良是被我们这些人吓跑的。王逸涛，直接是被我们这些人毫不客气遣送到古叙边界的，他们不记恨我？"杨云程将信将疑。

"都是过去的事了。你和我过去不也有仇？你不是也欺负过我？告诉你，此一时彼一时也。大丈夫胸襟何其阔大，随时可以化敌为友。"吴山说得很动情。

见杨云程无动于衷，吴山慢慢从怀中掏出两样东西，放在杨云程面前。杨云程一看，一个是青田石雕老虎镇纸，一个是金壳怀表。他将两样东西收好，哈哈大笑道："来，今晚我们哥俩好好干一杯，不醉不休！"

杨云程一扫倦态，令家人抬出几罐米酒，又亲自去聂墩墩的麻辣鸡摊买了一只麻辣鸡，与吴山大吃一顿。推杯换盏间，两人再次交换了对当前局势的看法。

"真打算与共军……"吴山咧开嘴，伸手做了个刀砍的手势。

"古蔺山高林深，溶洞众多，进退两便，万一失守，我就拿出共军的土办法，把部队拉上山去打游击。人熟地熟，如鱼得水，他共军能咋的？"

吴山脱掉笔挺的毛呢中山装，露出里面的青缎对襟小袄，中间一排密

密的黄铜纽扣闪闪发光，他拍拍腰里斜插的金鸡圆眼大机头盒子枪，缓缓说道："军事上的事我还真不太懂，要论上战场打仗，我也就是一把钝刀，拿我刮屁股都不会出血，但我有我的谋略。如今我只提醒你，党国的训示可要多加揣摩，归纳起来也就是十二个字：'保存实力，长期隐蔽，等待时机。'"

杨云程想了想，站起来绕着桌子走了好几圈，突然停住脚，用力拍了一下桌子说："我听党国的！"

吴山把凳子挪挪，往杨云程身边靠了靠："别光顾着表态，老实说，杨兄，你手里到底有多少人马？"

"要是按人头说，可真是微不足道。要说真干，不是老兄吹牛皮，一个个都是用细箩筛筛过的，一个顶俩，你要不要见见我手里的货色？"

吴山连连摆手："算了算了，无非就是些神枪手嘛，大力士嘛，我又不是没见过。如今，你脑子里到底装着多少锦囊妙计，才是我想听的。"

杨云程便压低嗓子，添油加醋，把他的锦囊妙计一五一十地说给吴山听，直听得吴山连声说"妙"。他啪地敲了一下桌子说："杨兄真是武侯在世，当今的刘伯温！"杨云程高举酒杯，腾地站起："风雨同舟，不离不弃。干！"

与吴山会谈之后，杨云程走路腰板都挺直了许多。放下了装备不足经费紧缺的心头大患，加之陶黑子频繁地与他接触，提供各种支持，他的气焰更盛了。

摊派粮款引发的民怨仍在继续，在石鹅，甚至引起了一阵不小的骚乱。杨云程决定亲自去石鹅一趟，临近石鹅场镇时，一阵大风吹过，把他的蓝布帽子吹落在地。

此情此景，何其熟悉。两年前，他的帽子也落在此地，不过，却是被陈见常的部下用手枪击落的。不打不相识，他和陈见常的交好，恰是因为一场宿怨……

陈见常兴街办学之初，校规严格。不准醉酒、打架、赌博，一经查处会挨惩罚。场镇上专门设有醒酒桩，犯错的人会被捆在桩上示众悔过。杨云程的侄子杨小二因为赌博挨了责打，被绑在醒酒桩上。受到惩戒的他心有不服，便添油加醋地向杨云程告状。

杨云程一听勃然大怒，他早就听说陈见常实力雄劲，不可小觑，想趁机给他个下马威。于是他带着手下，骑着青马赶往石鹅。陈见常听到消息知道来者不善，赶紧动用了几个神枪手埋伏在场镇周围。

临近场镇时，为首的神枪手一枪打掉了杨云程的帽子。杨云程大惊，又听到四周冒出一阵沉闷的巨响，那气势排山倒海，让人心底阵阵发毛，吓得他慌里慌张带着手下离开了。看着杨云程一行狼狈地离开，在山顶推大石头下山的人乐不可支，拍手称快。

后来，杨云程派人到石鹅与陈见常讲和，陈见常倒也爽快地答应，两人从此成为一条绳上的蚂蚱。

两年前的那个冬天，在国民党重庆参议员赵禹香的组织下，陈见常带领石鹅地下党支部集体叛党。地下党支部书记老王执意不从，杨云程便为陈见常出主意，让陈见常部下偷走老王掌管的几十条枪，反而诬告老王私藏枪支叛党。老王因此被抓起来关押了三个月。

这杀鸡儆猴之举，果然有效震慑了人心。杨云程又在几个关键时刻让陈见常化险为夷，因而杨云程相信，陈见常没有理由不站在他这边。为了弄清真相，他一到石鹅就赶紧找陈见常聊起来。

"你不是不知道，石鹅这个地方的背景历来就很复杂。从前，地下党总支在土城，这里离土城较近，才会出现同一地方既是地下党最活跃的地方，又是党国势力盘踞的地方。前年冬天集体倒向赵禹香一方，表面上人心齐整，实际上各自心怀鬼胎。这次骚乱便是各种矛盾的爆发，共产党毕竟有强大的群众基础，目前解放军虽然撤走了，新部队很快就会到来，杨老弟，形势依然不容乐观哦。"

"我们没有理由退缩，选择了这条路，就得跟共产党对抗到底，无论如何，你要保证这个地方跟上步伐，不能乱了人心。"

"这个当然，前几天赵禹香又给我们送来武器装备，我自有办法对付他们。"

时间过得很快，一晃就到了赵禹香约定见面的日子，地点定在石鹅，陶黑子一接到通知便急不可耐地赶去。这次赵禹香给他们带来了四十余支枪、十箱步枪弹、三箱毛瑟弹、一部美制手摇电台。

商议结束时，陈见常脑子里隐隐出现一道耀眼的紫光，他不由得轻声嘀咕："金麟岂是池中物，一遇风云便化龙。"

陶黑子听不懂："见常兄，你说啥子？"

"听不懂算球了。"陈见常一甩手大踏步走了出去。

换防杀机

换防期间杨云程很忙，常常受邀去泸州、宜宾等地，参与策划反共活动。在军统和中统的策划下，叛变活动日益明显，他也因此踌躇满志，说话的声音都比平时响亮了几倍。他的兴奋不是没有理由的，大陆虽已全面解放，但国民党解放前夕的应变部署，蒋介石反攻大陆的叫嚣，古蔺周边的一起起叛变活动，美国发动侵朝战争等等，都在为心怀叵测的人提供着可乘之机。

杨云程认为时机已到，他利用党和政府的宽大政策，以及他们当时还控制有一定的基层乡保政权，加大了反共的准备力度。他们聚众集体宣誓：效忠党国，反共到底！集会时，既学习《国民反共公约》，又培训如何与共产党开展游击战知识。

他们纠集水落窝的冷荣法、傅家的傅子儒、营盘山的江秃儿等八十余人，在南坪乡标竹山开会，成立"川南人民反共救国军总司令部"，杨云程任总司令，黄克平任副司令、参谋长，江秃儿任匪部第一团团长。这些分散的土匪约一千余人被杨云程整编成十一个指挥部。

杨云程新成立的匪部第一次出手，是在吴山再次上门之后。

见吴山再次到来，杨云程直接把他引到密室的烟榻上，面对面轮流捧烟枪，只见一缕缕青烟从他们的鼻孔里喷出，在屋子里缭绕。黯淡的桐油灯下，是截然不同的两张面孔，一张睡眼惺忪的圆白脸，一张带着疤痕的刀条脸，相同的是各自脸上那贪婪和享乐的神情。

杨云程把烟枪递给吴山时，懒洋洋地伸开双腿，翻身仰面躺着说道："那些传单还真他妈管用，解放军又是演文明戏，又是发动人走家串户拉拢群众，大吹热风。我偏暗地里大吹冷风。你看，传单一发，不仅陶黑子等人跑来讨好我，连解放军征粮也他妈困难多了。你总问我的王法是啥子，现在知道了吧，舆论加子弹，就是我的王法。"

吴山频频点头："破坏征粮的工作做得不错，传单肯定是管用的，老百姓大多没有见识，谁的声势大，他们就信谁，要善于诱导他们。我这次又给你带来一台油印机，方便你印制传单。这一次，除了加强舆论诱导，继续干扰征粮工作，还要加强军事行动，毕竟我们的目的是夺回政权。"

杨云程一听，忍不住满腹牢骚："老弟，我真弄不明白，蒋老头子咋个搞的嘛，几百万军队，有胡宗南这样的大将，还有美国人帮忙，咋个一下败退到台湾去了？连累得我也跟着干耍脑壳的买卖。"

"我说蒋老头子活该遇上毛泽东这个大克星，他有再多的坚强后盾都不管用。你没听说过吗？蒋老头子本是头肥牛，被共产党解放军东拖西拉，拉瘦成老鼠，最后两棒子打死了。不过老兄不必担忧，蒋老头子败退台湾，那里虽是弹丸之地，却最方便联络友国兵力。蒋夫人再次访美后，美国的舰队已经从太平洋上开过来了，五百架飞机正在赶运新式装备。要不了多久，美国的原子弹投向上海、南京、北京、广州，到那时候，蒋老头子不是又回来了吗？啥子耍脑壳买卖？晦气！这特殊时期，就是老兄建功立业创造锦绣前程，将来飞黄腾达的好时候。"吴山将烟泡儿吹得丝丝直响，随着烟雾一起飞扬的，是那抑制不住的霸气。

"老弟，你说那个是挂在我肚皮的大饼，香喷喷，油汪汪，看着让人流口水，但只怕杨某我饿死了，还吃不上一口。不是不想吃，是脖子实在短，够不上！"

吴山一听，明白杨云程是嫌装备少了，他当即拍着胸脯说道："我会向党国反映仁兄的困难，继续提供装备支持。仁兄受命于党国，这是党国义不容辞的责任。不过，我也提醒仁兄，特殊时期，不比过去，打个报告就能领一捆枪，仁兄也要想办法自己搞一些。"

"谢谢老兄点拨，茅塞顿开，茅塞顿开！"杨云程心里老大不痛快，觉得吴山有些敷衍他，但人家毕竟是他名义上的上司，他打着哈哈，摆出臣服的姿态。

"马蹄滩的陶黑子，已经完全归顺你了？"吴山想想又问。

"他那个屌人，心狠无谋，只要把个高帽子框在他的头上，还是能够亡命给你干的，比如他最近就拉拢了彭兴元、马成光加入了我们的队伍。"

"最近还会有一批人马从云南、贵州等地到古蔺避风头，你给陶黑子说说，让他拉拢从贵州过来的那些人马，我们的队伍还需壮大力量。"吴山说完起身离开了。

杨云程也从烟榻上起身，给曾庶凡发了封密信。

曾庶凡打开用蜡密封的信件，只见上面写着："水中少鱼，缸中缺米。翻墙捉鱼，斗腔筛米。"他叫来家丁队长何清云和王述看信。两人翻来覆去念了几遍，还是不解其意，王述皱着眉头："杨司令与我们玩冬猜子？不懂，不懂。"

"我来解释给你听：前两句是说装备不够，后两句一个墙、一个腔，连起来不是抢枪？"

两人恍然大悟，曾庶凡压低声音说："赶快行动！"

又是一个阴冷的早晨，干冷的西北风将枯树上那些顽强的叶子吹得上下翻飞，满地皆是。虼蚤屯方向一大片乌云借着风势，向丫杈逼过来，片刻，整个丫杈就陷入暗黑之中。

一队蓝衣白帕背着枪支的曾氏家丁在何清云和王述的带领下，神不知鬼不觉地靠近了丫杈。

区公所内，区长梅松刚嘴里叼着那根短小的旱烟杆吧嗒着，一边烤火，一边和几个队员闲聊。看这天气，上门办事的老百姓肯定少，他走过去将那扇老旧木质院门关上，重新回到屋子。这时，有人在外急促地叫门。

"这鬼天气都有人来。"年龄最小的队员向云嘟哝着出去开门。几乎就在院门发出"吱呀"声的同时，"砰"的一声闷响传来。

"不好！"梅松刚循声望去，眼前赫然出现一队蓝衣白帕的人，气势汹汹地端着枪，向云已倒在了血泊之中。又是一声枪响，苟福伦的手臂被子弹击伤，鲜血如注。梅松刚急忙命令邬炯和骆寅持手枪守住大门，又让其余人赶紧隐蔽下来，自己也一拍驳壳枪跳出来。

冲进来的人立即将梅松刚等人团团围住，枪口齐齐对准他们。梅松刚认识领头的是曾氏家丁队长何清云，敌众我寡，但他依旧很镇定："何队长，有啥事？能不能把枪放下，大家好商量。"

"商量个屁，告诉我枪在哪儿？如果不给枪，就别怪我，哼！"王述跟在后面一声断喝。

"那，好吧。"梅松刚顿了顿指着身边几个队员道，"让他们进屋烤火，我带你们去取枪。"

王述斩钉截铁地说："不行，取到了枪，再放他们。"又僵持了一会儿，梅松刚只好答应王述的要求。王述一帮人立即分成两队，王述一队看管院子里的中队队员，何清云一队押着梅松刚去取枪。

从院子到存放枪支的屋子不足十米，但是梅松刚却觉得特别遥远。不给枪吧，中队队员的生命不保，给枪吧，自己也许就是千古罪人。来不及多想，梅松刚一打开门，何清云手下立即冲进去。屋子里的二十多支步枪连同箱子里的十多颗手榴弹全都被抱了出来。

枪支到手，何清云又派人四处搜寻一遍，没有发现什么，才把梅松刚等人赶进屋子，将门反锁后，一行人拿着枪支弹药迅速消失。丫权很快又恢复了平静。胆大的老百姓围过来，打开了区公所的大门。

征粮工作队在换防期间也遭到重创。在乐用，李征担任白家山工作队长，罗昭担任黄木岭工作队长。为保证工作队安全，分别由老练的战士罗应炳、熊嘉麟率领两个武装班，负责保卫工作。

清晨，征粮工作队正在用早饭，一阵枪声震动了黄木岭的李庄，工作队突然被土匪包围了。前一天，由于罗昭收岗后未作必要的警戒，给土匪造成可乘之机，以至土匪轻易包围了他们。十余名征粮队员被抓后，站在李庄坝子里，遭到土匪的拳打脚踢。匪首张朝品大怒："快把枪交出来，把经常钻窝子的熊嘉麟交出来，不交就枪毙你们！"

土匪把解放军到百姓家征粮称为钻窝子，熊嘉麟称得上征粮工作队里的智多星，征收到的粮食最多。征粮时他和张朝品几番交手，让张朝品恨之入骨。此刻，张朝品一边骂，一边指示匪徒搜寻枪支和工作人员。不幸的是，终于把隐蔽在李庄粮仓的熊嘉麟搜了出来。

张朝品见身边的人蔫头耷脑，而熊嘉麟虽然被反剪着双手，却昂首挺胸，一副咄咄逼人的模样，不禁大为光火。他装模作样地问道："姓熊的，为啥要躲起来，让爷们费尽力气去找？"

熊嘉麟早打定主意，要尽情戏弄一下这个土匪头目，要死也要死得有尊严，让匪徒知道解放军个个都是视死如归的硬汉子。

他脸上露出笑意，慢条斯理地回答道："想知道原因不难，你先准备块尿布夹在裤裆里，小心我说出来吓尿了你。"

匪徒忍不住高声笑起来，张朝品的脸色变得像猪肝："你个蠢猪！解放军的征粮工作队到处遭打遭杀，你们还真不识趣，又出来与我们抢生意了。我问你，解放军到底征收了多少粮食，部队的供应有多少短缺，下一步，你们准备咋办？这些情况，你应该都知道。"

"知道，但我说了，你用啥子来报答小爷？"

"只要你说实话,老子赏你一千大洋。"张朝品以为真能探出点情报出来,大开海口道。

"哈哈,我们解放军粗茶淡饭过惯了,要你龟儿子的臭钱做啥?"

张朝品感到自己受了戏弄,浑身气得直哆嗦,恨不能一刀劈了熊嘉麟,可是他又不甘心,若是探出情报来,就能得到大赏赐。他恨恨地在心里说:狗日的,你以为老子好欺负,我不过是想套点话儿,要是你敢糊弄我,一会儿我让你吃了桐油吐生漆。

他装作若无其事的样子说:"不要钱也行,只要你说出来,让你做我的副司令。"

"笑话,你们那屌司令还当得了几天?解放军大军一到,就送你去见阎王,白送我也不当!"

"放肆,给他吊鸭儿浮水!"张朝品终于沉不住气了。

熊嘉麟被高高地吊在一根横伸出来的粗树枝上,绳子的另一头拽在几个匪徒的手里。张朝品大概嫌那几个匪徒的力气不够,自己也跑去拉绳子,只见他拔河般向后歪着身子,咆哮着:"姓熊的,这鸭儿浮水的滋味咋样?还敢与老子作对不?"

熊嘉麟怒目而视,一声不吭。

张朝品"一二三四"喊着口令,匪徒们将绳子一拉一放,熊嘉麟便像弹簧般在空中一上一下。他的双臂被反吊着,剧烈的疼痛让他双目紧闭,牙齿把嘴唇都咬出了血。绳子被磨断了,匪徒跌倒在地,乱作一团,熊嘉麟也摔落下来,晕了过去。

张朝品坐在地上喘着粗气:"累死我了,都是这个半死不活的蠢猪害的。弟兄们,留他何用,杀!"就这样,熊嘉麟被带出李庄枪杀了。

土匪走后,黄木岭上鸟声哀鸣,它们在天空中久久徘徊,似在控诉这血腥的一幕。很快,雨点也飘落下来,征粮工作队员的脸上,泪水和雨水交织一起,他们在熊嘉麟身边恸哭着,呼喊着:"与土匪战斗到底!""此仇不报,誓不为人!"

呐喊声久久在山谷中回荡。罗昭也挨了土匪的毒打,此刻他的左臂吊着绷带,脸上青一块紫一块。不过,伤口的疼痛和心里的痛苦相比,都算不了什么。他含着泪,挥刀砍下火红的树枝叶,覆盖在熊嘉麟身上,顿时像燃起了一团火焰。罗应炳采下一束黄色的野花,轻轻放在熊嘉麟的身旁。

罗昭擦干眼泪,清点了一下,被土匪劫持后,枪支仅存四支步枪。他指挥持枪的战士们推弹上膛,面向古蔺县城方向整齐站立。罗昭朗声说道:"为了替嘉麟兄弟报仇,为了古蔺人民的翻身解放,为了保卫我们即将开始的幸福和平生活，让我们团结起来，行动起来，彻底消灭土匪！鸣枪！”

四支枪一齐射出连发子弹，和他们的铮铮誓言一起，刺向长空。就在他们怀着沉痛的心情下山时，又听到白家山地下党和进步人士被枪杀的消息。只是他们不知道，此次战斗还有一个受害者，藏身在一个山洞中。

起初，刘焕均受杨云程的鼓动，参与了袁良的队伍攻打黄木岭。在此之前，刘焕均并没有摸过枪，更别说如何使用了。战斗刚刚打响，他的枪就走火了，打伤了袁良的一个亲信。袁良不分青红皂白，一拳将刘焕均打倒在地，狠狠地踢了几脚，刘焕均痛得在地上打滚。趁着袁良带队往前冲的时机，刘焕均扔掉枪，拼命往家跑。

看到熟悉的院子，刘焕均心里涌上一股热流，见父亲正在院坝头编簸箕，便问道：“娘呢？”

“到大村送月米去了，你舅娘生孩子了。”刘焕均和父亲寒暄完，刚走进堂屋，院外就传来了急促的脚步声。

刘焕均将窗户纸戳了一个窟窿，往外一看，不由大惊失色，原来袁良带着一伙人追来了。一进院子，袁良就用枪指着刘秉清：“老鬼！你儿子呢？”

刘秉清没有见过这种阵势，吓蒙了：“儿，儿，儿子是哪个？”袁良一枪托敲在老人头上：“你个老狗日的，还给老子装冬。说不说？”

鲜血从刘秉清头上涌出，顺着脸颊流下来，但他仍然没有回答袁良。

“说不说？嗯！再不说老子打死你！”袁良手下一个凶神恶煞的中年土匪用步枪指着刘秉清吼道。

“别，不能打死他，这个老家伙是杨司令的舅舅。要不是他儿子瞎眉瞎眼地伤了我的人，又不懂侍候老子，我也不会下狠手，眼下给点颜色瞧瞧就行了。”袁良阻拦道。

“砰！砰！”两记枪声传来，子弹打中了檐坎上的鸡圈，一窝鸡吓得乱飞乱叫。惊恐中的刘秉清双手向空中摇了摇就仰面倒在院坝里，他破旧的灰色棉袍，发出“噗”的一声闷响，棉絮从衣服的破洞里飞出来，像天上飘落的片片鹅毛雪花。刘焕均知道父亲暂时没有生命危险，长吁了一口气。很快又想到袁良定会进来搜寻，赶紧走进里屋，钻进衣柜旁边堆杂物的一个缝隙里。

袁良果然冲进来四处搜寻，翻了一阵没有结果。一个声音咕哝道：“估计这小子还没有跑回家。”一伙人这才骂骂咧咧地离开了。

估计他们走远了，刘焕均才钻出来。父亲已经从地上爬起来了，坐在

堂屋的藤圈椅上喘气。刘焕均安慰了父亲几句，刘秉清害怕袁良再来追赶，让他赶紧到山洞躲起来。

夜晚的山洞又黑又冷，就在刘焕均发出一声哀叹时，洞口下面突然传来阵阵粗重的喘息声和脚步声。难道被他们发现了？刘焕均又一次剧烈地颤抖，他紧贴着洞壁，死死握着一块石头，大气也不敢出。

响声越来越近，暗黑中，一个高大模糊的猪头出现在离他不远的地方。野猪！谁不知道头猪二熊三老虎？这可是致命的家伙，刘焕均一时呆若木鸡。

好在这个畜生在洞口只逗留了一会儿就转身离开了。听着这家伙沉重的脚步声渐渐消失在密林中，刘焕均虚脱般躺在地上，不久模模糊糊地睡去。

等到刘焕均睁开眼，天已经大亮了。四周死一般寂静，估计没啥危险了，刘焕均才走出洞，准备回家看看。走了几步，一个人影在树林中一闪而过。刘焕均赶紧躲进巴茅草丛里，透过草丛的缝隙，看到来人竟是陶建宁。刘焕均在杨云程手下当差时，常去陶记杂货店买东西，一来二去两人就熟悉了。心情一放松，他猛然从草丛里站起身，把陶建宁吓了一跳。

"你要吓死我，这么早你上山来干啥子？"陶建宁心神未定。

陶建宁如此一问，刘焕均再也抑制不住悲伤，将前一天发生的事告诉了陶建宁。

"你和伯父惨遭毒打，我也伤心难过。不过，眼下要紧的是想好将来的出路。"

刘焕均挠挠头，一时想不出头绪来，便问陶建宁："你又上山来做啥子？"

"我今早上来帮解放军查看地形。哦，我看从现在开始，你那个家也不要回了，免得连累你父亲。你已经偷跑出来，杨云程也饶不了你，干脆你就和我一起吧。我们帮解放军办事，瞅准机会加入解放军，替刘伯父出气，替古蔺父老乡亲报仇，你看要得不？"

刘焕均觉得除此之外，已无路可走，于是答应了陶建宁。心神安定下来，刘焕均这才发现肚子早就饿得咕咕叫。陶建宁从怀里掏出两个小麦粑，两人席地而坐吃个半饱，又用梧桐树叶兜了些山泉水来解渴，这才放开脚步赶往县城。

走进整洁的陈家花园，刘焕均连忙脱掉满是泥污的衣服，搭在金鱼池的石栏杆上，又从鱼池里撩起一捧水，擦了擦脸和手，这才随陶建宁走进堂屋。

陶钦克正和进城来耍的项老三摆着龙门阵，见刘焕均只穿着里面的夹衣，便问是怎么回事。刘焕均又将自己的经历讲述了一遍，陶建宁在一旁补充。听明白后，陶钦克问："那你真准备离开杨云程，投靠解放军了？"

"是的，陶伯伯，我这个老表也太凶狠了。以前我咋个没看出他的真面目？就被他的小恩小惠迷惑了。这次他虽然没有针对我，是袁良要害我，毒打我父亲。不过，我估计离他们杀我的日子也不远了。"

"袁良、杨云程这些人都不是好东西，你离开他们投靠解放军，这就对头了。"项老三接过话头说道。

看着儿子和眼前这位朝气蓬勃又蓬头垢面的年轻人，陶钦克一时感慨万千。这时，他突然想起什么，对着里间喊道："项正芬，把我放在大衣柜顶上的那个盒子拿来。"片刻工夫，项正芬笑盈盈地出现，将纸盒放在他们面前。陶钦克将纸盒打开，拿出一灰一黑两套卡其布立领青年装，摊开细看，露出满意的笑容："毕节的黄记裁缝铺果然名不虚传。你们看看这剪裁、这做工，的确不一般。这种青年装最适合你们这种斯文人穿，要是放在你二叔陶黑子身上，那真是糟蹋了，穿在猪身上都比他穿着好看。"

"爸爸，你咋个想起买这衣服？我早就想穿这种衣服了。"陶建宁高兴地叫起来。

"建宁，陶家向来是富养女穷养儿。所以你的两个姐姐从小穿金戴银，一年四季新衣不断，而你却老是穿着改过的旧衣服。如今你已长大成人，性情也温良简朴，没有沾染富家子弟的烂德行，爸爸看着很欣慰，也就留了心眼给你订衣服了。本来两套都是你的。既然刘焕均是你的好哥们，那就一人一套吧。来来，快试试，让我看看咋样。"

"老爷，你咋个没想到给我弄一套？"项老三羡慕地问道。

"算了，你在箭竹坪挖煤、做小买卖，一身尘土满脸灰，穿这种衣服给谁看。"陶钦克啐道。

话说人靠衣装佛靠金装，换上一身崭新得体的青年装，陶建宁显得更为英俊挺拔，刘焕均则透出几许迷人的温雅帅气。

陶钦克和项正芬左看右看，说不出的欢喜。陶钦克说："人哪，不能金玉其外，败絮其中，有了衣装，还要有更好的本事才相配。现在快脱下衣服，让项老三陪着去后院练练功，你们不都想参加解放军吗？"

项老三应声站了起来，两个年轻人听了陶钦克的安排，也赶紧脱下衣服来到后院。

陶钦克见他们练得大汗淋漓，自己也来了兴致，他叫过刘焕均，想试试这个小伙子的身手。他首先来一个"藏山桩"，看刘焕均跟跄了几下就要

摔倒，陶钦克示意项老三，项老三飞步上前，来一个"乜妹敬酒"，将刘焕均稳稳地接住。

这几个漂亮的动作，连陶建宁也看呆了。这对师徒配合得严丝合缝，更是让刘焕均忍不住击掌叫好。

"爸爸，我还真不是练武的料。你还是把你的中草药秘方啦，包扎啊，跌打损伤啊那套本事教给我吧，我现在想学这个了。"陶建宁说道。

陶钦克一听非常高兴，当天晚饭后就教起儿子来。

迎接曹仕炎进城时，杨云程对川滇公路留心地看了又看，他皱着眉头回想起当时的情景，渐渐地，紧皱的眉头舒展开了。

他紧急召来袁良、陈见常和武聚奎，要他们袭击营盘山，破坏川滇公路，中断解放军的交通运输。

袁良和武聚奎二话没说答应了。可是陈见常却支支吾吾。等袁良和武聚奎走了，陈见常才悄悄与杨云程耳语："我在金玉心商铺见到吉香了。"

"你想咋的？人家吉老板不答应，总不能明抢吧？"想到吴莲的死，杨云程觉得不能再做对不起吉应鸿的事情。

"那还有其他法子吗？"

"这样，吉应鸿不好动，就在王幺娘身上下手。我保证把人给你弄到手，你也不能含糊，营盘山行动，你要么出钱，要么出力，总不能袖手旁观。"

陈见常二话没说答应了。

晚饭后，趁着打烊的时间，两人来到王幺娘的馆子。王幺娘正站在灶头前炒肉臊子，冷不防被一个冰冷坚硬的东西抵住腰部，她惊恐地回头一看，是陈见常。杨云程冷冷地站在一边，拍了拍腰间的枪。店里唯一的伙计吓得身子筛糠似的发抖。

"快带信让吉香到馆子里来。"

"仙人板板，都这么晚了，吉香哪会出来？"

"别啰唆，就说你得重病了，要她过来照顾。"

王幺娘只得叫来小伙计，让他去叫吉香。为怕吉香不信，还拔下了头上的银簪子。

"见到吉香，一句别的话也不许多说，我在门外候着你。若是啰唆，小心你的脑袋。"陈见常继续控制着王幺娘，杨云程则暗中跟着小伙计，直到把吉香从金玉心商号接来。

一进馆子，吉香刚要开口叫干娘，就被杨云程反剪了双手，他抓过一张抹布，塞进她的嘴里。吉香看见王幺娘身后的陈见常，立刻明白落入了魔掌，两行清泪顺着脸庞无声地流下来。

被陈见常强行占有后，吉香在他和杨云程的挟持下上了一辆马车。她无力地靠在车壁上，半闭着眼睛，咳嗽得越发厉害，脸颊通红，额头烫得像个火炭，前些日犯下的感冒如今更甚了。混混沌沌中她想过死，想过逃跑。然而，转念一想，自己年方十六时，就被吉家醉酒的客人糟蹋过，此生再没有可能嫁给可靠的人家，抱着好死不如赖活的心理，再经过长途跋涉，到石鹅时她的心也踏实了。

在马车的晃悠中，外头传来一个低低的"到了"的声音。车夫翻身下马，在马头上拍了拍，陈见常忙掀开帘子扶着吉香跳下来。

眼前是一个幽静的青瓦四合宅院，屋宇极阔，长廊亭台，花木扶疏，一看就不是普通人家住得起的地方。厅堂里很是热闹，几个年轻女子众星捧月般围着一个中年妇人，看样子是陈家的女主人，其余几个应该是管家下人之类。那几个年轻的丫鬟，眼神中带着欢喜的接纳之情。吉香低沉着眉眼，不发一言。

"夫人，吉香虽不是明媒正娶，但我对她和对你并无二致，如今吉香就与你姐妹相称了。"

罗氏冷冷地一笑，接过话头："老爷带回的人，管她金枝玉叶，还是使唤丫头，我罗红贞岂有不担待的道理？只怕人家不出两月就会到我头上来拉屎呢。"

"吉家在古蔺城的地位你不是不知道，我们这样已经够委屈人家了。我丑话说在前面，不要惹我不高兴。我只说一句就够了，夫人应该贤德治家。"

吉香不禁微微抬头，想看看这个厉害的角色。她的目光刚与对方交接，立即感到被锥子扎了般，不禁冷冷地打了个寒战。

陈见常吩咐了下人们几句，分派了一名丫鬟小江照顾吉香的生活，便匆匆离去了。不一会儿，带回一个满头白发的大夫。大夫听说吉香是县城里来的大家闺秀，看得格外谨慎小心。诊了脉，开了药，陈见常又三天两头殷勤探看，吉香的病也渐渐好了。

罗氏的脸色却如进入数九寒天，一天比一天阴冷。趁陈见常不在家，她常常到吉香的门外指桑骂槐，吉香只能暗暗饮泣。

处理完家事，陈见常派了手下的精兵强将若干人，又恰好遇上贵州云南逃窜过来的土匪投靠他，他把这些窜匪编在自己队伍里，一齐派给了袁良。

营盘山。

雨下起来总是没完没了，整个小镇笼罩在深深的浓雾之中，东皇庙只露出隐隐的轮廓。这是一个三合头的幽深大庙，换防的队伍撤离前夕，汪海、谭杰便受命驻守庙里，护卫川滇公路，保卫营盘山安全。

天快亮时，汪海无意中发现雨幕中好像有些草帽在移动，他揉了揉眼睛，再看的确是草帽。汪海定了定神，来到左厢房找谭杰，发现谭杰不知什么时候已经穿戴完备，正在装枪，原来谭杰也发现了。

"估计是武聚奎、袁良一伙。"谭杰压低声音说道。

"可能有好几百人。"汪海也快速地装备着。

"兵来将挡，水来土掩。打！"

"那边厢房的战士们知道吗？"汪海问道。

"我已通知所有战士，他们都在准备了。但是，目前敌人情况不明，看样子他们下这么大的赌注，是要把我们吃掉，好对川滇公路下手。"谭杰快速说道。

"今天定是一场生死决战，我俩分头行动，各带一组小分队应敌，注意配合。"汪海果断作出安排。

远处的草帽越来越近了，这才看清，哪里是什么草帽，分明是一个个顶着谷草垛在雨中行进的人。这时，每一个草垛下都伸出一根枪筒来，"哒哒哒"的枪声瞬间响起，子弹打在大庙的屋瓦上叮当作响。

"同志们，打！"汪海一声令下，战士们靠在院墙上的枪筒几乎同时响起。

袁良一伙在前方机枪火力的掩护下，将十二名匪徒分成三组，搭成人梯一跃上了庙顶。袁良指挥匪徒揭开房顶瓦片，向楼下房内投下一串串手榴弹，一梭子一梭子冲锋枪子弹同时射向屋内，当即就有两名战士牺牲。武聚奎也带着一批匪徒攻上房顶，并从左厢房攻入底层房内开始杀戮。楼下正房内的战士们，见土匪攻入楼上，拼命向上开枪射击，很快有六个土匪破麻袋般从房顶掉到地上来。

汪海急中生智，将庙内征集来的一大堆公粮用手推平，利用约一尺厚的稻谷掩护，指挥战士伏在稻谷上同楼上的土匪战斗。土匪很快将火力转移到谷堆后，一连串的手榴弹扔过来，谷粒被炸得噼里啪啦到处乱飞，谭杰身上瞬间盖了一层谷粒，离土匪最近的战士陈明轩竟然被炸飞到墙角。汪海吐掉嘴里的尘埃和谷粒，抹了抹脸定睛一看，土匪已经一个接一个跳到楼下房内。在武聚奎和袁良的指挥下，土匪和他们开始了房间争夺战，又有几名战士受伤。

谭杰抖了抖身上的谷粒，抱紧机枪踩过稻谷，对着土匪一阵猛射。汪海也猛地站起配合谭杰，陈明轩也清醒过来，三人配合默契，三挺机枪交织出一张密实的火力网。几个土匪叫嚣着却不敢逼上来。

"我看这样不行，你们看这阵势，土匪起码有六七百人。我们区区一个排，怎么抵挡得住？"汪海知道枪支里的子弹不多了，他开始考虑退路。

谭杰愣了愣道："赶紧向后山地方武装求援！"

"好！"

通信员周银昌很快进来，汪海对着他耳语一番，周银昌回答一声好，话音未落，人已握住了电话筒。前面的战斗仍在继续，又有两个战士牺牲了。

敌众我寡，更糟糕的是战士们的子弹和手榴弹也所剩无几了。渐渐地，解放军这边的枪声开始稀疏起来。

快中午时，连大庙四周都出现了土匪的身影，看来他们已经被包围了。

"必须想办法突围。"汪海细长的眉毛绞在一起，一张俊脸满是尘土，一颗谷粒还塞在鼻子里，使得嗓音也更为低沉了。

"突围？恐怕不行了，我们人太少。"高出一头的谭杰一拍脑门，颓然答道。

"电话已经去了两三个小时了，后山援兵也应该到了。援兵再不到，全体战士恐怕要牺牲在这里了。"情势虽然危急，汪海的声音却没有绝望和伤悲，只有视死如归的豪迈。

就在两人商量对策的时候，不远处传来武聚奎的声音："里面的共军听好了，今天，老子们有备而来，赶快出来投降！不然，等一下我们攻进来，让你们全军覆没，最后烧了你们的老巢。听见没有？"

汪海看着院内一片狼藉和地上横七竖八的战士尸体，心如刀绞。抗日战争、三大战役都经历过，这些战士和他一起从华北打到中原，又从中原打到西南，现在一个排的战士只剩下六七个了。汪海叹了口气。

"几爷子不说话是不是？好的，弟兄伙，给我上大将军。"几个土匪推出一门青冈炮，一个土匪用一根捻子将炮点燃了。"嗞嗞嗞——轰隆！"一声巨响，东皇庙的院墙被掀开了一个大口子，又有两个战士倒下了。土匪边开枪边一窝蜂地冲进来。

战士们早没有了子弹和手榴弹，只好往里退。几个土匪快步冲上来，捉住了走在最后的汪海和谭杰，将他们空无一弹的枪也缴了。

武聚奎提着一把手枪，叉开双腿走进来，理了理粗硬的山羊胡子，指

着汪海："看样子像个当官的，叫啥名字？"

汪海被反剪着双手，不屑一顾地道："我行不改名，坐不改姓。解放军战士汪海。"话音未落，他突然抬腿起头，踢中武聚奎的左肩。武聚奎冷不防挨这一脚，不禁倒退了几步。他趔趄着站稳了脚步，瞪大眼睛盯着汪海。心想自己可得小心，眼前这人虽然落入他的手中，但毕竟是受过训练的军人，跟那些瞎打瞎撞的手下完全不一样，那股精气神儿也完全不同。

武聚奎被短暂震慑住之后，很快恼羞成怒，扑上来一记左勾拳打在汪海的脸上。看着汪海的嘴角渗出血迹，他又狰狞地笑道："哈哈哈，你就是传说中的汪海，怪不得我老是觉得你身上有一股子邪气，看你这副女里女气的样子也很不顺眼。我问你汪排长，你投诚时候就来古蔺的了，咋子还没有滚出古蔺去，要落在我的油锅里等我煎？哦，看来这个就是你的副排长谭杰了？"

"他正是我的好兄弟谭杰，冤有头债有主，要杀要剐你对着我来好了，别对我兄弟下手。"

汪海的语气虽然低沉沙哑，然而那股威严气势依然未减。武聚奎将脸别向一边，稳稳心神，又扑上去给了谭杰一记右勾拳。汪海怒目而视，谭杰默默擦着脸上的血迹未发一言。

武聚奎围着汪海和谭杰转了一圈，看了看院坝头横七竖八的解放军尸体，有些自豪地道："说共军如何厉害，现在看来不过如此，哼，要让你几爷子晓得我武聚奎的厉害。"说完转身对着土匪们道，"抓来有啥子用，给老子拖下去毙了！"

几个土匪听了，押着汪海、谭杰走出大庙院门，来到庙门口的一块空地上。四个土匪手里使着劲，想让汪海和谭杰跪下，两人挺直身板就是不下跪，眼眸中射出的钢针般的目光，让四个土匪瑟缩着竟然不敢上前。

一个邪眉吊眼的土匪让武聚奎拿主意，"看啥子看，打死算球了！"两个土匪举枪对准了汪海和谭杰。

一阵巨大的声响传来，原来袁良已带着匪徒们炸掉了川滇公路上的一座桥和部分路段。与此同时，下面公路上也传来"同志们，冲啊！冲啊"的喊杀声和"哒哒哒"的枪声。

枪口一直对着东皇庙的土匪，现在都不约而同地调转枪口，转身面向川滇公路。武聚奎正准备带着土匪进庙搜索，听到这喊杀声，在其余土匪尾随下跳下庙门口的石梯。

"走，下去看看。"武聚奎带着几个贴身土匪往公路方向走，可是，没走几步就被那些后退的土匪堵了回来。

在不清楚解放军有多少人的情况下，武聚奎犹豫了一下，决定先撤："弟兄伙，我们往黑泥哨方向撤，快！"听到命令的众匪四散逃去，枪声也很快停了。

原来，从川滇公路上打过来的正是后山援兵，由大队长张武凡带领着飞奔过来。战士们来到大庙门口，看到倒在血泊之中的汪海、谭杰，双膝一软跪下去。

张武凡清点完人数，对剩下的战士道："你们不能留在营盘山了，现在一起往后山撤。等大家伤好了再奔指挥部，等待换防部队的到来。"

"张大队长，我是本地人，我想留下来，除了要照顾家中妻儿老小，我还可以在营盘山帮部队了解些情况。"幸存的当地人周银昌请求道。张武凡想了想道："好吧，既然这样，你就留下来，有情况及时到后山来找我们。"

天快黑时，周银昌也回到家。一家人还没有吃上晚饭，围坐在火盆旁。这段时间周银昌神出鬼没，让家人非常担忧。

老父亲先发话了："昌儿，我给你说，你不用瞒我，你不是跟着江秃儿干，就是跟着解放军干。不管是跟哪一边，都不是啥子好事情。你自己惹火烧身，该杀该剐那叫报应，可我们全家老小都得跟着受冤枉罪。再说了，我们一家就靠你这个劳力，要是有个三长两短……"父亲的话戛然而止。

周银昌感觉自己脸庞有些发烫，为了掩饰自己，他走到甑子前，添了一碗饭，狠狠地刨了一大口："爹，我晓得了，这不是回家来了吗？"

"晓得回来就好，我看你怕是连家门都快找不到了。"一向寡言少语的妻子嘟哝一句。

七岁的儿子小良、五岁的女儿小兰跑过来，一人占住他的一条大腿，坐上去摇晃着："爹，我们饿了，喂我们饭吃。"

周银昌看看碗里，又是红薯饭，天天如此，怪不得孩子们不想吃。可是，没有办法，土匪的抢掠一天狠似一天，粮食自然一天比一天少了。

他心酸地喂了小良一口饭，小良嘟哝道："爹，我们想吃白米饭。"

"闹啥子闹？只怕再过一阵，连红薯饭也吃不上了。"小良被母亲一呵斥，含着泪把一口饭吞下去，一块红薯正好卡在喉咙里，憋得他不住地咳嗽。他索性一摔碗筷大哭起来，他一哭，其他几个小的也跟着哭。

看着身边的老老小小，周银昌的眼睛酸涩了。他想退出这打打杀杀的生活，可是，眼前却不时浮现汪海和谭杰被害的场景，心里又止不住地涌起热血和激情。

"听说今天大庙那里打了大半天仗，说是江秃儿们来打解放军，你没参加吧？"父亲又问道。

"没有，我到后山去了。"周银昌支支吾吾地说。

"哦，那就好，早上天没亮，江秃儿手下两个人来找你，说只要你答应跟他们走，我们一家的吃穿他们全包了。我只说你没在。你看，几爷子都追上门来了，要想想办法。"

妻子也许是太累了，早早就发出了均匀的鼾声。可是，这一天的惊险过程，让周银昌翻来覆去怎么也睡不着。汪海、谭杰的影子老是在眼前晃动，而江秃儿、武聚奎派人来找他，更让他不踏实，拒绝显然是行不通的。躲，去哪躲？最小的孩子才两岁，能去哪里？

天亮时，他想到了从前常常逃学去玩的一个山洞，要不一家老小搬进洞里去躲躲？怪只怪生在乱世，想当好人，想跟着解放军干，可是土匪要威胁家人，老老小小一共七条命，他真是输不起。

"自古忠孝难两全，对不起了，汪排长、谭排长。"他朝着东皇庙方向磕了几个响头。

第二天一早，周银昌扶老携幼，穿过屋后的小山坡，来到一块平坦的草地上，这块地居高临下，能看清自家房屋及公路上的情景。

周银昌眷恋地环顾山下，公路上一个人也没有，邻居家低矮的屋顶上开始升起袅袅炊烟。这炊烟他司空见惯，从不多看一眼，而今他却感到无比温暖。

好几年没上来了，原来的一条毛狗路都被树木封住了。周银昌走在前面，用镰刀一路劈斩着挡道的小树枝条和野草向前走着，一家七口费尽力气，终于来到洞口。

这是岩上的一个平洞，洞口不大，仅容一人进出。洞口有树木遮挡着，不为外人所知。洞内较为宽敞，容纳一家没有问题，还有干净的岩浆水可以饮用。周银昌进入山洞前，再次遥望了一下东皇庙的方向，转身进入洞内，升起了火堆……

四川洪雅县，解放军十六军四十八师一四四团驻扎的地方。在县城南边，柳江开阔的河道附近，是一四四团三营的据点。白天，他们忙着训练，帮助老百姓搞生产。晚上，一个忆苦思甜会在江水的流淌声中开始了。战士们在河坝里围坐成一个半圆，一边享受着如水的月光，一边回忆着往事。那处于中心位置的，正是营长杜永田和教导员万德舟，岳文忠、陈其德分别站起来诉苦。

岳文忠一张方脸，两道浓眉，额头上刀刻的皱纹间有一道浅浅的疤痕。那是他小时候被地主打伤的痕迹："俺是个放牛娃，从小在大地主家挨打受气。吃不饱，穿不暖。大家看，我这里的伤痕，就是被地主打伤的。好不容易熬大了，又赶上抓丁，在那里做牛做马。要不是解放军来了，哪能解放？要不是共产党领导的教育，同志们团结互助，亲如弟兄，哪能这样光荣幸福？"他出来很多年了，一口陕西腔早已变调，听上去有些怪异。

陈其德站起来用他的河南口音继续诉苦："俺是河南罗山人，也是贫农出身。十九岁就被国民党抓去当兵，受尽磨难。幸好遇见了共产党和解放军，才让我成为一名出色的迫击炮手。"

就在大家陷入对过去的痛苦回忆，对如今的生活倍感振奋，纷纷举起拳头宣誓要好好战斗的时候，营房的电话突然响起。杜永田接完电话回来，宣布了一个重要决定："同志们，鉴于川南地区严峻的匪患形势，川南军区党委决定，调一四四团从洪雅进驻叙永，副团长王钦裕兼任叙永县县长，副政委李玉庆任县委书记。我们三营将进驻古蔺，接替曹仕炎同志的工作，担任起保卫古蔺的重任。我将担任古蔺县县长，万德舟同志将担任县委副书记。由于西藏的匪情也很严重，曹仕炎同志已经离开古蔺奔赴西藏。目前，古蔺驻防力量极弱，咱们可得赶紧出发啊，争取早点到达古蔺。"

"好，哪里需要咱们，咱们就奔向哪里。有咱三营在，古蔺人民一定安居乐业，长治久安。"岳文忠抱着枪站起来表态道。

"再厉害的土匪，都吃不住我陈其德几炮，弟兄们，上！"陈其德站起身来，摆出发射大炮的姿势。

"看到大家摩拳擦掌，我也不用多说什么了。同志们，立刻收拾好东西开拔！"在万德舟的号召下，王文林和宋韶光带头奔向营房。

当晚，窸窸窣窣的军服摩擦声、枪支器械的碰撞声、紧张而又有序的脚步声回荡在夜空。三营同一四四团大部队会合后，犹如被触动了逆鳞的长龙，迫不及待地快速向前移动着。

到了叙永兵分两路：王钦裕率部在叙永驻防，杜永田则带领三营到达古蔺。只见四匹烈马扬尘飙过鹅公坝，马背上端坐着杜永田、万德舟、岳文忠、陈其德，他们横挎子弹袋，背着大刀和三八枪，威风凛凛地走在队伍前面。岳文忠的马术尤其引人注目，只见他一会儿伏在马颈，一会儿伏在马背，一会儿又跃起数尺稳稳坐下。那把沉重的大刀，拿在他的手里好像只是一根小木棒，随意地被他挥舞着。到了府前街，马儿们嘶叫一声，前蹄高抬，很快又回转头，将四掌钉在泥道上。

杜永田率先翻身下马，他身材高大，大方脸显得特别宽阔，额头饱满，眉毛浓黑，胡须有点长了，显然没来得及刮。他看着办公处矮凳上有一盆热水，赶紧洗了把脸。陈其德将盒子炮插回枪套，端起桌子上的凉开水一

饮而尽。趁着队伍整顿的间隙，肖斌云咬开酒坛上的苞谷芯塞，拿出酒碗一一斟满，让杜永田一行暖暖身子。待他们安顿下来，乔贞贵赶紧将一沓通报匪患的文件送到杜永田面前。

"曾庶凡的家丁队伍抢劫丫杈区公所，抢走二十多条步枪和弹药若干，打死一名工作人员，打伤区长梅松刚及若干工作人员。"

"陈见常逐渐控制了石鹅、石宝等大部分地区。"

"匪部第一指挥官袁良、第三指挥官张朝品率领七十余人，突袭白家山、黄木岭两个征粮工作队。打伤工作队员四人，枪杀武工队长熊嘉麟，劫走枪支二十余支。"

"武聚奎亲率土匪数百人，攻打营盘山乡公所，打死排长汪海、副排长谭杰二人，抢走步枪十余支，手枪两支，破坏了川滇公路部分路段。"

……

杜永田查看着文件，紧锁眉头。他知道，部队将面临一场严峻的挑战。换防，已经给了敌人可乘之机，迅速壮大起来，而周边土匪还在不断进入古蔺。令人揪心的是，解放军的兵力较之从前却并未增加。

连环奸计

聂 小风以为告发吴莲的事情做得密不透风，但还是在吴莲死后不久，被杨云程知道了。他带上手枪，怒气冲冲地往万家巷子赶，恨不得一枪毙了聂小风。

就在板板桥头，杨云程被人从背后拉扯了一下："嘿，司令大人，我正要找你呢，你慌慌张张哪里去？"

"是吴山老弟啊。啥子事情？要不要到家里去说？"

吴山摆摆手："你既然已经出门就算了，反正就几句话的事情。"他压低声音继续说，"刚刚得到党部消息，解放军一个中队将受命到摩尼驻扎，要我们在必经之路田沟头伏击他们，好好干这一票吧，事成必有重赏。"

"好，现在需要我们做啥子？"

"需要你尽快派人摸清解放军的动向，搞清解放军出发的具体时间。"

吴山说完走了，杨云程一边赶往聂小风家，一边在脑子里盘算着派谁去刺探情报。

看到开门的聂小风，他突然有了主意。

"贱人，你把吴莲害死了你知道不？"杨云程一把扯住聂小风的头发，把她的头向后仰，强迫她面对自己。

聂小风泪如雨下，满脸惊惶，跪下说："都怪爷冷落了人家，求爷饶了我吧。"

杨云程拔出手枪："现在你叫我祖宗都没用，我可以饶了你，

但它却饶不了你。"

面对黑洞洞的枪口，聂小风浑身筛糠似的发抖。

"爷，求你看在我服侍你多年的分儿上，饶了我吧。"

"饶了你，也行，如果你愿意戴罪立功。"

"我愿意，十万个愿意，你说，要我立啥子功？"聂小风喜出望外，讨好地坐到杨云程大腿上。

杨云程便安排聂小风去刺探解放军的情报，若是成功，便原谅她，两人重归于好。

"爷，你好狠。要是被解放军发现，我就没命了。"聂小风一听是这事，像被火烫了一下似的，惊得从杨云程怀里跳起来。

"那你不去，我岂能饶了你？横竖在我面前也是死，不如死马当成活马医，答应了吧。"杨云程的脸上又布满了杀气，聂小风只得答应了。

"来吧，心肝。"杨云程对她勾了勾食指，聂小风重新扑进他的怀里……

杨云程走了，聂小风彻夜未眠。她一个手无寸铁的弱女子，又不认识解放军，怎么刺探得到情报？

可是，完不成这任务是要掉脑袋的，她必须铤而走险。

天亮时，门外响起了刘大嫂挑溮水的声音。聂小风立刻有了主意，她客客气气，满脸堆笑地请刘大嫂进屋来喝茶。

"你聂小风啥子人？你一身香喷喷、光鲜鲜的，快走开点，我身上不是屎就是粪，别腌臜着你了。"刘大嫂并不领情。

"大嫂，这样说就见外了。我聂小风几时嫌弃过你？快进来，你不是老长冻疮吗？我这里有蚌壳油，很好用的，拿去试试看。"

听说有蚌壳油，刘大嫂笑了，也不忌讳地走进了狐狸精聂小风的屋子。当聂小风打听到刘大嫂收溮水要经过解放军的营地时，便央求刘大嫂跟她换一换，她帮她收溮水，刘大嫂则帮她在家把半截鞋底纳完。

"你疯了？去收溮水，把你弄得一身臭哄哄的，看哪个男人还要往你房里钻。"

"唉，大嫂，我这不是想重新做人了吗？我想试试下得起苦力不，要是收溮水都能做得下，还有啥子粗活重活做不下？"

刘大嫂想想也对，要她在家纳鞋底，她才求之不得呢。

聂小风打扮成村妇模样，挑着桶经过营地时，解放军战士孙绍云正蹲在大门口擦枪，听到响声抬头问道："怎么换人了？"聂小风赶紧解释刘大嫂生病了，由她来接替几天。孙绍云蹙着眉，将她看了又看，看得她心里发毛。还好，总算蒙混过去了。

就在一次去营地收潲水时，聂小凤碰见了卢松。聂小凤是卢松继母的女儿，两人曾经偷偷好过一阵。后来，卢松的父亲过世了，聂小凤也随她的母亲离开，一直杳无音讯。两人很多年没见面了，卢松显然也认出了聂小凤，一直在她身上打量。聂小凤看着自己这副邋遢样，恨不能找个地缝钻进去，然而，她却不能退却。千载难逢的机会来了，一定得把握住。她连忙对卢松说："长官，我口渴得很，想讨杯水喝。"说完装出一副快要晕倒的样子。

卢松倒了一杯水，递给她时轻声说道："晚上水北门见。"

回到家，聂小凤扔掉潲水桶，脱下脏兮兮的衣服，从头到脚打扮得漂漂亮亮，待夜幕降临，她迫不及待地来到水北门。卢松见到她，与营地上的她判若两人，简直不敢相认。他们在水北门木桥上忘情地拥吻着，聂小凤如愿以偿，从卢松口中得知解放军返回摩尼的时间。

"你问这事干啥？"卢松有些奇怪。

"随便问问呗，关心你在古蔺还会待几天。"聂小凤说完，眼前浮现出杨云程狰狞的面孔，又赶紧补上一句，"你在部队的前面还是后面？"

"我和几个地下党走前面，为部队带路。唉，你问得太多了，时间不早了，我走了。"

聂小凤立即告诉杨云程这个消息，杨云程欣喜若狂。

"爷，我有一个请求。"聂小凤想起憨厚老实的卢松，有些不忍。

"说，立了大功的人，啥子要求都好办。"杨云程非常高兴，语气也温柔大度起来。

"明天在田沟头，能不能让部下只打解放军，放过前面带路的几个人？"聂小凤嗫嚅着请求道。

"那里面有你相好？我偏要让部下把他们全部消灭。"杨云程一下又变得凶狠起来。

"哪有，我只是觉得，前面带路的都是古蔺人，不忍心，放过他们吧。"

"解放军""南下干部""古蔺人"，杨云程在脑子里迅速将几个词串在一起，猛然一拍大腿："对，明天我让部下攻打时，只打解放军，而且还得边打边喊'往穿黄军服的身上打'。"

妈的，如此一来，地下党和解放军不闹得河翻水涨才怪呢。杨云程想到这里，兴奋得一蹦三尺高。

吴山的情报没错，杜永田的确让朱子明带领一个中队去摩尼剿匪，接

受任务后一行人准备于次日进驻摩尼。

从古蔺到摩尼，必经之路是距兴隆场几里地的田沟头。这个地方地形险恶，是一个狭窄的平坝，四周山高林密，如遭到伏击，后果将不堪设想。

朱子明因此倍加小心，他派地下党李贤维等人前往侦察，很快回来报告："该地无匪，可以通过。"

中队一行这才放心出发，然而经过田沟头时，惨烈的一幕发生了……

那天一早，得到命令的袁良、江秃儿两人指挥一百多人埋伏在田沟头，早早地占据着有利地形伺机袭击。

中队在出发前经过简单整队，这才发现唯一的轻机枪已打坏了，只有步枪和冲锋枪。临走，朱子明又仔细清点了下人数，没错，就是二十九人。午饭时分，中队到达兴隆场。一行人在街上休息了一阵，从兴隆场下坡，就到了田沟头。这里人户少，路边只有一户姓王的瓢匠。

不久，中队全部进入槽子，穿青布长衫的邓军、卢松和李贤维走在前面，穿军装的解放军走后面。刚下完坡走上桥，突然，两侧的丛林里枪声大作。由于全无防备，已经有两人中弹牺牲，一人重伤。土匪占据有利地形，距他们仅百米左右，一边号叫着"往穿黄军服的身上打""打死解放军"，一边猛烈射击。副排长姬脉玉端起冲锋枪，带领班长宋风礼等六人往右侧山上进攻，姬脉玉和宋风礼当即被击中牺牲，卫生员王全中的手臂被打伤，通信员唐明贤肩部负伤，锁骨被击中，仍坚守在原地射击。朱子明和战士龙在位、周定都等倚着王瓢匠家的土墙，向土匪还击。

朱子明一边指挥战斗，一边观察地形，心想：敌众我寡，如果继续拖延下去于解放军不利，必须迅速组织突围。然而往麻线堡方向的山口，是敌人火力重点，即便侥幸冲出去，也要付出相当大的牺牲，且前面的白马洞地形更为险恶，再遭土匪截击，危险性更大了；而往左右两侧，是陡峭的坡地，敌已占领了制高点，不易突破；只有往兴隆场方向，虽属敌人的包围口，仍有火力控制，但较其余三个方向要薄弱得多，便决定往兴隆场方向突围。朱子明当即从部分牺牲的同志和重伤员身上取下枪弹，集中火力向敌人猛烈射击，趁敌人稍事隐蔽的一刹那，朱子明带领中队以迅雷不及掩耳之势冲出包围圈，往县城撤退。

邓军、卢松和李贤维见部队折回县城方向，三人也赶紧跟上。当他们得知排长姬脉玉和十三名战士已牺牲，还有七人受伤时，不禁失声痛哭。

昏暗的桐油灯下，朱子明清点着战士们的遗物，不由痛哭失声。他怎么也想不明白，侦察情报好好的，怎么就遭了埋伏？一个特殊的会议很快召开了。

"这次田沟头惨案，大家认真找找原因，一定要把奸细抓出来，告慰烈士英灵。"朱子明脸色一沉，用目光扫了扫全场说，语末的"英灵"二字明显地带着颤音。

"我觉得奇怪，为什么土匪开枪时要喊往穿黄军服的身上打？"通信员唐明贤疑惑地问。在此次战斗中受伤的他，肩头还包扎着纱布。

众人的眼光不约而同地落在邓军等人身上，李贤维惭愧地低下了头。

"我真心愿意当时被击中的是我，如今我黄泥巴抹裤裆，不是屎也是屎，满身是嘴也说不清了。"卢松不得不打破沉闷的局面，他抬起头，眼睛直直地望着前方，艰难地为自己辩解道。

"卢松，出发的前一晚，你离开营地出去了一趟，做什么去了？"卫生员王全中已经按捺不住怒火，愤愤地质问。

由于解放军伤亡惨重，而几个地下党却安然无恙，会议的气氛由原来的压抑悲痛变为针锋相对。

"李贤维是负责侦察的，应当负主要责任。"有人说出了大家心中的疑惑，所有目光刷地一下聚集在李贤维身上。李贤维眼泪汪汪地刚叫了声"队长"，一接触到朱子明冷得像冰的脸色，只得把刚出口的"我冤枉啊"生生地咽了下去。

"这件事情太蹊跷！从现在起，停止李贤维的党员身份，不再参加相关活动。"朱子明猛然起立，敲着桌子宣布道。话语一出，时间好像凝固了，全场死一般地寂静。李贤维脸色苍白，身体摇摇晃晃，像要晕过去一般。

"经查明，中队临出发前，那个乔装打扮来营地的女子，是杨云程的姘头，我们这里一定还有一个奸细。"朱子明的话让卢松如五雷轰顶，聂小风？水北门木桥？他眼里不断闪现田沟头战士们牺牲的情形。再看自己的双手，怎么变得如此猩红，是不是战士们的鲜血……

几天后，经过县委会议又一次讨论，给予李贤维撤销党籍的处分，实行内部管制，李贤维不再随部队行动了。

卢松虽然没有受到处分，但从此他感觉战士们都用一种异样的眼光打量着他，良心的极大折磨让他寝食难安。在一个月黑风高的夜晚，他饮弹自尽了。

卢松死了，李贤维走了，邓军倍感孤单。加入部队以来，大大小小的战斗也经历了一些，但田沟头一战，是他第一次面对生死。看到先前有说

有笑的战友们一眨眼就牺牲，心里是说不出的痛苦。现在，又受到同志们的误解和有意无意地疏远。备受煎熬的他，终于决定请假回家一趟。

田沟头一战，让杨云程非常兴奋，在河屯何子玉家中的骆国湘得知消息，却一病不起。过了几天，陶钦克要去中沙办事，便拐了个弯，去看望病中的骆国湘。陶钦克走过石桥过了河，喘着气爬上一个小土坡，迎面而来的是一阵山歌。

我俩相遇小桥边，
你就住在我心田，
你想我的有一百，
我想你的有一千。

一个六十来岁的老者儿，披着棕叶蓑衣，牵着牛，边走边扯开嗓子唱着。陶钦克不禁击掌叫好，微笑着问道："老人家，这里离何子玉家还有多远？"

"不远了，走过这根田坎，就可看见一座大瓦房，有家丁站岗的，就是他家了。"

果然，走过田坎，何子玉的家就到了。这是座典型的三合院民居，白墙黑瓦，坐东向西，四周翠竹环抱，古朴清幽。进屋前先得进朝门，朝门约三米高，上面也盖着青瓦，墙体上还绘着花鸟图案。从朝门开始延伸出院墙，将朝门和主建筑连在一起。

听到家丁的通报，何子玉忙把陶钦克迎进屋里。骆国湘刚吃过饭，一盆烧得很旺的炭火映红了桌底，屋内弥漫着一股饭菜香和中药的味道。陪坐一侧的几个人，陶钦克只认识两个，都是白沙一带的头面人物，一个是山羊村世代从医的陈锡儒，一个是白纳园的周凤顶。见到多日不见的老朋友，骆国湘非常高兴，脸上的皱纹舒展开来，精神也好了许多。

陶钦克上前几步，握住骆国湘的手说："三爷，听说你病了，特意绕道过来看看你。你好些了么？"

"刚发过汗，就是虚弱得很。"松开陶钦克的手，骆国湘靠在太师椅上，半闭着眼睛对何子玉说："老表，把冷饭菜热热，让老陶将就吃一顿。"

周凤顶等人既已吃过饭，见主人家又来了客人，便礼貌地告辞了。何子玉和骆国湘也不挽留，何子玉送走了客人，才返回堂屋招待陶钦克。

不用骆国湘吩咐，何子玉已派下人捉了一些鱼回来熬汤。又将一只鸡宰了，用花生米炒了一盘鸡胸肉，再弄了几道可口小菜，一并端上桌来。何子玉客气道："老陶，对不住了。你来得真不巧，刚刚来那批客人才把家中的野山羊吃完，眼下也没个好东西招待。请你吃点鸡肉，喝点鱼汤，不要嫌弃才好。"

"哪里，哪里，客气了，真是受之有愧。"陶钦克是真过意不去，因为骆国湘，何子玉一家也把他当贵客了。

"要不是我正病着，我们老哥俩还可喝几杯。"骆国湘说道，他欠欠身子，为陶钦克亲自装了一杆山烟。

陶钦克深深吸了一口烟，缓缓开口道："三爷，今天除了来看你，还想和你说说心里话。听说新政府要搞土改了，要把土地分给老百姓，你咋个看？"

"投诚之初，我早就说过，我骆国湘的一切，取之于民，用之于民。我来河屯前，就把一切托付给马老三，他会配合新政府搞土改，你又是咋个想的？"

"陶家的田地主要在马蹄滩，我倒是没有问题的。属于我名下的全都由政府重新分配。麻烦的是陶黑子，他和杨云程越走越近，我已经管不住他了。"

"我们这些旧社会过来的人，经历过大风大雨，名啊利啊这些东西都看淡了，就图个太平日子，可是人心隔肚皮啊，有些人并不这么想。"

"谁说不是呢，唉！杨云程的事想必你也知道，田沟头事件，死了十几个解放军，还有……"陶钦克欲言又止，生怕骆国湘不高兴。

骆国湘突然剧烈地咳嗽起来，像要把五脏六腑都咳出来似的，好不容易把气喘匀了，他才说道："唉，人大分家，树大分丫。我心里清楚得很，杨云程这小子不会甘居人下，他的野心大着呢。"

"他现在走的路，好像违背了当初大家投诚的初衷。"

何子玉见两人只顾说话，忘了动筷子，忙说道："来来来，老陶，说话不要耽误吃菜。老表哥，你也再吃些。"陶钦克这才动起筷子来，骆国湘也夹了粒花生米放进嘴里。

"唉！几爷子翅膀硬了，不把我们这些老朽放在眼里了。他们这是逆天行事，逆天行事啊！我这病，就是被他们气出来的。随便他们折腾吧，我还是继续待在河屯养病算了。"骆国湘不住地抹着胸口，无奈地叹道。

"要不要我带个口信给杨云程，让他来见你一面，你劝阻劝阻他？"陶钦克只好这样说。

骆国湘便托陶钦克带信给杨云程，说他病重，想见他一面。杨云程拿出两根金条和一些鸦片，对陶钦克说："把这交给三爷，就让他老人家安心养病吧，我这阵忙得很呢，就不去看他了。"

杨云程的确很忙，田沟头袭击成功后，他想乘胜追击，直接杀到摩尼、麻线堡，拿下乔贞贵，占据摩尼营盘山一带，让解放军失去半壁江山。

他将计划说给吴山听，吴山却一反常态地摇头："不可操之过急，要除掉乔贞贵没那么容易，还得削弱一些力量才行，这叫迂回制胜。比如，田沟头不是跑掉了几个地下党？一个自杀了，一个走了，另一个……你看着办。"

"可是小小的一个邓军，除不除掉他，无关大局，我们可以先打麻线堡，拿下乔贞贵，再一起除掉邓军。"杨云程不解其意。

"老兄，你打仗是很内行，但在政治上，我看你还真有些幼稚。我都耳提面命那么多次了，你怎么还不长进？有时，我们要善于借刀杀人，攻心为上。表面上死了一个小卒，但动摇的是整个军心，懂不懂？拔出萝卜带出泥，要将田沟头事件的阴影再次扩大，达到千里之堤，毁于蚁穴的效果。我不多说了，你自己好好想想。"

吴山提供的情报让杨云程大获全胜，他如今已完全将吴山奉为军师了。

邓军家住麻线堡街上，是一座三进三合头的青瓦白墙院落，房后有一棵大松树，枝丫繁茂，几乎覆盖了整个房顶。一走进院子，只见屋檐下挂着一排留种用的黄灿灿的苞谷，大门旁边挂了一大串干透的红辣椒，土黄色的叶子烟摆在窗台上晾晒着，一副殷实人家的光景。

邓家的堂屋也比普通人家显得宽敞明亮，屋里有一个大火坑，燃着旺旺的青冈炭火。这天，听说邓军在田沟头死里逃生，平时不怎么上门的姐姐邓瑶一家来了。正在烤火的邓军赶紧迎上去，请他们坐下。邓瑶拉着邓军的手亲热了一阵，便与母亲寒暄起来。

院外的脚步声打断了母女俩的谈话，原来是乔贞贵一行。为了弥补公粮，乔贞贵率队来到了麻线堡。听说邓军回来了，他们首先来到这里。一是看望邓军，二是托邓军保管多带的枪支。一见面，邓军和乔贞贵的双手紧紧地握在一起。

"邓军同志，感谢你为俺们做的一切，也为你死里逃生感到庆幸。"自从在田沟头掩埋了战友的遗体回到家，还没有组织上的人来过，乔贞贵的山东话让邓军觉得无比亲热，俩人紧紧拥抱了一下。

"欢迎乔区长，今天就在这儿吃饭。"邓军一脸诚恳。

"不了，俺们还忙着下乡。你知道的，就在袁良一伙袭击你们的同一天，江秃儿从营盘山带来了一队土匪，将摩尼中队征收的公粮全部抢走了。这不，趁今天没有下雨，俺带几个同志来麻线堡动员一下。"

乔贞贵拍了拍邓军的肩膀，说明来意，把枪支交给他。

邓军拍怕胸脯说道："放心，乔区长，待会儿我把它放到一个只有我知道的地方，保证没问题。"

于是，乔贞贵带领战士们走了。

邓军拿着枪走进自己的屋子，关好门，把枪放在床前的条桌上。这是一把左轮，枪柄上还有一小块红绸。邓军也许是太想念战友了，反复抚摸着这把还带着体温的枪，仿佛和战友的双手紧紧相握，所有的目光都是信任，所有的言语都是理解，所有的误会全部烟消云散。他们还将一起上战场，直到把土匪消灭光。

邓军拿出一块崭新的白布，把枪擦得干干净净，再拿出自己刚洗过晒干的白衬衣，把枪严严实实地包好，外面再罩上一件旧蓝布褂子。

可是把枪藏在哪里？邓军觉得很苦恼。说起来，几间大瓦房的家很宽敞，却好像找不到什么安全的地方。

放在身边不行，若是有人下手一定会想到他的房间。放在其他房间，他担心为家人带来杀身之祸。想了想，还是放到后院去吧。那里猪圈和鸡圈相邻，鸡屎遍地，又脏又臭。最重要的是，除了自己，谁也想不到去那里找枪。

就这么定了。邓军来到后院，见四下无人，便蹑手蹑脚地走上了石板路。走了几步，他似乎觉得后面有双眼睛盯着，他走别人走，他停别人停，如同鬼魅相随。邓军心想：真是见鬼了，难道有人成了我肚子里的蛔虫，知道我想什么要做什么？他蓦地转身吼道："是哪个有种的你出来！"四周静悄悄，只有蝉鸣濒死一般声嘶力竭地叫着。

邓军来到猪圈和鸡圈之间的缝隙里。这里一直堆放着干谷草、苞谷秆之类的杂物。他将这些杂物扒开，从怀中取出包好的枪，放到缝隙中，将谷草和苞谷秆放回原地，又整理了一下，觉得和原来没什么区别了，才抖了抖手上的灰往回走。

终于到了吃晚饭的时候，辣子鸡、干菌子炖母鸡、炒腊肉、水豆花，一桌丰盛的菜肴摆了上来。

邓军的父亲邓德武高兴地抱出过年才吃的那坛高粱酒，和儿子、女婿开怀畅饮起来。邓军喝得很是尽兴，看到平日贪杯的姐夫孙子科眼下却斯斯文文，每次只是浅浅地抿一口的样子他尤其舒心。他想，姐夫变得规矩了，姐姐可就有福了，也就没有劝酒。至于孙子科何时成为杨云程的土匪分队长的，邓军浑然不知。更让他想不到的是，就在他藏枪的时候，孙子科在姐姐的绣楼上已经对他的一举一动看得清清楚楚。席间他正忍耐着酒瘾，等待时机下手呢。

吃完饭，母亲和姐姐去铺床了，邓军又将田沟头遇袭的经过讲了一遍。不过，孙子科似乎不感兴趣，还不停地打呵欠。父亲邓德武见状，说道："子科累了，先睡了吧，明天不走，你两兄弟再好好摆摆。"孙子科好像早就等这一句了："好的，爸爸。我们这趟就是专门来看军儿的，明天也不走，还要陪兄弟耍两天。"

接下来的两天，邓军都带着孙子科在麻线堡四周逛。可是每到晚上，一家人都还想再坐一会儿，见孙子科一副很疲倦的样子，一家人也只得早早地睡了。

这天，天还未亮，原本说要吃早饭才回家的孙子科一早起来，叫上邓瑶，心急火燎地要回家。见拗不过，邓军一家人只好将他们送走。

吃过晚饭，乔贞贵他们就来了。一进屋，和邓德武打过招呼，接过邓军倒来的茶，乔贞贵就高兴地说："哈哈哈，真是好运气，这回公粮没啥大问题了。"看到几个战士也很高兴的样子，邓军知道，他们的征粮任务一定完成得不错。大家又闲谈了几句，乔贞贵站起来："已经出来几天了，不知摩尼那边咋样了，俺们还得赶回去。邓军，俺的东西呢？给俺拿出来。"

邓军本来要留大家坐坐再走，听乔贞贵这样一说，只好赶紧往后院取枪。

邓军迈着轻快的步伐，来到藏枪的地方，看到干谷草和苞谷秆都还是原来的样子，他不禁为自己的小聪明感到得意。他几下就将干草掀掉，见到那件熟悉的旧蓝布褂子。邓军提着褂子一抖，以为枪就将从白衬衫里滚落出来，落在地上发出咣当的声响。可是，白衬衫倒是抖落下来了，枪却是杳无踪迹。

一种不祥的预感如此刻黄昏笼罩大地一般罩住了邓军，他差不多是扑上去嗅白衬衫，然而他只闻到一股淡淡的机油味道。

夜色一下降临了，邓军的内心比这天色还黑暗。他围着鸡圈和猪圈团团转，一会儿把白衬衫扔在地上，一会儿在猪圈和鸡圈之间的缝隙使劲刨，抛出来的干草惊得鸡圈里的鸡不停地叫唤。直到将最下层的干草都刨完了，仍然一无所获。

豆大的汗珠从邓军的头上冒出来，一滴滴砸在地上。因为他知道，假如，假如找不到枪，假如被判定为以枪资匪，假如……他不敢想下去。除了自己，还有谁知道枪藏在这里？难道是孙子科？姐夫的表现一下子浮现在眼前，那副在酒桌上的斯文样让邓军毛骨悚然。

邓军进去好一阵没有出来，乔贞贵一行只好一边叫着他的名字，一边打着手电筒往里走。刚走进后院，就看见邓军瘫坐在地上。

"发生什么事了？"乔贞贵快步跑到邓军身边，两个战士也跑过来试图将邓军扶起，邓军颓然地再次坐下，断断续续地道："枪，枪，枪遭偷了。"说完绝望地低下了头。

"你说啥，让你保管枪，怎么弄丢了？再好好找找。"乔贞贵的脸色顿时凝重起来。

邓军指了指地上的衣服和藏枪的缝隙，几个战士只差没有掘地三尺，然而还是一无所获。

"你一个人，没人看见，那它会飞走？"一个名叫李辉的战士责问道。

"真的只有我一个人，那天还有我姐夫孙子科和我姐姐在家。但是，他们根本不知道我藏枪啊，况且这几天家里没来过一个外人。"邓军解释道。

"你姐姐，姐夫，他们是哪天来，哪天走的？"乔贞贵问道。

邓军说："他们是……"就在这时，邓德武走了进来："啥子事情？"

乔贞贵走上去，向邓德武简单介绍了事情的经过后说道："你说，他一个人藏的，没有外人来过，只有他姐夫来过，这就怪了。"

听乔贞贵这么说，邓军父子几乎异口同声道："他们今天早上咋就匆匆忙忙走了？"

"他们，他们是谁？"乔贞贵追问道。

邓军接过话："我姐夫他们本来说好吃了早饭再走，但是，天一亮就走了。"

"那他们这几天有什么反常举动？"

"没啥反常，只是，这次来，不像以往要喝很多酒，而且每晚都老早就睡了。想起来了，我藏枪的时候他们在绣楼上，能看见菜地这边。孙子科也喜欢玩枪，一定是他偷走了这把枪。"

乔贞贵听邓军说完，又走到围墙根下，沿着墙根仔仔细细查看了一遍，的确没有任何翻过的痕迹。况且六七尺高的围墙，也不是那么容易就翻过去的。

"看来，只有两种可能，要么是你把枪送人或藏起来，要么你姐夫有重大嫌疑。"副区长周士猛沉吟着说。乔贞贵点了点头，望着邓家父子果断地道："快点去找你姐夫，以免夜长梦多！"

邓德武也觉得有道理，赶紧道："你们立马去，我在家再找找，看是不是小军儿自己搞忘了。我还要仔细看看有没有外人翻墙进来偷走，争取快点找到。"

天渐渐黑了，山风一阵紧似一阵，苍松翠柏在疾风中耸动着、呼号着，林涛似阵雨又似雷鸣，伴着偶尔传来的野兽的嚎叫，令人毛骨悚然。从麻线堡到丁家坪，有二十几里山路，邓军带着乔贞贵一行打着柏香皮火把一路疾走，乔贞贵等人很快走出一身热汗，而邓军全身上下像裹了一层冰块，再怎样爬坡下坎、匆忙赶路，也只觉得寒冷彻骨。

到了孙子科家，邓军叫开了门，孙子科端着桐油灯探出头，揉揉惺忪的双眼，眼神中闪过一丝不易觉察的惊慌。

孙子科一边把邓军他们让进屋，一边招呼邓瑶起来装烟倒茶。

大家坐定，邓军迟疑一阵，鼓起勇气指着乔贞贵给孙子科介绍道："姐夫，这位是摩尼区乔区长，这些是中队的战士，这么大半夜的来麻烦你，是想跟你了解个情况。"面对有偷枪嫌疑的姐夫，邓军却怎么也找不到理直气壮的感觉，倒像是自己犯了错，说完还有些忐忑地干咳了一声。

乔贞贵严肃地说："无事不登三宝殿，这么晚了还上门打扰，估计也不是好事情。"接着，乔贞贵将如何委托邓军藏枪、丢枪的经过简单说了一遍。随后道："俺听邓军说，这几天他家里没有外人去过，只有你们夫妇在那做客。俺这话的意思你应当明白，共产党向来主张坦白从宽，抗拒从严，你就说实话吧，只要找回枪，剩下的事情都好办。"

"枪，丢枪，枪咋会丢？你们不可能赖上我吧？"孙子科眨眨眼睛，一副迷茫的表情。

"不是赖，是找你核实，看能不能找到线索。"

"枪？我？"像热油里面洒了一滴水，孙子科一下炸起来，他指着邓军咆哮道："别诬赖好人，我咋知道你把枪放哪儿去了，你藏枪告诉过我？哼！"

邓瑶见状，立即走过来拉着孙子科的手："你闹啥子闹？他们不就是来问问？你说是不是，乔区长？"邓瑶说完将孙子科拉回座位。

乔贞贵站起来，加重了语气："孙子科，一些不好听的话俺可要说在前头。要是你拿了枪，刻意隐藏，后果将不堪设想！"

孙子科也迎着乔贞贵的目光站起来："我对天发誓！我绝对没有拿枪！"

邓军被孙子科的话惊呆了，回过神来的他狂奔过去，一把卡住孙子科的脖子："姐夫，好歹毒的姐夫，你啥子时候连人也不是了呢？你要是把我害死了，我的鬼魂也会半夜三更来找你，让你永世不得安生！"

乔贞贵示意李强和小黄两个战士将邓军拉回座位，一左一右控制着。

"接着说。"乔贞贵看着有些犹豫的孙子科。

"我，"孙子科刚要接着说，被邓瑶打断了："我啥子我？你知道啥子就说啥子，不要红口白牙，无中生有害了兄弟。哼！"

"我说的都是真的，邓军是我小舅子，难道我会害他？"他不说则已，邓军气得又要跳起来，两个战士险些按他不住。

"孙子科，我算是看清你的猪狗面目了！"邓军声音嘶哑地吼道。

邓瑶噙着泪，一句话也说不出来，凭直觉，兄弟绝不是那种无中生有的人。她痛苦地看着孙子科："你真的没拿枪？你这是要害死人的。"

"孙子科，要是你胆敢狡猾抵赖……"乔贞贵两眼圆睁逼向孙子科，"那就是抗拒政府，罪加一等，小心你的脑袋搬家。"

"我真的没拿枪！我今天要是说了一句假话，天打五雷轰！"孙子科说着说着，两眼一挤，眼泪滚落下来。

清官难断家务事，而这家务事偏跟公务连在一起，必须有个了断，乔贞贵迅速想着对策。按理，作为亲姐夫，应该不会害舅子。将心比心，自己对陶建宁，那是比亲兄弟还好，可是怎么解释邓军和田沟头事件的关系？看来邓军的叛敌行为隐藏得很深呢，这些地下党的关系可真够复杂的。

乔贞贵见在孙子科身上得不到什么线索，把嫌疑重点放在了邓军身上。他吩咐道："李强和小黄负责控制邓军，今晚一起去摩尼。"

一行人重新燃起火把上路了。

邓军被控制着走在中间，心里翻江倒海。他很清楚，枪一定是孙子科拿走了，可是姐姐既然不肯出来作证，一定是舍不得将姐夫推入火坑。算了，就让自己背着黑锅去阎王爷那里报道吧。自己年纪轻轻，含冤而死固然可惜，可到底自己无室无家，没有牵挂。反过来，要是孙子科完了，姐姐的天也塌了。

邓军想起小时候看灯的情景来了。

那年他才十岁，元宵节那天，姐姐带着他去看耍狮灯。人挨人，人挤人的场地上，邓军被人群挤倒在地。眼看弱小的他就要被人群踩踏，这时，邓瑶来不及把他拉起来，便不顾一切地扑在他的身上，让众人的脚雨点般踩下来。那一次，邓瑶的后背被踩得青一块紫一块，好多天后才恢复过来。想到姐姐扑在他身上保护他的情景，邓军泪如雨下。他决定为了姐姐不再申辩，再说，即便想申辩也没有证据。

第二天，邓军被带到了营盘山。乔贞贵让人将邓军双手反捆后押到庙里一间空屋，坐下来召开分析会。

会上，大家一致认为，邓军说不清枪的去向，孙子科拿枪的证据又不足，邓军以枪资匪的嫌疑还是很大，按照相关纪律该枪毙。

邓军跪在庙后的空地上，李强走过去关切地问："邓军，如果你现在悔悟了，还可以将功赎罪，你再好好想想。"邓军转过头来，看上去神色自若："李强，我是冤枉的。只是，麻烦通知我父亲，让他给我收个全尸。"话未说完，脸色刷地变得雪白，两行清泪慢慢从他的眼里流下来。

就在李强举枪的一刻，邓军突然大叫："慢，慢！"

"邓军，你还有什么要交代吗？"

"我房间的抽屉里有一张照片，我死后，请转告老父亲，帮我转交姐姐邓瑶保存。"邓军所说的这张照片，是他和邓瑶去叙永赶场时在一家名为"海鸥"的相馆照下的。照片上的他英俊潇洒、意气风发，邓军满意地在照片后面写下一行字："做英雄之能事，发天地之精华"。

"砰、砰！"两声枪响，倒地之前的邓军，大叫一声："乔区长，我冤枉啊！"当邓军的照片伴随他的死讯一起到达邓瑶身边，邓瑶捧着照片哭晕了过去。

杨云程赶紧向吴山汇报邓军的死讯，吴山满意地点点头，同意他攻打麻线堡。

处决了邓军，乔贞贵特意回了一趟县城，仔细向杜永田和万德舟讲述事情的经过。杜永田叮嘱他凡事多加小心，万德舟则让乔贞贵第二天就率领中队进驻匪患猖獗的麻线堡。

看到两位首长凝重的表情，乔贞贵立即感到身上的压力陡增。他和两位首长商量着一些剿匪的细节，一直忙碌到月色已高才回到陈家花园。月光下，蹄形巷口的排排瓦房被浸透到乳白色的纱幔中，夹杂着被一日晴朗晒透的泥土清香，一直蔓延到那间他魂牵梦萦的木质阁楼。推开院门，大黄桷树随风摇晃的枝丫伸向遥不见底的苍穹，水雾一般缥缈的云，把稀疏的星辰环绕其间，呈现忧郁的灰白。

陶佳正在屋里绣腰带，淡淡的月光从窗户的缝隙里倾泻而下，将她美丽的剪影投射到墙上。她好像又胖了些，神情越发慵懒。看到推门而入的乔贞贵，她高兴得又蹦又跳，和刚才的她判若两人。乔贞贵心疼地捧起她的脸，挤压成小猪样，想逗她笑笑，自己却心酸了。

"真想多陪你些日子，可惜俺明早又要走了。"乔贞贵不敢正视陶佳多情的眼睛。

"嗯，我和他在家等着你胜利回来。"

"这一次，任务很重。不管千难万难，哪怕刀山火海，俺也必须去。"

"我知道，他也知道的。"陶佳指指肚子笑着说，眼泪却不由自主地滑落下来。

也许，此时，所有的玩笑都将是索然无味，欲盖弥彰的。他们并排坐着，不发一言。片刻，乔贞贵扳过陶佳颤抖的双肩，猝不及防地吻住了她的唇。她的唇带着朝露一般的冰凉，那是一滴滴泪，顺着脸颊流进嘴里。他们啜饮着这微微的咸，沿着熟悉的道路挺进……

路途艰难而辗转，太重的冲击，太快的抵达，太粗糙的探索，都是对良辰美景的亵渎。他们小心翼翼又莽莽撞撞不顾一切，伤心欲绝又壮怀激烈，快速奔袭又迂回婉转。她愿化作一汪水，给他永恒的滋润，浇灭心头焦灼的烈焰；他愿化作一座山，挡住八面来风，永远让她依偎，给她一世安稳。他们把所有的爱恋和不舍揉碎了，扒开了，融化在身体的纠缠里……

如果，敌人的子弹不长眼睛，这将是最后的欢夜。

"丫头，如果俺回不来了，你不要难过，要找个人家好好过下去。"

"你回不来了，我也没打算活了。"她说得很轻，语气却是说不出的苍凉郑重。

"瞎说，无论怎样你都要好好活着。俺要是死了，你还得每年到我坟头看我，给我上炷香。记住，还要捎一包烟来，带几个干豆豉粑来，如果你还舍得买点麻辣鸡来，俺就高兴死了。"

"死，你又说死了。告诉你，你死了，我就到阴间和你一起，我们生生死死都得在一起。"

出发前，在摩尼区公所内，乔贞贵和周士猛以及副排长姬岳先在一间小办公室内开会。

"上次去麻线堡征粮，虽然丢了一支枪，但是任务完成得不错。现在我们又接到新的任务再次去麻线堡，组织上的意思，一方面是摩尼的匪徒猖

獗，趁机打压一下。另一方面也是为了继续去麻线堡征粮。也好，趁农忙还没有开始，再去走一趟。"乔贞贵首先发话。

周士猛点头道："行，再往后春耕开始，老百姓都上山干活去了，我们找谁征粮去？"

"趁这段时间土匪没来，如果土匪抢先一步，我们还怎么征？"姬岳先也赞同。

"好的，赶紧把全排的人都叫上，争取早点完成任务回来。"乔贞贵催促道。

不一会儿，刘焕均把全排三十六个战士全部集合完毕。

姬岳先说："鉴于征粮任务还没有完成，经研究决定，趁老百姓农忙还没有开始，大家再次前往麻线堡作动员，力争完成任务。另外，提醒大家，最近土匪活动比较频繁，征粮时一定要注意保护自己，战友之间要相互照应。现在，全排分成三个组，每十二人为一组，乔区长与我带领一组；周副区长带领二组；刘焕均和陈明轩带领三组。陈明轩的伤好没多久，刘焕均就负责带队。陶建宁刚参加队伍，就在三组，刘焕均较为成熟些，你就注意带着他。一句话，粮要征，也要确保安全。"

"就按照刚才姬副排长的安排，出发。"乔贞贵下令。

一路急行军，乔贞贵看见陶建宁掉队了，赶紧接过他的米袋和步枪扛上，让他跟上队伍。

麻线堡玉皇山下，有几户常年收入较好的老百姓，乔贞贵一行人决定先在经常落脚的罗叶江家驻扎下来。

罗叶江外出了，只有他的妹妹和母亲在。大家都是熟人，也不用客套，乔贞贵和罗叶江的母亲简单交流几句，战士们就开始分头铺草席打地铺休息。

夜深了，营地里一片均匀欢畅的鼾声。乔贞贵却顾不上睡觉，他又像往常一样亲自查哨，看看战士们睡着没有，被子盖好了没有。这时，他看见一个模糊的身影在营地的四周晃动，赶紧大喝："口令！"

"是我，乔区长，姐夫。"陶建宁小声说道。

"你不睡觉，鬼鬼祟祟干什么？溜号是要挨处分的。"

"我有认铺的毛病，一换地方就睡不着。所以溜出来寻些草药，万一遇上土匪，战士们受点伤也用得上。"

"你瞎操什么心，部队有卫生员。"乔贞贵又是心疼又是着急。

"你别小看了这些草药，它有时往往能治大病。没听说过吗，小单方能治大病。"

"行了行了，我看你也弄了一堆了，赶紧睡觉去。"

这天子夜，杨云程授意袁良带领肖万明、贾全兴、江秃儿等五百余匪徒，兵分五路，迅速向麻线堡包围过来。

乔贞贵一行正在做早饭，曾介纯带领的机枪加强排等不及吃饭，吃了些干粮，就前往乡公所做征粮的准备工作。考虑到陶建宁没有多少战斗经验，乔贞贵便将他安置到区公所去。

这天早上真是奇怪，原本晴朗的天气，突然起雾了。部队煮饭的火总是烧不旺，按常理，一个小时左右就能把饭煮熟，可是两个多小时过去，饭还没有熟。就在部队干着急没能吃上早饭的时候，突然传来了断断续续的枪声和呵斥声。

人们都顾不得吃饭了，立即拿出枪站到一起。

"情况危急，为避免集体被围困，咱们分头行动。按照原先的分组，俺带领李辉等十个同志往白茅山方向，引开敌人；第二组迅速前往乡公所，组织乡上的同志们抵抗，向县委报告请求增援；第三组同志留下和敌人周旋，要想办法突围。此战凶多吉少，大家万万保重。"乔贞贵当机立断。

姬岳先看准一个空当，一下子钻出土匪包围圈，向乡公所方向跑去。几个土匪见了，立即一边追击，一边叫："站住！站住！"

姬岳先边还击边跑，可是，刚刚跑到山下一个水井旁，就被一颗子弹击中头部，猛然倒下去。土匪们追过来，看到姬岳先已经死了，立即原路返回。

乔贞贵带领的小分队凭借机智和娴熟的枪法，一边还击，一边往白茅山方向跑。就在乔贞贵撂倒三四个土匪的时候，也被一颗子弹击中了左大腿，为了将土匪牵制过来，乔贞贵强忍剧痛，拖着腿一边还击，一边继续往白茅山上撤退。

谁知他们冲上山顶一看，乡公所已是一片火海。山下枪声大作，弹飞如雨，到处是一片"活捉共军、缴枪不杀"的号叫声。曾介纯固守的乡公所，电话线早被土匪截断，无法与县委联系，这一战成了真正的孤军作战。由于机枪不够寡不敌众，被迫撤离。陶建宁在撤退时，头部和腿分别挨了土匪一枪，他挣扎着跑了几步，终于昏倒在一户人家的屋檐下。土匪进街后，乘势焚烧乡公所以助威，同时集中匪徒向白茅山步步紧追包围。

乔贞贵深入各战斗小组，鼓动浑身被雨湿透，饥肠辘辘的战士们说："白茅山居高临下，岩壁陡峭，坡大路滑，易守难攻。土匪的火力虽说很猛，但全是狂轰乱打，并不可怕。咱们只要沉着应战，稳扎稳打，就一定能守住山头。"

战士们听了光点头没说话，两眼死死地盯着前方。一阵枪声过后，敌人冲上半坡。李辉顺手甩下一只烂草鞋，惊慌失措的土匪一边叫喊："手榴弹来啦！"一边赶紧四散逃跑。当他们认清眼前的手榴弹不过是只烂草鞋时，又聚拢来高声号叫："共军子弹已绝，兄弟们冲啊！"当匪群蜂拥而上时，李辉的手榴弹，在匪群中突然一声巨响，土匪们才知上了当。

乔贞贵抓住时机鼓动大家说："李辉用烂草鞋麻痹诱惑敌人，这种真真假假的战术，值得学习。俺们要像他一样机智勇敢，弹无虚发！"

一阵号音过后，匪群大规模的进攻又开始了。听到敌人不堪入耳的号叫声，乔贞贵义愤填膺，一脸怒气，他摸了摸额头上的老虎纹叹道："俺乔贞贵有此护身，必能百炼成钢，土匪都得灰飞烟灭。"只见他一下从土壕里跳起来，一口气跑到白茅山最暴露的地方，站在一大石头上挥拳指挥："李辉率小分队攻我左翼，安九能攻右翼……"话未喊完，两发罪恶的子弹射中了他的腹部。

白茅山上草木不多，没有较好的掩体，受伤的乔贞贵爬行着，好不容易才在山梁上一个狭长的土壕里卧下来。这时，他的腹部已经裂开，肠子暴露在外，大腿还在流血。他吃力地摆好姿势，对准距离自己最近的一个土匪就是一枪，土匪应声倒下。其他土匪似乎被吓着了，纷纷举枪向着乔贞贵藏身之处一阵猛射，见没有反应，土匪才蹑手蹑脚地围过来。

乔贞贵取出弹夹一看，子弹已经所剩无几了。现在只有趁敌人还没有上来，再敲掉几个，否则……主意已定，乔贞贵将子弹上膛、抬起、瞄准，"哒哒哒！"又有几个土匪被击中。土匪被压着了，又退回了几步。就在他射完最后一颗子弹时，右腹部不幸又被击中了。乔贞贵摇了摇手中的枪，将枪支竖起，试图站起来，然而严重的伤势，让他怎么也站不起来。

他艰难地举起手，用衣袖揩了揩前额的汗水。他担心土匪冲上来抢走枪，便用尽全身力气将枪拆成几节，扔进身边不远的草丛里。

坚守山头的战士两次去救援，都被土匪密集的火力阻挡下来。等到李辉和安九能将乔贞贵背下来时，鲜血已经湿透了他的衣服。只见他脸色苍白呼吸困难，眼睑紧紧闭合。他们将他轻轻地平卧地上，他伤痕累累血迹斑斑的身躯发出阵阵轻微的痉挛，他将身后的文件包交与两人，吃力地睁开眼睛说："俺不……行了，一二十个同志的安危，交给你们二人了……"

面对他们的安慰，他说："别管俺，快去指挥战斗。"说完永远地闭上了眼睛。

天边浓重的乌云，无休止地追赶着，翻腾着，抛下一片片孤寒黯淡的荒芜。山风从四面八方涌来，呜呜啸叫，似乎要把大地撕扯个粉碎。

天地愤怒了，一道道闪电狰狞着，一记记雷声震彻山野。战士们愤怒了，他们握紧拳头，咬紧牙关，顶住了匪群一次又一次疯狂反扑，忍着饥寒，一直战斗到夜深。趁着土匪畏惧暴雨的间歇，这才从悬崖断壁处撤出战斗。

这时，大雨已转为毛毛细雨，山头的浓雾还一直笼罩着不肯散去，战士们的啜泣声，消散在雨雾里。

经过一夜休整，他们迈着沉重的步伐上路了。途经芭蕉沟、庄耳田、徐家林、德耀关等地，于次日午后抵达古蔺县城。

陶建宁醒来已是夜深，当他在冰冷的地上昏睡时，这家好心人见叫不醒他，也怕惹来麻烦，只在他的身边放了几个蒸红薯和一碗清水。醒来后他吃掉东西，向这家人深深作了一揖，决定从麻线堡经白沙回古蔺。他寻了些草药敷在伤口上面，又包扎了腿部的伤口，一瘸一拐，风餐露宿，整整五天才走回古蔺。然而，等待他的，却是乔贞贵和战友们牺牲的消息……

第七章

政府撤离

越来越多的土匪涌入古蔺，有的进入茂密的树林，有的在县城找到了窝点。随着街上陌生口音的增多，抢劫和小偷小摸的事情也多了起来。乔二爷不得不拿出斧头和木条，将家里的门窗全部加固了一遍。一些胆小的城里人开始往乡下迁移，然而乡下也不太安宁了，连周银昌一家栖身的山洞附近，也开始出现了土匪的身影。

那天晚上，周银昌照例到洞口外，燃起一杆山烟，凝视着东皇庙方向，怀念着汪海和谭杰。就在这时，几个黑黝黝的人影进入他的视野。周银昌知道来者不善，他怀揣一把菜刀，摆出和他们拼命的架势。好在这批流窜的土匪没带什么武器，被周银昌一吓，慌不择路地逃下山去了。

换防之前的几桩血案已让杜永田、万德舟等人提高警惕抓紧防御，而在田沟头遇袭事件和乔贞贵牺牲后，他们接二连三召开紧急会议，作出一系列安排部署。已是夜深了，办公室还亮着灯，杜永田等人还在听着匪情的汇报，要么就是土匪抢劫行凶，要么就是土匪还在从四面八方涌入古蔺。万德舟的办公桌上，还堆积着各地土匪破坏征粮工作的报告。

杜永田接通了川南军区王政委的电话，向他报告匪情。王政委说："这真是难为你们了。古蔺驻防的兵力确实不够，加上地形特殊，四面八方被击溃的土匪都往你们那边跑，造成了古蔺的匪患严重。不过，这种局面都是暂时的。区区一群土匪，如蝗虫过市，哪里抵挡得住解放军的强枪利炮？偌大一个中国都解放了，他们一小撮跳梁小丑还能逆翻天去？我们只要想办法熬过难关，耗着土匪，一旦剿匪大军到来，匪徒们的末日不就到了？"

请示上级后，杜永田和万德舟两人商量了一个通宵，天亮之后又召集紧急会议传达命令。让解放军加强对城里乡下的巡逻，只要抓获偷盗抢劫、为非作歹的土匪，立即处置他们震慑匪群。待匪群的嚣张气焰稍微平息后，又抓紧开展征粮工作。鉴于匪情的严重，他们决定收拢征粮范围，一个点一个点地开展，在每个点充实兵力，乡下的征粮临时办事处也纷纷设立起来。此举一出，谣言四起，民众议论纷纷，都以为县政府撤离到乡下办公去了。

杨云程叼着烟坐在家中的罗圈椅上，眯着一双小眼睛，惬意地晃着二郎腿。袭击田沟头、邓军冤死、麻线堡之战这连环奸计，让他得意得快要翻了天。在前几天的匪部集会上，他重赏了袁良，并给了孙子科三杆步枪。至于聂小风，虽是将功补过，还是送了她一套银首饰。

"妈的，老子也有了这一天。"他将烟头在鞋底板上捻了捻，随手扔在地上，见烟头还在冒烟，又往上接连吐了几口唾沫。这时，在看门狗的汪汪叫唤声中，王述走了进来。杨云程依旧眯着眼，看见王述，也不招呼，只懒洋洋地从鼻子里哼一声："坐。"

王述坐下来，却发现不知何时房间有了变化。从前的旧八仙桌、长板凳已经撤去，换成了一套成色半新的花梨木桌椅。灰色的橱柜上，还放着一个陶瓷花瓶，只是，这古意盎然的花瓶却插了几支俗艳的纸花。在房间的显眼位置，还摆放着一尊玉佛。紧挨玉佛的是一大盆兰花，可惜深绿狭长的叶片已经干枯，主人显然疏于照料。王述惊奇地打量着这一切，小声地说："这还鸟枪换炮了哈，哪里来的？"

"几个乡下的土财主进贡的。"杨云程漫不经心地答了一句。

"听说县政府的征粮工作恼火得很，就要搬到乡下去了，那些工作组长都得亲自去乡下征粮。"

"知道，那天政府开会时，我们的人混了进去，打听出了消息。"说完，杨云程在房间里来回踱步，挥舞着双臂仰天大笑："解放军啊解放军，你们终究不是我杨云程的对手。你们滚吧，滚得越远越好，古蔺，就得是我杨云程的天下。"

笑声未落，几个人推门而入，王述定睛一看，是几个旧乡保，他们手里拎着大大小小的礼品袋，皮笑肉不笑的在房间里坐下。

"叫你们不要再拿这些土特产来，家里早就堆不下了。你们不要以为讨好我，就可以过上太平日子。你们都听着，回去以后，抓紧筹备钱粮和武器，下次拿不出这些硬通货，就提着人头来见我。"

几个旧乡保唯唯诺诺，额头上渗出一层密密的汗珠。他们磨蹭着要出门时，杨云程又大喝一声："钱粮和武器，听见没有？还有，遇上硬伙子，不要手软，告诉他们，我杨云程就是给阎王老子拿生死簿的，他们的小命都在我手心里捏着呢，明白吗？"

几个旧乡保出了杨云程家门，向着府前街方向走去，为首的一个脸上的横肉抖动一下，压了压破响竿似的嗓门说："我看这样不是办法，我们得拿出点霹雳手段来，在杨队长面前也好有个交代。"

"要不，我们今晚——"另一个将猪鬃似的眉毛拧成疙瘩，磨了磨牙齿，喘着粗气道。

夜色降临，县政府笼罩在一片黑暗中。几个旧乡保一番合谋，潜入办公室切断电话线，放火点燃会议室里的窗帘。幸亏警务人员及时发现，才未酿成大祸。

杨云程果然很高兴："干得好，继续。"几个旧乡保又联合国民党旧部，打死打伤征粮工作人员，继续加大对县政府的骚扰力度。杜永田一拍桌子："这还了得，都欺负到我的眼皮底下来了！前段时间不是刚处置过一批为非作歹的匪徒吗？"

"处置过后，的确平静了一段时间。问题是进入古蔺的窜匪越来越多了，人员组成也越来越复杂。尤其是一些国民党残部的人，要武器有武器，要计谋也有计谋，真是让人头疼。"万德舟解释道。

"我们安排去乡下巡逻的人有多少？剩余的兵力有多少？能不能硬抗？"杜永田窝着一肚子火，拳头也越握越紧了。

"眼下最大的问题就是兵力不足，支援大军一时半会儿也到不了古蔺，硬抗是不行的。只好跟他们兜圈子，拖着他们。"万德舟答道。"唉，那还是先忍下这口恶气吧。等时机成熟再狠狠收拾他们，眼下我们还得做出软弱好欺的样子，以麻痹那批家伙。"

"对，最好不要打草惊蛇。我们继续伪装软弱，继续把诱饵做大，让更多的土匪集中暴露才一网打尽。跟这批凶狠狡诈的土匪较量，是得讲究战略战术才行。"

接下来的日子，土匪向老百姓强行拉丁派款时，也有了更多的名目。如按照"三抽一，五抽二"原则，凡家中有青壮劳力的都难逃他们的魔掌，要是不从的，便将青壮劳力五花大绑押送进司令部。一些青年人为防抽壮丁，竟狠心将右手食指砍去半截。至于征粮，他们规定，凡是按时向司令部缴纳钱粮的老百姓，保证家里不受任何刁难。不配合缴粮的家庭，女人就会被他们抢去糟蹋。

形势危急，杜永田赶紧将匪情整理出来，再次拨通电话向川南军区汇报。王政委二话没说，立即向西南局和西南军区作了汇报。

西南地区是全国解放较晚的地区，不仅古蔺，其他地方也是匪患蜂起。邓小平收悉匪情电文，眉头紧锁，在房间里踱了数十个来回后，他终于坐到书桌前，提笔疾书"关于西南情况和工作方针"的加急电报：鉴于西南匪患的猖獗，剿匪已成为全面的中心任务。不剿灭土匪，一切无从着手。

该电报火速送到毛泽东的案头。毛泽东很快作出批示。邓小平、刘伯承与贺龙联名发布了剿匪布告。紧接着，西南局于三月初召开会议，决定把剿匪作为中心任务。在剿匪步骤上，确定首先歼灭腹心富庶地区和交通要道周围之匪，尔后推至边缘贫困山区。

就在此次会议上，邓小平说："进军大西南，同胡宗南那一仗打得很容易，同宋希濂也没有打多少仗。但是，剿匪战斗这一场硬仗是不可避免的了。这场战斗要比普通的军事斗争复杂与艰苦得多，仍然包括流血和牺牲，而且不是打几个冲锋就能解决问题的。不过，我相信，这场硬仗一定会打得很漂亮。"

会议结束后，西南局负责人让川南军区王政委留下，研究匪患重灾区古蔺的剿匪战术。

王政委回来后，立即让杜永田到川南军区。杜永田接到消息饭也顾不上吃就出发了。他骑马到达叙永后，在集贤旅店稍微休息一下，吃了碗红薯稀饭，便通过旅店的联络，坐上了从叙永到川南军区的车。到达川南军区时，已是深夜。他的车子刚刚在川南军区大门前停下，王政委的警卫员便迎了出来，陪同他来到办公室。

王政委身穿土黄军装，胸前的口袋里插着钢笔，口袋上的将星和勋章很是显眼。他白皙的脸上是两道浓黑的剑眉，眼神沉静，嘴角上挂着一丝淡淡的微笑。

杜永田向王政委敬了个军礼，王政委呵呵一笑，将他让到对面的沙发上，随后笑道："让你辛苦跑一趟，我也过意不去，不过今晚我还得打扰你睡觉。唉！我也总想改改这种颠倒黑白的毛病，可就是改不了，尤其是眼下这遇到重大决策的时候。"

杜永田也笑道："其实这毛病我也有，这几天常常彻夜不眠。我很高兴，今天睡不着的时候还有王政委陪我聊天呢。"

"那好，我们就言归正传。"王政委给他的茶杯斟满水，仔细听着他的汇报。

王政委听完报告沉吟片刻说:"敌情的确很严重,我以前就在军区剿匪会议上多次强调,一定要克服轻敌麻痹思想。我们一些同志,一提到叛匪,总以为他们不过是一些喜欢闹事的小喽啰,国民党几百万大军都被我们消灭了,这些叛匪还能兴什么风作什么浪。这种思想实在是要不得。最近我们一些零散部队受到损失,实际就是这种轻敌麻痹思想的结果。现在你看看怎样呢?一定要教育部队牢记这个血的教训。对于这帮匪徒千万不可轻视,要把与他们的斗争,提高到维护祖国统一和领土完整的高度上来。"

这番话让杜永田想起自己,的确有过类似的麻痹大意思想,他感觉脸上有些发烫,诚恳地说:"王政委,您说得太好了。我身边有不少同志,包括我,还没有把这场斗争提到这样的高度,我一定原原本本地把您说的这番话传达给部队。"

王政委又担心他产生畏难情绪,便善解人意地说:"话又说回来,我们强调不可轻视敌人的同时,也要防止产生另外一种倾向,即过高地估计敌人的力量,甚至产生一种恐敌或畏难情绪。你还记得上次与我通话时,我在电话里怎么说的吗?区区一群土匪,如蝗虫过市,哪里抵挡得住解放军的强枪利炮?偌大一个中国都解放了,他们一小撮跳梁小丑还能逆翻天去?这些话听着矛盾,其实道理很简单。就是战略上的高度藐视和战术上的高度重视。"

杜永田附和说:"在强调重视敌人的同时,又要防止过高地估计敌人,这种思想是很对的,我也要将这种思想传达给部队。"

王政委接着说:"还有一个问题值得重视,就是一定要把军事剿匪与政治争取结合起来。对那些大大小小的匪首,要区别对待,要注意分化瓦解他们,要教育那些受骗群众认清匪首的反动本质,从而尽快醒悟,站到政府这面来。至于具体的战略战术,西南局的首长们已经研究过了,确定了大致方案。你还在赶往军区的路上时,我又给几个参谋长研究了许多细节……"

他信步走到军用地图前,用红笔在古蔺地界上画了一个圈。

"看看,古蔺这个地方,地形确实很特殊。土匪既然如此猖狂,一是看中古蔺适合藏匿的地形,二是看到古蔺驻防兵力不足,以为找到了可乘之机。所以他们还会大规模地聚集古蔺,而目前的兵力状况并不适合正面硬攻。据西南局首长指示,我们就要实施口袋战术。就是把古蔺县政府撤到叙永,设立临时办公点,把古蔺腾空。接着先攻打古蔺周边地区土匪,让云贵川的流匪全部往古蔺逃窜。然后再集中兵力收口袋,一网打尽!"王政委掐灭香烟的同时,将最后一口烟雾吐到地图上,被他画了一个圈的地方顿时浓烟滚滚,仿佛战争已经打了起来。

"口袋战无疑是绝妙的，可是，王政委，政府撤走了，古蔺人民的生命财产安全谁来保障，口袋战一定能成功？"杜永田不无忧虑地问。

"任何战略部署要顺利实现，都需要承受时间和千变万化的战场形势的考验。就像黄河虽然注定要流向大海，但在东奔的遥远路途中，还要经过无数个'九曲十八弯'一样。至于古蔺人民的生命财产安全，就需要你们撤离时讲究策略，公开了身份的地下党统统撤走，没有暴露身份的留下来，继续开展好地下工作，要给他们充分的武器装备。另外，安插一些秘密的工作人员协助工作，及时报告情况，预防血腥动乱的发生。"

"是，我这就回去执行组织的安排部署。"

"事关重大，非同儿戏。我会派副司令员范朝利与你同去，宣布组织的决定，同时通知王钦裕同志，尽快在叙永召开紧急会议。"

王政委的思路在夜晚格外活跃，一番促膝夜谈，已经把整个古蔺剿匪的军事战略作了初步部署。

静静的寒夜，一轮明月西斜，笼罩着两个互道珍重的身影。王政委目送杜永田离去，默默站立了许久才转身回屋。

古蔺到叙永的大路上，一队人马急匆匆地行走着。为首的是万德舟，他骑着一匹枣红色战马，从清早一路疾驰。此刻，马儿大汗淋漓，发出"咻咻"的喘气声，路过震东时，枣红马扑通一声，半跪在泥泞里。勤务兵王军劝道："万副书记，我们还是歇一歇吧！"

万德舟的悬胆鼻上布满细细的汗珠，宽大的脸庞上写满了焦灼，他将两道粗眉紧紧拧在一起，继而摇摇头，目光炯炯地盯着前方。他何尝不累，从前几天组织乡下征粮的会议以来，他心力交瘁，日渐消瘦，腰上的皮带也松了一圈。事实证明，乡下办公并非万全之策，反而引得谣言四起。众人的目光都投射到他脸上，杨云程等人的挑衅更是变本加厉。上级组织也多次问询，虽是例行公事，却让他颇为尴尬。如今，他接到杜永田的密电，要他们赶往叙永，川南军区党委将召开紧急会议。

万德舟自接到密电的一刻起，仿佛从迷雾中看到阳光。他一刻也不敢耽搁，组织人员立即赶往叙永参会。连日来的操劳，让他头晕眼花，走到火把桥，他感觉双腿像灌了铅般沉重。这时，胃痛的毛病又犯了，忍痛到达叙永县政府时，他的整个后背早已被冷汗湿透。

叙永县政府小会议厅，墨绿色的窗帘拉得严严实实，一幅巨大的川南地区剿匪战略态势图几乎占满了一面墙。会场早已坐得满满当当，几个荷枪实弹的哨兵挺立门口，会场弥漫着庄严肃穆的气氛。

会议由一四四团团长兼叙永县县长王钦裕主持。他个子不高，瘦而不弱，浓眉窄眼，大耳厚唇。坐下来时，喜欢微微后靠，给人一种气定神闲的感觉。由于他是穿着草鞋到叙永的，当地老百姓便把他称作"草鞋县长"。不过，这天他没有穿草鞋，他脚上那双懒汉鞋，在人群中特别惹眼。

川南军区副司令员范朝利坐在会议室中央，他年纪稍长，个子不高，然而举手投足却威严有力。一个勤务兵给他递上一支烟，他叼在嘴里却忘了点燃，勤务兵替他点着了，他才慢悠悠地吸了一大口。

"同志们辛苦了，前几天刘伯承、邓小平、贺龙等首长指示：西南虽已解放，但是旧势力仍旧盘踞，剿匪已成为西南当下的中心任务。不剿灭土匪，一切无从着手。"范司令员的话语沉着有力，他深吸了一口烟继续说道，"关于各地匪患的情报，我们已掌握得不少。形势既然如此险峻，我们得尽快作出决策。现在从东道主叙永开始，一一来作汇报。"

叙永、古宋、合江、纳溪的匪情大同小异，都有窜匪往外逃逸。古蔺山高地远，溶洞众多，容易藏匿，这使得叙永、古宋、合江、纳溪以及周边云南、贵州等地窜匪都跑到古蔺躲藏。这些来自前线的报告，字里行间充满焦灼，让范朝利感同身受。军情紧迫，军机不可延误，否则无异于犯罪。从这点而言，他与前方将士的心情是一致的。

范朝利沉吟半晌，目光凝重，他将双手交握，直捏得指关节啪啪作响。很快会场响起了他低沉有力的声音："现在我代表川南军区宣布组织的决定：古蔺县政府立即撤出古蔺县城，借以麻痹敌人，调动残匪集结古蔺，以便最后围歼，一网打尽。南三县及周边地区要倾力合作，配合川南军区执行这一重要战略部署。"

众人将目光投射到杜永田的脸上，只见他既有欣慰的笑容，又有抹不去的苦涩。他仍在担心古蔺老百姓的安危，"撤出古蔺，当地老百姓怎么办？匪患猖獗，连县政府都敢挑衅，何况手无寸铁的老百姓？"他的心里翻江倒海，眼前不时出现杨云程之流的凶恶嘴脸。他犹豫着要不要在会场上说出自己的看法，激发大家讨论，吸纳一些有用的点子。想了想，他用短暂的沉默等待会场的回应。这时，会场响起了万德舟的声音："首长，我想知道撤走后怎样保护古蔺老百姓的安全。"万德舟声音洪亮，短促有力，在会议室嗡嗡作响。

"是啊。"古蔺随行的工作人员也附和道。

范朝利记起，党中央曾在一次军事会议上强调：若干地方、若干城市的暂时放弃，不但是必要的，而且是必须的。暂时放弃若干地方、若干城市，是为了取得最后胜利。这点，应该使全军和全国人民明白，让他们都有心理准备。

范朝利不慌不忙地看了众人一眼，耐心地说道："同志们，为集中兵力歼灭匪徒，不得不暂时放弃某些地方。我们正是出于永久保护古蔺百姓的目的，又实在找不出万全之策的情况下，才做出这样的安排。下定决心作出对某地某城的舍弃，这也是我党我军取得胜利的一项重要原则。首先，我对古蔺百姓即将面临的艰难生活和巨大考验，抱有极大的同情和悲悯，我感谢古蔺人民对剿匪战斗即将作出的贡献。匪患的蔓延，如果得不到遏制，他们要拿下的，不仅是古蔺、叙永，而是全泸州，全省，全国。匪众的野心昭然若揭，我们若是心慈手软，将给匪众以更大的可乘之机。目前，我们暂时将古蔺设为一座空城，诱敌深入，以便一网打尽，方可实现长治久安。自古以来，有国才有家，我们需要地方以大局为重，对当地百姓做好宣传解释工作。地方武装仍要依靠群众，有计划有准备地在当地开展游击战，牵扯匪众，配合我军正面战场作战。同时，我在此立下军令状，我将尽最大力量调动增援部队，制订最科学的战略部署，尽快二次解放古蔺。请古蔺父老乡亲放心！"

"古蔺政府撤离后到哪里办公？"万德舟接着问道。

"撤到叙永县城，设立临时办公地点。"

散会后，杜永田一行马不停蹄地返回古蔺。风尘仆仆的他们来不及休息，立即召开紧急会议。杜永田知道此行责任重大，压力不小。要实施口袋战术，不仅需要超人的胆识，还需要足够的智谋。要消灭盘踞古蔺的土匪，就必须有牵着匪首鼻子走的策略，千方百计请君入瓮，把四面八方分散潜伏的土匪引诱到古蔺这个大口袋中，才好将他们团团包围，一举歼之。

万德舟则被口袋战术触动了思想，叙永会议给了他新的启迪。他默默地回忆着到达古蔺后的经历，从全县近期发生的匪情来看，土匪十分猖狂。然而，不论从兵力的悬殊，还是从大局出发，还不是剿灭匪群的时候。土匪真是太狡猾了，他们也学会了打游击那套，剿匪部队集中行动，他们就分散隐蔽；剿匪部队分散调查，他们就声东击西搞破坏。他们尤其善于隐藏，城里乡下，处处是窝点。很多时候，还真分不出哪是百姓，哪是土匪。由于害怕伤及无辜，无形中便增大了打击的难度。

如今川南军区出手了，关于口袋战术的方案安排得天衣无缝，一旦把土匪们引上钩，支援大军一来，一定能把他们一网打尽。至于如何引诱土匪们，就是眼下要开展的重头戏了。想到这里，万德舟忘了病痛，觉得自己肩上的担子越来越沉重，他必须好好研究一下请君入瓮的方案，研究安

全撤离的方法，认真琢磨牵着土匪鼻子走的技巧……

　　正式撤离的前一晚，县政府会议室，几盏马灯捻得明晃晃的。杜永田、万德舟和政府工作人员围坐一起，研究部署县政府撤离古蔺的方案。骆国湘见事态越来越超出他的想象，加上腰伤也好了一些，便在何子玉的陪同下，从河屯来到县城。刚歇定气，便接到了会议通知。

　　勤务兵王军将地图铺展在杜永田面前，为他准备好红色铅笔。

　　当最后一位参会人员到场，会议室大门发出噗的一声闷响，室内顿时安静下来。人们将目光聚集到杜永田身上，他揉了揉酸涩发胀的眼睛，燃起一支香烟，徐徐开口道："关于县政府的撤离，是上级组织的安排部署。王军，你把电文给大伙儿念念。"

　　王军拿出电文朗声读出来："西南区党委命令：各县大队、武工队、联防队，在川南军区统一指挥下，在川南开展空前浩大的大剿匪斗争。古蔺县政府立即撤出古蔺县城，借以麻痹敌人，调动残匪集结古蔺，以便最后围歼，一网打尽。"

　　待王军读完，杜永田站起身，在会议室快速踱步，平息着内心的波澜。

　　"大家都听到了，政府撤离是命令，我这里不多作解释。今天要探讨的是撤离的时间、路线、方法、人员等。"他言简意赅地说。

　　王军在地图上指点着说："依平常的路线，从古蔺去叙永，一条是从德耀关经箭竹坪过灯盏坪过震东到叙永，一条是从德耀关经桂花到合乐云再到叙永……"

　　"小王，据我的了解，这两条路线都行不通。灯盏坪、渡船坡、合乐云等地都有大批土匪聚集，会给撤离带来麻烦。"肖斌云将眉头拧成了一个川字，迫不及待地说出自己的见解。

　　骆国湘立即肯定了肖斌云的看法："肖斌云说得有道理，这一带是土匪的窝点，我们还是想其他的路线吧。"

　　杜永田心里其实已经有了答案，但他保持沉默，想听听众人的看法。

　　"我认为，可以经流沙岩、石羊坪、德耀关，经占底、普市到营盘山，走川滇公路去叙永。"

　　王军刚刚二十出头，年轻气盛，说话的时候喉结抖动得厉害。他也是外地人，跟随杜永田来到这里，对古蔺地理环境的生疏，使他习惯依赖地图。

　　杜永田横了他一眼，他立即低下了头，脸都有些红了。杜永田看着他的囧样，明白自己是过火了。他其实暗暗惊喜，这小子，长进很大啊，这就是他心中的理想路线。果然，这条路线得到了大家的一致认同。

"还有，总不能说出我们的口袋战术计划吧。以什么理由撤走，让老百姓不怀疑？"万德舟提出这个问题后，会场里便议论开来。最后商议定，以叙古两地一四四团兵力集中训练为由，告知老百姓。

"接下来是人员问题，哪些人应该撤离？"杜永田紧接着问道。

"政府机关工作人员及家属全部撤离，古蔺政商界、艺术界的知名人士也要撤离。"骆国湘说。

杜永田很快作出回应："王军，你把名单列出来，尽快通知他们。"

杜永田心里明白，驻守古蔺的一四四团三营战士，多是外地人，对于他们来说，撤离到哪里都一样。他担心的是本地人，他们对财产身家和亲情的顾虑，也许会抵制这个决定，他必须速战速决。

王军铺开纸笔拟名单，会议短暂休息。炊事班送来了一盆炒葵花籽，一米筛炒花生。会议室立刻响起了噼噼啪啪的声音，炒花生的香味、香烟的烟雾顿时在屋内弥漫开来。

不久，名单公布，骆国湘、潘从理、吉应鸿等排在名单之首。

骆国湘赶紧摆摆手："首长，同志们，我不能撤出古蔺县城。不是我骆国湘贪图身家财产，我早说过，我的一铺三房五厂，一切取之于民用之于民。想当年我在彰德开锅厂时，全县就此一家，但我骆国湘几时卖过老百姓的高价？对于穷苦人家，简直就是半卖半送。这事是真是假，大家可以去打听打听。还有我在上桥开碾米房，对穷苦百姓也是百般帮助。我是担心政府撤走后，古蔺民众的安危。我知道，县城里有一股邪恶的力量，对政府虎视眈眈。不过，有我骆国湘在，有我地方保护神的余威在，他们不敢占山为王，我可以立下军令状。"

"骆大队长的确热心地方公益，因此在当地民众中威信很高，我觉得他留下来是有道理的。"何显宗赞同道，其他古蔺地下党同志也表示赞同。

杜永田沉吟片刻说："既然如此，那么骆大队长就留下吧。"王军于是将骆国湘的名字从名单上删去。

"别急，骆大队长既然留下来，就要担当起守护县城的重任，保护未撤离的乡下同志的安全。"万德舟说。

"放心，大风吹不走月亮。有我在，谁也别想打古蔺县城的主意。"骆国湘斩钉截铁地说。

撤离的时间也得到了确定，按照宜早不宜迟的原则，时间定在第二天凌晨，由九连护送。

这晚，县委会议室，马灯微弱的火光，一直陪伴着杜永田。他在名单上写了又删，删了又写。哪些人该走，哪些人该留。剩下的人依靠谁，靠

谁保护，怎样联络，都是他必须反复斟酌的事情。

万德舟也没有闲着，青训队设在高小学校。万德舟走进去，拍了拍学员王元的肩膀："小鬼，跟着部队到叙永去做政治宣传，边剿匪边宣传，敢不敢？"

"万政委，当然敢。"王元朗声答道。

"没有命令不许回来哦。"万德舟补充道。于是王元和其他几个学员一起，每人领到子弹十发，布鞋一双。凌晨四点，他们来到操场上集合，看见肖斌云已在检查撤离的队伍。快到出发时间了，可办公楼里还不时传来窸窸窣窣的声音。

杜永田催促道："大家抓紧些，路程遥远，请轻装简从。王军清点一下人数。"

"报告杜县长，名单已全部通知，有几个人拒绝撤离。"

"哪些人？"

"潘从理说，他苦心建立兴仁中学很不容易，他要留下来保护学校和师生。吉应鸿等生意人，也不想走。"

"老何，你比较熟悉潘从理，你认为如何？"杜永田偏过头去问何显宗。

"这个潘从理，因为建立兴仁中学，简直是倾其所有，由于操劳过度，身体也不太好。他办学校也是利国利民的好事情，我觉得可以尊重他的选择。"

"好，那就别管了。我只说一句，每个人都得为自己的选择付出代价，出发吧。"杜永田刚要转身，又叮嘱了几句，"记住，天亮之前务必在上桥、下桥等热闹路段，张贴《告古蔺人民书》，给老百姓一个交代。"

天刚蒙蒙亮，撤离部队在九连掩护下出发了，杜永田、万德舟带领部队在前面开路，政府机关工作人员和家属则由何显宗带队随后前行。

一行人提着马灯，燃着火把，深一脚浅一脚地走在泥泞路上。撤离队伍刚到石羊坪，雨就下起来了。冷风飕飕地往人的脖子、衣袖里钻，冷雨毫不留情地浇在他们的身上。过了一阵雨停了，凝重的雾又从群山中很快升起。四处灰蒙蒙的一片，连眼前的树木都变得模模糊糊的。有时明明听见前面有说话的声音，却看不见人影。有时突然传来一阵轰然大笑，那是有人摔倒了。撤离队伍就这样走走停停，艰难地行进。

天快黑时，杜永田、万德舟的队伍来到了营盘山，而何显宗一行人，由于家属多，行路慢，刚到占底天就黑尽了，只得在占底留宿。

长途跋涉一天，人们又累又饿，炊事班送来一大锅老南瓜稀饭，一会儿稀饭就被舀得底朝天。勉强填饱肚子后，人们心满意足地倒下去，沉沉地睡了。

营盘山的临时办公室里，杜永田虽然疲乏之极，却无法入睡。大队伍虽然撤离出来了，可是一些古蔺知名人士拒绝随行，给他一种不祥的预感。而这晚留宿占底的工作人员和家属，到底让他们放心不下。他和万德舟商量了一下，毅然决定带领部队前往占底查看动静，保护机关工作人员和家属的安全。

鸡还未叫过三遍，人们还在睡梦中，刚到达占底的杜永田和万德舟部队突然听到一两声枪响，打破了山乡的宁静，凛冽的空气里顿时充满了杀机。

这晚，驻扎箭竹坪的江秃儿匪部，知道家属们在占底留宿，而解放军部队远在营盘山，立即组织匪众三百余人在当晚半夜时分向占底发出袭击。杜永田和万德舟一行刚到占底，就撞上了土匪围攻。两人立即指挥部队与土匪作战。

一队人马很快从山上冲下来，同时枪声大作。杜永田冲到院坝里大叫："有土匪，大家小心！"土匪也开始喊叫着："不要放走何显宗！要捉活的！"肖斌云率先拔出手枪跨过帐篷，一颗子弹正好落在他的脚下。随即，一连串的子弹流星般向他射来。他就地一滚，一个虎跃，纵身跳到一棵树上，向土匪猛烈还击。被惊醒的战士们也飞速投入战斗，占底小小的街道上，子弹穿梭交织，呐喊声声震耳。

一个被打死的土匪，像个破麻袋歪在路旁。一个蓬头垢面的矮个子土匪，青灰色的脸上，睁着一双凶狠而又呆滞的眼睛，坐在地上呻吟不止。这时，前面传来惊天动地的吼叫声："抓住潘德明！"接着又是一阵雷鸣般的声音："冲啊，杀啊！"肖斌云纵身下树，循着喊声而去，原来旧乡丁潘德明被战士们击中。这家伙笨头笨脑，朝阴暗处直钻，慌慌张张地躲进街上饶小云家床底下。肖斌云到达时，战士们正端着枪守在床前，让潘德明出来。

"出来，不然毙掉你！"唐兴明将枪口对准了潘德明。

"唉，别着急，要抓活口，拷问下他，为何要攻击人民政府。"肖斌云赶紧说。

"与我们作对，你不得好死。"唐兴明继续吼道。

潘德明死皮赖脸地躲在床下，用一个脸盆遮住脸不吭声。突然他抖动

了一下，从床底扔出一把尖刀砸向肖斌云。肖斌云本能地用手一挡，刀尖顺着头部的另一侧嗖地划过，幸亏这段时间他忙得没时间理发，此刻只是头发被锋利的刀刃削落一些。

"好家伙，毙了他！"几声枪响，潘德明一动不动了，战士们把他从床下拖出来，发现他早已毙了气，遮挡的脸盆被打成了马蜂窝。肖斌云这才挠挠头说："好险，我的头皮差点就被削去一块。"

街道另一头，旧乡保童太波两眼露出骇人的凶光。只见他肩上挎一杆猎枪，一手提梭镖，一手提铁铲。见战士们包围过来，他将梭镖和铁铲往他们那边一扔，随即取下猎枪，裂开嘴唇，嘴里丝丝地吸着长气扣动机关。一声枪响，王军的手臂被击穿。战士们义愤填膺，片刻工夫，就把童太波击伤抓获，其余乡丁见状四散逃窜。人们长长地舒了口气，占底又恢复了平静。

天亮后，政府机关及随迁人员立即从占底出发，又经过大半天艰难跋涉，大部队终于赶到了营盘山。随行的女人们经过昨夜的惊吓，加上劳累，一个个累得瘫坐在地上。唐兴明为了给家属们提神，唱起了背盐巴山歌。

> 冷冷淡淡营盘山，
> 敲敲打打过石关。
> 要喝清泉一碗水，
> 要吃麻糖半边山。

这时，九连连长黄忠做了个噤声的手势："行了，别唱了。"他勒马查看地形后问唐兴明："此处距离叙永县城还有多远？"

"报告黄连长，还有五十里。"唐兴明答道。

"那就先在这里驻扎下来，视情况前往叙永。"

接下来的几天虽然平安，可是部队还是决定要撤离了。营盘山是高原上的一个小镇，海拔一千多米，空气湿冷。这里只有几十户人家，部队到达后，突然增加了三百余人，吃饭饮水都成问题。尤其是水源，离三湾子水井有一里路，炊事班的人大老远挑水，经常遭到土匪的骚扰和袭击。何显宗只得向泸州地委报告，五天后接到上级通知，部队向叙永开拔。

古蔺县城，又是一番情景。县政府撤离的消息已经扩散，虽然上桥、下桥张贴的《告古蔺人民书》写明了撤离原因，是叙永、古蔺两地加强固防，集中兵力训练，可舆论还是一片哗然，小城笼罩在一片愁云惨雾中。

天公仿佛知晓老百姓的心意，连日来总是下着绵绵不尽的雨，清澈的落鸿河开始变得浑浊，街道上垃圾遍地，河上总是漂浮着脏污之物。轿子顶上那平日缭绕的白云，如今总是被几片厚厚的乌云堆积着。街上来往的人们行色匆匆，偶尔见到几个交头接耳的，也是神色凄惶，他们边说边摇头，很快又消失在大街小巷。高小巷口卖糍粑的胡大爷，因孙子打翻了他的黄豆面，竟破天荒地又打又骂，孩子的哭闹声半条街都听得见。然而又能怎样呢？县政府都撤出古蔺城了，等待他们的不知是怎样的命运。

前几日，见县政府到乱鸡窝办公，老百姓早有微词。听说这次直接是撤离古蔺，不明真相的他们陷入了恐慌，把家里值钱的东西埋的埋，藏的藏。胡大爷把祖传的一些银饰玉器用抹布包起来，吊在横梁上，过几天想想不放心，又解下来藏在猪圈里。不少老百姓四处寻找山洞，将棉被、粮食、煤油灯、盐巴等生活用品运到洞里，以防备局势动荡时，有个藏身之所。就连陶记商铺，每天也只开半天门，因为街上根本看不见几个人。除了陶家，街上的几大商铺都生意萧条，门庭冷落。

满城都在议论：

"解放军被打跑了。"

"共产党要垮台了。"

各种反动的宣传单，也是越来越多了。乔二爷卖麻糖时，总有形形色色的人，有时是一个背背篼的妇女，有时是一个抱烟老者，有时竟是一个活蹦乱跳的少年，塞给他一张张传单，上面写着：打倒共产党，迎接国民党。

彭德一间毫不起眼的小茅草房内，一架印刷机日夜劳作，传单就是从这里散发出来的。

政府撤离后的第二天，石鹅的石笋山上，不时看到晃动的人影。

石笋山通向山顶的天梯，硬生生地从峭壁上开凿出来，令人望而生畏。只容一人通过的狭窄通道，如今被几个荷枪实弹的人把守着。山顶的庙宇内，几张脸在烟雾中逐渐清晰：一张是赵禹香，一张是陈见常。坐在下首的男子不动声色，他留着浓黑的胡须，目光明亮，满头是倔强得一簇簇直竖起来的头发。他始终很少说话，陈见常及手下一拨人并没有把他看在眼里。他是冷茂山，会议召开前，正是他和赵禹香将五百条步枪，一万发子弹，一百条机关枪运抵石鹅，藏在陈见常家中。

充实完装备后，陈见常在赵禹香的授意下，在石笋山上召开会议，共同商议反共救国大计。

"下一步，我们要扩充队伍，整顿军纪，清除地下党和政府的残存势力。"陈见常做了一个死掐的动作。

"苏家坝是早年地下党活动的据点，这里离石鹅也近，我认为可以从攻打苏家坝开始，拿下苏家坝，再消灭土城共产党总支部。"赵禹香也发表着自己的见解。

就在陈见常对讨论的结果进行强调和复述，意味着会议接近尾声时，冷茂山突然站起来，他解开身上的长衫，拆开衣服下摆，抽出一条绿色的绸带，上面赫然写着蒋中正的委任状。

陈见常等人看呆了，半晌才如梦初醒，明白眼前这个人才是他们最大的指挥官和靠山。他们立即朝他刷地敬了一个礼："请长官指示！"

耳目众多的杨云程匪部，在政府撤离古蔺的当晚就得到了消息。当这消息送达杨云程身边时，杨云程正在锅厂坝训练部下。杨鲁彬、胡元鑫等人迫不及待地坐滑竿到那里见他，谋划进占县城和跟踪追击解放军。

一间偌大的屋子里，并排放着十几张床，几十个土匪稻草把子般歪倒在床上，抽着山烟、喝着老粗茶，咳嗽声和粗鄙的笑骂声此起彼伏。

"老唐本姓李，说个婆娘不讲理。叫她那头睡，她要这头挤。横一挤，顺一挤，挤个娃儿来抱起，来抱起。"牛二念起荤花灯调，屋内冲天的笑声像要把房顶揭开。

就在这乌烟瘴气的当头，杨云程破门而入。他脸上放着红光，布鞋的后跟都还来不及提上，就这样踢踏着，一下站到了屋子中唯一的桌子上。

"弟兄伙，现在发布一个天大的好消息。"几十双眼睛齐刷刷地看着杨云程，急于知道好消息。可是，杨云程偏偏卖着关子。

"你们想婆娘不？"

"想。"一阵整齐的回答之后，有人问道："难道杨队长给我们弄来了一大堆婆娘？"这句话引起哄堂大笑，底下又是拍桌子又是跺脚。

杨云程很是不满这个嘴巴不干净的家伙，他的嘴巴常常不干净，但听不惯下面的人不干净。要放在平时，他可以甩这个手下几耳光。不过今天高兴，想想，事端又是自己挑起的，就温和地说："想要婆娘，这还不容易？告诉你们，古蔺县人民政府已经撤离县城啦，我们就要打回古蔺，那些与我们作对的人通通都得脑壳落地。这古蔺成了杨某人的天下，你们还愁缺婆娘？"

"豁我们嗦？杨队长当我们是憨包呢。"很多人表示怀疑。

杨云程立即拿出一份密电，递给牛二："上面写的啥子，给老子看清楚点，一个字一个字读出来。"牛二很高兴揽到这个差事，正好出出风头。他学着杜永田讲话时的南方口音，一板一眼地念道："人民政府已经撤离，请速速回县城。"

屋内的人终于相信了这个事实，他们将杨云程抬起来抛向空中。

"弟兄们，拿酒来，哪个龟儿子才不喝，喝到天亮，我们就打回古蔺去！"

一坛坛苞谷酒被抱了出来，这帮土匪一直狂欢至清晨。

就在土匪筹备着打马进城时，撤离部队仍在艰难进行中。从营盘山到叙永县城这段路，出人意料地艰辛。

在占底被土匪偷袭，虽无重大伤亡，但营盘山高寒多雾的天气，却让几个伤员的伤势越来越严重。听说还要奔赴叙永县城，他们害怕拖累部队，嘟嘟哝哝地表示不走了，要在此地养伤。

唐兴明劝说一阵，见说不过他们，便向杜永田报告："杜县长，几个伤员坚持要留下来养伤，我劝不住。"唐兴明是一路小跑过来的，他个子矮小，却背一杆长枪，上下楼梯时，那枪托会碰到楼梯，发出哒哒的声响。

看着脸上冒着热气的他，杜永田不禁疼惜地扶了扶他的枪托，说道："别着急，小唐，慢慢说。"听小唐说完事情原委，杜永田皱起眉头道："真是胡闹，这个地方又湿又冷，怎么适合养伤？他们是害怕拖累部队，走，这就看看去。"

一间低矮的房屋内，几个伤员躺在床上，伤口已经化脓，脓流在草席上，发出一股呛鼻的异味。他们看到杜永田，挣扎着想要站起来。

"不要客气，都躺着。"杜永田摆摆手，接着说道，"这段时间是委屈大家了，但不要失去信心。请你们相信，无论多么困难，部队都不会扔下大家不管的。明天撤离的时候，我会派几个战士搀扶着大家，凡是爬坡的路段，由身强体壮的战士背着走，实在不行的话，就用担架抬着走。再辛苦一阵子，到了叙永就好了。"

撤离部队又开始上路了，杜永田和万德舟都没有骑马，让马匹驮着粮食和生活必需品，因为带着伤员，行走得很慢。战士也是精疲力尽，唐兴明抬着伤员爬坡时，一曲腿就跌下坡来，伤员从担架上翻滚到冷硬的沙地上，呻吟不止。偏这时还有人说风凉话："这样抬到叙永，恐怕也是活不成了，那不是白抬了？"

伤员也生气："又不是我要跟着大部队走，我还想留下不走了呢。"

这话正好被岳文忠听到,他立刻火冒三丈,冲说话的人喊道:"你,刚才说话的高个子,从此你来抬。"

那个人嘟嘟哝哝,不情愿地走到担架前,岳文忠推了他一把:"叫你抬就抬,啰唆什么?"担架在凹凸不平的道路上颠簸着,摇晃着,没人再说一句牢骚话。

到达渡船坡时,部队停下歇息。炊事班准备做饭时,发现粮食和物资只能勉强维持一天。后面的路程怎么办?带着忧虑,他们在草坪上支起锅,熬起了红薯粥。就在人们无精打采地端起红薯粥时,几匹快马疾驶而至,一个精干的小伙子矫健地下了马,走到杜永田面前说:"我是王钦裕县长派来接应古蔺撤离部队的,领导辛苦了,同志们辛苦了。我们给大家带来了腊肉和豆干,快快吃饱了赶路吧。"

有了叙永方面的接应,人心大振。喝着红薯粥,说着开心的话语,豆干和腊肉的香气飘荡在草坪上。饱餐一顿后,大队人马再次出发了,一直到达叙永彻底安顿下来。看着整齐到达的人们,杜永田和万德舟交换了一个会意的眼神,他们感到这支队伍的力量,心里充满了必胜的信心。

叙永窝盐街上,王钦裕、杜永田、万德舟等人在忙碌着。在一阵噼里啪啦的鞭炮声中,古蔺县政府临时办公处的牌子挂了起来。王钦裕忙招呼大家到会议室坐下,他将一茶缸温开水推给杜永田,自己则燃起一支香烟往后一靠,悠悠地说道:"条件是简陋了点,不过收拾得还算清爽。既然是临时的,我们也就只好将就些,争取早日打回古蔺去,解放古蔺,回归家园。"

杜永田一口气将茶缸里的水喝去大半,一股暖意涌上心头,他笑笑说:"是啊,我们也盼着早日回到古蔺呢。"

王钦裕弹弹烟灰说:"不过,要打回古蔺还任重道远。刚刚接到密报,昨天袁良已经开始偷袭营盘山,消灭匪患迫在眉睫啊。今天我们古蔺临时办公处既已挂牌,就是安顿下来了。现在同志们要考虑的,是制定切实可行的剿匪方案。"

就这样,古蔺县政府与叙永县政府正式合署办公。杜永田带领县大队三个连继续剿匪,万德舟带领机关干部、青训队开展征粮工作。

大肆叛乱

子，人的一生要经历多少日子。这些日子大多如秋风中的黄叶，片刻便消逝无痕，但有一些日子却让人刻骨铭心，永生难忘。乔贞贵牺牲的消息传来那天，对于陶佳来说，就是一个这样的日子。这个日子好像一块黑色的胎记，与生俱来，刺目惊心，却是怎样也刷洗不去的。

那天，原本阴雨绵绵的天气渐渐变得晴朗。起初，阳光被乌云遮挡，若有若无，稀稀疏疏。午饭之后，阳光终于从云层里喷薄而出，整个县城瞬间便如拉开幕布的舞台，变得温暖明亮起来。

饱受阴雨绵绵之苦的人们，纷纷呼朋引伴，走出家门。一时间，落鸿河畔、操场上、鹅公坝里，处处可见晒太阳的人们。

陶佳和陶旦也梳洗打扮一番，准备去河边晒晒太阳。刚到蹄形巷口，猛然看见前面一个身影好像陶建宁，走近一看果然是他。陶建宁这一路走来，大多数时候都在烧野火烤鸟肉，脸上手上黑乎乎的。再看他全身伤痕累累，走路一瘸一拐，双眼呆滞，神色哀伤。陶旦和陶佳简直无法把这个叫花子似的人和自己的亲弟弟联系在一起。

面对她们的呼唤，陶建宁的眼泪夺眶而出。他被压抑得太久了，见了亲人情不自禁脱口而出："姐夫走了！"

"走了？他去哪里了？回山东了？你不是跟着部队剿匪吗？咋个又回来了？"一连串的疑问让陶旦如机关枪般噼里啪啦问个不停。陶佳却被一种不祥的预感笼罩住，她知道这个"走了"不是那么简单。她只是不敢发问，木然地盯着陶建宁。

"在麻城，姐夫和袁良、江秃儿血战，姐夫寡不敌众，他英勇牺牲了……"

陶建宁话音刚落，只听见背后扑通一声，陶佳已经晕倒过去。这个夜晚，陶家一家人是怎么度过的，只有他们自己知道。

得知骆国湘回城，陶钦克便去罗汉包看望。一见面，陶钦克便拉住骆国湘的手，压抑很久的悲伤终于决堤，眼泪怎么也止不住。骆国湘早知道乔贞贵的死讯，此刻也是唏嘘不已，陶钦克的泪水吧嗒吧嗒滴在他们交握的苍老双手上。

"老陶，劝人的话只有弄多，人死不能复生，节哀吧。"

陶钦克点点头。骆国湘又说道："你我这把年纪，泥巴都埋齐颈子了。失去一个半子当然叫人伤心，也还是要保重自己才好。唉！可怜了陶佳这孩子，她现在咋样了？"

"还能咋样呢，已经半个多月了，还是茶不思饭不想，还闹着要去山东蒙阴陪伴两个老人。更让人揪心的是，项正芬发现她在房间里呕吐，腰身也越来越粗，大概已有了身孕，偏这个孩子死活不肯承认，对亲妹妹陶旦也不说。"

"我猜她是害怕说出实情，你们不放她走。"

"对头，陶建宁也是带着满身的伤回来的。唉，狗日的袁良，作孽啊！我让陶建宁别去部队了，就经营陶记杂货店，顺便把治跌打损伤的医术继承下来，日后定有用处。"

为了安慰悲伤的陶钦克，晚饭后，骆国湘摆开了棋盘，与陶钦克对弈了几局。陶钦克略占上风，便对骆国湘说："三爷，你该不是手下留情，豁我开心吧？"

"哪里哪里，是老陶能文能武、神机妙算。"骆国湘打个哈欠，提议道，"坐了半天，我也困了。走，去院子里散散步。"

马老三忙找了件狗皮褂子给骆国湘披上："外面风大，三爷的病刚好，要小心。"随即，马老三支起灯笼在前面引路，骆国湘和陶钦克一前一后走到院子里。

观荷亭的右侧，耸立着一块巨石，站在石头上，可以看清大半个县城。待他们信步来到这里，却发现城里人影重重，间或有打打杀杀、哭爹叫娘的声音。

原来，一夜狂欢后，杨云程先派黄克平率领江秃儿等一百多人进城，占领了流沙岩、火星山、墨宝寺等制高点后，开始大肆抢劫城内居民财物。

骆国湘大怒："这还了得！"杜永田同意他留守下来时，分给他一些枪支弹药。眼下，部队未到箭竹坪，杨云程就打马上街了。骆国湘迅速回屋取回一只长枪和驳壳枪，又给了陶钦克和马老三枪支，三人一起往县城飞奔过去。

在胜利桥上，骆国湘截住了黄克平："这是咋回事，没我的同意，你们几爷子就敢乱来？"

黄克平呐呐地说："三爷，我们哪敢，还不是听杨云程的指挥。"

骆国湘厉声道："马上停止一切打砸抢劫活动。杨云程人在哪里？让他立刻来见我，否则让他吃不了兜着走。"

骆国湘带着陶钦克一行转身走了，城内暂时平静下来。黄克平带信给杨云程，杨云程虽很不情愿，还是硬着头皮来了。

骆国湘黑着一张脸，半天不说话，杨云程给他递烟，他不接。和他说话，他不理。

"三爷，没来得及与你商量，实在是事情太仓促。如果我们不下手，会有其他人下手，后果更加严重。"

"放你的狗屁，你知道不，政府撤离前，我是立下军令状的，古蔺城，谁也别想占山为王。只要有我骆国湘在，你就别想开进县城来，想当古蔺的土皇帝？做你的黄粱美梦！"

"是是是，三爷，不敢不敢。我哪有那样大的胆子，这事到此为止，我保证。"杨云程对天起誓。

"你要是敢打马进城，我首先敲掉你的脑壳。"

杨云程唯唯诺诺地离开了，然而，一出骆国湘家的大门，他的脸色又恢复了狰狞。他想：骆国湘啊骆国湘，你以为你还是威震三边的保护神？古蔺势力就要重新洗牌了。我杨云程才是坐第一把交椅的人，你个糟老头子，同意不同意，已经不管用了。不要我打马进城，我偏要，想敲我的脑壳，还看你敲得动不呢。

回到锅厂坝，杨云程密告袁良，让他率部追赶撤离的解放军部队。

袁良追到袁家沟却扑了个空，一怒之下，将解放军驻扎过的孔正云庄院化为灰烬。他返回古蔺城，和黄克平发动一千多县城民众参加欢迎大会。杨云程则从锅厂坝赶到石鹅，和陈见常一起整顿队伍，加上胡克纯的武装力量共三千余人，浩浩荡荡往县城进发。

行进到乐用，杨云程停顿下来再次整治队伍、增添行头。他走时匆忙，没带像样的衣服。此刻，他让人快马从古蔺带回一身崭新的灰色长袍。他将长袍穿上，每一个褶皱都抹得平平整整，帽子也换成了崭新的黑色厚呢帽。他特意刮了胡须，露出青色的下巴。当他往腰间插进勃朗宁短枪，再挎上中正步枪时，立刻感觉英姿飒爽，精神百倍。肖石头等几个手下在他身后不住地恭维着，他到镜前端详一阵，满意地笑了。

进了城，前面四匹快马开道，马儿一纵一跃荡起飞扬的尘土，鞍上的铜蹬也在阳光下闪闪发亮。杨云程骑在枣红色骏马上，四路纵队紧随其后，人人黑灰长衫，头上包着白帕，看上去精神抖擞。

骆国湘得知消息，赶紧来到下桥，挡在杨云程的马前："杨云程，你个忘恩负义的家伙，你那天对天起誓，绝不打马进城，现在是咋回事？告诉你，你要进城，你先从我身上踏过去。老子今天孤身前来，枪也没带，你要干掉我很容易。"

"三爷，何必一意孤行。我杨云程进城，也是全城民众的意思。你看，沿途这么多欢迎我的人，还不足以说明吗？我开进城来，也是为了保证民众的安全，免得被云贵川的土匪下毒手。"

"你个狼子野心的家伙，你想啥子难道我不明白？你真是保护民众安全，那前几天黄克平和江秃儿在县城的打、砸、抢，算啥子回事？"

"我一定加强教育部下，此类事件绝不再发生。"

骆国湘还是不让，双方僵持着，后面的队伍发出嘀嘀咕咕的议论声。人人都在看古蔺地界上的两个关键人物博弈的最后结果。

半晌，杨云程说："三爷，这样好了，我的队伍里有不少骆氏手下。你把他们都叫出来，他们要是跟着你走，我这就退回去。要是叫不动他们，对不起，我就不客气，要强行通过了！"

"还叫啥子叫？他们早就鬼迷心窍了。行，杨云程，你有种，你进去吧，我等着看你的好下场。"骆国湘说完拂袖而去。

骆国湘的预感得到证实，果然是世道不同了，他知道自己大势已去，杨云程早已不是那个俯首帖耳、在他羽翼下讨生活的干儿子了。他那天的一番话，不过是顾忌过去的情义，至于要做什么，他心里清楚得很。

一滴清泪，顺着他苍老的脸庞滑落下来。再一打听，骆家确实有不少子侄被杨云程拉拢进去了。他的劝阻，实在是只手撑天、螳臂挡车啊。他赶紧联络地下党，然而由于人员分散，通信不力，响应者寥寥无几。再想想，古蔺城既是如此，杨云程不进城，也有古蔺周边的悍匪会来占领。与他闹翻，自己的身家财产可以不计较，可是……

骆国湘一离开，杨云程带领大队伍经下桥、县府、高小巷、板板桥，来到文庙附近的广场。沿路站满了围观的群众，有人长吁短叹，目光忧戚，有人却兴奋不已。更多的人感觉惶恐，不知这支队伍将把古蔺老百姓的命运带向何方。就在这一千多人的欢迎大会上，杨云程以"中国人民反共救国军司令部"名义贴出布告，宣布罗僻金担任政府县长。

这一夜格外漫长，当人们还沉浸在梦乡，禹王宫的大门早早地打开了。大殿内蛛网密结，一群蝙蝠上下翻飞，扇动终年积淀的尘埃，发出呛人的味道。肖石头拿着一把叉头扫把，猛拍猛打，蝙蝠赶跑了一些，窗户纸也被打穿了几个洞。待到满屋的尘埃味道散尽，杨云程才进入屋内开始主持会议。门外，早已是三步一岗，五步一哨，肖石头站立在离会场最近的地方观察动静。

"古蔺县城已经是我们的天下，可以算是大功告成了，但是伙计们要有危机感，解放军是不会善罢甘休的。据吴山讲，解放军在叙永蓄势待发，我们可不能掉以轻心啊！"

他的话被一个心急的家伙打断："骆三爷咋个不来？"杨云程斜了他一眼，爱理不理地说："老爷子身体不太好，在家养着呢。"

杨云程为讲话被打断颇为不快，皱皱眉头继续说道："我虽是个粗人，大意失荆州的故事还是知道的。就在昨天晚上，党国派来的冷茂山又给我们送来了枪支弹药等物资，支持古蔺设立司令部，成立'中国人民反共救国军'，现在，大家都来说说自己的看法。"

一屋子人都知道杨云程胸有成竹，并不打算真正让他们发表什么意见。有人面露难色，苦笑了一下又低下头去；有人随声附和几句便不再开口。最后还是谭建成发话了："司令部可以多设立几个，保障县政府的运行，全县各乡镇也要尽快重新恢复乡政府。"说到这里，谭建成话题一转，"杨司令，骆三爷那里，老是僵持着不好，我看你还是抽个时间与他谈谈，争取他的支持。"

"这个我知道，开完会，我就去看他。"

会议继续进行，杨云程将匪部四千人重新分配，以乡为单位设三十六个指挥部，任命袁良、胡克纯等五人做总指挥，在全县任命了三十六个乡长和五百零二个保长，每保成立土匪分队，并颁发"七杀令"扩张地盘。具体到征收税费、收罗边匪等也做了安排。眼看会议就要结束时，罗僻金突然站起来宣布不愿任县长，杨云程只得委任谭建成，一群人折腾了好一阵才宣布散会。

骆国湘冷眼旁观了几天，让马老三铺开纸笔。他将杨云程打马进城的密报写了删，删了写，最后定稿了二十余字。然而当他用蜡封好密报，要差人送往叙永时，一股鬼使神差的力量最终让他把密报烧毁。他环视着这精心建造的宅院，脑子里浮现他几次从鬼门关脱险的情景，这一切家产，家族中依附他的人，让他终于不再提笔写密报。

忙完一切，杨云程和谭建成一起，带上几根金条和几包上好的药材，还有一副美式军事望远镜，敲开了骆国湘的门。

马老三把他们引到骆国湘的矮榻前，只见骆国湘斜靠在椅背上，神色颓然。看见他们，淡淡地说："桌上有烟有茶，自便。"

杨云程呈上礼物，骆国湘看也不看，只是命马老三收起来。

"三爷，如今古蔺的中国人民反共救国军已经成立了。还望你老不计前嫌，支持配合我们的工作，古蔺没有你是不行的。"

骆国湘冷笑道："我这个抱烟老者还有球用，古蔺已经姓杨了。"

"三爷，你永远是古蔺的老大，我们不过是你操纵的一个提线木偶罢了。此次先斩后奏打马进城，实在是事发突然，来不及与你商量。我们不抢先一步，黑骗牛等人就会乘虚而入，古蔺的地盘，凭啥子要拱手让给别人。再咋个说，我们也是古蔺人，要是黑骗牛等外地人一来，只怕古蔺会遭到屠城啊。"

木已成舟，骆国湘早已心灰意冷。多方权衡的结果，他其实已从心里接受了这个事实，再加上杨云程这番话说得合情合理，也就缓和了神色。

三人的谈话渐渐深入了，似乎又恢复了从前的样子。骆国湘对他们的行动计划做了补充，提了一些建议，一再嘱咐他们，既然权力已经到手，务必为民办事，发展生产，不可滥杀无辜、残害百姓。

杨云程这次上门之后，骆国湘便离开了古蔺，长期住在河屯。城里的夜晚很躁动，山村的夜晚很冷寂。骆国湘在夜晚独酌时，常常听到一个声音在呼喊他。那声音雄沉又缥缈，神秘又遥远，不知从哪里来，不知要去向何方。

赵禹香曾在石笋山集会时提过攻打苏家坝一事。他主张先拿下苏家坝，再消灭土城共产党总支部。胡克纯被任命为总指挥后，认为复仇的机会到了。他想借攻打苏家坝亲手剪除仇人李明高。大路朝天，各走半边，他与李明高原本互不相干，只因李明高是李铁梁的侄儿，才卷入这桩恩怨。

说起李铁梁，苏家坝的人无不竖起大拇指，他从小就因成绩优异闻名苏家坝。后来赴法国、苏联留学，一回国就参加革命运动。

苏家坝人最爱讲述李铁梁在长沙的传奇故事，当年蒋介石发动"四一二"政变，捕杀共产党人，李铁梁因为工作去工厂才幸免，但处境仍然非常危险。他躲藏在一个工厂女工的家中，得到她的帮助，又到法国医院躲了五六天后，化装成工人才逃到武汉。这个救命恩人，就是李铁梁后来的妻子黄厚垅。

回乡后，李铁梁竭尽所能造福家乡。面对国民党的剥削压迫，李铁梁带头抗粮抗丁，说："一粒谷子也不交，一个人也不准去。"那些旧乡保恨得牙痒痒，却无可奈何。老百姓真心拥戴着李铁梁，除了他敢于站出来带领他们抗粮抗丁，他还在最困难的时候救助过他们。有一年大旱，眼看庄稼颗粒无收，李铁梁倡议当地的大地主们向老百姓无息借粮，才让大家渡过难关。事后，他们为李铁梁立了一块功德碑。李铁梁最大的善举是他倾尽所有修建了俄式风格的苏家坝学校，该校不仅传播知识，还是隐蔽的革命摇篮，很多中共地下党活动都在这里开展。

其时，胡克纯任大村区长。起初，胡克纯对李铁梁也带有几分敬意，然而同处一地，政见不同，口碑迥异，两人的积怨越来越深。作为参议员，李铁梁在一次大会上，指责胡克纯之流"名为剿匪，实则土匪；公开缉私，实则走私；鱼肉百姓，祸国殃民"。胡克纯气得脸都绿了。不久，胡克纯下台，他把这笔旧账全都算在李铁梁的身上。李铁梁担心胡克纯前来报复，就组织了一批枪支保护地下党。李铁梁的侄儿李明高，担任了这个组织的排长。李铁梁把这批精良的武器交给李明高时，语重心长地说："你们尽管放手去做，所有责任由我一人承担。"

可惜李铁梁病逝得过早，胡克纯就把所有新仇旧恨算到了李明高身上。他也没想到事情办得如此顺利。才向杨云程开了个口，建议攻打苏家坝，杨云程竟然十分赞同。胡克纯说他已通知水口的吴学良，吴学良表示支持。杨云程内心极为不悦，心想吴学良连我的面子都不给，偏与你打得火热，但他压抑住了内心的不快，皮笑肉不笑地说："还是胡骡子本事大啊，不过要血洗苏家坝，兵力还嫌不够。"杨云程又给他派遣了丹桂的王炳舟和贵州的黄文英。

胡克纯带领王炳舟、黄文英、吴学良等匪徒到达大村那天，李明高像往常一样练了练枪法，不知为何，右眼跳得特别厉害，这往往是不祥的预兆。他练完枪法准备上山打猎时，特意多带了把大刀防身，临走又回去和父亲摆了会儿龙门阵。不久，正在树林里打猎的他突然发现对面的山上来了一队气势汹汹的人马。李明高立刻返身组织队伍应敌。侦察员的报告印证了李明高的猜测，果然是胡克纯匪部。

李明高的二哥和三哥也加入了战斗，他们作为打头阵的小分队，潜伏在松树林中，往山坡上喊话："胡骡子缴枪不杀……"开始，他们凭借对地形的熟悉，还能略占上风。后来，由于寡不敌众，李明高弟兄三个渐渐被胡克纯的部下盯上了。他们被逼上了一片开阔地，地上只有因干旱卷了叶子的青苗，不足一尺来高，除此之外，再也找不到隐身的地方。李明高刚被连响的机枪打伤了膝盖，又被子弹削伤了一块头皮。

在这危急时刻，三人又在猛烈的弹雨中走散了。李明高沿着土坎前进，一转角就撞上一个土匪的枪口，他反应过来马上侧身，子弹就从胸口正面进去，从左腋穿出来。李明高反身撂倒这个土匪，用枪托结果了他的性命，而他也因用力过猛横栽在地上。不断涌出的血流，让他的眼前阵阵发黑。他强忍住疼痛，一手拿枪，一手拿刀，远者枪打，近者刀砍，终于杀出了一条血路。然而他的体力也快要耗尽了，就在他快要晕过去时，兄弟俩及时赶到，拼命把他拖到路边的草丛里。李老二赶紧取下头上的白帕子，帮他包扎伤腿。

草丛里一片骇人的寂静，偶尔，风刮起阵阵沙尘，打在他们脸上。这时，李明高感到一阵彻骨的寒冷，不由自主地战栗起来。

"老四，老四！"李老三的背上还嵌着一块弹片，他顾不上疼痛，把李明高抱在怀里。

"三哥，三哥……"李明高脸色苍白，气若游丝。

"老四，不要说话，保存体力。二哥，快过来，一起把老四抬下去！"李老三吼道。

"不，没用了。三哥，我求你件事。"

"你说，快说，哪怕上刀山下火海我也一样照办。"

李明高自知身体失血过多，感觉生命即将不保，他把枪卸下来交给李老三："这枪交给你，不要落入敌人的手中。"李老三一见他这样，心就凉了半截。他说："老四，不要这样，我们会背着你走到安全地方的。"

李老三说着就来搀扶李明高，李明高把他的手一挡，咬了咬牙说："我快不行了，也许挨不过明天，我就会和伯父在九泉下相见了。你们快走吧，二哥的子弹也快用完了，我的枪和刀都给你们带上，你们俩赶快离开，死在一起就太便宜这些家伙了。你们往前走，我往坪上方向跑，暴露目标把土匪引过来，掩护你们离开。"

"这不行，老四，我们死也要死在一起。"

李明高背过身，紧掐住鲜血浸透的大腿，低声说："你们赶快走吧，要是一起送死，将来谁给我报仇？"

说着，他艰难地站起身，摇摇晃晃往相反的方向走。两个兄长正要去拉他，一发子弹恰好落到他们身边，他们只得赶紧走了。

看到李明高暴露了目标，土匪高声叫喊起来："抓住他，捉活的！"几个匪徒跳过来，想把他扑倒在地。

李明高早已把生死置之度外，他双手抱头用尽最后一丝力气往旁边一滚，眼看和几个匪徒拉开了距离。村里的刘洪发正好扛着锄头路过，他想救人，可是没等他靠近李明高，一个土匪已经将他按倒在地，另一个跳上去，取下他的锄头。李明高和刘洪发都听说过土匪用锄头杀人的故事，不由大惊。李明高用尽全身力气挣脱土匪的挟持，一拳击在离他最近的一个土匪的眼角，撒腿就跑。可惜，当他跳进一个茅草丛，因为腿部受伤，再次被土匪抓住。他们把他架到刘洪发面前，一个土匪高举锄头，用力几下，李明高的头应声落地。看着鲜血流了一地，刘洪发瘫软在地上。

匪徒叫嚣着四处烧杀抢掠。在怀疑共产党员居住的民房内，他们先将有用的东西搜刮干净，再放火烧毁。对抓住的嫌疑人员，实施惨无人道的踩地爬子、背灵牌子、吊香猴子、背火背兜等酷刑。他们扬言，要是抓到女地下党，要把衣服给脱光，押上街去扭秧歌，再施以酷刑。

苏家坝的熊熊火光中，几名匪徒抬着李明高的头，到大村示众去了。临走前，土匪往李铁梁家的房子再放了一把火，无奈是土墙，土匪见火烧不起来，只得悻悻放弃。许多共产党员居住的房子被烧得一塌糊涂，大村成了土匪的天下。

肖石头带着一腿酸草狗肉，走进杨云程的屋子："司令，昨天我到水口一带转了转，晚上在林子里遇到一只酸草狗，就和几个弟兄拿下打牙祭。喏，给你带来了一腿。"肖石头将酸草狗肉放下，看见杨云程面露喜色，便问道："司令，遇到啥子好事了，这么高兴？"

"你不知道，刚才党部的冷茂山来过，大大把我吹捧了一番，还留下许多好货色。"

"那可不是吹捧，最近司令连连打胜仗，不简单呢。"

"那有啥子，都是弟兄们的功劳。"杨云程嘴上客气，脸上却早已眉飞色舞起来。

"照此下去，只怕党国很快就会给司令加官进爵。"

"冷茂山倒是这么说，不管他了，你还是说说这次去水口有啥子收获吧。"

肖石头便大着胆子讲了路上的见闻："吴学良到处网罗兵马，壮大队伍，他还想拉拢我呢。我说，呸，把我看成啥子人了？"

看肖石头讲得唾沫横飞，杨云程不耐烦地摆摆手打断了他。一想到吴学良这块茅厕里又臭又硬的石头，杨云程就大败胃口。

吴学良原是与杨云程一派的，自从杨云程率队进城以后，吴学良见杨云程势力渐长，自己称霸古蔺的野心一时不能实现，便下定决心与他分道扬镳。吴学良在土匪叛乱之初就野心勃勃，多次策划准备与杨云程抗衡，自立一方。碍于时机不成熟，没有闹出很大动静。杨云程在古蔺召开欢迎大会，各路匪首纷纷到场祝贺，唯有他按兵不动，杨云程见祝贺的人群中少了吴学良，情知不妙。本着拉拢一个算一个的心思，他在打马进城前，派人去水口请吴学良参加欢迎大会。吴学良推脱有病，两天后派副官赵林到古蔺捧场，为杨云程送上贺礼。

两人坐下寒暄了几句，进入正题："赵老弟，这里还行吧？吴队长咋个不来古蔺热闹一下，生病？怕是不想来哟。"

"杨司令，吴队长这段时间身体的确不太好，他腿上原有枪伤，一到天气变化时就会发作。这次和胡克纯一起攻打大村，劳累带发枪伤，眼下又是阴雨绵绵的天气，所以就不想出门。"赵林连忙替吴学良辩解。

"我知道你们在水口一带干得很好，说不定有一天会把我这个司令取而代之呢。"

"咋会？古蔺眼下是司令的地盘，而且永远都是，我们都是司令的下属。"

"你们的队伍壮大了，若是需要军饷和粮食，我可以提供支持。"

"那就太感谢司令了，以后当为司令效犬马之劳。"得知有军饷和粮食，赵林因为可以去吴学良面前邀功请赏，不由真心实意地向杨云程鞠了一躬。

此次古蔺之行，赵林满载而归，果然受到了吴学良的重赏。

在杨云程的再三邀约和赵林的劝说下，吴学良终于来到古蔺。

杨云程赶紧设宴款待吴学良。麻辣鸡下郎泉酒，菜豆花蘸糊海椒，酒足饭饱之后，杨云程提出对吴学良委任官职。吴学良却不理会这些，他对杨云程虚与委蛇，私下里野心勃勃，发誓要与杨云程一决高下。回去后，吴学良为早日另立山头，在碧云寺设立了石印所，印制各种文件。这些文件送到杨云程匪部，杨云程恨得咬牙切齿，却也一时不能把吴学良怎么样。眼下，他正打算拿下叙永城，与共产党对抗到底，吴学良要从背后捅他一刀，他便腹背受敌，必败无疑。他不允许这种局面出现，眼下还得想方设法笼络他。

吴学良当然看出杨云程的心思，他一边对杨云程提供的各种好处欣然笑纳，一边抓紧网罗人才，召集散兵游勇壮大队伍。杨云程终于按捺不住，在箭竹坪的工事布防告一段落后，他亲自前往水口，想与吴学良和谈。

在碧云山下遇见一个砍柴人，杨云程送给他一些银两，想要借他身上的衣服用一用。砍柴人不解其意，但还是把自己身上的破旧衣服脱下给了他，杨云程还嫌不够，又要了他的竹斗笠和背篼。等砍柴人走远，杨云程换上旧衣服，戴上竹斗笠，在脸上抹了一些泥沙，把自己的衣服包好装进背篼里，这才放心往碧云山上走去。

杨云程早就听说吴学良在碧云寺设立了石印所，印制各种文件。他苦心乔妆一番，便是来查看底细的。果然，见他一身山里人打扮，一路便没人盘查。刚到半山腰处，他便听到了嘤嘤嗡嗡的声音。他太熟悉这座山，没费多少周折就到了碧云寺的后院，声音就是从后院的一个洞里传出来的，洞里更深的地方，传来一台柴油机的轰鸣声。杨云程探头探脑地进去，果然看见几架机器在不停地运转着，旁边堆放着一些文件。

他不动声色地下了山，在山脚换回自己的衣服，扔掉斗笠和背篼，这才大摇大摆地去见吴学良。

接到通报，吴学良对杨云程的低姿态略略吃惊，也不好不给面子。他快步走出门外，满脸堆笑地迎上去："哎哟，杨司令亲自到来，我可真是担当不起。有啥子事，让手下跑一趟就行了嘛，何劳司令大驾。"

吴学良身穿白色对搭汗襟，青色长裤和布鞋，虽朴素无华，言谈举止中却自有一种威慑人心的力量。他带着杨云程四处走走看看，由于有意要给杨云程施加压力，他还让赵林带领几队人马，来了一个精彩的亮相。这些部下虽比不得正规军，但人人看上去精神抖擞，干净利落，训练有素。杨云程不禁对吴学良治理部下的才能暗暗称奇，心想，要是这个人真心依附于自己，该是多么称心的一件事。

可惜，他不得不承认，他与吴学良都不甘于人下，他们注定是一辈子的敌人。

想到这里，杨云程深感底气不足。不过，他还是按部就班地施展他的笼络手段："吴队长势力雄厚，不简单不简单。你这样的人才，我很想重用呢。如今党国对我也是越来越信任，他们一定会打回古蔺来，一定会恢复国民政府，到时候你我都大有用武之地。"

"哪里哪里，我这无名小辈，无法与司令相比。我还是驻扎水口算了，俗话说宁当鸡头不做凤尾嘛。"

"吴老弟，别慌着做决定。我眼下正缺一副司令，一人之下，万人之上哦。你好好考虑一下，很多人眼巴巴地盼着这个位子。以后，我还会在党国面前大力举荐，吴老弟前途无量啊。"杨云程还真是豁出去了，以副司令的头衔招揽吴学良。

吴学良打着哈哈随声附和，但杨云程很清楚，吴学良不可能依附于他，只得闷头闷脑地离开了水口。

　　拉拢吴学良的计划几乎落空，回到箭竹坪，杨云程为避免腹背受敌，抓紧壮大队伍。到四月中旬，仅在箭竹坪驻扎的队伍已有千余人，他同时又支持陈见常在石鹅建立黑杀队。

　　一个月黑风高的夜里，屋里的桐油灯若明若暗。在"天地君亲师"家神牌位下，陈见常和彭兴元在八仙桌旁相对而坐。陈见常一侧，是四个面露凶光的得力助手，彭兴元一旁，则是他从马蹄滩带来的马成光等手下。

　　"黑杀队除了打打杀杀，还要放水捉鱼。"陈见常道。

　　"放水捉鱼？小的不懂，请司令明示。"彭兴元回道。

　　"你陶二爷没教你？就是四处构建碉堡，步步为营，缩小包围圈，并将包围圈内的村民赶走，制造无人区，断绝共产党与群众的联系。"

　　"好，就按照陈司令的意思，从现在起，我一切唯陈司令马首是瞻。"彭兴元虽然识文断字，但在陈见常面前，多少有些底气不足。他收敛起平日在马蹄滩被奉为先生的傲气，说话也变得谦恭了许多。

　　陈见常放下手中深褐色的茶杯，双拳交握重重往八仙桌上一敲，对着彭兴元道："川黔两省没有我摆不平的事情。只要我们团结，随时听从杨云程司令的调遣，搞好黑杀队，听从国军的指挥，反共救国的大计一定会……"他仰起头想继续往下说的时候，一声"报告"打断了他。

　　"啥子？进来。"陈见常有些恼怒地吼道。

　　来人是个瘦小伙，穿着青色衣服，头包白帕，腰间别把手枪。他弯腰向陈见常敬礼："司令，狗日的张老幺就是不说话，你看看咋办？"

　　陈见常一听，腾地站起来，对彭兴元及其手下道："彭兄，要不要一起去看看老夫是如何收拾那些不听话的家伙的？"

　　彭兴元一伙立即跟着站起来："司令，我倒是要向你讨教几招呢，回去也好向陶二爷汇报。"

　　瘦小伙举着火把在前领路，一行人走出石鹅街，径直往枸皮沟走去。

　　在枸皮沟一座貌似废弃的草房前，黑黢黢的大门两侧，挂着两个昏黄的灯笼。两个身着青色衣服，头包白帕全副武装的年轻人站在灯笼下。

　　看着陈见常一行走进，两个年轻人将门推开。

　　"看看是你狗日的嘴硬，还是老子的楔子狠。"陈见常边说边大步跨进去。

　　一盏小小的桐油灯火苗一闪一闪，仿佛随时会被风吹灭似的，昏暗的光线下，一个约莫三十岁左右，衣衫凌乱，满是血迹的瘦小男子，两手被死死捆在椅子的扶手上。椅子两侧各站着一个恶狠狠的年轻人，看到陈见常进来，他们缓和了神色，朗声道："陈司令好。"

彭兴元认识被捆的男子，他叫张老幺，在皇华街上摆了个小摊子，做点小买卖。此刻他装作不认识他，把头偏向一边，心想，他怎么被抓到这里来了？

原来前一阵，陈见常为筹建黑杀队四处抓丁，由于张老幺听说过古蔺城里有人把右手食指砍断，以不能够打枪为由就可以逃过一难，便动了心思。当抓丁队伍快到他摊子时，他正在案板前切魔芋，眼看逃不脱，他把捏成拳头的右手放在案板上，然后笔直地伸出食指，左手哆嗦地举起菜刀，一咬牙一闭眼，"嚓"的一声，将自己的右手食指切了下来。抓丁的人悻悻而归，向陈见常报告情况，陈见常火冒三丈："这还了得，敢切断食指与我作对，马上给我抓过来，让他知道我的厉害。"

张老幺正在包扎伤口，就被抓丁队抓回来关在这间屋子里。

彭兴元仔细看了看这间屋子，不看则已，一看吓一跳，这里可谓麻雀虽小，五脏俱全。他还是第一次见识这种装备完善的刑讯室：皮鞭、铁链、棕绳、竹片、铁板应有尽有。靠墙的条桌上，除了一些筷子般粗细的麻绳，还有浸了桐油的棉花和皮纸；左侧的矮桌上，则摆放着削得尖尖的一捆短木棍。

看到这些，彭兴元感觉心里发麻，腿脚发软。他强作镇定道："司令的确是司令，老彭我开了眼界。"随即又转身对手下道，"学着点。"马成光等人见了这阵势，脸色都变了，但还是强打精神不住点头称是。

陈见常昂着头走在前面，到了离张老幺一米远的地方，他突然停下，掏出手枪对准张老幺的裤裆，张老幺吓得死死夹住双腿："不要啊，司令……"

陈见常呵呵一笑，走上前去，轻蔑地伸出食指挑起对方下巴："咋子，怕我一枪废了你的命根子？你有儿有女，不怕张家绝后，顶多是不能快活吧。我问你，张老幺，你想快活，咋子不跟我合作，敢砍断食指遭捉到这里来了？"

张老幺道："唉！老子运气不好。"

"还嘴硬，敢给老子冲老子，你不晓得老子手艺？"他"啪"的一掌给张老幺扇去，"给这狗日的上猴儿搬桩桩。"

两个年轻男子走过来，从架子上取下一根棕绳，先将张老幺上身死死地捆在椅背上，随后又取了两根棕绳，把他的双腿分别绑在椅子脚上，接着将他的双手从椅子扶手上解下，穿过一块有两个洞的木板，再用一根麻绳熟练地将他的十指捆起来，最后将木板固定在椅子扶手上。两个年轻男子做完这一切，停下来看着陈见常。

陈见常对着那两个男子道："好吧，现在让老幺试试味道，看看砍断食指难受还是猴儿搬桩桩难受。告诉你，我的'猴儿'可不是吃素的。"

得令后，一个男子走过去，拿了根削尖的短木棍和一把木锤，另一个则将张老幺的双手紧紧抓住。尖尖的短木棍开始插进张老幺被捆绑的手指间，木锤一记一记敲着，每用一下力，张老幺都"哎哟"地惨叫一声。

彭兴元一伙看得心惊肉跳，靠近彭兴元身边的马成光，不停地搓着双手，肩膀也随着张老幺的呻吟不断向上耸动着。那个插木棍的人试了试，觉得木棍稳定了才停了下来。而此时的张老幺已经面色惨白，似乎没有了呼吸。

抓紧张老幺双手的那个男子，腾下手来，扯了扯张老幺的耳朵："干啥子，睡着了？"接着又"啪啪啪"给了张老幺几记耳光。

"哎哟我的妈，你狗日的些怕要整死人哦！"张老幺好不容易睁开眼睛。

"还敢骂人，加功夫，你以为老子整不住你，上！"

随着那根木棍在木锤的敲打下，一点一点地搠进张老幺的两个手指之间，房间里撕心裂肺的叫喊声让人更加毛骨悚然。

张老幺又一次昏了过去，而彭兴元一行早已害怕得像筛糠一般的发抖。

陈见常斜眼看着彭兴元等人，不无讥讽地道："耶，几个弟兄咋个的，这阵势都会吓着你们？"

彭兴元小声说："司令，我们真是长见识了。"说话间，那两个男子端来一盆凉水向张老幺泼去，张老幺"哎哟"一声又惊醒过来。

陈见常觉得差不多了，想想平时在张老幺店里也讨到不少便宜，弄死了反而不好，就说："好吧，暂且饶了你。以后司令如果有啥子需要的，你要跑快点，否则我让你尝尝点天灯的厉害。"两个男子给张老幺松绑后架着他走了出去，彭兴元一行才从惊慌失措中缓过劲来。

见张老幺出去了，陈见常站起来，对彭兴元道："弟兄伙，来来来，参观一下我的家当。"彭兴元连忙带着手下，亦步亦趋赶过去。

陈见常不无自豪地指着一屋的刑具，逐一介绍道："这是链环钩，要是抓到了真正的'共军'，我就会用这个招呼他们，只要这个扎进他们的肉里，再顽固的人都会讨饶。再看看这个，这就是点天灯的，把这个浸透了桐油的棉花或者皮纸包着人的十根手指，然后逐一点燃，你们想想那是一个多么壮观的场面。"

听着陈见常的介绍，彭兴元忙不迭地道："陈司令果然名不虚传，厉害厉害。党国有你，相信收复古蔺，反共救国指日可待。"

听到彭兴元的恭维，陈见常满脸自信："彭兄，打天下，不能只是动动嘴皮子。我修街办学是恩，我执法从严是威。所以，皇华、石宝，还有彭河，乃至川黔一带，我的一张路条都通吃，那绝对不是虚的。告诉你家陶二爷，好好干吧。"

"是是是。"彭兴元一伙忙点头道，"今后我们有啥困难，一定告诉陈司令。"

看完审讯室，已经是夜深了。陈见常安排道："你几个好好招待彭兄一行住下，明天我们继续商讨国事。"两个手下举着火把引着彭兴元一伙回到皇华街上，另外两个则和陈见常留在茅草屋里。

连日阴雨，小豆子没有地方可玩，只得待在自家屋檐下，在浅浅的排水沟里放纸飞机。放着放着突然发现天放晴了。他飞快地跑出家门，先找到了羊角辫，再喊来几个孩子，开始玩一个吓人的游戏。小豆子首先当通匪犯，剩下的人模仿黑杀队对他实行"点天灯"，他们用树叶当棉花，抹上鼻涕，往"犯人"身上贴，"犯人"在地上翻滚不止，发出一声声惨叫。乔二爷看见了，大喝一声，勒令几个少年跪下，保证不再玩这样的游戏。他长叹一声道："菩萨保佑，让陈见常这伙人，遭天打雷劈吧！"

起初，进入城里的土匪们白天躲在家里，不敢明目张胆出来活动，只是晚上出来抢吃的。有了杨云程做后台，土匪们越来越猖狂，白天也开始了烧杀抢掠。

陶钦克父子见势头不对，关掉了杂货店，成天听川剧打发时光。这天，他正摇头晃脑地欣赏着川剧，突然响起了敲门声，陶钦克打开门一看，是陈家花园斜对面的李老五。这李老五因小儿麻痹症落下残疾，年近四十依然是光棍一条，独自守着七十岁的老娘过日子。

常在一条巷子进出，李老五也不多客气，他是来向陶钦克要盐巴的。陶钦克有点为难，自家的盐巴也不多了。土匪当道的时节，再多的钱也买不到盐巴啊。

"陶大哥，我家老母亲都几天没有吃上盐巴了，走路都直打捞穿。"

陶钦克只得走进屋里，拿了一块核桃般大小的盐巴出来，递给李老五。

"哟，老陶可真是好人啊！老五，快把盐巴吊起来，我们可得节约着吃。"李老五的老母亲高兴得合不拢嘴。

李老五找了根草绳将盐巴捆上，每天做饭时提着盐巴往汤里浪一浪，又提起来放好。可是即使如此，盐还是快没有了，总不能再去求人家了吧。李老五一狠心，将家里唯一的母鸡装进背篼，背到街上想去换些盐巴回来。

一阵锣鼓声由远及近，锣鼓声中几个大汉扛起水龙，抬着李冰父子神像开始游行。这水龙是用篾条做骨架、用老虎蓑衣和柏树丫缠绕而成的九节苍龙。此刻，只见舞龙的人拼命翻滚龙身，引来阵阵喝彩。

这是城里传统的祭雨仪式，每逢干旱，都会扛水龙上街游行。李老五放下背篼，正准备好好看热闹。突然，大叉带着几个土匪迎面走来："哟，老光棍李老五卖鸡呢。你就别卖了，我们袁司令正需要一只鸡调理调理身体。"大叉边说边来抢李老五的背篼，李老五拼命往河对门方向跑。

"站住，站住，再不站住，老子开枪了！"

到了火星山脚下，李老五终于跑不动，连人带背兜一下子靠在路边的石坎上，绝望地叹气。

大叉近期受袁良之命负责筹集粮草，这天是古蔺赶场的日子，他们当然不会放过这种机会。只见他跟上来："李老五，跑呀，你厉害再跑给我看看。"

"长官，这只鸡是用来换盐巴的。你就饶了我吧，我和我老娘已经五天没有吃盐巴了，求求你，长官。"

"老五，你说，如果今天我两手空空，咋个给袁老总交账？你也替兄弟想想。大家乡里乡亲的，我不想为难你，是袁司令的老婆想要母鸡补补身子。你就别忙孝敬你老娘了吧，再熬五天不吃盐巴，难道会死人？"大叉一边苦口婆心地劝说，一边将手伸进了背兜，李老五赶紧伸手阻拦，然而他哪里是大叉的对手。几个土匪拥上来，一阵拳打脚踢，片刻工夫，母鸡就被抢走。

李老五在地上坐了一阵，垂头丧气往家里走，却发现大叉等人已经进入巷子，他便缩在一棵大树后面查看动静。只见大叉一脚踹开小豆子家的门，翻箱倒柜找一通，一无所获，就把小豆子家的腌菜抢走。一个小鼻子小眼睛的土匪走到门外又折回来，再出来时抱着一个泡菜坛子。

这伙人中有几个两手空空的，在街上商量着，一个说："要不要去老陶家看看？"

"算了，人家有解放军后台。老陶和骆三爷关系又好，进去打劫，只怕会猫儿抓糍粑——脱不了爪爪。"

"怕球啥子，乔贞贵都死了，骆黄鳝老了，已经没有啥子威力了，现在可是杨司令的天下。"大叉给他们鼓劲。

"对头，老陶家油水足，走！"

陈家花园的大门被一脚踢开，大叉先去鸡圈里打劫一番，抓走几只肥母鸡，把鸡圈里的鸡蛋拾光，又开始翻箱倒柜，找出一篮鸡蛋。项正芬缩在后院里，在心里祈祷着：千万别让这伙人抢走柴房里拴着的马啊。不曾想，马儿听到动静，发出一声粗重的喘息，一个家伙循声而来，奔到柴房里大呼小叫："快来，这里还有一匹马。"另一个家伙过来，帮助他把马儿弄走，两人边走边嘟哝道："我就说嘛，老陶家不只这些东西。"

土匪抢劫时，陶佳正在楼上，目睹一切，心灰意冷。心想要是夫君还在，这些家伙见了陶家人都得绕道走。这下可好，竟然敢登堂入室公然抢劫了，而且他们抢走的竟然是她的爱马。

那是她和乔贞贵经常骑的那匹马，是见证他们新婚的那匹马。这马个子高壮，背部滚圆，目光炯炯。吃草料时，它总是张大鼻孔，发出嘶嘶的响鼻。它虽然跑得很快，却从未摔伤过她。每次牵它出去晒太阳时，它高兴得总是摇摆着尾巴，用一身厚实的皮毛在她身上蹭来蹭去。

晚饭时，她埋头不发一言，一小碗米饭，只刨了个小小的缺口。陶钦克夫妇看在眼里，痛在心里。明知不能劝，越劝陶佳的泪水越多，项正芬还是忍不住说："幺女，你要好好保重自己的身体啊。土匪抢走的东西，也不值多少钱，家里的生活是没有问题的，你可别想多了。"

陶佳一听，号啕大哭："你们是不明白，还是装糊涂啊？爸、妈，我真是无法在古蔺待下去了，我要去山东，去贞贵的老家侍候公婆。"

"幺女，你这个弱不禁风的样子咋个走？我们不是留你下来侍候我们，家里还有建宁和陶旦，我们是担心路途遥远，只怕你还未到山东就累垮了。"项正芬抹着眼泪劝道。

陶佳一摔碗筷跑上楼，蒙头大睡。

梦中，一阵熟悉的马蹄声由远至近，敲打着门口的青石板路，渐渐到了陈家花园门口，这蹄声突然急促起来，马儿脖颈上挂着的一匹红绸突然滑落。马背上的人翻身下马，想去捡拾红绸，马儿却抖动双耳，一声长啸，猛刨四蹄，轰然倒地……

梦醒了，陶佳有些遗憾地紧闭眼睛。她知道这是梦，这也是现实。马儿的确不在了。她裹紧被单，想再次进入梦乡，和她的心上人重逢，却怎么也睡不着了。

她索性起床来到马厩里，微弱的烛火，只照见马厩的一角。一股微微的腥膻在夜色中弥漫开来，有些黏糊糊的咸湿感觉，然而这却让她感到好亲切，好喜欢，好留恋。

她喃喃自语："我已没有啥子牵挂的了，爸爸妈妈，弟弟妹妹，原谅我不辞而别吧。"

一家人虽然加紧了对陶佳的照顾和看管，三天之后，趁家人不防备，陶佳还是收拾了一个小包袱悄悄走了。陶钦克知道女儿去意已决，他动用了所有做生意时认识的朋友和震东等地方的亲戚，要他们留心陶佳，要是发现了，请他们送她一程，尽可能给她帮助。其实，陶佳也是有准备的，她不心疼自己，也得心疼腹中乔家的骨肉。她早就用私房钱雇了一顶滑竿，又花钱另外请了两个苦力护送，晓行夜宿，一路辛苦，终于从叙永赶到了去泸州的车，一路往山东去了。

一连串的打击让陶家变得面目全非，伤心还来不及呢，城里又开始出现了抢购风潮，老百姓纷纷拿出鸦片充当货币，囤积生活所需。随着物价的飞涨和物资的奇缺，苛捐杂税也越来越多。连陶家这种殷实人家也叫苦不迭，就别说其他生活困难的老百姓了。

项正芬这段时间咳嗽不止，这天一早竟咳出一口血来。陶钦克深知老伴是心病，还是扶着她来到陈记中药铺。陈师傅把脉后无奈地说："是肺痨，不过现在铺子里没有药材了。"陶钦克苦笑着说："也是，现在土匪当道，连盐巴都吃不上，还谈啥子治病？忍着吧。"

他们相互搀扶着回到家，陶钦克想为老伴做点吃的补补身子，发现家里又没有盐了。他煎好鸡蛋，将泡菜坛子里的盐水倒进去煮，才让老伴勉强咽下了一碗蛋汤。

第九章

战地黄花

陶佳的事才让陶钦克老两口伤透了心，陶旦又在他们的心头扎了一刀。这两个女儿，仿佛约好似的，一起让他们开心，又一起让他们痛苦。

这几天，陶旦让陶钦克和项正芬这对几十年没红过脸的恩爱夫妻，连日来吵个不停。

灶房里，项正芬正在刷锅洗碗。她盘了个简单的疙瘩髻儿，银发簪也没有戴，头顶已经看得出几处花白。陶钦克戴着老花镜，拉着风箱仔细地补一双水胶鞋。项正芬一边忙着手里的活儿，一边忧心忡忡地对陶钦克说："我们家上辈子作了啥子孽？女婿死了，女儿走了。县政府撤离了，肖斌云跟着撤走了，你看陶旦那茶不思饭不想的样子，你还不明白？老头子你倒是说话，拿主意啊！"

"你就知道说说说，和尚念经似的，你就不知道劝劝女儿？陶旦那是做梦，人家肖斌云有家室，而且也没有看上她。你说一个巴掌能拍得响？你要让陶旦别再想着肖斌云了，好人家有的是。世上只有剩盐剩米，哪有剩男剩女？"陶钦克从火中取出烧得通红的铁丝，开始修补放置在膝盖上的水胶鞋，一股焦糊的塑胶味弥漫着整个灶房。

想想从前，这种水胶鞋还用得着补？即便要补，还用得着陶钦克亲自动手？还不是因为土匪作乱，街上的店铺关门闭户，很多日用品都买不到。生活上的困难就不说了，可是两个女儿……

一个不听话，另一个也吃错药了？

项正芬的眼里一下涌出泪水，陶钦克慌了，看着老伴那激动得连两条眉毛都在颤动的脸庞，不断抽动的双肩，他只觉得脸上阵阵发烧。想起自己平日对女儿的娇惯，他不好意思再和老伴争吵。他啪地扔掉手中的铁丝和胶鞋，几大步走上楼，在陶旦的房门上挂了一把锁，以免她偷偷去追赶肖斌云。

面对母亲端上来的饭菜，陶旦连看也不看一眼。陶佳的出走，让她的心也蠢蠢欲动。现在的日子，心上人不在，好姐姐不在，连个说话的人都没有，在古蔺待着还有什么意思？她开始面朝墙壁昏睡，不吃不喝不言语。鸡叫三遍时，陶旦翻身起床，将床单剪成条，绞成一根绳索，一头系牢在床头，另一头搭在窗台上。

她深深吸了一口气，取下圆镜里肖斌云的照片，还有自己的双影照，用草纸层层叠叠地包好了，放在贴身口袋，这才将冷饭菜一扫而光。她挽起小包袱准备从窗口滑下去，想想还是有些害怕，便把一床被子扔到窗下垫底。就在她回头的一刻，看见桌上没有吃完的煎饼，又把它放进包袱里，这才小心翼翼地顺着窗台滑下去。

到了花园里，她长吁一口气，想到天亮后爹娘发现自己逃走，不知会有多么伤心，不禁悲从中来。她朝着爹娘的房间遥遥地拜了几拜，又恋恋不舍地打量着这个满载幸福欢笑的家园。恍惚间，她和陶佳盛装载歌载舞的情景就在眼前，一双贼溜溜的眼睛不住地打量舞蹈的她。可她却只喜欢那个给她摘皂角的男人，如今，她要追随他去了。

春寒料峭，园子里的桃花已在含苞了。桃啊桃，逃啊逃，不是桃之夭夭，灼灼其华，而是逃之夭夭，寻爱天涯。家中的大黄狗听到声响，警觉地哼了一声，陶旦赶紧到旁边的齐安宫躲了起来。

黑暗中瞎闯一阵，抬头一看，竟是到了齐安宫的地主宫里。天色渐渐明亮了，那些雕刻精美的深浮雕石坊大门、木结构单檐歇山式屋顶戏楼、天井及两侧厢房和正殿，已经看得很清晰。陶旦奇怪自己平时多次进来玩耍，怎么没发现齐安宫如此雄伟秀丽。

"再见，齐安宫。"陶旦喃喃自语，深一脚浅一脚地往高家山上走去。她一心只想走出家门，可真正走出来了却茫然失措。部队已经撤离了，一个单身出逃的女子，再也找不到可以帮助自己的人。陶旦泄气地坐在路边的槐树下，脱下鞋子，抖掉里面的泥土。

又累又饿的她，从包袱里取出一块煎饼。偶一抬头，看到一个年轻男子向她走来，她惊恐地瞪大了眼睛。不曾想，对方先和她打起了招呼："陶旦，你咋个在这里？"

"你是？"陶旦疑惑地看着他。

"我是黄鲁，你可能对我不熟悉，但我认识你，从张树良那里跑出来后，我就跟肖斌云大哥在一个营队。当初，还是他介绍我入党的呢。"黄鲁轻松地笑起来，露出一排洁白的牙齿。

"那你咋个还在这儿，没有跟着大部队走？"

"我是受部队的委派，到乡下通知撤离，做宣传工作的。回城时遇到大雨在傅家躲了一阵，这不就掉队了。"黄鲁看了看陶旦忍不住问，"你这是要去哪里？要去找谁？"

陶旦本不想告诉任何人自己此行的目的，不过，想想既然已经离开家，别人怎么议论都无所谓了，而且眼下黄鲁已是她唯一可以依靠的人，就说了实话："不怕你笑话，我就是去叙永找你肖斌云大哥的。"

"妹子你可真憨，肖大哥不是已经成家了吗？"

"那我可不管。"

陶旦分给黄鲁一块煎饼，就着他军用水壶里的半壶水，吃个半饱后，两人开始商量去向。因黄鲁还要去白沙办事，两人决定先到白沙。办完事走到河屯，天刚黑。

他们借宿的人家，白天侍弄完田地，晚上还要在昏黄的油灯下编织草鞋和箩筐，等到白沙的赶场天好拿出去卖。这户人家最小的女儿叫彩霞，已经十六七岁，长得花容月貌，和陶旦一般大，两人一见如故，很快便像亲姐妹般无话不谈。原来，彩霞早有婚配，她的未婚夫是一个地下党，参加麻城战斗时牺牲。当地的一个土匪头子，平时烧杀抢掠，无恶不作，知道这个消息后欣喜若狂。他连夜找教书先生写了一封求爱信，塞进一个装满黄糖和盐巴的布口袋，扔到她家的院子里。

对于贫困的农家来说，黄糖和盐巴，是不得了的稀罕物。然而彩霞的父亲看了，把信贴在了自家大门上，把黄糖和盐巴也扔在门口，以示决心。

土匪头子不甘心，后来送的礼物越来越贵重，最后直接把半头野猪抬了过来。彩霞的母亲把野猪肉切割成块，全部分给了村里人。

后来，土匪头子看软的不行直接来硬的，晚上带了一二十人的队伍，带上家伙，抬着花轿，明目张胆来抢亲。彩霞的父亲拿出村里人给他的一面铜锣敲起来。不一会儿，全村的老老少少点着火把，拿着弯刀、打狗棒，把土匪们围了个里三层外三层。土匪头子见势不妙，扔下一句狠话后悻悻然地走了。

陶旦听了彩霞的故事，再想起自己的遭遇，不禁热泪长流。她也给彩霞讲了自己的故事，讲到自己对心上人的思念时，还挂着泪的俏脸上，不由飞起两片红霞。

阿哥，你还好吗？你可要好好的，姐夫乔贞贵牺牲了，姐姐走了，我再也不想待在那个家。我要到你身边守着你，你不喜欢我没关系，你不理我没关系。我只要你好好活着就行，等着我，我明天就能到叙永了……

彩霞的父亲仔细地询问过两人的情况后，突然对彩霞说："闺女，我估计你逃得过初一，逃不过十五，土匪不会放过你的。干脆你和他们一起走吧，从今你们姐妹相称，互相扶持，这样才是出路。"

事情来得太突然，彩霞一时愣住了。等她明白过来，哇地一声哭了。黄鲁安慰道："好妹子，你就跟着我们走吧。放心，到了部队自会有人照顾你。"

彩霞的父亲看了又看，终究不放心，干脆把两个女孩子都扮作男儿样。他拿出自己的两套旧衣服，一番打扮，直到两人完全脱胎换骨，以假乱真，这才放心地让他们上路了。

不幸的是，经过麻线堡时，三人还是被土匪拦截了。

土匪为了壮大队伍，不断拉丁，连过往百姓都不放过。陶旦和黄鲁、彩霞便是这样被拦截的。三人被关在老百姓家的楼上，被楼下灶房里的炊烟熏得眼泪直流。黄鲁实在受不了，便决定让两个女孩子先跑。约定若是失散，两天之内在川滇公路上等，若是超过两天，其中一人或许已经遇难，便不再等待。

黄鲁拆开这家人的草屋顶，让她们站在自己肩膀上钻出屋顶，陶旦和彩霞站在房顶看看四周无人，便顺着屋顶滑下去。两人刚跑到山上，发现土匪追来，忙脱下头上的白帕子，倒在草丛中，躲过一劫。黄鲁为了掩护陶旦和彩霞，没有逃脱，被迫留下为土匪抬滑竿。到了路上，他谎称肚子疼，借上厕所的机会逃到一户人家请求帮助。老大娘将自家男人的服装给黄鲁穿上，黄鲁佯装成男主人在坝子里扯棕毛，土匪竟然没有认出。他们用刺刀在房间里东戳西戳，发泄完了才骂骂咧咧地离去。

黄鲁很快赶往川滇公路，果然看见陶旦和彩霞的身影。三人又费了好一番周折，终于到了叙永。

陶旦的心情还处于紧张激动之中，她满脑子都是和肖斌云重逢的情景，几时想过她这一走，父母是何种心情。

那天清早，陶钦克打开房门，却发现院子里放着一床被子，连声叫着不好。他一把将项正芬从热乎乎的被窝里拽起来，一同来到楼上，看到的是陶旦那空空的房间。陶钦克料想女儿没来得及走远，便要出去寻找，项正芬拦住了他："这么大的地方，你咋个找？快去找骆国湘，请他发动手下帮忙，说不定还能找回来。"

陶钦克说："你真是病急乱投医，骆三爷还在河屯呢。"

项正芬颓然地坐在女儿房间的门槛上："难道我们就不管了吗？不行，再有天大的困难也要找！"

在他们寻找女儿的同时，杨云程出于淫念也在找。可是他们都没想到陶旦在黄鲁的帮助下已经由白沙经营盘山到达叙永，和大部队碰了头。

路上淋了一场突如其来的大雨，让彩霞发起了高烧，脸蛋成了一块通红的烙铁。到达窝盐街，黄鲁将他们安顿在古蔺人民政府临时办事处的一个杂物间里。收拾停当，黄鲁带彩霞去卫生队看病，顺便给肖斌云通报陶旦到来的消息。

陶旦一个人在房间里静静等候，她将杂物间打扫得干干净净，将行军床上的被褥整理得平平整整。忙碌了一阵，她心满意足地坐下来，打量着自己的劳动成果。看着看着，她又站起来，将花瓶里的塑料花取下来，用湿毛巾擦拭干净。

也许是路途太劳累，做完一切她竟然在行军床上和衣睡着了。

梦中她听到了一阵熟悉的脚步声，那声音急促有力，像鼓点一样敲击着她的心房。这些日子，她正是被这些声音牵绊着，吸引着，将一个少女最美的华年交付出去。如今她不惜离别爹娘，跋山涉水而来，也是为着这魂牵梦绕的声音。

这声音越来越近了，她仿佛能够听到他粗重的喘息。她期待着，接下来会发生点什么。在这个远离家园的地方，那个让她兴奋激动，又莫名害怕的事情会在此地发生。

她的脸上不禁飞起两片红云，起床躲在虚掩的门后。

肖斌云几乎是一脚踹开门的，躲在门后的陶旦差点发出"哎哟"的尖叫。她屏住呼吸使劲忍住。肖斌云一看屋内没人，立刻明白了她的小把戏，反手就将她从门后捉住，再轻轻一脚，房门已经关上。

许久许久，肖斌云才如梦初醒，打量着陶旦："丫头，你咋个瘦了？"他怜惜地捧起她的脸。

"还说我，你咋个也瘦了？"

"我嘛，在部队撤离的路途中没少受罪，到了叙永又经常熬夜开会，研究剿匪方案。刚才黄鲁去会场找我时，首长王钦裕还在安排部署工作呢。匪患严重，古蔺老百姓生活在水深火热中，我们一班子人都很着急。"

说起现实，陶旦的眼泪一下涌了出来。肖斌云知道她一定想起了乔贞贵，不禁拥住她的双肩说："乔贞贵是我的好兄长、好战友，放心，我们会为他报仇的。对了，陶佳咋样了？"

"听到姐夫的死讯，姐姐当即晕了过去。不久又在房间里呕吐，我问她是否怀孕了，她却死活不承认。后来，土匪占领县城后，来家里抢劫，她越想越伤心，便闹着要回山东照顾乔家二老，爹娘极力劝阻，可哪里劝得住，没几天就偷偷走了。"

说到这里，陶旦又哭了。肖斌云为她抹干眼泪，想了想，从衣服里一阵摸索，拿出一根项链递给陶旦。陶旦拿在手里仔细端详，这是一根用子弹壳做成的项链，看那精致的样子，一定花去了肖斌云不少工夫。肖斌云把项链轻轻套在陶旦的脖子上："喜欢吗？"

"太喜欢了，天哪，你咋个做出来的？"

"这些子弹壳是最幸福的了，其他子弹壳只能躺在冰冷的地上，而项链上的子弹壳，经我的打磨，却可以时时刻刻搂住你的脖子。"

"哎哟，你这张嘴像抹了蜂蜜似的，不过我还是爱听。"

肖斌云柔声说道："丫头，这就算是定情物了，等剿匪战争结束，我一定会离婚，补给你一个像样的婚礼。"

……

当敲门声响起时，陶旦才从甜蜜的美梦中清醒过来。那个风尘仆仆的人终于站在她的面前，可是，没有她想象中的拥抱和激吻，没有子弹壳项链。他只是客气地与她道着家常，对她表露的仅仅是兄长般的关心。

陶旦哭了整整一夜。不过，能看肖斌云一眼，对她来说，比什么都重要，比什么都值得。

古蔺匪情的最新密报如雪花般飞到叙永，在临时办事处的桌子上堆积着。杜永田一份份展读，将眉头皱成了一个川字。指挥部收集近期匪情后，成立了由指挥部政工组组长胡珩任指导员、孔凡惠任连长、抽调精干力量组成的侦察连。在比较熟悉地情的成其云等人的引导下，对古蔺、叙永各路土匪情况展开侦察。侦察连晓行夜宿，逐步摸清了水尾、大坝、黄泥、营盘山等地土匪的基本情况。

桃花说开就开，李花说放就放，房前屋后，山里山外，处处姹紫嫣红。又一个剿匪作战会议就在这桃李初绽的芳香中召开了。指挥部设在一个地主家的院子里，那写着"天地君亲师位"牌子的堂屋就成了指挥部的会议室。

来开会的人挤满了一屋，杜永田坐在王钦裕旁边的竹椅上，首先报告当前的匪情。结尾处，杜永田的语气格外凝重："目前的局势我们很被动，变被动为主动不但需要条件，也需要时间……"

王钦裕习惯性地从主席台上站起来说道："我看局势还没到不可收拾的地步，我们要沉住气，让土匪尝到甜头，才能起到诱敌深入的作用。目前，前来接应的解放军部队第十军已经到达纳溪，就快进入叙永。"

不愧是久经沙场的老将，他的声音平稳沉着，透着威严，有一股镇定人心的力量。然而，王钦裕的话并没有给杜永田带来多大的安慰，他起身走到窗口，手扶落满尘埃的窗台，遥望着古蔺方向，似乎在聆听那里传来的枪声。政府撤离了，这是上级的指示，不过他却感到，古蔺随之而来作出的牺牲，他都担负着直接和间接的责任，他比任何人都遭受着更多的自责和痛苦。

思绪游离了一瞬，他不得不将注意力集中到会场，王钦裕已经在下令了："为了更好地清剿土匪，按照上级的安排部署，由杜永田同志负责执行叙蔺边缘结合部的剿匪任务。同时，我们还将成立古蔺县大队。由解放军一四四团三营、古蔺地下党武工队、古蔺公安队的两个排组成，配合解放军清剿土匪。肖斌云同志因为长期以来的出色表现，特任命为古蔺县大队三连三排排长。主要负责侦察匪情、提供情报。当然，还有一些难啃的硬骨头也得交给他，比如收拾那些负隅顽抗的小撮土匪等任务。那些家伙往往藏身在深山密林中，肖斌云同志熟悉当地地形，人又机智灵活，一定能圆满完成任务。"

会议还宣布，以一四四团原建制第九连、第一营机炮连及古蔺县大队连为主力，在叙永窝盐街成立南三县（叙永、古宋、古蔺）剿匪指挥部，王钦裕任指挥长。王钦裕紧接着宣布了"巩固保卫叙永，稳住古宋，彻底消灭土匪，再次解放古蔺"的剿匪计划。

王钦裕刚刹住话尾，台下就哗哗地鼓起掌来。唐兴明高兴地说："我看这回，杨云程之流就是落进热汤里的王八，跑不了啦。"

肖斌云挥挥手里的笔记本说："王指挥长的话真像是热萝卜皮烫冻疮，过瘾惨了。口袋战术，我看就是撵狗进屋，关起门来打狗。等这伙土匪钻进古蔺这个大口袋，看我不一个个敲掉他们的狗脑壳。"

万德舟忙示意大家静下来，然后掏出红皮笔记本，将毛主席关于剿匪的要求以及川南军区关于剿匪的指示又传达了一遍。

杜永田耳朵里听着王钦裕的指示，两眼盯着文件，心情苦涩而悲壮。"巩固保卫叙永，稳住古宋，彻底消灭土匪，再次解放古蔺。"这几句话里蕴藏的层层递进关系，带着一种嘹亮的号角，目标明确，催人奋进。可是，要实现这个目标，意味着古蔺还将隐忍，还得作出很大牺牲。

散会之后，人们已相继走出会场，杜永田不由自主地对走在最后的王钦裕说："指挥长，这个过程要多久？是半年，还是三个月，一个月？"

王钦裕一时愣住了，不知怎么回答杜永田的问题，他说："老杜，休息吧，明天再说。"看着他杂乱的长发，王钦裕又加了一句："暂时把工作放一放，明天先把你的头发理一理。"

南三县剿匪指挥部的一些消息很快就传到了杨云程匪部。

消息的泄露，让王钦裕寝食难安。他在办公室来回踱步，苦苦思索，当烟缸里塞满了烟头，他感到头痛欲裂，疲乏之极。他在办公室的长木椅上打了个盹，可只要一闭上眼睛，他的面前就不停地晃动着一些脸，想要告诉他谁是奸细。恍惚中，还看见一幅无边无际的地图，标示战况的红色、蓝色箭头交织成一团乱麻。十点钟，他终于理清了思路，召集古宋、叙永、古蔺三县相关人员开会。

晚上得到开会的消息，大家都知道情况紧急。很快就聚集到了会议室。王钦裕首先让三县汇报近期匪情，接着通报了剿匪指挥部消息泄露的情况，要大家高度警惕。他让大家想想剿匪指挥部内部是不是出了问题，随即指示古蔺县大队政工组长胡珩，通过潜伏在土匪内部的代号猫头鹰的同志尽快摸摸情况，弄清到底谁是奸细。

除了让胡珩细查奸细，这晚会议的重要内容是研究剿匪战术。

王钦裕让古宋县长阎合银先发言，只见他摸摸脑袋，拳头一挥，亮开了大嗓门："俗话说，人有三分怕虎，虎有七分怕人。这些匪徒就是老虎，不要小看了他们，有国民党残部撑腰，他们已经有了一定的战术素养，又是熟悉地形的地头蛇。他们多数和当地群众沾亲带故，所以情报灵通，这次的泄密事件就是一个证明。他们像老虎更像老鼠，行动诡诈，夜集昼散，出没不定。不过，话又说回来了，他们再狡诈凶狠，也是怕人的，心是虚的。只要我们集中力量与他们斗智斗勇，他们很快就会如秋后的蚂蚱蹦不起来了。"

"说得好，不过我们想听听你打算怎么与他们斗？"叙永县委书记李玉庆说。

"怎么斗我也说得不一定准确，让同志们来说吧，我也想听听他们的想法。"阎合银真诚地说道。

"我觉得可以采取辗转袭击的方式，要用奔袭合围、埋伏、暗杀等手段进行。中央军委和川南军委的指示不是很清楚吗，把围歼群匪和清剿残匪结合起来，大匪力求一战就歼，不宜打散，以此打开局面，振奋人心，争取群众，动摇匪众观望情绪。"听到号召，肖斌云也没客套，站起来就讲开了。讲着讲着他有些后悔，担心讲得太多会喧宾夺主。可当他把眼光投向王钦裕时，却发现对方正用赞许的眼光看着他。他又看了看阎合银，阎合银的眼里闪着亮光，那神情仿佛在说："肖斌云，你这小子行啊，继续讲啊！"

肖斌云迟疑了，他看看台上，发现常胜听得很认真；用余光看看台下，发现岳文忠、王文林等人听得津津有味；后排的几个小鬼还不停地做笔记。他只好接着讲下去："我们要制定适合游击的战法，转变正规战的战术思想，取代以游击对游击，以夜间对夜间，以奔袭对敌飘忽不定的战法。第一，剿匪部队必须轻装，用不着的重火器和能够不用的牲口等可以不带，以免累赘。第二，善于利用化装技巧和便衣，以便隐蔽。第三，不要怕爬山怕走路，不怕夜间行动，不怕扑空，不怕麻烦，不怕劳累……"

肖斌云的讲话被一阵热烈的掌声打断了。

王钦裕抑制不住内心的喜悦："我们剿匪部队有了肖斌云这样有勇有谋的同志，不怕消灭不了那帮乌合之众。"他接着请杜永田发言。杜永田强调在游击开展工作中，应注意为下一步集中的军事行动做准备。

王钦裕还在这次会议上宣布在古宋、叙永、古蔺三县开始实施工作队战术："我们要做到干部分散，做到村村有兵，结合军事剿匪，配合以政治攻势，大力进行宣传。要开始建立工作队，深入争取群众，到群众中访贫问苦、调查情况。在重点围剿区组织一两个武工队，打开局面后，注意创造剿匪的政治基地，建立基点村或基点家，以逐步扩大农村阵地。这次是集中会议，各县要抓紧召开单独的实施会议，细化措施，确保开展好相关工作。"

会议结束后，王钦裕站在檐坎上，目送人们走远了，这才整了整军装，甩开双手走出院子。走了几步，见到离他不远的肖斌云，不禁加快脚步追上他，拍拍他的肩膀："嘿，你这小子，还真有长进。"

肖斌云见王钦裕正在兴头上，便向他说了陶旦和彩霞的事情。想想，人家一个漂漂亮亮的黄花大闺女都追到叙永来了，他既然不能给她一点希望一丝承诺，就得照顾好她的生活，让她不孤单不寂寞。他向王钦裕请求将两个姑娘安排到家属临时住处。

很快，陶旦和彩霞从杂物间搬出来，与卫生班的张仪住到了一起。

肖斌云素来豪爽仗义，对女同志又格外关照。他在剿匪部队中的声望，让陶旦和彩霞在家属临时住处得到了很好的呵护，张仪待她们更是情同姐妹。夜晚，陶旦拿出一条大模大样的腰带，这腰带已经用多种彩色丝线绣了一半，美丽的鸳鸯、花卉和山水图案看上去栩栩如生，精致动人。

张仪一看就是男人用的，不禁取笑她一通："谁不知道你们苗家人到了赶场天，都要带上腰带尽情地唱歌跳舞，遇到彼此中意的人，就互相赠送腰带，以此作为订婚的信物。你这个是给未婚夫绣的？"

陶旦说："你以为所有的腰带都是给心上人绣的？那男人要赠送出去的腰带谁来绣？告诉你，这条腰带就是给我弟弟陶建宁绣的。唉，不知哪个好福气的姑娘能够佩戴。"

张仪不相信，这明明是男人的腰带嘛。她说："那你也给我绣一条，我好拿去送情哥哥。"

陶旦说："你以为腰带那么容易就送出去了，你会唱苗家歌曲吗？不会唱可送不出去。来，我教教你。"陶旦当即唱起了箭竹坪的苗家歌曲《追鱼歌》。

> 湾大湾养鸭，
> 水深水养鱼，
> 水深鱼儿多呀，
> 鸭追鱼落网。

陶旦的歌声回荡在窄小的屋内，婉转又悠长。张仪虽听不懂苗语，但也觉得别有一番风味，彩霞则不时和着节奏轻轻击打拍子。一曲唱完，张仪嚷道："这首不错，不过陶旦姐，我想听听你们苗家的情歌，你就唱一个吧。"

"难道这首不是情歌，你听，'鸭追鱼落网'。"

"我要听更有意思一点的。"

陶旦拗不过她，便唱了一首求爱歌。

听到空中荡歌声，
原是阿哥在逗人。
我呀是否合哥意，
望哥回家请媒人。

陶旦做出痴痴等待的样子，似乎在聆听山谷那边的回答，然后接着唱道：

妹唱山歌无人回，
好比干柴搁冷灰。
干柴搁在冷灰上，
有柴无火枉自吹。

彩霞听得扑哧一声笑出来，陶旦越发来劲儿了，她唱了一首平时都不太敢唱的：

妹要坐月不用愁，
哥已找好地牯牛。
一杯开水送下去，
生个娃娃抱怀头。

唱完，两人都羞得抬不起头。

张仪说："陶旦姐，你不在父母身边享福，跑到叙永来做啥？听说你是因为一个人来这里的，你以为我不知道？"

闻听此言，陶旦满腹惆怅，她长叹一声说道："我就是这个命。肖阿哥是有家室的人，他也看不上我。可我还真是非他不嫁了，你说我不来叙永守在古蔺做啥？"

张仪一时不知怎么安慰陶旦，便转移话题说起了彩霞的故事。三人就这样，又哭又笑，倾诉了半夜心事才各自睡去。

张仪的身世让陶旦大吃一惊，原来张仪是杨云程匪部第三十二路指挥官张豹的妹妹，但是张仪较早地离开了家外出求学，并在学校加入了中国共产党。张仪的父亲张重原来是古蔺县城的一个保长，袁良等人叛变的时候，张重追随而去，在与剿匪部队的一次遭遇战中被打死。于是，张豹接替父亲成了杨匪手下的一名干将。现在，她正和刘焕均处于热恋之中。原来麻城一战，刘焕均随部队撤离到古蔺后，又随部队来到叙永。他也找过陶建宁，要他归队，陶建宁说决非自己贪生怕死，而是身体孱弱，不是当兵那块料，去了队伍反而拖累同志们。虽然不随部队走，但他会以其他方式帮助部队。

刘焕均撤离到叙永时也受了点伤，由张仪负责包扎上药，一来二去，两人暗生情愫。当张仪知道陶旦的弟弟陶建宁是刘焕均的好朋友时，两人更加亲密，对彩霞就冷淡了。张仪趁彩霞不在，悄悄对她说："我发现，彩霞和陈作邦参谋长好上了。嘘，你可不许对别人说！"

过了几天，肖斌云脚上生疮，平时走路都很吃力，更别说行军时的痛苦了。张仪赶紧用消炎粉和油膏给他擦拭，可是效果总不太好。陶旦突然想起父亲在家时用过的小偏方，便用浓茶和食盐煎水为他清洗，再涂上消炎粉和油膏，几次下来，竟然治好了他的脚疮。

肖斌云对陶旦感激在心，和她的交往也多了起来。陶旦便把彩霞和陈作邦恋爱的事告诉了肖斌云，又说了说她对张仪的看法。

"彩霞和陈作邦参谋长谈恋爱很正常，部队里女孩子少，彩霞人又漂亮，被追求是很正常的事情。陈参谋长为人倒是不错，若是成了，我看也不失为一桩美事。"

"可是，陈参谋那满脸的络腮胡，看着就叫人害怕。"陶旦嘟着嘴说。

"人不可貌相，陈参谋长外表粗犷，其实又细心又机警，说话很有分寸，还是个很好的指挥人才。"肖斌云道。

"我还听彩霞说过，陈作邦有点像她牺牲了的未婚夫，难怪彩霞会跟了他。"陶旦继续说道。

"恋爱是人家的私事，我们不管。至于张仪，我正想问问你。你提供这个线索很好，最近剿匪指挥部出了奸细，指挥部的一些行动，不时地被杨云程匪部知道，几次剿匪行动都没有成功。可是我们也不能冤枉好人，不能因为张仪的出身就赖在她头上。"

"我也觉得那样美丽的一个女孩子，如果真是奸细，太可惜了。"

"陶旦妹子，现在有个重要任务要交给你。从今以后，你负责监视张仪的行动。此事关系剿匪，关系古蔺父老乡亲的安危，关系能否为你的姐夫乔贞贵报仇。你要胆大心细，为剿匪指挥部干一件漂亮的事情。"肖斌云正色道。

"是，陶旦记住了。"说完正事，陶旦见肖斌云手里正把玩着一个子弹壳，想起那个梦境，突然低下头，请求肖斌云送她一根子弹壳做的项链。

肖斌云没说话。两天后，将一串细心打磨的子弹壳项链默默交给了陶旦。

陶旦自从领受了任务，开始细心观察张仪，她发现张仪总是心事重重的样子，她的一些举动，也颇让人费解。

比如，她仿佛不太关心刘焕均的生活，倒像对刘焕均带来的部队消息特别感兴趣。陶旦看出这点，就故意与她聊部队的行动。她有意透露出部队近日要去火烧岩剿匪的消息。张仪的眼神发亮了，她紧接着追问一些细节时，陶旦却推说不知道，并巧妙地转移了话题。

一天晚上，陶旦洗衣服回来，发现张仪与一个鬼鬼祟祟的妇女在屋内交谈着什么。见她突然进来，那个妇女慌慌张张转身走了。张仪解释说，是她的远房伯母，陶旦却明显感觉到张仪的不自在。

肖斌云找到刘焕均交换情况，刘焕均也觉得女朋友有些不正常，但又没有什么把柄。当他知道张仪的身世后，一种不祥的预感浮上心头。

月色下，刘焕均和张仪行走在永宁河边，张仪的脸庞依旧秀丽可人。换下工作服，一身宝蓝衣衫，将她的身材衬托得更加凹凸有致，曲线迷人。她依旧亲热地挽着刘焕均的胳膊，刘焕均也顺势搂住了她的纤腰。可是，她柔软的腰肢，竟让刘焕均想到凉飕飕的美女蛇，这冰凉浇灭了他的情欲。当张仪仰起脸，嘟起饥渴的红唇，刘焕均却假装看不见，只顾左右而言他："部队又要开拔了。"

"去哪里？"张仪听到战事就热情高涨。

"近日要攻打火烧岩，一场恶战在即。"刘焕均故意说得文绉绉。

"谁带领部队去，是肖斌云吗？杜永田去不去？"

"你咋个这样关心打仗的事，看不出你还有些巾帼女杰的味道嘛！"

"我关心打仗的事，不就是关心你嘛。盼着早日结束这颠沛流离的生活，我们也好早日成亲啊！"张仪撒起娇来，在刘焕均耳朵上拧了一下。

不久，陶钦克在震东的亲戚给他捎来口信，称陶佳雇了滑竿和两个苦力，在他家住了一晚后，往叙永赶去了，要陶钦克放心。陶钦克夫妇暂时舒了一口气，只要女儿安然无恙，她实在要去山东也只好随便她了。可是陶旦呢，陶旦依然没有消息。一家人一边做生意一边到处打听，听说杨云程在大村找到了陶旦，陶钦克二话没说，又赶到大村。

来到被火烧过之后的苏家坝，陶钦克仿佛进入了一场险恶的梦境。到处是焦糊的气味，尚未燃尽的衣衫和棉絮还在冒着青烟。鲜血和泥沙凝固在一起，折断的枪柄立在焦土之上。大村街头，李明高目眦欲裂的眼，瞪着阴云密布的天空。

夜幕降临了，阵阵山风挟带着血腥气扑在陶钦克的脸上，他抹掉泪水，感觉自己像一块泥石流里的石头，正被裹挟着奔向万丈深渊。这时，他听到了一阵歌声，是苏家坝校歌，是《义勇军进行曲》，是李明高的乡亲们燃起篝火，为牺牲的英雄送行。陶钦克不自觉加入了这歌声的洪流，唱着唱着，心里升腾起一股愤慨之情。他握紧了拳头，脑海中浮现出族中子弟百发百中的英姿。或许，该把他们组织起来做些事了。

剿匪指挥部的消息会透露到杨云程匪部，杨云程在箭竹坪的动静也逃不过剿匪指挥部的眼睛。根据猫头鹰的情报，王钦裕、杜永田、万德舟，召集肖斌云和刘焕均开会。

几个人坐在右侧厢房那擦得油光水滑的黑漆方桌前，风吹着窗外的黄桷树，发出悦耳的沙沙声。一只松鼠在树上灵巧地上蹿下跳，渐渐地胆子大了，竟跳上了窗台。万德舟走过去关紧窗户，随后掏出香烟散了一圈。

这烟是上海的中国人烟厂出品，品相极佳，全部盖上该厂的钢印。每片烟牌有一个主题，如第一枚为"解放区的天"，画面是蔚蓝色天空中迎风飘扬的一面五星红旗；第二枚是"开国纪念"，画面为天安门前欢度国庆的广大群众；第三枚是"东方红"，画面为毛泽东的头像和中国地图，接着是"保卫和平""选出好干部"等三十六个不同的主题。这套连环画形式的香烟牌子，均由画家绘制。此刻，万德舟拿出来散给大家的，正是"解放区的天"。

杜永田说："吉利，咱得好好抽，把古蔺抽成解放区的天。"

"张仪的身份我也听说了，刘焕均怎么看？"王钦裕接过万德舟递过来的烟，在桌上磕了磕，拿到鼻子前闻闻，冷不防冒出这一句。

"我也觉得比较可疑，虽然她是我最亲近的人。"

"有一件事，需要你去查，查明之后，张仪的身份就可以一清二楚了。"

刘焕均一听就明白了肖斌云的意思。

果然，听到肖斌云继续说道："你去查杨云程匪部那边，是否打探到部队近日攻打火烧岩的消息，不就清楚了？"

万德舟一只手搭在腰间的枪柄上，一只手把玩着烟盒沉思了一下说："我看，那天肖斌云提出的战略战术，正好有一条是在重点剿匪区建立基点村基点家，这两件事可以结合起来。刘焕均去查奸细，验明张仪身份，同时在匪众驻扎的地区建立基点村基点家，把群众基础工作做起来。"

王钦裕不放心让刘焕均独自去，他又派成其云和刘焕均一起，让他们与潜伏在杨云程匪部的猫头鹰同志联系。

万德舟最后叮嘱说："建立基点村基点家的地方，除了重点剿匪区箭竹坪，还有杨云程部队的侧翼大寨，古蔺叙永交界处的桂花场，都将是我们群众工作的重点。"刘焕均一一记下，这才结束会议。

临走的前夜，刘焕均向张仪告别，他拥着她的双肩，心里五味杂陈。如果，她真是奸细……刘焕均不敢往下想。

他喃喃地说："张仪，我这一去不知何时才回来，如果你遇到更好的人，就不要等我了。"

张仪也许预感到了什么，她嘤嘤地哭着，将脸埋在刘焕均怀里，用几乎听不见的声音说："不会有比你更好的人了，我会永远等着你。"

刘焕均揉着她的头发，少女的发香令他着迷。可是，越来越多的迹象表明一个残酷的事实，他不忍揭开，可终有揭开的一天。

"你为啥像个谜，谁让你这样做的？"他好像是说给张仪听，也像是说给自己听。

天刚蒙蒙亮，他就和成其云一起上路了。无论是在陡峭的山路上，还是在热闹的集市，抑或寂静的树林，张仪那张俏丽的脸一直在他脑海中浮现。

刘焕均和成其云在震东兵分两路，成其云到桂花场执行任务，刘焕均则前往箭竹坪。见到猫头鹰，原来他是一个黑黑瘦瘦的中等个儿，头发稀疏，尤其是脑门那截光溜溜的，显得有点老气横秋。见到他时，他正跷着二郎脚，敞着褂子，摇着蒲扇，像个当地的老农民似的，一点看不出他的真实身份。与他聊了半天，刘焕均基本摸清了箭竹坪的匪情。在忐忑不安中，他不祥的预感终于得到证实：杨云程匪部果然知道了解放军近日要开拔火烧岩的消息。

他怀着复杂的心情告别猫头鹰，前往猫头鹰引荐的苗族人家。开门一

看，竟是在陶钦克家认识的项老三。项老三正在做饭，见到刘焕均，又是寒暄又是握手，说不出的亲热。

接下来的日子，刘焕均就以项老三远方表弟的身份住在他家，以此为据点，开展群众工作。

第二天刘焕均出来开展工作，刚走过一片树林，突然从背后射来两发子弹，刘焕均头一偏，就地一滚，一颗子弹正好落在他的脚背上。他奇怪这子弹怎么轻飘飘的没有分量，定睛一看，哑然失笑，竟是一颗木头子弹。

奔波一天回到项老三家，刘焕均拿出木头子弹给项老三看。

"这种木头子弹我可见多了，土匪就是这样，见软欺见硬怕。"

"老三，你算有本事，练过武功的，日子过得咋样？土匪应该不会欺负到你头上来？"刘焕均跷起二郎腿，懒懒地问道。

"狗日的土匪些，对我们这种手无寸铁的小老百姓，还是猖狂得很呢。武功顶啥子用，他们要武器有武器，要人有人。又要抓丁，又要抢东西。猪牛羊、盐巴海椒、瓜儿小菜啥的都不放过。"

由于受陶钦克和猫头鹰的影响，项老三对解放军很是信任。他很快把刘焕均当成了自己人。说起土匪在箭竹坪犯下的缺德事，好像几天几夜都讲不完。

刘焕均对项老三说："老三，你放心，解放军很快就要打过来了，杨云程之流猖狂不了多久。现在，我需要你的支持和配合，剿匪战争全面展开后，箭竹坪将是重点剿匪区，剿匪主战场。我们需要建立一个强大的群防体系，配合解放军的军事行动，一举将他们歼灭。"

项老三搓搓手为难地说："可惜村里一半的青壮劳力，都被杨云程的部队豁哄吓诈拉走了。"

"恐吓、暴力都不说了，他们又是咋个鼓吹这些人上当的？"

"他们说，胡宗南的部队就快反攻过来，大陆很快就会恢复国民党统治。"

"猫头鹰不是我们部队自己人吗？他没有做群众的宣传工作？"刘焕均不解地问。

项老三沉吟一下，欲言又止的样子。

"别害怕，把你的真实想法说出来。"

项老三终于大着胆子说："猫头鹰同志是个搞情报的好手，但他这个人太傲，无法与群众打成一片，所以你懂了吧。而且，听说他的身份好像被杨云程部下的张豹知道了，张豹想要除掉他，他为此焦虑得很，有次还给我说，不想再干情报工作了。"

听到张豹的名字，刘焕均兴奋起来，他放下二郎腿，精神抖擞地坐直了身子，又装作漫不经心的样子追问项老三道："张豹这个人，他的身世我有些了解，好像他的父亲是国民党时期的一个乡保。对了，他是不是有个妹妹叫张仪？"

"叫啥子名字我不知道，只知道他是有一个妹妹，早年在外地念书，成年后许配给杨云程部下的傅子儒。要不，张豹怎会死心塌地为杨云程卖命？"

闻听此言，刘焕均如五雷轰顶，呆若木鸡。他担心他的失态被项老三发现，忙借口肚子痛要回去躺躺，谢过项老三，赶紧回到项家为他安排的房间。

这栋房子顺着山势修建，高台基之上是项老三自己住，矮台基处是偏房，三间连排房间，用于堆放杂物，也有一间用作客房招待客人。刘焕均就住在朝北的房间里，他打开窗户，眼前正对着郁郁葱葱的山林，此刻，那树的招摇、花的吐艳，都幻化成一群嘲笑他的人。那树那花不知啥时又变成了张仪俏丽的脸，他刚想俯身亲吻，却被刺骨的冷水浇得透心凉。然后，他簌簌发抖，发起了高烧……

刘焕均醒了睡、睡了醒地折腾了两天，终于打起精神开始工作了。他通过项老三的引荐，走村串户，很快发展了十几个基点家。

第十章

锋芒初露

四月初的一天，杨云程带着袁良、江秃儿、傅子儒三人，到箭竹坪察看地形。杨云程在灯盏坪的玉米地里下了马，这里的玉米已有半人高，有的已结出幼小的玉米棒，有的还在蓬勃生长，玉米林一直延绵到对面的山脚。从这里望过去，就是叙永地界了，他目不转睛地看着地界处的一棵白杨树，脸上阴晴不定。回来后，他们在政府大院召开紧急会议。

"各位，箭竹坪这一趟，有啥子想法？"杨云程歪躺着，将一把旧竹椅压得咯吱咯吱响，奔波了一天，他也疲惫了，只想快些结束会议，找个好地方快活一把。

"我猜司令的心思，是想打到叙永去，以攻为守。"袁良恭维道，说话时小八字胡一抖一抖。

杨云程不置可否，他用眼光示意江秃儿。江秃儿说："要打到叙永的话，恐怕要在箭竹坪驻防才行。"

傅子儒也加入了他们的讨论，等他们讨论得差不多了，杨云程才将他的想法和盘托出："要打到叙永去，仅仅在箭竹坪布防肯定不够。我看得设置前后方司令部才行。前方司令部设在箭竹坪，这里是咽喉之地，我亲自率队布防。"杨云程故意停顿一下，观察几人的反应。

见他们都露出信服的表情，他才挪动了一下身体，换了一个舒服的姿势，继续说道："袁良、江秃儿、傅子儒驻扎大寨，作为前方司令部侧翼配合行动。"被他点名的这三人赶紧站起来领命。

"合乐云的阮德三早已经在我的控制之中，若攻打叙永，阮德三这支队伍可以助司令一臂之力。"袁良急忙邀功道。

"好得很，再给阮德三增加一些装备。另外让吴山也去那里走动走动，归顺下人心。"

"司令去了箭竹坪，县府这边咋办？"又是多嘴的肖石头问道。

"我说，你咋个老是不长进，那么沉不住气呢，我知道安排嘛。"杨云程尽量压制住火气，温和地说道。

"肖石头，司令心里啥子都想好了，你瞎操啥子心？"

"好啦好啦。"杨云程不耐烦地摆摆手，接着往下说，"后方司令部，由黄克平任司令，为谭建成开展县府的工作做好军事保障，抓紧巩固城防。还有一点，大家千万注意，虽然骆三爷在河屯，但要是有时间碰上他，一定要捡他爱听的话说，谁捅了篓子我找谁算账。"

杨云程这边在谋划攻打叙永城，叙永窝盐街指挥部，也在进一步推进着收口袋战术计划。

王钦裕摊开古蔺地图，用红色铅笔在古蔺边缘画了一条醒目的线。他说："同志们看，贵州的土匪受到打压，主要从太平渡到马蹄滩再到水潦这赤水河沿线进入。然后，与古蔺和川内周边的流匪汇聚在西北面，古蔺与叙永交界的大石母、墩梓场、大寨、箭竹坪的高山密林带。我们要实施收口袋战术计划，就得把土匪从西面往中间赶，这样才利于一举歼灭。由于杨云程一直有想要攻打叙永的野心，他才把主要兵力放在箭竹坪一带。所以，我们当前的任务，便是要逐个击溃土匪在古叙交界处的堡垒，让他们无立锥之地，往城中心跑。"

杜永田说："根据前期情报，目前杨云程的主要兵力放在箭竹坪、大寨、桂花场、大石母等处。按照先边缘后中心的原则，首先攻打边缘地带的大寨匪部。熟悉古蔺地情的同志要搞好侦察工作，成其云和罗正贤同志明天就动身，去侦察一下大寨的匪情。"

成其云戴破草帽，身穿缀满补丁的老蓝布长衫，扮成挑着担子收购中药材的生意人。罗正贤在腰上拴一根草绳，绳子上挂一个装水的葫芦，肩上扛一个大麻布口袋，跟在他的后面。

路过合乐云阮德三家的大院，已是黄昏，两人停下来歇了会儿。只见这三合院，有正房和左右厢房，还有并排三间耳房连接左厢房，耳房的檐坎上有一架磨面用的大磨子。阮德三住在正房，门前有站岗的哨兵。

　　成其云认识阮德三，曾和他打过一次交道，那是部队刚进驻叙永时，阮德三主动送上一头猪，正是成其云前往接洽的。阮德三三十开外，高个子、高颧骨、短下巴、粗眉粗眼，一身粗布素服，头上包一块白帕，看上去倒也干净利落。这人是有几分功夫，跑能追上猎狗，跳能越过两张并排的大方桌。他枪法也准，上山打猎，很少空手而归。阮家是当地开槽房的地主，名义上是他父亲当保长，实际上是阮德三代职。有了钱后他就去购买枪支壮大队伍，如今他养着几百号人，几十支枪分散在猎户手中，一呼百应。

　　成其云第一次去他家，并未发现异常。阮德三热情地接待了他，送给部队的猪足有一百五十斤。成其云便试探着让他投诚，阮德三突然变得支支吾吾，成其云见话不投机就告辞了。后来才知道阮德三还有一个兄弟，阮氏兄弟都被杨云程拉入匪部，阮德三还当上了第六路反共救国军指挥官。这下阮德三连槽房也不想开了，一心想着与杨云程一起反共救国。

　　这次路过他家，两人却明显感觉有些不对劲。一个管家模样的人拦住他们，搜查他们的担子和背篓，看看有无盐巴和鸦片，一见什么都没有，又死活要他们留下买路钱。

　　"哪有钱，有钱还出来收山货？"罗正贤并不怕他，取下水葫芦喝起水来。

　　"你他妈还硬火得很，你硬火得过这个？"那人拍拍他腰间的驳壳枪。

　　两人使了个眼色夺路逃跑，一迈步便窜出去老远。管家个子矮小，腿短，跟在后面跑了几步，大喊："站住，再跑我开枪了！"

　　见追不上，管家向天鸣放了一记空枪，很快就从四周冒出一些手拿梭镖大刀的人，将他们团团围住。

　　"往哪里跑？喊都喊不住，你们的耳朵背到猪八戒那里去了？"

　　成其云既已乔装打扮，也不好找阮德三要一个人情，双方僵持着。这时，突然听见一声集合的号声，那管家便举起枪柄，狠狠地敲了他们几下，带领一群人走了。

　　接下来，便是一些人影在眼前晃来晃去，四周的山上，不断有背枪的人下来，看样子是去他家的院子里集合。两人潜入阮家的猪圈顶上，偷看着里面的动静。

　　只见院坝里火把通明，挂在壁头的马灯结了很大一朵灯花，阮德三吩咐人剪了去，院坝更明亮了。空地上钉上了无数木桩，上面立着一个个稻草人，旁边是一堆长长短短的枪，那些枪支在火光下闪着寒光，杀气顿时在暗夜中弥漫开来。

黑压压的队伍前面，是八个人。前后各四个，众星捧月般围着中间那个人。那人头戴卷耳帽，身穿长袍，脚上却穿了一双黑漆雪亮的长筒马靴。那人又故意高昂着头，把脚步放重，在院坝里踩得嗒嗒作响，更加引人注目。成其云觉得这人好眼熟，一时想不起来，他眯着眼睛看了又看，猛然认出原来是张树良的部下吴山。没错，就是他，粗短眉毛、泡泡眼、厚实嘴唇，只是脸上的稚气少了些，一时没辨认出来。

吴山抽出一根长枪，对准木桩上的草人就是一枪，稻草人应声落地。土匪们依次开始持枪射击稻草人。练习得差不多了，待人们排好队，吴山就训起话来。

这番讲话照搬的是蒋介石早晚点名时给士兵的讲话，这是从训练班学来的真传，秉承的是蒋介石"三分军事，七分政治"的精神。

好不容易训完话，众人散去，只有吴山和阮德三在屋檐下密谈。成其云和罗正贤听到一个声音说，为了保存实力，今夜要把队伍搬到一把伞去。

一把伞是一座高山，离阮德三的住家有几里远。那地方全是遮天蔽日的原始森林，只有一条独路可以上山。阮德三妄图凭借一把伞天堑作屏障，保存自己的实力。

"快走，我们先不去大寨了，赶紧回去向指挥部汇报！"罗正贤说着，鼻梁上已冒出一层细密的汗珠。

"哥子，这里离大寨不到十里路，不到一个小时就到了，这样回去岂不是白费工夫？"

"别考虑弄多，这事宜早不宜迟。"罗正贤说完就转身往叙永方向走了。成其云拍拍身上的泥巴，赶紧跟了上去。

天黑得伸手不见五指，他们都不敢用火把，扔掉那些收中药材的行头，跌跌绊绊摸黑走着。时间紧，路程长，两人都恨不得多长两条腿。

"哎哟！"前面突然传来罗正贤的叫声，成其云凑近一看，原来他掉进路边的枯井里去了。

枯井只有一人宽，还好罗正贤比较瘦，成其云站在井沿儿，双手用力提着他的膀子往上拉，费尽力气才把罗正贤拉了出来。罗正贤的后背被井壁上的石头刮伤，刚出来时只顾高兴忘了痛，走了一阵才开始呻吟起来。

"小心，脚下是冬水田坎。"这次，改为成其云在前面带路了。

这道田坎刚被稀泥糊过，他们的草鞋在上面一踩一个坑，还未走完田坎，两人的草鞋已经陷落在稀泥里了，只得光脚板走下去。半夜鸡叫时，

他们实在太困了，就在泥地上和衣睡了一阵。天亮时又遇上断断续续的雨，全身衣服干了又湿，湿了又干，好不容易到达叙永。

攻打阮德三匪部就这样先于攻打大寨提上了议事日程。

部队开拔前，王钦裕对此次战斗的复杂性做出了估计。为了确保此次战斗一举成功，他亲自挂帅，带领一营两个连队向驻守在一把伞的阮德三匪部靠近。

下午，部队准时开拔，王钦裕看了看墙上的挂钟，正是三点半。这是个吉利的数字，他心里怀着兴奋期待，同时，也有着隐隐的不安。

"大匪力求一战就歼，不宜打散，以此打开局面，振奋人心，争取群众。"他在心中回味这番话。

部队行进得异常艰难，起初天气尚好，阳光偶尔探出云层，温暖地照在战士们的身上。刚出城不久的路段，鸟声啁啾，野花绽放，让人精神振奋，虽是一路小跑，队伍中依然有说有笑，群情激昂。

战士周国华一边走，一边踢着脚下的石头："嘿，阮德三算啥子鬼，我们一去，不费一枪一炮，他就会吓得屁滚尿流。"

"即便是打，他那种散兵游勇，土枪土炮，能经得起解放军强大的武器装备?"田瑞林吐了口唾沫，对战友嚷道。

"别吹牛，两位小鬼，你们大意轻敌，被阮德三活捉了去做人肉包子，我可不管哈。"年长老成的战士杜占文说。

"老杜，阮德三要捉的是你。看你又白又胖，做人肉包子一定很好吃。我们俩干筋筋瘦壳壳，阮德三哪里看得上。"

没过多久，他们三人便再也开不起玩笑了。不仅他们，整个部队也开始叫苦不迭。

通往一把伞的羊肠小道越来越窄，由于人烟稀少，很多地方被茂密的植被覆盖，战士们一边走，一边还得分开两旁的树枝杂草。一不小心，提防着头上的树枝，却忘了脚下的青苔，不少人滑倒在路上。杜占文拉扯树枝时，竟惊扰了树林里的马蜂窝，只见一群马蜂飞出来，围攻着队伍中间的几个人。战士郑命命大喊："快脱下衣服包住头。"有几个战士见来不及，直接在地上滚动起来，躲避马蜂的攻击。待蜂群散去，杜占文等几个人已被马蜂蜇得鼻青脸肿。王钦裕只得派先遣部队在前面开道，将砍下的杂草枯枝洒在青苔路上避免滑倒。和他们跟跟跄跄的行走相反，山上的毒蛇和蚊虫却自由自在地乱窜。山蚊子毒性大，很多战士的脸上手上满是又红又痒的疙瘩。前面开路的人却还不时喊着："小心毒蛇！"

这时天色突变，一团乌云以排山倒海的阵势，从西北方压过来，不多久竟噼里啪啦下起了大雨。黄豆大的雨点几乎遮蔽了人们的视线，这些在作战中出生入死的人，早已习惯了风雨兼程，但路太滑，很多人停下了脚步。先遣部队仰望着眼前的原始石梯路，无奈叹息。只见这依岩而建的石梯路，几乎与地面垂直。

王钦裕说："兵贵神速！道路虽然艰险还是不能耽搁。后面的部队暂时停下，先遣部队先上去摸摸情况。"

先遣部队上来，只见所有石梯没有一节是经过修凿的，宽窄不等，高矮不一，路旁是深不可测的悬崖，叫人望而生畏。先遣部队将身体紧贴着山路内侧的崖壁，用手抓住崖上的石棱，慢慢摸索着往上走。不知用了多少时间，战士们的腿被这高高的石梯折磨得快抬不起来时，终于到达山顶。

后面的部队也跟上来了。被雨水淋透的泥巴路，走起来一步三滑。不断有前面的战士摔滚下来，挡住后面战士的去路。郑命命一连摔了几跤，他爬起来抹了一把脸上的污泥，叫道："这雨下得长麻吊线的，真像王二娘的裹脚布。""唉！这雨早不下晚不下，偏在这时下个不停，老天爷在与我们作对呢。"杜占文和周国华被逗笑了。

田瑞林正色道："好好走路！我看老天爷待我们不薄，现在把雨下完了，到打仗时多干爽，方便我们把阮德三的老巢翻个底朝天。"

饥饿，是如影随形的另一条毒蛇。中午在叙永吃过的煎饼和稀粥，经过大半天的跋涉，早已消耗殆尽，战士们的肚子饿得咕咕响，差点连双腿都迈不动了。他们使劲儿把腰间的皮带勒了勒，好像这一勒就能把饥饿勒跑似的。大家喝了一些凉水后，越发感觉饥饿难忍。杜占文患有低血糖，一旦饥饿就会两腿发软，头昏眼花。此刻，他无力地靠在一块青色的巨石上，怀抱驳壳枪，仿佛要睡着了。

田瑞林凑到他的身边，看着他苍白的脸色，微微闭上的眼睛，便模仿后勤主任的声音喊道："同志们，快来领压缩饼干了。"

杜占文果然激动地跳起来，一看是田瑞林捣鬼，一脚踹在他的屁股上。

"你这臭小子，打人的时候就有力气了？下手还真狠！我要真有压缩饼干还用骗你？行，现在我就把腿上的肉割下来烤熟了给你吃！"田瑞林龇牙咧嘴地叫道，一边装模作样地找刀子。

这时，周国华走过来，从衣兜里拿出一块压缩饼干递给杜占文。

杜占文看着饼干流口水，却摇摇头拒绝了。

周国华用他那有力的大手，一把抓住杜占文的胳膊，又亲热又责备地说："占文，你逞啥能？我还不知道你，一会儿你还想不想打仗？"说着把压缩饼干硬塞进他手里。

杜占文三两口就吃完了，人很快恢复了精神，他看着周国华那温和的宽盘脸说："国华，你从哪儿弄来的？"

"有一次外出打仗时，我攒下来的。"

这时，才真正响起了炊事班长通知开饭的声音。饭后，大家握紧枪支一下进入了战斗状态，片刻就恢复了肃穆整齐的队列。

剿匪部队正式与阮德三交战是晚上，到了阮匪驻地门前的坡地，阮德三似乎觉察到什么不对劲，大声呼喊哨兵，两个土匪壮着胆子走了出来，迎接他们的是两发子弹。顿时匪窝乱了套，里面的人大叫着："共军来了，解放军来了，黄毛狗子来了！"

阮德三磨了磨牙齿，跳起来大吼："黄毛狗子有啥子好怕的，他们想砸我的锅，我还想端他们的窝呢。他们想踩我的脚，我就去砍他们的狗脑壳！"

阮德三说完瞥了吴山一眼，吴山的泡泡眼里射出寒光，他挥着拳头说："对对，就凭阮三爷这气势，这批共军都得全部拿下，我吴某也早想出出这口恶气了。"

"活捉这帮黄毛狗子，剥了他们的皮，喝了他们的血！弟兄们，打！"

阮德三的命令，让骚动的土匪顿时安静下来，开始回射出零零星星的子弹。后来枪声越来越大，王钦裕从枪声的密集程度上判断，这伙人装备一般，人数也不太多，拿下阮匪部应该没有问题。只是他们的武器偏少，唯一的重武器只是两门迫击炮，机枪才四挺。岳文忠说："让他们尝尝我军迫击炮的威力。"

"嗵"的一声炮响，击中檐坎上一筐石灰，茅草房里顿时黑烟搅白雾，里面的人，全都成了睁眼瞎。他们以为碰上了什么新式武器，一个个揉着眼睛，勾着鼻子，趴在地上大气也不敢出。

"不用怕，弟兄们，是石灰筐子被砸破了，大家保护好眼睛。"阮德三吼道。

又是一阵点射过来，这些看不清事物的土匪又被撂倒几个。他们丢下一堆尸体，龟缩在耳房里。耳房里藏不下的，便抱头趴在地上。火热的弹雨越扫越猛，土匪又倒下一大片。

几个胆大的冒着点射迎面而来，可是剿匪部队却停止了反击。王钦裕说："真真假假，虚虚实实，看你这批匪徒怎么应付？"

"共军的枪声又停了，他妈的，又是玩啥子阴招?"阮德三嘀咕着，不断挑自己的头发，只差把额前的一撮短发揪下来。

　　见阮德三急得团团转，吴山在几个随从的陪同下，火速到院坝里巡视伤亡情况。回来后他问阮德三："这山上会起雾吗?"

　　"会的，一起雾就是浓雾。"

　　"那好，等大雾起了，不熟悉地形的共军部队不敢冒然进攻，一定会等到能见度高了再下手，这就留给我们时间去搬救兵。"

　　天色已经完全暗了下来，头顶乌云密布，大雨说来就来，山洪开涨，哗哗地流向群山的沟壑之中。待到天色微明，雨也停了，雾气果然从四周涌了过来，不过万幸的是雾暂时还不大，再看看阴霾的天空雾将会越来越浓。要攻就得及时强攻，王钦裕下令马上强攻。

　　陈其德摆好了八二炮，炮弹伴随着一轮轮手榴弹朝阮匪驻地飞射而去。一瞬间，火光冲天，震耳欲聋的爆炸声中间杂着土匪们的阵阵惨叫。

　　冲锋号响了，除了几个战士担任警戒，其余战士全部冲向匪窝，他们拔出手枪高喊着："冲啊，缴枪不杀!"

　　这时，他们突然发现从西面的山头上，涌出黑压压的土匪，原来是阮德三的援兵来了。这支人马多是苗民，平日都是精于猎杀的打山匠，在阮德三的训练下更加勇猛。他们用棕皮包着脑壳，褐色的棕须，参差不齐地盖在头顶上，额角又缠着一道白布，在半明半暗中看去如群魔啸叫着奔下山来，如丧家之犬的匪徒瞬间猖狂起来，疯狂地回击。

　　两边的枪声交织成一张密不透风的网，匪徒控制住仅有的狭窄高地，以机枪和步枪密集射击。剿匪部队经过几个小时的急行军随即又加入战斗，且只吃了些简单食物，战士们又累又饿。鉴于浓雾降临后部队的处境更加危险，王钦裕决定冲出封锁线。

　　前面一片开阔的坡地为冲出封锁线的必经之路，第一次突围未成，二次突围，王钦裕将部队分成三个小组迎敌。田瑞林、杜占文等人所在的小组处于阵地前沿。激战正酣时，杜占文刚起身前进即被子弹击中胸部，牺牲在坡地。田瑞林随手捡起他的枪背上，右手提着自己的枪往上冲，在一棵小树的掩护下，他正要举枪射击，匪徒射来的子弹又将他击倒。

　　看到两位战友牺牲，号手吹响了号角。他们喊声震天，奋不顾身冲出坡地，将阮德三匪部逼退了几米。片刻的沉默之后，匪部又开始了进攻，但这次进攻没有以前那样凶猛。他们显然改变了战术，不想耗费过多的力气把对手击倒，打算撕大它的伤口，让遍体鳞伤的对手慢慢流血至死。

这种慢消耗是致命的，周国华和郑命命率先沉不住气了。浑身血迹的周国华，丢掉打光了子弹的驳壳枪，提着马刀从弹坑里站了起来，随着他嗓子里发出一声嘶哑的喊叫，郑命命便随他向阮匪冲去。

这个动作来得太突然，王钦裕被惊呆了。他并没有命令他们去冲锋，这是不理智的行为。他大喊回来，可是已经迟了。前面突然枪声大作，周国华和郑命命虽然击倒了几个匪徒，却也没能活着回来。王钦裕用枪托击打着一块岩石吼道："听着，没有我的命令，谁也不许轻举妄动！"

局势越来越不利，又有两位解放军战士牺牲。阮德三很是激动，裂开两片厚嘴唇，露出狰狞一笑，粗哑着嗓子道："弟兄们，快给我追，一个也不要留！"

吴山沉吟了一下，连连摇头："见好就收，凡事不可做绝，要给自己留退路，共军可是狡猾得很呢。跟我们对阵的又是共军内部的厉害人物王钦裕，小心为妙，赶紧撤吧，再坚持下去恐遭了埋伏。"

就在战士们杀红了眼，想要和匪徒拼命的时候，山中突然出现一阵山号，四周的匪徒一听这是阮德三撤退的命令，全部如兔子一般消失在浓雾中。

战士们含泪告别了牺牲的六位战友，在王钦裕的命令下悄悄撤离。

队伍默默前进着，王钦裕从队伍的中间走到最前面，他不想让战士们看见他的泪水。他的眼前，浮现着周国华和郑命命不顾一切往前冲的身影，是他们缺少韧性，不愿忍受长时间的折磨而去寻求死亡，还是"生当复来归，死当长相思"的忠勇情怀？可他认为，军人需要视死如归，也需要理性和克制，否则，忠勇会变成蛮勇，英勇就义会变成莽夫自毁。

部队行走在同样的山路上，来时精神振奋有说有笑，此时却沉默得令人窒息。夜色中只有窸窸窣窣的脚步声，战士们拖着疲惫的身体，挪着艰难的脚步回到驻地。

在总结攻打阮德三战斗的会议上，王钦裕沉痛地说："如果我们不停止这种拼消耗的战术，采取机动灵活的方针，兵力将会严重折损，装备将会拼光，我们将变成千古罪人。"顿了顿，他又继续说道，"由于匪众的分散，眼下我们面对的如同游击战争。我记得，刘伯承说过，游击战争的'游'就是机动，'击'就是歼灭敌人。'游'以掩护自己的弱点，寻找敌人的弱点，'击'以发扬自己的特长，撇开敌人的特长'。刘伯承还为游击战总结出一套战术方法，诸如'攻击一点，吸其来援，啃其一边，各个击破''麻雀战术''拖刀计''吸打援敌计'等，大家说说，我们应该吸取什么教训？

又应该怎样运用刘伯承为游击战总结的战术方法？"

陈其德小声说："我觉得总体上应该扬长避短，具体战术上可以运用第一点。"

"我认为，为了掩盖剿匪部队真实的用兵意图，可以做出许多'示假''示弱'举动，把匪众引入迷途。"肖斌云站起来说道。

"悟性不错，"王钦裕赞赏地点点头，"希望大家在战斗中不要逞一时之勇，要多用脑子思考。斗智斗勇嘛，有勇有谋嘛。我要提醒大家的是，无论怎样扬长避短，战术再怎样精当，剿匪战斗也将是一个漫长的过程。毛主席就曾说过：'凡事忍耐，忍耐最难，但必须练习忍耐。'"

阮德三被袭的第二天，杨云程在斑鸠石召开紧急会议。武聚奎、袁良、江秃儿、杨绍华等人参加会议，再次商议攻打叙永县城计划。会议一开始，杨云程要袁良说说阮德三的情况。

"部下死伤大半，阮德三侥幸捡到一条命。不过幸亏他的打山匠队伍毫发无损。"袁良说。

"还巴望他帮助攻打叙永，还没开始进攻就溜了炮蛋。"阮德三士气大伤，虽折掉一股重要力量，但杨云程仍对攻打叙永充满狂热激情。

"不管他，弟兄们。损失一只蚂蚁，还有大象在。怕个球，我们攻打叙永县城的计划依然要实行。一旦得手，盐巴布匹任你们背哦。"

"打进叙永城，盐巴布匹任你背！"江秃儿念叨道。

"哟，江指挥还把顺口溜都编出来了。对的，就拿这句话去发动你们的部下。袁良，散会后你就把这句话刷成标语，在灯盏坪到处张贴。"说完，杨云程微微一笑，直接下命令，"时间就定在这月十九日，县城禹王宫的司令部也要搬到震东落窝去，到时我在落窝指挥整个大盘子，江秃儿率第二指挥部住滴水，杨绍华率第三指挥部在滴水协助。"

"还有外地的一些弟兄们，对这次战斗有没得支持？"袁良问道。

"云南郑跃东的部分人马，叙永王逸涛手下的杨元浦指挥部，也要来支持。听王逸涛说，营盘山李家沟土匪中队长周军普也在准备投靠他了，到时让他的部下一起参加。我估算了下，驻扎滴水的共有一千多人。而古蔺到滴水一带，驻扎的人大概要上万了，这个阵仗，解放军不吓得尿裤裆才日怪呢。"

"装备呢？"杨绍华还有点不放心。

"轻机枪、步枪、手榴弹、青冈土炮等，所有好装备都配给滴水的先头部队咋样？大家还有啥子意见？"杨云程露出一丝倦意。

"好呢，打进叙永城，盐巴布匹任你背。"会场响起此起彼伏的声音。

晚上，王钦裕照例在煤油灯下翻阅兵书，寻求突破之道，那不绝于耳的虫鸣之声成为他研读兵书的最好伴奏曲。兵书看得倦了，他轻声吟诵着将领们的诗歌。

冷食充肠消永昼，禁声扪虱对山花。
长夜无灯凝望眼，持枪倚枕到天明。

正吟哦着，肖斌云兴冲冲地推门进来，他的神态让王钦裕立即抛下兵书，坐直了身子。

原来，肖斌云获悉营盘山李家沟土匪中队长周军普，将率手下十余个土匪经长秧坝前往叙永渡船坡，准备投靠聚集在此的王逸涛部下杨元浦匪部一起攻打叙永，当夜准备在三斗米驻扎。

王钦裕说："得，我看攻打大寨的战事还得推后了，眼下恐怕得先端掉这窝匪徒才是。赶紧把孔凡惠连长给我叫来。"

孔凡惠也觉得此事非同小可，直接威胁到古蔺临时政府，他说："肖斌云，这事你一定办得了。我们连派五六个战士跟着你，辅助你行动，缉获周军普获取详细情报怎么样？"

王钦裕说："恐怕要不了那么多，人多容易暴露目标，或许还需要乔装打扮一下才好。"

"连里派两个弟兄和我一起去就行了。可我不认识周军普，如果能够知道他长啥子样，不就更容易开展工作了？"

"这个容易，把连里营盘山籍战士找出来，描述一下周军普的样子不就行了。"孔凡惠立即派人把连里的两个营盘山战士找来，他们凭着记忆描述了一番周军普。王钦裕又将剿匪部队里的大才子，北方来的小李找了来。小李出身书香世家，秉承家教，自小琴棋书画无一不通，他根据营盘山战士的描述画了一张周军普的画像，画好后拿给营盘山战士看，他们连连称是。

三个人就要深入虎穴，王钦裕格外担忧，叮嘱了他们几遍，要他们万万保证自己生命安全，不可冲动行事。

肖斌云揣着画像，和黄善甫、罗实凯两个弟兄出发了，经过鱼凫，快到渡船坡时，看见一座寺庙。

罗实凯两手一拍："这座庙一定是传说中的龙君庙了。"

"别乱开黄腔，龙君庙在墩梓场。"

"我小时候听人说，好像是在三斗米附近。"

"是在墩梓场，我去过那个地方。"肖斌云更正道。

眼看着天色就暗了下来，乌鸦的叫声让人倍感凄凉。肖斌云说："不是龙君庙也没关系，我们今晚就住这里吧。"

进入庙里抬头一看，见墙上用木炭写着"不打钻窝子，专打登登娃"。罗实凯不解其意，问肖斌云："我知道钻窝子是指解放军去老百姓家征粮，可登登娃又是啥意思？"肖斌云说："这都是土匪的暗号。登登娃要么是指老百姓，要么是指学生娃娃，总之是软弱好欺负那类，土匪当然不放过了。至于钻窝子解放军，不是他们不想打，是解放军有枪，他们打不赢。"罗实凯说："这些土匪，还真是欺软怕硬。"

"不过，也不要粗心大意。说不定这是他们专门设的迷魂阵呢。打与不打，鬼才晓得。"

三人在庙宇里歇了一晚，养足精神，鸡叫即起，摸黑赶路。不久就到了长秧坝，肖斌云提醒两个弟兄小心："这里比不得渡船坡一带，已接近三斗米，匪徒常在这里出现。"

没走多久，肖斌云便感觉不对劲儿，总有一个带着草帽的人跟在他们身后，犹如影子一般。他们快，影子便快，他们慢，影子也慢下来。肖斌云对两人使了个眼色，要他们见机行事。

正值插秧时节，老百姓正在插秧。肖斌云随即卷起衣袖，挽起裤腿，草鞋一甩就下了田，黄善甫和罗实凯也如法炮制，混在插秧人群中一起劳动。肖斌云在家时，就是干农活的一把好手，谈到栽秧子这道农活，彰德人无不交口称赞，说他是了不起的"秧盖盖"。

他不仅栽得快，横竖都栽得直直的，还能栽出"削口""闭口""牛鞭刷""板梯"等花样来。他虽未读过多少书，但记性好，嗓音洪亮。他从小跟随大人们栽秧薅秧干农活，逐渐学会唱许多山歌、薅秧歌乃至花灯调子等，经常一出门便哼唱起来。他一边栽，还不时学鸡、猫、狗、奶娃儿叫等，让大伙缓解疲劳，哈哈大笑。

此刻，他脱掉外套，穿件白汗衫，将袖口挽至手腕上方。无论多么快速，总能做到白衣白袖不染泥。

田里六十岁的老大爷，胸前挂着鼓，一手提锣，一手执棒，锣声一响，他便用雄浑的声音唱起了栽秧歌，有时男女队一问一答或一唱一解。有时也见景生情，随意编造。

此刻，只听老大爷唱道：

东方发白大门开，
栽秧人儿下田来，
左手栽个"龙抬头"，
右手栽个"凤还羞"。

肖斌云也跟着唱起来：

哎嘿哎嘿哟，龙抬头，龙抬头；
哎嘿哎嘿哟，凤还羞，凤还羞！

土匪竟没有认出来，还一个劲儿地往前赶。等到栽秧人们唱起放排歌时，肖斌云一行三人也穿好草鞋出发了。

前面又是秧田。刚栽完秧子又下过大雨，田坎铲光了，光滑得像泥鳅背。他们只好小心翼翼往前挪。黄善甫才走几步就"哎哟"一声滑到田里，罗实凯则滑倒在下面一块田里。两人爬出来后，看着一身泥水哭笑不得。罗实凯说烧堆野火把身上烤干再走吧。这时正好前面来了一位扛木料的农民，肖斌云便走向前问道："老乡，这里去三斗米还有多少路？"那农民放下木料，看了看他们一身湿泥还忙着赶路的样子，不紧不慢地说："不远了，还有二里粑粑路。"三人心里暗暗高兴，衣服也不烤了，打算到了三斗米再烤。他们穿过一人多高的蕨草草丛和森林，爬上山梁子又走了两三里路，还是不见三斗米的踪迹。见前面来了一位背背篼的农妇，罗实凯忍不住了，便停下脚步打听路程："大婶，这里去三斗米还有多远？"农妇好脾气地答道："不远了。""是不是还有二里粑粑路？"肖斌云抢着说。农妇果然笑眯眯地说："就是，还有二里粑粑路。"

原来，这"二里粑粑路"是当地老百姓的一句口头禅，对问路的人一概这样答复。至于究竟有多远，就要看个人的理解了。眼看天也黑了，不知离三斗米到底有多远。罗实凯和黄善甫泄气地坐在路旁叹息，肖斌云只得捡了些干柴，燃起火堆把他们的衣服烤干了才上路。让他们喜出望外的是，走了没多远就来到三斗米。

这时深重的暮色已将整个乡场包围，除了偶尔传来的几声狗吠，这里寂静得让人害怕。他们一身泥一身汗，来不及清洗一下，便开始侦察。很快弄清周匪全部驻扎在马家寨村大路边一户人家的堂屋头，这户人家干净整洁，院坝宽敞，难怪周匪会选择在这里驻扎。他们也不知是走累了，还是因为此地偏僻不提防，让大门半掩着。

他们开会的声音也随着夜风传进肖斌云的耳朵里，原来他们已经知道杨云程计划攻打叙永的具体时间，此番去投靠王逸涛，正是受王逸涛的派遣开赴滴水，帮助杨云程攻打叙永。

肖斌云还想了解到更多细节，轻声嘱咐同行的人："抓活的。"

开完会后，匪众很快入睡了。肖斌云侦察到半夜，才摸清了周军普正好睡在门边。

怎样才能轻易将他抓获？动静不能太大，以免打草惊蛇。这时，一只老鼠窸窸窣窣的在他身后的草堆里活动着，肖斌云灵机一动，想出一个土法子。他从身上拿出一枚铜钱，拴上一根麻线，丢到周军普床上的谷草里，轻轻拉动麻线，周军普听到响动，起来查看。由于没有亮光，周军普以为是老鼠，于是从门里追了出来，东找西找，就是不见老鼠的影子。周军普便走向围墙解手，肖斌云赶紧扑过去，将他按倒在地，周军普刚要喊叫，被黄善甫抓起一把泥土塞住他的嘴巴。

绑好周军普，三人转身进入堂屋内，将土匪们控制起来，十来个土匪见大势已去，一部分趁乱逃走，剩下的五人举手投降。

这一战收获颇丰，在他们的审问下，周军普把他知道的情况和盘托出。肖斌云等人仿佛忘记了疲惫，连夜押着周军普和归顺的土匪，往叙永驻地赶去。

杨云程要攻打叙永的详细情报，就这样由肖斌云送到了剿匪指挥部。王钦裕得到情报后，仔细分析了杨云程攻打叙永的图谋和进犯计划。他们认为杨云程是错误低估解放军的力量，过于高估自己，正好利用他骄横的错误判断先发制人，出其不意攻其不备，彻底粉碎他们的进犯计划。

密报很快传来，杨云程匪部已经开到黄瓜山。

王钦裕立即通知邵恒喜和肖斌云到他办公室交代任务。王钦裕表情严肃，一开口语速就加快了："匪情危急，杨云程匪部居然敢来打叙永县城，简直无法无天了。眼下土匪已经到了黄瓜山，你们的任务就是想方设法把土匪压回落窝去，绝不能让他们的阴谋得逞。"

肖斌云铺开地图，向他们介绍土匪占据处的地形："滴水这个小乡场，老百姓向来称其为腰花店子。这里距离叙永县城二十多里，东面是震东乡落窝坝子，西北是敲梆石，下一点即为石灰窑，接近川滇公路。滴水背靠罗锅山，稍远是大洪山，北面是黄瓜山，上到山顶可看到叙永全城。该地有条石板路顺山直通落窝坝子，与大房子、落窝三处成为三角形的乡场，相互依托。从滴水向西下坡到渡船坡上川滇公路，可直达叙永西城胜利桥。凭黄瓜山险要掩护，可直达叙永东城，还可以充分利用叙蔺通道补给和退缩。滴水周围是大大小小的石柱石笋，易于伏击，附近制高点有个瞭望哨，可以看到四周状态。这个地方还真是兵家必争之地，真正的易守难攻啊。"

"行，行，我知道怎么做了。"邵恒喜说。

队伍出发是凌晨，天色像墨染似的，行军途中不能打火把，战士们只得前脚跟后脚，一刻也不敢松懈地前进。部队沿川滇公路，到渡船坡过小河木桥，再由顺山小路插上去，就到了大房子坳口。这时，他们遇见一个做小买卖的中年人，大包小袋，肩挑背驮，走得累了，在路边歇息。肖斌云便问他从震东过来一路上有无土匪活动，那生意人含糊地说了几句，并不具体。肖斌云知道他内心并未放下对土匪的畏惧，便请他抽烟，和他掏心窝子。生意人受到感动，慢慢地将他在路上见到的情况一一道来。他说自己名叫黄坤，家就住滴水乡场上："登高、落窝（震东）、滴水（五显庙）一带住满了土匪，到处杀气腾腾的。"他还给部队指出一条毛狗路，部队在他的指引下很快就到了火烧山顶一个叫马屁股的地方。

一路疾行，战士们满头大汗，坐在地上解下军帽扇着凉风。突然间，他们发现落窝方向的一间瓦房院坝里出现土匪的一面旗子，随即四周的哨子声、吆喝声吼起来了。

邵恒喜和肖斌云立即下令："打！"部队的步枪、机枪同时射击，土匪的机枪、步枪、青冈炮也同时向剿匪部队还击，一时难以开解，然而剿匪部队的任务还必须到达落窝。邵恒喜看见进攻困难，便拿出望远镜侦察敌人机枪射击的位置，这才发现匪众的机枪是在一个树林内发出的，邵恒喜便集中几挺机枪向林内射击，终于把匪众的机枪打哑了。战斗虽然取得了小小的胜利，然而土匪的损失只是一小撮，暂时的退却之后将是疯狂的反扑。这时，战士们也非常疲惫了，而任务还很紧急。

肖斌云和邵恒喜各自拿着一块坚利的石子，在地上边比画边商量起来。邵恒喜认为，可以将部队兵分四路，三路从罗锅山、大洪山、黄瓜山同时出击，出其不意撒开包围圈，再一举攻上滴水匪部，实现全面歼敌。剩下的一路，负责围歼被打跑的散匪。这样，匪群就如瓮中之鳖，无路可逃了。

不等邵恒喜说完，肖斌云就抢着说道："这样打，可能付出的代价比较大哦。能不能再斟酌一下，改变一下打法，用更小的代价，消灭这股敌人。"

邵恒喜一拍肖斌云的肩膀："老弟，你最熟悉当地地形，常常以出其不意的方法打胜仗。我知道你心里一定有个稳主意，不妨详细说出来。"

肖斌云不好意思地挠了挠脑袋："邵连长，你看我多性急啊。我就不啰唆了，直接月亮坝里耍刀——明砍吧。滴水这股土匪，看似集中在对面的瓦房里，其实未必。滴水这地方地形太特殊，适合藏匿，兵力应该是比较分散的，如果我们采取刚才的打法，三路包围时可能就中了埋伏。看上去针对的是一个点，其实路线宽，困难大。土匪被打跑后，藏在深山密林中，凭一支力量也不容易消灭他们。看起来主动出击，胜券在握，真正打起来会越打越被动。"

邵恒喜说："行，我知道了，说了半天明砍，还没有说到实质问题，到底怎么打？"

肖斌云用石子在地上画了一个圈："我的想法是让敌人来打，敌人来攻，等他们兵力集中，我们再一举歼灭，这样才能变被动为主动。"

"匪徒要是不进攻怎么办？"

"我们要制造声势，施加压力，激怒他们，不怕他们不行动。几爷子不是想攻打叙永城吗，他们的野心大得很，不会轻易放弃计划。"

"那把他们吓跑了怎么办？"

"这种可能性很小，土匪一吓就跑，就不叫土匪了。而且对面的匪首杨邵华可是出了名的亡命徒，你一激怒他，他准跟你拼命。"

邵恒喜听完肖斌云的想法，把手中的石子一扔，说："好，立即行动。"

邵恒喜带领一支人马，潜到离滴水最近的地方，祝全中先往匪群中扔去一排手榴弹，接着机枪发出密如雨点的扫射。肖斌云发动战士将老百姓放在山上的柴垛立起来，脱下身上的军装，披在柴垛身上，军帽也取下放在柴垛顶上，山上立即增加了一列威猛站立的士兵。听到山下枪声响，脱下军装的战士们也赶紧配合射击，一时间子弹如飞。

杨绍华躺在大瓦房的干草铺上，就着昏暗的烛光贪婪地吸着鸦片。听到枪声突然密集起来，他问最倚重的手下黑马褂："枪声咋子突然大起来了？"

黑马褂走到窗前一看："解放军的人马突然增加了。"

杨绍华不信，他扑到窗口，拿起望远镜一看："妈的，遭共军围山了。唉！想当年，我和杨云程司令，望月喝血酒，对水唱仙歌，过着神仙般的日子，这次只怕就要死在滴水这破房子里了。"

黑马褂说："司令，这话不对了。我们奉杨云程司令之命，千辛万苦来到滴水，不就是为了继续过那神仙日子吗？"

杨绍华扔掉烟杆，大吼道："老子跟他们拼了，死也要死个值得，传令集合，干！"

黑马褂将杨绍华的命令一级级传出去，不久，大瓦房周围就集合了乌泱泱如蚂蚁包般的匪徒。

"老子就是要永远过神仙日子，弟兄们，拼啊！"杨绍华一跺脚，一抬枪冲了出去。

土匪来势汹汹亡命射击，青冈炮阵阵作响，泥土石块四处乱飞。黑马褂冲在最前面，他老是瞄准马屁股山上的一名战士射击，见对方总是不倒，猛然一拍大腿："上当了，司令，共军好狡猾啊。"

肖斌云见战士们斗志正旺，一边继续给他们鼓气，一边巡视他们的射击位置，安排少数战士清点机枪子弹，保存实力。敌人攻击时，他们全力还击，这一拨累了又换下一拨。战士邱泽民和胡兵舟很快就打死打伤土匪多人，打退了土匪多次冲锋。

这时穿山洞方向土匪已溃退，青冈炮声渐渐没有了。杨绍华将土匪集中在滴水附近大坪子一线，正好与肖斌云、邵恒喜的队伍形成三角阵。

最好的进攻时间到了。

肖斌云命令马屁股山上全体战士一齐冲向滴水的大坪子。冲杀中，副排长张跃其将手榴弹拉出火线还未掷出，土匪的子弹就击中他的头部，头皮削落一块，满面是血。手榴弹也在他附近爆炸了，他身边的一棵桐子树，花正盛放得如火如荼，随着手榴弹的爆炸声轰然倒下，花朵纷纷扬扬如瀑如雨，桐子树和泥块压住他的半个身子。

"赶紧救人！"肖斌云吼道。

桐子树被推开了，泥块被清理干净了。张跃其血肉模糊的双腿露了出来，朵朵桐花散布在他周围，像一道美丽的画屏。

"同志们，为张排长报仇！"

祝全中正好被土匪的青冈炮轰了一下，他大喊："该死的东西，这土家伙也想打倒我，看我解放军真正的大炮来了！"

他向匪群射出一炮又一炮，震耳欲聋的爆炸声，让匪群大乱。杨绍华站在一棵大木柑树下举起望远镜，这一炮直接将他炸翻在地，望远镜飞落到木柑树梢上，他身边的土匪也如破麻袋般倒下了一大片。其他土匪见势不妙，一窝蜂向罗锅山大洪山方向狼狈溃退。黑马褂被血溅了一身，慌不择路地逃跑，不小心撞上了横挡在前面的树干，只听"啊"的一声惨叫，重重地跌倒在山下的泥水洼里。一个腿部被炸伤的瘦高个土匪跑不快，只得趴在死人堆里装死。

祝全中和肖斌云在路上拦截了七八个土匪，一举歼灭了他们。两人虽然衣衫不整，脸上全是泥污和血迹，但腰板依然挺直，双目依旧炯炯有神。部队来到滴水街后，在老百姓家的厨房里发现了很多煮熟的猪肉，一问才知道是土匪驻扎期间，被迫为他们备下的。眼下这些猪肉正好让老百姓饱餐一顿。

老百姓谈起此次战斗就眉飞色舞，黄坤更是逢人就说："解放军真勇敢，听说只有百多号人，却打退一千多土匪。天啊天，在马屁股、大坪子两处，那枪声吓得死人，子弹壳可用撮箕撮，听见炮弹那声巨响了吗？杨绍华就是被那炮弹炸死在木柑树下的，还有好多土匪被打得乱喊乱叫。"

坐镇震东、落窝指挥进攻叙永的杨云程，正将双腿靠在桌子上遐想之时，办公桌上的电话突然响了，把他从云山雾海中惊醒。听到杨绍华被打死，杨云程脸色铁青，浑身颤抖，瘫坐在地上半天爬不起来："攻打叙永县城，大概是不行了，不行了……"

第十一章

威震敌胆

听到召唤，江秃儿急忙走到杨云程身边。

"杨绍华吃了共军的红炮子，一命呜呼了，手下也是死的死，伤的伤。这家伙平日就是磕三个头放九个屁，动不动就提劲打把，要人家性命，打起仗来却只知道拼命，一点也不经打。损失了这支队伍，你说以后咋办？"

"司令，我们还有的是机会。"江秃儿讷讷地说道。

"你说，这次战败到底是啥子原因？"

"兵力不足，人心不齐。"江秃儿尽量说得四平八稳。

"还不足，共军才多少人，我们多少人？不足一百人干掉我们上千人，还有脸说兵力不足？"

"我们的人不经吓，不经打。一些刚进来的新毛头兵儿，好像没听过大炮响似的，经常吓得屁滚尿流。"

"你也看出来了？那你当初咋个不好好训练手下那帮饭桶，不去壮大队伍？"杨云程再也没有耐心听江秃儿说完，忿忿地道。

"也没少训练，我都让他们洗了几十个汗水澡了，实在是烂泥巴扶不上墙。哪像我当年骑在马上用手枪打屋梁上的瓦，要打哪片就打哪片。唉！不说了，我这就招兵买马去。"江秃儿立刻发现自己又在吹牛了，这显然不是时候，杨云程不是正在发火嘛。他连忙刹住话头低头表态道。

"行，难得你有这份心，那就赶紧去。"江秃儿正要转身，杨云程又叫住了他。杨云程暗暗提醒自己做事不能太过分，毕竟江秃儿还是他要依靠的人，眼下又是多事之秋，前途未卜，要以大局为重，于是以缓和的口气开口了："兔子还晓得一年换几次窝呢，两只脚的大活人，只会往一个王八洞子里爬？滴水失守，赶紧给我占住大寨。你去，让胡克纯、陈见常、袁良也一起去。"

袁良、江秃儿等人驻扎大寨不久，王钦裕再次将攻打大寨提上战斗日程。他把地图上大寨的地形重重地标示出来，用小木棍敲打着这个地方说："这个大寨也真是的，每一次要攻打它之前，总要冒出些事端来。第一次，是发现阮德三匪部迁到一把伞，先得端掉阮匪老巢。第二次，就是这滴水之战。这些事端的背后都是杨云程匪部妄图反攻叙永的贼心不死，反复发作。这次，受到教训的杨云程老实了，把兵力集中在大寨，妄图守住这个边缘地段，再做进一步顽抗。他有他的算盘，我们有我们的谋略。我就不信，第三次还攻打不下来。"王钦裕决定，为加大口袋战役进度，战斗分两步走。首先安排白凤岐和刘汉之前往大寨侦察匪情，李玉庆则利用这段时间征剿火烧岩李季明匪部，因为那里是通往部队屯粮地大石母的咽喉。妄图让解放军断粮的李季明匪部早对大石母虎视眈眈，为了避免断粮的后患，必须除去李季明匪部。等李玉庆从火烧岩剿匪回来再配合另一支力量攻打大寨，确保古叙交界处的匪部集中地区受到重创，匪群往古蔺县境中心移动。

大寨坝子是一个月牙形的平坦田坝，山峰与坝子交接处，是一排排竹篱茅舍。白凤岐和刘汉之一路走来，只见家家户户关着门，处处都静悄悄的。好不容易见到路边有一间偏厦茅屋，紧靠着一片小菜园，园子外面是一道土堤，堤下长满了竹子，一个头发花白的老人正在竹林中掰竹笋。

"老人家，过路人讨碗水喝。"

"水缸在檐坎上，木瓢拿到厨房去了，去舀就是。"

"老人家，这黄天白日的，人咋就这么少？"

"哎哟，你们还不知道啊，整个大寨的人都少得很。江秃儿、袁良他们来了，见东西就抢，见人就抓，年轻人哪敢待在家里？躲的躲，跑的跑，就只剩我们这些鬼老者看家了。"

老人的话音未落，不远处的一座茅屋里传来一阵激烈的争吵。

"哎呀，是土匪到陈家康家抢人来了，你们还是躲远点吧。"老人好意提醒两人道。

"走，去看看。"两人三步并做两步靠近陈家康的小院子，藏在树林中偷看。

　　陈家的院坝里长满了齐膝高的荒草，从荒草中踩出一条小路，直通大门。檐坎上堆满了干柴、稻草、猪草等杂物，陈家康就站在这些杂物中间，和匪徒们争执着。他虽然胡子拉碴，一脸焦黄，但个子还算高大，怪不得匪徒要强拉他入伍。此刻，他苦着脸，双手一摊争辩道："我家上有老下有小，婆娘去年得病死了，一家老小全靠我一人养活。再说，我也近五十岁的人了，就饶了我这把老骨头吧。"

　　一个土匪跳上去，掐住他的脖子："你这老不死的，不要做出一副苦逼的样子。告诉你，你不去就放火烧了你这狗窝。"

　　陈家康眼珠子都气红了，沙哑着声音喊："不去就不去，要烧你就烧，要命有三条，你们都拿去。"

　　领头的土匪冷笑着说："你们的命算个球？你家院坝有的是野草，随便拔一根也比你家三爷子的命值钱。"

　　掐住他脖子的土匪说："要你们的命还不容易，还不跟掐死个臭虫一样。"

　　"我看这个老东西强拉去也没啥子用，两个拖油瓶还小，烧了算了。"

　　土匪将陈家康家里的粮食统统搬了出来，一些土匪在房间里搜，一些在外面接应，扛上粮食口袋就走。陈家康和两个孩子则被抹布堵住嘴巴，捆在院坝里的核桃树下。

　　火光"嘭"的一声炸裂开来，一个孩子惊恐地想叫喊，却叫不出来，只得紧紧捂住眼睛。

　　"小杂种，你不想看对不对？老子满足你，让你一辈子也看不到东西。"领头的土匪将一把石灰抹在这个孩子的眼睛里。

　　躲在树林中的白凤岐和刘汉之看得心惊肉跳，他们知道硬拼拼不过，便朝天鸣放了几枪。突如其来的枪声，果然镇住了这帮人，一会儿就跑得无影无踪。

　　幸亏火势不大，在村里人的帮助下很快将火扑灭，松了绑的一家人坐在地上抱头痛哭。

　　在土匪经过的地方，刘汉之捡到一根红蜡烛，上面包着一张草纸，取下一看，就一个字："抢！"

　　"唉！大寨这山美水美的地方，咋个变成了这个样子？"刘汉之叹息道。

　　"就是就是，袁良这帮人把大寨糟蹋得太惨，我们还是赶紧回去汇报吧！"

南三县剿匪指挥部，马灯早早地点亮了。王钦裕召集杜永田、叙永县大队副队长李秀斋、连长周志和邵恒喜等十余人召开会议。他们围坐在圆桌旁，就敌人分布、武器装备、大寨地形、群众基础以及剿匪兵力等做了详细研究。

刘汉之捡到的红蜡烛也被送到王钦裕手上，王钦裕翻来覆去看了看，不解地问："这显然是杨云程对江秃儿他们下命令了，但为何要用红蜡烛？"

"一来图个吉利，二来也方便在情况紧急时抛接。"杜永田解释道。

很快，指挥部下令立即攻打大寨，为实施收口袋战术，彻底剿灭土匪、解放古蔺撕开一个口子。做出决定后，指挥部立即与李玉庆联络，让他结束火烧岩的战斗后到大寨与部队会师。

王钦裕指着墙上的作战地图说："经过我和陈作邦参谋精心谋划，制定出攻打大寨的作战计划，具体如下：第一路由七、九连及八二炮排约两百余人，从桂花场追至火比，进入大寨作为主攻部队，由我亲自指挥；第二路由李秀斋同志调集县大队一、二连约两百人从叙永出发，经红岩坝、方竹坝、三河场，通过四美庄、环石梁，隐蔽进入山王坳，占领大寨背后山梁的制高点，随时截击土匪，阻止敌人上山；第三路由一四四团八连和四连两个排、一区中队及古蔺县大队的一个机枪班、加上古蔺三个区区长带领的约六十人的队伍组成第三路从叙永出发，经翻身坝、王家山，上合乐云的尖山子后，再兵分两路：第一小分队由区中队一、二班，古蔺的机枪班及四连的一个排组成。由杜永田、邵恒喜指挥从尖山子往右走，经踩山包、李进沟到向阳坝待命，负责截断敌人往灯盏坪和箭竹坪方向的退路；第二小分队则由常胜带领古蔺三个区的几十人和一区中队一个班及四连一个排，从尖山子下黄坭坡，到合乐云的红店子待命，截断土匪从大寨逃往叙永落窝、大房子方向的退路。"这番部署可谓滴水不漏，大家听得口服心服。

"已经下了一天一夜的雨，我看还没有停的意思。明天即便下雨我们也要冒雨行军，给敌人一个措手不及。"王钦裕看了看表，斩钉截铁地说道。

人们陆续散去，会场内只剩下王钦裕和陈作邦。"但愿这次，真的为消灭土匪、解放古蔺撕下一个大口子。"陈作邦揉揉眼睛，对王钦裕道。

王钦裕露出自信的笑容："应该能够实现这个目标。"二人相视一笑，随即走出指挥部。

王钦裕的部队即将开拔时，李玉庆的部队已经到达火烧岩。火烧岩是一道陡峭的石梁，海拔足有一千七百多米。石梁上仅有一条窄窄的毛狗小路，两边是刀砍斧削般的绝壁。这里是从叙永出发经三河场通往西溪、广木坝、水尾的必经要道，也是去大石乡的咽喉。

李季明据守火烧岩天险，长期欺行霸市、欺男霸女，是三河场一带有名的惯匪。当他听到解放军在大石囤积军粮，岂会错失良机，连夜召开紧急会议："弟兄伙，有个发财的机会来了。我听说共军在大石囤积了好多粮食，他们要运出来，必须经过我们的火烧岩。如果拿下他们，我们的装备和队伍一定会壮大，大家意见如何？"

一个瘦小土匪靠前一步道："老大，我们靠山吃山，不劫了他，今后咋个与其他路的弟兄伙为谋……"小个子没说完，站在后面的一个大胡子抢过话："哥哥，管球他的，我们是门神，他们几爷子都是外地的，干了他。有啥议论的，我们听哥哥的，干就是。"

见他们的意见大致统一了，李季明说道："好吧，弟兄伙，为了我们的火烧岩，更为了大家今后的好日子。现在我来安排，飞毛腿！"一个年轻机灵的小伙子立即站起来。

"你跑得最快，适合到前面山路边打埋伏做岗哨，作为第一道防线。只要共军出现就及时报告，我们立即备战。"那个叫二汪的干脆响亮地答道："保证做到！"

"周二皮，你多带领几个弟兄在距离二汪不远的地方设第二道防线，接到飞毛腿的报告，你立即率部上前，作为突击队先给他们一个下马威。确保共军来一个死一个，来两个死一双。然后我们的大部队再跟上，让共军插翅难逃。"李季明继续安排道。

周二皮斜着两只眼睛，向李季明一拱手："老大，哪回我吃过败仗？这次定叫那些共军有来无回，你就等着收战利品好了。"

"你不要款大话，好好应战。"李季明说完，回首对身边一个瘦瘦的蓄着山羊胡的中年人道，"马三爷，我和你就坐镇这里，看看共军奈我几何。"

马三爷捋了捋山羊胡，绿豆般的小眼睛射出兴奋的亮光："李司令，我敢说，只要共军没有小钢炮，随便他们咋叫唤，保证攻不下我们的火烧岩。"

"就怕几爷子用小钢炮，不然以我现在的工事，几爷子肯定上不来。"李季明脸上掠过一丝不易察觉的担忧。

见手下都分头下去准备了，李季明和马三爷来到第二道防线。一个土匪正在搬运石头加固工事，李季明拍了拍他的肩膀："兄弟，养兵千日，用兵一时，估计今天有一场恶战，大家做好准备。"周围的土匪听到了，都停下手中的活，站起来纷纷对李季明道："老大放心，火烧岩就是我们的家，保证守住。"李季明满意地点点头，挥挥手，众匪继续忙碌。

李玉庆带着部队来到火烧岩，被飞毛腿发现，跑去报告李季明。周二皮率领的匪部立即扑上去，可是，交手不久，周二皮很快发现这支部队不是运送粮食的，战斗力比他想象的强大得多。待李季明带领的大部队跟上，准备一场恶战时，周二皮忙凑上前，对李季明说："老大，不好了，这支队伍不是运送粮食的。恐怕是共军的大部队来了。好家伙，那些子弹都像长了眼睛似的，好在老大你对我们训练有素，否则我们全完了。"

李季明一听就明白了。这可不是什么大肥肉，是狼是豹都说不清呢。刁滑成性的他二话没说，带领匪部立即撤离到深山密林中。他害怕剿匪部队找到他的行踪，连夜挪了几次窝，让李玉庆的每次征剿都扑了空。李玉庆一筹莫展，决定去火烧岩附近的三叉河场上摸摸情况再说。

到了三叉河场，却见街上冷冷清清，只有几位老太婆大着胆子从门里探出头来，看了一会儿又赶紧缩回去。

"老乡，我们是人民解放军，人民的队伍，我们来打土匪保护你们，大家不要害怕。"岳文忠在街上耐心地喊着，其他战士见状，也跟着喊老乡。

门渐渐开了，老太婆们看见站在街上的解放军，威风凛凛却面露和善。坐在道路两旁休息的队伍，也是规规矩矩，逐渐放下心来。她们慢慢凑近岳文忠的身旁，一个胆大的还拉扯了一下他的背包。

孩子们也跑出来了，又紧张又好奇地站在队伍一边，看解放军背在肩上的武器，看宣传员成其云贴标语。围上来的人越来越多，街上热闹起来。几个老太婆在听岳文忠讲中国共产党和人民解放军的政策时，脸上露出笑容，躲在屋里的老乡也敢出来听了。为了拉近与老乡们的距离，岳文忠不时用刚学会的四川话夹杂其间和他们说话，这让老乡们觉得很亲近。

一位老乡诉苦道："棒老二害人好苦哟，粮食抢光了，鸡、猪硬是拉上山去了。"

岳文忠说："老乡们，不要害怕。在共产党的领导下，在中国人民解放军的保护下，山，是人民的山；水，是人民的水；天下，是人民的天下。现在，就由解放军来给你们报仇吧，不过你们也得配合解放军，把土匪的情况告诉我们。"老乡们便七嘴八舌地说起来。部队要宿营时，他们还在说："解放军同志，再摆一摆，我们说的全是掏心话哟。"脸上是一副没听够、没讲够的样子。

部队在街上一住三天，战士们深入老乡家，开了不少诸葛亮式的家庭会议。结合群众智慧，他们反复研究，决定由岳文忠带一个班扮成土匪再上火烧岩。

岳文忠接受任务后带着便衣班进山了,他们不分白天黑夜在山上搜寻匪情。到第三天上午,便衣班的岗哨看见后山下来了一个人。这个人一身农民装扮,走路却甩手甩脚的,农民走路哪是这个样子,那神情也不对。

"鬼鬼祟祟的,一定不是好家伙。"哨兵告诉了岳文忠。原来是负责第一道防线的飞毛腿,李季明匪部挪窝后,他的任务便是在山上四处巡逻,发现情况及时报告。一连三天,连解放军的影子都看不到一个,这山上又冷清得厉害,飞毛腿便渐渐放松了警惕。就在他准备偷偷溜下山去三叉河场上喝碗烧酒时,解放军哨兵看他形迹可疑报告给了岳文忠。岳文忠正扮成庄稼人,背着粪背桶,提着粪罐,在路边休息。远远地看见飞毛腿过来了,岳文忠不动声色,只是悄悄拿出藏在腰间的枪。待飞毛腿走进,岳文忠假装向他借个火,飞毛腿没有在意,正伸进裤兜里掏洋火,岳文忠已把枪抵在了他的胸口。便衣班的战士迅速赶到将飞毛腿团团围住时,他才知道上了当。

这时,通过三天的摸底,李玉庆已了解到李季明匪部的一些情况,便亲自审问飞毛腿。这飞毛腿是被李季明骗上山的,对凶残的李季明匪部早有不满。他很快就如实交代说:"上山的路,别处还有两条,一条是到灯笼场很难走的毛毛路,另一条从小火烧岩上去,要多拐上二十多里路,上面有碉堡,很难进去。"说完便指着进山的方向。

收集到有用的情报,作战会议也准备召开了。三叉河场一间临街的茶馆里,瘦高个老板正忙碌着,他将几条长板凳拖到一张方桌旁,再摆上一缸热气腾腾的楠木茶。不一会儿,李玉庆、岳文忠等人鱼贯而入。

"要完成剿匪任务,首先要保证公粮的供应。现在,我们肩上的任务除了剿匪,更要确保地方机关、政府的运行,公粮是前提是保障。一句话,一定要确保征粮、剿匪两个任务双线并进,两个都不能耽搁。而我们的大部分公粮都在大石,要把大石的公粮运出来,绝对绕不过火烧岩。大家都知道,火烧岩一直以来都被惯匪李季明把守,这是个一夫当关,万夫莫开的要道。所以,我们必须先拿下火烧岩,现在,大家出出主意吧。"李玉庆端端正正地坐在桌前,仰脸说道。

岳文忠正埋头用一块破布擦着枪管,听到李玉庆的问话,他放下枪站起来,环视了一下四周,坚定地道:"要说困难,肯定是有的,牺牲也是必然的。但是,无论怎样也要拿下火烧岩,首长、同志们,事不宜迟啊。"

李玉庆点点头:"好样的,文忠打仗就是有血性,舍得拼,还得有脑子。这是我们要发扬的精神,要用这股精神拿下火烧岩。具有丰富战斗经验的县大队四个连及公安队、八二炮排等都必须担负起这艰巨的任务来。"李玉庆说完，与众人交换了一下会心的眼神。

见众人神色平静，李玉庆招手示意岳文忠坐下："这次，我也豁出去了。我亲自率县大队四个连队及公安队、八二炮排打前锋，我就不信李季明的火烧岩是铁桶。我在这里提醒各参战人员，打击敌人的同时，注意保全自己，尽量减少我军伤亡。"

"我建议，由冲锋经验丰富的一连作为前锋，二连、三连、四连及公安队助攻。八二炮排最后上，确保一举拿下。"岳文忠向李玉庆建议道。参战的四个连长及成其云一致赞同，李玉庆再次作出细致的安排部署。

准备进山的命令传下来，战士们把长绳、梯子收拾停当，准备随时开拔。

"这次咱班又光荣地担任了突击，咱们要有责任心，坚决打响头炮……"岳文忠对突击队动员道。

突击队从小火烧岩前进，首先占领岩口，留少数部队在正面堵击。这时，山腰升起了云雾，大雨也跟着下起来，部队仍然冒雨出发了。

岳文忠押着飞毛腿走在突击队前面，他边走边向飞毛腿宣传着党的政策，雨水和着汗水，顺腿流下来。越往上走，雾越大，突击队跟着岳文忠，时隐时现在云雾中钻来钻去。不久，大雾遮挡了视线，队员拉开了距离，岳文忠在前面只顾走，又和飞毛腿说着话，没注意后面的情况。

进了大火烧岩，道路也没了，他们沿着荆棘树丛中的毛狗小道，继续往前走。大雾掩护着四周的一切，不知不觉经过五个碉堡地带，只是连一个匪徒的影子也看不见。

岳文忠只得仔细听着山上的动静，小心辨认着一切可疑的声音。"前面就是崖口了。"飞毛腿指着前面道。

岳文忠这时才想起后面的突击队，回头一看没上来。他觉得情况有点蹊跷，赶紧控制住飞毛腿："你这小子，可别使什么诈，小心我一枪毙了你。"

"冤枉啊，长官。我要是重新回李季明那里，还有活命吗？你放心。看，那里就是碉堡了，前面那五个都是。"飞毛腿为表示忠心，赶紧指出碉堡的位置。

岳文忠快走几步，果然隐隐约约看见土匪正顺着碉堡往下滑，来不及多想，岳文忠拿出手榴弹，窜到土匪背后，把火线一拉甩出去。随着爆炸的声音，土匪惨叫了一声从崖上跌落山谷。他跑上去，捡起一支步枪，一边射击，一边高喊冲啊。土匪一听狼狈逃窜，后面的突击队听到他的声音，赶紧冲上去接应。可是，匪部已经隐入茫茫的群山中，部队追赶了一段没有追上，怕中了埋伏，退了下来。岳文忠这时才发现，自己一直忙于战斗，飞毛腿不知何时跑了都不知道。

又一次战斗打响的时候，王文林迈开大步，率先钻进阴暗的密林中。岳文忠习惯性地整了整腰带，拍拍枪管，机警地巡视一下四周后，才如捷豹般一猫腰钻进密林追上王文林，其他战士也赶紧跟上。

没有了飞毛腿带路，他们费了好大劲儿才找到李季明的行踪。到了山坳上，密集的子弹开始不停地射向李季明的工事。奇怪的是一直没有听到土匪惯常的哭爹喊娘声，难道这工事当真如此坚固，对方的枪声为何一直响个不停。

岳文忠觉得有些蹊跷，便带着几个战士从左侧绕到山上，只见满山都燃放着火烟包，却连个土匪的人影都没有，原来是中了土匪暗设的"烟火阵"。在稻草捆里裹着鞭炮，燃一截响几声，弄得剿匪部队不敢越雷池半步，真正的匪窝则是在远离烟火阵的另一座山头。

"打了一辈子仗，哪回这样窝囊，连敌人影子也看不到一个哦!"王文林一脸的愤怒。

"可惜这么多的子弹了，没打着匪徒，用来打死几只兔子多好啊，正好熬一锅鲜汤解解馋。"岳文忠咂咂嘴说。

部队好不容易越过烟火阵，到了匪窝脚下，却因为对方居高临下，一直被对方凶猛的火力压制着。二、三、四连及公安队摩拳擦掌，但也无济于事。见久攻不下，李玉庆让一连撤下来。

"我看，这样不是个办法，必须调整战术。不然，我们不仅浪费子弹，而且不知什么时候才能攻上去……"岳文忠分析道。心急火燎的王文林抢着说："怎么调整? 快说，再攻不上去，我和战士们都要疯了。"说完一拳砸在桌子上。

"强攻绝对不是好办法。"成其云道。

李玉庆分析道："这帮土匪虽然占据了险要山地，但从烟火阵来看，明显看出战斗力不强。由于土匪比较分散，各山地的驻匪受地形限制互相支援时来得慢，那我们在部署时，就不能过分地集中兵力，而应采取多开口子，几把刀子同时插进的办法，使得匪徒手忙脚乱，应付不暇，这样才容易迅速歼灭敌人。"

一直在旁摩拳擦掌的岳文忠忍不住站起来，挥了挥手说："同志们，我看首长说得对。我们多开几条剿匪路线，八二炮排首攻，先用炮弹将路砸开，然后具有冲锋经验的一连先上，其他连队从另外的山地跟上，这样获胜的把握更大。"

李玉庆接过话："对，八二炮排先上。炮弹要瞄准李匪的石碉，先把他们的工事炸掉，我们再冲上去。"

八二炮排立即派出炮手，安装好两门六〇炮。两枚精准的炮弹应声而出，"砰砰"两声巨响，石碉相继轰然倒下，随着王文林一声"冲啊"，战士们一边射击，一边向山上冲去。冲过两个石碉的废墟，立即遭到土匪的顽强抵抗。可是，这批匪徒哪里是剿匪战士的对手，没几个回合就丢盔弃甲逃跑了。一连继续往前冲，其余连队相继跟上。

看着众匪一个个往后退，李季明声嘶竭力地吼道："顶住，给老子顶住！"但是败退的土匪都在逃命，没有人听他的。李季明找到军师马三爷拿主意，可是马三爷又是摆手又是摇头："我早就给你说过，如果共军有小钢炮我就没办法了。你看看你看看，他们的小钢炮好厉害，我们躲不过啊！"李季明不死心，继续叫着："三爷，三爷，三……"就在他的第三个"三爷"还没有喊完的时候，"噗！"一颗子弹正好射中他的前额。疯狂一时的匪首李季明眼睛一翻，仰面朝天倒了下去。

李玉庆率部冲上火烧岩，地上是横七竖八的土匪尸体和各种生活战利品。他们在山上稍事休整，又星夜兼程地赶到大寨与部队会师。

杜永田带领的这路参战官兵在尖山子与常胜分手后，进入李进沟，沿途全是山路。这些羊肠小道，就算天气晴朗也不好走，何况下着大雨。战士们没有雨具，倒背着枪，全身湿透，在泥泞小道上艰难地行进着。

看见摔倒的人很多，战士孙占奎很着急，他仔细看了看，发现摔跟头的都是穿胶鞋的，那些穿草鞋的都没有摔倒，就对王元说："你看，还是咱们的草鞋管用。"王元说："没听说过吗？这草鞋是个宝，走溜路少不了。"岳文忠说："穿草鞋不仅好走路，也是继承红军精神，看来以后大家得多穿才行。"

这时，杜永田走过来说："老天让同志们摔跟斗，是增加大家的斗志，等会儿见到土匪就能狠狠地打。这叫不怨天，不怨地，要到土匪身上去出气。"部队继续冒雨前进，天公作美，在接近大寨的时候，雨渐渐小了。

王元低声对后面的队伍道："已到李进沟了，上面就是火炭山，我们已

经接近大寨的边缘。"走了几步，他又叮嘱道，"山上有雾，估计老百姓分不清谁是土匪谁是解放军，建议大家在山下休息一会儿，研究研究具体的作战方案后再行动。"

杜永田一行商量后，邵恒喜布置道："王元、武东山二人带着一、二班和机枪班从火炭山右面上去，四连一排从左面上去，两支队伍上山会合后燃放烟火联系。"得令后，两支队伍立即行动。

一班和二班的战士来到半山腰，就被一些树木和门板挡住了去路。王元说："把这些东西移开，这是老百姓弄来拦牛的。"听到此话，战士们开始排除障碍。突然，"砰"的一声枪响，一个战士摔倒在地，原来他的枪走火了。就在这声枪响过后，山上传来了"哒哒哒"的枪声。"卧倒，还击!"王元吼道。

战士们立即找好位置予以还击。

"不是说土匪都住在大寨坝子嘛，咋回事呢？"王元问道。

就在这时，山上传来一句："胡指挥，你如何了？耳朵受伤了？要不要报告袁指挥?"

宋韶光听了，立即作出判断："看来这山上住的是胡克纯匪部，他的手下应该有一百多人。"停了停，他又说道："不晓得这旁边还有没有其他土匪，要是有就麻烦了。"

"怕啥麻烦？我们正好打他几爷子。"王元轻松地道。

"看来路上这些障碍就是胡克纯干的，根本不是什么老百姓拦牛的。我估计对面山上可能还有土匪，胡克纯匪部的人马挺多的。"

很快左面山上传来土匪的喊话声。原来虽然雾大，居高临下的土匪，已经发现了剿匪部队。

听到土匪喊话，王元、宋韶光也跟着大喊："冲上去，打他狗日的!"中队战士在机枪的掩护下，一面向土匪射击，一面交替前进。而四连一排刚一露脸，就有六个战士牺牲。邵恒喜一气之下，命令向土匪发起强攻。炮手来不及架炮，只好双手抱着炮盘，由装弹手放弹。连放几炮，加上战士们愤怒的子弹，胡克纯一伙只好留下几具土匪尸体往后退。

躲过剿匪战士的炮火后，胡克纯捂住受伤的耳朵掉头就跑，而其余土匪四处乱窜，各自逃命。剿匪战士见状纷纷冲上山头，大喊："放下武器，缴枪不杀，优待俘虏!"起初，战士们用嘴喊，用"土喇叭"喊，后来他们拿出薄铁皮做的大喇叭筒，架在树上喊，效果很好。喊话的内容也增加了宣传党、解放军的政治主张，揭露蒋介石的反攻大陆阴谋等内容，以达到直接有效的攻心目的。不久，在战士们的喊话下，有十多个土匪举手投降，十几个负隅顽抗的，被通通击毙。

打扫完战场，邵恒喜站在草坪上看着牺牲的几位战友和几位受伤的战士，暴跳如雷，他咬牙切齿地道："淮海战役我这个连都没有如此大的伤亡，今天却栽在这个小阴沟里。"

杜永田转过头来对着机枪走火的战士："枪走火？只放一枪，这不符合常理。你是不是给土匪报信？"

那个战士一脸无辜："首长，我没有。"

突然，旁边的茅草动了一下："哪个？快出来，不然打死你！"王元和宋韶光几乎同时喊道。

"别打，别打，我们出来。"两个土匪战战兢兢从草丛里爬起来向解放军投降。

两个战士应声前去，缴了土匪的枪、马刀和约两百来发子弹。

"你叫啥子名字？哪个地方的人？今年多大了？"王元指着那个小个子问道。

"我是丫权的，今年十六岁。"

"你呢？"宋韶光指着另一个土匪问道。

"我是椒园的，今年十四岁。"刚说完，一个年轻的战士走过来，说道："首长，问那么多干啥，让我一枪毙了他们，为战友们报仇。"

杜永田吼道："不可乱来，乱来就不是共产党的队伍了，放下枪。"说着走过来压下战士端着的枪，对两个土匪道："告诉我，为什么当土匪？"两个土匪吓得扑通跪下了，抢着说："别开枪，我们是受欺骗的。胡克纯要打你们的埋伏，我们只是藏起来，准备逃跑，你们太快了，所以没有跑掉。"随后，丫权的那人又说："你们的第一枪，就打伤了胡克纯的耳朵。"

"把他们押下去，送回叙永处理。"杜永田说道。接着转过身对那个走火的战士说："哈哈哈，神枪手，走火乱打都能打中土匪头子的耳朵，你立功了。"那个战士立即接过话："首长，别别别，你不处分我就感激不尽了，阿弥陀佛。"

当火炭山响起枪声的时候，大寨坝子里，袁良手下的一千多个土匪便涌向火炭山增援。可是，他们还没走多远，就被李秀斋率领的县大队一、二连截住。土匪刚想往山王坳上爬，就遭到一、二连的狠狠打击。

与此同时，击溃李季明匪部的李玉庆已带领七、九连和八二炮排从火比追来，也向大寨坝里的土匪发起主攻。袁良、杨云程看到信号弹升空，听到冲锋号响起，才知道已经三面临敌。

有些惊慌的袁良向杨云程身边靠了靠："杨司令，咋个办？"杨云程向四周看了看，沉吟着说："兄弟，这几边都是共军，在这里死撑肯定不是个事。你带一部分人马先从红店子方向撤退，我在后面压阵。"

周围的枪声越来越近了，袁良只得对手下道："弟兄们，我们从红店子方向突围，给杨司令杀开一条血路。"一个跑得快的土匪冲在前面，其他土匪护卫在袁良周围，一边向解放军射击，一边向红店子逃窜。

冲出包围圈，眼看就到了红店子，袁良下令道："弟兄伙，歇歇气，等杨司令来了一起走。"说着，将手枪插在腰间，在路边的一块石头上坐了下来。

听着大寨坝子里激烈的枪炮声，看着不时冒起的浓烟，又看了看寂静的红店子方向，袁良不无自信地道："都说解放军神机妙算，会打游击战，看来不过如此。红店子这么重要的战略要地，咋个就没有安排兵力部署？解放军啊解放军，你这是有意放我吗？"

袁良一阵狂笑，身边几个土匪连忙凑过来："还是杨司令和袁指挥神机妙算。"袁良听了，感觉更加轻松了。他将手伸向腰间，就在他的小烟杆刚刚露出个烟嘴的时候，山上突然响起了叫喊声，只见红店子路旁，一下子冒出密密麻麻的全副武装的解放军，枪声也赫然响起。袁良被这势头吓坏了，连忙仓促应战。

原来，常胜率领的队伍早从合乐云过来做好了埋伏。常胜继续率领区中队及四连的战士们一边射击，一边将袁良众匪往大寨坝子逼。

袁良见前方无路可走，只得率领众匪且战且退。不久，所有的土匪都被赶进了大寨坝子，只见坝子中间全是黑压压的人头，而解放军的包围圈还在不断收缩，枪炮声在大寨上空不停地响着，一股股浓烟不时腾起。

慌乱中，袁良、杨云程又一次会合了。

"杨司令，好汉不吃眼前亏，弟兄伙各自分散撤退，回古蔺再聚，你看如何？"袁良一边指挥匪徒向解放军射击，一边失魂落魄地跟杨云程说道。

杨云程看着四周越来越多的解放军和身边不断死去的手下。心一横说道："弟兄伙，分散撤退，回大本营集合。"那些没有受伤的土匪得令，立即四散而去，大多数土匪往大青山的杉树林及附近的几条沟壑里面逃跑，留下受伤的土匪只得个个跪地求饶。

李玉庆与常胜等人在临时指挥部开会，大家一致认为大青山地形复杂，剿匪部队不如袁良一伙对这一带地形熟悉，再待下去很危险。李玉庆带兵作战善于趋利避害，机动歼敌，喜欢运用机动灵活的战术出其不意地歼灭敌人。此刻见大家意见比较统一，便决定暂时撤离大寨。

正是晚春季节，叙永大街小巷，已经开始叫卖樱桃了。指挥部的窗户临街，又敞开着，那叫卖的声音，在王钦裕听来是如此悦耳。他买了一篮樱桃，准备分给同志们吃。就在他也丢了一颗樱桃到嘴里的时候，电话铃响了。

原来是要他到重庆参加西南军区会议，王钦裕的心情爽朗得如同湛蓝的晴空。他决定要给猫头鹰一个大大的奖赏，急命他来叙永。

他给猫头鹰的奖励，便是带他去重庆开会，让他见见世面。猫头鹰到达后，王钦裕将手头的工作交代给李玉庆和杜永田，由集贤饭店安排了车辆，便和猫头鹰匆匆上路了。

西南军区是中国人民解放军的大军区之一，由第二野战军领导机关与西北军区机关一部于重庆合并组成。

这天，司令员贺龙、副参谋长李夫克都出席了会议。贺龙豪放的性格，潇洒风趣的谈吐，赢得了阵阵热烈的掌声和欢笑声。

"四川的土匪暴乱不是偶然的，解放前的一个时期，四川有军队三十万、土匪三十万、袍哥三十万，这叫三三制。四川土匪、西南地区的土匪，是有历史性和政治性的，一定要下决心将其消灭，否则其他一切事情都做不好。"

他用双手擦了擦两撇浓密的小胡子，继续说道："有些人说封建势力在此次剿匪中要来点手法，做点脸色给我们看。其实脸色是吓不倒人的，大家都见过土匪袒着臂膀，拍着胸脯，装腔作势，招摇撞骗的样子，这不算什么脸色。他们最厉害的脸色也无非是美式的、现代化的飞机大炮坦克，这又算得了什么？蒋介石的几百万军队还不是被解放军打败了？土匪有什么了不起，有些特务、土匪扬言要跟我们打游击，可以告诉他们，我们共产党是打游击的祖师爷，我看他们是坚持不了多久的。土匪一定要剿灭，特务一定要肃清，这个方针不会有丝毫的动摇。"

掌声、笑声，盈满了全场。

猫头鹰被贺龙的演讲激发得热血沸腾，敬佩之意油然而生。他情不自禁地对王钦裕说："贺龙这个人真不简单啊！"

王钦裕小声提醒他："别光顾着看西洋镜了，要注意领会精神，做好记录。"

刚好副政委张际春在贺龙的讲话后公布了一组数字，猫头鹰赶紧记下来："西南军区一九五〇年二月份共歼匪 31749 人，其中投降自新者 307 人，仅占 1％；三月份共歼匪 48636 人，其中投降自新者 8888 人，占 27％；四月份共歼匪 95218 人，其中投降自新者 39453 人，上升到 41.4％。"

从数字的变化中，在场人员对于会议的主题已经明白几分了。果然，副参谋长李夫克接着作指示："同志们，通过对近期匪情的研究，军区将调整战略部署，要以分散对分散，以集中对集中的战术，遏制匪患，穷追不舍，包围歼灭。在军事打击土匪的同时，还要配合政治攻势，大力开展群众工作。从张际春同志公布的数据中，大家可以看出，自二月以来，投诚的土匪逐月增长。究其原因，还不是政治攻势与群众工作的功劳。各地区还要以此工作为中心，争取感化更多的土匪，让投诚的土匪经过我们的改造，成为剿匪战争的一股力量。"

王钦裕回到叙永后，马不停蹄地召开南三县剿匪会议，传达西南军区的会议精神。会议确定了近期要在群众中开展的几次活动：清匪反霸大会、土匪家属座谈会、发布《剿匪宣传纲要》《规劝匪特提纲》等。

接下来，南三县分别召开会议，落实相关要求。杜永田在古蔺剿匪作战会上作出了关于群众宣传工作的指示："要利用多种形式开展宣传攻势，做到人人开口，个个宣传，标语上山，传单入洞，家家访问，村村开会。要向群众公布人民政府的政策，明确宣布'首恶必办，胁从不问，立功受奖'，最终取得剿匪战争的决定性胜利。不过，话又说回来，宣传单和标语，虽然对敌人震动很大，也很容易暴露自己，容易引起敌人高度注意。我们还要加强以摆龙门阵的方式向老百姓进行广泛的传播，这也是最贴近人心，最能见效的宣传。"

成其云自从被编入古蔺县大队负责侦察后，感到身上的担子更重了。在大寨召开的清匪反霸大会上，剿匪部队把地主匪霸的财产、农具分发给当地群众后，以他为主的宣传小组，便开始宣传政策。他背着黄色挎包，端着一个大搪瓷缸子，站在会场的显眼位置，耐心地劝说道："乡亲们，人民解放军已经取得决定性的胜利，目前这一小撮反共人群，迟早会被人民解放军消灭的，乡亲们要认清形势。土匪常常鼓吹国民党会反攻大陆，提出口号'拥护蒋总裁''繁殖游击战争，坚持到第三次世界大战'，以此欺骗群众加入他们的队伍。他们说的'国际事变''反攻复国'都是白日梦，乡亲们要看清这一点。同时，我还告诉大家，人民政府的政策是'首恶必办，胁从不问，立功受奖'。现在两条道路摆在面前，一条是'缴枪投降宽大处理'，一条是'继续抵抗坚决消灭'，聪明人应该懂得怎样去选择。"

晚上召开会议总结，成其云向参会人员报告了宣传活动的情况："群众半信半疑，观望情绪严重。我看还得想想其他的法子。"

"不如杀一儆百，杀一两个顽匪给群众看，坚定他们的信心，增加投诚的勇气。"杜永田说。

眼看着宣传攻势发动起来了，可是不久涌现出新的问题，就是战士们未能很好地执行宽大与镇压相结合的政策。有时过于宽大，对俘匪不加甄别、不经教育即行释放，结果有的匪徒屡次被擒被放，仍然为非作恶，引起群众不满。有时盲目强调镇压，发展为乱打乱杀，结果使想缴枪投降的土匪也畏而怯步，不敢投降了。为了纠正这两种偏向，保证正确执行宽大与镇压相结合的政策，王钦裕加强对南三县干部战士的政策教育，同时研究制定了对匪亲属一律不捕不扣，进行短期教育的感化方针。对于罪大恶极者经过一定程序，才公开枪决等具体规定。

整顿会议结束的第二天，剿匪部队便将抓获的一个惯匪，贵州来的魏明先枪决了。

枪决那天，百姓围观，人心大快。自从纠正了宽大与镇压的不良倾向后，群众对政策的了解更清楚了。

投诚后的土匪积极投入到反匪斗争，纠纷充当向导报告匪情。对土匪恨之入骨的陈家康，除了做好宣传，还成立了一个运输小分队。他们赶着马车，推着小车，挑着担子，背着背篓，帮助部队运送物资，配合部队开展剿匪行动。

第十二章

奸雄失势

过了清明，就是谷雨。这时节的雨，劲儿特别足，绵延不绝漫天飞舞。尤其是在晒不干的叙永，这雨一下就更是没完没了。

川南军区副司令员范朝利来到窝盐街剿匪指挥部时，下个不停的小雨把他的衣服都淋湿了。他那笔挺的咖啡色呢裤子，半条裤腿都是泥巴。那蓬松的头发被雨淋湿后，紧紧贴在略微苍白的脸上，使得那眉宇间淡淡的忧郁更引人注目了。

他此番来叙永视察剿匪工作，听了王钦裕的汇报，他连说了几个好，同时对后期的工作作了指示。

"我记得邓小平同志在三月份的会议中说过这样一段话：剿匪这一任务要比普通的军事斗争复杂与艰苦得多，少不了流血和牺牲，也不是打几个冲锋仗就能解决问题的。剿匪斗争要取得胜利，不仅需要坚定勇敢，更重要的是要有智慧、有策略、有办法。小平同志这段话，我是记忆犹新啊。剿匪工作艰巨而复杂，我们不可因一时的挫败而气馁，也不可因一时的胜利而得意忘形。"

他还提醒王钦裕，征粮和剿匪工作应两不误。要警惕土匪断绝指挥部的粮源，制造粮荒，陷剿匪部队于不利。

"范司令员，关于征粮工作，我们一直高度重视。要取得老百姓的支持，除了思想上的开导，还得有实际的行动。比如农忙季节，我们会派闲下来的战士去帮助老百姓干活。最近，我们就开了一个很热闹的军民联谊会，有歌舞有诗朗诵。会上郑重表扬了背粪次数多、爬山快、处处起带头作用的张同顺等十多位同志，岳文忠同志带病背粪也受到了表扬。"

范朝利赞赏地点点头。王钦裕继续汇报道："范司令员，战士们还常常利用战斗空闲，一边帮苗胞点苞谷搞生产，一边向他们普及一些简单的军事常识，号召他们一起打土匪。苗胞们感恩在心，在剿匪工作中表现很出色呢。尤其是队长罗文才同志，我看剿匪结束后应该隆重地给他发个奖。"

"好了，下面说说你们最近的计划吧。"

王钦裕正想接过话题，向范朝利作详细汇报，却看到范朝利越发虚弱，想必他是饿了，而现在还没到开餐时间。王钦裕拍拍脑门，吩咐炊事班弄来一锅"焖红苕"。当地人嫌蒸红苕不够香，煮红苕水汽重，烧红苕又太燥，便将红苕放在大铁锅里，加点水，盖上木锅盖，用柴火煨至水分全部吸干，待红苕在锅里散发出微微的焦糊味道，才起锅享用。

当这样一盆焖红苕放在范朝利面前，他哈哈一笑："我就不客气了，唉！我也真是饿坏了。"他抓起一个红苕就往嘴里塞，手上的还没吃完，又将另一只手伸进锅里。等他拍拍手上的锅巴，重新陷进竹圈椅上，王钦裕才开始谈起最近的军事行动。

"范司令，最近我们征剿了李季明匪部，在大寨击溃杨云程主力，但是形势依然严峻。根据最近搜集到的情报，杨云程为了破坏剿匪部队的运粮计划，断绝部队粮源，将派出蒲相臣与刘洪安一起打劫朝阳村粮库。那里可装着二十余万斤粮食呢，怎么可能让这帮家伙得逞。所以，我们下一步就是开拔大石乡朝阳村，击败蒲相臣一伙，将粮食转移到突觉寺，粉碎他们断粮的白日梦。一旦运粮成功，我们的口袋战术计划将继续得到推进，再次解放古蔺也就指日可待了。"

范朝利这时显得红光满面，精神抖擞，思路也更加清晰了。"对啊。饭得一口一口吃，棋得一步一步走。围绕口袋战术核心，还有许多边缘性的、临时生发的工作要做，一些临时的战役要打。剿匪战斗比我们想象的可要艰难多了，你们想想，古蔺地形那么特殊，全泸州地区、云贵边缘陆续被击溃的土匪都往这个山高皇帝远的地方跑，想想那么多土匪聚集此地脑袋就痛。为了更有效遏制匪患的蔓延，我们在思想上不能再麻痹大意轻敌了。无论何种地区，有匪就应速剿，不能迟疑耽搁，坐视匪情扩大。对杨云程这种疯狂反扑具有强大威胁的匪首，必须加以迎头痛击，展开有重点的围剿、驻剿和不中断的追剿。同时，要分化匪特，防止中小地主动摇，团结与争取一切可能争取的群众来协助剿匪工作。你们帮助百姓生产得到人心，尤其是得到苗族同胞的支持，这种方式很好，值得表扬，但还要加大追剿力量，加快追剿速度。拖延一天，匪势就多蔓延一天，老百姓就多遭殃一天。我等着你们捷报频传，取得最后的胜利。"

朝阳村粮库的确是杨云程垂涎已久的大肥肉，他一边派人联络王逸涛、郑跃东，在两河以上地区骚扰牵制解放军，一边联系刘洪安匪部，破坏川滇公路交通。

事不宜迟，送走范朝利，王钦裕迅速理清思路，派何显宗率三连星夜赶往大石母，负责守卫粮库。

到达粮库时，夜色已深，此时，刘洪安、罗国民聚匪千余人凭借猪圈门大梁子天险据守。为了牵制他们，三连的一、二排分驻两翼山头，肖斌云带领三排驻守粮库。

当晚，肖斌云带领全排通宵构砌了两个碉堡式掩体，这掩体砌得很坚固，上、中、下共有三层射孔，方便瞭望。肖斌云前后左右来回查看，总觉得还是不妥。他拨开竹林茂密的叶子往外一看，明白是视线不够好的原因了。

"左国发，你带领几个战士把这掩体前的竹林砍光。"

左国发砍下竹子后，往树林里一扔。

"慢，这竹子还有用。"

"有啥用？当柴火烧？这生竹子烧起来那烟雾可是熏得死人的。"左国发不懂肖斌云葫芦里卖的什么药。

"真有用，立刻将所有竹子剖开、削薄。"

当夜，削薄的竹片被安放在河滩上，用石板压住。左国发踏上去走了走，发出噼噼啪啪如鞭炮般的声音，这才明白削竹片的用意了。

"真有你的，怎么想到用这个？"左国发对着肖斌云的胸膛就是一拳。

"你想想看，我们才三十多个人，要面对那么多的土匪，防备的力量不够，要是被偷袭就惨了。"肖斌云从容答道。

一连两天，河滩上一有响动，战士们就很快进入防御，击溃了多次偷袭。

太阳下山了，暮色渐渐包围了整个村子。朝阳村的竹林里，有许多竹鸡。每当天黑时，它们就栖息在竹枝上发出响亮的啼声，以此呼朋引伴。见匪徒久久按兵不动，左国发和一个小战士忍不住扛上枪，趁天黑到竹林里寻起竹鸡窝来。

两人弯着腰一直钻到竹林的最深处，竹鸡窝没找到，却撞上了一处鸟窝。听到吱吱响的声音，左国发用点燃的葵花秆一照，发现一人深的茅草丛中，几只小鸟吓得扑扑乱飞，惊恐的母鸟竖起全身灰黄的羽毛，瞪着眼前的不速之客。两人正要退出来时，突然听到后面的山上，传来杂沓的脚步声。

声音越来越近，越来越响。不好，土匪见从河滩上偷袭不成，已从后面包抄过来。

左国发腿长，步子迈得大，他拉着小战士，拼命往回跑。

没错，正是刘洪安、蒲相臣一伙，他们率领匪众如蝗虫般向粮库奔涌过来。到了粮库附近，他们迅速将队伍摆成八卦阵，开始进攻。

见刘洪安尖尖的光脑袋露了出来，肖斌云走出碉堡式掩体，以两棵桂圆树作掩护，朝着刘洪安的方向一阵射击。

匪众高呼："枪是国家的，命是自己的。"

肖斌云回道："枪是我们的，敌人的命也是我们的。"

匪众高喊："捉一个解放军赏谷子八担，缴一条枪赏大米五斗！"

张斌、王元、左国发等一起回道："捉一个土匪赏黄金万两，缴一条枪赏白银六千！"

匪众不停地谩骂喊话，弹如雨下，粮仓的瓦片噼啪作响。有的子弹打在桂圆树上，树叶如天女散花般散落一地。渐渐地，土匪仗着人多势众，已逼到粮库脚下，恰好在射击范围内。

"加强射击，对准那个尖尖的光脑壳。"

肖斌云边命令全排加大火力，边扣动扳机。一发子弹紧贴着桂圆树下的大石头飞过去，石面上立即出现了一个凹槽。这发子弹没有击中刘洪安，打中的是他身边的一个矮个子匪徒的头部，矮个子栽倒在地，手里还紧握着一杆破枪。

僵持了一阵，处于两翼山头的一、二排派出力量下山增援，匪部被打得零零落落，他们丢掉横七竖八的尸体，退到河对岸，继续向粮仓射击。又被击毙两人后，匪群从河岸退到山顶上，整天打冷枪，密布岗哨，不断地进行骚扰。

这已是被困的第五天了，炊事班长白天不敢做饭，只有夜晚才能进库房支锅生火。战士们饿得前胸贴后背，再加上几个战士牺牲，受伤致残的也有好几个，新入伍的两个小战士还在半夜叛逃。肖斌云着急得寝食难安。

这晚召集紧急会议。孔凡惠说："目前的战况已经到了相持防御阶段，这一阶段是很困难的，因为我们处于被动地位。对于敌人什么时候来，从什么地方来，有多少兵力这些都无法了解，就不好开展应对工作。不仅如此，还会被他们搞得措手不及，那种局面要多难堪有多难堪。"

"我们的任务是守粮，要有不怕牺牲的决心。眼下加强警戒、加强侦察、掌握敌情是必须的。这样才能对敌人实施最有效的打击。"肖斌云说完退到一旁。

"对，增设暗哨，掌握敌情，有效打击。"孔凡惠赞许道，随即安排老练的班长赵栋良带着李树品侦察四周匪情。

赵栋良带着李树品匍匐前行，来到一个马鞍状的土坎前隐蔽下来。赵栋良个子高，腿长，他瞅准机会，一个箭步冲上去，飞奔进树林里。李树品正要跟着往上冲，土匪已经发现了动静，机枪疯狂扫射过来封锁了去路。匪徒的子弹密集，李树品只得缩回身子，重新隐蔽在土坎前。

赵栋良喊道："李树品，李树品。"李树品想，这时站起身无疑送死。他急中生智，将头上的军帽取下来往旁边一扔，匪徒果然上当，子弹朝着军帽方向射去，李树品趁机跳上土坎，翻滚几下，飞奔进林子，与赵栋良会合。

赵栋良高兴地说："我喊你你没应声，我还以为你光荣牺牲了。"

李树品说："我怎么敢应声。"

然而，就在两人快要走出林子时，发现前面的路早被封死，关渡桥已被毁掉。这时，匪徒再次发现了他们的动静，改变了打法，两挺机枪轮流扫射，这个停下换弹夹，另一个接着来，直接封死了那条通道。

赵栋良说："我们得扔手榴弹，山中回声大，土匪以为大炮打来了。要是他们被吓唬住，我们就赶紧脱身。"

说完，赵栋良扔出两枚手榴弹，发出巨大的爆炸声。土匪一听响声，机枪停止了扫射，大队人马赶紧往山下撤退。

土匪的衣服是灰白色的，埋伏的时候尚不明显，当他们撤退时，才发现漫山的土匪像蚂蚁群一般。他们摸黑跟在逃窜的匪徒后面，终于弄清了土匪指挥部驻在黄鹤背。

清晨，粮库里来了一个八九岁的小男孩，衣衫褴褛，矮塌的鼻梁下面，是两挂浓白的鼻涕。脏是脏点，不过虎头虎脑，惹人怜爱。

见小男孩好奇地打量着自己，李树品忙走上前去，摸摸他的头问："小鬼，你叫啥名字，来这里做啥子？"

小男孩说："解放军叔叔，我叫小黑子，我爸妈被土匪打死了。我好饿，叔叔，我想吃东西。"

小男孩的眼泪如断线的珠子啪嗒啪嗒往下掉，李树品心一软，牵着他的手来到炊事班。将温在大锅里的红苕粥，盛了一碗给小黑子。这孩子显然饿坏了，狼吞虎咽地喝掉了粥，却没有要走的意思。只见他好奇地东窜西窜，这里摸摸，那里看看。李树品见他虽然浑身脏兮兮，但是说话乖巧，活泼可爱，便任由他四处闲逛。

到了晚上，小黑子仍然没有要走的意思，他缠住李树品说："解放军叔叔，我没有了家，平时都住在桥洞下面，那里好冷，我想跟你们住在一起。"

李树品说："好，你就挨着我睡吧。"

复杂多变的匪情经常需要一昼夜出击数次，换了平时，劳累不堪的李树品脑袋一沾枕头就呼呼大睡，可是这晚挨着小黑子，他原本窄小的床铺更加拥挤，小黑子的腿左奔右突，把他弄得很难受。好不容易睡着了，又被一个噩梦惊醒，他坐起身，发现身边空荡荡的，小黑子呢？

他走出门外，竖起耳朵静听，以为他上茅房，便向茅房走去，那里却空无一人。这时，一丝微弱的声音从办公室里传来，他赶紧大踏步冲过去，发现一个孩子慌里慌张从办公室里钻了出来。办公室的窗户还打开着，他显然是从窗户爬进去的。李树品大吃一惊，他追上去一把扭住小黑子："你来这里做啥子，谁让你来的？"

小黑子不承认："叔叔，我白天掉了一个铜板在里边，是妈妈给我的，我晚上睡不着，就进去找。"

"你胡说，我明明看见你在办公室偷拿首长的文件。"李树品故意诈他。

"没有，不信你搜！"小黑子一脸天真。

"好，要是搜不出来，是我冤枉你，明天我买糖给你吃。"李树品说着，一把扯下小黑子的裤子，裤裆里果然掉下了一份文件。

肖斌云闻声过来，一眼看穿小黑子的把戏："你不是古蔺城里的虎娃吗？咋个冒充起小黑子来了？"

果然是虎娃，只见他跪倒在地哭道："解放军叔叔，我说实话，你们饶了我吧。我就是古蔺城里的虎娃，自从张树良把我抓走，我就被他们训练成了探子，叔叔饶了我，我保证再也不做这事了。"

"我就说嘛，你咋个会是小黑子，骗谁也骗不过我。知道不，你家婆已去世了，你的小伙伴们天天念叨你呢。"

"家婆，我的家婆啊，我再也见不到家婆了。"虎娃再次哭起来。

肖斌云要大家当心，要李树品把虎娃严加看管起来。

在当天组织突围的会议上，肖斌云首先通报了虎娃的事情，要大家提高警惕，匪徒的反抗既有正面的，还有各种阴险的手段。

"出动儿童探子是利用大家的同情心，还有一种很管用的攻心手段，你们猜猜是啥子？"

"美人计。"左国发叫出声来。

　　"左国发说得对，据说在古蔺，土匪就是利用漂亮姑娘诱惑解放军，获取情报的，大家小心啊！"

　　"肖排长，我们倒是盼望土匪来点美人计，男女搭配，干活不累嘛！"张斌的话，引起一阵哄堂大笑。

　　"弟兄们，玩笑归玩笑，这件事情真不能大意，大家必须提高警惕，严防死守。出了事，脑壳搬了家，看你们还咋个高兴。还有，不知要连累多少人送命，明白吗？"

　　"明白！"众人异口同声。

　　张斌小声咕哝了一句："不就是开个玩笑嘛，谁有那么憨啊。"

　　说到如何处置虎娃，李树品建议送回古蔺，可虎娃已经没了亲人，回去没人管教很麻烦。留在连队也不行，大家都知道他是探子，这对孩子的成长不利。最后大家一致决定送往宜宾，找到合适的人家再托付出去。

　　赵栋良和李树品提供的情况，让连部察觉出匪众组织严密，布局精心，兵力雄厚。连部再次召开会议，由肖斌云带领十六个精干战士，偷袭土匪指挥部黄鹤背。部队分左、右两翼进发，肖斌云带领几个战士靠左行进，踩过冰冷刺骨的水田，直抵土匪指挥部。一个战士一刀刺死哨兵，在"缴枪不杀"的喊声中，土匪指挥部乱成一锅粥，驻守山上的两个排同时出击。肖斌云以迅雷不及掩耳之势攻入土匪心脏。

　　剿匪指挥部得知朝阳村危在旦夕，立即派力量疾奔增援接应战斗。密集的枪声，轰隆的炮声，弥漫的烟雾，飞溅的石块，朝阳村周围的几百个土匪，就这样被一举击溃了。

　　太阳升上了山顶，洒下万道霞光，映照在战士们的脸上，人人显得神采奕奕。就在这清晨的霞光中，匪首蒲相臣带着匪部拼命逃跑。匪首刘洪安坐着滑竿慌慌张张躲进猪圈门山麓。

　　粮库保住了，接下来便是运粮工作的组织。一开始也是困难重重，因为失败后的土匪在百姓中散布共产党要"共产共妻""缴粮不如买枪""饿死不如拼死"等谣言，一些不明真相的群众就这样被裹胁为匪。还有少数立场不坚定的群众，对共产党政策不够了解，不仅找各种借口抵制运粮，而且暗暗帮土匪做事。

　　刘洪安的暗探也四处活动，向老百姓传递各种消息。这天，肖斌云到一个村去做运粮动员工作，刚走进一户人家的院坝，就听到一声声叫喊：

　　"上山讨猪草了。"

　　"老母牛下儿了。"

听到喊声，不断有人从自家院子里探出头来看，不一会儿，村子里的人就跑光了。

万德舟和何显宗听到汇报，赶紧到朝阳村接应肖斌云，亲自参与运粮动员工作。

万德舟和何显宗要求战士们严格执行"三大纪律八项注意"，用行动感化老百姓。号召人人做到"三不走"：每到一地，做到不挑满水缸不走，借物不还不走，不扫干净地面不走，部队还挤出生活物资发放给贫困户。宣传队利用集会、基点家、刷标语、发送传单等形式积极宣传"中华人民共和国已经成立，全国已大部分解放，劳动人民是新中国的主人了，解放军是穷人的队伍，剿匪是为民除害"等形势和政策。

通过宣传发动和组织，老百姓增加了对剿匪部队的信任和好感，千余名群众与剿匪部队一道组成了强大的送粮队，可以将征集的粮食转移到叙永的突觉寺了。

肖斌云带领的小分队最后抵达，在路上，他被张小兵耽搁了。那是一片荆棘丛生的林子，肖斌云走在前面，运粮队伍跌跌绊绊地紧随其后，这时，一个叫花子坐在路边挡住了他的去路。叫花子衣衫褴褛，手捧一只粗碗，身边放着一根拐杖，脚下一双烂草鞋。他的脚显然受过伤，此刻已经化脓，肿胀得像个馒头。看见肖斌云，他一瘸一拐地站起来，扑通跪倒在地："大哥，行行好，我实在走不动，快饿死了。"

肖斌云被吓了一跳，忙扶起他，仔细打量，发现这个叫花子虽然浑身污脏，一瘸一拐，却手脚麻利，身体结实，蓬乱如杂草般的头发下，是一双透着精光的眸子。他不由得心生好感，便拿了些干粮给他，先让他吃个饱，再随部队赶路。

经过千辛万苦，运粮队终于抵达突觉寺。看着满满当当堆放的粮食，肖斌云长吁了一口气，这才有心情仔细询问叫花子的情况。原来叫花子叫张小兵，朝阳村人，父母双双病故，两个兄长被土匪拉拢，他自己也曾被裹胁为匪，因为一次过失，被土匪赶出来，腿也是被土匪打伤的，路上又病又饿沦为乞丐。到了突觉寺，张小兵有了依靠也就有了力气，一瘸一拐地帮忙存放粮食。他对肖斌云更是鞍前马后，视若亲人。时间久了，肖斌云就认他做干儿子，把他收入自己的部下。

朝阳村粮库保卫战胜利在望的时刻，王钦裕已经下令剿匪大部队从墩梓场出发，攻打桂花场袁良匪部。杨云程匪部在大寨被击溃后，他一边勾结刘洪安等匪首攻打朝阳村粮库，一边派袁良召集指挥官傅子儒、张豹、张友于等匪首，在桂花场驻扎，妄图实现打进叙永城的野心。

王钦裕说："匪群跑来跑去，始终离不开古叙交界处的高山老林地带。在大寨被击溃，就往大石母跑。在大石母被击溃，又往桂花场跑。他们总之是不甘心，不愿钻进口袋，一门心思想打到叙永反攻我们。哪有那么容易？我看，这次我就得亲自前往桂花场，让他们瞧瞧我解放军的神勇。桂花场一战把他们击溃后，他们还不得乖乖地钻进口袋去？"

胡珩立即派熟悉这一带情况的成其云、李少清前往侦察，打探情况。

桂花场位于古蔺县城西北部，黄荆老林边缘，场镇四周都是丛山密林，猫儿埂、笔架山把场镇紧紧包围。

这天是桂花场赶场的日子，赶场的村民穿着褴褛的长衫，头上包着白布帕子，脚上蹬着破草鞋，一些人打着光脚板。赶场的人群中，精壮汉子特别多，他们挑的烧柴比平时长，因为那柴里捆着大刀、长枪、长矛等武器。这些精壮汉子，就是由袁良派出来攻打剿匪部队的先头匪徒。

他们勾结当地封建势力，收罗散兵游勇和乡保地主武装，纠集惯匪、地痞、流氓，提出"反共救国""抗粮、保枪、保命""打倒解放军，三年不纳粮"等反动口号，胁迫、煽动不明真相群众参加土匪组织。

眼下，五百多名匪徒正在袁良的指挥下，从山上向桂花场合围而来，情况十分紧急。王钦裕刚吃完饭，听完成其云的报告，他把饭碗往饭桌上重重一搁说："来得好，我们正愁找不到他们。"他随即命令一连一个班直插楠木沟山腰警戒，让其余战士做好战斗准备。

剿匪部队以县大队第一连为先头部队，同时派出一个尖刀排在前面开路，大队伍和炮排随一连之后行进于中间，一四四团三营殿后，县大队第二连则沿左侧山上行进作侧翼掩护。

尖刀排路过一个陡峭的高坎时，一个背八二炮座的战士跌下去，血流不止。陈其德见状，赶紧将炮座扛在自己肩上，加上自己本来背着的炮弹，让他的步履更沉重了。这时他正好看见孙绍云的草鞋破烂了，二话没说脱下自己的鞋子递给他，又把他的背包夺过来扛在肩上。

孙绍云不好意思，想要夺回，陈其德用他浓重的陕西口音说："俺从小就是个放牛娃，挨骂受气是家常便饭，又在旧军队中有过牛马般的生活，这点苦算什么呢？"

孙绍云说："德哥，我还记得前一阵，部队在枧槽乡休整三天，你给老百姓担了一百三十担水，真是太厉害了，你哪来那么大的力气？"

陈其德擦了一把汗，答道："臭小子，要说力气，都是解放军给的。俺只要跟着解放军，浑身就有使不完的力气。"战士们听了陈其德的话，感觉浑身充满力量，脚步也加快了。

在尖刀排的带领下，大部队很快行进到距桂花场五里的田坝头。在王钦裕的安排部署下，二连直插楠木沟隐蔽起来，伺机行事，一连进驻桂花场刘氏家中。一、二排则分别占领场背小高地和那座旧碉堡，九连驻黎家湾待命。大队部炮排进驻桂花临街大庙，公安队深入场镇驻扎在百姓民房。

这时，袁良指挥百余人分两路偷袭过来，被九连在西北角放出的暗哨发觉，鸣枪警告。袁良见偷袭不成，便指挥匪部从四面八方山头进攻，居高临下集中火力向场内部队射击。

黄昏时分，袁良的战术又改变了。一股土匪已潜到猫儿埂脊背，另一股土匪正向桂花场后背奔袭，袁良则率第一指挥部百余名匪徒占据靠场镇最近的笔架山的几个小高地。

仿佛一阵风，数十名匪徒已进入街道，与先行混入场内的挑柴匪徒会合。他们的胸口贴着黄色佛纸，上面画着看不懂的红色图案。

这些人举着刀拿着枪，口里不住地喊"冲啊、冲啊"，有时嘴里又念着："啡，啡，刀杀不进，枪打不进！"

不久，又有一队人马从猫儿埂上冲下来同挑柴土匪会合，枪声、老百姓的哭喊声、土匪的叫骂声在街上响成一片。枪林弹雨中，民房上的瓦块一片一片掉下来。有五位战士中枪，血流不止。

王钦裕率炮排的几十名战士冲上街背后的小高地，架起两门八二炮向敌人猛轰。又令第一连和第九连的全体战士，跑步冲过被敌人严密封锁的小河和猫儿埂前沿的开阔地，迎着弹雨爬上陡坡，向敌人踞守的主阵地攻击。

孙绍云和两名战士刚爬上陡坡，就和主力部队分散，被弹雨逼进笔架山和猫儿埂连接的小山岔里，土匪不知躲进小山岔的有多少人，拿起机枪疯狂扫射，还有无数拿着刀的土匪在吼叫："枪打不进，刀杀不进！"孙绍云三人寡不敌众，只得躲在山岔的一个石墙垛子后。

这时土匪的机枪声突然哑了下去，孙绍云明白是机枪卡壳了。

他忙令两名战士猛扫机枪做好掩护，自己"虎"地一下跃出石墙垛子，对准敌人一阵猛打，趁着他们慌乱的间隙，孙绍云再次跳入匪群，夺过惊魂未定的土匪手里的机枪，跑回原地，赶紧排除机枪故障。

土匪回过神来，再次进攻，孙绍云端起机枪对准土匪就是一番狂风骤雨般的扫射。一个胆大的土匪往石墙垛子后偷偷一看，发现垛子后面只有三个人。他立即将匪众分成三路合围，从背后偷袭了端着机枪的孙绍云，大批匪徒随即逼上来捉住剩下的两人。

"弟兄们，活捉了这三个共军，是生煎还是活剥？"偷袭成功的土匪，眉心有一颗硕大的黑痣，大声说话时，那黑痣仿佛要飞起来落在地上一般。

"杀肥猪吧。"

"咋个杀？"

"难道还不明白家里杀肥猪的那几道活路？先要烧开水烫，再刮干净猪毛，再开膛破肚。"

石墙垛子后有许多干谷草，几个土匪已经生起了火。

"哪里去找锅，去舀水，还要等水烧开？算了，直接乱刀砍死。"一个贼眉鼠眼的土匪不耐烦了，举起刀就要砍下来。

"慢，先剥干净再砍。"

"又不是娘们，家伙都一样，剥啥子剥？白费力气！"

"剥光了，才能让共军死得丢人现眼，我们也算杀年猪了，图个好彩头。"

三个被捆绑得严严实实的战士很快被匪徒剥得干干净净。

"杀年猪了。"黑痣土匪一声喊叫，率先在孙绍云身上砍下一刀，孙绍云惨叫一声。

"听呀，这是年猪在嚎叫。"

"弟兄们，还不快动手。"土匪们刀枪齐下，三个战士的鲜血染红了半截石墙垛子。乌鸦在上空不住地叫唤，一道血红的落日，在绵延起伏的山脉上停留了一会儿，慢慢坠入无边的黑暗之中。

笔架山下，宋韶光提着一挺机枪，与几个战士隐蔽在一株三人才能抱住的桂花树后，架好机枪朝着匪徒放了几梭子弹，打死打伤的匪徒东倒西歪，匪徒慌忙调转头去，没头苍蝇般逃进密林中。

笔架山下的王木匠，前几天亲眼目睹土匪杀人抢人，听到枪声，他愤愤地说："狗日的土匪，太凶了。"他拿起猎枪，朝土匪隐蔽的树林打去几枪。这让宋韶光误认为前方又有土匪，便率小分队左拐靠近王木匠的房屋，恰好进入土匪预设的包围圈。

激战中，宋韶光不幸腿上中弹，战友要扶他一起突围，被他拒绝了。

眼看与部队距离愈拉愈远，山上土匪又蜂拥而下，他知道凶多吉少，命令几名战士快步跟上突围，自己则朝相反方向奋力冲突，引土匪追击自己，好掩护战友安全突围。

最后一颗子弹打完了，宋韶光将空空的驳壳枪插入水田，眼前一黑晕了过去。

被俘后他被关押在王木匠家，王木匠见土匪们又抓了一个人回来，哆哆嗦嗦地带着儿子逃走了。土匪们用尽种种酷刑，妄图迫使宋韶光变节投敌。宋韶光义正辞严地说："别做白日梦了，我肯定地告诉你们，明天就是你们的末日。你们和我进坟墓的时间，不过是相差一天的时间而已。"

"妈的，你还是个算命半仙呢，算得准老子们的死期？敢问你出自哪方神仙门下？王瞎子？嗯？"

"告诉你们，我行不更名，坐不改姓，生得伟大，死得光荣，我叫宋韶光，出自中国共产党门下。你们的死期何止我一人算得准，世上有良心的人都算得准！"

"这口气还硬火得很，咋个收拾他？"为首的土匪问道。

一个土匪看见王木匠杀年猪时用的灶坑，两手一指："那里最安逸。"

"要得，把坑挖大点，让这宋半仙睡得安逸些。"

满身伤残的宋韶光面对土匪挖好的土坑，大声高喊："中国共产党万岁！"

喊声震动四野，匪首发狂了，一个箭步上前，割掉了宋韶光的舌头，身后的土匪用力一踢，宋韶光栽倒在土坑里。土匪在黑暗中拼命往土坑里填石块、泥巴、杂草。待填得差不多了，他们踏上去，将微微拱起的土堆使劲往下踩。

直到土堆平平整整，谁也看不出这里曾经挣扎过一个年轻鲜活的生命。

听到宋韶光牺牲的消息，副排长王文林不顾一切攻上笔架山。他刚一露头，土匪大叫："共军又来了！"一颗子弹呼啸着穿过树叶，打中他的肋窝，鲜血一下涌了出来。

"副排长，我们背你下去。"几个战士拥到他身边。

"我的伤不要紧，别管我，同志们快冲啊。"他撕下半截衣袖，简单包扎了一下伤口，又继续鼓励着大伙冲锋……

山上战斗犹酣，街上更是枪声不断。王钦裕带领部队向街道北面的土匪迎头痛击，严严实实的火力网，让傅子儒缩在民房内不敢出来。

"妈的，这火力不是一般。弟兄们，全都给我爬到房顶上去。"

匪徒如一团乌鸦，密密麻麻地聚集在楼顶上。嘴里声嘶力竭地喊着冲啊杀呀，头却不敢抬一抬。

唐兴明用望远镜看清了土匪集中的大致方位，急忙报告王钦裕，王钦裕立即下令："把炮排给我调到这里来。"

炮排很快过来了。"陈其德，赶快架炮，给我狠狠地打。"王钦裕命令道。顷刻，大炮发出震耳欲聋的声音，炮弹成排地在街道上连连爆炸，土匪见这阵势非同寻常，立即用黑话传令："大黄鳝来了，快去捉哦。"楼顶上，密密麻麻的人头一下又不见了，全都龟缩在民房内。

见土匪稍露怯态，陈其德将炮口对准笔架山、猫儿埂阵地又连续发射了几发炮弹，随着冲锋号响起，两翼部队在炮排的掩护下开始进攻。

街上的匪众大乱之际，陈作邦指挥的二连也悄悄到达张家坳大梁子，袭击袁良匪部。这大梁子很是陡峭，山脊上只有一条羊肠小道可通行，小道尽头有一巨石凌空突起。袁良派出部队躲在林中，朝着桂花场街上的解放军部队放冷枪。眼看着有几个战士倒在地上，袁良得意洋洋，吹起了欢快的口哨。就在他站到巨石上视察动静时，突然肚子内一阵躁动，他忍了又忍没有忍住，就绕到巨石后面蹲下大便。

机枪手对着袁良伏击的树林一阵扫射。子弹正中袁良肋下，他一下瘫坐在自己的大便堆上，当场毙命。

袁良身边的土匪绝望地大喊："大票子撕烂了，大票子撕烂了！"后边的人追问道："补得起来不？""补不起来了。"

"袁指挥，你死得好惨。"袁良的属下哭喊着，抬着他的尸体绝望地逃跑，一直到达香楠匪保长喻廷魁家才停住。

剿匪部队趁机分三路合围，土匪在解放军强大的火力下，腹背受敌，仓皇抱头鼠窜，到处乱碰乱钻。他们已无还手之力，有的钻入民房，有的跪地缴枪投降，有的拥作一团，身子抖得像筛糠。

战士们含泪掩埋了孙绍云、宋韶光等战友的遗体，开始在老百姓的配合下搜索残匪。他们对躲藏在猫儿埂山坳的匪徒喊话，要他们放下武器，缴枪不杀，坦白交代罪恶，争取宽大处理。

一阵长久的沉默之后，第一把长枪从树林里扔了出来，紧接着是大刀、长矛等武器。不久，第一个土匪举起双手从树林里爬了出来。

越来越多的土匪慑于解放军威力，受到宽大政策的感召，把武器扔出，人也爬出来投降。到了夜深人静时，只有少数顽固分子不愿缴枪，一直顽固地待在林子里。

"走，咱们去拖出这帮癫皮狗!"王文林不顾自己的肋骨受伤，就要往树林里钻。

"好样的，王排长，有我德哥的大炮掩护，不会伤到你一根汗毛。"陈其德嚷道。

"王排长，我们跟你一起去。"几名战士站了起来。

在部队枪炮的保护下，王文林带着唐兴明、朱东等战士匍匐爬入猫儿埂，把这些顽匪一个个捉了出来。一个土匪脸上长满癫疤，被捉住后还想逃跑，被陈其德三拳两脚制伏了。

这些土匪在担惊受怕中过了一夜，然而等待他们的并不是脑袋落地。他们被告知，愿意归顺解放军的编入队伍，愿意回家的，除每人发给一枚钢洋外，还根据各自家乡路程的远近分给大米袋子。

在发给钱米的现场，这些土匪感动得手不停地抖，泪不住地流。癫疤土匪跪在地上磕了一个长头道："我没长眼，受骗跟着龟儿子土匪些抢横财，差点送了老命。往后，老子们再也不干了，还是锄头落地种庄稼，吃自己劳动得来的粮食踏实。"

这些工作虽然给部队增添了负担，却很好地归顺了人心，被释放的土匪大多在宣扬解放军的好处。

箭竹枪声

刘焕均回叙永那天，是震东赶场的日子，项老三早早起来送走了刘焕均，三两下扒完了一碗苞谷饭，从樟木箱子里翻出蓝色家织布苗装穿上。这是一件传统的大襟长衫，长至脚踝，镶浅色袖口，衣领很高，穿时不系大襟上扣，使襟上角外翻露出衣里，再搭配上绣花披领，看上去很是惹眼。这套衣服做工复杂，加上左右衣襟和前摆的刺绣，足足花了三年时间。项老三的娘一天到晚不停地忙碌，煮饭、割猪草、养鸡、收拾菜园，这衣服是她起早贪黑抽时间做出来的。衣服来之不易，项老三平日都舍不得穿。此刻，他爱惜地整了整衣服上的折痕，挎起篮子上街赶场去了。

"杨司令在这里坐镇，又有党国的支持，解放军再也不敢打回来，不久我们就要攻打叙永城了……"

"打了叙永城，就一辈子骑大马、喝小酒、吃大肉、睡娘们，你说安逸不安逸？"

听到这里，项老三不禁好奇，回头看了看说话的人。有几个赶场人也停下来，凑上去打听真假。

眼前的肖石头和大叉，挎着一篮鸡蛋扮成老百姓去赶场。两人见有人搭话，一唱一和，越发吹得天花乱坠："还是杨司令后台硬，蒋介石直接通过电台坐镇指挥，军火一批批从川滇公路运过来……"

"土匪来了，快跑！"前面突然出现骚乱，赶场的人群潮水般从四面八方向场口涌去。盐巴、布匹、杂货摊被挤得东倒西歪，鸡蛋、水果、小菜丢弃得遍街都是。

肖石头和大叉停止了买卖和闲聊，赶紧捡拾个盆满钵满。项老三和几个胆大的老百姓没有逃走，转眼被他们亮出短枪抢劫一番。

见老百姓实在没有什么好抢的了，这帮人正要转身离开，突然，大叉眼前一亮，他看上了项老三的衣服，用短枪抵住他，命令他脱下来。场镇上出现了奇怪的一幕，胆子大的人都围过来看热闹，将三人团团围在中间。只见被脱掉衣服的项老三，穿着汗衫大裤衩瘫坐地下喘气，两只胳膊像面条一样无力垂在两边。而大叉正在得意地试穿衣服。

"算球了，大叉，这个衣服花里胡哨的，穿上像个娘们儿。"肖石头不以为然。

"花里胡哨，我把花纹拆下来不就行了，你个死脑筋。"

项老三眼睁睁看着大叉把那些精致的花纹拆掉，看着这伙人穿着他平日压箱底的衣服一阵风似的离开。有人上前拍拍项老三的肩膀："算了，回去重新做一套吧。"

"我是觉得窝囊啊。哪有穿上身的衣服也要抢的。"项老三木然地闭着眼睛，他的心里实在太难受了。

"我说老三你不是会一些庄稼把式吗？你一个人，百多斤的野猪都放得倒。刚才咋个不给他们来几下，让他们瞧瞧你的厉害？"

"你真是睁着眼睛说瞎话。武功再好，斗得过他们手里的枪？即便我把家里的火药枪拿出来，斗得过他们人多势众？唉，这光天白日的，还有王法没有哟！"

几天后，大叉在青杠坡摔死了。项老三找到大叉的尸首，骂骂咧咧地将他那件衣服脱下来，洗洗晒晒煮煮，赶场时又翻出来穿。

毕竟是死人穿过的衣服，项老三在喜庆的时候从来不穿，穿在身上也觉得衣服有一股阴魂不散的味道。要不是心疼他娘早起晚睡、点灯熬油为他做这件衣服受的辛劳，他才不会穿呢。

肖石头看见项老三又穿上了这套衣服，惊诧得眼珠子差点从眼眶里迸出来，他越想越恨：都怪这花里胡哨的衣服晦气，害死了我大叉兄弟。项老三啊项老三，你胆敢从我死了的兄弟身上脱衣服，你也别想过好日子了。

肖石头隔三差五往项老三家找茬闹事，项老三日子过不安生，去找刘焕均商量，刘焕均要他小心，这段时间土匪是越来越猖獗了。

惹不起就躲，项老三便把肥猪杀了，准备把猪肉藏在密林里。肖石头带着几个手下闯进了项老三的家，看见装猪肉的背篼还在灶房里，高兴极了。

"哟，项老三还知道杀猪孝敬我肖爷爷，多懂事，那爷爷就不客气了。还有盐巴呢，拿盐巴出来，没有盐巴让爷爷我咋个吃啊。"

"我的爷，我们哪吃得起盐巴？我家顿顿清汤寡水，我娘走路直打捞穿。"

项老三说的是大实话，他将盐巴藏进牛槽里，结果牛吃的比人吃的多。牛长期舔噬，盐分使牛食欲大增，很快长了膘，自家的伙食却寡淡得让人走路直打捞穿。

"不信，去尝海椒碗。"肖石头对随行的土匪说。那个土匪人称小雄鸡，自小好打好斗，腿脚麻利。听到命令，小雄鸡三两步窜到碗柜前，找到海椒碗，用手指蘸了点放在嘴里，吧嗒几下，似乎嫌尝不出味儿，干脆端起碗喝了一口，立刻大叫起来："有咸味儿。"项老三叫苦不迭，我的娘呀，这么淡的盐味儿都尝得出来。

"妈的，敢捉弄我们，吊起来打！"

土匪一哄而上，把项老三吊在屋檐下，劈头盖脸一通毒打。项老三被打得皮开肉绽，也顾不上盐巴了，他上气不接下气地求饶道："盐巴……在牛槽里……"

"你他妈还真会藏，藏在牛槽里，咋个不藏在裤裆里？"肖石头又踢了项老三几脚。

小雄鸡在牛槽里找到盐巴时，还找到藏在牛圈里的一罐猪油，他得意地拿着猪油、肉和盐巴扬长而去。

还有什么是他们不敢下手的呢？土匪们惯常做的坏事，都在当地老百姓的提防之中。随着涌到箭竹坪的土匪不断增加，年轻女孩子都受到忠告，要她们千万小心土匪，不要一个人出门，最好到山上去躲一躲。

项老三的未婚妻刘从菊是邻村的，还未过门，原本天天在家做针线活儿，现在只好上山去躲土匪。项老三不时要上山去照顾躲藏的牲口，两人便在山上相见，说说体己话。

毒辣辣的日头下，两人又在山上相见了。项老三擦着额头上的汗水，挠着被山蚊子叮得通红的疙瘩，走近一看，却看见刘从菊的脸上满是泪痕。难道，难道她被土匪糟蹋了？

"啥子事哟，哭哭啼啼的，难道被土匪糟蹋了？"项老三边说，边查看未婚妻的脸色，就怕她点个头。她真要点个头，那他咋个办？休了她不忍心，娶了她心里窝囊，这日子还能过得好？一定不要点头，不要点头，求求你，菩萨保佑，老天爷保佑。

刘从菊哽哽咽咽，就是不说话。项老三急不得劝不得，硬生生忍着心里的十五个吊桶，任它们七上八下。刘从菊终于开口了："是刘毕南，你知道的。她昨天不听我的劝，非得去震东赶场，结果被土匪……被土匪……"

"被土匪咋的了？"项老三心里的石头落了地，神色缓和，口气也轻松起来。

"她被土匪糟蹋了！"刘从菊哇地又哭起来。

"吓死我了，我还以为土匪糟蹋的是你呢，你那么伤心做啥子？"话音未落，觉得不对劲儿，这话多少有点幸灾乐祸的味道。都怪他神经太紧绷，一放松就止不住说错话。他知道刘从菊和刘毕南很要好，好到差不多可以同穿一条裤子。

刘从菊果然生气了："项老三，你说的是人话吗？毕南和我那么好，你家老娘重病，人家还上门送这送那。你去大寨那阵，地里的苞谷都快干硬了，要不是我们姐妹俩帮忙背回家，看你家吃啥子。就算人有大米吃，那猪还不得在圈里饿得直哼哼！"

项老三自知理亏，忙对未婚妻百般赔小心，学鸡叫学猴跳学狗爬，总算把她逗笑了。

要论起来，刘毕南受伤害，一半是土匪太猖狂，一半也怪她太大意。

灯盏坪的小煤矿，常聚集着一些挖煤的人，把震东场也弄热闹了。场镇上日用品应有尽有，手电筒、剪刀等东西都是最新样式，针头线脑、土特产、蜡染刺绣更是琳琅满目摆满一地。项老三他们喜欢去震东，除了采购生活用品，也喜欢在场镇上逗逗自己喜欢的姑娘。刘从菊就是他从震东逗来的。

土匪来了之后，集市冷清了许多，尤其不见了那些穿红着绿的姑娘的身影。怪就怪刘毕南的母亲恰在这时得了重病，父亲到黄荆伐木去了，兄弟们还年幼不懂事。母亲已两天滴米未进，有时发烧说着胡话，有时又冷得牙齿咯咯响。

刘毕南守在母亲的病床前，忙前忙后也不见母亲好转。她想起母亲过去犯过此类病症，应该是感染风寒，用红糖熬碗热姜汤喝下去，人会好上一半。她到灶房里东翻西找，找到一块老姜，拿出装红糖的铁皮罐子一看，里面是空的。要不去邻居家借借看，想想还是算了。这东西要在平日，兴许能找到，现在土匪当道，谁能借得出来。要不去震东买，可是，听说土匪很凶，要是被他们发现了，自己一个弱女子还不是他们的下饭菜。

母亲的病最终让刘毕南铤而走险。临走前，她去找刘从菊，万一有意外也好多个人知道。刘从菊劝她不要冒险，可刘毕南一副胸有成竹的样子。她拿出父亲留在家中的旧衣服，当着刘从菊的面换上，又在脸上抹了一把

锅烟墨，问道："我这样子，不会遇到危险了吧？"

刘从菊拦不住她，便再三叮咛她要小心。刘毕南到了集市上，终于给母亲买到了红糖。就在她回到灯盏坪，已经看得到自己家的茅草房时，突然被一块石头绊了一跤，跌倒在地上。

"哎哟！"她倒不是因为腿痛而叫唤，她是心痛那飞到一边去的草纸包着的红糖。

墨胡子、肖石头和几个土匪正混在挖煤人群中，听到一个女孩子的声音，欣喜若狂："是个娘们，快上！"

肖石头一把揭掉刘毕南头上包的白帕子，一头乌黑如瀑的青丝哗地滑落下来。

"你们看你们看，我说得没错吧。弟兄们，我们可要好好打打牙祭了！"

"石头，你先看出来的，让你先尝第一口，我们吃点残汤剩饭就够了。"墨胡子嘴里谦让着，眼里却射出饿狼般的绿光。

他们拖着刘毕南就往树林里走，把她按倒在一片草地上。

刘毕南拼命叫喊反抗，看到肖石头那张让人恶心的脸凑了上来，她对准就是一口，肖石头痛得嗷嗷叫。墨胡子转身从树林里找来一根木棒："妈的，怕老子们还制伏不了你个小娘们，把你敲昏了老子们再好好享受。"

几个土匪按住刘毕南的手脚，让她动弹不得。墨胡子举起木棒只挥舞了两下，刘毕南就晕了过去。

这晚的月光特别明亮。白白的月光如同根根芒刺，让人不敢正视。明月之下万籁俱寂，安静得像世界末日来临。刘毕南是那么害怕这晚的月光，她蜷缩进树林里，然而月光还是从树木的枝丫漏下来，落在她的身上，一片斑驳陆离。这月光分明就是一头凶恶的白鲸，吐出旋吸的飓风，无情地追逐着她，想要把她吞没。逃无可逃的月光让她恸哭，让她发狂。许久许久，明亮的月光因目睹了人间的罪恶，它失望了，暗淡了。它默默听着刘毕南的哭诉，渐渐收起光华，姗姗隐入浅灰色的云层。刘毕南哭累了，从树林中摸出自己的衣服胡乱穿上，跌跌撞撞往家赶。

一进家门，看见刘从菊正坐在母亲的床边，知道是好姐妹放心不下自己。她怕母亲担心，便对着刘从菊挤挤眼睛，进了自己的屋。刘从菊会意地跟上来，两人锁好房门，刘毕南的眼泪一下涌了出来。

第二天，刘毕南的眼睛已经肿得像核桃，她尽量躲着母亲，说被蜜蜂蜇了。可母亲还是从她的神态中嗅出不祥的气息，她知道女儿一向乖巧懂事，平时总是有说有笑。如今看她心事重重，失魂落魄，叫她煮稀饭，她却把米放进了猪食锅里。

这一担忧，人倒是不发烧了，不冷得牙碰牙了，也能下床走路了。一大早，刘毕南的母亲踉踉跄跄跑到刘从菊家，一把拽住她的胳膊："快说，我家南儿到底咋样了，该不是被土匪……"

刘从菊刚吃过早饭，正准备熬糯糊打布壳，见到大婶披头散发慌里慌张地过来，知道是瞒不过她了。刘从菊把手里准备熬糯糊用的锑汤勺一扔，把她婶子往椅子上一按，让她端端正正坐稳了，这才跟着坐下来，吞了口唾沫道："婶，你好好听我说，毕南她出事了。"

刘从菊尽量把事情说得简单些，清楚些，并省去了许多细节。

短暂的沉默之后便是一声震天的哭喊，刘毕南的母亲一屁股坐到地上，拍着大腿哭起来："作孽啊，咋出了这回事？她爹从黄荆回来我咋个给他交代？老天，我的黄花大闺女啊！"

刘从菊过去扶她，苦口婆心劝慰一番，可她正伤心哪听得进去，只听她反复哭诉说："我这半生过得多不容易，男人长期在外干活，自己操持一个家，甭提多辛苦了，可现在最听话的南儿又出了事。"她将多年来的委屈全倾倒出来，越哭越激动，直到一口气儿没顺过来，两眼一翻晕了过去。

刘从菊掐了大婶半天人中才让她苏醒过来，她说："大婶，别让南姐知道啊。"

刘毕南的母亲忙不迭点头，两行老泪蚯蚓般顺着坑坑洼洼的脸滚落下来。

项老三赶紧通知家家户户，要他们提高警惕，严禁所有年轻女孩子上街赶场，并要求她们白天也要上山躲避土匪的伤害。至此，所有年轻女人有家不能回，都往山上躲。

好在箭竹坪群山耸峙，森林茂盛，窝凼多，溶洞多，不愁没有躲藏的地方，尤其是那大黑洞。该洞位于一个叫窝坑的山壁上，洞内道路错综复杂，景观奇异，冬暖夏凉。民国三年（1914年）左右，匪首陈大眉毛聚集匪徒一千多人驻扎于此，四处骚扰百姓和抢劫过往商客，驻扎时间长达十二年。洞内至今还留下了瞭望台、大小会议室、寝室、厨房、厕所等。因为与匪相关，老百姓便称该洞为大黑洞。

刘从菊她们对大黑洞的熟悉，就像熟悉自家的苕坑一样。哪里该拐弯，哪里要爬行，哪里要提防阴河湿脚，全都清清楚楚。

躲进大黑洞的第一夜，胆大的刘从菊讲起了大蟒蛇的故事，吓唬几个胆小的姐妹。

"不骗你，大黑洞真的住着一条大蟒蛇。很久以前，我的曾祖祖在这个

洞里帮人炼硝，忙的时候，一连几天都住在洞里。一天早上，清点人数的时候，发现少了一个人。可地上并未见到一丝血迹，晚上也没有听到任何声响，是谁伤害了他呢？"刘从菊故意卖了一个关子，果然吊起姐妹们的胃口，都七嘴八舌地问："咋回事？"

"他们仔细检查，才发现洞壁有一个深不见底的小洞穴，宽度只容得下一个瓺子，便想这洞或许是蟒蛇洞，人大概被蛇吃了。他们于是布置好机关，将硝制成简单的炸药，几个人轮流值班，守在洞穴旁。到了夜里三四点，突然传来一阵细碎的声音。值班的人赶紧叫醒所有人，大家瞪大了眼睛，不一会儿，只见一条巨蟒慢吞吞地梭了出来。"

"啊！"几个姑娘吓得叫喊起来，却又忍不住想听。

"他们赶紧点燃引线，四散开去，只听见一声闷响，一个沉重的东西倒在地上。走过去一看，巨蟒已被炸死，腹内奇鼓无比。我的曾祖祖用刀破开蛇腹，那个被吞的人还在里面，已经化了，只剩下一些残骸。"

"吹牛，那么大一个人，蟒蛇吞得下去吗？"

"巨蟒晚上出来活动的时候，他趁人睡熟，张开大口，衔住人头，一点一点往里吸缩，直到把人吞完，才慢慢梭走，所以不会有任何声音。我的曾祖祖把那个人的残骸掩埋在洞口，从此再也不敢在洞内炼硝了。"

故事讲完了，几个姐妹越是吓得够呛，刘从菊越是得意。

"都怪你，都怪你啦，还要不要人家晚上睡觉嘛。"几个姑娘嚷道。

刘从菊胸有成竹，她把姐妹们带到过去陈大眉毛睡的草铺上，这草铺一大一小，大的可睡两人，小的可睡一人。相传陈大眉毛有两位夫人，两人同时侍寝。

现在，刘从菊带着姐妹们以年龄为序，自命压寨夫人。如此嘻嘻哈哈打闹一通，便不再害怕了。

有家不能回的日子，让她们对匪徒恨之入骨。这股愤懑之情，渐渐形成一首首歌谣四处传唱：

> 杨云程，不叫人，
> 养些兵兵凑大粪。
> 木头子弹全是假，
> 碰上真枪活不成。
> 杨云程，真球怪，
> 听说长了九个脑袋，

九个脑袋当屁用，

解放军一来照样败。

这样的歌谣传进杨云程耳朵里，他又拍桌子又跺脚："等老子抓住这帮婆娘，非把她们的舌头割了拿去喂狗不可！"他虽然发着毒誓，心里却很清楚，目前他要做的倒不是收拾这帮饶舌的娘们，而是要严防共产党嫌疑分子。他三番五次在集会上强调，一旦发现共产党嫌疑分子，绝不手软。

"一旦发现可疑分子，先不要杀害，留个活口。严刑拷打一番，若是榨不出油水再杀也不迟，一般人都熬不住的。以前，你们说我的'戴高帽子''吊鸭儿浮水'厉害，现在，我又发明独门绝活——雕拗，那可比'戴高帽子''吊鸭儿浮水'厉害多了。"杨云程亲自向匪徒传授他发明的土法子。

"司令，这个招式果然厉害。我这就去试试。"肖石头说。

黑夜笼罩着龙德云的家，贴着"家家欢乐，人人安居"对联的暗红土漆大门，露出了一丝缝隙，那从门缝里传出的阵阵惨叫声，在黑夜里清晰可闻、胆战心惊。

堂屋中间，龙德云被绑住两条小腿，肖石头用一根粗大的木头杠子从他的两腿间穿进去，墨胡子和牛二站在杠子两端猛踩。

龙德云疼得死去活来，豆大的汗珠一滴滴砸在地上。墨胡子边踩边问："箭竹坪还有哪些是共产党员，说出来就饶了你，不说你就活不成了。"

龙德云咬紧牙关不发一言，不久他疼痛得晕死过去。肖石头二话没说端来一盆冷水，朝他头上哗啦一下泼去。四月间的箭竹坪，天气还很凉，龙德云被这冷水一激惊醒过来，浑身颤抖，嘴唇乌紫。

"说不说，不说就杀了你。"

"要杀要剐随便你们，我还是那句话，不知道！"龙德云虽然喘着气，声音低弱，却透着一种震慑人心的力量。

连嚣张跋扈的肖石头，平日里烧杀抢掠眼皮也不眨一下，这一刻脸上也出现了一丝怯意。眼前这个人，虽然被他们控制，肉体被他们伤害，却胆敢鄙视他们。

肖石头使劲把后背的寒意压制下去，亮开嗓门道："龙德云，再给你最后一次机会。我开始倒数了，五、四、三……"

龙德云的眼里射出一道寒光，紧紧逼向肖石头，直把他看得寒意再起，满身鸡皮疙瘩。

肖石头吼道："看啥子看，把眼珠给他挖了。"

墨胡子和牛二挖掉龙德云的眼珠，把他拖到上寨的凉风洞里杀害了。从此，老百姓把这洞叫作强盗洞。

土匪们的阴招越来越狠，胆子越来越大，人数越来越多。数千土匪占据了古蔺大部分地方，不属于杨云程匪部的反动武装约有十五股，匪棚二十四个，人枪无数。这些股匪时而与杨云程匪部合流，时而打家劫舍，单独作恶。难怪老百姓会谈匪色变，闻匪丧胆。

城里乡下，家里有小孩啼哭不止时，只需说一句"陈见常来了"，说"杨云程来了"，孩子立刻吓得乖乖闭嘴。

王钦裕坐在南三县剿匪指挥部办公室里，开启堆积在案头的一份份电文。办公室的电话不时响起，向他汇报各地剿匪战况，偶尔还有一脸焦急的机要秘书推门而入，请他在文件上批阅指示。

前一阵，他曾带领部队到古宋剿匪，夜半驻守山头又遇暴雨袭击，自此落下了病根：遇上阴雨绵绵的天气就发烧咳嗽，痰里还带着血丝。可只要坐在办公室，他就没法停止工作。

"亦余心之所善兮，虽九死其犹未悔。"此刻，他也只能用屈子忧国忧民的襟怀宽慰自己了。

撑到下午六点，警卫员请他进餐。却见古宋县长阎合银走了进来，显然又是来汇报匪情的，他不得不强打精神听汇报。对方刚一开口，他就忘了病痛和饥饿。等到阎合银走了，他站起身来准备吃饭，却感到一阵天旋地转。警卫员看他摇摇欲坠的样子，赶紧扶他躺在隔壁的行军床上。碰到他瘦削又发烫的手，不禁喊出声来："指挥长，你在发烧！"

警卫员为他弄来一大杯糖开水，他刚喝了一口，又一封电文送到他的面前，报告古蔺剿匪战况。杨云程匪部又在行动了。他与王逸涛匪部联合起来，把强悍匪力集中在德耀关、箭竹坪一带，准备再度攻打叙永城，为袁良报仇。

王钦裕紧蹙眉头，脸色阴沉，重重地往掌心里砸了一拳。

经过三四月份的进剿，川南地区的土匪大部分被击溃。在这些流匪看来，古蔺就是一座空城，一个供他们聚集的天堂。他们纷纷与杨云程匪部串通，潜逃古蔺，使古蔺很快成了川南乃至全国的匪患重灾区。抱团聚居的匪徒与国民党军队残余勾结，烧杀抢掠，地方遭受的压力可想而知。

王钦裕将糖开水一饮而尽，顾不上吃饭，立即召开紧急会议。他指出，在大寨和大石母同时被击溃的杨云程匪部，已经将兵力集中到箭竹坪一带，如今当地老百姓深受其害。他命令县大队配合解放军转入箭竹坪正面作战。

肖斌云接到杜永田的指示，带领部队赶往箭竹坪，与大部队配合。

眼下，王钦裕亲自率领三营八连和九连奇袭盘踞灯盏坪、斑鸠石的土匪，要打掉杨云程及王述匪部。

王述自跟了曾庶凡，几次出生入死，死心塌地为其卖命，在曾氏家丁中的威信也越来越高。此次，他和曾光鲁在杨云程的授意下，分别任匪十一指挥部指挥长、匪二十五指挥部指挥官。这股人马数量不多，但有一批亡命徒，有一小撮曾参与1935年袭击红军的战斗，杀害过红军伤员。

最先受到打击的是张朝品匪部，杜永田率领的公安队将他从箭竹坪老街，一直追至菁口躲入密林中。肖斌云率三排配合杜永田，入林追击。追着追着倾盆大雨铺天盖地而来，远处的山被厚厚的雨帘遮挡着，豆大的雨点密密麻麻地打在路边的树上、草地上，刷刷地响。有的山路上，浑浊的雨水都淹过脚背了，斜坡路上的水夹杂着长长短短的枯树枝及泥土哗哗地流着。战士们在一声声低语的提示下，冒着雨深一脚浅一脚地往菁口赶。还没有到达马流光，战士们的全身就湿透了，但是想到即将到来的战斗，人人都憋着一股子劲奋力前行。

刚刚进入马流光，走在前面的肖斌云突然停下来，向大家示意各自分散开，侧身隐蔽到路旁的大树下。透过蒙蒙的雨雾，前面几个人影在路旁晃动着。肖斌云仔细看了看，原来是几个站岗的土匪。

这是一条独路，看来必须与土匪短兵相接了。主意一定，肖斌云对着身后一个战士低声道："准备战斗。"肖斌云探出身，举枪撂倒一个土匪，大吼一声："同志们，打！"

土匪也举枪打了过来。"哒哒哒"的枪声和雨声混杂在一起，战士们步步紧逼，土匪节节后退。

"江指挥，江指挥。"土匪里突然传来一个土匪的喊叫声，原来真的与江秃儿、张朝品接上火了。

肖斌云听到对方呼喊，更来了精神："同志们，活捉江秃儿。"

战士们听到了，跟着大喊："冲啊，活捉江秃儿！"

枪声没有因为喊声停下来，从马流光到麻窝头，又从麻窝头到火石坡，一路上土匪都是退守。在火石坡，三排终于冲入匪群之中。

"张指挥，中间那个好像是肖斌云。"一个土匪喊道。

"好，给老子狠狠地打！"张朝品的话音未落，刚才喊话的土匪被肖斌云一枪击中，倒了下去。张朝品见状，眼里闪过一丝惊慌："快，给我对准打！"

"哒哒哒"的枪声中，又一个土匪被肖斌云击中了。

张朝品慌了，转身退走时，肖斌云一颗子弹呼啸着飞过去击中了他的左腿，旁边两个土匪立即跑过来搀扶着他，另外几个土匪则举枪胡乱射击。

又一个土匪被击中倒下了，惊慌失措的张朝品立即命令土匪往袁家沟方向逃跑，匪群簇拥着张朝品慌不择路一阵狂奔，躲进树林。肖斌云低声吩咐战士们："逃进林子的这股土匪不多，也没走多远，我们兵分三路，左、中、右包抄。先包抄到土匪的人鸣枪示意，我们同时进攻，消灭这帮龟儿子。"

左右两路战士率先躬身潜行，肖斌云见时间差不多了，手枪一挥，身后的战士们随着他，往密林里进发。没走多远，肖斌云等人蓦然发现草丛上没了土匪的痕迹。就在众人迷惑不解之际，土坎子上被踩坏的青苔引起了肖斌云的注意。

众人静候肖斌云发号施令，他却不说话，只是指了指坎下，再对着战士们比画一番。心神领会的他们，很快完成了对这根坎子的包围。肖斌云带着两个战士，靠前几步走到坎子边。果然看见三十多个土匪蜷缩在一起。

"不许动，举起手来！"肖斌云一声断喝，周围的战士立即围拢过来，枪口纷纷对准土坎下的匪群。匪群见状，陆陆续续扔下枪，举起双手。

最后站起来的一个土匪，将双手高举过头顶，紧走几步，转身面向肖斌云："长官，我是一班班长代志友。"

"张朝品呢？"

"他跑了。"

没捉到张朝品，肖斌云颇感泄气。他扶了扶枪托，恨恨地往地上吐了口唾沫，押着代志友和三十多个土匪返回指挥部。

黎明时分，杜永田、肖斌云带领部队，到窝坑后背山上占领阵地，打算端掉匪十一指挥部。带路的老黄不熟悉路径，只知道大致的方向，雾气还未散尽，不辨山势，结果把部队带到当地老百姓砍柴的山路上去了。路越来越窄，只剩下一条毛狗小道，走到尽头却是一片青冈林。

杜永田火冒三丈，忙令部队原路返回。这时，雾气已经散尽，阳光也从云缝里射下来。急欲将功补过的老黄，赶紧一路小跑，将部队带到乌龙沟背面，又从那里登山直插窝坑背部山头。刚到达山头时，便看到了土匪的踪迹。

两路人马就此狭路相逢，交手不久土匪逃进一所地主宅院。肖斌云带领小分队，绕到后面的林地上，攀着树丫爬上墙头，顺着廊柱滑到院里。

大门开了，明明看见一群土匪涌进来，现在却发现屋中一个匪徒也没有，大桌子上散乱地放着碗筷，墙角的一堆纸灰还冒着烟，他们显然刚烧过信件。看来，他们早就通过秘密地道逃走了。

初闯匪穴摸空后，连队召开紧急会议，要求侦察连迅速提供匪窝的具体位置。然而，打探了两天，一直没有得到确切消息。

黄昏时分，一个小伙子在营地徘徊，畏手畏脚想进又不敢进。

"老乡，有啥事？"肖斌云主动问。走近一看，见这个小伙子细皮嫩肉，白帕子下还垂下一缕青丝，他立即明白是咋个回事了。

"姑娘，别怕，我们解放军是为老百姓当家做主的。"

见自己的伪装被识破，刘毕南干脆掀掉白帕子，一双水灵灵的大眼睛直盯着肖斌云看。

"我想来告诉解放军，我隔壁家的刘铁匠，知道土匪的一些情况，你们可以去打听打听。"

"姑娘，为啥子要告诉我们这些。你不怕土匪报复你？"

"只要能让他们统统死掉，我这条小命又算得了啥子？自从被土匪们糟蹋后，我就没打算好好活过。"

"好的，谢谢你提供的情况。我们这就去找刘铁匠，今后你就做我们的联络人吧。"

"好，告诉你，刘铁匠人称包打听、顺风耳，箭竹坪的秘密没有他不知道的。"

肖斌云装扮成老百姓，顺着刘毕南指的方向，朝那个破旧的瓦房走去。推开长满了爬山虎的院门，见到满地都是成堆的煤灰和散乱的铁具，有的成形，有的还在打磨中，靠近风箱的那面墙，已经熏得黢黑。唯一干净点的地方，是远离风箱的半段檐坎，那里放着一副漆得发亮的棺材。

刘铁匠的脸被炉火烤得通红，他从堂屋里拖过一条板凳给肖斌云坐，肖斌云却到火炉前给他拉起了风箱，聊起了家常。刘铁匠擦擦额头的汗说："人人都爱自己的脸面，我倒是无所谓。我的名字就叫包打听，我看你也是条汉子，你只管这样喊好了。"两人越谈越投机，肖斌云本来就是见人三分熟的人，刘铁匠也算个老江湖了，知道怎样与人打交道。说起土匪，刘铁匠也是一肚子苦水。

"阿舅子些，舌头像长了钩子，眼睛像有毒。起初骗我给他们打梭镖和大刀时，好话说了几箩筐。我熬夜给他们打了几十件，累得膀子都抬不起来了，舅子些却一个子儿也不给，拿起东西就开跑。"刘铁匠一拳砸在打铁的大锤上，继续说道，"这帮人我太了解了，平日烧杀抢掠眼皮都不眨一下。"

原来肖斌云发现的匪穴，是箭竹坪刘氏地主大院。土匪把刘家人赶跑

后，在这大院的猪圈里建好一条密道，平日用石板封好，遇到危险取下石板可以直接通往山上的强盗洞里。

"洞里有他们一个事务长，看守好多盐巴，还有五十多条枪。"

"进洞时可有机关暗道？"

"小心些都能避得开，没有大黑洞凶险。"

肖斌云一听坐不住了，告别了刘铁匠，一路小跑回指挥部汇报给杜永田。"这样就好办了，马上带着你的三班去，还需要谁配合你吗？"杜永田要他先去探强盗洞，再捣匪穴。

"王文林吧，这副排长平日和我作战就是一唱一和，很是合拍。"

一行人扮成土匪，摸黑来到强盗洞前。

肖斌云首先带上刺刀爬进洞内，其余人也匍匐着进了洞，保持着适当的距离掩护他。肖斌云一进洞口，便发现了土匪修建的工事。他迅速一晃步枪，人就窜到工事面前，一个哨兵高声问："谁，干啥的？"

肖斌云从容应对，用土匪的土话回答："老大，我们是杨云程司令的票子。"哨兵模模糊糊中看到人不多，穿着打扮跟自己一样，信以为真，挥手放行。肖斌云经过匪哨兵身边时，以迅雷不及掩耳之势一边夺枪一边轻声呵斥道："我们是解放军，不许动，不许作声。"缴了械的哨兵只得乖乖带路。

走了一里多路，洞口渐渐小了，只能弯腰前行，又通过一个只能爬行的窄道后，终于在一堆树叶遮盖的石头缝里，得到了一大坨盐巴和五条枪。肖斌云怀抱战利品，大汗淋漓地往回爬，走了没多久就与王文林他们接上了头。

王文林高兴地与他击了一下掌，肖斌云却闷闷不乐地说："王排长，这铁匠提供的消息还是不太准，哪个只有五条枪？他明明告诉我有五十多条枪，难道还隐藏在其他地方？"

这时，从洞口方向传来隐隐的火光，有个人影晃了一下。

"哪个？举起手来。"

"我叫罗斯科，外号螺蛳壳。"土匪战战兢兢地举起了手。他手里提着几把大刀。

出了洞一看，不知啥时，汗水和泥土混成的泥浆，把他们一个个变成了十足的泥猴子。王文林往脸上横着一抹就成了大花脸。他们顾不上一身汗一身泥，绕过洞口一块巨大的青石，眼前豁然一亮，原来这里才是土匪们真正的小巢穴，一群土匪正在喝酒的喝酒，睡觉的睡觉。

在"缴枪不杀"的呐喊声中，走投无路的三十多名土匪把枪扔到面前的空地上。从这群被俘虏的土匪口中得知,刚才去强盗洞的螺蛳壳和杨云程走得近,了解许多情况。

开始,螺蛳壳一个劲儿地摇头不说话。

"解放军是人民的军队,你放心讲,我们自会保护你。"

螺蛳壳沉默了一阵,才老老实实地开口了。他说这个山洞只是其中的一个据点,还有很多个据点、巢穴分布在不同的地方。比如王述的匪部就驻扎在斑鸠石的密林中,这是杨云程主张的,不能将所有的鸡蛋放在一个篮子里。

听肖斌云汇报完王述匪窝的情况,杜永田便命令他的三排先去打头阵,大部队随后接应。

对于斑鸠石这片林子,箭竹坪人是再熟悉不过了,这里离灯盏坪约有几里远,是一段狭长如一线天的密林。林中有一对石斑鸠,遥遥相望,惟妙惟肖。王述因迷信石斑鸠的灵性,便将自己带领的土匪安顿在石头两侧的密林中。

王述占据着有利地形,气焰十分嚣张:"共产党要枪,就到枪尖尖上来取。"子弹在林中嗖嗖乱飞,激战了一阵,王述部下大半被击毙。

杀红了眼的匪徒很快发起了疯狂反扑。王述带领另一股接应的土匪,从斑鸠石的后边包抄过来,逐渐形成合围之势。情况越来越危急,眼看王述部下纠集在一起,如敢死队般慢慢蠕动着朝高地爬来,已经逼到眼前。

肖斌云大吼:"手榴弹投中间,机枪打前面,步枪打匪徒指挥官,打!"肖斌云居中,刘焕均居右,张小兵居左,王文林在一旁掩护,四个人组成了一道有效的死亡阻击线。王述匪部也是边爬边开枪,扔手榴弹,硝烟一次次将战士们淹没。后面的战士们也奔了过来,从左、右两个方向斜插进树林。

"第一突击小组往左,第二突击小组往右,给我打!"

"沉住气,只要大家有信心,一定能打垮敌人。"肖斌云一直在树林中摸爬滚打,手掌和膝盖都磨出了血,他咬牙忍着针扎般的疼痛,几次摔倒在树丛中又爬起来,拼命鼓舞着战友。

张小兵痛骂道:"狗日的土匪害人,让我的屁股摔成几瓣,眼睛也瞎了一只,抓住这些狗日的再和他们狠狠算账……"

"这叫'一目了然',你还要感谢人家。"肖斌云故意逗他。

"对!碰上给他算老账,加油吧!"刘焕均激励他。

敢死队越逼越近了。

王文林说:"不要怕,弟兄们,有我呢!"

　　王文林长得腰圆膀粗，是个投弹高手。小时候在河南老家赵辉村放牛时，就喜欢和小伙伴们用石子打水漂，从小练就了一手投石块的本领，一投一个准。此刻，手榴弹在他手中，如同灵活的石块，哪里的土匪越集中，他的手榴弹就在哪里炸响。

　　肖斌云和刘焕均分散在王文林两边，王文林扔手榴弹，他们则端着枪专挑那些冒出头的土匪打，很快将土匪逼进了一个院子。

　　但此时，肖斌云和刘焕均都分别中了枪，后面的部队也被土匪的火力压制住。王文林知道此战凶多吉少，他双眼通红，仿佛能喷出火来。他一把推开肖斌云和刘焕均，往腰上绑了几个手榴弹，大喝道："老子懒得跟你们这帮龟孙子干耗了，用老子一条命换你们几十条命，赚了！"

　　王文林说完跳出坡地，往匪部聚集的院子里扑滚而去。子弹如麻在他左右穿梭，他巧妙躲闪，不断滚爬，在接近匪部那一刻，连续投进几个手榴弹。轰天巨响在山谷中弥漫，尘土和着血肉四处横飞，没被炸死的匪徒一哄而散。

　　王文林一身尘土，脸上只看得见两只眼睛。这时，包扎好伤口的肖斌云、刘焕均带着队伍跟上来，紧紧追击逃跑的四十多名土匪。跑了五里路，追到鱼鳅碥，土匪分成两股，一股跳下路边的大窝坑，一股继续往前跑。

　　剿匪部队立即兵分两路追过去。跳下窝坑的土匪借助一个较陡的半月形土坎作掩护，不断地向解放军射击。

　　战士们几乎看不见土匪的身影，却不时挨冷枪。局势很被动，正在苦寻战机之际，又一记冷枪，击中了二班班长邱少国。邱少国挣扎了几下，捂住胸口，想说什么却说不出来，只从嘴里喷出一股鲜血，接着身子一歪倒在地上。

　　两个战士连忙俯下身叫道："邱班长！邱班长！"

　　眼里流着泪、胸中喷着火的战士们连忙分散开来，绕过土台，从不同的方向集中向土坎下的土匪射击。

　　这时，杜永田率领大部队赶来接应了。杜永田略一思索叫道："张小兵！"

　　张小兵猫着腰走过来："首长。"

　　"你看那边提卡宾枪的就是这股土匪的指挥官，叫王述。你从这边匍匐向前，我们掩护你，尽量只将其击伤。"说完拍了拍张小兵的肩膀，随后下令，"战士们，狠狠打！"

　　面对解放军又一轮猛烈的攻击，王述突然向右侧倒去，卡宾枪脱手飞出，匪群开始四散逃窜。一瘸一拐的王述在一群土匪的簇拥下跑进了附近一户人家的猪圈。一名土匪跑得慢了些，被张小兵活捉，仔细一看竟是张豹。

王文林向猪圈投了一颗手榴弹，藏在猪圈里的土匪全部掉进粪坑，在那里呻吟着。"砰砰"两声枪响，王文林被子弹击中栽倒在地。原来是掉进粪坑的王述，挣扎着用左轮手枪击中了王文林。

王文林的牺牲，让本来只想抓活匪的战士们纷纷举枪射击，刘焕均首先一枪将王述击毙，接着战士们一鼓作气将这帮土匪全部击毙在粪坑中。

肖斌云抹干眼泪，跑到刘铁匠家，要买走那副漆得发亮的棺材。刘铁匠说什么也不要钱，坚持要将这副上好的棺材送给牺牲的战士："我死后一副薄杉板就可以入土了，这棺材留着有啥用？想想我被土匪欺负的日子，受的那些苦，不拿这棺材来安葬好人我会一辈子不安生的。"

当晚，战士们用这棺材把王文林安葬在斑鸠石的林子里。夜已深了，他们还守在王文林的坟前，写下悼念他的文字。

伟大的王文林同志，
你为人民把热血浇洒在胜利的花朵，
使它更加鲜艳。
在艰苦的斗争中，
你是光荣的革命烈士，
是中国人民的好儿子。

记得在桂花场那次战斗中，
你不顾敌人强烈的火力，
去攻山头，
"冲啊，冲啊。"
窝坑战斗，
敌人被困在一个院子里，
你冲在最前面，
一连投进几个手榴弹，
在轰轰隆隆的爆炸声中，
敌人全部歼灭了。

斑鸠石战斗，
在敌人的火坑里，

猛打猛冲。
最后，你壮烈牺牲了。
安息吧，
我们正踏着你的血迹前进，
坚决去消灭那些
阻挡我们前进的反动力量，
誓死为你报仇。

清晨，和煦的阳光怀着善意和柔情，抚慰着劫难后的人们。远处的红梁子山坳，重叠的峰峦像一列巨人，威严沉郁地颔首肃立，等待着历史给出的答案。

灯盏坪前面的彭家大院里，处处是匆匆忙忙进出的人群，一排伤员担架停在院坝里。为首的是刘焕均，击毙王述的时刻，他也受了伤。头上的绷带还不断沁出铁锈色的血，脸肿得像透明的瓦罐，眼里像蒙了一层死灰。唐兴明被子弹击中右臂，弹片伤及骨头。由于抗感染药物的紧缺，伤口很快发炎，肿得胳膊都抬不起来。听到医生说如果再不及时做手术，就会得败血症，他着急得茶饭不思。旁边是腿部受重创，被炸得血肉模糊的张小兵，发出一声声痛苦的呻吟。

太阳已经升起来了，吃过早饭，部队准备从箭竹坪向叙永转移。可是怎么对待被俘的张豹，一直是王钦裕在思考的问题。一些念头在他脑子里盘恒，让他无法安心。到底是谁泄露了秘密，派刘焕均去箭竹坪侦察回来却只字未提，难道真的一无所获？如果不除掉奸细，后面的工作又将如何开展？猫头鹰倒是传递过关于叛徒的信息，确定杨云程是通过张豹获取剿匪部队情报的。想到这里，王钦裕赶紧叫来胡珩和陈作邦一起研究方案。

"难道是卫生班的张仪？"胡珩率先说出心中看法。

"可是张仪作为一个小小的卫生员，又是如何获取指挥部的情报的，这不大可能。"王钦裕沉吟道。

"有没有这样一种可能，张仪与指挥部高层有接触并与张豹串通？"胡珩仍然坚持自己的看法。

"事关同志们的清白，这事不能草草下结论。"

"我看不如把张豹放走，放长线钓大鱼。"陈作邦建议道。

王钦裕沉吟片刻，觉得此举甚为冒险，但还是采纳了陈作邦的建议。

"对，螳螂捕蝉，黄雀在后，静等老鳖入瓮。"

王钦裕也明白为何这夜会想起这件事来了，因为白天看见了刘焕均，知道他和张仪走得很近，而且张仪在有限的参与会议过程中，总是聚精会神，不停地埋头记录，不像其他女同志叽叽喳喳，心无城府的样子。同时，她处世异常谨慎，似乎和所有人都保持着距离。

　　天一亮，王钦裕立即叫来刘焕均："你上次奉命去箭竹坪可有结论，是谁泄露了秘密？"王钦裕单刀直入，眼神凌厉直视刘焕均。

　　"没有，首长，我只知道杨云程匪部通过张豹获得情报。"他嗫嚅道。

　　"这我知道，胡珩告诉我了。我问你咱们这边的奸细是谁，可不能心慈手软哟，哪怕是自己最亲近的人。"话语里已经有隐隐的暗示了。

　　刘焕均脱口而出："是——是张——"他随即改口，眼神中闪现一丝犹豫和挣扎，"是张豹亲近的人。"

　　"废话，我看你也别装了，这个事情很快就会查个水落石出。"

　　让刘焕均不解的是，王钦裕竟然决定放走张豹，让他回匪部。刘焕均在回来的路上暗想，王团长这是放长线钓大鱼呢。

　　张豹也没料到自己会被放走，他将眼睛揉了又揉，又在自己的大腿上掐了又掐，终于相信这不是梦。走在路上，他脑海中翻腾的旧事，和眼前的山路一样绵延无尽。

　　想当年，他的外公是一个多了不起的人物啊。外公早年就读于黄埔军校，身穿军装，脚蹬骑马靴，走路"哼踏哼踏"响，那威武的样子一直深深地留在他们兄妹俩儿时的记忆里。

　　等张豹稍微长大，外公便请毕节街上一个著名的老裁缝将自己常穿的军装改小，还请皮匠照着骑马靴的款式做了一双适合张豹穿的鞋子。张豹穿着这身军装，一天到晚都在街上晃荡。看着妹妹张仪带着一群孩子跟在他后面，心里别提有多得意了。也许，想要征战沙场的信念便是从那时种下的。后来，父亲做了乡保，骑马挎枪的日子，继续滋长着张豹的野心。

　　一切荣华富贵怎么转眼都烟消云散了呢？外公过世了，父亲战死了，是和解放军作战死的。这一切都得归结到共产党身上。投靠杨云程便是理所当然的。尤其是妹妹张仪许配给傅子儒以后，他们一家的命运就和杨云程捆绑在一起了。可是，他也隐隐地感到，他的前程并不如当初想象的那般光明远大。唉！眼下还是去向杨云程汇报吧。

　　天刚黑，张豹来到德耀关匪部驻地，见杨云程已脱掉长衫，光着膀子，歪在藤圈椅子上边喝茶，边摇头晃脑地听着川剧。见到张豹很是意外，他一把关掉留声机后站了起来。两人一时又不知道说什么，屋内出现了短暂的沉默，还是杨云程先开了口："豹子，你不是在箭竹坪被俘了吗？我正要找人去营救你，你倒好，悄悄就赶回来了。"

"唉！三言两语说不明白，你倒是先弄点东西来吃吃，饿死人了。"张豹飞快转动脑筋，想出一个拖延时间的法子，留点时间想想怎样将谎话说圆满，总不能说自己是被解放军放走的吧，那样多窝囊。

一盘凉拌野葱，一碗香椿炒鸡蛋和一碗粉蒸肉摆在了张豹的面前。

"伙食开得不错嘛，哪里来的肉？"张豹也着实饿坏了，风卷残云般吃起来，"好吃，好吃。"张豹连声说着，由于吃得太猛，脸憋得通红，赶紧喝上两口水，又迫不及待地夹了一大块粉蒸肉塞进嘴里。

"看你那一副饿痨鬼样，来，我陪你喝一盅。"杨云程又吩咐手下上了一盘凉拌猪耳朵，倒了两碗苞谷酒，两人边吃边聊起来。

"这猪肉，是弟兄们前不久从一个老乡家弄来的，杀了整干净都有两百多斤，算你小子运气好。哎，你倒是说说，咋个回来的？"

"窝坑那一仗，本来可以打赢的，解放军不熟悉地形，刚一上山就迷了路。都怪我们的装备太差，一些枪支连根吹火筒都不如。打到后来，只剩下一些木头子弹了，那还不得束手就擒。"

"就因为这些狗屁玩意儿，还有没有别的？"杨云程端起茶壶咕咕地喝了两口，抬起眼直直地看着杨云程。

"还有……弟兄们心是散的，没往一处使劲，关键时刻只顾自己逃命，忘了根本。"张豹被看得心里发虚，他哼哼唧唧磨蹭了半天，打了一个饱嗝道。

"说得有几分道理。哎，说了半天，你到底是咋个出来的？"

张豹喝了几口酒，酒劲上来，舌头也灵活了，他把自己逃走的过程说得有声有色："窝坑那一战被俘后，他们把我控制起来，关在牢房里，我是那么容易控制的人？夜半三更的，我趁守卫不注意，从窗口跳出。我白天早就侦察好了，窗外是一人多深的芭茅草丛。我一跳到芭茅草丛里，立刻蹲下隐蔽起来。这时，枪声大作，那个子弹雨点般落在我的周围，我愣是头都不敢抬一下。有人高喊：'抓逃犯啊，抓那个穿黄军装的。'狼狗也出动了，活该我命大，总算躲过了一劫。"

张豹眯着眼，偷偷观察杨云程的反应，见他听得津津有味，继续将谎话编下去："等枪声小了，我爬出芭茅草丛，拼命往德耀关方向跑。偷偷往后望去，没有见到追兵，心里正高兴。突然一道雪亮的手电光划破夜空，狼狗又追过来，人马嘶叫，枪声又响了起来。就在我认为自己必死无疑的时候，你猜我遇到了谁。"

"哪个?"杨云程蛮有兴趣地问。

"这时候,我发现自己跑到一间瓦房的门口,我一推门进去,我的妈呀,那么巧,竟然是我父亲的老朋友老周。"

"你就直接闯进他家去躲起来?"

"哪能,有狼狗啊,躲哪间屋都跑不掉。我扑通一声给周叔跪下:'周叔,救救我。'周叔立即把我领到他家后檐沟的苕窖里,我刚进去,周叔就往上面扔了一堆谷草,上面又盖上煤灰。唉!幸亏解放军见找不到人走得早,否则早把我闷毙气了。"

他长叹一声,闭上眼,似乎不愿回忆那痛苦的经历:"我就这样跑回来了,简直是九死一生啊。"

张豹突然想起窝坑战斗时,在手上留下一些红籽刺划破的伤痕,忙让杨云程看:"诺,你看,这就是那芭茅草划伤的。"

杨云程点点头,目光中充满了信任和倚重,他长叹一口气:"豹子,你也真是不容易。回来了就好,司令部还得靠你。我明天就召集会议宣布,把你提升为副司令。来,抽抽吴山才给我带来的高档烟。"杨云程拿出带过滤嘴的三金牌香烟,扔给张豹一支。

张豹眼睛一亮,他平时只能将一些干烟叶子随便卷卷,裹在旧烟盒的包装纸里抽抽。刚刚从生死关头闯过的他面对好烟烟瘾大发。抽完一支,拿眼睛盯着烟盒问:"还有吗?"

杨云程索性将剩下的大半盒烟扔给他,张豹高高兴兴地揣在兜里走了。

宣布提拔张豹的会议上,杨云程还制定了军事训练计划。他将部下分成三组,分别训练耐心、血性和杀气。性格胆小的部下分在一组,一天到晚守在阵地前沿,时时刻刻瞄准对方阵地,见到对方冒出头就打。训练血性那组,胆大的部下都跃跃欲试。这个组弄不好就是送命,但也容易立功。训练杀气的组则要求亡命,敢以死相拼,只招揽到几个队员。

山坳里,口号此起彼伏,刺杀之声相闻:"坚决打倒共产党!""反共救国军万岁!"杨云程背着手巡视,不时亲自示范,以提振士气。

英雄情殇

听到王钦裕通知，要他到泸州参加川南军区剿匪经验交流大会，肖斌云愉快地领受了任务，向首长敬了一个标准的军礼就出发了。

回到叙永，虽然天已黑透，肖斌云仍然先去找陶旦，想了解一下张仪和陈作邦等人的消息。他在黑暗中伸出指头轻轻叩了一下窗格，过了许久没有回应，他这才发现她的房间里一团漆黑，并没有灯影。

陶旦去哪里了？

他又绕到门口，再次举起指头轻轻叩门，这次倒是有人走上楼来，楼板发出"咚咚"的响声。肖斌云热切地迎上去，上来的那个袅袅娜娜的身影，却是张仪。张仪说她也不知陶旦的去向，只知道她在一个夜晚独自出走。

"彩霞呢，她知道吗？"张仪说彩霞跟了陈作邦后，搬出去住了，彼此很少来往。

凭直觉，肖斌云相信张仪一定知道陶旦的下落，可人家不说，自己也不好苦苦追问，只得满腹狐疑地转身走了。

张仪确实不知道陶旦的下落。当她发现陶旦失踪了，思来想去，觉得陷害陶旦的人很有可能是彩霞。不过转念一想，彩霞一个弱女子，断不会有如此心计，一定是她背后的男人。那么，她和陈作邦之间的秘密，彩霞可知道？彩霞是为虎作伥，还是被蒙蔽被利用？

陈作邦和张仪之间的秘密，早在两个月前就发生了。张仪想到抵住她腰部的锋利尖刀，想到在他的挟持下签下的那个屈辱的名字就不寒而栗。

　　可惜了彩霞，怎么跟了他。转念一想，那样一个工于心计的人，对于想要到手的东西，那还不使出万般手段。彩霞哪是他的对手。

　　事实上，自从肖斌云走后，陶旦的天就塌了。张仪忙，彩霞搬出去住了，留下她待在冷清清的屋子里，每天睡到日上三竿才起床。刘焕均虽已核实了张仪的身份，但他一直没有向组织汇报，他不忍心下手。再说了，张仪没有随大部队开拔，情报工作也无从开展，没有立刻铲除的必要，留着她兴许还有别的用处。比如一些从前线送回来的伤员，需要她的护理。

　　大部队走了，食堂也随之解散。陶旦常常蒸一锅馒头放着，饿了就泡一杯老粗茶，就着冷馒头打发一顿。心上人不在，她也无心打扮，给谁看呢？她将一头如瀑的长发挽起，用一个妇人才用的黑色发网罩住，再别上一根银簪子，衣服也换成了黑灰两色，耐脏又好打理，远远看去，她真像一个哀怨的妇人了。天气渐渐温暖，每年春季，她都会长胖一圈，而现在，她的裙腰松弛下垂，明显地又瘦了。她打开梳妆盒，锥圆形的镜子里立刻映出了一张清丽憔悴的脸庞，不知何时，眼角已爬上了细碎的鱼尾纹。

　　她拿起木梳慢慢梳理着整齐的刘海，微皱着秀丽的眉。她试着对镜子笑了一下，眼角的鱼尾纹立即如水面上的涟漪，一圈圈荡漾开去。她像一朵失去了春天的花，难以挽回地憔悴了。

　　每天最期待的时刻，是晚上去张仪的病房，给她打打下手，帮病号们换换药，缠缠绷带等。只有在这时她才能从伤员的口中，偶尔打听到心上人的消息。朝阳村粮库保卫战，她为他捏了把汗，也暗暗为他感到骄傲。虽然他一再冷落一再拒绝她，可是自从第一次看见他，见他猴子一样飞身上树，见他一枪打掉三只斑鸠，她就知道他就是她此生想嫁的人，受多少罪也不后悔。

　　就在陶旦浮想联翩、顾影自怜时，却不知有人已经布下罗网，等着她往里钻，有人已挖好火坑，等着她往里跳，这个人便是陈作邦。作为国军投诚过来的人，陈作邦和王逸涛早年便有接触，投诚之后，两人仍然秘密往来。

　　这天，陈作邦带着彩霞，一同去见躲藏在离城有二三十里乡下的王逸涛，王逸涛设宴接待。席间，王逸涛见彩霞美貌，不顾陈作邦的感受，竟三番五次拿眼神挑逗。酒过三巡，王逸涛的胆子更大，在桌子底下踩彩霞的脚，又殷勤地为她夹菜。陈作邦看不过去，心里腾地冒出一股无名烈火，若不是顾着面子，早就摔门而去了。

　　告别时，王逸涛摸摸腰间的美式左轮手枪，拍着陈作邦的肩膀说："陈老弟，我看弟妹知书达理，又是个美人胚子，何苦让她待在临时指挥部？她的情报也掌握得差不多了，贡献也够了。不如让她到我家里来做家庭教师，饭有吃、衣有穿、福有享，平日双手不沾阳春水，只负责教育我那两个学习不上进的儿子，我保证付给优厚的报酬。你不常在叙永，我也好照顾照顾她，老弟认为如何？"

　　陈作邦忍住恶心，勉强笑道："王司令一番好意，陈某感激不尽。不过，这事来得突然，还得跟上级汇报汇报，也让彩霞有个心理准备，行吗？"

　　"王司令，你也知道我的身份特殊，肩负着重要的情报工作，不是说走就能走的。"彩霞撒谎道。

　　"隔几天，我为你举荐一个合适的家庭教师。你认为可以就聘用她，实在不行的话，再让彩霞想办法过来可以吗？"陈作邦急中生智道。

　　王逸涛见陈作邦说得有礼有节，一时不敢强求，也担心操之过急反而鸡飞蛋打。就笑眯眯地说："好啊，老弟推荐的人，一定错不了。我看这事宜早不宜迟，后天，我摆下酒席等着你们。"

　　摆脱了王逸涛的纠缠，彩霞和陈作邦赶紧往回赶。走过街口，两人回头，见四下无人，彩霞才问道："仙人板板，你到底是信口开河，还是真要推荐谁？"

　　陈作邦黑瘦的脸上波澜不惊，用他下巴上那层浅浅的胡碴扎了她一下，看见她惊慌失措的模样，他开心地笑了。

　　"看你急得那副样子，我当然有合适的人了，不然让我眼睁睁地看着你跳入火坑啊。"

　　"谁？"彩霞一把捉住陈作邦的胳膊。

　　"远在天边，近在眼前。"陈作邦一副胸有成竹的样子。

　　看彩霞都有些生气了，他才悠悠地拖长声调说道："你的好姐妹陶旦。"

　　"她呀，她不是暗恋肖斌云才追到叙永的吗？人家已经够可怜了，你还真忍心拿她当替罪羊。还有，她是我的结拜姐妹啊。"彩霞坚决反对。

　　"你听我说，陶旦明知道肖斌云不能娶她，肖斌云对她也没有承诺，如今又随大部队走了。陶旦茶饭不思，一天比一天消瘦。水灵灵的一个人，折磨得干柴块似的，我看早晚也得让相思病害死。不如咱们死马当作活马医，送给王逸涛，说不定王家善待她，她的日子还好过一些。再说，这样做也是为了解救你，我一想到王逸涛那色迷迷的眼神就周身打寒战。"

　　"那你保证陶旦能答应？她对肖斌云死心塌地，又是那么聪明，难道看不出王逸涛安的啥子心？"

"这事得慢慢来，先哄她出来参加宴席，再见机行事。还有，咱们去见王逸涛的事情，一定不能说出去。"陈作邦的眼里射出隐隐的寒光，连彩霞也感到背脊发凉。

这晚，彩霞找到陶旦，见她又是一副魂不守舍的样子，彩霞说："好姐姐，我看你也别想你的肖阿哥了，后天我们出去散散心咋样？有一个威风八面的人请吃饭。"

"不去，管他多威风，我也不想见。"陶旦果然拒绝了彩霞。

"姐姐，席间会有一个剿匪部队的人过来，他知道肖斌云的消息，你想不想去？还有，这个重要人物想聘请你做家庭教师，我想你一个人多闷，找个事情做，既可以养活自己，你也好耍些，不是挺好嘛。"毕竟姐妹情深，尤其，陶旦一听能见到肖斌云身边的人，便昏了头答应了。

到了那天，陈作邦和彩霞带着陶旦骑马经过山路去赴宴，王逸涛一见陶旦，便大为倾倒。他行伍出身，是见过世面之人，看陶旦的言行举止，便知她一定是大家闺秀。自从陶旦入席，王逸涛就再也没有看过彩霞一眼，彩霞既掩饰不住内心的高兴，又愧疚不已。

王逸涛一再追问陶旦何时过来做家庭教师，陶旦表面应承，心里早就看出几分端倪，她发现自己已经不认识彩霞了。彩霞答应她的那个知道肖斌云消息的人，其实说不出什么名堂来，显然是蒙混的。

以前，她以为张仪的身份可疑，而现在连彩霞也不可信了。她感到后悔，害怕，一种不祥的预感涌上心头，她觉得自己已经走不出这间屋子了。

她的预感是正确的，王逸涛知道她是一个追随心上人来到叙永的弱女子。心上人在前线打仗，她又被朋友出卖，无依无靠，便打定主意强夺了。

王逸涛酒足饭饱之后，打着饱嗝，剔着牙，对陈作邦和彩霞说："你们先走一步，我就不送了。陶旦留下来，我想带她见见我的两个儿子。"两人道谢之后头也不回地走了，另外的人也识趣地离开。

看着王逸涛向自己走过来，陶旦的心紧缩成一团，面色苍白如纸。王逸涛一把捉住她的手，托起她的下巴，强迫她面对自己。就在陶旦瑟瑟发抖之际，他却说了声："放心，我不会勉强你做任何事。我这就去布置房间，天黑之后，我会让人带你过去。好好休息一下，就别想着回去了。"

天黑之后，果然来了一个十七八岁的年轻姑娘，把陶旦引到一间装饰一新的卧房。年轻姑娘进门后笑了笑："听说你是王司令请来的家庭教师，那我就叫你陶老师了。我叫赵兰芝，有啥子需要你可以找我。"兰芝笑起来，脸颊有一对深深的酒窝，陶旦见她面善，稚气未脱，便与她攀谈起来：

"兰芝，你还是叫我姐吧。你是本地人？"

兰芝一笑："不是的，我家在水潦，离这里还很远呢。"

"那你咋个到这里来了？"

"家里姊妹多，又穷，爹娘便把我抱养给叙永的姨妈家。因为姨爹和王司令有些交情，他在临死前将我托付给王司令，我就来这里当差了。"

"兰芝，你可不可以和我住一屋，我一个人好害怕。"

"那咋个行，王司令为你亲自将房间布置成这样，哪是我能享受的？"兰芝走了。这一夜陶旦不敢睡，床上的被褥她碰都没碰。

第二天中午时分，兰芝用一个黑漆大托盘送来饭菜：一小罐烟熏苦笋炖鸡，一碟折耳根拌豆豉，一小碗豆汤猪蹄清香四溢。兰芝将饭菜一一摆在陶旦面前，又从怀里掏出一个草纸包，打开来竟是一盒两河桃片糕。若在平时，陶旦可以将这些美食一扫而光，可如今她哪有那份心情。

让她百思不得其解的是，王逸涛始终没有露面。于是便渐渐放松警惕，夜晚也能睡着了。

陶旦当然不知道，王逸涛起初是等待陶旦放松警惕，后来他是去了水潦。王逸涛软禁陶旦的当晚就收到杨云程发来的信件，信上说，前一阵部队在大寨、大石母、箭竹坪先后受到重创，袁良、王述先后战死，如今兵力布局已经发生变化，一部分退至袁家沟，一部分将向古蔺西南部转移，占领云南边界处的石厢子、水潦等地，以谋发展。他希望自己派出的匪部能帮助王逸涛在水潦壮大实力："希望王兄在水潦成立川滇黔边区三军联合办事处，愚兄自有安排，暂由余叔阳等三家地主资助一切。"

王逸涛立即回信表示赞同，马不停蹄地赶到水潦驻扎下来。等到杨云程派遣的参谋李忠诚等人到来后，他们在余叔阳的碉堡内召开军事会议，商量成立川滇黔边区三军联合办事处事宜。

水潦紧靠云南边境，依山傍水，地势险峻，本就具备隐藏、逃逸的天然屏障，余叔阳的寨子又是一个护卫森严的砖石结构，王逸涛一进入寨子便明白杨云程的良苦用心了。

暮春，山上的寒气依旧袭人。余叔阳的父亲余跛子在碉堡内燃起青冈碳火，二十余个匪首便团团围坐。余叔阳率先开口道："各位弟兄，你们的地盘比我大，势力比我强，既然今天来到水潦地盘上了，那就还请弟兄们给个脸面，让我尽尽地主之谊。今天，云贵川的弟兄们都到了，大家都出来亮亮相吧。我是余叔阳，这位是本地的余祥铭。"

王逸涛站起身，抱抱拳："我是叙永的王逸涛，这位是夏税山。"他指着身边面色黧黑的一个小子说道。

"好，欢迎。"余叔阳斟上两碗苞谷酒，递给两人喝了。

一个貌不惊人的汉子也站起身来："我是威信水田寨的郑幼渔。"

武聚奎也站起来说："我是古蔺的武聚奎，这是李忠诚、李贤远、郑跃东。"

余叔阳笑着说："古蔺弟兄多，将来要靠你们啦。"

王逸涛朗声道："各位，川滇黔边区三军联合办事处今日成立，我们的一些仪式不该俭省，该咋做就咋做。"

余叔阳赶紧给他递上一只公鸡，王逸涛将公鸡的头一扭，问道："弟兄们，我们的规矩晓得不？"

"晓得，进了王司令的会，犯了条款，就要洗身。"

"还有呢？"

"若是犯了条款，私通马子，或是不忠不义，愿受三刀六眼之处分。"

"兄弟吃的三分米，七分沙，你们能受这种苦？"

"兄弟能受，我们也能受。"

余叔阳抱出一坛酒，给每人斟上一碗。王逸涛将鸡头扭下来，段西明等人赶紧用酒碗接住鸡血。二十几个人将血酒举过头顶，高声叫道："川滇黔边区三军联合办事处成立了！"喊完将血酒一饮而尽，酒碗用力往后一摔，发出一片噼里啪啦的乱响。

晚上，他们每人高举一只火把，腰间缠着红布，聚集在碉堡下方的一块空地上。夜色中蓦然出现一片火把的丛林，映照着一张张被欲望染红的兴奋的脸。他们轮流将各部首领围在圈子中间，手舞足蹈，一直喧闹到鸡叫三遍才各自散去。

从此，川滇黔边区三军联合办事处设在水潦，由各部派代表一人在办事处工作。

王逸涛本想派夏税山留在水潦，可夏税山的母亲突然去世了，他赶着回叙永奔丧。等他打点好一切回水潦接替王逸涛时，心急火燎的王逸涛赶紧回到叙永。他选了一匹精悍黑马，挥鞭疾驰，到达叙永时，黑马累得伏在地上嗤嗤地喘气。王逸涛却毫无倦意，他期待这一天已经太久了。他将平时不轻易穿的深蓝拷绸长衫换上，外面罩一个土黄色的马褂，又将胡须剃得干干净净，用香皂洗净脸。好不容易收拾停当了，便在他的书房里练起书法来，一直将时间消磨到凌晨，才悄悄来到陶旦的门外打开了锁。

陶旦被软禁的这些天，唯有用回忆、思念和泪水打发日子，神思几近恍惚。这天，她从月亮初起就坐在窗前，托腮对着明月。不知过了多久，房间里响起轻轻的脚步声。

陶旦回头一看，来人不是她日思夜想的阿哥，而是那个前些天在宴席上见到的男子，是将她软禁在此的男子。很快，那双粗糙的大手像老鹰捉小鸡一样罩住了她，接下来，是不顾她的挣扎反抗，撕碎了她的衣裳。

待那个满足了兽欲的人像一摊软泥倒在地上，陶旦坐起身发出一声尖叫，这声音似乎用尽了她平生的力气，她抓起桌子上的剪刀就往自己的胸口刺去。王逸涛夺下她的剪刀，摔门而去。

她开始绝食，整个人虚飘得像一片羽毛，后来连下床的力气都没有了。两天后，赵兰芝端来一碗药说："姐，你想死的话，我成全你。这碗是毒药，你喝了它，免得受那么多苦。"

陶旦虚弱地冲她笑了笑，心一横端起药就喝。药到嘴里，却尝到人参汤的滋味，她没想到此刻还有人如此关心自己，眼泪扑簌簌地滑落碗里。

赵兰芝拿了一条毯子盖在陶旦身上，又为她擦了擦眼泪说："昨天，我姐姐赵贵芝从水潦过来了，我给她说了你的事，她答应帮你。我一会儿不锁房门，天一黑你就赶紧逃出去，姐姐会在门口接应你。她会把你带到水潦，暂时在那里生活，然后你再想办法回古蔺吧。"

陶旦只得答应下来，但她又担心自己逃走会连累赵兰芝："你故意放走我，这家人会饶了你？"

"你放心，大不了挨一顿打骂。你想想，不高兴的是司令，司令夫人安硕甫早听到一些风声，她可不是省油的灯，早巴不得你逃走了呢。我帮了司令夫人的大忙，这个家我还担心待不下去？"

商议好接头的暗号，陶旦将赵兰芝送来的饭菜一扫而光，顿时充满了力气。

与赵贵芝会合后，两人乘坐一辆拉粮食的牛车，前往水潦。这头牛又老又瘦，背脊上突起尖利的骨头，两片皮肉在肋间垂挂着，随着走动一摇一晃，伴着粗重的喘息声，真让人疑心它会累死在半路上。尽管行进得迟缓，陶旦依然兴致勃勃地四下张望。那缓缓映入眼帘的一草一木，颠颠簸簸行走的牛车，都比那个精致的牢笼强百倍。

好不容易到了水潦，赵贵芝累得全身像散了架，陶旦却精神振奋。她在期待一种新生活，期待有朝一日与心上人重逢，不过眼下需要在赵贵芝家安顿下来，好在她勤快能干，性情温和，很快就得到了赵家的接纳。

王逸涛知道陶旦逃走后，果然大发雷霆。但陶旦既已得手，在他心中也并非不可替代。想想自家老婆安硕甫也是个大美人，性情又刚烈，最好不要惹恼她。再说他也忙得不可开交，自从与杨云程配合后，他统辖全境匪众，自己任办事处主任，负责联络的各部人员达一万二千多人。势力壮大后，王逸涛看看身边这些厉害的人马，心想：自己也算水潦的一方霸主了，为何还要听命于杨云程？也许……将来……打仗的事，谁说得清？渐渐地，他表面和杨云程合作，私下里暗暗和杨云程较着劲儿。随着他在水田寨任"川滇边反共救国军总司令"，称霸的野心更是势不可挡。忙碌之下，也就暂时将陶旦抛在脑后了。

陶旦的失踪让肖斌云焦虑不安，毕竟人家是为他而来的。他到处寻找却始终没有得到可靠消息，只得惆怅地赶往泸州。

交流会议由川南军区司令员杜义德主持，川南军区泸州军分区领导、十六军四十八师首长王晓作了指示。概括起来，就是要坚持部队、地方联合进剿，实行军事攻击、政治瓦解、发动群众三结合。这些经验对肖斌云来说都不陌生，他只是将"首恶必办、胁从不问、立功受奖"的指示记在了心间。会议还宣布执行中央和西南局的领导关于改善剿匪部队生活的决定：每人每月发一斤猪肉，一斤麻打草鞋，还将领到由地方妇女制作上交的布鞋布袜各一双。

他把这个大好消息带回部队，群情振奋。要知道，他们一日三餐，常常以粥果腹，鞋子袜子缝缝补补不知有多少次。这天晚上，他换上了新的布鞋布袜，这布鞋不知出自哪个妇女之手，针脚密实，造型漂亮，最重要的是，大小合适，仿佛为他量身定做。

穿上新鞋袜的肖斌云，晚上却做了一个噩梦，他怎会知道，这夜就是陶旦落入虎口的月夜。

数九寒天，大雪封山，他被人蒙住头，拖入一个空旷的山洞里，施了魔法一般一动不能动，一个长发及腰的女人背对着他，怀里似乎抱着一个婴儿，她一边哼着小曲一边轻轻拍着婴儿。是她吗？她怎么都有娃娃了？这个孩子哪里来的？女人慢慢转过身来，真是陶旦，她突然对他露出狰狞的邪笑，直把肖斌云笑得毛骨悚然。他掏出短枪想要吓一吓她，突然，短枪就到了她的手上。她朝天放了一枪，手上的娃娃被惊醒了，她索性把他扔在地上。肖斌云使出全身力气骂了一句混蛋，狠狠地打出一拳，却见有个幽灵似的心形物体突然从陶旦的身体内浮现出来，往窗外慢慢飞去……

肖斌云在惊恐中醒过来，发现自己已将压在枕下的枪拿了出来，此刻还握在手中。他怅然地倒下，再也无法入眠。他想不明白这个噩梦的寓意，难道她蒙难了，或者投向其他男人的怀抱了？

赵贵芝家的三间草坯房虽然陈旧了，却收拾得干净利索。院坝前的小园子全用半人高的柳树墙围起来。一到春天，修剪得整齐的柳树墙抽出娇嫩的绿叶，老远一看，就像用绸缎给院子镶上了一圈绿边儿。

　　恢复了健康的陶旦，每天忙前忙后，白天帮助赵家做农活，晚上就在煤油灯下绣腰带。这天一早，她拿起背篼，正要去地里种白菜，被赵贵芝拦住了："姐，你还是别去了，听说水潦这里来了许多土匪，说不定王逸涛也在这里，被他发现可就不好了。"陶旦连忙放下背篼，拿起扫帚打扫院子。赵贵芝的父亲也起床了，走到院坝里，看到两个姑娘在忙碌，不禁又是关心又是责怪地问道："两个夜猫子，起这么早干啥？"

　　赵贵芝撇撇嘴，嗔怪道："爸，都怪妈起得太早，天还未亮灶房里的柴火就烧得噼噼啪啪的，人家想睡也睡不着嘛。"

　　想起母亲早晨唠叨菜刀太钝，赵贵芝便到灶房里磨起刀来。这时，村子上空袅袅升起的炊烟越来越浓，刚刚露出新绿的树梢上，突然飞来几只乌鸦，在她家的屋顶上呱呱地叫着，空气中突然增加了几分凄厉。赵贵芝走出门，朝着房顶扔去几颗小石头，驱赶着这不祥之物。

　　不久，赵贵芝把磨好的菜刀放在菜板上，想想一会儿要去菜园砍白菜，柴房离菜园近一些，便把菜刀放在柴房里。忙完这些，她为陶旦倒了一碗凉茶，便进屋与母亲闲话家常了。

　　太阳慢慢升起，将陶旦的影子渐渐拉长。突然，传来一阵"哐踏哐踏"的声音，她盯着地面的视线稍稍倾斜，视野里便出现了一双皮鞋。鞋子的主人显然带着不可一世的威严，此时已停在院落里了。正是王逸涛，他们为壮大队伍，开始走村串户，遇见青壮年就强拉入伍，遇见一家妇孺，便大肆抢劫。

　　在赵家的院落里发现陶旦，让他高兴得想要叫出声来。真是踏破铁鞋无觅处，得来全不费功夫，从他眼皮下逃走的女人竟在无意中撞见了。其实，凭赵兰芝是水潦人，他就知道陶旦一定藏在水潦的某个角落，这也是他不辞辛苦出来搜寻的原因。

　　陶旦发出惊恐的尖叫，丢下扫帚往屋子里冲。赵贵芝和她的父母听到响动来到门口，看见挎着双枪的王逸涛，霎时脸色灰白，呆若木鸡。

　　王逸涛面若寒霜，扬了扬眉毛："把人交出来，否则有你们好看！"

　　"长官，求求你放了她吧。"赵贵芝冒险苦苦求情。

　　"家里有一头猪，已有百十来斤重了，还有两坛米酒，这一窝鸡，都送给长官。姑娘家可怜，就放了她吧。"赵贵芝的父亲试图打动王逸涛。

王逸涛几步上前，将赵贵芝的父亲一把拉扯过来，把枪抵在他的脑门上："老子今天啥子都不要，只要人，听明白没有？剩下的人赶紧去找，要是敢偷偷放人逃走……"他朝天鸣放了一枪，鸡窝里一群鸡崽吓得胡乱扑打着翅膀咯咯乱叫。

"给你们一袋烟的工夫，快去找人。"王逸涛收回枪，顺势用枪托敲了一下赵贵芝父亲的脑袋。

陶旦奔进柴房，一眼看见那把刚刚磨过的菜刀，一把举起来，任冰凉的刀刃贴住自己柔软的脖子。这刀真是锋利，只需用力一抹，自己就将命赴黄泉。她清晰地感受着菜刀的冰凉，后背的寒意也阵阵袭来。这一刀下去，再也见不到阿哥了。他再染上脚疮时谁为他清洗？阿哥，你可知道，此刻，我最大的遗憾是没能见你最后一面，亲手把绣好的腰带送给你。如果，能死在你怀里，我该是多么幸福……

我不想死，我想活着，等你回来。你不喜欢我没关系，你不娶我没关系。我只要看着你守着你就足够。可是，我的身子已被王逸涛糟蹋，脏污的身子不配再见到你。如今他又追到眼前，我若不死，定会连累贵芝一家，我还是死吧！虽然死不瞑目，但是到底一了百了。

赵贵芝和母亲推开陶旦平日住的房间，里面空无一人，再去牛圈、后檐沟找寻一通也没有找到。就在她们茫然失措时，柴房里传来一阵呻吟。两人飞快地跑进柴房，被眼前的景象惊呆了。在干谷草铺就的地上，陶旦痛苦地扭动挣扎，一把明晃晃的菜刀扔在一旁，刀上沾满了血迹，她的脖子还在不断涌出鲜血，谷草被浸染了一大片。赵贵芝想起刚才磨过的菜刀，不禁心如刀绞，她扑上去一把抱起陶旦。"姐姐，你为啥要抹脖子？我们会救你的，拼死也会救你的啊！"她哭得上气不接下气。

"妹妹……我害怕连累你们一家……我死了，那个死贼就不会再来了……"陶旦气若游丝，说完又痛苦地扭动呻吟起来。赵贵芝和母亲将陶旦抬到床铺上，赵贵芝的母亲赶紧去找包扎伤口的布条，赵贵芝则跑到门外冷冷地对王逸涛说："人已经抹脖子了，你要不要进来看看？"

王逸涛押着赵贵芝的父亲，来到陶旦的床前，看到她面如死灰，鲜血仍在汩汩流出，知道她留下的日子不多了，便放下赵贵芝的父亲。"既然人已经快死了，那就把你说的东西交出来，我立刻走人！"他抓了几只鸡，抱着一坛子米酒，悻悻然离开了。晚上，又来了几个土匪，把猪拖出去杀掉，地上留下了一大摊黑血和杂乱的猪毛，猪的嘶叫回荡在山谷中，令人毛骨悚然。

这一夜，赵贵芝一家谁也不曾合眼，他们一直守在陶旦的床前。鸡叫三遍时，陶旦的脸颊出现了一道红晕，眼神也格外清亮起来，她拉着赵贵芝的手："妹妹，我想吃个红泡柑。"

赵贵芝知道这是人临死前回光返照的迹象，眼泪一下子涌了出来，可是，眼下到哪里去找红泡柑？没想到赵贵芝的母亲赶紧答应下来："有有有，丫头，过年的时候，田坝寨的大姑爷送我们的蜜饯橘子还留有一些，我这就去拿来。"说完她撒开小脚跑进里屋拿去了。

陶旦挣扎着想要坐起来，被赵贵芝按住了。见陶旦指着胸前，赵贵芝伸手去摸，摸到了一个纸包，打开来是两张照片。她把照片递给陶旦，陶旦轻轻抚摸着肖斌云那张，看了许久，又指了指自己的胸前。这次赵贵芝摸到了一根项链，她把项链解下来，只见项链上的子弹壳也沾上了血迹。陶旦抚摸着项链，像抚摸着褴褛中的婴儿。她伏在赵贵芝的耳边，用轻得几乎听不见的声音低语："我死了之后……把这些照片和这根项链，还有我没有绣完的腰带，送给剿匪部队的……"她大口大口地喘气，面色潮红，用尽全身力气吐出一个名字："肖斌云……"

正好赵贵芝的母亲拿来了蜜饯橘子，赵贵芝刚把一小瓣橘子放到陶旦嘴里，陶旦还来不及吞下去，就慢慢合上了眼睛……

放走了张豹，王钦裕暂时将叛徒一事置之脑后，一纸电文又摆在他的面前。电文称，蒲相臣等隐匿水潦、水田寨乡下，与王逸涛一起妄图壮大势力，伺机反扑。

王钦裕走到地图前，往古蔺县境西南部与云南接壤的地方画了一条粗大的红线。他清楚地知道，由于地形的特殊，口袋的开口很长，剿匪部队攻打了北部的大石母，西部的大寨、桂花场和箭竹坪，狡猾的土匪就从北部往南，从上到下四处逃窜藏匿，就是不肯往口袋中间钻。他审视着战况，慢慢地有了主意：主战场在箭竹坪，部队主力已经得到增援，能够保证足够的兵力击溃这一带的土匪。然而如果后方失守，让王逸涛、蒲相臣之流日益壮大，就有前功尽弃的可能。他决定派出善于游击作战、经验丰富的肖斌云，前往石厢子、水潦一带清剿，粉粹他们占据云南边境的计划，迫使匪徒往口袋中部溃逃。

他对肖斌云说："水潦、水田寨这些地方土匪活动诡秘，不宜采取大部队行动。现在由你任武工队队长，枪支、人员由你挑选，尽快把这些土匪干掉，不能任由他们在后方大肆发展，给剿匪部队制造障碍，影响收口袋战术的推进。"

"首长，你知道解放前我是古蔺保商队中队长骆华舟的佃户，而骆华舟又与水潦匪首郑跃东是亲戚，来往密切，对他们的内幕我还是多少了解一些的。请组织放心，我一定完成任务。"

接受任务后，肖斌云选择了张小兵、李树品、刘焕均等组成武工队，短暂整训后向匪巢进发。武工队一行自叙永出发直奔营盘山，意外得知蒲相臣有一股势力驻扎在当地的山洞里。由于不知敌人的深浅，进攻前，武工队做了最坏设想。肖斌云为每人做了一只树叶响器，一吹就会发出鸟雀的声响。

"进攻蒲相臣匪分部，虽然不在我们的计划之中，但是只要是和剿匪相关的，我们都有义务清除。这次进攻凶多吉少，我打头阵，先担任指挥，定时以树叶哨声联系和呼应。哨声的数量和每人的编号一致，每次呼喊重复三次。如果我遇难了或被控制了，树叶哨声会中断，那就由二号李树品担任指挥。大家务必胆大心细，相信会拿下土匪的。"

队员分为两路，一路进攻洞穴，一路监视封锁开阔地和山顶。这个岩洞，由里至外有三层，由三名贴身匪徒把守，头门不得进二门，二门不得进三门。肖斌云带领李树品、张小兵还未潜进洞口，就听到拉枪闩的声音，三人赶紧闪入石缝，只见一个小土匪提着枪探头探脑地出来查看动静，肖斌云一梭子弹射中他的头部，他一声不响就栽到岩下。响声惊动洞内，霎时枪声大作，子弹如暴风骤雨般射到洞外。张小兵扔了一枚手榴弹到洞内，只听见阵阵轰鸣，匪徒不知对方有多少人，在手榴弹的轰动下，开始恐慌，从另一面撤离。三人进入洞内猛追，活捉了两个，击毙六个。那些被赶出洞外的土匪，刚入开阔地，便被站在山顶的刘焕均的手榴弹和子弹轮番攻击，一个个倒下，剩下的土匪落荒逃窜。此战仅两个小时击溃大部分土匪，还缴获轻机枪、步枪等武器若干。清点洞内战场时，张小兵高兴地跳起来，他在匪头目的虎皮座椅上，竟意外获得蒲相臣的印章。

首战告捷，自然十分振奋，小分队马不停蹄地到了水潦。

一天，肖斌云所住的旅馆里来了一个贵州口音的汉子，因为盘缠不够，旅馆老板不让他入住。肖斌云见状走过去，帮他付够了房钱，两人就算认识了。

"嘿，老乡，我看着你面熟，哪里人？"

"多谢大哥帮助，我是毕节湾溪人，叫余启灿。"那人老老实实地回答。

"难怪如此眼熟，我也是毕节湾溪人。"余启灿一听，与肖斌云更加热络了。

"唉！我原来是蒲相臣的部下，一次战斗中受伤掉队了。现在听说他在水潦，便过来想要找到他，可是找了几天都没有下落。"肖斌云愁眉苦脸地说。

余启灿凑到肖斌云的耳边小声道："他们有时驻扎在余金堂余三哥家，有时会带着罗盘，扮风水先生，以看地算命为幌子，四处网罗人马。"

"你可以为我们带路吗，我们先去余金堂家摸摸情况。"

"可以。"余启灿爽快地答应下来。

深夜，四个人在余启灿的带领下，迎着刺骨的寒风在山路上行走了很久，才找到余金堂家，不幸的是匪徒已经转移了。余家的院坝里，匪徒们扔下的叶子烟蒂撒满一地。

为了寻找匪徒踪影，肖斌云小分队不顾疲劳，来回奔走于水潦、石厢子、水田寨、坡头及林口等地。鸡鸣三省一带大多为彝民，多系匪首郑跃东、郑幼渔的佃户，他们畏于权势，不敢吐露匪情。

张小兵泄气了，他冲着肖斌云发火："一天到晚就让我们跑来跑去，头绪也摸不着一个，真要累死了！"说完他一屁股坐在地上，说什么也不走了。肖斌云点燃一支烟，陷入了沉思。猛地，他将烟蒂踩在地上捻了捻。"有了，弟兄们，那些受到匪徒伤害的人一定愿意吐露实情。明天，我们四处打听，最近可有人被杀害被抢劫，再找到这些人家一定能探出口风来。"刘焕均和李树品率先赞同。

第二天晚上，他们聚在一起，交换彼此打听到的情况。李树品提供的一个线索，让肖斌云眼前一亮："我今天跟一个卖鸡蛋的大娘搭上了话，诺，这就是我买回的鸡蛋。花了几个小钱，打听到一个情况。这个大娘说，最近有个年轻姑娘被土匪逼死在赵家。"

肖斌云赶紧问："赵家咋个走，主人家叫啥子名字？"

李树品得意地说："这个我当然也打听清楚了。"

"可是，我们要怎样才能获得人家的信任？"刘焕均有些担忧。

"第一，我们要装扮成做生意的。第二，我们到赵家借宿，看他家有没有啥子困难，帮上一把，慢慢打动对方。"李树品也有了主意。

等到夜幕降临，四人便打扮成生意人，挑着杂货到赵家借宿。开门的是赵贵芝的父亲，他满腹狐疑地打量了他们几眼，"砰"一声关掉了大门。

他们无奈，便在屋檐下席地而坐。到了夜半，四人冷得瑟瑟发抖，便挤在一起取暖。天亮时，赵贵芝的父亲开门出来，看见四人就这样在屋檐下坐了一夜，料想他们也不是坏人，便把他们迎进屋内，装烟倒茶，以礼相待。"四位客官莫见怪，水潦这地方土匪很凶，杀人抢劫，不得不防啊。"

老人家悠悠地摆起了龙门阵。

"这个，也是人之常情嘛。大伯，听说你们这个地方，一个姑娘被土匪逼死了，你可知道这个事情？"

"咋个不知道，就是最近的事，姑娘就在我家自杀的，被王逸涛追杀，用一把菜刀抹了脖子，惨啊！"赵贵芝的父亲长叹一声道。

"那这个姑娘咋个到了你家，她跟王逸涛又有啥子过节呢？"肖斌云追问道。

赵贵芝的父亲警觉地看了他们一眼，摆摆手，表示不愿再提了。

肖斌云见状，连忙拿出自己的派遣证，亮出自己的底牌："我叫肖斌云，是剿匪部队的，奉命前来清剿本地的土匪，这几个是我的下属。大伯，你有啥子尽可告诉我们！"

肖斌云，这名字怎么这么熟悉？赵贵芝的父亲很快想起了陶旦的遗言，他叫出女儿，证实这件事。

"贵芝，这几位同志是解放军部队的，这个是队长肖斌云，是不是你要找的人？"赵贵芝见过肖斌云的照片，知道这正是她要找的人。她点点头，哇地一声哭着跑开了，留下肖斌云几人面面相觑。赵贵芝很快捧出一个布包袱，摆在肖斌云面前："肖斌云，我正四处托人打听你，要把这个东西给你，你却自己走到我家里来了，老天爷真是长眼啊！"

"我的东西？"肖斌云更迷糊了。

"是你的，打开来看看。"赵贵芝止住了眼泪。

肖斌云只得一层层打开包袱，再一层层解开油布、草纸、红绸。两张照片、一根子弹壳做的项链、一根未织完的男人的腰带赫然出现在他眼前。

那照片，不是自己在万家相馆照的吗？怎么会到了她的手里？那项链是自己亲手做的，是为了报答她医治脚疮的情意，只见上面血迹斑斑，散发着死亡和哀伤的气息。那腰带，一针一线凝结着她多少情意，她一定是想织好了亲自送给他的，可惜她没有等到那一天。

"陶旦，你认识陶旦，这到底是咋回事？"肖斌云终于喊出声来，他低沉着嗓子，人一下子塌了下去。赵贵芝便将陶旦怎样受骗上当，逃出魔窟，被王逸涛逼到自杀的全过程，一一说给肖斌云听。

"你把她葬在哪里了？"半晌，肖斌云才抬起头，低低地问。

"你知道的，事情发生得太突然，土匪又很狡狯，我们只得草草安葬了她。诺，就在那边的一个荒坡上。"赵贵芝指着不远处的一个山包。肖斌云慢慢将包袱恢复成原样，站起身来，抱着包袱往外走，李树品等人赶紧跟在他的后面。

　　那是一个馒头状的小土堆，几只野猫在四周窜来窜去，一只乌鸦在头顶阴森森地叫着。刘焕均不禁打了一个寒战，赵贵芝也极少来这个地方，心里也是害怕。肖斌云朝他们摆摆手，他们立即明白他想一个人静静，都转身走开了，一边走一边不放心地回头看。不久，山上生起了小小的火堆。风里似乎传来一阵呜呜咽咽的声音，青烟被风撕扯着，怪异地乱舞。

　　不知坐了多久，直到那个火堆快要熄灭了。风卷走的几片布头、纸片，也被肖斌云一一捡拾回来，放在火堆里，火焰一下子又旺了起来。他掏出身上所有能烧的东西：一本红皮工作日记，一包香烟，一条方格子手帕，慢慢撕扯着，融进火堆里。他将腰带轻轻放进火堆，厚实的腰带一时难以燃烧，烟雾弥漫，风倒灌过来，烟雾直往他的脸上扑。他往火堆里轻轻吹了口气，火焰噗地跳跃起来。

　　他含泪凝视着不断变化的火焰，直到脚下只剩下一堆灰烬，余温一点点散失。那腰带还残余一块小小的布头，子弹壳项链经过火的燃烧，血腥气一扫而光，通体发出古朴的暗哑光泽，中间的绳索已经断开了，只余子弹壳，一颗颗躺在灰烬之中。

第十五章

困兽犹斗

夜晚，袁家沟土匪指挥部的院坝里，响起了沉重而缓慢的脚步声。守门的土匪一听杨云程回来了，立即跳起来给他开门，但还是慢了一步。随着暗红黑漆大门咯吱一响，一个人影带着满身怨气撞进来，劈头盖脸就给了守门土匪几下。

"看你这慢手慢脚的样子，像个抱鸡婆，只怕你娘死了你都赶不拢去送丧。"守门土匪气得眼睛直往上翻，来不及辩白几句，杨云程看见他手里掌着油灯，又念叨起来："天还没黑透，你们就开始点灯，灯油不要钱？不要钱你给我整几桶过来。"守门土匪刚要张口，话到嘴边又咽下去。他知道，如果他真不点灯，房间里黑灯瞎火，只怕会被他骂得更惨。

自从袁良、王述战死，杨云程将匪指挥部撤到袁家沟后，就是这般喜怒无常，让手下的匪众苦不堪言。箭竹坪那边，仍然驻扎着他们的主要兵力，由张朝品支撑着的防线，目前还算坚固，来自云贵川的土匪依旧源源不断过来投靠，但这丝毫不能减轻杨云程的焦虑。焦虑让他喜怒无常，让他越发迷信。一些古怪的规矩被他严格遵从着，比如吃饭时不能蹬板凳脚，离别时不准相送，更不能在他面前提起"网"字。只要犯了以上规矩，就会把人打个半死。

他还借口饭菜吃不完第二顿会变馊，让厨房里减少饭菜的数量。每次开饭时，匪众们都蜂拥到甄子边去抢。小八字胡土匪只抢到一碗饭，他三两口扒完，摸摸还在咕咕叫的肚皮，将空碗扣

在头上："快看，我吃过的饭碗比狗舔过的还干净。有没有比我干净的，拿出来比一比？"

杨云程对这些牢骚时有耳闻，他本不想理睬这些破事，却常常按捺不住大发雷霆。一天，饭后的他，竟逍遥自得地将双脚蹬在板凳脚上。张豹想他一定遇到了天大的好事，便学着他将一只脚蹬在板凳上。见杨云程不呵斥，才小心问道："司令，有啥子好消息？"

"真是天无绝人之路啊。贵州的小头目钱治刚、袁丙荣来古蔺，向谭建成县长献出攻打贵州边界土城的计划，计划通过后将有大部援兵来到我们部下。想想看，我们计划攻打叙永城，却连古叙边界都立不住脚，每打一仗，人马损失，得力干将战死。这样下去还咋个打？这下好了，解放军的主要兵力在箭竹坪一带，我们就避开锋芒，集中兵力去东部，攻打防守薄弱的土城。只要土城打了翻身仗，就能增加装备和人员，扩大地盘。那样，我们又可以振作起来攻打叙永城，把解放军撵出去。"虽然节节败退，从未在古叙交界处站稳脚跟，杨云程仍然念念不忘攻打叙永。

张豹一听此话又惊又喜，拿着筷子却忘了夹菜吃饭："接下来，司令将咋个安排呢？"杨云程沉吟着，用筷子沾上水，在饭桌的空白处上画起地图来："钱治刚和袁丙荣担任第三十八指挥部正副指挥官；胡克纯任第二指挥部总指挥，张朝品和傅子儒任该部正副指挥；陈银洲任第五指挥部正指挥。你负责统帅这几个指挥部任总指挥官，带领这四五百人马，明天就奔赴土城鱼溪作战。"张豹把筷子一撂，刚想说一声"干"，可是一想起只有几百人马和那些不太精良的枪支装备，便不由长叹一口气。杨云程正在兴头上，见张豹刚想表态又泄了气，有些恨铁不成钢地说："你怕球啥子？解放军这次人少，没有多少防备，我们的援兵很快就会到来。"

"只是，这人马还是太少了点……鱼溪这块硬骨头，咋啃得动？我们要面对的可是那帮让人头疼的'土共'，从前的教训还不够多吗？"张豹忍不住说。

张豹口中的"土共"指的是驻扎在土城的古蔺第二中队。这支队伍原是复陶乡的地下党组织，在政府撤离叙永期间，因交通不便，通信受阻，三天后才得到消息。区政府决定，全区干部和武装人员集中到复陶乡，组成二中队，辖四个排，后来由于战略需要便从复陶乡撤到与贵州河滩接壤的赤水河边上。

二中队有一个独特的小分队，那是赵本生带领的第三排。这是一支以贫苦农民为主、以共产党员为骨干的小部队。他们手中的武器陈旧，弹药缺乏，又不能从古蔺获得更多装备，只能靠战士们从战场上缴获。小分队的生活也异常艰苦，基本上是"三无"，无军装、无津贴、无口粮供给和饮食补助。这些生活上的困窘，往往被张豹一干匪众取笑，"土共"之名便是这样来的。

"这人吃马喂的，你掰着手指头给我算出来，你的队伍还得增加多少？"

张豹见有了希望，忙夸大其词说了一番。杨云程便答应给他增加一百人马，同时给队伍配备精良枪支。

张豹连吹带捧地把大拇指一挑说："好，这就让豹子我铁了心，弟兄们可以好好和'土共'干上一票了！"

杨云程摇头晃脑嘿嘿笑了几声道："豹子，一锤打不成一根钉，要慢慢来。你也不要太迷信装备。对待手下那些人，你得学着笼络人心，多做过细的工作才行。"

正商量着，张豹突然发现窗外人影一闪，他警觉地拔出枪，推门一看，却连鬼影子也见不到一个。

"糟了，我们内部可能有奸细。"张豹眉头紧锁。

"要小心防备，刚才这人，极有可能是共产党安插在这里的耳目。"杨云程起身将窗户插销别上，两人才又说起话来。

这边，猫头鹰躲在厕所里，惊出一身冷汗。好险，差一点被捉住了。想想他跟着王钦裕去重庆开过会后立功心切，以至差点失手。幸亏他身手矫捷，否则……他不敢再想下去，赶紧将情报弄好，派人火速送往叙永指挥部。

一场夜雨过后，天放晴了。二中队三排的战士们趁着大好晴天，像往常一样脱下打满补丁的衣裤，洗干净晾晒在赤水河河滩上，然后一个猛子扎进水里。顷刻，赤水河里便多了一些白鱼，在水中浮浮沉沉，或隐或现。突然，河滩四周响起了号叫声和口哨声，原来张豹带领的匪众已经来到土城，看见河滩上晾晒着的衣裤，张豹大叫："天助我也！"赶紧命令手下放枪。子弹疯狂地打在水面上，溅起串串水雾。"'土共'缴枪不杀""活捉'土共'，不放脱一个"的叫嚣声不绝于耳。排长赵本生见土匪来势汹汹，忙大喊一声："小心！"随即招呼战士们潜入水底。张豹见打出去的子弹全都落空，心想，这帮土共潜到水底去，让我的子弹打不着是不是？我就一直打一直打，打不死你们也要憋死你们。张豹哪里知道，这三排战士长期在岸边生活，个个都是游泳潜水的好手。他们勇气非凡，技巧高超，加上

这天天气晴朗，水温较高。他们总能瞅准时机浮出水面吸气，再潜入水底往远离渡口的方向游。张豹终于失去耐心，骂骂咧咧带领匪众回去了。

第二天，当张豹匪部强攻莲花山时，又与三排狭路相逢，双方很快展开了激战。张豹命令土匪摆出四路纵队，从不同方向包抄三排。三排战士毫无惧色，以密集的枪弹还击，很快从左路撕破张豹的包围。

赵本生想，要是有六〇炮就好了，轰匪众几下，这仗就好打了。可是他们连手中的机枪都是陈旧的，有些机枪生了锈，他们还去老百姓家讨了些猪油，灌注进去润滑枪筒。眼下只能靠硬拼，好在这帮匪众的装备也不怎么样。眼看匪众的还击加大了，赵本生以攻为守，组织力量也分四路向张豹匪众杀过来。匪众节节败退，嚣张气焰受到遏制，一度不敢进攻，龟缩在山腰上。

双方的对峙之势让土城区长张清洁看在眼里，急在心里。他一边命令部队严密封锁各个渡口，加强戒备，死守土城。一面向叙永紧急求援。张豹见势不妙，密电杨云程增发援兵。杨云程不敢怠慢，立即派陈见常、黄宴平率领两百人马星夜到达鱼溪。当晚，张豹和陈见常等人在鱼溪召开紧急会议，张豹说："你们刚来这里，不晓得这仗有多难打。告诉你们，这帮'土共'真是太难对付了。第一天到达土城渡口，见他们在河里游泳，我还以为能将一伙人消灭在河里喂大鱼。哪想到，这帮'土共'水性那么好，硬是活生生从我眼皮底下逃走了。现在大家都好好想想，拿不出好点子来，只怕被消灭在河里喂鱼的是我们。"张豹暗暗后悔，早知道就不来土城送死了。

"窝坑的教训大家要吸取，装备很关键。现在就从各部抽调好枪，组成主攻部队。"提起窝坑之战，傅子儒深有感触。

"对，我赞同。不要整些吹火筒都不如的家伙上去。"张豹附和道。

黄宴平也贡献了自己的点子："粮食问题也要重视，原来以为两天就能打下土城，现在看来得做好长久作战的准备。我看有必要在鱼溪设立一个粮食供应站，保证粮食供给。大家今夜就要想方设法弄点粮食来，以备后患。"

"攻入土城后也要注意，让周元洪负责清查共产党家属，检查行人，维持秩序。"陈见常如此一说，大家都觉得他想得太远了，能不能攻下土城还不知道呢，就说起清查的事情来了。

"攻入土城后的事情先放下不提，我们要考虑的是进攻土城的事。我看一是要注意布防，二是要再增加援兵。"胡克纯老谋深算，众人觉得他说得有理，便七嘴八舌地出主意。黄宴平首先表态："我率领徐良才等驻守簸箕滩、范家嘴一带作为后援，待进攻得手就进入土城。"张豹知道黄宴平向来贪生怕死才如此布防，不禁轻蔑地看了他一眼。陈见常也掐住众人的话头说："我可以通知王丙舟、杨耳康、邓树良等部赶来增援。"私下里，他对胡克纯充满了怨恨，认为他抢了自己的风头，也就没有把增加援兵的事情放在心上。

解放军这边，也在召开紧急会议，研讨防守事宜。张清洁分析道："土匪仗势人多，骄横一时，错误估计我们只能防御，无力进攻。我们正好利用土匪的错觉，组织强攻，将其一举击溃。"

"我排作为主攻，抢占左翼高地，赵本生排抢占右翼高地，大家齐心合围，不怕打不跑这帮土匪。"排长江天远站起来表态道。

天刚亮，江天远排作为主攻，在机枪班的掩护下，迅速抢占了左翼高地；赵本生排从铁炉沟和渡口牛棚阵地出发，强渡赤水河，抢占了右翼高地轿顶山。赵本生很快侦察到山下羊山沟一草房里住着张豹匪部。当即决定留下一部分战士坚守阵地，赵本生则带领二十多个战士，分两路向张豹匪部靠近，一路守在草房后的小土坡，一路埋伏于草房前的坎子脚。这时张豹知道中了包围，他派中队长李吉祥探了探情况，李吉祥说，前面坎子脚的兵力较重，我和几个弟兄拼死保护你，从后门走吧。他们刚从草房后面露出头就被发现，赵本生命令张豹把枪放下，张豹扔下枪支没命奔逃，战士王启贤眼明手快，"啪"地一枪打死了尾随其后的李吉祥。紧接着草房前后枪声齐鸣，留在草房内的匪徒出不了门，急得像热锅上的蚂蚁。部队随即开始喊话，在激烈的"缴枪不杀"喊声中，一支支枪从窗口丢了出来。由于匪方援兵迟迟未来，张豹等人被全部击溃，陈见常、胡克纯见势不妙退到乐用，黄宴平退到黄荆中桶坝，张豹只有垂头丧气地回到杨云程身边。杨云程增加战绩、扩张地盘的计划全部破灭。

"司令，弹药缺失，援兵不来，部下锐气消失，已经不能作战了。再坚守下去，也是鱼死网破的下场。"张豹试图为自己辩解，杨云程抬手就给了他一记耳光："你是真不长记性还是没把我放眼里？你说网，说网，再说一遍！"张豹看着杨云程血红的眼睛，猛然记起他的禁忌，后悔刚才一时大意说错了话，捂着火辣辣的脸出去了。

发泄完心中怒火，杨云程想，老子难道就这样认输了？不行，必须再打。他再次纠结陈见常、胡克纯、黄克平等两百多名匪徒，从太平渡出发分两路夹击土城，一路过赤水河，一路过古蔺河，企图抢占土城，最后仍

然被二中队击溃。

土城老百姓听说解放军打了胜仗，个个拍手称快，把饼子、米粑粑、包子送到阵地慰问解放军。一个头包白帕子的大娘见赵本生的裤子又破了，忙掏出随身带的针线给他缝补好。

"'土共'，'土共'，真他妈的厉害！"这第二次溃败，让杨云程噤若寒蝉，至此再也不敢打土城的主意。眼下他已经不知何去何从了，往西的古叙边界守不住，往东的土城一战又受挫，盼望的援军和装备也无从谈起。困守在袁家沟的他，如笼中野兽，不时发出无望的嚎叫。

接下来的日子，让杨云程窝心的事情还在继续。土城溃败军心不稳也就罢了，当听说吴学良决定投靠贵州土匪赵翔龙时，他的头嗡地一下大了。

五月间的古蔺，气候还不太炎热，杨云程却浑身冒汗，烦躁不安。本来以为攻下土城，自己的队伍就会壮大，可是，赵本生他们太厉害了，开始以为惹不起王钦裕，后来知道赵本生也惹不起，这些解放军个个忠勇厉害，真够他受的。再说抓丁吧，本来以为抓丁就能补充势力，可是，共产党的群众工作太成功。到底咋办，坐以待毙吗？

想来想去，不如去找王逸涛。对，就去找王逸涛。论实力计谋，王逸涛算得上一根救命稻草。可杨云程知道，王逸涛和他一直都是面子上的朋友，那些所谓的合作，其实都是貌合神离。如今在云南边界越来越强大的王逸涛已经不太听命于他了。眼下，要是让王逸涛知道自己势力已不如前，兴许还会被狼子野心的对方吞并了去，然而不找他又能找谁？有一刻，他想到了骆国湘，想到在保商队时遇到过不去的坎儿常常向他请教的情景。可是，他已经很久没见到他了，也不知他怎么样了。唉！即便找到他商量，估计也得不到什么高招。毕竟今不如昔，威风一时的骆黄鳝已经老了，遇事问他只会招来中听不中用的唠叨。

条桌上那杯椒子沟牛皮茶，颜色已经变得很深了，杨云程也没有去碰一下。感到进退无依的他，时而在屋里来回踱步，时而坐在椅子上挪来挪去，整个人像只热水烫过的王八。

看到杨云程心神不宁的样子，几个贴身的匪徒都躲得远远的。中午，小八字胡土匪端来杨云程最喜欢的大蒜叶炒腊肉和小豆苦笋肉片汤，由于心事太重，杨云程毫无胃口，胡乱吃了几口就上床休息了。迷迷糊糊中，他和陈见常、胡克纯、袁良一帮人好像来到了重庆。一个从未见过的国军将领接见他们，起初是任命职务，后来因为剿共不力被批了。接下来他和王逸涛一起在水田寨商量事情，结束后和蒲相臣一起返回古蔺。没过多久，他就骑着高头大马，率部走在叙永街上。街道两旁站满了欢呼的民众，这些摇着三角彩旗欢呼的人群，让他喜笑颜开。终于来到城中心的杨武坊，只见一块大红横幅上，黄纸黑字赫然写着："剿共有功，平匪有力"。叙永的头面人物都谦恭地站在一旁，高呼着："杨司令辛苦了!""欢迎杨司令接管叙永!"杨云程不断对他们拱手示意，又环视身边神气十足的袁良和陈见常一眼，高兴地招呼道："各位辛苦了!"

来到横幅前，杨云程抬头一看，红色横幅一下变成黑色，字也变成："剿灭杨匪……"杨云程一声断喝："谁干的?"扭头看向袁良和陈见常，只见平日俯首帖耳的两人，此刻全都变了脸色："我们干的!"两人随即掏出枪顶在杨云程的腰上。"司令，对不住了，我们也是被逼的!"袁良阴森森地笑着……就在这时，远处一匹高大的褐马冲了过来，走近一看上面坐着杜永田，杨云程举起双手。"不得乱来!"是王逸涛的声音。"王司令，救我!"杨云程刚说完，吴莲披头散发一脸鲜血向他飞扑过来。他躲闪不及，一下从马背上跌落下来……

杨云程从梦中惊醒，大汗淋漓，心有余悸。他揉揉眼睛，拍拍胸脯，庆幸这只是梦。眼下事情未成定局，一切还有回旋的余地。

水潦街上，一家简陋的茶馆门口，站着几位荷枪实弹的土匪。此刻，王逸涛和蒲相臣正在靠窗的一张八仙桌上喝茶，门口站岗放哨的土匪双眼警惕地盯着街上来往的人。这时，门外传来吆喝："占卦算命，指点迷津，有缘者分文不取!"王瞎子在徒弟的牵引下，举着一幡写着"麻衣神算"的布幡走了过来。听到外面的吆喝声，王逸涛放下手中的茶杯道："叫王瞎子进来。"

王瞎子约一迟疑走进来，向王逸涛躬身。王逸涛敲敲桌子道："王老师，听说你是铁算盘，我想请你算算我近期的运势。"听着王逸涛的声音，王瞎子知道这单生意不好做，不过，还是硬着头皮靠近了几步。

在徒弟的搀扶下，王瞎子在靠近王逸涛的一张凳子上欠欠身子坐下，慢条斯理喝干杯子里的茶，才稍微平静下来。他让徒弟从褡裢里面拿出一块干净的白布擦了擦手道："司令，请把你的左手伸过来。"沉吟半响，王瞎子道："司令，可不可以借步说话?"随后看向柜台上的老板，对方立即心领神会，将茶馆里的几个客人请了出去。

"王老师，现在你可以为我指点迷津了。我身边的人，你不必忌讳。"

"好吧，既然王司令吩咐，老朽就斗胆为司令说几句。不过，天机不可

泄露，一旦我说了，望司令好自为之。司令，你别生气，单从你的手相来看，你命中注定是一个大起大落之人。"王瞎子顿了顿，咽了口唾沫继续道，"俗话说得道者多助。你曾经做过一些损阴丧德的事情，你也曾经救过人，做过一些修桥补路的好事，可以冲抵一些晦气和凶相。从手相来看，近期你更应该多多帮助别人，为别人排忧解难，以此聚集财气运气。若是不相信，不出三个月，你将遇到更大的麻烦。"

好不容易说完这番话，王瞎子紧张得手心都出汗了。殊不知王逸涛比他更紧张，连后背都直冒虚汗。损阴丧德，他亲眼目睹陶旦自杀，还有比这更损阴丧德的事吗？那些杀人越货的事根本不算，他只认这一桩。

有人相求，是谁？目前掌握的情况，周边的各路指挥都在共军的攻击下开始土崩瓦解了，还有谁能与自己顽强抗衡。古蔺的陈见常、陶黑子、杨云程，还是古宋的陶方伯？自己都有难题，咋个帮人？

王逸涛面色沉稳，任这些想法电光火石般从脑海闪过。他稳稳心神道："还有别的吗？"

"反正，今年王司令有个坎，你得多多积德，多帮助人。"王瞎子察觉此番解语命中王逸涛要害，他眨了眨昏花的双眼，彻底冷静了，说话的音量也大了起来。他接过王逸涛手下递过来的两枚银元，深深鞠躬，退出茶馆。

这时，王逸涛的看家土匪报告说家中来了人。听说是杨云程派来的人，王逸涛不敢怠慢立即回家。人刚踏进堂屋，听见响动的张豹立即放下茶杯迎了上去。张豹边与王逸涛寒暄边小心翼翼地从上衣内层里摸出一个牛皮信封，恭恭敬敬地递给王逸涛。

"啥子信要你副指挥亲自送，看来不是一般的信了。好吧，我看看。"王逸涛接过信件，在桌子上杵了两下，这才沿着一个边沿小心地撕开，抽出一张构皮纸来。过了一阵，王逸涛才从椅背上直起腰，看着张豹："真如杨司令在信中所述，到了危急关头，难道党国的事业就这么消沉下去了？"一连几个问题，张豹都没有回答上来，唯唯诺诺地应付着。

王逸涛一边在心里感叹王瞎子真是铁算盘，一边对张豹说道："在叙永地界上，我王逸涛绝对是说得起话的。只是这段时间里，我和田动云、陇承尧、段希明这帮好哥们的实力都遭受到了不同程度的打击，有些人的元气至今都还没有恢复，到底咋整呢？"张豹看着王逸涛，一脸苦相："王司令，我们杨司令和你算得上是生死之交，眼下才会低头求你。你说这川滇黔，除了你还有谁能够帮得上我们杨司令？即便不为弟兄情义，为了大家共同的利益，也要互相帮助互相支持才能渡过难关，齐心协力剿灭共军，党国的事业才有希望。"张豹顿了顿，接着道，"杨司令如果不是身体不舒服，这趟路他会亲自来的。走之前他给我说了，无论如何，一定要取得王司令的支持，不管啥子条件。"

听完张豹的叙述，王逸涛背靠椅子，仰头看着屋顶，屋里陷入死一般的寂静。按理他是一万个不想帮杨云程，他还想趁杨云程匪部虚空，一口吞并了他呢。可是，王瞎子刚才那番话不能不听，刚刚算命注定要帮人，求情的人立即跟上门来了，这就叫天意。

"豹子，只要我答应和你家杨司令合作，不管啥子条件他都会答应？"王逸涛直起腰，透出饿狼般贪婪的目光，直视张豹。

"是是是。我家杨司令说了，凡是能满足王司令的，绝不含糊。"

"其实，我也是知道唇亡齿寒这个道理的，不过我也有困难，这样吧。"王逸涛似乎下了很大决心，"我答应你们。"他转身进屋磨蹭了半天，终于交给张豹一个牛皮纸信封。

展开王逸涛的来信，杨云程脸色大变，满脸期待转为满腔怒火："哼，这不是明摆着乘人之危吗？一百条枪，他这是抽我的老底呢，真是个老狐狸！"张豹准备邀功请赏的心瞬间跌入谷底，他怯怯地不发一言，眼睛盯着地面，竖起耳朵，看看杨云程怎样安排。

杨云程抱头苦吟了一阵，睁大他老鼠般的小眼睛说道："王逸涛这老杂种，他从哪得知我有重庆的一百五十条美国造？张口就给我要一百条枪。行嘛，明天晚上你找几个得力的人给他送去。注意要把面子功夫做足，感谢他能够搭把手，不要让他猜疑。"

"好吧。"张豹早就想退出来了，此刻他三步并做两步，快速走出杨云程的屋子。

坛厂，是川黔两省交界处一个繁荣的小集市，平时人不多，遇上赶场天却很热闹。这天下雨，雾大路滑，赶场人不多。那些卖山货的正在摆摊子，坐商也早早打开铺子，掌柜一边用鸡毛掸子扑打着货品上的灰尘，一边将算盘拨拉得噼啪乱响。

一连串踢踢踏踏的脚步声传来，宁静的街上突然变得喧闹无比。"安大嫂出来打猎来了，还不快收！"就在大家将自己的东西胡乱装进背篼往后退的时候，一个高大漂亮、威风八面的中年女人带着十来个随从走来了。这个女人不是别人，正是王逸涛的老婆安硕甫。她喜欢隔三岔五带上随从上山打猎，顺便将她看得上的山货抢走。赶场的人都知道安大嫂来了就得赶紧躲。

这天的安硕甫比平日更威风，更漂亮。只见她腰插双枪，杏眼圆睁，柳眉倒竖，穿一身男士骑马装雄赳赳地走在前面。几个牛高马大的女随从提着马尾鞭子护卫在后，几个男随从则扛着步枪，牵着猎狗，亦步亦趋紧紧相随。

奇怪的是安硕甫一伙并没有打劫山货，只是一路疾驰。他们刚离开，人们就悄声议论开了："晓得不，听说安大嫂厉害得很，不仅人长得漂亮，还有一身好功夫，一个人可以放倒一头牛。"一个高瘦男子道。一个彝族小个子老者立即抢过话："算啥子哦！听说有一回水田寨赶场，一个赶场人惹到她，百步开外，硬是一枪把那人的耳朵打了下来。啧啧啧，真是神枪手。""反正水潦、坛厂、石厢子这一带，都晓得安大嫂的厉害，大家不要乱说，小心隔墙有耳。"卖米粑粑的中年妇女连忙提醒众人道。

却说这安硕甫兴师动众去打猎，只是一个幌子，为了掩人耳目，实际上她要去水田寨花房子密见吴学良的副官赵林。

来到一个川南民居风格的三合头草房外，安硕甫只带了一男一女两个随从进去。"大嫂果然直爽，按时赴约。"一个身穿青布长衫的中年男子和另外两个着国民党军服的男子早已在一间厢房内等候。"吴司令有召唤，哪敢怠慢。"安硕甫微笑着一边打量屋内等候的人，一边在中年男子指引下坐在靠窗的一条板凳上。

宾主坐定，中年男子开门见山："大嫂，我叫赵林，是吴司令麾下一名副官。信上的内容，你考虑得咋样了？"安硕甫略一迟疑，柳叶眉高高挑起又稳稳放下："赵副官，想必吴司令知道，我家老王和杨司令的关系一直较好，前不久他还送来一百条美国造，请老王协助他对付共军。你说，世上没有不透风的墙，我们咋个能撕破这张脸。你们的条件的确优厚，但是……"说到这儿，她停了下来。屋里的男子都被她炫目的美貌和放荡不羁的气焰镇住了，她停下了话语，几个人还在呆呆地看着她。

半晌，赵林才如梦初醒般说道："其实，王司令和安大嫂应该清楚，以你我对杨云程的了解，他必定成不了大气候。你想想，当初，共军还是他接进古蔺城的，后来看到共军弱了，就投奔国军而来。在共军那边干得好好的，说叛就叛了。"赵林专拣杨云程的劣迹说。安硕甫本来就是奔着吴学良信中所说的三百大洋而来的，要想接过手，自然得动心思去应付才行。她对杨云程的为人略有耳闻，知道他们说的不全是假话，但是真要与杨云程明着翻脸，估计王逸涛也不好做。

想到这里，她放软了口气，杏眼咕噜噜一转，眸子中放射出媚光，语音也霎时变得如黄莺娇啼："这样吧，我设法说服老王，让他明着支持杨云程，暗中使绊子，你看行不？保证让杨云程得不到任何好处，又让他抓不到把柄。"见她如此说，赵林立即接过话："好的，大嫂真是爽快人。我们吴司令就是这么想的。大嫂还不知道吧，我们吴司令已经投靠贵州的大人物赵翔龙了，靠山比杨云程硬火。跟我们合作，前程无量啊。杨云程的靠山无非是冷茂山和吴山，这个孰轻孰重，聪明的你应该看得出来。""这个自然，赵司令的威名谁个不知哪个不晓。"安硕甫展颜一笑，灿烂的笑容让赵林看得目瞪口呆。

"安大嫂果然是远近闻名的美人，能让我辈见识，真是三生有幸。"赵林一边恭维着，一边吩咐手下打开随身带着的小皮箱。

安硕甫看到白花花的银元，听着恭维的话语乐不可支："清点啥子哦，我相信你们吴司令。请赵副官回去转告他，我们说到做到。赵副官，就此别过，等我们的好消息。"赵林趋前一步，握着她的手道："大嫂，我们相信王司令一定深明大义，为了党国的利益，会与吴司令保持高度一致的，后会有期。"

"后会有期。"两人松开手后，安硕甫一拱手，带着两个随从一转身走出屋子。

安硕甫奔波一天回到家却毫无倦色，看上去精神抖擞容光焕发。惹得王逸涛凑过来问："去哪里来，又有啥大收获了？看你一脸兴奋的样子。"王逸涛斜着脑袋看着安硕甫。

"嘿，就是去坛厂赶了个场。"安硕甫理了理被风吹乱的长发，努力掩饰着内心的兴奋。

"赶场，赶个场能让你兴奋成这样？你的德行怕我还不清楚，是不是有啥好事了？"

安硕甫轻轻掩上门："实话告诉你吧，我去水田寨会了吴学良的赵副官。要我们站在他那边，说杨云程不是个好东西。他说的不一定都对，杨云程没他说的那么坏，不过肯定也没你说的那样好哦。"

"我啥时又说杨云程好？"

"你前段时间不是说要帮他？"

"那是王瞎子算命算出来的，你以为我想帮他？王瞎子算命很准的，他的话是天意，不能不听。"

王逸涛知道自家老婆一定从吴学良那里得到不少好处才反过来攻击杨云程的，他难道不清楚自家婆娘的德行？不过，只要对他们有利，帮谁都一样，一举多得最好。"那你说，我们是不是该防着点？"见话语投机了，安硕甫问道。

"是得防着点，不过咋防？"

"这好办，我们明里帮他，暗地里使绊子。只要他的势力不壮大，我们就不怕。"

"还是婆娘厉害。不仅相貌百里挑一，才能也是无人能比，巾帼英雄，巾帼英雄啊。"王逸涛竖起大拇指。

"豁老娘嗦？老娘漂亮得很，你咋子要去找姓陶的家庭教师？要不是人家跑了，还不跑到老娘头上来拉屎？"安硕甫还没有忘记陶旦，一得意就毫不掩饰自己的醋意。

"哎哟，婆娘，你积点阴德好不好？人家都抹脖子了，你还在这里唠叨。她算啥子？她就是一朵任人糟蹋的小野花，婆娘这样的巾帼英雄将来才会后世留名呢。"

鼓楼山战败后，潘厚坤、蒋正南、刘正、欧祥麟等人借助山上长长的葛藤，从陡峭的岩壁上一路下滑，好不容易来到尧坝街上，顾不上遍体伤痕，立即聚拢过来商议去向。

"唉！还说鼓楼山固若金汤，没想到这么快就完了，今后我等将何处安身？"欧祥麟看了看不远处还在狼狈逃窜的部下，叹口气道。

蒋正南抖了抖脚上的泥土，又看了看鼓楼山方向，坚定地说："以目前的形势，我们只有去古蔺一条道路可走。你说呢，厚坤兄？"

"的确只有这一条路了，共军如此大的队伍奔袭我等，古蔺政府又撤离去叙永办公，古蔺必然虚弱。拿地图来。"潘厚坤对着手下喊道。一个背着背包的新一军士兵立即跑过来，递过地图。

"诸位，请听我说，我们恐怕要尽快赶到古蔺才行。看，这是古蔺西部古叙交界处的大寨。只要把这几个路口堵死，我们就可以在大寨坝子暂且安身，再想办法与杨云程联系，在他的帮助下找到出路。至于路线，我看这么走最近：从这里出发，经锁口到打鼓场，进入象鼻子（向林），经过水尾，再由白水洞逆画稿溪而上过西溪，就可以到合乐云。从合乐云过宝佤山，翻打鼓山下去就是大寨了。"蒋正南等人看了看，几乎异口同声道："好，就这么定了！"

这批残兵败将，晓行夜宿，亡命逃奔，不久进入大寨境内。六千余名土匪的到来，让这个还没有从袁良、胡克纯匪部践踏下缓过气的高山小坝子一下子又变得窒息起来。原本以为解放军赶走了杨云程就可以过上平静生活的老百姓，不得不再次离家躲避。榜上的罗文庆，原本是当地较为富裕的乡绅，由于这几年土匪的反复盘剥，已经家道中落。可是他家雕梁画栋的三合头木瓦结构大宅子仍然引起了潘厚坤等人的兴趣，于是土匪将罗文庆赶出去，霸占了他家的房子作为"司令部"。

此刻，几个人在蒋正南的召集下，齐聚在罗文庆家的堂屋里，分坐在神台板下的大八仙桌旁。商议的结果，是派古蔺籍手下余春杰前往杨云程匪部接洽，请求救援。

听说潘厚坤等人到大寨已经好几天了，驻守在袁家沟的杨云程此时也忙着召开紧急会议。

"新一军来了不是好事，他们在鼓楼山吃败仗待不住了，赶来占我们的地盘。古蔺是我们的地盘，一山不容二虎，应该掀他们出去。"江秃儿激动地说。

张朝品缓缓道："他们既然是败军之将，应该是来投奔我们杨司令的，我觉得这是好事。"

"他们孤军在古蔺如何立足？换了我是那败军的长官，既然进入古蔺，也会来投奔杨司令。"阮德三也赞同道。

"要是明天败军还不来投靠，我们就去骚扰恐吓。如果就范就算了，如果……"周成光的话被一声报告打断了。

众人一看，一个倒背着步枪的土匪跑进来，径直奔向杨云程，嘴里说着新九军士兵余春杰求见，报信的土匪还说，这余春杰是古蔺人，是他的老表，现在新九军蒋正南军长手下当差，这次代表鼓楼山部队来求见杨司令。

接待完余春杰，杨云程重新召集各路指挥开会。他简单说了说余春杰求见的情况后强调道："诸位，以目前形势看，鼓楼山部的确到了山穷水尽的地步，万不得已才来投奔我们，依我看这是好事。蒋军长的亲笔信说得很清楚，是来投奔我们，一起抗击共军的。大家知道，这段时间我们打了不少败仗，与王逸涛那帮叙永头领又不能真正混到一块去。都是各人盯着自己的地盘，打着别人的主意，一句话就是貌合神离。仅靠我们目前的实力，无法与共军一决生死。就拿鼓楼山这一战来说吧，他们的山寨可以说是固若金汤，兵力一度达到两万多人，结果共军一千余人的部队就把他们吃掉了，前车之鉴啊！所以，我们要死死抓住这股力量，不管咋说，这是一支正规军，而且能够从共军的层层把守中突围出来，一定很有战斗力。让他们加入进来，就能增加我们的兵力，同时也可以吸引更多的人来投奔我们，这样才能实现我们的最终目标，诸位意下如何？"

各匪头目相互对望，默不作声。只见陈见常站起来，扫视了众人一眼

道："我看，杨司令威名远扬高瞻远瞩，连新一军、新九军这些正规军都来投奔，前途一定光明。我们不能挡着司令前进的道路，我坚决赞成司令收编鼓楼山部。"台下很快响起了一片附和之声。

投奔的队伍很快来了。他们从红梁子方向进入箭竹坪，急急忙忙往杨云程指挥部驻地项华洲家赶。蒋正南看着这位在古蔺叱咤风云只手遮天的人物道："杨司令威名远扬，今日一见，果然名不虚传，在下投奔你来了，还望你多多提携！"说完向杨云程拱拱手。

"哪里哪里，蒋将军乃威武之师统领，如今只是暂时虎落平阳，你就不要谦虚了。"一番话让蒋正南觉得有些刺耳，多少有些败军之将的意味。他的嘴唇动了动，想想还是算了，人在屋檐下，哪能不低头。

在余春杰的介绍下，杨云程与刘正、欧祥麟一一握手。接着几个人纷纷报上名字和原来的职务。

"好，等会儿我给你们每人提升一级。"杨云程的决定让这群人又尴尬又激动。

"各位，我这边的兄弟伙等会儿再介绍，大家里面请。"杨云程做个手势，蒋正南一行跟随杨云程鱼贯而入。在经过土匪头目列队的地方，蒋正南一行向他们行了标准的军礼，那些原来自由散漫惯了的土匪头目只得手足无措地回敬，一个士兵忍不住撇撇嘴。

"正规军军长的确不一般。"小八字胡土匪对着潘厚坤的背影竖起大拇指。

守门土匪接着道："你看人家那身装备。再看看我们，哪能比哦。""不仅仅是装备，你看人家的谈吐、行走的动作，真的是将军风范，不得了！"

"就是就是，光看走路，就把我们这边的人给比下去了。这才是军人！"又一个土匪加入议论。

进入屋内，杨云程轻咳一声，堂屋内立即安静下来。潘厚坤首先站起来说："诸位，在下蒙蒋总裁栽培，得任新一军军长一职。自受命以来，常常夜不能寐。遥想当年孙将军创立新一军，在滇缅战场屡建奇功，四平之战击溃共军林彪，可谓威名远扬。但是，现在我们是王小二过年——一年不如一年，今天作为败军之将，我真是无颜见孙将军，也自觉无言见诸位，唉！"潘厚坤叹口气后接着道，"败军之将不言勇，现在率部来投杨司令，既是慕杨司令威名，更是想与杨司令一道重振军威，共谋反共救国大计。从今日起，本人及所有部下将誓死追随杨司令，唯杨司令马首是瞻，一切听从杨司令调遣，绝无二心。"

轮到蒋正南了，他不卑不亢地道："在座诸位指挥官，我蒋正南来到古蔺，就是带领手下弟兄来投奔明主的。大家的目的一致，就是要追随杨司令，共同反共救国。国家有难，不能坐视不管，当兵就是为了保家卫国嘛。既然小日本都被赶出了国门，我们就得好好守住这个家。目前，蒋总裁暂时偏居台湾，但不久将会反攻大陆，收复失地。我们对此充满信心。这次在鼓楼山吃了败仗，原因是多方面的。旧根结底，还是部队过于势单力薄了，所以我们来投奔杨司令。只要我们齐心协力，拧成一股绳，抱成一团追随杨司令。我相信反共救国大计完全可能实现。今后还望杨司令及各位指挥官不嫌弃，多多提携，我们将坚决和你们战斗在一起。"

杨云程忍不住带头鼓起掌来。为了稳定军心，他不慌不忙地吹起牛来："发展队伍，实现反共救国，是我们的理想。我们的队伍从当初的几十个人，十多条枪开始，短短四个月不到迅速壮大，加上刚刚加入队伍的弟兄们，已经达到一万四千多人，枪支达到八千六百八十八条。这番阵势让共军闻风而逃，古蔺已经完全成了我们的地盘。"

杨云程说到这里，不由想起最近打的几个败仗，脸上有些发烫。不过，他很快稳定了心神，加大说话的音量继续说道："潘将军、蒋将军、刘司令、欧师长的加入，现在我们的部队包括原县政府卫队、特警队、县警察中队及地方武装等在内已经达到了三万余人。胜算的可能有多大，我就不说了，大家都会算清这笔账。既然我们在一起了，就要像蒋军长说的那样拧成一股绳，抱成一团共同对敌。我看择日不如撞日，今天就成立'中国人民反共救国军联合司令部'，诸位意下如何？"众匪头目齐齐响应，潘厚坤等人自然也举手赞成。

散会后，杨云程陪着蒋正南、潘厚坤等人查看了土匪在袁家沟的军事设施。刘正对潘厚坤等人小声道："想不到，杨云程虽不是行伍出身，却还懂得些带兵打仗之理。"

"哈哈哈，杨云程本来就是个鬼，加上他那个军师陈四爷，听说这陈四爷早年在叙永读过书，满腹文化又加上心狠手辣，在皇华一带叱咤风云，不得了。"蒋正南把从余春杰那里听到的说了出来。

"看来这支队伍不可小看。"欧祥麟道。

杨云程收编国军队伍的消息很快传开了，惹得贵州的黑骟牛也带领十多个随从渡过赤水河，来到马蹄滩，找和杨云程亲近的陶黑子证实这个消息。见到黑骟牛到来，陶黑子连忙放下鸦片烟杆，从烟床上一边整理衣服，一边小跑出来迎接。

陶黑子知道这个黑骟牛可不好惹，他本名刘玉斌，是贵州龙场营的人，

在马蹄滩、养马嘶、白沙场以及贵州龙场营、田坎寨、大屯、瓢儿井等地都恶名昭著。自己拉拉杂杂的虽有千把人，但是势力无法和黑骗牛比，还得想方设法讨好他。

两人寒暄着，来到了堂屋里头。陶黑子像往常一样，请黑骗牛坐了上首："黑哥，好久没有下来了。这次来走的是水路还是旱路？"

"坐的是顶风船。"

"最近在哪个山门安生？"陶黑子继续用黑话问。

黑骗牛将二郎腿一跷，往后一靠，幽幽开口道："先不闲扯，说正事。二爷你晓得不，最近杨云程司令的队伍又扩大了。"

"晓得晓得，听说主要是鼓楼山败下来的新一军、新九军以及川东北游击队和新编三十八师的残兵败将……"

"不不不。"陶黑子还没说完，就被黑骗牛一下子打断了话，"不是残兵败将，人家是正规军，装备精良。哪像你我几个，除了几杆美国造，大部分都是土家伙，甚至只能舞刀弄棍，你说咋个跟人家比？"

闻听此言，陶黑子的脸上微微发烫。记得上次去养马嘶抢劫，他的几个手下还别着假手枪和空弹袋去吓唬人。想到这里，陶黑子勉强堆起笑容："黑哥说的是，我们这些土家伙，没法和他们比。"

黑骗牛接着道："听说，杨司令在袁家沟成立了联合司令部，刚刚来投奔的四个将军和陈见常都受任副司令？"

"这个是真的，应该是陈见常这个小诸葛的主意，我们这帮人中就数陈见常有文化、有计谋了。有了他，杨司令才这样风生水起。"

"陈见常这个人就是不简单，我在彭河遇见过一次。这人处理事情那叫一个痛快，脑筋转几圈，就可颠倒乾坤改变日月。拿起刀枪又下得起手，一打一个准，不分肉和骨，那是能成大事的人呢。"

"对头，那黑哥的意思是？"

"想请你一起去古蔺会会杨司令，老实说我也想率众投靠他。虽说我在贵州、四川都有些地盘，但是孤军作战，难成大气候，何况大树底下好乘凉。今后杨司令，当然包括你飞黄腾达的时候，我才有所依靠对不对？"

"那倒是，我都有好久没有去会杨司令了。要不，明天一早我俩一起去。"

"行！"

天色微明，马蹄滩街弯子陶黑子府邸的院门吱呀一声，两匹马一前一后走了出来。经泡木沟上唐家坡，翻营屯垭口往袁家沟方向而去。急于扩大队伍的杨云程，哪有不欢迎这两人的道理。一番寒暄客套后，好酒好肉接待，第二天就邀请他们参加战前动员大会。

开会的项家房子上竖着一面青天白日旗，现在又多了一面蓝底白字的旗帜，那"中国人民反共救国军联合司令部"几个字，点不正、横不平、竖不直，大大咧咧粗眉粗眼，看上去就带着几分邪气。

杨云程却越看越舒服，旗帜在他头上呼啦作响，他在檐坎上优哉游哉地踱方步，一边兴奋地哼唱着川剧《空城计》里面的唱词：

> 我本是卧龙岗散淡的人，
> 论阴阳如反掌保定乾坤。
> 先帝爷下南阳御驾三请，
> 联东吴灭曹威鼎足三分。
> 官封到武乡侯执掌帅印，
> 东西征南北剿博古通今。

不久，陈见常、张朝品、武聚奎、黑骗牛等陆陆续续来到匪联合司令部。潘厚坤、蒋正南、刘正、欧祥麟等人也很快到了会场。

之前，众人都在传鼓楼山将军的故事，但是百闻不如一见，毕竟是国军将领。这几个服装笔挺、步调一致、雄壮威武的将领一走过来，就引起了与会者一阵小小的骚动。

"今天，我们齐聚袁家沟，召开战前动员大会。参加会议的弟兄有古蔺的，也有叙永、纳溪、合江的，更有贵州龙场营的，云南扎西水田寨的，四面八方的兄弟都到了。这些人中，大部分都是老伙计，老熟人了。现在，我来介绍一下前不久加入联合司令部的几位将军。坐在我右边的是原新一军军长，现任中国人民反共救国军副司令的潘厚坤将军……"介绍完潘厚坤，杨云程依次介绍了蒋正南、刘正、欧祥麟等人。"最后，我还要介绍一位了不起的弟兄伙——黑骗牛。就是坐第三排中间挨着陶黑子的那位。"

听到杨云程在台上介绍自己，黑骗牛不慌不忙地站起来，向大家不停地作揖。

"黑骗牛，就这个模样？"一个土匪头目露出质疑的神色。

"牛逼哄哄的，咋是这样子？"另一个接嘴道。

"人不可貌相，海水不可斗量。不要看他这样，说不定玩起命来，我们都不是他的对手。"一个高个子低声道。

杨云程好像听到了台下的议论声，他用眼神示意说话的人安静下来，继续说道："今天，我们召开战前动员会，就是战斗即将打响前的动员会。

感谢大家看得起我杨云程，都争着给我一分薄面，从四面八方赶来了。今天袁家沟真是高朋满座，喜气临门。人多力量大，我杨云程看着就高兴。不过有一些事情我还得在这里挑明。前一阵国军新一军潘厚坤将军率领部队从鼓楼山来到袁家沟，投靠了我们。昨天，又是我的好兄弟陶黑子带领贵州的黑骟牛兄弟加入了我们的阵营。这些都是大能人，可是我们中的一些人，认为自己进来早、资格老，就要摆臭脸、拿架子。最近我就常听到有人议论鼓楼山新一军的将领们，刚才议论黑骟牛兄弟的声音，我听不清楚，但也猜得出几分。这是要不得的。从现在开始就要不分你我，不分阵营。尤其是现在又都加入了中国人民反共救国军联合司令部，更要团结一心，才能夺取胜利。"说到这里，杨云程停顿下来，全场鸦雀无声。

这番震慑效果让杨云程暗暗高兴，他的目光环视着全场，放缓了语气继续说道："大家都知道，共军与日军多年较量，不仅没被消灭，队伍反而越来越壮大。我军与共军这几年的死抗，到今天是个什么状况，大家心知肚明，我不想多说。不过我们也要看到希望，看到曙光。共军天天吵着征粮剿匪，征粮剿匪，而我们呢，悄悄行动，接二连三地取得些胜利。这样共军惧怕了，不得已才将政府和军队全部撤走。现在我们已经拥有五十二个指挥部、一个警卫团、几个警备司令部。可以说古蔺现在是我们的。但是，诸位，我们是不是就能高枕无忧，坐享其成？不，绝对不能，以现在的兵力，现在的家底是无法与共军一决雌雄的。我们还要继续扩充地盘、壮大队伍、加强装备，只有这样才能守住古蔺，攻下叙永，再战川南，最终占领西南，与蒋总裁一起收复中原，实现反共救国的目标。诸位，有没有信心？"杨云程一吹起牛来就刹不住，下面的人也跟着热血沸腾，仿佛全天下都非他们莫属。

第十六章

宿债孽缘

吉香低着头，在院坝里缓缓散步。才走了几步，倦意袭来，又想去床上躺着。这段时间总是这样嗜睡易倦，也没什么胃口。她让小江扶着自己，勉强挪动沉重的身体，一步步踏在光滑的青石板上。

走到院墙的梧桐树下，吉香停下来倚在树干上喘气。这树蓬蓬如盖，绿荫喜人。仰头看去，枝丫一条条缠绕延展，将仅有的几个青涩桐子围在其中，像是保护，又像是禁锢。更多的枝丫上是弱不禁风的残花，守着一时盛放后的落寞，等待挂果，或是凋零。

看着树下的残花和果子，吉香不由心酸，自己难道不是那残花？或许就要挂果了，尽管这是一枚苦涩的果子。她用手擦了擦湿润的眼眶，思念起久别的爹娘来。

这时，大夫拨开院门前长长垂落的爬山虎，走了进来。他是奉命来给吉香把脉的。只片刻工夫，大夫面露喜色："恭喜小夫人有喜了！"

第二日，到了午饭时间吉香才挣扎着起床往客厅走去。罗氏像座小山般横在厅堂门口，吉香只能侧着身子小心翼翼地经过。罗氏往她经过的方向故意歪了一下，随即蹲下身子捂住膝盖骂道："你以为你肚子里怀了种，就敢对老娘不恭不敬了？告诉你，我还没死呢，这个家轮不到你来作威作福。"吉香都习惯她的谩骂了，此刻只是听着，并不吭声。罗氏缓了一缓，又骂道："还敢撞我，这种背主忘恩的事儿亏你做得出来，你那开商铺的爹咋个教你的？

识相点赶紧滚出陈家，看在老陈的情面上或许还能饶你一回。哼，再敢和我过不去，保证让你求生不得求死不能……"

罗氏骂自己也罢了，可她连父亲也骂，这让吉香有些沉不住气了。加之怀孕，心情本就不好，此刻便硬着脖子毫不示弱道："罗大娘不用吓唬我，背主忘恩，你倒是说说，恩，陈家对我有啥子恩？我在娘家穿金戴银，衣来伸手，饭来张口，你在娘家只怕天天吃糠都吃不起。要说恩，我就要为陈家添下一男半女，我对陈家才有恩呢。你人前一套人后一套，欺负我一个弱女子，也不怕遭天打雷劈。"

罗氏勃然大怒，一屁股坐在地上，一把鼻涕一把眼泪地哭喊道："我可怜的爹娘，这个黑心烂肺的贱人竟敢在我面前骂你们穷呢。你们在黄泉下知道了，快把这个贱人拉到十八层地狱去。"吉香也动了气，她指着罗氏，肩膀不断抽动着，胸脯起起伏伏，半天说不出话来，半晌才从齿缝里挤出一句："罗大娘，你简直疯了，这种咒人的话也敢信口乱说，不为我，也不为陈家的后代？你的心肝究竟是啥子做的，咋子这么黑，这么毒啊？"罗氏停止哭闹，紧皱眉头，高声向外吩咐道："老娘吵累了，不想吵了，快把这小贱人拉出去掌嘴，看以后谁还敢跟老娘作对！"几个下人拥上来，给了吉香几耳光。小江要扶吉香起来，吉香大哭道："你们不就是想逼我走吗？我走就是了，小江，你去我房间收拾一下行李。"当小江收拾好小小的包袱，吉香便和她一起，逃到土城一亲戚家暂住下来。

连气带累，一安定下来，吉香就病倒了。晚上，她在小江的伺候下用了点粥，身子仍旧虚软，剧烈的咳嗽让她翻来覆去睡不着。"香姐，您要不要吃点啥子？哪里不舒服？"小江担心地问。

"不用，我休息一会儿，不要吵我。"她低声吩咐着，却咳嗽得更厉害了。就在她挣扎着起身上厕所之际，却感觉身下有一团湿软温热的东西涌了出来。"江儿，快把灯盏拿过来。"小江拿过灯盏一照，吉香看见身下竟是一块软软的血团，当即面如土色。想必是此番劳累动了胎气，可眼下哪里去找安胎的药物？只能带信给陈见常，可吉香不会写字。好在她早些年和隔壁的老先生学过一阵绘画。天亮后，她画好画，让小江带给陈见常。

陈见常也知情况不妙，急忙把信拿到眼前细看。只一眼，他凛然一惊。虽然吉香的画艺不精，又画得比较粗陋，但他还是看懂了。画上是一只正在流血的卧在地上的肥猫，面前摆放着一只空碗，旁边是一个夜叉拿着带血的刀，夜叉面露微笑，却高举着刀。陈见常的脊背突地一凉，他将画往怀里一塞，对小江说："带我去见她。"这时，"啪"的一声，一根精致的旱烟杆被罗氏扔到他的眼前。自吉香来后，陈见常很少去她房中过夜，此刻，面对发怒的夫人，他有些内疚，再怎么说，人家也是正室，这个家也靠她辛苦地打理着。他捡起烟杆，一边吹着上面的尘土，一边掏出衣兜里的汗巾，反复擦拭。

"夫人，平白无故生啥子气？"陈见常讪讪地道。

"你要去找那个小娼妇，门都没有。她要死就死在外面好了，又不是我撵她走的。"

陈见常连忙压低声音对小江道："江儿，你先回去照顾着她，我过几天再来找你们。"

"小夫人动了胎气，快要流产了，需要一些安胎药。"

陈见常快步走进里屋，在箱子里翻出几个银元揣在怀里，又赶紧去找大夫开了些安胎的中药，他将药材和银元交给小江，又附耳低声吩咐了几句，小江这才告辞了。

等小江赶到土城，吉香已经流产。伤心过度的吉香，从此茶饭不思，几天后竟然咳血而亡。等陈见常赶到土城，除了痛哭，便是大骂小江一场："咋个搞的？叫你在土城好好看着小夫人，你咋个看的？现在大人孩子都没了，你还有脸回去待着吗？"小江哭诉道："老爷，要不是夫人霸道迫害，小夫人咋会落到如此地步？现在连我也觉得对不起小夫人，对不起陈家。算了，我这就走吧。"小江头也不回地走了，留下陈见常抱头叹息。

刘焕均奔波了几天，又完成了一次重要的侦察任务，急急忙忙赶回驻地。一进屋，看见张仪送的那双白底青布鞋，让他的心甜蜜地悸动了一下。他急着想见到张仪，却得到她自杀的消息。

他一路横冲直撞，来到张仪的病床前，握住她柔若无骨的小手，两行眼泪不听话地流下来。已经苏醒过来的张仪，左手还绑着纱带，右手挂着吊针。见到刘焕均，哇地一声哭了。两个医护人员见状悄悄地退了出去。

"我以为再也见不到你了……"张仪抽噎着道。

"别说这些丧气话。"刘焕均捧着张仪的脸小声道，"快告诉我，这是为啥？有啥子过不去的坎儿，我们共同面对。"

张仪似乎下了很大决心，小声道："你知道我父亲和我哥哥张豹的底细吗？"

"知道。当然知道。"刘焕均放下张仪的脸。

"也许你只知其一不知其二。杨云程知道我在解放军这边，就让我哥来

找我，要我想方设法给他们弄情报。"张仪停了停，有气无力地继续道，"我咋个会给他们提供情报呢？……后来，他们又找到一个叫周军的来找我。这个周军，我只跟他见过两次面，是陈作邦……陈参谋长手下的一个士兵，估计你也认识。"

"周军？有点印象。他威胁你，对你做过啥子？"

一口气说了这么多话，张仪的脸色变得潮红起来。刘焕均轻轻地抚摸着她的背，半晌，她才慢慢缓过气来："第一次找我时，我们刚刚从古蔺过来。天快黑了，我从卫生队出来正准备回驻地，周军在一棵枇杷树下拦住了我，说有人想见我。我问是谁，他说到了你就知道了。我不去，他趁四周没人很快拿出一把匕首抵住我的腰部，我只得跟他走了。我和他一起来到指挥部领导的驻地，只看到陈作邦在。我疑惑地看了看周军，周军嘴一努。我才知道，找我的正是陈作邦。"张仪似乎有些累了。

刘焕均端来一杯水，送到张仪嘴边，看她慢慢喝下去，这才沉吟着说："陈作邦和周军咋个了？"

"陈作邦直接告诉我，说他是原国民革命军第十五兵团某营参谋，是党国派来暗中辅佐杨云程实现反共救国大计的。现在亲自找我，是做了我哥几次三番的工作没有实效，他才亲自出马。他说如果我答应帮党国做事，将来会有享不尽的荣华富贵，如果不答应，党国的势力无处不在，到时后悔可来不及。而且这个事情绝对不能告诉任何人，尤其是你的男友刘焕均，否则……"说到这里，张仪停了下来。

"原来如此，我知道了。"

"你知道啥子哦，就在那天，他们用枪逼着我，在一份党国的机要文件上签字画押，承认我是他们内部的人。他们威胁我说，有了这份证据，随时可以报告共军，让我死无葬身之地。"

刘焕均对这个陈作邦太熟悉了。自从投诚过来，他在一四四团指挥的多次战斗都取得了胜利，是一个难得的指挥人才，人缘又好，深得团领导及战友们的认可。在一些关键时刻，团领导也听他的，这不，上次俘虏张豹又放了张豹就是陈作邦的建议。

听张仪这么一说，近段时间，剿匪部队情报的屡屡泄漏，多次战斗没有达到预期目的……这是一个非同小可的线索。

"那你到底有没有给他弄过情报？"

张仪叹了口气："弄过，但是价值都不大。他们一怒之下，说再不努力，就会连刘焕均的性命一起搭上。当时你没在，我不知道你哪天才回来。

自己感到走投无路了，既不能出卖组织，又不能连累你，所以，所以就……"

"你看你？行，我知道了，你好好待着。"

走出张仪的屋子，刘焕均左右看了看，没有什么可疑之人，便绕过卫生班的大门，从侧门出来，直接来到成其云的房间。刘焕均将情况告诉了成其云，只见成其云点了点头道："狐狸终于露出尾巴了，走，我们立即去见指挥长。"

王钦裕办公室的门紧紧关着，两人敲门进去，只见他坐在藤椅上，一手靠着扶手，一手正翻阅着办公桌上的文件："说吧，有什么急事一定要找我，是不是这几天侦察到更有价值的东西了？"

成其云胸有成竹地道："首长，原来我猜测的情况，现在看来八九不离十了。"他随即转身对刘焕均道，"你来给首长详细说说。"

"首长，是这样的……"刘焕均尽量平静地把他与张仪相识相恋的过程简单说了下，接着将张仪的话又转述了一遍，最后道，"首长，请相信我。对张仪我是非常了解的，成其云侦察员都知道。张仪是杨云程匪部第三十二路指挥官张豹的妹妹，张仪的父亲张重原来是古蔺县城的一个旧保长。袁良等叛变的时候，张重追随而去，在箭竹坪与剿匪部队的一次遭遇战中被打死，于是张豹接替父亲成了杨匪手下的一名指挥官。但是张仪较早就离开了家外出求学，并在学校加入了中国共产党。我敢保证，张仪绝对是清白的。因为张仪除了与我和那些受伤的战士有接触外，和其他人基本没有来往。首长，目前情况已经很明了，我担心张仪有生命危险，更担心陈作邦和周军狗急跳墙，杀人灭口！"刘焕均一口气汇报完情况，眼睛一眨不眨地看着王钦裕。

"陈作邦和周军，一直都是我们重点监控的对象。你们刚才说的情况，以前我们就掌握了一些。现在情况已经明了，看来是到了收网的时候了。"王钦裕说完，对门口一个哨兵道，"通知李玉庆、杜永田同志马上来一下。"

不一会儿，李玉庆、杜永田相继走进屋。

"我们一直监控的对象，终于现出原形了。前面猫头鹰和胡珩他们上报的情况与刚才成其云、刘焕均两个同志上报的一致。来自三个不同层面的情况表明，我们前期的分析不错。"王钦裕把刘焕均刚才那番话简要复述了一遍，对李玉庆和杜永田道，"是不是该收网了？"

李玉庆重重地点头："的确如我们所料，可以收网了。"杜永田接过话：

"宜早不宜迟，通知胡珩和肖斌云过来，马上行动。"

待肖斌云和胡珩一进房间，成其云随即关上了门。

李玉庆面色凝重地说："这是一场特殊的战斗。面对混进队伍中的敌特，弄不好比明枪实弹带来的伤亡更大，大家务必小心。胡珩首先带人去控制周军，要确保行动隐秘、动作快速、万无一失。肖斌云也带人去通知陈作邦，让他到指挥长这里来开会。如果两人有什么异常动作，就地制伏！"

胡珩来到驻地，通知年轻战士小张配合他执行任务。刚才还嘻嘻哈哈的小张，看到胡珩严肃的神色，立刻安静下来。

"刚刚接到一个任务，需要我们马上去控制一个人。"胡珩道。

"哪个土匪？"小张道。

"土匪，就只知道土匪？这个人是我们内部的人，是披着羊皮的狼，比土匪厉害多了，差点坏了我们的大事。这个任务比较艰巨，必须讲究策略，不能打草惊蛇。"胡珩将事情说了个大概，接着安排道，"现在需要你先去摸清周军的情况，以最快速度通知我。这种事情要懂得随机应变，我想用不着我——教你了吧。"胡珩看着小张稚嫩的面容，有些不放心，多叮嘱了几句。

"知道了，组长放心。"由于立功心切，小张用力一并腿，一阵风似的往前赶。胡珩忙叫道："哎哎，不是让你——"见小张停住了脚步，胡珩一个劲儿地示意他慢下来。

自从张仪自杀的消息传来，陈作邦和周军转辗反侧，彻夜难眠。他们像被抛到岸上的鱼，渴望得到张仪死去的消息，如同岸上濒死的鱼渴望游回水里。然而一天又一天，始终得不到可靠的消息。

陈作邦办公室，周军静立一旁，陈作邦则来来回回地踱步。室内除了他的脚步声，似乎还能够听见两人的心跳。良久，陈作邦对周军道："你说这张仪怎么就没死？要是死了，一切全部由她来背着。若是活着，我们就快完蛋了，那还能实现党国交办的任务吗？"

"岂止不能完成任务，恐怕还得掉脑袋。要不，陈参谋，咱们三十六计，走为上计。"

"慢，这张仪选择自杀，估计是她害怕了。我想，她不会置自己哥哥于不顾，应该不会说出一切。"陈作邦停了停，问周军，"现在医院里是什么情况？"

"没什么异样。现在明摆着死人才是最安全的。不如这样，等今晚天黑了，我悄悄潜进去……"周军做了个抹喉的动作。

陈作邦迟疑了一下，压低声音说道："晚饭后好好商量行动细节。你快点回连队，这个时候不能让人起疑心。"

周军刚刚拐过墙头，一个低头走路的战士迎面撞了过来。周军正想发火，一看是胡珩连队的小张，那个一天到晚穷开心的年轻小战士，不禁乐了："怎么走路的？眼睛长到头顶上去了？"

小张一抬头见是周军，魂都差点吓没了。他拍着胸口，惊魂未定地道："周军，你吓死人了。你这是，这是，这是哪里去来？要干啥子，干啥子去？"小张一着急，说话就语无伦次起来。不过，他想起了此番肩负的重大使命，立刻冷静下来，努力恢复从前穷开心的样子。

"对不起，周军，我刚才正在做白日梦呢。梦见一个漂亮姑娘爱上了我，一激动说话就结巴起来了。"小张暗自庆幸，自己说话的声音终于正常了。于是，两人有一句无一句地闲聊着往回走。

看到周军回了房间，小张害怕多嘴误事，忙找了个借口告别他，装作若无其事的样子走了出来。他的心里怦怦乱跳，看上去周军和平时没什么两样，可是一旦知道他的真实身份，立刻感到他一举手一投足都带着隐隐的杀气，让人不寒而栗。

就在小张往回走的时候，肖斌云也来到了陈作邦的办公室。

"几天没见，陈参谋越来越精神了。我要是个大姑娘，巴心巴意嫁给你，你要不要？"肖斌云一边开着玩笑，一边走进屋。

见肖斌云突然来访，陈作邦先是一惊，随即平静下来接过话头道："肖排长就别给我灌迷魂汤了，谁不知道部队里仅有的几枝花都被你迷得七荤八素。"

肖斌云打着哈哈进入正题："今儿来还真有事。我出去跑了几天，一回来运气真好，几个首长都在。正准备给首长们汇报工作，他们却说要你去一起听汇报，好及时研究。这不，还要我亲自过来请你，大参谋就是面子大呀。"

"还有个把小时就要开饭了，开得完这个会？"陈作邦问道。

看到他面露迟疑，肖斌云立即说道："是一个很简短的会议，走吧。"

"我，我拿好笔记本就走。"陈作邦将手枪别在腰间，夹起笔记本跟上了肖斌云。

两人来到指挥部门口，小张出来迎接。陈作邦吓得哆嗦了一下，左手下意识地摸了摸手枪。回头看了看肖斌云，又看了看这个年轻战士，脚步开始迟缓起来。肖斌云催促道："陈参谋快些，一定是首长们等急了。"

指挥部的门半掩着，陈作邦左手夹着笔记本，右手迟疑了一下轻轻推开门。他的半个身子还在门外，就被两个战士将他的双手牢牢钳住。肖斌云嗖地跨过去，卸了陈作邦的枪，说："陈参谋，对不住了。"这时，陈作邦才看清楚八仙桌对面，坐着王钦裕、李玉庆和杜永田。

然而，任几个首长怎么审问，陈作邦始终不交代情况。肖斌云挠挠脑袋，想着突破的法子，无奈之中他返回陈作邦的办公室，试图寻找到一些蛛丝马迹。房间里的东西很少，一张床一个独凳一个旧木柜，床上的被褥折叠得整整齐齐，乍一看，还真看不出什么疑点。突然，肖斌云的双眼一亮，他发现窗台上的花盆有些异样。明明牵牛花用不了那么多土，一个浅浅的盆就足够。这栽种牵牛花的盆又高又深，按理这牵牛花应该长得很好。可是这花却蔫奄奄的，而且这窗台还有磨损的痕迹，看来这花盆应该经常被搬上搬下。肖斌云把花盆抬下来，才发现花盆的顶部是一个大瓷盘，用来栽牵牛花的。端开盘子，花盆下面就是肖斌云要找的东西。

花盆底部放着一个半旧的耳机，还有两个青色的铁皮匣子，肖斌云将铁皮匣子捧到床上，打开一看，一个是窃听器主机，一个是一台微型发报机。肖斌云将所有东西用床单一卷，直接扔到陈作邦面前。陈作邦一见这些东西，身子颤抖了一下，挺直的腰背很快塌下来。

王钦裕拿起电台一看，沉吟道："美国货，哈特莱线路。陈参谋你这电台货色不错嘛，一看就是原先国民党习惯用的装备。"

就在陈作邦落网的同时，胡珩带领几个战士，悄无声息地来到周军驻地。周军正斜躺在床上假寐。"举起手来，不许动！"几声断喝让他一个激灵，反手准备从床头掏枪，可是已经晚了，几个黑洞洞的枪口已经顶住了他的额头。两个战士扑过去钳住了周军的双手，一个战士跳过去，拿走了床头的枪。

陈作邦和周军落网后不久，炊事班的战士到山上挑水时，发现路边的沙包树下，有人上吊了。乍一看面目模糊不清，仔细一看是彩霞，她常到食堂吃饭，炊事班的人自然熟悉她的面容。

"张豹，这段时间干啥去了？已经好长时间没有得到解放军的情报了，是不是上次被共军给赤化了？"杨云程这天突然向张豹发问。

张豹吓得身子不由地缩了缩："司令，小的不敢！这段时间，共军那边的确没有啥子消息传来。共军这么长时间没行动，恐怕是在背后酝酿大动作哦。"

"大动作，这个用得着你分析？你以为我手下这几十路指挥官没有你聪明，没有你明白？算了吧，你加紧刺探，及时报告给我。"

张豹走出来，心里觉得有些憋屈，上次被共军抓去，他见识了共军官兵不分，情同手足，亲如一家，可是国军咋就这样？他一边在心里嘀咕，一边闷闷不乐地走回自己驻地。一个衣衫褴褛的老百姓打扮的人朝他走来，张豹定睛一看，正是负责从周军那里传送情报的王麻子。

张豹喜出望外，得到情报后赶紧向杨云程汇报。

杨云程一脸不悦："刚刚躺下，就被你吵醒。叫你去刺探情报你不去，是不是又来帮我分析形势？快说，有啥快说。"

张豹紧张地道："司令大事不好了。"

"啥，啥大事不好了？"

"古蔺怕是四面楚歌了。"

"啥子意思，四面楚歌？快说。"

张豹道："刚刚接到陈参谋通过周军传来的信息，共军快要开始合围古蔺了。合围之前，共军将派尖刀部队刺入古蔺。"接着，张豹将周军传来的消息详细地告诉杨云程。

这个消息让杨云程的心一下子提到了嗓子眼，他边在屋里踱步边反复念叨，半晌才将陈见常、张朝品等人叫进来。"诸位，共军即将有大动作，我们快要大敌当头了。张豹，你把了解到的情况再说一遍。"

听张豹说完，陈见常首先问道："共军这个部署是哪个时候的事？"

"根据来人提供的情报，谋划合围古蔺是一周以前的安排。决定派尖刀部队，是前天晚上的研究决定。"

"既是这样，上周情报为啥没有送来？"陈见常追问。

"送情报的人说，这段时间，共军那边盯得紧。"

"那这次派尖刀部队，咋就这么快？"陈见常显然意识到其中有什么猫腻，继续追问。

"送情报的说了，昨晚才找到机会，所以把两次情报一起送。"

陈见常叹口气："这不对劲，这情报恐怕会误了我们的大事。"

"此话怎讲？"杨云程赶紧问道。

"司令，如果这情报是真的，共军的部署应该早已到位。"

"根据以往的经验，这个情报肯定是真的。我们不用去考证这个情报的真实性，就算是假的，我们也要加紧防备。"杨云程急得团团转，好像热锅上的蚂蚁。

陈见常略一沉思道："我看不如这样，通知部队立即在叙永通古蔺的路上设卡埋伏，阻断共军尖刀部队来古蔺的通道。同时，立即电令各路指挥，设法弄清共军兵力部署情况，我们才好火速研究对策。"

"好，立即行动。庭江兄，你负责落实，朝品，你帮忙照应一下。"杨云程竭力掩饰着自己的慌张，害怕自己的情绪感染属下，挫败士气。

"狗日的共军，咋就老是阴魂不散？非得置我们于死地才罢休，搞侦察的人是不是搞错了？"张朝品满肚子怨气。

"搞错了？你去搞些对的情报给我看，你以为搞个情报简单了？"陈见常不客气地顶撞道。

"陈司令别恼，我不是找茬，我们的情报系统恐怕出问题了。"

"司令，我们的线人一直只有周军、陈参谋，他们已经好久没和我联系了。我看这样，我再去一趟，一是探探陈参谋、周军这条线是咋回事。二来探探情报的虚实。摸清共军这次的行动意图，行吗？"张豹害怕两人吵起来，赶紧打圆场道。

"要是以前，司令早毙了你。情报弄来弄去，连真假你都不知道，你活腻了是不是？"陈见常拍了两下桌子，逼近张豹道，"你亲自去？该不是临阵脱逃吧，小心我毙了你！"

张豹头上已经开始冒汗了。陈见常还想骂，被杨云程止住了，他语气稍微缓了下来："好吧，快去，我等着你回话，这事拖不得。要是完不成任务，你知道我和陈司令的厉害。"

陈作邦这小子咋哑声了？这次是不是有去无回？要是刺探不了情报，回来能有好果子吃？走回驻地的路上，张豹的脑海里翻腾着这些念头。这几年来杨云程、陈见常等人的所作所为在张豹的眼前不断浮现，上次被共军抓获的情景也浮现眼前，官兵平等，军民一家，共军真的做到了。现在自己到底该何去何从，不如投靠共军算了，张豹被自己的念头吓了一跳。

破获了陈作邦的秘密，肖斌云得到首长赞赏，他步履轻快地走了出来。这时，他的面前嗖地窜出一只野兔，正诧异呢，发现后面有战士在追赶。原来这只野兔被巡逻的小战士发现，想捉来打牙祭，便吆喝了人一起轰撵。野兔慌不择路，就闯到营地里来了。

"看我的。"肖斌云就地捡起一块小石头，在野兔就要奔进树林的一刻，石头应声出手，如离弦之箭射向野兔。只听"吱"的一声，野兔歪倒在地，两条后腿不停地扑腾着，战士们拍手叫好。小战士飞跑过去捡兔子，却发现草丛里传来窸窸窣窣的声音，定睛一看，似乎有人藏身其中。他当即大喝一声："哪个？不许动！"人们应声走过去，只见一个叫花子慢慢从草丛中站起来，举起了双手。

叫花子蓬头垢面，左手拄拐棍，右手拿着一个钵钵，里面装着一些零散的纸币。这不是上次被陈作邦放走的那个奸细吗？一个矮个子战士揉揉眼睛，认出了张豹。他问道："你怎么又来了，还装成叫花子？你再怎么装，我也认得你那副粗眉粗眼的样子，你是不是又来刺探情报？"张豹心里一咯噔，智者千虑，总有一失，怎么也不会想到自己的浓眉豹眼会暴露身份。而且他们直呼陈作邦，这不是个好兆头，难道陈作邦暴露了？他强作镇定，双手抱在胸前，倔强地抿着嘴唇。

"不说话，装憨是不是，问你来干啥子？"肖斌云沉着一张锅底似的脸，目光锋芒万丈，那金属般铿锵的声音，给张豹一种窒息感。

张豹略一迟疑，收回胆怯的目光，将腰杆挺了挺，问道："你们陈参谋……"张豹没说完就被肖斌云的一句话呛住了："这个狗特务，差点害死了我们卫生班的张医生，你还参谋，早被军法处置了。快说，你来干啥？"张豹一听张医生这三个字，心想妹妹一定遇险了，陈作邦为啥会害她？

"你说的是张仪？"张豹顾不上伪装了，他眉头一挑，着急地问道。

"就是张仪，你还问那么多，快说你来干啥？"

"我，我来找张仪。"张豹说道。

"找张仪干吗鬼鬼祟祟？"

刘焕均正好路过，听见他们的对话停了下来，问道："你是杨云程的手下？"

"是是是，我父亲叫张重。"

"让他过来。"刘焕均立即明白是怎么回事了，他也不多说，对肖斌云和身边战士简单交代了几句，就带着张豹来到了卫生班。

此时，张仪在姐妹们的帮助下刚洗过头发，肩上还落有水渍，屋里散发着一股皂角的香味。她斜倚在床上，正梳理着头发，突然发现刘焕均身后的人，蓦地张大了嘴巴，木梳也滑落在地板上："你……你……""妹，我来看看你。"张豹连忙快步上前，倾身看着张仪的脸。很久不见，妹妹面容憔悴，神情恍惚，不再是从前那个古灵精怪的小丫头，张豹的心不由得一阵剧痛。

刘焕均将两人瞧了又瞧，一脸将信将疑的神色。张仪赶紧说："别瞧了，就是我哥。瞧这长相，还能错得了？"

"是是，这长相错不了。你这个哥啊，费尽心思乔装打扮成叫花子，想混入营房，却不幸暴露了目标。他刚到营地，就被肖排长和几个同志拦住了。是我把他带到这里的，那你们就聊聊吧。"

等刘焕均迈出房门，张仪一下从床上弹起来，真不知她那股劲儿从哪儿来的，跟刚才那个病病歪歪的她判若两人。激动之下，她忘记了自己身体虚弱，站起来就一个趔趄，张豹连忙扶她重新坐回床边。张仪喘了喘气，指着张豹的鼻子喝道："你不想活了，来这里干啥，你差点害死我了。""好妹妹，你就骂我吧，你骂得越狠我越轻松。我现在很犹豫，那边越来越不好待了，我想听听妹妹的意见，到底我该何去何从呢。"

张仪正要回答，突然闷雷大作，一道道闪电耀眼地划过窗棂，随着又是一记炸雷，大雨倾盆而下。张仪不由得打了个哆嗦，抱紧了双臂。"哥，我好害怕。"张豹想到妹妹从小就害怕雷电，不由得上前拥着她瘦削的双肩："妹妹，别害怕，有哥在呢。还记得吗，小时候每遇到雷雨天，看你害怕的样子，我偏讲一个个鬼故事吓你。那时我太不懂事，现在哥哥知道错了。"

张仪甩开他的胳膊，扑到窗前，将身子斜出去。瞬间，雨点顺着她的脸颊和发丝流了下来。她十指交迭，喃喃自语："哥，你还记得毕节的老家吗？""记得记得，我这半生，老想着光复家族荣耀，重现毕节祖辈的风光，以至于投错了主。唉，如今已是半世蹉跎啊！"张豹苦笑，脸上满布沧桑，额前的皱纹叠得更深了。

"当初可是你死心塌地要跟他们的，现在咋个了？"张仪喟叹唏嘘，她关掉了窗户，在房间里匆匆疾走。

"真是山穷水尽了……我在路上听说陈作邦差点害死你？"

张仪沉默了一阵，断断续续讲述了事情的经过，讲着讲着，眼泪又不知不觉地涌了出来。

"想不到他还来此下三滥的手段，不过也罪有应得。好了，现在你和刘焕均如何？"

"他很相信我，还是一如既往对我好。哥，你来投奔解放军吧。"张仪昂起头，急切地盯着张豹，眸光中的火星子一闪一闪，脸庞出现一种难以言说的惊艳。

张豹挠挠脑袋："这个，我也想过。但是，爸爸和我都干了许多对不起解放军的事情，现在我还能过来？"见张豹已经有了投降之意，张仪耐心劝道："哥哥，解放军赏罚分明，功过清楚。你看陈作邦投诚过来还得到了重用，只是他贼心不改，被功名利禄诱惑，走了相反的道路。我们一家的情况，首长们都清楚，如果你想好了，我先给焕均说，让他去给首长汇报。但是，你要确定是真的来投奔，不然……"

"妹妹，我都山穷水尽了，眼下还有啥子好说的？都怪我，一心想当大官，光复祖上的荣耀。现在我是真心投靠解放军来了，一切就由妹妹做主。"张豹稍稍一顿，痛快地答道。

在刘焕均面前，张豹将当年自己如何投奔杨云程，又是如何通过陈作邦刺探情报，在陈见常面前又是如何受辱等原原本本说了一遍。当说到上次被解放军抓住，亲身体会到解放军官兵平等、军民一家的时候，张豹情绪激动起来："这是国民党和土匪无法比的，我在他们手下干这么多年，没有体会到什么是平等关爱。他们从来都不把我们当人看，动不动就拳打脚踢，整天提心吊胆地为他们卖命。我早就想过来了，就怕你们不接受。这次陈见常派我来刺探情报，是下了死命令的。加上刚刚又听说妹妹差点为了我送上性命，我更加想投靠你们，就是害怕……"

"不用怕，你的情况张仪早告诉我了，首长那儿我立刻去汇报。"

"我决定了，如果你们接纳我，从此我就永远跟着你们，绝不学陈作邦。"张豹下定了决心。

"对头！我们一起走光明大道，别再助纣为虐了。"刘焕均在张豹胸前击了一拳。

第十七章

敲山震虎

叙　永窝盐街，南三县剿匪指挥部的马灯彻夜不息，又一次作战会议在深夜召开。其时，王钦裕刚从重庆回来，此次由西南军区召开的会议，副参谋长李夫克，政治委员张际春传达的一些精神和指示，还在他的脑海盘旋。他还记得李夫克对古蔺的匪情格外关注，他说："眼下，全国各地的土匪势力正逐步被消灭，和平解放的地区日益增多。古蔺这边远地区，因山高林密、溶洞众多的地形，招致土匪大量盘踞。我们撤出驻守部队，就是为了诱敌深入，将土匪全部诱入口袋，再一举歼灭，我们姑且把这一特殊时期称为'最后的盘踞'。最后的盘踞不会太久，它将在我军的运筹帷幄和钢枪利炮下化为灰烬，成为历史永恒的记忆。"会议结束后，川南军区司令员杜义德、王政委和他一起，又探讨了口袋战术的具体细节。杜义德说："一定要把土匪全部撵进口袋，再一举歼灭，来一场漂亮的收官之战。"

王钦裕拿出剿匪战略图，在几个匪患重灾区画上重重的红色记号。这段时间，十五军的清剿，让盘踞在鼓楼山的新一军、新九军等匪众从两万多人锐减为六千余人，这些惶惶如丧家之犬的土匪，也按照剿匪部队预定的目标，进入古蔺境内。眼下集结古蔺的土匪主要分布在以下地方：县城；古叙交界处的箭竹坪、大寨、水尾一带；川滇交界处的水潦、石厢子一带；川滇公路沿线的摩尼、麻线堡一带；川黔交界的马蹄滩等地也有不少。从匪情的分布来看，虽然面积广，但是由于剿匪部队前期的工作都是从边缘往中心地带撵土匪，所以，除了大寨涌进潘厚坤败将队伍成为匪患重灾区，还有杨云程匪部指挥部驻地袁家沟、箭竹坪一带，其余部分的匪力驻防其实外紧内松，一捣就破。

看起来似乎可以收网了，然而，王钦裕总觉得战线够长，开口太大，即便取胜也会给部队带来较大伤亡，不如再收一收口袋。他用红色铅笔在战略图上比比画画，最终决定从川滇交界处、川滇公路沿线入手，先来一个敲山震虎，接着端掉大寨潘厚坤匪窝，再进行全面围歼。

陶记商店的门半掩着，从门面房进去有一间临时会客厅，一张小八仙桌摆在屋子中央，桌子上放着一个砂罐，两个茶碗，桌旁的两条宽板凳擦拭得一尘不染。陶钦克坐上首面向大门，一个穿着普通的人坐下首，两人正说着话。

"岳文忠同志，我赞同你们的想法，但是，我有我的顾虑。"陶钦克对岳文忠说。

"土匪当道，你们有顾虑很正常，但还是请您多从长远处考虑。今天我们不会逼您，人民政府是如何做的，土匪是如何干的，我想您陶老板最清楚。"岳文忠喝了口茶，继续道，"您要好好想想，虽然您也跟着他们干过，但是这和人民政府、解放军不一样。人民政府和解放军是人人平等，亲如一家，打家劫舍、无情无义的土匪根本没法比。"

陶钦克低头不语，表面平静的他，内心翻江倒海。女儿陶旦惨死、女婿乔贞贵牺牲、吉香郁郁而亡、陶黑子的六亲不认……杨云程、陈见常一伙的种种暴行，如电影般一幕幕浮现眼前。

"多行不义必自毙！"陶钦克在心里感叹道。虽说在古蔺城待了这么多年，但苗家几千年流传下来的行侠仗义、扶弱济贫已经深入骨髓，成为血液里流淌的东西。此刻，他清晰地感觉到这血性在胸中奔涌呼啸，一浪高过一浪，席卷着他勇往直前。他弹了弹烟斗里的烟灰，用衣袖拂了拂八仙桌上的灰尘，像要拂去那些痛苦的记忆，然后仰起头重重地说："岳长官，谢谢你，也感谢首长和人民政府的信任。今天，我就把话撂这儿，从现在起我跟着解放军走。生是人民政府的人，死是人民政府的鬼。要人给人，要钱我倾其所有。既是报效人民政府，也是为我女儿女婿，为那些被土匪和反动政府迫害的老百姓报仇，相信我说话算话！"陶钦克的眼里闪着泪光，激动之下不由自主地站起来。

岳文忠见状也站了起来，走到陶钦克身边，两人双手紧握。岳文忠的双手是那般温暖有力，让陶钦克的心中涌上一阵暖流。

岳文忠前脚刚走，陶钦克后脚就到了吉家。吉应鸿刚从土城处理完吉香后事回来不久，背更加佝偻了。那考究的灰色府绸长衫上落满尘埃，袖口处磨得发白，领口还破了一个洞。乍一看，仿佛苍老了十岁。陶钦克忙大步上前，拍拍他的肩头安慰道："吉老弟，吉香的事儿我都听说了，我们同是天涯沦落人啊。"想起幺女陶旦和大女婿乔贞贵，陶钦克情不自禁红了眼眶。

"杨云程这个死杂种，又欠我吉家一条命！"吉应鸿哽咽着，握紧了拳头。

"不是陈见常害死吉香的吗？"

"没有杨云程带他去我家，假惺惺地提亲，能有此事？劫走吉香的那晚，又是他和陈见常合伙干的。"顿了一顿，他又补充道，"要是出事那天晚上，我不出去打牌，就不会让吉香临时看着铺子，也就不会有后来的事了。"

"别光顾着叹气了。你敢不敢和我联手，把杨云程一伙弄下台，以解心头之恨？"陶钦克目光如炬，紧盯着吉应鸿问道。

"说得轻巧？你老陶家，土匪们不敢咋个动你，是你在当地说得起话。我一个生意人，在这种乱世，没有后台，只有几个小钱，想做啥子都难哪。"吉应鸿叹息道。

"难道你忍得下这一口口恶气？告诉你，你真要跟着我老陶干，老陶家的后台就是你的后台，我在就有你老吉在。我们就是一条绳上的蚂蚱，同甘共苦，同生共死，咋样？"

"好，我就喜欢你老陶豪爽的性格，我们一起干。我的家产也不多了，但我砸锅卖铁也支持你。我能发动的朋友，我能拿出的银两，统统给你！"吉应鸿把胸脯拍得山响。

吉应鸿的支持，让陶钦克充满信心。趁着夜色，他叫上几个苗家小伙子，快马加鞭，往叙永赶去。

在叙永县政府食堂，王钦裕拿出最好的叶子烟、泡了后山茶，饭桌上摆上了荤豆花、农家的烟笋烧肉，热情接待陶钦克一行。

"陶钦克同志，这次我们给你配了二十条枪和若干子弹。你回去把你们苗族同胞组织起来，我看就叫古蔺人民保家自卫队好了。自卫队接受杜永田的指挥，有些行动也可以直接给我汇报。从现在起，你就是队长了。"

"首长请放心，我年轻时在马蹄滩一边经商，一边教苗家子弟练武，如今我虽然年事已高，但是'白老虎'的威信还在。在来叙永之前，我已经将当年练武的苗家子弟号召起来了，成立一支自卫队绰绰有余。请你告诉我，这第一仗从哪里打响？"

王钦裕放低音量说道："据可靠情报，杨云程匪指挥部撤到袁家沟后，大部分兵力仍死守着西大门箭竹坪。由于鼓楼山败将潘厚坤率部受降归顺杨云程，杨云程也把部分兵力放在大寨那边，还有一部分兵力放到了北面，古叙交界处的水尾。因为水尾相对偏远，杨云程试图通过控制这个地方，伺机蚕食叙永地界。目前驻扎那里的匪徒不是很多，也未完全立住脚跟。我们商议后决定把这战机给苗家自卫队。通过此战把匪徒赶一赶，撵一撵，吓一吓，不要再往边缘地带跑，能够通过攻心归降的归降，顽固抵抗的往中心地带赶，早迟也会被剿匪大部队消灭。怎么样？有没有信心？"

"没问题，就等着我们胜利的好消息吧！"

"好，苗家自卫队，希望你们早日立功！"王钦裕赞赏道。

道别后陶钦克走出来，发现解放军早已将枪支弹药准备好，放在门外。他们收拾好枪支弹药，立刻骑上马向古蔺方向奔去。到了灯盏坪，以项老三为首的一批苗家子弟已经聚集在一起。陶钦克带领一行人爬上斑鸠石，在一个较为平坦的地方，齐齐下马，在路旁低声商量起来："大家再去把会些武功和射击的几十个兄弟一起找来，人虽不多，但相信我们的队伍可以以一敌十，以一敌百。大家觉得咋样？"陶钦克看看身边的几个壮小伙，充满了信心。

"老爷，自从羊嘶岩老家出来，你在县城经商，我在箭竹坪做点小买卖挖煤炭过活，平日我们来往不多，但我对你可是铁了心的，你走到哪我就跟到哪。我在箭竹坪和刘焕均、猫头鹰接触较多，对共产党和解放军是百分之百信任，你不出面号召，我也在琢磨着想加入他们的队伍呢。你是知道的，当年我一个人可以撂倒一头一百多斤的野猪，也会些庄稼把式，可是却被土匪当街脱去苗装，还不是土匪人多势众，手中有武器嘛。加入自家队伍，我就不用忍气吞声了。老爷你一百个放心。"项老三立即拍着胸口道。

陶老幺也不示弱："伯伯，我是你的亲侄儿，这个还用得着说吗？我还想回家去把海螺堡南山上我大舅家的两个老表接来，他们枪法比我还好。"陶钦克点点头。

杨志兵年纪大些，更加稳重："老爷，我们苗家人不帮苗家人是何道理，不用说，我们跟你走。"

一行人的表态让陶钦克颇为振奋，他笑着说："那好，要干就抓紧干。没听说过吗？少年骑竹马，转身已白头。趁你们还年轻，都放开手脚拼命干吧。"

　　一回到古蔺，陶钦克就悄悄来到吉应鸿家，向他讲述事情的进展。吉应鸿听完后兴奋地说："不愧是打猎出身，你的胆子真大，想法也很成熟。我支持你们，我早就看不惯杨云程、陈见常一伙了，一想起小女吉……"说到这，吉应鸿滚下了两颗泪珠，"唉！不提了，老陶，我绝对站在你这边。保证有人出人，有力出力。"两人又摆了一阵龙门阵，喝了几盅高粱酒，陶钦克才心满意足地回家。

　　苗家自卫队还未到水尾，就先发现了土匪的身影，原来潘厚坤败将到来后，杨云程兵力增加，他派驻的第二批匪徒已经来到这里，将于次日抵达水尾。眼看就要与匪徒狭路相逢，陶钦克稳稳心神，小心观察着周边地形。这里地势十分险峻，四面群山环抱，中间是一条长长的凹沟，除了三个垭口外没有别的出路。很显然，形势比他们想象的要严峻得多。

　　项老三吐了口唾沫在手心里，使劲擦了擦说："终于等到了这一天，我想亲手干掉这帮凶狠的土匪，最好亲自将肖石头、墨胡子、牛二等人剁成肉酱，为我出气，为受害的老百姓报仇。"

　　"老三，心急吃不了热豆腐，还得一切行动听指挥哈。"陶钦克忙叮咛道。苗家自卫队虽然只有四十多人，不过看着虎虎生威的年轻后生们，陶钦克仍然充满信心。

　　陶钦克沉着应战，精心建立坚固防线。他率部兵分三路出击：一小组由项老三率队，实施正面突击，抢占西垭口；二小组由项景顺带队，迂回堵住南面的大小垭口，切断土匪南逃之路；他则率领第三小组灵活应敌。

　　战斗首先从正面的西垭口打响，据守的土匪遭一小组迎面痛击后，向南面大垭口逃跑。项景顺赶紧率领小分队追了过来，杨志兵见匪徒来到南面大垭口，立即发动猛烈攻势。

　　陶钦克一看南面大垭口成了火力集中点，赶紧率领三小组接应。墨胡子隐蔽在一块巨石后面，挥舞着驳壳枪，指挥四挺机枪交织出一道严密的火力网，封住了南垭口的正面进攻之路。他声嘶力竭地吼道："兄弟们，给我顶住，谁跑我就先毙了谁！"

　　陶钦克怒视着吃人的敌机枪口，暗下决心，拼死也要打掉它。他在弹雨中左冲右突，扫倒一片挡住去路的土匪，神不知鬼不觉地绕到墨胡子身后，举起冲锋枪用力砸过去。趁墨胡子目瞪口呆之际，顺势夺过他的枪，结果了他的性命。乱成一窝蜂的匪徒拼命往南垭口的山顶上跑，正好与杨志兵的小分队狭路相逢。

　　一小组和三小组趁机冲上南垭口，与二小组汇合。密密麻麻的弹雨飞向南垭口山顶，混乱的匪徒腹背受敌，吓得纷纷瘫在地上举手投降。

　　到了水尾，陶钦克不敢贸然行动，停下来仔细观察地形。他用竹棍在沙地上画出地图："项老三，你的人马就埋伏在东面的小山上，这里树木隐蔽，好观察四周的动静；杨志兵坐中路，分两个小分队埋伏在南面小山上；陶老幺和我埋伏在北面的杉木林里。所有人要拉开距离，不要靠得太近。他们虽说有几百人，但知道这里人烟稀少，应该有些胆怯，估计会挤挤挨挨地走。你们听好了，我们要把土匪全放进来，才在他们屁股后面开干。这样，由于他们不清楚底细，就会使劲往前冲。路又窄，他们不顾命地往前冲，队伍就会乱，等时机成熟，项老三带领的分队随意放几枪，再惊扰他们一下。他们人多，为了逃命，不明就里往回跑就更乱了。这时，埋伏在两边的杨志兵的分队才开始放枪。由于敌众我寡，就不要轻易暴露自己实力。枪法精准的人就瞄准那些负责指挥的头目打。"自卫队队员们默默看了看地上的"作战图"，又在脑海里把陶钦克的话重复了一遍。"大家分头准备吧。项老三立刻去侦察敌情，打好这关键一仗。"陶钦克吩咐道。

　　山上的苞谷长得青幽幽的，正是上粪的好时候。项老三装扮成捡干牛粪的农民，背个背篓，一手拿个掏屎刮刮，一手提个撮箕钻进苞谷林，朝水尾匪部方向走去。匪部门口站着两个土匪，项老三假装不理不睬，自己弯腰捡粪，看看已经接近院坝，能听到他们开会说话声了，就假装身上十分瘙痒的样子，放下背篓，解开衣扣在太阳下面捉起虱子来。项老三两眼盯着衣服，耳朵却恨不能伸到里屋去。这时，只听见一个凶暴的声音传来："打赢了这一仗，我们好酒好肉办席招待，打不赢每人只有三个鸡蛋吃。"项老三忍不住抿嘴笑起来，一个小个子土匪大吼一声："笑啥子？"项老三说："这个虱子像条小牛样，你看看好笑不好笑嘛。"这个小个子土匪马上过来撵项老三："去捡你的粪去，快滚开！"项老三趁机披起衣衫，背起背篓往回走。

　　没有刺探到有用的情报，陶钦克决定派杨志兵和项老三一起去。第二天晚上，两人各带了一把匕首，拣僻静的苞谷林往匪窝东面摸去。到了那座废弃的破庙，两人站在廊下，却怎么也听不见开会说话的声音。

　　"狗杂种，到哪里去了？"杨志兵说。

　　"到楼上看看去。"

　　他们抱着一根粗大的梁柱，小心翼翼地爬上去，见一个满脸麻子的小头目正在拟定黑杀名单，只听他说："白天兄弟伙出去抓人不行，人家哪会老老实实地束手就擒，共产党没有那么憨。现在最好的办法，是趁夜将嫌疑分子抓起来，狠狠地整王法，不由得他们不讲，那时再一网打尽，斩草除根……"

那些土匪立刻争先恐后地嚷起来，一声有力的咳嗽后，一个苍老的声音说："眼下，我们要商量好去大部队接应的时间。"几个声音低了下去，不过，还勉强能听清。他们定下的时间是后天鸡叫二遍时出发。

听到有用的消息，杨志兵捅项老三快走。下来时一不小心，绊着板凳响了一下，只听见楼上的人说："噫，怕有人偷听哟！"杨志兵和项老三赶紧爬下来，心怦怦直跳。项老三的烟杆掉了也来不及捡回，他们飞快地从厕所背后顺田坎爬上山，连夜通知陶钦克应战。

"你们真听清楚了，是后天晚上鸡叫二遍时？"陶钦克追问两人。

"一清二楚。后天夜里出发。"

"慢，你们走时不是发出了响声？这帮土匪不会那么憨，他们担心消息泄露，会改变出发时间。为万无一失，大家现在就去树林中埋伏备战。"

中午的日头火辣辣的，再勤劳的庄稼人这时也都躲进了家里，四周一片寂静。就在项老三和队员们都有些犯困了时，前方渐渐出现一支密密麻麻的队伍，约有四五百人。这些穿戴各异的土匪，有的扛着美国造，有的背着土枪，还有提着梭镖、马刀的。眼看大队伍离项老三埋伏的小山越来越近了，突然传来几声枪响，项老三知道这是陶钦克的小分队在行动了，目的是骚扰，让他们乱成一锅粥。

果然，这只本来就走得乱麻麻的队伍，在几个人的吆喝下越来越快、越来越乱。随着枪声猛然增加，开始互相推搡，不少土匪摔下了路坎，很快传来了乱骂声。

陶钦克冷静沉着，果断指挥。他命令二分队正面迎敌，一、三分队从两侧向破庙方向移动，伺机进攻匪部。他们居高临下，向土匪猛打猛扑，打得土匪四散奔逃。二分队趁敌人混乱之机，发起冲锋。众匪止不住回头拼命向破庙逃跑，苗家自卫队紧追不舍，一直把他们追到水尾的碉堡下。

见土匪固守在碉堡下待援，苗家队伍集中火力猛攻。土匪见状惊恐万分，一面高声求饶，一面将鸦片、腊肉、香肠等东西抛下示降。陶钦克见土匪只扔物资不抛枪弹，知道敌人假装投降，大喝："小心有诈！"

就在这时，几声枪响从项老三埋伏的方向传来，本来推推搡搡前进的土匪队伍开始折回来救援碉堡内的土匪了。有些贪生怕死的开始往后撤，队伍开始乱成一团。埋伏在两侧的杨志兵一直沉住气，见时机差不多了，他对着一个提枪吆喝的土匪就是一枪，"砰！"刚才还挥舞着手枪的土匪应声倒下。这时，杨志兵四周也响起了枪声，土匪被打得晕头转向，完全乱了阵脚。他们毫无章法，只是胡乱往山上扫射。

倒下的土匪，如干蛇皮般弯弯曲曲摆了一地。有的土匪干脆丢下枪四散开逃。杨志兵、项老三、陶老幺对那些丢下枪只顾逃命的土匪都没有射击，只是瞄准那些负隅顽抗的土匪。很快，碉堡内的土匪也扔下武器，彻底投降。两个多小时的激战终于结束了，除了一哄而散的土匪外，当场共击毙土匪四十多人，伤五十多人，还打死了一个土匪中队长。

水尾激战正酣时，王钦裕也在准备下一场战斗了。上次派肖斌云的小分队出去清剿水潦、水田寨的匪徒，未能达到理想效果，他想再让他们去一趟。

他对肖斌云说："刚刚得到情报，近段时间，水田寨的郑耀东、石厢子的蒲相臣等人活动异常频繁，估计又在密谋什么大动作。经指挥部研究决定，派你率几个战士过去侦察情况，展开必要的打击。这次的力度要比上一次大，目的是敲山震虎，让周边土匪往古蔺跑，到时我们再一网打尽。事不宜迟，今下午就得动身。至于人员，是上次的人员，还是你另外挑选？"

"还是上次的人员吧。"肖斌云知道任务紧急，但他有信心。

"确定完成任务没有问题？"

"确定！"肖斌云斩钉截铁地说。他的话语在密闭的屋子里嗡嗡作响，余音还未散尽，王钦裕已经起身，两人甚有默契地交换了一下眼神，开门走了出去。

又到了出发的时候，天空中开始飘起了零星的雨点。走着走着，雨点落在树叶上已是噼啪作响。幸而刚翻过一道山梁，发现山这边竟是一片干爽。肖斌云一行四人暗自庆幸，不由加快脚步，晓行夜宿。到水田寨的时候，天早黑了，街上大部分店面都打烊了。

他们找了家路边的客栈住下，一躺在床上，肖斌云这才感觉浑身像散了架似的。不一会儿，屋里陆续响起了此起彼伏的鼾声。天还未亮，他翻身而起，去街上买回几个馒头。见三人还在酣睡，便打了每人一下，把他们从睡梦中叫醒，撵到桌子旁坐下："一边吃一边谈正事，我们今天分两组。李树品带一个组，我带一个组。我们都扮成收购金银花的生意人，到水田寨街上摸摸情况，晚上在花房子集中。"

傍晚时分，两路人马在花房子碰头了。他们都分别从赶场人口中，探听到郑耀东等匪首将血洗区公所的消息。肖斌云还打听到郑耀东藏身的山洞所在。

"这里不管是到叙永还是古蔺都比较远，况且，分水岭一带海拔较高，虽是夏天却阴雨绵绵，道路难行。请驻军协助又来不及，当地联防队不能依靠。恐怕只有靠我们自己哦。"

"排长，我们人手不够……"李树品有些担心。

"打不打得过，还得看土匪势力如何，我们应该先去了解一下。"刘焕均略显成熟。

"还是我和李树品先去试探一下，你们留守这里。"肖斌云很快做出决定。

两人快步向后山行进，没多久就来到一个小田坝，坝中有条小路一直延伸进一个蛤蟆形的山洞里。蛤蟆洞口花草掩映，枝叶覆盖，碧苔如铺，泉声如罄。从地上杂乱的脚印来看，这是山洞唯一的通道。"你别说，这还真是一个绝妙的藏身之地。只要把洞口守住，里面就安全了。"李树品不由说道。"你别以为狗日的土匪是猪脑壳，不过魔高一尺，道高一丈，遇到了老肖我，活该他们倒霉。你看，我们可以从三个方向对洞口发动袭击。如果三路同时开火，压制着，那么攻进洞去困难就不大，关键是怎样让敌人露面。"

两人返身叫回了刘焕均和张小兵他们，行动前肖斌云把他三路进攻的想法进一步完善："左右两路先出击，我和刘焕均稍后，以最快速度靠近洞口同时进攻。"肖斌云和刘焕均两人都是长期在悬崖峭壁间行走的人，此刻正是大显身手的时候。只见他们忽而如燕子穿檐，忽而如蜻蜓点水，很快就来到了洞口。

里面隐隐约约传出了说话声，肖斌云想再靠近点，不料碰到了一根枯树枝，发出吱呀的声响。响声惊动了里面的人，一个人探头出来张望，肖斌云抬手一枪，张望的人应声倒地。"少爷，少爷!"洞内传来一阵惊呼。肖斌云正迷惑着，洞内又传来"司令，少爷遭球了"的叫喊声。接着，手榴弹从洞里扔了出来，从洞里发出的枪声也响个不停。对峙了很久，洞内渐渐没了动静。突然一个声音喊道："别打，我们投降。"两个土匪爬了出来，被李树品捉住了。

一个土匪连头也不敢抬，抱头蹲在地上。一个年老的土匪满头枯焦的白发，像秋霜里的衰草。那猥琐的神色，像刚从一座坟墓里爬出来似的。"快说，里面还有啥子人?"白发土匪小声说："还有郑司令他们。"说完不断地擦拭脖子和前胸的血迹。

这时，洞内陆陆续续出来十多个人，肖斌云以为都是来投降的，就停止了射击。不料，随后出来的土匪刚走上田坎，夹起郑耀东就跑。田坎太短，没几步就到了开阔地带。肖斌云举枪射击，土匪们亡命奔逃，在田里翻滚了几番，就不见了踪影。

肖斌云恨恨地往地上吐了几口唾沫："妈的，跑得过初一跑不过十五，郑耀东你个老贼，早迟我得把你干掉。"

他们押着俘虏来到郑耀东刚刚藏身的山洞。"这是？"肖斌云指着地上的尸体问道。

一个土匪战战兢兢地道："是，是，郑耀东的儿子郑秋平。"肖斌云停了停回头问道："你们今天准备要干啥子？"刚刚说话的土匪连忙回道："本来商量去占领区公所的，不想被你们……"在洞内搜了一圈，缴获了不少武器。一行人继续赶路，看见场头那几块箱子状的巨石时，知道是到了石厢子，不禁长舒了一口气。

在石厢子，他们找了户可靠的彝族人家——陆豹子家住下来。陆豹子中等个子，穿着草鞋，额上的皱纹很深，粗长的眉毛下面，是一双和善又机警的眼睛。他跑前跑后，忙不迭地把四人安顿下来。

奔波了一天，天已经黑透。此刻，陆豹子家点起了温暖的煤油灯，大方桌上摆放着热腾腾的老粗茶和刚刚炒好的瓜子。灶房里，火炭的微温正在烘烤着土豆，诱人香味让三个刚吃过晚饭的人也不由得馋劲儿上涌，守在屋里挪不动脚步。他们没话找话，与陆豹子攀谈起来："陆大哥，我知道石厢子是个了不起的地方。听说1935年红军长征路过这里，还杀猪与彝族百姓共同度过长征中的第一个新年，有这回事？"

石厢子位于川滇黔三省交界处，雄鸡报晓，三省可闻。1935年，中央红军曾在此召开著名的石厢子会议，完成了长征中著名的"博古交权"，实现了中国革命的重大转折。

红军在石厢子的故事在本地口口相传，陆豹子当然知晓。他一听就来了精神，往长烟杆里装了一卷叶子烟，点燃后深吸一口，先后送到四人面前，见他们都摆手推辞，他才停止客套，在大团大团的烟雾中讲开来："那架势，真不是吹的。我那时二十来岁，正是年轻力壮的小伙子。红军开仓送粮，很多人都不敢去领，红军就趁着夜色，将粮食一背篼一背篼地悄悄送往老百姓家门口。老百姓第二天起来一看，简直不敢相信有这种好事。"他被烟雾呛得咳嗽了几下接着说，"红军是好人啊，他们刚到石厢子时，又饥又渴，看见田地里满是水灵灵的萝卜，忍不住拔出一些吃了。不过人家是一边拔，一边往萝卜坑里放铜板，一个坑放一个铜板。"

"那老百姓一定高兴坏了。"

"那当然了。"

"后来老百姓就信任他们了？"

"对头，当时杀的那头猪还是陆泽明家的。那时陆泽明家是地主，肥猪

有好几头。红军把他家的猪撵出来，宣布杀猪过年时，我也高兴地跑过去，一把揪住猪耳朵。"

"看来这事情是真的?"

"那还有假，不信我这叫陆泽明过来对证!"

陆豹子往里屋喊了一声："幺哥儿，过来我给你说。"一个十来岁的小男孩跑过来："爷爷，叫我做啥子?"他一边推门进来，一边半蹲着提上布鞋的后跟。"你去，把你幺公叫过来，就说有人找。"小男孩一路小跑着走了。

陆豹子却刹不住话头，越说越来劲了。他将长烟杆放到房门背后，重新为几人添了茶水，又开始聊起来："当部队开拔下一个地方，毛主席离开总部走到大门口时，向送行的老百姓一一告别。最后他抬手一挥，高声说道：'乡亲们再见。'说完纵身上马，马队呼啸着，踢起一人多高的灰尘，向大路卷去，至今我还记得清清楚楚。"

这时，小男孩带着一个脸上有条刀疤的高大汉子进来。"来来来，坐在我旁边，这几位客人想听你吹壳子。"

"大哥，我哪有心思吹壳子哟? 我正要找你拿主意呢。"陆泽明一副心事重重的样子。

"啥子事你说。"陆泽明一把拉起他，往灶房里去说话。

原来，陆泽明自家中被红军拉走肥猪后，一直耿耿于怀，加上蒲相臣匪部七哄八骗的，终于投靠了他们。在匪部经过三个月的军事训练，陆泽明开始担任站岗值勤的小角色。这些人中只有营长最为和善，陆泽明就对他大献殷勤，百般服侍。每天为他打水、泡茶，陪他打牌。这营长好吃石榴，一到赶场天，陆泽明就去给他买石榴，把他哄得十分高兴。前年春节将至，营长回家过年，便向蒲相臣推荐陆泽明补充这一空缺。陆泽明跟随蒲相臣外出，立了几次功，等原来的营长回来，发现自己的位置早被陆泽明取代了。然而没多久，他就感觉老大不爽，匪部几个核心人物似有孤立他的迹象。

"蒲相臣那个老狗日的，要用人的时候就大加关照，不用你了就鼻孔朝天。他收编了一个鼓楼山来的小土匪头目，那人答应给他枪支装备，他龟儿就想撵走我，让出营长的位置。"

"安逸了嘛，我起初就喊你不要去，你偏不信，现在准备咋个办?"

"老子早就不想跟他干了。跟他干这么久，几次从死人堆里爬出来，脸上留下这么大的伤疤，下场竟是这样，你说我图个啥子?"

"你听我说兄弟，从今天起，蒲相臣那边你就不去了。"陆豹子附在他的耳边，小声给他出着主意。陆泽明挠了挠脑袋，终于一跺脚："要得，就这样定了。"

两人重回屋子里，由陆豹子向他们说明事情经过。肖斌云一听就来了精神，他握住陆泽明的双手使劲摇了摇。陆泽明抽出手来，一把甩掉羊皮马褂，哽咽着说："我老陆当了浪久的胡子，早就想脱掉这身贼皮了。无奈蒲相臣老贼苦苦相逼，变着法儿挤兑我，这张贼皮就像长在身上一般，咋个也脱不掉。今天解放军兄弟们若不嫌弃我，我现在就把这身贼皮脱了。"肖斌云急忙从挎包里翻出一件崭新的军装，披在陆泽明身上："陆大哥，从今以后，你就是响当当、亮堂堂的解放军，这件军装就永远赠给大哥了。"

陆泽明很高兴，立即向他们报告了一个重要情况：蒲相臣匪部有三支枪藏于营盘山砂锅厂，其下属队长杨绍恒有十一名带枪土匪分散在河坝场一带。肖斌云挑一挑眉毛："弟兄们，明天就去把这伙龟儿子收拾掉！"

第二天，侦察队马不停蹄赶往河坝场。路上，陆泽明将十一名土匪的长相特征，向肖斌云一行作了详细描绘。肖斌云突然想起了什么，他对张小兵说："上次你在营盘山缴获的印章还在吗？就是蒲相臣的团长印章。"

张小兵点点头说："还在。你看，听说又要到水潦和水田寨，我就随身带出来了。"张小兵掏出团长印章递给肖斌云。肖斌云拿在手里把玩一下，递给陆泽明。

"这印章，你应该用得上。"

"这可是尚方宝剑，威力可大了。"

土匪看到陆泽明回来，七嘴八舌地围过来："陆营长，你昨晚跑到哪里去了，这边正等着你开会呢。"一个小头目急忙说道。"我不就是回了趟老家，看把你们几爷子急得。既然你们这样急，那现在就开会吧。"陆泽明不露声色地说。

人们很快团团围坐，叶子烟的味道呛得人咳嗽不已。"今天主要商量下一步行动。我看明天就前往水潦、田坝寨，配合王逸涛，这样可以保存我们的实力。"土匪队长杨绍恒率先说道。见有的土匪表示赞成，陆泽明赶紧表态："去啥子田坝寨哟，我看我们还是留在河坝场好点。解放军一来，首先攻打田坝寨，我们去当炮灰送死？"土匪如受惊的苍蝇，发出一阵的争执声。杨绍恒说："吵啥子吵？这里到底谁说了算？看清楚点，现在就整队出发去田坝寨。"

眼看着土匪们已经行动起来，陆泽明忙亮出蒲相臣的团长印章，不紧不慢地发话了："蒲团长有令，要我告诉大家，不要轻举妄动，全部留在河坝场。"匪徒们听到此话又发出一阵骚动，不过在团长印章的震慑上，很快安静下来。

陆泽明说："这事就这么定了，就留在河坝场。大家奔波劳累很是辛苦，还是先吃顿团圆饭吧。"

土匪们的情绪开始有所放松，大多数人将所背枪支解下来，靠在墙上，准备饱餐一顿。这时，肖斌云看见杨绍恒有欲取枪之举，赶紧开枪。在土匪惊愕之际，李树品等人齐齐举枪射击，顿时击毙三名土匪。李树品跳上桌子高喊："不听解放军调遣，就是此下场！"

土匪从惊恐中反应过来，争着往屋外冲，一个土匪打开窗子，刚跳上窗台，被李树品一枪击倒。肖斌云守在房门，又打倒几个土匪，其余土匪吓得目瞪口呆。肖斌云随即说道："各位小老哥小兄弟，你们是咋个上的山，自己心里清楚。每个人都有自己的苦处，现在只要你们放下手中的枪，像你们陆营长一样，愿意归顺解放军的好办，不服从的我立刻就毙了他。"土匪们立即放下手中的枪，举手表示服从。

此次行动使蒲相臣匪部在水潦壮大的计划受到遏制，刘焕均等人步履轻快地踏上了归程，肖斌云却心事重重。

李树品拿来一根狗尾巴草，悄悄拿到他的面前摇晃着，肖斌云一把抓过狗尾巴草叼在嘴里。"还好，你还活着啊。"李树品笑道。"唉！你说剿匪战争胜利了，我们都有可能当英雄，胸佩红花，打马游街。可是，这埋在深山中的同志们，这在战争中死去的无辜的人们呢？"

"可人在战场就是一个赌，赌智赌勇赌运，跟自己赌，也跟敌人赌。功成或是牺牲，都有天意定夺。"肖斌云看着被山风掀动的树林，若有所思地点头，"看不出你这小子平时大大咧咧，没心没肺，这时说话却像个得道高僧似的。"他站起身，将手搭在李树品的肩上默默地走着。

回到叙永窝盐街，小分队向王钦裕报告情况。王钦裕看着他们消瘦的脸颊，吩咐他们好好休整一下。肖斌云却还想着任务："首长，下一步怎么办？""别着急，你看你，怎么憔悴成这样，眼眶都凹陷了。"李树品刚想开口解释，肖斌云摆摆手制止了。晚上，王钦裕单独叫来李树品，询问肖斌云的情况，李树品只得一五一十地说了。

这晚，王钦裕和肖斌云各怀心事，两人都失眠了。

王钦裕目睹着战争带给同志们的伤痛，肉体的，心灵的，他心疼他们，却爱莫能助。戎马沙场这些年，他以为自己已经习惯了同志们的牺牲和伤痛，可事实上却无法释怀。"目前需要的不是眼泪，而是怎样让同志们减少牺牲，怎样把匪敌通通消灭。等战争胜利了，再和他们一起大哭一场吧。"他喃喃自语。翻来覆去睡不着的他，索性披衣起床，写下诗句：

十年戎马久离家，踏遍关山涉水涯。
等待功成归故里，携儿月下种梅花。

第二天，王钦裕见肖斌云平静了许多，又找他商量事情。"肖排长，这次干得不错，敲山震虎，得偿所愿。据我们收集到的情报，水潦、石厢子、水田寨的土匪，归顺的归顺，负隅顽抗的已经开始往古蔺逃窜了，这是好消息。坏消息也有一个，那就是王逸涛的弟弟王元德网罗了两百多名土匪聚集到了兴隆山大岩子，妄图兴风作浪，我们恐怕又得行动了。"

"那还是我们去吧！"肖斌云赶紧站起来表态。

杜永田看着肖斌云笑了笑，示意他坐下，继续道："别急，你还有另外的任务。这次任务就派陶钦克的苗家自卫队前去，由一四二团三连一排陈福金协助。"

"陶老伯，他到叙永来了？"肖斌云的心头扑通扑通直跳。

"是的，要不怎会让你亲自来一趟？"

相见时，陶钦克和肖斌云都怀着复杂心情。想起陶旦，唯有热泪流淌。

"老伯，我对不起陶旦……"肖斌云呐呐地说。

"别难过了，这是她的命。等我们端掉土匪的老巢，再去把她的尸骨运回家乡吧。王逸涛不是人啊，这次如果真是打击了王元德的部队，也算是出了一口恶气了。"

陶钦克由于风吹日晒脸变得黢黑，蓝色的单裤和白粗布单褂满是尘埃。一双快穿洞的显然不大合脚的草鞋，一走路便踏起团团尘土。肖斌云眼前浮现出他往日穿着讲究的样子，不禁红了眼眶。"呐，你瞧这是啥子？"肖斌云从贴身衣袋里摸索了半天，掏出一张小小的黑白照片。

这正是陶旦那张双影照，中间一条浅浅的斜线，将两个人影分开：左边的人儿巧笑倩兮，娇俏明丽；右边的人儿微蹙双眉，眼波顾盼。陶钦克把照片紧紧捧在怀里，像紧紧搂着女儿一样。

肖斌云说："把陶旦的照片交给老伯，我也就心安了。"

两人见面过后，陶钦克带领自卫队和陈福金一起向兴隆山大岩子开拔。走到一个山坳里，陶钦克下令队伍停下休息一阵，顺便检查一下作战装备。这时，不远处的一棵大柏树上，一群老鸦突然四处惊飞，紧接着响起了鞭

炮的炸响。陶钦克满腹疑惑地带领队伍继续前进，只听见响声越来越近，原来是一支送葬的队伍。在树木的遮掩下，也隐约看到这队人马抬着棺材，披麻戴孝，领头的撒着纸钱，后面的人放着鞭炮。

陈福金来到了陶钦克身边："老陶，没事吧？"

"你说是送葬吧，那抬棺材的人却分明像没使劲似的，大概是空棺材。从身形看，好像都是男人，按说应该有女人有小孩啊。小心使得万年船，土匪可是狡猾得很。"陶钦克小声说。

"我知道了，一旦情况不妙，立即接招。"

两支队伍越来越接近了，陶钦克突然命令卧倒，所有人立即卧倒推弹上膛。原来，送葬队伍中撒纸钱的人突然掏出枪来，对着前面的树林一阵乱射，后面的人也扔掉棺材，掏出了枪。

陶钦克借助一棵大树作掩护，向为首的人射出一枪。那人应声倒地，身后的战士们也对准这群人一阵扫射。事发突然，陶钦克和陈福金来不及商议，自卫队和一排却配合得天衣无缝。交战不久，四周变得寂静无声，送葬的队伍东倒西歪，如醉汉般卧了一地。"这真是自作孽，不可活，我们收拾一下赶紧走。"陶钦克说。

夜色笼罩着山坳，偶尔传来的一两声鸡鸣狗吠，越发显得幽深恐怖。部队不敢怠慢，一路紧赶慢赶，终于在黎明时来到兴隆山。

一行人来到山下的落叶坝支起行军锅，干透的毛竹在火焰里噼啪作响，不久米粥就在锅里冒起泡来。在米粥的清香中，暮色渐渐降临了，一弯月牙斜斜地挂在兴隆山的山巅之上。就在夜色中，陶钦克召集了作战会议。他压低声音说："经过路上这一战，大家看出土匪是何等狡诈了吧。我们还得继续保持高度警惕，确保战斗的胜利。为了不被土匪一锅端，也为了方便合围，我们可把部队分成三路。一路插兴隆山截断土匪退路，一路穿过长坝直捣土匪驻地，一路从左面山脚直上，控制山梁。三路到达预定地点，从三面包围同时发起进攻，咋样？"

陈福金仔细看了看坝子地形说："我带中路直捣土匪驻地，你的自卫队负责两翼行不行？"

"也行，我负责带左路控制山梁，杨志兵带领一部分从右路上兴隆山。"

次日清晨，陶钦克开始检查队伍装备。众人正要开拔，突然一个自卫队员前来报告："陶队长，我们刚刚侦察清楚了，王元德已经溜走了，现在只有张树舟一个人在此带领土匪据守。""日妈的，龟儿子还跑得快呢！"陶钦克一心想毙掉王元德，为女儿出口恶气，听说他跑了，双手一软，枪差点掉在地上。他解下青色布褂上的两颗扣子，又将袖子往上卷了卷，往手心吐了口唾沫，重新背上枪说道："弟兄们，那就按照刚才的部署立即进入战斗，老子先拿下张树舟的人头再说。"

三个小分队悄无声息地到达了指定地点，陈福金一声令下，兴隆山下立即被"哒哒哒"的枪声笼罩了。被临时委任的张树舟还没来得及从虚荣中醒过来，就受到如此激烈的打击，一下子慌了神："诸位，还击，还击!"只见他头戴大沿帽，身穿黄呢军装，腰间束着宽皮带，肩挂一把指挥刀，手捏左轮手枪，虚张声势地叫喊着，却只能眼睁睁地看着解放军强势的火力把自己的队伍压得抬不起头来。

"遇到解放军大部队了，还有白老虎带着一些苗族枪手来助阵。"一个土匪跑进去向张树舟报告。

"不是说解放军去打古蔺和古宋了吗?"闻听是解放军大部队和白老虎的人马，张树舟更加害怕了。他抠了抠脑袋，对着身边的土匪说："估计不是大部队，他们的布阵应该没这么快。通知大家狠狠打击，谁临阵逃跑，小心我点他的天灯。"

土匪领命走出去，张树舟也走出屋子，出现在他眼前的情景却是土匪们无心再战。有的不顾一切往山林逃去，有的往河沟里钻，而那些没来得及逃走的土匪，被解放军围在了河滩上，已成短兵相接之势。

这时，兴隆山的两侧，两支部队以迅雷不及掩耳之势冲了下来，正是陶钦克和杨志兵带领的部队。解放军和自卫队的战士将土匪团团围住，落叶坝里，喊杀声、枪声响成一片。被包围的众匪见大势已去、无路可逃，纷纷缴械投降。张树舟被两个战士扭送到陶钦克面前，这人虽不是杀死陶旦的凶手，可他毕竟是王逸涛的得力干将，陶钦克眼前立刻浮现出女儿惨死的画面情景，还有老伴哭天抢地的声音。复仇的热血在他身上沸腾，恨不能一枪毙了他。张树舟在陶钦克的逼视下勉强抬起头，斜着眼睛不说话。"不说没关系，但是，你记住，你是土匪，与人民为敌没有好下场。不过，解放军的政策是坦白从宽，只要你改过自新，就会给你出路。陈排长，我们撤。"部队押着俘虏往回赶，行至岩口时张树舟突然挣脱押送他的两个战士往岩边跑去。眼看张树舟就要跳岩逃跑，陈福金眼明手快开出一枪，张树舟背上中枪，"噗"的一声从岩口向下倒去。几个战士跳下岩口的高坎，只见顽固不化的张树舟已经毙命。

敲山震虎之计，连连告捷，王钦裕按照作战计划乘胜追击，决定端掉驻扎大寨的潘厚坤匪部。接到王钦裕的指示，杜永田赶紧召开了作战会议，他首先问道："对于攻打方案，诸位可有高见?"万德舟说："单凭口讲，难以说清，还是请首长给我一纸一笔，绘出地图才好说话。"

一个瘦瘦的战士很快拿来了一张白纸和一支红蓝铅笔，万德舟铺好白纸拿起铅笔，思索一下画出作战路线图，随即解释道："县大队第一、二、九连，八二炮排、公安队等全部参战，部队从箭竹坪出发行至大寨红沙坪后，除八二炮排外，其余四支队伍分别从水淹塘、大河坝、打卦坡、护壁四个主要出入口对土匪实施包围。包围形成后，公安队抽调本地战士担任向导，带领炮排在碗厂梁子，向中坝土匪发动炮击。然后由我带领各路部队同时发动攻击，并逐步缩小包围圈一举击溃潘厚坤匪部。"杜永田赞道："考虑如此周密，不容易啊，这个方案耗费你很多时间吧。""还行，我没事就琢磨地图，还找公安队中大寨的战士商量。时间久了，我就对大寨的高地、街道、岗哨、房屋、碉堡、人员、火力等情况都了如指掌，记得滚瓜烂熟。""好，老万你再把具体的安排给大家说说，说得仔细点。"杜永田叮咛道。

万德舟又拿出红蓝铅笔，一边在作战图上画着圆圈、方块、三角、直杠、斜线，一边说着具体的岗哨、火力点和人员配备。"明天晚上，各路人马悄悄出发，后天清晨到达大寨。一听三声炮响，各分队同时开火。动作要迅猛有力，不给土匪喘息的机会。"

一切按计划推进着，八二炮排的战士们摩拳擦掌，他们将炮膛擦得亮铮铮，重型炮弹一箱箱排列得整整齐齐，等待着神圣的一刻。

三声激烈的炮响，让正在匪临时指挥部赌钱的潘厚坤、蒋正南、刘正等立即扔掉骰子站了起来。"什么情况？"刘正眼里掠过一丝惊慌。"不好，是八二炮声，该不会是共军来袭？"欧祥麟也慌了神。

他们走出屋子，走下台阶，穿过菜地，登上小山包一看，只见中坝的土匪开始凌乱地向下坝溃逃。而对面的碗厂梁子上，分明是解放军的炮阵。"真他娘的活见鬼，咱们还放下身段去投靠杨云程，以为找到靠山，哪知共军说来就来了。这个阵仗，真他妈神兵天降，眼下要突围怕是很难了。"刘正看着蒋正南。"不要抱怨，听说杨云程很快就会来救我们了。赶快让手下立即回到各自营地，做好还击准备。"蒋正南显得很镇静。

就在潘厚坤和刘正要走开的时候，四周几乎同时响起了"哒哒哒"的机枪声。"看来，我们被大部队包围了……"潘厚坤也有点紧张。

刘正听到潘厚坤这么说，立即接过话："蒋将军，我们怕只有先突围哦。"

蒋正南再次道："战斗还没有正式拉开，气势就倒了？立马回去，组织反击！"潘厚坤、欧祥麟和刘正等在警卫的护卫下朝自己营地跑去。炮排的强烈震慑，使中坝的土匪溃散，解放军在四个重要出口同时发起的攻击，更让盘踞在坝中的土匪惶惶如惊弓之鸟，分不清东西南北，只得满坝子东逃西窜。

解放军虽然只有四百人左右的部队，但是，在杜永田的统一指挥下，号称六千余人的土匪，还没来得及调整好布局，就被打得晕头转向。

潘厚坤跑回自己营地，手下土匪已经被冲击得七零八落。"稳住！给我稳住！"在潘厚坤的高声呵斥下，匪群逐渐平息下来。然而鼓楼山战败阴影的干扰，让这些土匪明显丧失了斗志，只是茫然地随着人流移动，死水般激不起一丝波澜。

解放军的炮阵边攻击边推进，炮声枪声越来越近，越来越密集，包围圈渐渐缩小。

回到屋子的蒋正南终于坐不住了："弟兄伙，咱们设法撤走。"在他的带领下，众匪疯狂地向着大寨坝子周边的树林里溃逃。

潘厚坤见守不住阵脚了，也带着随身警卫向密林里逃去。欧祥麟还没有等到蒋正南溃退，就已带着金银细软逃进了原始森林之中。

剿匪部队逐渐将困在坝中的土匪包围起来，那些跑进老百姓家中躲在床下、猪圈、楼上的土匪，在剿匪部队的强烈攻势下纷纷缴械投降。

大寨坝子的老百姓也从隐藏的地方走出来，感激地帮剿匪部队打扫战场。杜永田命一支小分队留下关注残匪动静，自己带领其余参战人员返回背椅山。

战况传到杨云程耳朵里，气得他脑门上的青筋蹦蹦直跳，胸膛里好像能够蹿出火苗子来。他瘫倒在椅子上，一声长叹："天啊！"当夜，如丧家之犬的杨云程将匪部从袁家沟撤离到烟地湾。不断损失的力量，使杨云程的部队开始出现兵源荒，他对负责抓丁的手下又打又骂，恨不能把和尚道士也抓来帮他打仗。

第十八章
浴血侦察

袋战术计划又向前推动了一步，王钦裕倍感欣慰，他接着做了具体的安排："除了一四四团继续在水潦一带活动，叙永县大队、公安队继续留守叙永，古蔺、叙永各区中队，继续驻守各自防区，随时配合大部队的行动。刚才泸州地委的指示信上也说了，要加强情报工作。古蔺地方武装力量熟悉当地情况，要加强侦察工作，及时掌握各路土匪情况。此次行动事关大局，同志们千万要遵守纪律，听从指挥。"

会后，人们陆续散去，王钦裕关上大门，和留下来的杜永田、胡珩一起紧挨着坐到一张小桌子旁。"老杜，留你下来，有个非常要紧而又艰巨的任务要交给你。为了确保此次合围万无一失，古蔺地方武装力量务必做好侦察工作，摸清土匪的情况，使合围有的放矢。"

"行，我看还是派肖斌云和成其云去。他们脑子灵活，有丰富的侦察经验。"杜永田答道。

胡珩也表示赞同，他说："这次侦察非同寻常，我也得亲自上阵。待肖斌云的小分队将匪情侦察得差不多了，我就到情报汇总处收情报，保证以最快速度将情报传回来。"

吃过晚饭，杜永田特地叫肖斌云和成其云到了他的办公室，给他们交代任务。杜永田最后叮嘱道："这可是掉脑袋的事，你们一定要谨慎小心，保护好自己，保护好队友，一定毫发无伤地回来见我。"

对于"掉脑袋"，是肖斌云加入地下党后就备受考验的，他坚定地表态道："请首长放心，虽然这一去困难重重，生死考验少不了，但我们一定努力完成任务。"

当夜，肖斌云很快组织了二十余人的小组会议。这些队员都成功地执行过多次侦察任务，但都只能算作鸡毛蒜皮，这次合围反攻大战打响之前的侦察，才是他们大显身手的时候。因此人人摩拳擦掌，跃跃欲试。

侦察队伍离开叙永的第三天，胡珩也带领几个战士离开叙永进入古蔺。他们沿头道河逆流而上，经三道水，爬上闵家凹——这个位于古蔺和锅厂坝之间的大山凹。只见闵家凹宽阔平整的田地里，苞谷秧苗长势喜人。间插种植的黄鳝豆、秤钩豆也生长得郁郁葱葱，已经长到和苞谷秧苗齐腰了。他站在路边的一块石板上，不无自豪地向战士们介绍道："眼前这个村子就是闵家凹了，顾名思义，在此世居的多为闵姓人。这里山势开阔，周边多树林，中间地势平坦，人口密集，房屋集中，既便于隐蔽，也利于撤退。之前古蔺地下党多次在这里开展活动，群众基础较好，所以这次我们将情报汇集地点选在这里。"

胡珩指着坳口偏北方向一家不起眼的低矮草房，压低声音说："看见那间正冒着炊烟的小草房没有？据老乡们讲，土匪常在这间小草房四周活动，到了这里，我们的一举一动极有可能暴露在土匪的眼皮底下。不过有一句话叫作越是危险的地方越是安全，我们偏要选择在这个地方落脚。在这关键时刻，也是考验我们的胆识和智慧的时候，大家平日积累的侦察经验正好大展身手了。"

一行人扮成补锅的、修鞋的、走亲串户的分散行动，路上虽有来历不明的人盯着他们看了又看，然而由于伪装得巧妙，总算有惊无险地通过了。

茅草房的主人叫闵世贵，人称闵幺爷，是这一带有名的总管，虽然年纪才四十岁左右，在闵家凹的威信却很高。他多次帮助地下党开展活动，是剿匪部队信赖的人。

闵世贵显然经验丰富，在院坝里见到来人，他一脸嫌弃，冷漠地招呼他们进屋坐。进了屋子，他派一个年轻人去门外放风，这才与胡衍他们一一握手，压低声音道："刚才去门外放风的是我侄儿，大家放心。娃儿家妈，快点煨茶来。"

"立马就来。"灶房内有人答应道。不一会儿，一个脸色蜡黄的瘦弱妇人提着茶罐来，身边还紧紧跟着一个约莫四五岁的小男孩。也许是被土匪烧杀抢掳吓怕了，见到陌生人，小男孩紧紧拉着母亲的衣服，亦步亦趋地跟着。

屋内正中是一张大方桌，四根长条凳将桌子团团围住。待战士们在桌前坐下来，闵世贵连忙拿出几个碗，热情地张罗着茶水："来来来，这是前段时间我舅子从椒子沟送来的牛皮茶，大家尝尝。刚刚煨好的，小心别烫着了。"闵世贵一边招呼他们喝茶，一边讲述当地土匪的恶行。胡珩接过话头，将此行任务告诉了闵世贵。晚饭后，心神领会的他立即带领一家人去屋外站岗望风。成其云和其他侦察小组成员陆续回来报告匪情，然而却没有等到肖斌云。

一行人忧心如焚，却只有默默等待。每隔一阵，闵世贵就会去屋外查看动静。一直等到凌晨时分，肖斌云终于出现了。大家长吁了一口气，再仔细看他身上没有什么伤口，这才放下心来。原来肖斌云在路上遭遇了土匪。

肖斌云落入匪窝后，由于伪装得巧妙，没被土匪搜走手枪。在昏暗的山洞中搞不清土匪的分布和力量，不敢轻举妄动。一直到了晚上，土匪亮起了桐油灯，他才发现这帮人并不多，厉害点的只有那父子两人。便决定拿出抢劫的气势制伏他们。他悄悄挪动身体，靠近一块尖尖的石头，将捆绑他的绳索磨断，然后迅速对天开了一枪，凶神恶煞地说："要命的把钱都拿出来！"

突如其来的喊声吓住了一些土匪，待在原地不敢抵抗。小土匪头子见势不妙，偷偷将一包银元塞进衣服里。

肖斌云大骂："你个老家伙想钱想疯了，要钱还是要命？告诉你，你的钱和命我都要！"说完对准小土匪头子的大腿就是一枪。"砰"的一声几乎将小土匪头子的腿打断。见父亲受伤，小土匪头子的儿子情急之下抄起一把斧子，跳上来就要和肖斌云拼命。

肖斌云对着他的胸部、腹部就是几枪，这家伙大叫几声倒在地上，很快断了气。肖斌云不等受伤的小土匪头子扑过来，转身又给了他一枪，正好打在他的胸部上，顷刻血流如注。在一伙人的哭喊声中，肖斌云跑出山洞，往闵家凹赶来。

结合肖斌云的情报，侦察小组很快有了结论。杨云程获悉剿匪指挥部的作战意图后，立即调动古蔺境内全部指挥所紧急备战。他同时和田动云、王逸涛、武聚奎、刘显忠等匪首取得联系，要求他们随时参加战斗。国民党残部的张树良、冷茂山等人也将为他提供装备。在古叙交界处、川滇公路沿线、川黔交界、川滇交界这些地方重兵布防。最为恐怖的是，垂死挣扎的杨云程匪部一旦狗急跳墙，古蔺将遭到血腥的屠城。

胡珩听完情报说："很明显匪众已经感到快完蛋了，丧心病狂的他们，不知还想让多少无辜的老百姓与他们同归于尽。情况紧急，必须马上向叙永指挥部汇报。大家来时都看到了，沿途都有暗哨，生死考验可想而知，我看这个重任恐怕要交给肖斌云同志才行。"肖斌云不假思索脱口而出："没问题，我去。""可是，你才从匪窝里出来？体力跟得上？"胡衍问道。"没问题，我只要眯一觉精神就好了，吃了午饭就可动身。""要不要派个战士和你一起去？""要得。""派谁恰当？""就派侯尚先吧，他是由文书提拔起来的排副，去叙永汇报时会清楚些。"成其云建议道。

"那就派侯尚先。"肖斌云也同意了。

第二天一早，天还未大亮，肖斌云和侯尚先乔装成农民出发了。走小路、穿密林、翻山岭，日落时分，两人终于来到了西湖山。过一道沟坎的时候，侯尚先踩到一团稀牛粪，结结实实地摔了一跤，人跌到沟坎下，把脚崴了，跟不上肖斌云的步伐。从此两人像一台不合拍的机器，行进得十分别扭。

"走了将近一天，休息会儿吧，我累得很。"掉在后面的侯尚先一屁股坐在路边的石板上。

肖斌云转过头来，对侯尚先劝说道："走，再坚持一下。小心土匪突然袭击，就我们两个人，落到他们油锅里只有任他们煎了哦。"

侯尚先拖着崴了的脚，似乎累得不行了，然而听肖斌云这么一说，也赶紧站了起来。他知道，虽然肖斌云功夫了得，但一拳难敌四手，毕竟只有两个人。

两人一前一后走着，侯尚先明显地掉下一大截，肖斌云也只得放慢脚步等着他。翻过一道小山梁，见路旁浓密的树木遮天蔽日、阴森吓人，肖斌云不由得停下脚步，警觉地四下看了看，对侯尚先说："不好，必须快点过去。"侯尚先看了看四周，心里也升起一阵不祥之感，随即加快了脚步。不幸的是，他们的预感不久得到应验，两人刚绕过一棵歪脖子松树，七八个提着枪的土匪嗖地从树林里蹿出，枪口齐刷刷地对准他们。

领头的土匪长着一个猴脑袋，黑瘦的尖脸上，满颊都是胡子，脑门又秃得发亮，在人群中很显眼。肖斌云习惯性地反手护着侯尚先，他知道侯尚先是文书出身，战斗经验不如自己。侯尚先心中的确有些紧张，条件反射般地摸了摸腰间的枪，惹得猴脑袋土匪扑上来就是一阵拳打脚踢。猴脑袋土匪转身又去收拾肖斌云。他见肖斌云虽是农民打扮，身形却如豹子般矫健有力，两眼更是精光四射，显然不太好惹。他决意给对方来个下马威，便举起手中的枪往肖斌云头上砸去，想把他砸晕。

侯尚先挨打时一直忍着痛不叫唤，此刻见猴脑袋土匪凶残地对待肖斌云，竟颤颤地脱口而出："排长——"声音虽小，猴脑袋土匪却听清了，他收回枪高兴地叫道："排长？这家伙是排长？他妈的老子今天抓到一个排长，抓到一个当几十个！"他用枪口抵住肖斌云的头说："共军排长，今天你的天仓就算满了。不管你过去多么了不得，现在你不跪在地上叫我一声爷爷，我马上就可以打死你。"说着就把肖斌云的头往下按，肖斌云偏不下跪，其他土匪扑过来又是一阵拳打脚踢。猴脑袋土匪喘着气说："日妈你个家伙就像茅厕里的石头又臭又硬，看我咋个一刀一刀把你的肉剐光。"

肖斌云一声不吭忍着土匪的毒打，一边想着应对办法。如果自己一个人，倒是不怕，关键还有侯尚先。幸亏这次汇报工作没带材料，一切装在脑海里，否则后果不堪设想。这时传来土匪一声断喝："看他们这副德行，估计不是好惹的。给我扒了他们的衣服，打死他们！"土匪人多势众，三四个土匪过来，三两下就脱光了两人的衣服。

"队长，不如把他们捆起来，押到山上去。这路上人来人往的，万一有其他共军经过就麻烦了。"一个矮胖的土匪建议道。

猴脑袋土匪眼珠子转了转道："好，捆起来押着走。抓住两个共军，看来我陶海成这回立了大功了。"原来猴脑袋土匪叫陶海成，他和两个土匪拿着棕绳把肖斌云和侯尚先捆了起来。

陶海成顺手取下肖斌云背后的马刀，用刀背砸向肖斌云的后脑勺，肖斌云一下昏倒过去。"快点把他拖上去。"几个土匪拖着肖斌云、押着侯尚先往山岭上走。

"头儿，这次把两人分开审。"一个名叫小五斤的土匪说道。于是，土匪分成两帮，一帮守着昏迷的肖斌云，一帮守着受伤的侯尚先。

就在这时，一个农民装束的年轻人跑了过来。原来，陶海成在山上闹出的这番动静，被请假回家的叙永联防队小队长张小安听见了。到了山上，看见被捆绑着倒在地上的这个人，伤痕累累，不远处还有一个倒在树林中一动不动的人。他听见陶海成叫嚣着抓住共军排长立了大功，张小安立即明白是自己的同志遭到了拦截。他的装备虽然薄弱，但他决定冒死营救他们。

陶海成一见来了援兵，不知虚实，赶紧往山顶上撤退，张小安追着追着不幸落入他们设下的陷阱，被匪众捉住。

陶海成抓住张小安的头发往怀里一拉，张小安一个趔趄。不过他站稳脚跟后，冷不防一头撞向陶海成的胯下。

"妈的，你还不服输，想坏老子的命根子。"陶海成先给了张小安两耳光，再用力往右一扯，一松手，张小安"噗"地栽倒在地，脸上立即涌出了鲜血。两个土匪把张小安架起，小五斤提着枪训道："龟儿子，还想坏老子们的好事。你倒是说说，还有哪些是你们的同伙？他们都在哪里？等收拾了你再回头一个个收拾他们。"

张小安将口中的泥土和鲜血，一口啐到小五斤的脸上，说道："你几爷子真是想得美，要从我口中套消息，等于从阎王爷那里去偷生死簿，你们不怕犯了天条，我还害怕呢。只怕将来你们死的时候，连个收尸的人都没有。"

陶海成把手枪抛到空中，那枪旋转了几下，倒栽下来。他伸出食指，稳稳地从枪上的护圈插进去，将就要落地的枪勾住，恶狠狠地道："给我打，直到他说出同伙的下落。妈的，老子不信你不说，哼！"

两个土匪走过来，枪托落在了张小安的胸口、肩膀等地方。张小安咬着牙，拼命稳住身子，用尽全身力气对土匪破口大骂。

眼看天渐渐黑了，小五斤道："头儿，我们怕先去找个地方，整点吃的再审，你看？"陶海成犹豫了一下，看了看天色，龇着大黄板牙道："要不是我又想杀人又想套到消息，真想现在就把这家伙杀死算了。好吧，我们先去灯盏坪。"

到了灯盏坪，天早已黑了。陶海成喊开一家店铺，赶走店主人，抢了几个饼子吃了，就地继续拷问张小安。二十响、飞刀、刁拗、辣椒水，十几岁就当了土匪的陶海成杀人成性，此时，他使出了十八般武艺，把张小安折磨得死去活来。

张小安虽然面如死灰，奄奄一息，然而任他们怎么折磨，仍是毫无惧色，一旦清醒过来就把土匪骂得心惊肉跳。

陶海成用鸡爪般的手指挠了挠了秃得发亮的前额，长叹一声："真他妈背时！"转身吩咐道，"这个死狗，枉自拖了半天到这里，结果愣是没榨出油水来。拖出去，找个旮旮角角给他剃头发，剃干净点。""剃头发，啷个剃？"一个脸上有癞疤的土匪显然初来乍到，还不太懂他们的行话。"拿枪来剃！"陶海成嘴一歪，一跺脚，瞪大了血丝眼吼道。

几个土匪心神领会，他们将奄奄一息的张小安拖出去，不久传来"砰砰砰"几声枪响。陶海成干瘦的脸上，浮现一丝奸笑。癞疤土匪看着张小安倒在血泊中，喃喃自语："哦，原来这就是剃头发。"

被砸晕过去的肖斌云渐渐恢复了知觉，虽然横躺在地上，但他试了试，被反捆着的两个大拇指还能活动，不禁一阵惊喜。他再抬眼一看，发现匪众不见了，侯尚先也不见了。原来，陶海成一伙人被张小安追赶着离开后，几个过路的老乡发现了路边躺着的侯尚先，他们见他虽然奄奄一息，神志不清，但腿脚完好，知道休养一阵还能走路，便救走了他。

此刻，不知情的肖斌云以为侯尚先受到了土匪迫害，只得独自逃走。虎口脱险后，他顾不上脚下是荆棘还是石块，也不管两旁是树木还是庄稼，也不怕自己赤身裸体，向着叙永一路狂奔。这条路，从东坡上来，又从西坡跌下去，一直伸向莽莽苍苍的远方，好像永远没有尽头。也不知跑了多久，肖斌云猛然一抬头，发现来到渡船坡了。

这里地势略为平坦，大道走完是一条岔路，路旁还有个赶场天卖稀饭的茅草棚。这天卖稀饭的没有来，茅草棚里空落落的，只有一个用油布铺成的地铺，一个断了腿的木椅，外面的竹竿上，晾着一条女人穿的黑裤子。肖斌云赶紧扯下来，趁没有来人胡乱套上。还好，这个女人显然比较肥胖，腰身刚好够得上。可惜衣服都被剥光了，身上一个铜子儿也没有，否则一定扔几个铜板在这里。他系好裤带，对着屋内的半边破镜子苦笑一下，迈开大步继续往前赶路。

到底有了裤子穿，管他男人女人的，他的心情也开始放松了。眼前，一间低矮的草房里正升起炊烟，一个六七十岁的老大爷正在灶房里做饭。肖斌云看见炊烟，闻到食物的香味，一种家的温暖迎面袭来。他的双腿像灌了铅般再也迈不动了，他不顾一切地闯进去，飞快将门掩上："大爷，救救我，我在西湖山遭遇了土匪。请你给我身衣服，给我点吃的，我立马就走。隔几天我一定把衣服还给你老人家。"说完，对大爷深深作了一揖。

老大爷连忙站起来，拉开门往外看了看，然后缩回身子关上门。他上下打量着肖斌云，先给他舀了一大碗苞谷糊糊，趁他吃饭的间隙，转身走进里间屋子去。不一会儿，老大爷拿着一套打着补丁的旧衣服走出来："你穿上，趁天黑，快走吧。""是是是，谢谢你老人家！"肖斌云擦擦嘴，心满意足地说。"年轻人，要是你来的时候是白天，你就不要进屋，直接把衣服给我放在旁边的猪圈上就行了，要是土匪看见就麻烦了。别看这衣服打满补丁，我还要穿它几年呢。"

"一定一定。"穿好衣服，肖斌云继续赶路。一不小心走岔了道，摔进一条积满臭水的阴沟里，阴沟两旁是丛生的茅草和葛藤。"人一倒霉，喝水都塞牙缝。"肖斌云苦笑着，从阴沟里爬到后墙边，纵身一跃，踩着墙外的红苕地走了一里路，才走到大路上。

西天的残月被浓重的乌云遮住了，间或从云缝里透出几丝光亮，夜风一阵紧似一阵，四野茫茫，令人凄怆。累得全身快散架的肖斌云坐在一个枯树桩上，望着残月，对这一路奔逃，感慨万千。好险，若非危难之时的灵光乍现，机智应对，恐怕他现在已是土匪的刀下鬼了。直到残月从遥远的天际坠下去，天色微明，肖斌云才赶到叙永驻地。杜永田见到他，吃惊地瞪大了眼，好像不认识眼前这个人。不过几天，肖斌云却像变了一个人。脸上胡子头发不分，乱蓬蓬的一堆，浑身伤痕累累，脏得连叫花子都不如。

杜永田鼻子一酸，差点落泪。肖斌云却顾不得伤情，也顾不上自己的模样有多难看，他换好衣服立即来到指挥部，迫不及待地向王钦裕讲起西湖山的遭遇，接着将在闵家凹搜集到的情报一一向王钦裕汇报。王钦裕一边皱眉叹息，一边在本子上不停地记着，等肖斌云汇报完，王钦裕立刻安排道："你走后这几天，我们召开了紧急会议，指挥部决定前移到箭竹坪，实施靠前指挥。你现在立刻回去好好休息下，补充好体力，下午先带几个战士原路返回。两个任务，一是寻找侯尚先下落，可以找城子头的张小安同志打听打听。二是侦察从这里到箭竹坪沿途的匪情，特别是背椅大山，看看指挥部能否安排在那里。记住，你们几个在找寻侯尚先的同时，更要侦察沿途敌情，保证情报准确，不然，我们大部队的开拔就要受挫。"

肖斌云仿佛忘了刚刚经历的虎口脱险，加上牵挂侯尚先的安危，当即拍了拍胸口道："首长放心，我们会想方设法完成任务。"王钦裕停了停道："我把身边四个能力出众的年轻人派给你，你务必引导好他们。初生牛犊不怕虎，有冲劲有干劲儿，就怕他们遇事冲动，误了大局。"肖斌云脱口而出："首长放心，我会保护好他们的。"

肖斌云稍事休整，浑身又充满了用不完的劲儿。下午，他和四个战士一起，又踏上了侦察之路。任务紧急，他们几乎是一溜小跑。肖斌云虽然前一天遭到土匪的毒打，又奔跑了那么多路，但毕竟是练武行家，依然生龙活虎地走在前面。经过老大爷的家，肖斌云不忘将衣服脱下来，放在他家的猪圈上。五个人一阵急行军，终于来到西湖山，肖斌云赶紧带着战士们来到那个遇险的开阔林地。

战士们分头找遍了路旁的树林、草丛、土坎下等容易藏身的地点，可是一点痕迹都没有。"找不到是好事，说明侯尚先同志暂时是安全的。"一个战士道。肖斌云又仔细找了找，的确找不出什么痕迹来："有道理。如果遭到杀害，这个地方应该有血迹，可是我们找了很久什么也没发现。不如我们现在就去张小安家，说不定是他救走的。"肖斌云不知道，在他出来寻找侯尚先的下落时，侯尚先在几个老乡的帮助下已经抵达指挥部。

此刻，肖斌云一行已经来到了城子头。一阵悲伤的哭喊声，让他们不约而同地停下了脚步。

哭声越来越清晰，一个女人呼天抢地的哭声中，还夹杂着几个孩子的哭声。肖斌云很快打听到，侯尚先不知被谁救走了，而张小安为了营救肖斌云和侯尚先，冒死追赶陶海成一伙人，不幸牺牲。

打听张小安的消息时，肖斌云还打听到，土匪害怕解放军追来，已经去了营盘山，灯盏坪到西湖山这一带暂无土匪，可以让指挥部按照预定计划行进。于是，他带领小分队踏上了回叙永的路途。

"更无柳絮因风起，唯有葵花向日倾。"不知不觉中，庄稼地里的葵花已经稀稀落落地开放，窝盐街指挥部的作战会议也又一次召开了，研究到背椅大山的驻防事宜。根据肖斌云侦察小分队提供的情报，王钦裕命令万德舟带领一四二团一营一、二、三、九连及八二炮排到背椅大山驻防，胡衍带领公安队侦察班部分战士随同前往。

指挥部抵达背椅大山后，万德舟叫来胡衍："离匪窝越近就越危险，部队必须加强警戒。怎样才能万无一失，我想听听你的想法。"

"万副书记，我认为主力部队可以分为三个点。中间这个点驻扎指挥部首长和警卫通信人员，其余战士分列在两侧。因为这座大山像把椅子，指挥部坐中间，两侧作为护手，可以相互关联、相互依托。在外围，距离三个点十里左右的地方以侦察班战士为主，在交通要道和其他通道上布置几个暗哨。这样，平时可以有组织有纪律地开展工作，一旦敌人来犯，不管来自哪个方向，都能及时应对。"胡衍目视前方，目光炯炯，眼中似有两簇火苗在滋滋燃烧。"哈哈哈，你这小子，我没看错人，还真是懂排兵布阵。好的，这事就由你和白凤岐同志负责，我这就通知相关连队配合你们。"

第十九章

全面围歼

子如白驹过隙，部队驻扎背椅大山后，反复开会商讨围歼方案，不经意间，时间已过了半个月。天气越来越炎热了，战斗的激情也如天气渐渐升温。

叙永窝盐街一直忙忙碌碌，马灯彻夜高照，各类战备物资一批批运出，人背马驮，几经艰难终于运到背椅大山。

太阳已经偏西，夕阳的余晖笼罩着起伏的群山，一排排白鹤在树林间起起落落，间或停栖在四周的田野或房屋上。此情此景，是如此恬静怡人，与王钦裕内心的狂风暴雨迥然不同。他的脑海里，一直盘恒不去的仍是全面围歼的作战计划。

为了收口袋之战全面围歼的成功实施，王钦裕熬了几个通宵。他在办公室独自面对着地图苦思，脑海里已经有了几套方案，只是不知如何选择。他在心里暗暗发誓，一定要拿出最精细完善的方案，最大限度减少部队的伤亡，确保战斗的胜利。

这一夜，杜永田提着马灯到各营地去了解战士们的想法，回来时已经夜深，他看见王钦裕的屋里还亮着灯，便走了进去。"指挥长，还没有睡？""和这些匪徒们打了半宿仗！"王钦裕舒心地答道，熬夜工作的他看上去仍然精神抖擞。"冲锋号还没吹响呢，你就和他们先干上了。"杜永田说着，在王钦裕身边坐了下来。"战果如何？""有了一些眉目。"王钦裕指着地图，"你看。"

杜永田把身子俯到地图上。

王钦裕继续说："经过卓有成效的敲山震虎行动，目前我们的初步战略目标已经实现，匪情分布面积极大缩小。古叙交界处，我们成功地击溃大寨潘厚坤败将部队。川滇交界处的水潦、石厢子一带的匪患也受到遏制。川滇公路沿线的摩尼、麻线堡一带匪患受到重创。口袋如愿收紧，击溃的土匪被迫进入口袋中部。按照我们预设的计划，是时候该出手了。"王钦裕用铅笔指着地图说。

杜永田将军帽往桌子上一撂，摸了摸脑门说："对，一网打尽。这一天已经让我盼了很久了。"

"想想看，还是西南军区首长提出的口袋战术英明，如今我们的确该收口袋，将匪众一举歼灭了。"王钦裕索性站起来，脱掉外套，边踱步边和盘托出自己认为最理想的方案，"匪情分布在刚才这些地方，但我们收网时也要防止被击溃的匪群四处逃窜，因此必须全面布防。一边攻打匪群老巢，一边撒开大网全面围歼。我看可以分四路向古蔺挺进。一四二团二营为第一路，直抵镇龙山、丫杈；三营为第二路，直指箭竹坪；四营为第三路，迂回至太平、大村、石宝；你率县大队、公安队及政府机关武装人员为第四路，直抵白沙。力争用一周时间，实现对古蔺的合围反攻。"王钦裕说完，目光炯炯地看着杜永田，想从他的脸上看出他对这个方案的满意度来。

"四路合围，匪徒们将无处可逃，这个方案很完善。不过，我觉得人员和路线可否再商量一下，我们作为古蔺县政府、地方武装力量，可否接受从叙永直指箭竹坪的任务？显然，我们更熟悉古蔺的情况，而箭竹坪是匪患重地。"

"你的意思是让三营到白沙？可是考虑到你们的武装……"

"没有问题，请指挥长放心。另外川黔交界处的马蹄滩应当增大兵力，防止土匪渡过赤水河外逃。"

"说得有道理，是应该加强马蹄滩的兵力。至于你们去箭竹坪的事情，我看这样好了，干脆由我来带队，我们一起去箭竹坪。"

和杜永田的讨论，让王钦裕重新调整了路线，这也让他充分体会到集思广益的作用，温暖信任的目光不由得投向杜永田。

"等消灭了匪敌，我们可得好好庆祝一番。"王钦裕兴致勃勃地说，"那时我们可要一醉方休。"

"一定奉陪。"杜永田笑着转向窗外黑沉沉的夜空，"打下古蔺城后，我一定给总指挥找几瓶好酒，回沙郎酒咋样？"

"好。"话音未落，营地里的大公鸡已喔喔地报晓了。

全面围歼的方案报经川南军区审核通过后，这才正式召开作战会议。

天气越来越炎热，窝盐街指挥部的人们，为了图个凉快，有时就到户外的大槐树下开会。这天的会议却是在门窗紧闭的会议室里，这也是古蔺县政府撤离后召开的人数最多的一次大会。杜永田先讲述了土匪的种种暴行，再将四路合围全面围歼方案的来龙去脉、重大意义向大家作了介绍。

介绍完毕后，他觉得有必要加强战士们的思想认识，接着宣读了泸州地委《关于再度进入古蔺给古蔺县委的指示信》，信上称："鼓楼山战斗后，南线匪势下降，我们军事优势甚大，敌人感到没有出路，内部动摇……因此，必须更紧密地结合军事打击与政治孤立瓦解敌人，组织熟悉匪情立场坚定的部队干部与地下党员的随军政工组，加强情报组织工作，严格控制匪首，大力进行政治攻势，以期早日打开局面。"宣读完指示信后他又补充说道，"这段时间以来，我们队伍里有些同志有情绪，说我们把古蔺拱手让给了土匪。更有甚者，说我们剿匪指挥部怕土匪，把土匪往古蔺推，把古蔺变成了土匪窝，让古蔺人生活在水深火热之中。在这里，我想告诉大家的是，我们这是在执行西南军区、川南军区党委的战略部署。党把这个重担交给我们，我们就要正确认识，不要胡乱猜测，要坚决地完成任务。这里，我提醒大家，对当前形势要保持清醒头脑，紧紧围绕在党周围，为顺利实现古蔺二次解放打好每一仗。目前，古蔺的状况的确有些棘手，但是我们要放眼看，全国没有解放的地方只占少数，古蔺作为大西南的一部分，中央早有安排。目前我们推进的正是逐步实施的大西南剿匪战争中的一部分，大家一定要有全局观念。也就是以小的牺牲来换取今后更大的胜利，大家一定要振奋精神，以昂扬的斗志接受新的战斗任务，将四路合围方案成功实现，争取早日解放古蔺。"

杜永田一番话，听得大家频频点头。这时，王钦裕清了清嗓子，开始宣布酝酿已久的计划："剿匪部队将分四路合围：一四二团二营为第一路，直抵镇龙山、丫杈；三营为第二路，直指白沙；四营为第三路，迂回至太平、大村、石宝；我和杜永田同志则率县大队、公安队及政府机关武装人员为第四路，直抵箭竹坪，与驻守背椅大山的万德舟同志会合。力争用一周时间，实现对古蔺的合围反攻。"

战士们的战斗热情，像火一样嘭地一下燃烧起来。大家都很兴奋，认识到这是党中央、中央军委、西南军区、川南军区深谋远虑的一步妙棋。个个摩拳擦掌，都想为这一战尽自己最大的力量。

"自古以来，正义的东西才是坚不可摧的。一句话，土匪是铁，我们就得是钢。土匪是孙悟空，我们就得是如来，让他翻不出我们的手掌心。现在，就让我们这支正义之师、威武之狮，以高昂的斗志，饱满的激情向前开拔，争取一举解放古蔺。"王钦裕铿锵有力的话，博得一阵热烈的掌声。

会议室里涌动着一股热烈昂扬的气氛，肖斌云忍不住大笑起来："首长讲得好！同志们加把劲哟，等解放了古蔺，可捞不着大仗打啰！"

杜永田笑着纠正道："还不能这样说，县城一解放，漏网的顽匪必然四处逃窜。那些家伙个个狡猾得很，县大队的同志们还有一块清剿残匪的硬骨头要啃呢。"

平素不苟言笑的杜永田，这时嘴角也浮现微微笑意。会场平静下来后，他继续说道："此战事关解放大局，川南军区要求我们一举成功。合围时注意集中兵力，力求达到全部或大部歼灭匪部的目的，不使其逃窜到四周深山密林中。一句话，尽量少留后患，为以后的清剿残匪减少压力。"

话虽然说得热烈，其实大家的心里都不轻松。被击溃的匪徒都是亡命之徒，有什么丧德事是他们干不出来的？一切还得小心为妙。

会议快结束时，传来了川南军区王政委的谆谆嘱托："你们可要一举制胜，我这几晚都不睡觉了，等待你们成功解放古蔺的好消息。"

未及天亮，王钦裕、杜永田等人的目光紧紧盯住自己手中的怀表。秒针走动的声音就像历史的脚步，预示将带来一个崭新的时代。

早上六点整，王钦裕憋足一口气，对着部队大喊："分头出发！一举歼敌！"

作为四路打前阵的小分队，肖斌云率领三排走在部队前面，往箭竹坪开拔。他们行进的速度很快，不久就与大部队拉开了距离。左国发一直走在肖斌云的身边有说有笑，在离箭竹坪不远的地方，他突然捂住肚子，一张圆脸涨得通红："排长，不好，你们先走，我肚子疼得厉害，要拉稀了。"

"你这小子，叫你不要憋吃憋胀的，那蕨粑你舍得给大家留点儿，至于这样？快去，不要掉队，小心被狼吃了。"

左国发刚在草丛中蹲下来，一阵稀里哗啦的声音，让后面的战士也听见了，捂住鼻子赶紧往前走。就在这时，一阵排子枪扫过来，还蹲在草丛中的左国发，右腿被击中了。"有土匪！"左国发大叫。肖斌云等人也听到了枪声，他当机立断，率部队退出凹地。然而还是迟了一步，就在李树品刚一举望远镜打探敌情时，从侧面飞来一颗子弹，打穿了他的左手背，他丢掉望远镜，去捂左手，又一颗子弹飞来打穿了他的双手。他刚猫下身子，打算就地一滚，一颗子弹从他的左眼底下进去，从后颈穿出来，顷刻血流如注。

这股土匪是张朝品的部下，他们利用山洞修了三个暗碉。肖斌云的小分队经过时，驻守的土匪听到了动静，他们把堵在秘密枪眼里的岩石搬开，架上了机枪，封锁了这条通道。一颗颗子弹在山坳里穿梭，手榴弹火光四射，岩石飞溅。可是小分队的枪声一停，暗碉里的枪声也停了。对方显然很自负，还有心情和剿匪部队玩躲猫猫游戏，既想获胜，还不想浪费一颗子弹。看来张朝品修建这个暗碉，是下了一番功夫的。若不赶紧突围，恐怕还有更大伤亡，毕竟小分队只有三十几个战士。刚开始，肖斌云组织的反击没有效果，三十几个战士始终被暗碉的火力压制，抬不起头来，他急得牙齿咬得咯咯响。这时，暗碉侧面突然传来一阵枪声和怪叫，一股土匪叫喊着从山上往下冲。

"赶紧撤！"肖斌云大叫。匪徒并没有追多远，大概是想吓唬吓唬他们，吓跑就算了。他们也弄不清解放军的虚实，害怕反中了埋伏。枪声很快稀疏了，追赶的脚步甩远了，队伍才在一个背风的山坳里停下来。

肖斌云赶紧检查李树品的伤情，发现李树品已经昏迷不醒了。他让刘焕均从行军包里翻出随身带的药包，取出麝香和三七，还有一些药粉，拌在灯芯草做的药捻子上，塞进李树品的伤口，拉锯一般，往里送药。又让张小兵塞了一些药粉在李树品的嘴巴里，然而李树品一直牙关紧闭，药粉怎样也塞不进去。张小兵含泪说："好兄弟，你要挺住哟。"到了下半夜，李树品的喉咙咕噜咕噜直响，大概是有异物吐不出。张小兵赶紧扳开他的嘴，扑上去一口一口往外吸，淤血和着浓痰被吸出来了，李树品得救了。

肖斌云提到嗓子眼的心终于放回原地，可是接下来的事情更让他头疼，这是必经之路，却被土匪包围着。眼看快要天明，大部队很快就要跟上了，若是不端掉这个匪窝，伤亡还会继续。经过李树品性命攸关的一夜后，肖斌云更不敢懈怠。他整夜未睡，琢磨着突围的方案，天亮后又独自去观察敌情。渐渐地有了主意，他召集战士们道："土匪主要借助三个暗碉控制这个凹地，现在我已经把暗碉的位置弄清楚了，只要设法捣毁碉堡就能取胜。我呢，会一点拳脚功夫，练过一些庄稼把式，穿越封锁线，捣毁碉堡的前锋就交给我，你们做好掩护就行。"

"排长，这样到底行不行？你可得带着我们打回古蔺。"左国发虽然负伤了，目睹李树品差点牺牲，知道匪情险恶，担心地问道。

"你包里的药材好像都用完了。"张小兵挤挤眼睛笑着说。

"乌鸦嘴都给我闭上，做好掩护。"

肖斌云说完在腰间别上几个手榴弹，一猫腰来到凹地边沿。土匪很快射来一梭子弹，待子弹扬起的尘埃散尽，他透过隐身的草丛，再次确认暗碉的位置。在机枪的掩护下，他埋头又是一个前滚，更多的子弹像毒蛇缠绕着他，他咬牙又是几个侧滚，谢天谢地，总算越过了凹地。他来到最近的一个碉堡下，透过草丛仔细看，却怎么也找不到投弹孔。终于发现一块突出的石板，他将两颗手榴弹系在一起，轻盈地踏上石板，左手拉引线右手抛投，随即快速跳离石板。那两颗系在一起的手榴弹沿着漂亮的弧线越过碉堡女儿墙，从草棚顶子和垛子之间的空隙落下去。随着两声剧烈的炸响，这个最近的碉堡哑声了。他趁土匪还在惊恐中，赶紧在烟雾的掩护下，又端掉了另外两个暗碉。

随着一阵哭爹喊娘的声音和枪声，失去掩护的土匪只得从暗碉的废墟中跑出来，拼命往凹地下面冲去。

小分队见三个暗碉相继被毁，士气大振，他们也冲到凹地里同土匪短兵相接。双方都怕误伤了自己人，只得展开白刃搏斗。左国发被土匪用枪托打倒在地，依然死死抱住土匪的腿不放，直到张小兵趁着他们纠缠的工夫，一脚踢向土匪的腰部，土匪猝不及防，摔了个四仰八叉。张小兵一个猛收，高高举起枪托砸向土匪的后脑勺，土匪应声倒地。回头一看，刘焕均正与一个土匪扭抱在一起，在地上麻花般纠缠着。"往太阳穴上打，朝脑门上砸。"张小兵大喊。肖斌云也赶过来，趁土匪在上面时，一脚踹飞土匪，扑过去连踢带打，再一枪托砸下来，结果了土匪的性命。匪群惊慌失措，阵脚大乱，仓皇往山上逃窜。战士们斗志正旺，岂肯住手？他们紧追上去，机枪、手榴弹一阵猛打。被炸死的土匪横七竖八倒了一地，没死的土匪纷纷缴械投降。细心的刘焕均还从一个石头的夹缝中，搜出一个瑟瑟发抖的土匪。

打了大胜仗，战士们心情振奋。他们脱掉沾满泥泞和血腥气的军服，抱着枪在简陋的干草铺上香甜地睡着了。到了整队出发的时间，战士们一听集合号，很快套上军服。肖斌云穿上衣服后意味深长地说："弟兄们在一起都好几个月了，三排还真像一个家，彼此之间像亲人一样。我们可要好好的，全部回到古蔺。一句话，既要消灭土匪，还要毫发无损地回家去。好好的回去，看望久别重逢的亲人，慰问饱受土匪迫害的父老乡亲。大家说好不好？"

一片叫好之声热烈地响起。这时，山坳里云雾散尽，太阳升起来，照耀着起伏的竹林，翠绿的叶片上闪耀着太阳的金光。正好大部队也跟上来了，战士们趟过山峦间的小溪，踩着没膝的野草和荆棘，穿过片片竹林，精神抖擞地向前行进了。

就在肖斌云击溃土匪时，蒋正南、潘厚坤等人慌慌张张地闯进烟地湾杨云程匪部："司令，怎么不发兵救援大寨？我们被打散了，大寨指挥部完了！"

"我们接到报信时就已经来不及了，我正要发兵，就听说你们已经逃散了。也罢，就待在烟地湾吧，我们团结起来，一致对敌，还是有希望的。"

"王逸涛那边，不是说好支持我们？怎么没有动静，是不是中途变卦了？"潘厚坤问道。

"这狗日的杂种，老子怕是被他耍了。听说共军来到背椅大山，就给他报信了，却左等右等，人影儿也见不到一个，看来是指望不上了。你们快去请陈司令过来，商量对策才是正事。"杨云程暴跳如雷，潘厚坤等人虽是鼓楼山来的败将，可是被他颐指气使，心里也不是滋味。

潘厚坤唯唯诺诺地退下，去找陈见常，却见陈见常正在独酌独饮。看见潘厚坤进来，陈见常递给他一碗酒，自己先一仰脖子咕咕喝了，再抬头用布满血丝的眼睛看着潘厚坤。

"酒还是不喝了吧司令，等赶跑共军，局势稳定，咱们要喝多少喝多少，现在杨司令请你过去商量正事。"

"商量个屁，想赶跑共军当然很好，我就怕赶不跑他们。"

"司令，咱们扛过这一阵，稳住县城，稳住大西南的局势，咱们就是复兴党国的功臣，还是打起精神来干一场吧。"陈见常一言不发地站起来，跟着他走。潘厚坤看着陈见常心灰意冷、醉生梦死的样子，心如刀绞。唉！想想自己，不到一月时间，几次丢了阵地，从鼓楼山逃到大寨，又从大寨逃到烟地湾。当初投靠杨云程时还看得见一线希望，如今看见陈见常醉生梦死，看见杨云程心急如焚的样子，精神怎么也振作不起来。

来到杨云程分配给他们的房间，蒋正南拿出针线包，开始补起军裤上的破洞来。一阵飞针走线后，潘厚坤凑上去打趣道："咦，这针脚又细又密，手艺比大姑娘还好，啥时练出来的？"蒋正南停下手中的活儿，笑笑说："当兵几年，等于娶个老婆，缝缝补补、拆拆洗洗的活儿全做得溜溜儿熟。"潘厚坤看着自己衣服上的破洞，不好意思地笑了："我怎么还是不会？"话音刚落，他收敛起了笑容，压低声音正色道："看样子，二位司令已经坐在火山上，离死不远了。难道我们还要做他们的火山灰？跟着陪葬？"

"共产党就是不能小看，蒋老头子苦心经营多年的八百万军队，不都报销了？我在武汉的时候，曾多次到过江汉军区，我发现共产党有一种特殊的本领，一旦和泥腿子结合起来就难舍难分，城池也固若金汤。我看咱们也只有走了，就杨云程和陈见常他们，哪是共军的对手？"刘正说。

蒋正南的确感到很迷惑，为什么国民党会败得这么快，这么惨，而共军会胜得这么顺利，这么光荣？刚才刘正一番话，说解放军战士攻心有术，当地老百姓如何支持，那决不是空穴来风。

最让他感到不可思议而又不寒而栗的是，自己最信任的一位勤务兵居然也是地下党员。他曾怀疑过他，可被对方轻轻遮瞒过去了。他不但没有察觉，还从此把对方当作亲信不断予以重用，想想真是后怕。

想到这里，蒋正南猛然离座，大手一挥："识时务者为俊杰，我们走！"

"还有盘缠吗？"刘正问道。

"老夫早有准备。"潘厚坤脱去带着破洞的军装，揭开一件白布短衫，嗖地掏出一条白布腰带，像一根鼓鼓囊囊的猪大肠。他不动声色地将腰带扔在桌上，发出哐当一声响，蒋正南凑上去用手一摸明白了，里面缝着一块接一块的银元。

潘厚坤、蒋正南、刘正三人商量了一阵，趁着夜色拔腿就走。他们离开烟地湾后，很快往马蹄滩方向逃窜。一行人进入贵州境内，直接逃往中缅边境，消失在苍茫的金三角地带。

有肖斌云开路小分队的配合，王钦裕率领的主力部队顺利来到了震东。其时，匪部最大的兵力在大黑洞，此处北面与德耀关相连的红梁子大山有一大匪窝，南面与正东相隔的狗爬岩梁子和簸阳岩，也分布着土匪兵力。尤其是簸阳岩，海拔高达一千六百多米，处处深沟狭谷，是一个典型的易守难攻之地。杨云程正是凭借箭竹坪作为屏障，将司令部设在箭竹坪背后的烟地湾，以为这样就坚不可摧了。

"咱们如何快速拿下大黑洞这个阵地？"王钦裕看着岳文忠。

岳文忠说："可以采用大包围战术，三路同时出击。用六〇炮和无后坐力炮同时进攻，这叫'镇匪炮'，把他们一举打下，二位首长看如何？"

"以解放军的兵力，大炮同时一轰，土匪定然惶惶如丧家之犬，一定能拿下。可这样的打法伤亡太大，我们向来主张顽匪才击毙，而那些被蒙蔽的群众，我们还是争取不要伤害他们，通过感化成为我们的力量才好。"王钦裕说。

"杨云程将指挥部设在烟地湾，将大部分匪部驻扎箭竹坪不是一天两天了，这山沟密林黑洞中，修建了多少工事、碉堡、机关暗道，谁也说不清。这样炮攻，即便拿下也会造成很大伤亡。"杜永田说道。

"永田同志说得对，那你觉得该怎么打？"被王钦裕点到名，杜永田沉思了一会儿说道："先集中兵力拿掉大黑洞，打击一下土匪的嚣张气焰，再用无后坐力炮和六〇炮同时向红梁子和狗爬岩、簸阳岩发起进攻。那些惊慌失措的土匪，一听大炮的声音，多半吓破胆乖乖举手投降，不费吹灰之力就能拿下。"

"好，那怎样攻打大黑洞？"王钦裕有意考验着战友们。

"我先去侦察一下再说。"岳文忠主动请缨。

岳文忠乔装成一个年轻的樵夫，头戴斗笠，上穿短褂，下穿补丁黑裤，脚上套双草鞋，拿起一把明晃晃的斧头就往大黑洞走去。大黑洞四周都是悬崖峭壁，岳文忠攀上一处靠近洞口的密林，便嚓嚓嚓地砍起柴来。他有意弄出很大的响动，想吸引匪徒过来抓个活口。果然，有个满脸横肉头包白帕的土匪从一个无顶碉堡里张望一阵，端着枪过来了。

"什么人？"

"呜呜呜——哇哇哇——"岳文忠害怕自己的口音让对方怀疑，干脆装成哑巴，比比画画，说自己就是来砍柴的。

"砍柴的哑巴，滚开点。你已经进入杨司令的警戒地了，没看见前面就是无顶碉堡？"岳文忠一边比比画画，一边趁他不备，一脚踢飞他的枪，从短褂口袋里拿出早准备好的黑布，塞进他的嘴里，再从腰间掏出手枪押着他往前走。这一切，发生得如雷似电，土匪惊得目瞪口呆，只得亦步亦趋跟着岳文忠走。

到了营地，岳文忠开始审问这个土匪。"你听着，我们问什么你说什么，不得说一句假话，否则立即让你脑袋开花，去见阎王爷。"土匪的眼睛不断眨巴着，看上去并不老实，好像还在打着鬼主意。

岳文忠有意要吓唬吓唬他，就让土匪退后十步："我看你不老实，说要你脑袋开花，可不是闹着玩的。"岳文忠一抬手，一扣扳机，一梭子弹飞射过去。土匪惊叫着仰面倒地，捂住脸迟迟不敢起来。他以为自己死定了，半晌才如梦初醒。

岳文忠这一枪，只是打掉了他头上的白帕子。他跪在地上，神色大变："谢谢长官不杀之恩，我也是被逼的。我把一切告诉你们，但请长官们饶了我，我家中还有妻儿老小呢。"

"你说实话就是为解放军立功了，怎么会杀你？要杀你刚才这一枪早要你的命了。只要你跟着解放军，保证不伤你一根毫毛。"

"是是是。"

"我问你，大黑洞里有多少人？"

"两千人的样子。"

"有哪些军事设施？"

"刚才，长官看见的地方是第一个无顶碉堡，洞口的右侧是一个大暗碉。通往乌龙沟的方向有一条隐秘的战壕，沟沟缝缝之间隐藏着手榴弹。另外后洞口有两个无顶碉堡。"岳文忠不禁倒吸一口凉气，幸亏没有轻举妄

动，否则，这处处深山峡谷，处处巧设机关，即便攻打成功，也不知要葬送多少无辜的生命。

"我再问你，人、枪如何布置？"

"前洞口三十人，后洞口的无顶碉堡有四十人，十挺机枪；前洞口的无顶碉堡有五十人，三挺机枪；通往下寨的战壕中有上百人，两挺机枪。其余兵力通通驻扎在洞内，有很多手榴弹、烟雾弹、手枪、匕首、长矛等。"

"这么多人驻扎这里，粮食供给怎么办？"

"通过下寨的暗壕传送，洞里储存的粮食蔬菜也很多，坚持一两个月都没问题。洞内的会议室有石桌石凳，头头们连卧室都有。"

"情报如何送？"

"夜晚鸡叫二遍时分从前洞口传送，暗号是红绿电筒光。有情况时为一红一绿，没情况时就是红光。"

"这次剿匪部队进来你们怎么不知道，没传送情报？"

"时间久了，负责岗哨的人麻痹大意了。"

岳文忠拿出纸和笔，递给面前簌簌发抖的土匪："行，相信你说的是实话，你把刚才说的军事设施、人枪分布一一标注成草图。"土匪接过纸笔，开始描画起来。杜永田说："你可别想着糊弄我们，隔壁房间还有一个活口，从后洞口抓来的，你俩的草图要是不一致，都得掉脑袋，明白吗？""小的不敢，我要说过半句假话，你当场就把我崩了。"

土匪标注的草图稀稀疏疏，岳文忠一看就火了："我是要你竹筒倒豆子，你这是跟我挤牙膏呢，逼一下挤一点，你要不要看看后洞口那个哥们是怎么画的？再不老实，一枪毙了你。"岳文忠怒目圆睁，掏出手枪对准土匪的脑袋。土匪两腿一软跪倒在地，额上冒出豆大的汗珠，一边扯衣服抓头发，一边啪啪地打了自己两耳光，哭道："长官，我错了，我一定好好画，把我知道的全部画出来。"没多久，一幅详尽的草图画了出来，在场的人都满意了。岳文忠才面露笑容说道："我看你还年轻，不是死心塌地跟着杨云程，才决心挽救你，教育你。从这张草图也看出你的诚意来了。好吧，只要你下决心重新做人，我们一定让你跟着部队进城，和你的妻儿老小团聚。"土匪感动得流下了眼泪。

部队掌握了土匪的布防情况之后，很快端掉大黑洞的土匪。不出所料，红梁子、狗爬岩、簸阳岩上的土匪得到消息，惊惶如丧家之犬，不少人趁着夜色偷偷逃跑。

第二天一早，王钦裕主力部队和万德舟驻防部队会师后，同时向红梁子、狗爬岩、簸阳岩发起炮轰，六〇炮和无后坐力炮的轰鸣，在群山之间回响。二连从一连的侧翼出发，在连长柳星的带领下，巧妙潜行到簸阳岩。激战中有十多个战士负伤，幸亏九连及时从后背包抄过来，及时赶到，解了二连的围。两个连队会合后，狠狠向土匪反击，终于端掉了最险要的簸阳岩匪窝。

肖斌云带领小分队加入了狗爬岩的战斗。这狗爬岩可真不好攻克，虽然山体不那么陡峭险峻，但是结构异常复杂。有的是斜坡，有的是高坎，有的又是几丈深的大坑。面对处处机关暗道冷枪，公安队毫不退缩，战士们冲上山腰，向土匪步步紧逼。

八二炮排也冲过被土匪封锁的山道抢占制高点，架炮向各山头的土匪轰击。"砰砰砰"几声炮响，远处一个碉堡被掀开了茅草盖的顶子，接着枪声、炮声、喊杀声响彻山野。紧接着又有几个碉堡被炸翻了，其余碉堡内据守的土匪想要逃跑，立刻被战士们紧紧围打。

不到半日，顽抗的土匪被击毙，愿意投降的土匪被收编进队伍，箭竹坪之战大获全胜，负责大包围的几路人马齐聚箭竹坪。

杜永田带领一支分队来到红梁子土匪驻地，早不见土匪的踪影。只见一座无顶碉堡依山而建，碉堡分上、下两层。上面是一个瞭望哨，几个枪眼对着最显眼的山路。下面一层是一间石屋，依着石壁摆放着几张稻草铺，还有几挺机枪和子弹袋。靠门的位置，有一张门板，一头杀好的猪还在门板上等待开膛。肖斌云带领小分队来到大黑洞，洞里冷冷清清，他们走进去，把储存的粮食蔬菜运了出来。王钦裕呵呵一笑："同志们，咱们可不能独享这些战利品，快把老百姓请来，一起参加庆功宴。"

剿匪部队第一声炮响，杨云程已经感觉大事不妙。箭竹坪失守的消息一次次传递到烟地湾，他强作镇定和陈见常说笑道："妈的，这共军的鞭炮还挺响的。"

陈见常苦笑着回答道："这批泡桐海椒兵，难道老子们平时是用猪草牛料喂出来的，就这么不经打？"

"目前打仗主要靠县大队，那些乡丁卫队、村保武装队就是你说的泡桐海椒兵，一点也不经打。"

"不是常常在训练吗？尤其那些刚抓进来的人，没让他们过上好日子，每天训练得一身汗一身泥。"

"不训练咋个拉去打仗？可是训练了好像也不咋个顶用。其实也不是他们不顶用，是那帮共军太厉害了，一个个又能拼命又狡猾万分。"

怨天怨地中，他们赶紧搬出电台，给吴山发电文要求增援。然而，直到红梁子、狗爬岩、簸阳岩相继失守，让他们望眼欲穿的电文始终没有收到，负责通信的土匪被骂得狗血淋头。最后一道战败的消息是由陈见常接到的，他的表情由惊异转为恐惧，面如死灰，侧身坐在矮凳上，身体剧烈地颤抖起来。片刻，他回过神来到杨云程房门前，等不及通报就直接闯进去说出实情："司令，看来我们不得不撤离了。箭竹坪失守，烟地湾很快不保，好汉不吃眼前亏，快绕过这拦路虎，跳过这铁门槛吧。"

杨云程勃然大怒，食指指天："陈见常，你妈的不是人，我早就给你说过，要保存力量，注意隐蔽，等待时机，不要轻举妄动。结果你每次出马都损失一大片，现在眼看着快完蛋了，你高兴了吧？"

陈见常被杨云程劈头盖脸一顿骂，心里有苦说不出。要说这战术，哪次不是大家一起商量的？战败也是大家的责任，凭什么全赖在他头上？他也不是好惹的人，胸中积压的窝囊气正要咕哝咕哝往外喷涌，突然看见杨云程眼里溢出了泪水。陈见常一时心软便不吭声了，知道穷途末路的人难免暴躁。然而，发火归发火，毕竟大家都是一起摸爬滚打，提着脑袋当灯耍的人，最终还得抱团作战，谁也离不了谁。

"我们必须吸取教训，用共产党对付我们的方法来对付他们。分解残存力量，从有形变成流窜、分散、潜伏、隐蔽。妈的，党国的电文咋个还不来？"

陈见常心里觉得好笑，残存的力量哪里还有，死到临头了还睁眼说瞎话。他再次放缓了声音劝道："我们别吵了，还是赶紧走吧，不然来不及了。"

"想要我走，除非公鸡下蛋，扁担开花。"杨云程还在坚持。

陈见常憋得青筋暴起，喉管哽塞。就在他准备独自离开之际，杨云程满布血丝的眼里，亢奋倏然消散，转而出现绝望和惊恐，脸色也很快涨得像猪肝，他颓然道："撤退。"见到杨、陈两位司令都撤了，群龙无首的土匪也无心再战，除了受伤逃不了的，全作鸟兽散。

若不是吴山一纸电文，杨云程还不死心，妄图通过党国的支援，与剿匪部队斗个你死我活。然而，就在他们逃亡的路上，吴山的电文到了："来电收悉，党国大势已去，溃败如山，再无支援。张、冷、赵及我等欲往越南边界，望各自珍重为妙，切切。"陈见常和杨云程在鹅公坝分路，陈见常回石鹅，杨云程则马不停蹄地赶到县城，家也不回，直接到了骆国湘家，意外地发现王逸涛也在。

雪白的堂屋里空荡得吓人，八仙桌和扶手椅上积满了尘埃。蝉鸣从窗户缝隙有气无力地传进来，从窗口看得见观荷亭，池塘的荷花也不合时宜地干枯低垂，奄奄一息。骆国湘虚弱地躺在矮榻上。

"三爷，兵败如山倒，你看咋办？"杨云程的脸上满是凄惶神色。"咋办？"骆国湘重复着杨云程的话，把陶瓷壶中所剩的茶水全部倒入杯中，晃悠了片刻，才慢条斯理地饮下。

"自古成王败寇，看不清时势的人，绝无好下场。眼下我们都是棋子，却不能静观其变，等着瞧一瞧下棋的人。"

"三爷的意思是？"杨云程一时没听出骆国湘话里的意思。

"还用问，三十六计，走为上策。"王逸涛倒是听出来了，代骆国湘答道。

"对的，县城待不住了。当初我劝你们早点收手你们不听，现在知道下场了吧，连累我也有家不能回了。如今共军势如破竹，你们周边的力量已被他们消灭得差不多了。再不走，等着送肉上案板，挨刀啊。听说明天共军大部队将进攻县城，我劝你们立即分头出去，先逃命要紧。"

"哼，没那么便宜，得不到苕吃还不能戳苕烂？既然败局已定，不如一把火烧了这县城干净。"杨云程颓丧的脸色泛起潮红，眼珠子也红了。

"阿弥陀佛，你嫌这辈子作的孽还少了？"骆国湘返身进屋，片刻工夫拿出一沓揉皱的纸，丢到杨云程面前。杨云程展开一看，全是关于自己打马进城的密报草稿，顿时面如死灰。

"要是我当初差人把这些密报送到叙永，我也不至于落得如此下场。"

"三爷，是我害了你……"

"知道就好，这都是我们的命，人要认命。"

"是，我认命了。"

"还想屠城吗？"骆国湘喘着气，脸色很难看。为了缓和气氛，王逸涛连忙掏出一盒哈德门牌香烟，给每人递上一支。

至此，杨云程才不得不确信自己已是孤家寡人，颓然跌坐下去。很久，他才低着头木然地说："既然如此，我这就给自己找个安身之处去。"

王逸涛挠挠乱蓬蓬的头发，叹一口气，笑得极是惨淡："现在我也是无家可归了，共军速度太快了。我的大本营，还有郑耀东苦心经营的水田寨、水潦等地全被占领了。我也是刚刚来找三爷，看来我们必须先找个地方隐藏起来，再图后事。"

送走了杨云程和王逸涛，骆国湘取下墙上的钢刀，迎风一舞，在破空的"铿"声里，他持刀上马，端坐马上的身子，满是萧然之气。马老三追上来，垂泪立在马前："三爷，好歹你也带着这个。"他递上一个布包袱。骆国湘握刀的手微微一紧，放软了声音："不用了，皮之不存，毛将焉附，老三你多保重。"说完，他回头看了看自己近年苦心修建的大宅院，扬鞭往

河屯方向奔去。

火星山上的萤火虫漫天飞舞，杨云程抓了几只捧在掌心，慢慢收拢手掌，直到它们窒息死去，手里的亮光变成一片黑暗。他呆呆地看着这个曾经被他掌控的地方，半晌才拖着两条发软的腿，高一脚低一脚踩高跷似的逃出古蔺城。

杨云程在箭竹坪全面溃败的消息传到吴学良耳里，他的嘴角露出一丝冷笑，抑制不住地走进里间屋子。他端出一盘盐酥花生米，又翻出一瓶惠川老槽房好酒，拿出一个小酒杯斟满，闭上眼嗅了个够，才小小地抿了一口。他轻轻放下杯子，在屋里慢慢走了一圈，才重新坐下来，惬意地就着花生米，品尝起这传世地道的酱香酒来。"看来，杨云程不过如此，这古蔺迟早该是我吴某人的。"吴学良边品酒边自言自语，"不过，这个陈见常还不能小觑。"

合围那天一早，一四二团二营从叙永火把桥出发，由于行动快速隐秘，沿途没有遇到任何抵抗，下午来到了摩尼。解放军的到来，让一直盘踞在摩尼的各路土匪猝不及防。战斗一打响，土匪一触即溃。摩尼战后剿匪部队分成了两路人马，邵恒喜负责对营盘山、白沙沙红坳土匪进行清剿。陈福金负责对镇龙山、丫权、养马嘶的土匪进行清剿。因马蹄滩匪患严重，两支队伍决定完成任务后一起前往马蹄滩清剿。

陈福金率队完成了龙山、丫权小股土匪的清剿，从丫权直达养马嘶，消灭了项朝华及贵州来匪杨明三匪部后，来到苏家坳口等待邵恒喜消息。

"陶黑子自从攻击养马嘶后，召集了赤水河两岸的伪乡保人员，形成了一股近千人的反动武装，更加猖狂地作恶。目前，他在营屯丫口和马口头都安置岗哨，自己主要住在马蹄滩街弯子。黑骟牛是他最厉害的帮凶，出谋划策、带队作恶基本上都靠黑骟牛。"吴东运赶来报告。

陈福金沉思了一会儿，立即写好一封信，派吴东运火速送往正在沙红坳清剿的邵恒喜。邵恒喜打开信一看，沉思片刻，有了主意。决定派陆泽明带领三四个战士用计调走陶黑子，除掉黑骟牛后再制伏陶黑子。

陆泽明带领许维兵、甘谷、黄鲁等几个同志乔装打扮成新一军战士，很快从沙红坳来到了白沙。只见白马洞口，一道蜿蜒流淌的溪水跌入寸草不生的悬崖峭壁。这悬崖刀劈斧削般足有几十丈高，溪水无所依附，只得腾空飘荡，一路喷雾掷雪，抛珠撒玉，跌入崖下的深潭，发出阵阵轰鸣。

甘谷的老家就在离白马洞不远的小堡，儿时他常来这里玩耍。此刻看着熟悉的景致，强烈的思乡之情让他几乎无法举步。陆泽明看小分队行路已久，人人又累又饿，干脆让大家来到溪旁，就着溪水吃下随身带的煎饼，歇歇气再上路。

"这该死的土匪，害得我们半年时间有家不能回啊。"甘谷恋恋不舍地盯着小堡方向。

"大家振作起来，不是已经胜利在望，曙光在前方了吗?"

短暂修整后，小分队继续取道前进，从白沙经德安堡、土地关来到了马口头。

路旁一棵两人才能合抱的青松，宛若一把撑开的大伞，遮天蔽日。这时，恰好一阵山风吹来，松枝摇震不已。林中的杂草野花披拂摇曳，暗送清香。草丛中有许多奇形怪状的石头，或躺或坐，令人称奇。天空中，一片片白云在苍松的顶端缓缓移动。陆泽明看着苍松、怪石、野花、白云、悬崖峭壁，却不知怎地，没有了在白沙观瀑布的心情。是的，这里景色不错，就是气氛过于凄清，其余战士也感觉到了。就在他们想要快步通过关口的时候，一阵老鸦的怪叫声从头顶破空而来，让人后背阵阵发寒。

一阵仓促的脚步声也由远而近，他们被两个土匪拦截了。为首吆喝的是一个彪形大汉，前额突起，两眉梢有颗大黑痣，坚硬如刺猬般的胡茬有寸把长。他头缠白帕子，穿一件黑色对襟短衫，腰间别着短刀，手提一杆猎枪："站住，干啥子的?"

陆泽明掏出手枪嗖地跳到一块高耸的巨石上，他叉开腿，挺起胸，紧了紧腰带，先前的寒意消失得无影无踪。另外的战士也反应过来了，他们心有灵犀，会意地牵制住彪形土匪。

趁这工夫，陆泽明蓦地一个箭步，从巨石上跳下来，抓住穿青色布衣长方脸的土匪，用枪顶住他的脑袋："看清楚，老子们是新一军，找你们陶老大有事，误了老子们大事，你担待得起?"负责站岗的土匪没遇过这样的阵势，一下子瘫软了："对不起，长，长官，我，我们是奉命行事，麻烦你放了我。"见土匪告饶，陆泽明一丢手，土匪打了几个踉跄，站稳后看了看陆泽明身后的人，有些谄媚地拱拱手："长官，要不，小的给你们带路。"

陆泽明略一思索："好，不过，你得派个人好好守住这个哨位。""好的，小的明白。"刚刚缓过气来的土匪立即来了神气，"你们几个给我守好这条路，我带长官去见陶司令。"其余几个土匪点头哈腰答应了。陆泽明在土匪的带领下去见陶黑子，那些平时耀武扬威的土匪，看到正规军"新一军"来了，都主动退一步。

陶黑子叼着早已灭了火的小烟杆，吧嗒吧嗒地抽着，正在和彭兴元吹牛。他忘了烟杆已熄火还在抽，实在是心里有事。最近他听到不少传闻难辨真假，杨云程也很久没有消息了，他有一种预感，他的靠山就快完蛋了。他一边敷衍着彭兴元，一边在心里琢磨着眼下该怎么办。唉！共军还是很厉害啊，看来当初该听大哥的。

不过想归想，可不能露了馅，陶黑子嘴上还是挺强硬的。此刻听彭兴元说："大家都在传，解放军神勇无比，尤其是那个三排排长肖斌云，简直就是岳飞在世。这小子小时候就一个瘦排骨，我一根指头就能把他吊起来，现在就跟浇了大粪似的，出息大了……"

陶黑子越听越冒火，粗暴地说道："谁怕他来着，他又不是我舅子我姐夫，黑子我放个屁，他就得当枪扛。"

"唉，二爷别生气，我还不是为了你好？你别以为我乱吹，你看这是啥子？"彭兴元拿出一张《新华日报》说，"报上可都写得一清二楚，大西南的党国势力都陆续被清剿。"他把报纸递到陶黑子面前，面对白纸黑字，陶黑子两眼发直，如读天书。彭兴元说："别看字，你看这图片。"这回陶黑子看明白了，那是一张枪决匪首的图片，令他汗毛倒立。

这时，马成光急冲冲进来报告说新一军的长官来了。陶黑子扔掉烟杆站起来，理了理衣服，脱下帕子，又顺了顺头发，将帕子重新包好，不动声色地对彭兴元道："老哥，我们一同迎接新一军！"

彭兴元一脸兴奋："好好好。"

没几句话的工夫，陆泽明等人在马成光的引领下气势轩昂地走进来。陶黑子招呼道："敢问长官……"

"在下新一军战士，姓陆。"陆泽明拿出蒲相臣的团长印章，快速往陶黑子眼前一晃。他担心陶黑子细看印章，接连打了几个喷嚏，趁着掏手帕的工夫，将印章放回口袋里。他接着说明了此番来意，说是新一军愿意协助陶黑子铲除与共军多有接触的海螺堡周朝安匪部。陶黑子一听，正与自己多年想铲除周朝安的目的不谋而合，然而陶黑子就是陶黑子，比起常人总会多个心眼，不会如此轻信于人。他略略矮了矮腰板道："陆长官，只是，只是我的兵力恐怕不能当开路先锋……你们新一军带来的人也只有这几个，怎么协助我拿下周朝安？"

陆泽明直视着陶黑子的眼睛："你嫌我们人少？告诉你，我们只是开路前锋，留在这里等候大部队到来，到时一起协助你的人马就多了。"

"可是，可是，我这心里怎么感觉不踏实？要不你们与我的部队一道去。"

如此纠缠太久，陆泽明担心陶黑子看出路数。心想怎么给他一个杀手锏，快速制伏他，实施调虎离山计。想了想他正色道："真啰唆！去不去嘛。你不去也行，等大部队来了我们去攻打周朝安，到时你想去还轮不上你呢。在杨司令面前，你也别想有什么好果子吃。"

陶黑子将信将疑，不过急于在杨云程面前邀功请赏的他还是出发了。他打了个响亮的呼哨，马蹄滩周围的几百个土匪很快集中起来。陶黑子便带着黑压压的匪群向海螺堡方向急奔而去。

陶黑子刚走不久，陆泽明叫来彭兴元了解情况，意外得知黑骟牛看上了马蹄滩的一个姑娘，要强娶人家做小妾，害怕夜长梦多，等不及到龙场营成亲，先借了王国成家的房子，准备今天晚上就入洞房呢。

"有这等事？我们看看热闹去！"陆泽明说着就站起了身。

战士们来到场口上，发现王国成家果然正在操办酒席。一打听，才知道黑骟牛又一次强占民女，准备今夜入洞房。院子里聚集着很多人，帮忙的看热闹的喝喜酒的，战士们一时下不了手。还是陆泽明有办法，他让战士们一个个单独前往，为黑骟牛道贺，轮流把盏，争取把黑骟牛灌醉。一来让他入不了洞房，保护被强占的民女。二来也趁黑骟牛烂醉如泥时才好动手。

到了半夜，黑骟牛还入不了洞房，被眼前这些人纠缠劝酒，眼看就要喝醉，心急如焚，却又不便发作。他耐心等到闹洞房的人终于困了，一个个打着葵花秆火把陆续离开。这时，王国成的家里终于安静下来，只剩下黄鲁这最后来劝酒的人。黑骟牛正暗暗高兴，酒劲儿突然上涌，扑通一声栽倒在桌下，嘴角的涎水流了一大滩。陆泽明率领的小分队及时赶到，一枪结果了门前的管家，又一枪打碎了门口的大红灯笼。黑骟牛从枪声中惊醒过来一看，眼前是密密麻麻的枪口，那些前来劝酒的人，此刻全都用枪对准了他。他大叫一声来人啦，然而迎接他的却是一颗送他去西天的子弹。

已经完成清剿工作赶到白沙的邵恒喜得到消息，立刻通知苏家坳口的陈福金，两路人马分别从白沙、苏家坳向着马蹄滩出发。这时，彭兴元快马加鞭，追上了刚刚走到石板田的陶黑子，将黑骟牛被击毙和"新一军"突然消失的消息告诉了他。陶黑子闻言恍然大悟："妈的，调虎离山。后院起火了，快回家！"众匪在陶黑子的带领下慌慌张张往回赶，走了不到一里地，彭兴元借故口渴要喝几口凉水，磨蹭着等匪徒走远，飞快地往山上跑去了。

黄昏时分，邵恒喜带队从黄连嘴过来向马蹄滩进逼，陈福金所带人马则从唐家坡直奔马蹄滩。

陶黑子带队跑回家，发现屋内只剩下马成光一人。很快，陶黑子又得到被解放军包围的消息。他厉声下令："弟兄伙，个人带好家什，与共军拼

了!"就在众匪惊慌失措的时候，文昌阁上面突然响起了枪声，接着是油房头方向的炸响。这群乌合之众，一下子就像无头苍蝇满街乱窜。叫喊声、奔跑声、丢盔弃甲的声音交织在一起。陶黑子好不容易来到中街头，可是，喊破嗓子也没人听。随着枪声和喊杀声的逼近，马成光为首的土匪已经冲过街弯子往贵州方向逃窜了。

陶黑子见大势已去，挽起裤腿没命地往贵州方向逃跑。跑到一个乱石坡上，脚下一滑，人便像个麻袋顺着陡坡往下直滚，咕噜噜滚了两三丈远，被一大堆石头拦住，才没有滚下赤水河。不过，他的右臂还是被乱石挫得血肉模糊，腿也摔伤，坐在地上动弹不得。半晌，他从喉咙里发出野兽般的长啸："天灭我也!"随即从腰间拔出匕首，对着自己的胸口猛地一插，血流像毒蛇一样顺着明晃晃的刀锋蜿蜒下来，涌到地上。他猛地往前喷了一口鲜血，头一歪跌倒过去。

那满街满巷头戴五角星军帽的人，处处飘扬的红旗，仿佛从地上一下冒出来似的。这排山倒海的阵势，让还没来得及逃跑的土匪，全都跪地举起了双手。

这天夜里，风扫薄云，云开处现出一轮明月，照耀着小城和悠远的山峦。杜永田仰望着明月回首来时路，仿佛看到那倒地的身影重重，罪恶的火光闪闪……

不久，杜永田紧皱的眉头放松了。一举歼敌的场景激荡着他的心，让他抑制不住内心的激动，脱口而出一份电文："胜利解放古蔺!"

当日凌晨，值班战士向王政委报告："杜永田县长来电报了。"

王政委一听急忙说："快念!"

值班战士刚要开口，王政委已从值班战士手里拿过电报，仔仔细细地看了一遍，见战事果然如他所料，他不动声色地把电文轻轻平放在桌上。

他信步来到院子里，双手叉腰，昂然挺立，一任夜风吹动他的满头乱发。他的两眼一动不动地凝视着古蔺方向，神情肃穆，而嘴角却露出丝丝笑意……

二次解放

连绵起伏的群山，沐浴着金色阳光，如含义深远色泽明快的画面，铺在天与地的交界处。仰望天空，天蓝得如水洗一般，白色云团如狮如象如孩童，缥缥缈缈悬在空中。虽是盛夏酷暑，因为这胜仗，依然让人感觉神清气爽、身心舒泰。

王钦裕剑眉舒展，面露喜色："谈笑间东风起，百万雄师，烟火飞腾，红透长江。"他哼着京剧《借东风》迈进里间屋子。杜永田也放开喉咙唱起来："出鞘之剑杀气荡，风起无月的战场，千军万马独身闯，一身是胆好儿郎。"

"王团长，你知道我此刻在想什么吗？除了牺牲的同志们，我还想起一个人。"

"谁？"

"骆国湘。"

"他现在怎么样，有没有最新消息？"

"当初，部队撤到叙永时，我们力劝他随同，他坚持要留下来看守县城，以免被心怀叵测的人占据。我们也很信任他，部队驻扎到叙永后，也多次秘密派专员同他联络，可他渐渐就托病不与我们见面了。"

"这也在情理之中，后来局势不在他的掌控之下，他也无可奈何，只能眼睁睁看着杨云程开进县城。这无疑违背了他留守县城的初衷，他自然不好见我们的人了。"王钦裕有些惋惜地道。

"骆国湘这人其实不错，关心修桥筑路这些地方公益，当年是威名赫赫的地方保护神。可惜他的旧部中有一些地痞流氓，大多是他的亲信，这些人在社会上飞扬跋扈时，他总是纵容他们，导致严重后患。唉！我们就要开进县城了，会拿他法办吗？"

"按说，他对解放军有功，罪不至死。但杨云程进攻县城时，就如你刚才分析的那样，他的态度暧昧，立场模糊，一味纵容，并没有采取有力措施，也没有及时向组织通报。这个问题上级组织会召开专门会议，相信会给他一个公道的。"

太阳初升，露水未干。杜永田、万德舟率县大队、公安队、政府机关武装工作人员等沿大道快速行进。战士们精神抖擞、携带的刀枪明光闪亮。老百姓闻听解放军来了，顾不上吃早饭，都赶来观看。

路边的一座茅草房前，有一棵水桶般粗两丈多高的松树，松树下面，孤零零地站着一个瘦弱的小男孩。他拿着一个火烧苞谷津津有味地啃着，睁大眼睛好奇地打量着解放军。

"小鬼，家里有没有人？我们是解放军，走路口渴了，在你家讨口水喝可以吗？"胡珩和气地问道。

"家里只剩下我和婆了，水缸里有水，你们自己去舀就是。"

"你爹妈呢？"

"我爹被杨云程抓到箭竹坪打仗死了，我妈很早就病死了。"

"你的婆在哪里？"小男孩冲着里屋叫了一声，一个背驼得像只虾米的老人蹒跚着走出来。

"老辈子，猫猫寨那些土匪去哪里了，你们晓得不？"陈其德赶紧问道。老人家的声音虽然细弱却透出喜悦："几爷子早就吓得屁滚尿流，跑得无影无踪了，不晓得他们去哪里了。"

"老辈子，一旦听到土匪的下落，早点告诉我们。"胡珩站在旁边叮嘱道。

"要得要得，我们都被他们祸害够了，娃儿他爹就是被他们害死的。福子，婆都这么大的年纪了，活得了一天算一天。我看你这就跟着解放军走吧。"

福子盯着解放军看了又看，绕着松树转了几圈，突然咧嘴笑了："要走，我就得把大黄带走。婆，可以不？"福子向老人撒娇道。

"要得，你要管着它，可不能让它咬到人哦。"

有了福子和这条貌似凶猛却很忠勇的大黄狗，大部队增添了生气。黄狗很快与战士们混熟了，一路摇头摆尾，跑前跑后，围着他们转圈圈儿。部队到了猫猫寨，大家正要埋锅做饭的时候，突然听到黄狗一阵狂吠，紧接着，四周突然窜出几十个土匪。这些土匪似乎有点不知天高地厚，拿着手枪、步枪、梭镖、马刀以及棍棒，一出来就叫嚣："放下武器，缴枪不杀！"战士们被这些土洋结合的土匪弄得哭笑不得。

陈其德头脑清醒，命令道："同志们，这是一股散匪，但是大家不要掉以轻心，机枪准备！"机枪手二活没说一梭子弹扫过去，土匪瞬间没了声音。

几个战士跑过去一看，土匪已经跑得无影无踪了。"看来的确是几个散匪，白凤岐，你马上找几个本地人调查下，看这几个土匪是啥子来头！"胡珩命令道。

不一会儿，白凤岐跑过来说是肖家岩的土匪，大概有二三十个人。平时就做些偷鸡摸狗的事情，偶尔冒充杨云程的手下干些坏事。不过，据当地老百姓讲不足为患，成不了气候。

"通知各部队注意沿途情况，千万小心。"万德舟强调。

杜永田转身对胡珩叮嘱道："对这股散匪及今后残留的散匪，属于被拉上贼船本性不坏的，要及早劝降，让他们归顺，不要留下后患。"

走着走着战士们的情绪变得低落起来，特别是公安队的战士们，看到分别几个月的家乡被土匪蹂躏得田地荒芜，面目全非，不由思绪万千，放慢了脚步。就在大家急切地想回家看看的时候，田坝寨地下党员骆光辉走过来，紧紧握住了杜永田的手："杜县长，你们总算来了。欢迎欢迎，我们渴盼几个月了。你看看我们的家乡，以前是鱼米之乡，现在硬是穷得没米下锅，这都是土匪们糟蹋的结果。还有地下党员罗锡如、熊家林、黎灿章牺牲了，叙永公安局陈明通同志在龙美家中的四个亲人全被土匪杀害了……"骆光辉讲到这里已是泣不成声。"别难过，相信党和人民不会忘了他们的。"万德舟走过来，握住骆光辉的手安慰道。杜永田让部队停止前进，并对陈其德道："鸣炮三响，以示对烈士们的哀悼。"

在陈其德的指挥下，三颗正义的炮弹齐齐发出，大地微微震颤。炮弹托着簇簇火光在苍茫的天空划出道道明亮的光弧。战士们赶紧脱帽，低头默哀。

路旁的山林里，屹立着几棵青翠的柏树，那般挺拔昂扬。战士们看着柏树，如同看见牺牲战友们的身影，他们的音容笑貌纷纷浮现眼前。路上谁也不再说话，因胸中燃起怒火，不觉加快了行进的脚步。

到达彰德时，一个当地老百姓跑过来报告说前面大房子头有土匪。"公安队先将房子包围，然后派战士引蛇出洞！"陈其德奉杜永田之命立即作出安排，公安队只用了几分钟就将这栋长五间的大瓦房紧紧围起来。"里面的人听着，你们已经被包围了，快快出来投降！"白凤岐靠在大门一侧对敌喊

话。大门上的铁锁已经生锈，此刻半挂着，只从里面别上了铁闩。

叫了几次仍然没有动静。白凤岐举枪对着屋内连发三枪，里面立即有人喊："别开枪！"

沉默了一阵，七个土匪低着头、双手向上举着短枪慢慢走出来。几个战士立即过去缴了枪，控制住他们。"里面还有人吗？"成其云问道。"没有了。"答话的正是肖石头。杨云程和陈见常跑了之后，他和几个土匪得到消息，躲进了大瓦房这临时的匪窝里。

"同志们，搜！"胡珩和几个战士提着枪走进去。黄狗也跟着进去，不一会儿，几个战士两手空空走了出来，只有黄狗的嘴里叼着一袋东西。"报告首长，里面没人，就搜到点这个。"说着，胡珩从黄狗嘴里取出袋子递给杜永田。"哟，是鸦片。"杜永田将袋子递给一个警卫，"拿好，别弄掉了。"

"你们是哪个指挥官手下？"胡珩就地审问匪徒。"我是黄堰平警卫团的副官郭崇义。""都是一个部队的？""是。""黄堰平呢？""在大寨被你们打散后，我们各自逃出来，现在也不知道他们都去了哪儿。"郭崇义一副失魂落魄的样子，头也不敢抬。轮到审问肖石头，他支支吾吾，说杨云程和陈见常跑了，不知去了哪里。"这鸦片也是杨云程的？""是他犒赏弟兄们的，逃跑的时候想着瘾发了难受，就带了出来。"肖石头老老实实地答道。"我看你几爷子，只要枪不打在自己的胸口上，刀不砍在自己的脑壳上，都可以一律不理会，照样抽着大烟逍遥自在。"成其云说道。

就这样，部队沿途都在进击或大或小的土匪。

下午，县大队、公安队、一四二团三营等部队先后进入古蔺城。从胜利桥头到县政府门口，街道上站满了欢迎的老百姓。第二天，解放军四十八师副师长张沛云率领的一四二团一营也来到了古蔺。下午，杜永田等人在县政府召开会议。走进会议室，几个月没见的窗户和门都还是原样，只是墙壁上留下了没有清理干净的土匪张贴的纸片。

会议室里，烟雾缭绕，笑声不断。杜永田、万德舟等人坐在沙发上，喷云吐雾，纵谈大局。这些有着丰富革命斗争经历的人们，都显得有些亢奋，客厅里洋溢着一种豪迈之气，一种不加掩饰的喜悦。历经艰险困难，古蔺终于实现二次解放了，这怎能让人不激动？

杜永田首先总结了剿匪胜利的原因：一是敌人错误判断，认为我们没有力量，不会集中兵力与他决战。二是在战役战术上有效实施口袋战术。三是庞大深厚的民众支援，依靠古蔺民众的牺牲和团结精神，充分发挥了人民战争的威力。四是战役过程很艰苦，好比钝刀切脖颈，难以一下把敌人歼灭，是靠战士们敢于牺牲的精神才确保了口袋战术的实施。五是充分发挥了政治攻势的作用，实行原则性与灵活性相结合的劝降投诚政策，对敌人实行有效分化。在这些因素中，古蔺人民、地方武装的支援才是胜利的根本保证。没有这种保障，要想取得这次剿匪作战的胜利，难度和牺牲都将是巨大的。

万德舟长长地吸了一口香烟，接过杜永田的话头不紧不慢地向众人朗声道："我们终于回来了，实现了对古蔺的第二次解放。但是目前还有杨云程、陈见常、王逸涛等匪首在逃，所以还不能算是最后的胜利。俗话说，大树好砍，茅根难尽。我们只有按照毛主席'宜将剩勇追穷寇，不可沽名学霸王'的提示，只有把南三县、泸州地区乃至整个大西南的土匪彻底消灭了，才算是真正的胜利。"

马蹄滩、麻线堡、营盘山、白沙、桂花场等中队相继汇报了各股匪被清剿后的情况，以及对清剿残匪的主张。看到大家意见都比较一致了，杜永田抬高了声音说："这个问题就这么定了。只要我们团结一致，胆大心细，任凭风浪起，也能稳坐钓鱼台啊。"

杜永田的话语引起在座同志们朗声大笑。

万德舟手里握着茶杯，在细细品茶的同时，他不忘接过话头从容地说道："清剿残匪的事，更多的还要依靠古蔺当地的同志们，他们更熟悉当地的情况。还要发动老百姓加强警戒，我们也会及时派驻工作组到各区协助恢复生产。此事我们得另行组织一个会议，具体分工明确任务。"

"老陶，告诉你个好消息。"万德舟话锋一转，看着陶钦克笑着说，"经请示川南军区党委，你们自卫队被解放军正式收编了。你立即通知队员好好准备一下，和解放军大部队一起进城接受检阅，共同迎接古蔺第二次解放。"听到这天大的好消息，陶钦克一路小跑着回家，哼着抒情苗歌走进里屋。不一会儿，手里提着心爱的"金芦笙"走了出来。

自从搬来古蔺，陶钦克一家就少有吹奏，尤其是土匪开始在古蔺肆虐，两个女儿相继外出后，陶家就再也没有响起过芦笙那悠扬的声音。

陶钦克用白帕子抹了一下笙斗，再用帕子沾上酒，从吹口开始仔细地擦洗。吹管、笙斗、笙管、共鸣管上的每个细节都不放过，连笙管之间、共鸣管之间的缝隙也擦拭得一尘不染。

陶钦克重新调整好音色，一曲只有在喜庆时才吹奏的芦笙曲在陶家响起。不一会儿，大人小孩站满了陶家门口。陶钦克陶醉在芦笙悠扬的乐声中，没有看见一个姑娘在门外努力向里面挤。她身材臃肿，黑瘦脸庞，头发被风吹成了乱鸡窝，走路挺着腰身，显得有些笨拙。她挤了几次终于挤了进去。

陶钦克迎着光，看见一个姑娘走了进来，也没顾着仔细看，继续陶醉在音乐中。这个姑娘绕到陶钦克身后，淘气地蒙上了他的眼睛。陶钦克这才停止了演奏，这个动作太熟悉了，这个气息太亲切了，难道，难道是女儿回来了？

"爸爸！"陶佳的一声呼唤，终于让陶钦克清醒了。他的大喊大叫，引来了项正芬，一家人紧紧拥抱，沉浸在久别重逢的狂喜中。

梳洗完备，陶佳便将当初自己如何离开四川，如何历经千辛万苦，找到乔贞贵家，陪伴乔家父母一段时间后，又如何历尽艰辛回到家乡的经历细细地给父母说了一遍。陶佳每每说到艰辛处，都让项正芬泪流满面，就连一直自恃坚强的陶钦克，眼泪也流个不停。

这时外面有人召唤陶钦克，陶钦克连忙走了出去。项正芬这才指了指陶佳的肚子，说出心中的疑惑。

"贞贵还没牺牲时就有了，一直瞒着你们，想给你们一个惊喜，没想到……"

"我知道你一定想生下这个孩子，可是今后咋办？你带着个孩子，咋个嫁得出去？"

"我早就想过，贞贵牺牲了，我也没打算另外嫁人。原本我想就留在蒙阴，可我出来那么久了，害怕你们担心。我也想回古蔺到贞贵的坟前看一看，在他牺牲的地方生下他的遗腹子。还有，公公婆婆的年纪大了，身体也不好，我不忍心拖累他们。等孩子半岁之后，我就带着他回到蒙阴去。爸爸妈妈，你们同意不？"陶佳知道嫁出去的女儿回娘家生孩子是要被人说闲话的，她忐忑不安地问道。

项正芬一把搂住陶佳的肩膀："好闺女，这孩子是贞贵的遗腹子，英雄的后代。不为你，仅仅为了他，我们也必须接纳。别说了，就在古蔺安心坐月子吧。等孩子半岁也行，一岁也行，你觉得可以了再回蒙阴去！"

"这孩子就是我后半生的寄托，我挺着大肚子一路奔波，吃了很多苦，不过想到孩子能出生在他爸爸流血牺牲的地方，我吃这点苦实在算不了啥子。只是，爸，妈，对不起，我拖累你们了，你们也老了……"陶佳的眼里又涌出了泪水。这时陶建宁正好推门进来，见此情景，也不胜感慨，姐弟紧紧相拥在一起，叙述着别后之情。当陶建宁听说陶佳的决定，当即说："姐姐，我支持你。等孩子稍大一些，我送你们回蒙阴去。"

古蔺第二次解放了，那些躲到乡下的老百姓纷纷返回城里。陶钦克家的店铺也重新开门了，几个柜台擦拭得一尘不染，门口又摆上几条长板凳。赶场人累了渴了，就到陶钦克的店铺上蹭口凉茶喝。陶记杂货店对面的面馆里，胖老板把大锅里的水烧得滚起浪花，泛起云雾，炒肉臊子的香味又开始飘过半条街。茶馆里，跑堂小二拎着长嘴茶壶来回穿梭，客人们又开始天南海北地摆起了龙门阵。噼里啪啦，鞭炮阵阵作响，那是许多饭馆、杂货店重新开了张，古蔺小城，又开始重现往日安宁有序的景象。

1950年7月25日，解放军剿匪部队再次在古蔺县城举行检阅仪式。已被收编进解放军一四二团一营四连的苗族自卫队，身着崭新军装，由陶钦克带领着，随着大部队接受检阅。

这天，老百姓都自发地来到街道上，列队欢迎解放军。他们没有过多的语言，只是忙着为解放军端茶递水，脸上是抑制不住的兴奋和喜悦。特别是那些饱受土匪肆掠之苦、颠沛流离许久的老百姓，更是感动得涕泪横流。

当陶钦克带队走到身着苗族盛装的妻子、女儿和几个亲戚身边的时候，几个人的脸上，都露出会心的笑容。

最让老百姓高兴的是，可以经常去下桥的坝子里看"敲沙罐"。最多的时候一天就敲了八个土匪的"沙罐"，肖石头、牛二等匪徒也在其中。当敲那些匪首的沙罐时，观众更是掌声雷动，如过节般热闹。乔二爷卖麻糖的吆喝声更响亮了，满面红光的他挑起担子晃晃悠悠走街串巷，逢人就摆"敲沙罐"的故事。

敲沙罐的消息传到养马嘶曾氏宅邸，曾庶凡知道人生的大限已到，吃不下，睡不着，三天后忧惧而死。

头顶的大山终于被推倒，积淀已久的血债终于被偿还。看着作恶多端的匪首一个个脑袋开花，听到曾庶凡忧惧而死的消息，谁不高兴谁不痛快呢。

"解放军万岁！"

"中华人民共和国万岁！"人们抹着欣喜的泪花，挥舞着手臂不断欢呼。

玉皇山黄褐色的山坡上，伫立着一片密集的树林。时值盛夏，风雨初停，树叶青翠欲滴。油绿闪亮的叶片背后，躲着一只只黄绿相间的小鸟，时而在低低的灰色云层中穿梭，时而在树梢上盘旋。叽叽喳喳的叫声，仿佛在宣告这林中会有来客。不久，林中那个略略隆起的黄土堆前，来了一行人。那是陶钦克一家以及随行的战士。

陶佳不顾地上泥泞，腆着大肚子艰难地跪下去，整个人趴到黄土堆上，双肩剧烈地颤抖着。良久，她拿出随身带来的布包袱，从里面掏出麻辣鸡、干豆豉粑、香烟，一一摆放在乔贞贵的坟前。然后，她的双手不顾一切地往土堆里插。项正芬流着泪扶着她："幺女，妈知道你心里难受，千万别憋着，你想哭就大声地哭出来吧。"陶佳这才"哇——"的一声哭出声来："孩他爹，你倒是看看，我给你带来了啥子？你要的这些东西我都给你带来了。如今古蔺解放了，土匪都被消灭了，苦日子熬到了头，你却不在了。你看看我吧，你不是说你额头上有个王字，永远不会牺牲的吗？你答应过我要好好地回来，陪我一生一世，咋个说话不算数？你就算厌倦了我，不可怜我，也得可怜可怜我们的孩子啊……我去了山东蒙阴你的老家了，二老都还好，我只是不敢告诉他们你的事情。你放心，孩子长大了我就带着他回蒙阴去，我会把他培养成像你一样坚强勇敢的人……心上人，你倒是看看，这山坡中盛放着一簇簇洁白的岩鹤花，一蓬蓬鲜艳的串串红。是的，这就是我们曾经的全部的爱。是我们一次次迷醉的甜蜜，是我们幸福的缱绻，是我们多情的火焰。不，还有你对解放事业的虔诚，对祖国的忠贞，你正义的沸腾热血……你倒是看看，看看我粗糙的双手吧。它已经变得和你的双手差不多了，我已经不是那个陶家的娇小姐了。如果你还在，我一定和你用同样粗糙的双手接受苦难的考验，接受幸福的降临，接受孩子的出生……"

陶钦克和随行的两个战士脱掉了军帽，面向土堆深深鞠躬。

冷冷的几颗晨星，忽隐忽现地眨着眼睛。东方刚开始出现鱼肚白，农房上就慢慢升起了炊烟。早早出窝的麻雀，扑棱着翅膀从这家房檐飞到那家房檐，叽叽喳喳，吵闹不休。不知谁家的孩子，早早起来赶鸭子撵鹅，一阵阵孩童的欢叫声，与鸟雀的鸣啾相互应和，一派祥和宁静。不久，在朝霞的衬托下，一轮红日徐徐升起。虽是久雨初晴，但落鸿河与小水河的水却清澈见底。河里，鸭群频频低头戏水，欢快地拍打着翅膀，嘎嘎嘎地叫着；河边，几个妇女正在悠闲地淘洗着蔬菜。

不等天亮，陶钦克走过水北门木桥，沿河散步。不知不觉到了下桥，几个孩子的歌声传进耳朵里，歌词中好像有"杨云程"三个字。

陶钦克故意大声喊道："杨云程来了。"奇怪的是孩子们并不跑，也不害怕，反倒笑嘻嘻地看着他。

"憨包娃娃，你们不怕杨云程了？还敢唱人家，你们唱给我听听好不好？"陶钦克蹲在小豆子面前问道。

"我们不怕杨云程，他都被解放军打跑了。我们也不唱给你听，你又不给我们糖吃。"小豆子淘气地后退几步，向陶钦克扮了个鬼脸。

羊角辫也凑过来，捂着嘴巴害羞地说："陶公公，以前我到你家用鸦片换过糖果，只是好久没有看到你了。"

"陶公公这段时间出去做生意了，你们都唱给我听听。唱好了我拿糖给你们吃。"陶钦克从衣兜里一掏，摊开宽大的手掌，手掌上果然躺着一颗颗诱人的火炮儿糖。孩子们的眼睛发亮了，他们重新围在一起，扭秧歌般唱道：

古蔺有个城，
城里有个碉，
城外有河道。
杨云程，说大话，解放军，打不赢。
六月六，地瓜熟，解放军，打进城。
户户都唱歌，
人人都高兴。

"唱得太好了。孩子们，你们的歌儿是甜的，和我的火炮儿糖一样甜。"

告别了孩子们，陶钦克一边用树枝敲打着小草和灌木上的露水，一边想着满腹心事。不觉来到一幢老式木瓦结构房子前，这是县政府刚刚分配给刘焕均的新房，此刻已经装饰得喜气洋洋。大门上方是"佳偶天成"的横批，两侧是"革命路上同心同德结伴同行，幸福门前再接再厉比翼双飞"的对联。

陶钦克一阵高兴，高声道："好快的手脚，这么早就布置好了。"一男一女从屋里闻声而出，正是刘焕均和张仪。"陶大伯好，瞧瞧万副书记写的这字咋样？"刘焕均给陶钦克递上香烟，张仪则返身回屋斟茶去了。

"看不出万副书记还能写一手好字，能文能武，不简单啊。"陶钦克不禁竖起了大拇指。

两人边聊边进了屋，房屋进深较宽，仰头就能看到小青瓦屋顶。一张高大的八仙桌上，青翠的柏香树枝插在两个装满了米的小斗里，柏香丫上零零星星地点缀着一些棉花和葵花子。一对红红的蜡烛，此刻正流着喜庆的泪。红烛两侧各有两只果盘，一盘是堆成小山样的橘子和苹果，大红配金黄，象征平安吉祥。一盘是花生和枣子，象征早生贵子。四周墙壁没有粉刷，只用两个大大的"囍"字装饰。

陶钦克随着刘焕均跨进右侧一间小屋子，看到屋子中间隔了一层板壁。板壁左侧的门枋上张贴着"喜上眉梢鸳鸯共枕，福到心头连理合欢"的对联，横联上挂着红布，中间装饰着硕大的红绸花。透过半掩的房门看去，一派喜庆温馨。只见大床上方挂着鸳鸯戏水的五彩帐檐，镀金的帐钩将蚊帐挽起，露出了床上大红的缎面被子，绣着粉色并蒂莲的枕头。临窗的桌子上，一只宝蓝色的大肚瓷瓶里，插着一束娇艳欲滴的月季。花瓶旁边，文房四宝一应俱全。灰色雕花双层洗脸架上，安放着崭新的铜盆。高大的灰色立柜，发出淡淡的樟木清香。

"你们晓得不，今天是农历六月二十二，是一个难得的黄道吉日。从甲子来看，是庚寅年癸未月壬申日，最适合结婚了。尤其你们又是古蔺解放后第一对结婚的新人，可喜可贺，可喜可贺啊。"陶钦克感慨道。

等到薄雾散去，太阳升起时，刘焕均家屋里屋外早已站满了人。吹鼓手们正在卖力地吹着唢呐，敲着锣鼓。在喜庆的气氛中，杜永田和万德舟等人面带微笑，缓步进入婚礼现场。

人们兴奋得往前靠了靠，两位首长已经入场，意味着婚礼就要开始了。张仪像一朵花憋住了劲儿努力生长，在这一刻猛然绽放开来。她的鹅蛋脸粉面含春，双唇如玫瑰般红艳，柳叶眉飞入云鬓，精致的发髻上，玉兰珍珠簪花闪烁着耀眼光华。整个人美得那样艳丽，那样沉静。那是只有经过战火的洗礼，从生死中挣扎过来的人，眉宇间才会有的那种楚楚动人的沉静。

刘焕均斜披着大红花，头戴青色礼帽，身穿崭新中山装，显得英气勃勃。他不时瞥一眼张仪，眼里心里，都是满满的自豪和得意。

"鸣炮，奏乐！"司仪洪亮的声音，立即压住了现场嘈杂的声音。旋即，屋外鞭炮齐响、唢呐齐鸣。

"一拜天地——，地久天长——！"在司仪的引导下，刘焕均向前深深一鞠躬，张仪则害羞地弯腰向前欠了欠身。

"好，转过身来，面对两位首长。"司仪继续喊道。杜永田、万德舟整理了下衣服，腰板笔直。"新郎新娘，你们的双亲不在这里。请不要遗憾，更不要伤感。因为杜县长和万副书记就是你们的双亲，是你们的再生父母。有了他们，才有了你们的今天。"司仪顿了顿，大声喊道："二拜高堂——，党恩不忘——！"

刘焕均和张仪心神领会，面对两位首长深深鞠躬。陶钦克带头鼓起掌来，一时间掌声如潮。杜永田的声音也带着几分激动："在这个喜庆的日子里，我想对两个年轻人说几句。第一，你们要一辈子恩恩爱爱，相互理解支持对方，在革命工作中互帮互助，共同学习进步，共同建设美好家庭。第二，不要忘了本，不要忘了父母的养育之恩，虽然父母已经不在了，但是你们要牢记父母恩情，要懂得感恩，回报社会。第三，你们要牢记自己的使命，要为解放全中国、建设新中国，实现共产主义努力奋斗。最后，我还有个小要求，希望你们早日培养出共产主义小接班人来！"杜永田亦庄亦谐的讲话，让来宾们发出了会心的笑声。

万德舟也对两位新人表示祝福，接着发布一个好消息："借此良辰佳期，我要告诉大家一个天大的好消息。今天下午两点，县政府恢复挂牌办公，乡亲们有事可以来县政府办理了。"

"今天古蔺真是双喜盈门啊！"司仪接过话，继续主持道，"夫妻对拜——恩恩爱爱——！"刘焕均和张仪面对面鞠躬，两人的头碰在了一起，立即引起了一阵阵欢笑。

"同心携手——转入洞房——姻缘缔就——万世其昌——周堂礼毕！"

刘焕均和张仪连忙向洞房跑去，负责牵引的中年妇女有意拉了张仪一下，刘焕均抢先一步跑进了洞房。待张仪一进来，房门一关，两人不禁相拥而吻。张仪想哭，却努力克制着，长长的睫毛上顷刻挂满了泪珠，晶莹剔透，摇摇欲坠。倒是刘焕均的热泪先流下来了，他们的眼泪流进彼此的嘴里，咸咸的，甜甜的……

没人知道陶钦克是何时离开热闹的婚礼现场的，只有风，只有云，只有飞鸟，看到了他眼角滑落的一滴清泪。

肖斌云去过婚礼现场，向两位新人道贺后，便悄无声息地离开。他几乎一路小跑着去了岩峰沟，开门只见到师娘，正要问师傅哪里去了，突然从后院传来乒乒乓乓的声音，他透过嘎嘎作响的窗框间隙望向院子，找了好一会儿，才在东厢房前面的炉子旁发现正在生火的师傅。肖斌云轻轻推开半扇窗，看见在通红火苗的映照下，师傅正在打一把大刀。想当年，在三大教师门下受教的弟子何其多，他红光满面，精神抖擞，一身白绸敞褂子显得仙风道骨。每天进进出出有迎有送，打刀这种粗活当然由徒弟们抢着做。如今上山练武的人越来越少了，粗活也要师傅亲自动手了。

三大教师却不觉得颓丧："时代在变化，我们练武之人门前冷落再正常不过了。"他朗声大笑，"我最高兴的是，古蔺二次解放，老百姓不再被土匪糟蹋了。肖徒儿，我早就说过你是要做大事的人，我没有说错吧？"

"师傅，谢谢你对我的培养。你教我那身硬功夫，多次让我化险为夷。"

"不要谢我，你是剿匪英雄，师傅我跟着沾光啦。"

"师傅，按说今天我心里应该很高兴很激动，可我总觉得心情沉重，心里像压了一块石头似的，所以特别跑上山来和你说说话。"

三大教师给了肖斌云一个理解而又意味深长的眼神，师徒俩对着莽莽群山在遥远天际浮现的轮廓，陷入了沉思。

　　陶钦克在汉人坡走了走，平静了心情。回家的路上，赫然发现古蔺县政府已经重新挂牌办公了。"古蔺县人民政府"几个端正的黑色仿宋字在白色底板的衬托下，显得更加苍劲有力。

　　陶钦克久久凝视着这块古朴的牌子，脸上露出欣慰的笑容，回家的脚步也轻快起来。

　　完成任务后，解放军一四四团回到叙永，一四二团继续留在古蔺，负责清剿残匪。

　　1951年春节前后土匪头目纷纷落网。

　　蒲相臣在弯溪被捕获。张炳承在镇雄被捕获。杨云程先躲进桂花场桃子坝，后来于笋子山岩洞中躲藏了两个多月，被联防队搜山后，又转藏在龙爪坝森林中，1951年跑到贵州赤水板凳溪，在周小安家被抓获。同年8月被枪决。

　　骆国湘躲在河屯何子玉家中，后来躲进龙洞，1951年1月在纳盘的山洞中被抓获，同年2月被枪决。陈见常躲在石鹅构皮沟自家的地窖中，1951年被解放军抓获，不久枪决。江秃儿在叙永后山被抓获，被移交古蔺枪决。

　　以张树良为首的国民党残部，匪首王逸涛、吴学良等相继走向末路。那些横行一时的伪乡长、保长、分队长也受到了处决。

　　1952年10月，川南军区英模代表大会在泸州隆重召开，陈其德、岳文忠等被评为一等英模，胸佩红花，骑马游行。肖斌云被评为人民功臣，乔贞贵等被评为烈士。至此，古蔺剿匪战役取得全面胜利。

重走剿匪路（后记）

这一次，我惯于承载柔软慵困的心，要载入刀光剑影、历史钩沉，席卷轻车熟路的思维方式和一切碎碎念。要去梳理、追溯、再现一段几被尘封的历史，它在现实的唇舌里少被提及，但在亲历、熟知这次事件的老人心里，在倾情于地方历史文化的智者心里，它是一座值得用文字树立的丰碑。

感谢古蔺县政协不唯名家，不薄新人，把如此重任交付给了我这个无名小辈。对于一个土生土长的古蔺人来说，创作剿匪小说，是一种使命，一种责任；对于一个文学爱好者来说，这是一次艰难的文字长征，也是一次难得的拔高和历练。

我知道，从一个念头到一个成品出现，要经过多少细微的步骤，要经历多少砥砺，多少始料未及。但我不愿放过，有念头就让它生长，看它最终开出什么花，结出什么果⋯⋯

我满怀希冀又惶恐不安地上路了。我有时在漫漫文史资料的求索之路上，有时在与亲历者对话之路上，有时在跋山涉水的寻访之路上。

在泸州地方文献资料室，我拍下了上百幅照片，回来慢慢消化。我在泸州图书馆遇到一个特殊的读者，我想借走的一些书籍，都被他先一步借走，我想他也在进行相关的创作吧，我只能望着书架那一处空白喟叹。此外，便是

重走剿匪路（后记）

从古蔺县政协文史委借来的资料、剿匪英雄提供的回忆录、相关人士提供的各种资料、网络上搜索的资料。

前人的创作尝试，既是一种丰富和完善，也是可以凭借的力量。第一次读邱宗周老师所著的《带血的翡翠》，便不由自主被书中内容吸引，猜想作者会怎样谋篇布局，让故事情节步步惊心，使阅读的过程饱含新奇和愉悦。而一旦想到这都是我要绕过的路径，压力便陡然而来。

名家的创作，自然也在我的涉猎之内。在《乌龙山剿匪记》里，同榜爷、钻山豹、麻老大、四丫头、东北虎一起，共同体察特殊年代的人的命运。在《关东女匪》里，体察作者营造奇情的手法。有时感觉，所谓英雄土匪，无非善恶的立场有别，抑或是时局使然。在各自的生死江湖场上，一样锋芒毕现，直指人心。其情其爱，也是令人叹惋。

从此，我的心中便藏有一张特殊的地图，英雄美女常于此间走动，爱恨情仇也在此盘踞。循着文字的路线，是一场特殊的行军。同样有刀光剑影，打打杀杀，流血流汗，不过是换了种形式，换了个战场而已。

熟悉的生活表象之下，会有多少往事雪藏，与亲历者对话，是探秘历史的另一种形式。有时一个小小的切口，涌出的却是意外之喜，而一次采访就是一个点儿，把所有的点聚集起来，形成一个面，才好排兵布阵。

采访次数最多的，是亲历者成其云老前辈，他对古蔺剿匪英雄肖斌云有着至深的感情。尤其让人感动的是，他在一场重病之后，担心自己失忆失语，竟在老伴的搀扶下到我工作的学校再次向我提供一些有价值的细节。一个月后，他又拄着拐杖陪我去采访肖斌云的老伴，印证肖斌云早年拜师习武的事情。他的讲述和我与肖斌云家属的访谈交织在一起，让小说主角的形象逐渐清晰。如今，本书出版在即，成老先生却驾鹤西去。遗憾之时，也庆幸他口述的经历得以在书中永存。并且，他还是小说中的众多人物之一，自始至终没有离开读者的视野。

经文友引荐并陪同采访，我得以和一个个八九十岁高龄的匪战亲历者对话。林明坤老前辈是粮站退休干部，浙江人，当年随军南下，在成都战役以后，1950年随解放军一四四团七连到达古蔺。他曾亲历过的桂花场战役与箭竹坪战役，在他的记忆里已经模糊，对于战争，却另有一番自己的感受。牟铁良老前辈、王元老前辈，也是当年剿匪的亲历者，他们的讲述激发我新的构思。而我，随着了解的深入，越发觉得在历史的真实和艺术的虚构之间，务必努力达成平衡。

当盘踞心灵的思绪渐成轮廓，跃然纸上，却如口袋装南瓜，总有缝隙不能填满之感，便开始了跋山涉水的寻访之旅。

第一次重走剿匪路，同行者有成其云老前辈、县政协文史委主任王明洪、参与该书初期创作的文友胡在勋，经桂花、大寨、合乐，抵达叙永大石朝阳村，该地是当年征粮剿匪的主阵地，肖斌云以少胜多的粮仓保卫战就在此发生。朝阳村的民居大多保持当年旧貌，透过大雨的帘幕看天井，看古桂圆树，看粮仓，别有一番沧桑的味道。村里的人们善解人意地打量着我们，他们知道这些冒雨前来的人，不是来旁观他们生活的，是来寻访一段满布战争硝烟的往事。之后，威信、水田寨、水潦、石坝、营山、麻城、田沟头，那是走得最远、寻访最多、心里装进太多故事的一天。

　　第二次寻访是去石鹅、大村、箭竹坪一带。石笋山上，匪首曾聚此集会。山上的庙宇佛音袅袅。沿着陡峭狭窄的天梯往上爬，步步惊心，当真是一夫当关，万夫莫开。行至大村苏家坝，一栋苏式木楼牢牢吸引我的目光，于是，一个下午交付给了火烧苏家坝的历史纪事，交付给了烈士李明高以及木楼的主人李铁良。箭竹坪富有苗家风情，还是剿匪的主战场，七战箭竹坪为二次解放古蔺取得决定性胜利。这里听来一个离奇的故事，当地一个苗族青年被匪徒抢走了精美的苗家服装，当匪徒暴毙，这名青年找到匪徒尸首，把衣服剥下来洗晒后又接着穿。这个故事被原封不动地写进小说，成为再现匪徒无恶不作、残害百姓的细节之一。黑骟牛强占民女的细节来自文友胡在勋提供的资料。匪徒拿石灰抹孩子眼睛的细节则来自县政协主席孙应举先生，除此之外，他还为本书提供了大量的生活故事、民间传闻等素材。

　　那些缺失终于得到拯救，口袋的缝隙得以丰满，再来数次删减、修订、润色，一次次高温融化，锻造提升。记得写口袋战时，老是被批评写得不好，为了凸显此书的主线和轮廓，我常常在电脑前绞尽脑汁，抓耳挠腮之际，地上不知不觉铺上一层头发。五年写作期间，家里四处散落着修改过的文稿。这些文稿中，从2015年的第一稿到2019年岁末交付出版的最后一稿，始终有孙主席增删批阅、圈点勾画的痕迹，大至故事情节，小到句词谬误，就这样被一一更正完善。

　　在本书的创作及其出版过程中，还受到许许多多好心人的帮助，在此一并谢过。